Über dieses Buch Otto Rombachs alte Liebe zu Frankreich entzündet sich in diesem Roman aufs neue: an einer der freundlichsten Gestalten der französischen Geschichte.

»René lebte zur Zeit des ausgehenden Hundertjährigen Krieges zwischen Frankreich und England, war also Zeitgenosse der Jeanne d Arc, der wir in mehreren Szenen des Romans begegnen. Er war der Sohn der schönen und politisch klugen Yolande von Anjou und der Schwager des Dauphin Karl VII., den die Jungfrau in Reims krönte. Seinen Titeln nach war er König von Neapel und Sizilien, König von Jerusalem, Herzog von Anjou und Lothringen, Graf der Provence und Herr über viele Herrschaften, die er durch Heirat und Erbschaft erwarb und zumeist wieder verlor. Ein unglücklicher Herrscher, zumal da er jahrelang Gefangener eines mit ihm um die lothringische Krone rivalisierenden Verwandten war und sein Leben lang nicht aus den Schulden herauskam, die ihm ein verlorener Krieg gegen Burgund aufgeladen hatte.

Ein unglücklicher Herrscher, aber ein guter König, »le bon René«, wie ihn die kleinen Leute, um deren Wohl er sich kümmerte, nannten, ein armer Mäzen, der Künstler und Philosophen an seinen Hof zog, ein Hirten- und Musenkönig, der malte, dichtete, die Lieder der Troubadoure sammelte, Gärten und Tiere liebte ...

Volksfeste, Stierkämpfe, Moriskentänze werden von Otto Rombach farbig und genau geschildert, Landschaft und Städte, namentlich der Provence, erstehen in schöner Anschaulichkeit.«

Frankfurter Allgemeine Zeitung

Der Autor Otto Rombach, 1904 in Heilbronn geboren, 1984 gestorben, lebte nach Zwischenstationen in Frankfurt und Berlin, seit 1945 wieder in Heilbronn. Zahlreiche Publikationen.

Otto Rombach

Der gute König René

Roman

Fischer Taschenbuch Verlag

Ungekürzte Ausgabe
Veröffentlicht im Fischer Taschenbuch Verlag GmbH,
Frankfurt am Main, Oktober 1984
Fischer Taschenbuch Verlag GmbH, Frankfurt am Main
Lizenzausgabe mit freundlicher Genehmigung der
Deutschen Verlags-Anstalt GmbH, Stuttgart

Gesamtherstellung: Clausen & Bosse, Leck
Umschlagentwurf: Rambow, Lienemeyer, van de Sand
Printed in Germany
980-ISBN-3-596-28123-7

Inhalt

Il fut malheureux
Il fut bon,
Il fut artiste.

Er war unglücklich,
er war gut,
er war Künstler.

A. Lecoy de la Manche

Il donnoit tous, il n'avoit rien;
autant avoit hier comme hui.

Er verschenkte alles, er hatte nichts;
meistens hatte er gestern so viel wie heute.

F. L. de Villeneuve Bargemont

Der gute König René (1409–1480) war König von Neapel, zugleich König der beiden Sizilien und König von Jerusalem, von Aragon und von Valencia, dazu König der Inseln Sizilien, Sardinien, Korsika und Mallorca, ferner Herzog von Anjou, von Lothringen und von Bar, sowie Graf der Provence, von Barcelona, von Forcalquier, von Piemont, von Guise und Herr über viele andere Herrschaften.

Erster Teil

Vorspiel in der Provence

Erstes Kapitel

Die schöne Witwe von Anjou

Zwiespältig hatte die Mutter Renés gelächelt, als er für sich und zugleich für Charles darum bat, anstatt mit ihr über den Rhonefluß nach Martigues zu fahren, lieber durch die Camargue vorausgaloppieren zu dürfen. Die Stierhirten nahmen sie mit. Sie kehrten morgen aus Arles in ihre Gehöfte zurück. Sie kamen mit ihnen sogar wahrscheinlich viel früher als das unbeholfene Küstenschiff in der Inselstadt an, die zwischen dem großen Binnensee, dem Etang de Berre, und dem Meer lag. Dann hätten sie endlich einmal, bevor es um die nächsten Buchten weiter nach Marseille ging, einen Tag Freiheit!

Denn Yolande und ihre höfische Gesellschaft wurden auch dort erwartet, auch in Aix, der alten Hauptstadt der Provence, auch in Toulon. Bis nach Nizza hörten die Feste nicht auf. Empfänge und Besichtigungen. Förmlichkeiten. Deshalb hätte sie zwar ihre beiden Jungen verstehen müssen. Aber es schmerzte ein wenig. Sie nannte manchmal auch Charles ihren guten Buben, den Achtzehnjährigen, ihren zukünftigen Schwiegersohn, der sie nur stumm unter seinen schwer niederhängenden Lidern hervor angeblickt hatte.

Um so begeisterter hatte René von der eigenartigen Landschaft geschwärmt, wo die Guardians, jene berittenen Hirten, mit ihren Lanzen und breiten Hüten die einzigen Menschen waren, ganz allein in der endlosen Steppe mit ihren Brackwasserseen und stehenden Bächen.

Überdies gab es dort – welch eine Verlockung, wenn man ungewöhnliche Tiere so liebte wie er – außer den wilden Stieren und Pferden auch unübersehbare Schwärme von seltenen Vögeln, rosarote Flamingos, die sich in Wolken über die Seen erhoben. Welch ein Anblick, den es nur hier gab! Er könnte vielleicht, sagte

René, einen oder ein Pärchen für sie, seine so kluge, verständige Mutter, die niemand so liebend verehren konnte wie er, einfangen lassen? Vielleicht für den Park in Angers? Oder für ihren Teich in Saumur an der Loire, wo sie gern wohnte?
Er wußte ja, daß sie ihm seine Bitte nicht abschlagen würde. Ibisse gab es, die weißen, heiligen Ägyptenvögel. Pelikane mit grotesken, langen Schnabelsäcken. Reiher. Kormorane. Dicht wie Schneeflocken flatternde Schwalben und Möwen. Manchmal verdeckten sie die Sonne, wenn sich ihre Schwärme aus dem seichten Strand erhoben, als schwebe dort eine Schaumkronenwelle der Brandung hinter der anderen in den Himmel hinein.
So hatte der Guardian, der nachher in einem erschreckend aufregenden Stierkampf Sieger blieb, über seine Camargue gesprochen, das nur scheinbar öde Küstenland südlich von Arles. Abends hatte er Charles und René und einige andere Leute, bevor er zu seinem Kampf antrat, an den Ställen entlang geführt, die unter der Arena lagen, niederen, dunklen Gewölben. Unruhig schnaubten und stießen die schwarzen Stiere durch die Löcher der Bohlentüren am Laufgang. Dann blitzte mitunter ein Auge oder ein spitzes Horn.
Dort hatte sich freilich mit Charles eine Szene ereignet, die René schaudern ließ, und die er unerklärlich fand. Aber er hätte sie kaum verhindern können, obwohl er wußte, daß sie auch seine Mutter erschrecken würde. Ganz überraschend hatte sich der Vorfall zugetragen.
Draußen kündigten bereits Trompeten den Stierkampf an. Der Einmarsch begann, wie immer ein farbiges Bild mit den Reitern und ihrem Gefolge, alle nach spanischer Art mit ihrer Grandezza, mit ihren Baretten und den eng anliegenden Kostümen aus Samt und Seide und mit Goldstickereien. Am Schlusse des Zuges zerrten jedoch schon zwei Maultiere auch jene Rutsche herein, auf der sie nachher den überwundenen Stier hinausschleppen würden.
Indessen hatte im dunklen Gang ein Peon erklärt, der eben die Schranke erstiegen hatte, wie er dem Stier von dort aus die zwei spitzen, mit bunten Bändern umwickelten Eisenstäbe ins Genick stoßen würde, sobald das Tor in die Arena aufgerissen wurde. Dann mußte der Stier, nachdem er tagelang im Dunkel des Gewölbes eingesperrt gewesen, das plötzlich grelle Licht als gräßlichen Schmerz empfinden, wie eine Blendung, aber gleich kam der ebenso unvermutete Schmerz der Banderillos hinzu, die ein

tückischer Kerl in seinen Nacken spießte. So raste er wütend vor Schrecken in die Arena hinein.
»Sire, möchten Sie es tun?«
Wie ein Versucher hatte der Peon auf Charles geblickt, aufdrängend freundlich und hastig. Denn inzwischen tanzte der Stier in seinem finsteren, engen Gang heran. Man roch und ahnte ihn mehr, als man ihn sah.
Da hatte Charles plötzlich nach den zwei Stäben gegriffen.
»Ja. Ich.«
Und schon sah ihn René wie einen zuckenden Schatten hoch vor sich auf der Barriere, während das Tor in die erschreckende Helligkeit aufsprang. Mit einem Sprung stürmte der schwere Stier hinaus. Aber auch ins Leere hinein stieß Charles mit beiden Händen noch einmal zu. Dann begann draußen der Kampf.
Charles war nichts anzumerken, als er langsam mit seinem gesenkten Blick, der seine Gewohnheit war, neben René zu der Loge hinaufging, über die ein Baldachin gespannt war. Dort saß mit ihrem gewohnten betörenden Ausdruck ihre Bonne Mère vor den weißen Lilien auf blauem Grund. Nur die Sitze ihrer beiden Jungen waren neben ihr frei geblieben, während sie ringsum von Standespersonen der Stadt und der Landschaft umdrängt war. Alle bewunderten sie, auch Charles, der wie scheu zu ihr hinüber starrte.
Aber dann hatte er offenbar jenen einzelnen Menschen gespürt, der ihn unverwandt mit den Augen verfolgte. Hinter ihnen kam er über die Staffel aus dem Gewölbe herauf. Charles drehte sich um. »Ah, du bist es? Jacques? Was treibst du in Arles? Deine Fischwasser sind doch bei Bourges?«
»Nun, Sire, ich überlegte gerade, daß man bessere Fische einsetzen sollte, wenn Sie sie kaufen wollten, die Teiche. Ich hörte davon.« »Hast du vielleicht auch gehört, wer mir das nötige Geld dafür gibt?« »Oh, ich könnte ja jemand fragen, Sire. Es kommt nur auf die Sicherheiten an. Auch würden die Herren von Saint-Etienne, denen die Teiche gehören, gern einige Fische behalten. Für die Fastentage. Aber man könnte sich einigen?«
»Sicherheiten?« äffte Charles und schob sich neben René in die Loge, fast schüchtern an den Reihen der Leute vorbei, die von ihren Sitzen aufstehen mußten. Dabei spähte er manchmal zu ihrer Bonne Mère hinüber, auch als er seinen Platz einnahm. Denn er konnte ja nicht wie Renè, der kindlich ganz nahe an ihren Sessel rückte, heimlich ihre Hand ergreifen. Aber sie hielt,

als merke sie seine Zärtlichkeit nur verstohlen, ihre hellen Augen wie träumerisch auf die Arena gerichtet, wo der unlustig verwirrte Stier abseits getrottet war.
Nun wurde er dort von einer Horde aufgeregt hüpfender Männer mit roten Tüchern umtanzt, bis er ausbrach, blutige Striemen über dem schwarz glänzenden Fell. Nur ein winziges und fast schmerzliches Lächeln hatte die Mienen Yolandes verändert. Es blieb eine Weile.
Morgens hatte sie noch gesagt: »Diese Corrida wird eine Qual für mich sein. Aber wir müssen sogar einen Preis dafür stiften.«
Nun schien sie von dem erregenden Stiergefecht eigentümlich gefesselt, und nur René spürte an ihrem heimlichen Händedruck, wie beherrscht sie sich gab.
»Ruhig und würdig sitzen, wie ein Bild zum Betrachten und dennoch angeregt erscheinen, das verlangt man auch hier von uns. Weil wir immer beobachtet werden«, das hatte sie ihnen eingeschärft, »müssen wir immer bedenken, wen jeder in uns zu sehen erwartet, in dir, Charles – den jungen Dauphin von Frankreich, der einmal Charles der Siebte heißen wird, in dir, Marie, – seine vor Glück noch beschämte Braut in ihren unwissenden Mädchenjahren, die zukünftige Königin.«
Da hatte Charles vor sich hin getrotzt: »Ich bin Ihnen dankbar, Bonne Mère. Aber wenn ich nicht bei Ihnen wäre, das wissen Sie, könnte ich betteln gehen, weil mir mein Vater nichts geben kann und meine Mutter nichts geben will!«
»Du wirst dir das Deinige holen. – In dir, René, sieht man ganz einfach meinen guten Jungen, der du hoffentlich bleibst.«
Sie selbst war für jedermann und wo sie auch auftrat, mit ihrer Schönheit und mit ihrem Lächeln die vornehme Tochter von Aragon, nun die jung verwitwete Herzogin von Anjou, überall herzlich bewundert.
»Ah!« Jetzt rief, als plötzlich der Kampf unter brausendem Schreien zu Ende war, der Herold auch ihre weiteren Titel auf: »... Königin von Sizilien und von Jerusalem, Herrin auf Mirebeau und Saumur ...« Er nannte noch viele Besitzungen und zuletzt, worauf sich der Jubel steigerte: »Regentin der Provence!« Sie verneigte sich wie gerührt.
Dann war der Sieger, jener Guardian aus dem Gewölbe, vor der Brüstung der Loge vor Yolande auf die Knie gegangen, um seinen Preis zu holen. Schweißnaß wie die stämmigen, noch in den Flanken bebenden Pferde kniete er in der Tiefe, keuchend und

starrend, ein Kerl aus der Wildnis, der ungläubig den Mund zu einem Lachen verzerrte.
»Mon Dieu, die schöne Witwe von Anjou beschenkt mich! Mich?« Da waren auch seine Helfer herangestürzt, auch sein Peon, der Charles erkannte, lauter gewandte, rohe Stier- und Pferdeknechte in bunten Kostümen.
»Es war wohl ein boshafter Stier, ein sehr wütender?« sagte Yolande, worauf sich der Peon vordrängte: »Das möchte wohl wahr sein.« Er zeigte lachend auf Charles. »Fast hat ihm nämlich der junge Herr die Banderillos allzutief hineingejagt! Das hat ihn von Sinnen gebracht!«
Erstaunt warf Yolande einen Blick auf Charles. Aber gleich darauf zeigte sie wieder ihr Lächeln.
»War der Dauphin so tüchtig? Also ist euer Preis doppelt gefährlich verdient?«
Glückwünschend grüßte sie mit beiden Händen und anerkennend lächelnd hinunter. Wie verzaubert starrten die Kerle aus der Camargue.
Als jedoch der getötete Stier auf der Rutsche an ihnen vorbeigeschleift wurde, wurden sie ernst und zogen die Hüte.
»Dein Stier«, sagte Yolande zu Charles und wandte sich dem Ausgang zu. »Du solltest ihn genau betrachten.« Schon war der schweißnaß glänzende, schwarze Tierleib durch den Sand, den die hoppelnde Rutsche aufwühlte, mit Staub bedeckt. Unschlüssig strebte auch Charles aus der Loge und aus der Arena hinaus.
Aber obwohl er auch bei dem nun folgenden Abschiedsfest im Stadthaus immer in ihrer Nähe herumstand, richtete sie kein Wort mehr an ihn. Keinen Blick. Dann überschätzte er vielleicht die Art, wie sie oft allzu heftig den Fächer gebrauchte und wie angestrengt sie bei Gesprächen war, ihr Lächeln und Verwundern, mit denen sie Zeit für ihre Antworten fand.
Erst spät in der Nacht, als ihre Bonne Mère in dem Uferpalais, wo sie wohnten, plötzlich im Treppenhaus stehen blieb und einen Halt an der Wand ertastete, schien sie ihre Begleiter, auch Charles, wie mit einem Frösteln zu mustern. Trotzdem wehrte sie alle ab.
»Nur Müdigkeit«, sagte sie. »Allzuviel Freude. Nicht wahr? Auch für euch.« Sie brauche nur Luft. Im großen Zimmer den Blick auf die Rhone. Dort lag an der Brücke bereits das hochbordige Seeschiff, das ihr die Stadt Martigues über den Fluß heraufgeschickt hatte, um sie abzuholen.

»Ich weiß, ich habe Sie enttäuscht«, versuchte Charles einen Anfang. Aber sie schien sich besinnen zu müssen.
»Ach so, dein Stier. Nun ja, du hattest nicht selbst mit ihm zu kämpfen, und vielleicht denkt niemand dabei so viel wie ich. Vielleicht bewundern dich manche Leute.« Nun hatte sie wieder jene Gelassenheit, mit der sie leichthin, wie oft bei schwersten Verhandlungen, auch das Unbehagliche sagen konnte, liebenswürdig, als leide sie selber darunter, nun auch bei Charles. »Freilich machen es viele so: Schmerzen versetzen, andere kämpfen lassen. Nur – meine Art ist es nicht.«
Tief atmend sog sie die Luft ein, die erfrischend vom Fluß heraufkam, weit aus dem Fenster gebeugt, um den Mond und seinen Widerschein auf den Wellen besser zu sehen. Die Schiffe. Auf ihren Decks brachten auch jetzt noch Matrosen, obschon es auf Mitternacht ging, Girlanden und Wimpel an, die sie über die Masten spannten, während am Kai Gruppen von Frauen saßen und lange Gewinde flochten. Leise sangen manche.
»Nun gut. Gute Nacht«, sagte sie endlich. »Wir werden sogar in den Schlaf gesungen, und sicher waren die alten Mütter da drunten auch einmal so reizend wie die Mädchen, die dir in Arles so gefallen. Mit Recht. Hüte dich nur vor den Stieren.«
Aber weil Charles nun merkbar unmutig wurde, ergänzte sie rasch, sie habe nämlich als Kind erlebt, wie ein ruhig grasender Stier am Dorfbach plötzlich einen solchen Peon, der nichtsahnend aus der Arena kam, aufgespießt hatte. »Seitdem glaube ich, die Stiere wissen das untereinander.« Sie legte ihm ihre Hand auf die Schulter. »Ich würde dich gern einmal in der Arena bewundern. Leider laßt ihr mich morgen allein mit all diesen Männern, die mir wahrscheinlich auch auf dem Schiff nur Zugeständnisse abschwatzen wollen. Nun gut, viel Pläsier. Wenn du jedoch, und das möchte ich fast zur Bedingung machen, wenn du von den Guardians die Spielregeln lernen möchtest, wie man, mit dem dumpfen Stiergesicht vor Augen, jede mögliche Tücke bedenken und doch wie ein Tänzer sein muß, nicht nur der Mann mit der Lanze oder mit dem Stierkämpferdegen, dann würde ich dir gern einen Stier einhandeln. Ist dir das recht?«
»Mir hat doch«, gab er leicht gallig zurück, »alles recht zu sein. Alles! Wie es vorläufig ist. Und es ist mir auch recht.«
»Mir wäre das nicht ganz recht.«
»Würde es mir nützen, wenn ich mir einbilden würde, unglücklich zu sein? Vielleicht bin ich es und gebe es nur nicht zu? Auch

mir selber nicht? Ich ertrage mich, wie ich bin und kann mir nicht vorstellen, wie ich anders sein könnte!« Natürlich wisse er auch, setzte er beinahe heftig hinzu, daß sie es gut mit ihm meine! »Das werde ich Ihnen danken.«

Damit verbeugte er sich und lief hinaus, wobei ihm Yolande nachdenklich lächelnd nachsah und doch wie befriedigt.

Auch René wollte gehen. Aber sie führte ihn zu zwei Sesseln, die einander halb zugekehrt ein Tischchen flankierten. Dort rückte sie eine Schatulle beiseite.

»Magst du ihn eigentlich?« fragte sie, und weil René angestrengt vor sich hin sah, ergänzte sie: »Ich habe die üblen Gerüchte über ihn nie glauben mögen, aber nun hat mich heute sein Bubenstück in der Arena erschreckt, weil er es hinterrücks und ganz plötzlich getan hat. Im Dunkeln. Man sollte zwar bei jedem Menschen bedenken, daß er uns enttäuschen kann. Aber man hofft doch.«

»Und mit dieser dürftigen Hoffnung hast du ihn mit unserer Marie verlobt?«

»Ich würde es noch einmal tun.« Und weil sie René nun aufhorchend ansah, erklärte sie: »Ja. Trotz des Hasses, den seine Mutter gegen ihn hat –«

»– oder er gegen sie –«

»– kann sie ihm nie bestreiten, daß er der Dauphin von Frankreich ist. Der einzige Erbe, der seine Erbschaft bekommen muß, sein Land und die Krone. Auch wenn sie ihm seine Verwandten in England streitig machen. Und wenn sie allmählich ganz Frankreich besetzen.«

Oft in der letzten Zeit führte Yolande abends solche Gespräche mit ihm. Ganz offen sollte René mit ihr sprechen und ihr auch widersprechen, hatte sie ihn ermutigt, auch wenn er ihr weh tun sollte. Manchmal tat er ihr weh. Denn sie empfand zwar, wie jede Mutter, mitunter gerührt die wachsende Selbständigkeit ihres Buben, aber zugleich auch, was er an jugendlicher Unbefangenheit auch gegen sie verlor, ja, daß er älter wurde. Aber auch sie wurde älter. Ob Marie wohl glücklich sei? hatte sie einmal gefragt. Dann war seine Antwort frühreif und burschenhaft derb gewesen: »Sie möchte es sicher gern sein. Aber er sagte ihr, daß ihm die Heimlichkeiten, die er gern mit ihr hätte, kein Vergnügen mehr machen, seitdem er weiß, daß er sie heiraten wird.«

»Das erleichtert mich«, war ihre Antwort gewesen, und weil er

erstaunt war: »Demnach gibt es für beide keine Täuschung mehr, also auch keine Enttäuschung.«
Heute sagte sie: »Noch ein paar Jahre, René, dann wirst du alles besser verstehen, auch die Notwendigkeit, daß du selber bald heiraten mußt.«
»Wen?« Er war plötzlich erregt. »Kenne ich sie?«
Um so ruhiger blieb Yolande.
»Wir müssen doch immer bedenken«, antwortete sie, »wer unser Freund oder Feind ist oder sein könnte oder wer es sein müßte, weil es trotz aller Gefühle und Rechte oder Verträge sein Vorteil wäre. Ich gebe dich außerdem nicht gern her.« Dann hatte sie jene Schatulle geöffnet, die auf dem Tischchen stand, und ihm ein kleines Tafelbild gereicht, das er mit einem sonderbar wechselnden Ausdruck genau betrachtete. Er sagte jedoch nur, als er das Täfelchen mit einem langen Blick zurückgab: »Wenn ich so malen könnte ...«
Yolande erwiderte: »Vielleicht bringt sie den Maler mit?«
»Und wenn ich lieber bei den Stierhirten bleiben möchte?«
Nun, da verwirre sich manches, meinte sie. Noch denke oder fühle er als junger Mensch.
Aber er fiel ihr ins Wort: »Ich kann wohl die Zeit nicht überspringen, bis ich so alt sein werde, daß ich alles verstehe, und ich wende mich nicht gegen dich, obwohl ich mich immer noch jünger gestempelt fühle, wenn man mich merken läßt, wie jung ich noch bin. Dagegen darf ich dadurch wohl so jungenhaft denken, wie es mir zukommt? Mich schüttelt es nämlich, wenn ich mich in das arme Mädchen versetze, das mich heiraten muß. Ungefragt.«
»Arm ist sie nicht«, wandte Yolande ein. »Übrigens hatte man damals auch mich nicht gefragt.«
»Ja und ja!« begehrte er auf. Also war es doch unwahrhaftig, wenn in der Arena die provençalischen Sänger, wie gestern, ihre gefühlvollen Liebesgedichte vortrugen? Jedermann war entzückt und gerührt. Jeder machte nachher weiter mit dem alten Handel? Jeder reiche Städter, jeder Bauer, der durch sein eigenes Kind nichts als ein Stück benachbartes Land an sich zu bringen versucht. »Wie wir!«
»Du wirst wohl«, wandte Yolande ein, »wenn du selber Kinder hast, ähnlich für sie zu sorgen bemüht sein. Wie ich. Für dich.«
René versicherte ihr hastig, zumal sie nun aufstand: »Du bist die

beste, klügste Mutter, und ich fürchte, dir Sorgen zu machen. Nur – der Vater von Charles, der König, das weiß in Paris jeder Gassenjunge, hat eine Geliebte. Seine Minister. Der Kanzler. Jeder! Als ich in Barle-Duc vom Schloß aus zum erstenmal aufs Land hinaussah, zeigte der Kustode in die Richtung, in der Nancy liegen muß. »Dort«, sagte er, »herrscht über Lothringen die Tochter eines Gemüsehändlers, weil sie dem Herzog gefällt. Überall gibt es Bastarde; aber unbekümmert darum bahnt man Heiraten an.«

»Nun ja«, sagte Yolande. »Du wirst, wenn dir die Tochter dieses Nachbarn nicht gefallen sollte, auch eine Geliebte haben. So lebt man in unserer Zeit. Aber freilich – ich denke wie du. Es ist um so schwerer, mit dieser Zeit fertig zu werden.« Sie hatte das Tafelbildchen noch einmal aus der Schatulle geholt. »Willst du sie noch einmal ansehen?«

»Ja«, sage René und nach einem langen Blick darauf: »Er ist doch kein guter Maler.«

Zweites Kapitel

Rhone-Fahrt

Schon früh am nächsten Morgen waren die Straße am Fluß und die Stadtmauern gedrängt voller Menschen, die begierig darauf warteten, wer die Schiffe bestieg. Einer der ersten war Monsieur Perrier gewesen, der Meister der Hähnchenbrater, der sich bald stolz auf der »Bouche-du-Rhône« bis in die Jakobsleitern hinauf verstieg. Dort wippte seine hohe Küchenmütze wie ein weißer Vogel über dem Festschiff, das alle anderen Schiffe am Rhone-Kai mit seinem mächtigen Rumpf und Gestänge hoch überragte. Ihn titulierten Leute vom Ufer aus »Herr Küchenkapitän!«, worauf sich Monsieur Perrier, dessen Hähnchen in Blätterteig eine bekannte Köstlichkeit waren, gravitätisch verbeugte.
»Platz! Bitte Platz!«
Nur schwer gelang es inzwischen den Hafenwächtern, die Gäste durch das Gedränge zu ihren Schiffen zu bringen. Dabei fuchtelten sie mit ihren Zeremonienstäben, bunte Sträußchen am Knauf, aus der Menge heraus.
»Platz für den Seigneur de Porcellet!«
Da sah man auch schon den kleinen und mageren, flinken Herrn und seine stattliche Gattin auf dem schwankenden, steilen Bretsteg hoch hinauf das Schiff betreten. Ihm, dem man in seiner Schmächtigkeit seine Bedeutung nicht ansah, gehörte ein gutes Viertel der ganzen Stadt Arles, le Vieux Bourg, wo lange Häuserreihen noch auf römischen Mauern standen. Nun begrüßte er auf dem Deck einige Amtspersonen und besonders zielbewußt die zwei obersten Herren des Stadtviertels »in der Marché«, mit denen er gleich zu tuscheln begann. Denn sie verdankten die Herrschaft über das Viertel, in dem die Märkte lagen, dem Erzbischof, dessen Gebiet die Cité mitsamt der Kathedrale Saint-Trophime umfaßte, von deren Portal die Skulpturen der

Verdammten und Seligen blicken. »Wir haben auch hier bald alle beisammen«, meinte ein Mann am Kai, der seiner Umgebung diese Erklärung gab.

Noch gestern war es nicht sicher gewesen, ob auch der geistliche Oberherr die Stromfahrt nach Martigues mitmachen und also auch über den steilen, bedenklich wippenden Steg zur »Bouche-du-Rhône« hinansteigen würde. Trotzdem freute sich jeder darauf, der den gewichtigen Erzbischof kannte.

Aber nun hatte man heute, wie bis zur letzten Stunde aufgespart, eine Nachricht gehört, die ganz Arles bewegen würde. Man hatte sie Herrn von Porcellet im Bischofspalais bestätigt.

Welch eine Neuigkeit! Offenbar ohne Wissen aller regierenden Herren von Arles war es der schönen Witwe Yolande gelungen, ganz überraschend die Herrschaft über das vierte Viertel der Stadt an sich zu bringen, le Bourg Neuf, den von begüterten Bürgern bevorzugten Stadtteil! Er war im Besitz des alten Seigneurs von Les Baux gewesen, des Sonderlings auf der Felsenburg unweit von Arles.

Also hatte die so betörende, viel gefeierte Dame eine Übermacht in der Stadt erreicht! Denn ihr standen als Erbschaft der provençalischen Grafen auch einige Rechte im Viertel Vieux Bourg zu, die Herr von Porcellet zwar ungern erwähnte, aber doch gern und genau verwaltete.

»Das kann alles so bleiben«, hatte Yolande ihm versichert, als er mit seinen flink huschenden Äuglein auf ihren Bescheid gewartet hatte. »Eh bien«, sagte er nun auf dem Schiff. Man habe zwar von dem beschwerlichen Ritt der Hofgesellschaft durch das Felsenmeer des Alpilles-Gebirges gewußt, das man oft bläulich verschleiert von Arles aus sah. Aber wer mochte schon, steil wie dieser Matrosensteg, auf das schwindelig hoch auf die Felsen gebaute Schloß hinaufreiten? Trotzdem hätte man ihr wohl zuvorkommen müssen? Man hätte ja unschwer vermuten können, daß sie den kindischen Hagestolz nicht nur besuchte, um die vom Holzwurm angebohrten Harfen der Troubadoure zu bewundern, die einst dort oben ihre Feste und gefühlvolle Jungfern zu feiern beliebten. Anscheinend konnte Herr von Porcellet nur lächeln, wenn er ironisch war. Bissig schloß er, daß auch der Herr von Grignan dabei war, Jérôme von Grignan, ein Freund des Herrn von Les Baux, und sicher hatte er mitgewirkt, als der Comte Alix sein Testament aufge-

setzt hatte, das heute morgen gebracht worden war! »Heiter« habe der Schloßherr seiner schönen Besucherin seinen ganzen Besitz geschenkt.
»Heiter!« wiederholte Herr von Porcellet. »Man muß wohl die Einbildungskraft eines Dichters besitzen oder kindisch sein, um es für wahr zu nehmen, daß er allein aus provençalischer Courtoisie gehandelt habe! Heiter? Was wird der Erzbischof tun? Fährt er dennoch mit?«
Warum sie selbst noch nicht kam?
Schon waren die meisten Schiffe besetzt, während noch da und dort verspätete Gäste im Gedränge am Ufer irrten, um ihren Kahn zu finden und oft vor dem falschen anlangten. So wurde auch vor der »Bouche-du-Rhône« der junge Mensch zurückgewiesen, der beteuernd ausrief: »Ich muß mit!« Sobald der Dauphin seinen Namen höre, Jacques, dürfe er sicher an Bord!
»Hier herüber«, rief ihm dafür vom übernächsten Kahn aus der Olivenhändler Duval zu, der eben auch einen Kaufmann aus Deutschland an seinen Tisch geholt hatte. »Höchste Zeit!«
Denn jetzt erschien sie. Böller! Glocken setzten ein. Geschrei. Kaum waren die Trompeten vom Hafenturm herab zu unterscheiden.
»Vive la Reine!«
Schon kam sie durch das Hafentor, hellblau mit einer hohen, weißen Spitzenmantille, die mit dem lang fallenden, eng die Hüfte und Brüste umspannenden Kleid die vornehme Tracht von Arles war.
»Vive la Reine!«
Doch dann erkannte man neben ihr den Erzbischof, der vor ihr über den schmalen, schwankenden Steg hinaufging, halb rückwärts gewandt und der sie galant an der Hand hielt. Fast allzu rasch zog er sie, nachdem sie mädchenhaft ängstlich die letzten zögernden Schritte auf dem wippenden Steg zurückgelegt hatte, droben an Bord und schloß sie geradezu in die Arme. »Eine echte Tochter von Arles!«
»Vive la Reine!«
»Vielmehr die neue Herrin von Arles!«
Indem er Herrn von Porcellet und die zwei anderen Stadtregenten an seine Seite winkte, gab er das Testament des Grafen von Les Baux wie eine ihn selbst beglückende Botschaft bekannt. Nicht enden wollte der Jubel! Trompeten! Auch auf der »Bouche-du-Rhône« begannen Bläser zu schmettern.

Und schon lenkte das Schiff in den Strom hinaus, noch eine Weile an der Stadt entlang, von Rufen und Winken begleitet. Rot – das war der Erzbischof, hellblau – die Königin von Sizilien! Unzählige andere Schiffe der unterschiedlichsten Art schlossen sich an, ein schwimmender Festzug mit Fähnchen und Blumengirlanden, mit Teppichen, die von den Borden hingen. Überall gab es zu trinken und volle Körbe, in denen die langen Weißbrotlaibe wie in riesigen Köchern steckten. Schon stieg von den Holzkohlenfeuern der Rotisseure gekräuselter Rauch auf. Das alles gehörte dazu.
Nur der Seigneur von Grignan war zu spät gekommen, langbeinig durchs Hafentor hastend, als sich die »Bouche-du-Rhône« gerade vom Ufer entfernte. Doch dann erreichte auch er jenes Schiff, auf dem er den freundlich einladenden Schiffsherrn zu kennen glaubte. Wer war es nur? »Wir sammeln die Zerstreuten«, war die Begrüßung des Dicken gewesen, und der Seigneur hatte gedankt, Schweiß von seinem Kahlkopf und von der Stirne reibend: »Ja, das war ich, zerstreut. Aber eigentlich nein, sondern gepackt; ich bin es noch immer.«
Er schaute sich um. Offenbar war er als einzige höhere Standesperson unter lauter mittlere Leute geraten, deren Namen er flüsternd von Herrn Duval erfragte. Plötzlich war ihm der Name des Dicken eingefallen, dessen tüchtiges Schiff, wie er sich gern unterrichten ließ, »L'Étoile«, sein Stern, sogar oft nach katalanischen Häfen fuhr, um auch dort Oliven zu holen. Man schien sie noch zu riechen. Der Nächste? Ah, ich erinnere mich – Monsieur Blanchard. War er nicht Hafenpräfekt? Dort ein Monsieur Riquet, angeblich Schöffe. Aha. Daneben der kleine, vom Alter verbukkelte Doktor Courconne mit seinem Greisenlächeln und, welch ein Gegensatz, ein jünglingshafter Mensch mit blondem Haar unter der kecken Kappe. Aber besonders fiel dem Seigneur der Weinhändler Armand Thiers auf, der mit vornehmer Geste mit seinem Becher rundherum jedem zutrank. »Auf Ihre Gesundheit.«
»Auf Ihre, Monsieur Thiers!«
Mon Dieu, man hatte gefeiert. Man feierte weiter. Zwar hatten die Feste allein in Arles schon viele Tage gedauert und immer bis spät in die Nacht hinein. Aber nun war es, wenn man das große Gefolge der Schiffe sah, das im wimmelnden Schwarm über die Rhone hinabfuhr, Lastkähne, getreuliche Rhoneschiffe, alle geschmückt, Fischerboote und sogar Nachen, die nur wenige Menschen faßten, nun war es, als ob die Begeisterung nicht aufhören

wollte. Bei Gott, da ruderte gar ein einzelner, seltsam vergnügter Mann auf zwei Balken mit, nackt, einen Seerosenkranz um den Leib, ein Rhonegott. »Gott grüß' euch!«

Jeder war freundlich zu jedem, und so schien diese Flotte mit ihrem fröhlichen Lärm die Stimmung der eben erlebten Tage aus der Stadt zu entführen. Den Fluß hinab. Wie eine freundliche Wolke. So drückte es der Herr von Grignan aus.

Ich frage mich nur«, sagte er ernst und fuhr gewohnheitsmäßig durch seinen kurz gestutzten Kinnbart, »ob sich vielleicht irgendwo in einer Wolke ein Blitz versteckt halten könnte?«

Der Hafenpräfekt widersprach. Die schöne Yolande sei sicher weiblich klug genug, auch jedes Gewitter abzuwenden.

»Wäre es nicht überhaupt am besten«, fragte Herr Blanchard links und rechts seine Nachbarn, »nur noch von hübschen Weibern regiert zu werden?« Doch die offenbar deftige Antwort des Herrn Riquet, der entsetzt beide Hände hob, ging im Getrommel von einem Nachbarboot unter, das einige Burschen rasch vorüberstakten.

Noch zog die Flotte, bevor sie auf dem breiteren Flußarm in die Camargue einbog, im großen Rudel wie ein breiter Schweif hinter der »Bouche-du-Rhone« dahin, von Flötenmusik und Tamburinschlägen begleitet. Einige Musikanten besaßen die alte Fertigkeit, die zwei Instrumente zugleich zu spielen. Dazu führten auf einem Prahm, der ein Podium trug, unermüdliche Tänzerinnen, die ihre Beine so hoch als möglich warfen, ihre Figuren vor. Aber das Unterhaltendste war, wenn sich Bekannte von Schiff zu Schiff entdeckten. »Helàs, Martin! Ihr trinkt wohl einen besseren Jahrgang als wir? Laßt euer Fäßlein einmal herüberschwimmen! Wie sind die Pasteten?« Aber oft wurden sie mitten im Satz oder Scherz von der Strömung oder von einem vorwärts schießenden Kahn auseinandergetrieben.

»Tiens, so ist es.«

Inzwischen hatte jedoch das Wort von der Weiberherrschaft, das Herr Riquet gebrauchte, einen Disput entfesselt, den der Herr von Grignan mit sichtbarem Unbehagen verfolgte. Denn hier wurden ernüchternde Fragen gestellt. Was wohl nach allen Freundlichkeiten der schönen Witwe von Anjou als greifbare Besserung bleibe? Ob sie wohl, da sie doch eine weibliche Victoire diplomatique vorführe, einen Triumph ohne Ende, in der Tat alles so mitfühlend meine, wie es den Anschein habe? Ob das Bestand habe?

»Ja!« rief der Herr von Grignan.
Aber da fing der alte, leise Corconne, der lang nachgedacht hatte, zu reden an. »Weiberherrschaft?« Sein Faltengesicht belebte sich. »Werden wir nicht unser Leben lang von Weibern beherrscht? Auch wenn wir selber zu regieren meinen? Sowohl wir Armen als die Mächtigen? Von Kindheit an? Und immer durch die Liebe. Immer betört. Ich brauche die Tonleiter sicher nicht vorzusingen? Aber sie herrschen doch eigentlich allezeit über uns, weil wir tun, was sie wollen?«
»Nur ihren eigenen Mann«, sagte Herr Thiers in fein abwiegender Art, »nur ihre Söhne hat sie anscheinend nie beherrscht?«
»Nichts gegen die Regentin!« rief Herr Duval, worauf Herr Thiers erwiderte, neuerdings seien die Maler darauf gekommen, daß ein Bild kein Bild sei ohne glaubhaften Hintergrund. »Wir jubeln seit einigen Tagen, und man könnte zwar sagen: Mögen die Leute doch feiern. Wohl denen, die nicht nachdenken wollen oder gar müssen, wie wir, warum sie sich freuen.«
»Müssen Sie das?« Der Seigneur, dem dieser Satz herausgefahren war, sah sich voller Erstaunen um. »Vor zwanzig Jahren«, stellte er fest, »also im Jahre vierzehnhundert, schrieb Juvenal des Ursins, gewiß ein kritischer Geist, über die Hochzeit unserer Königin Yolande in Arles, und sicher war dies ein Wagnis angesichts ihrer eigenen Damen, die ihrer Schönheit mit Anmut bewußt sind ...«
»Nicht auch mit Hochmut?« kam es vom unteren Tisch.
»Er schrieb: Das schönste und klügste weibliche Wesen, das man je sehen konnte. Ich meine: sein Wort gilt noch heute!«
»Leben soll sie!« rief Herr Duval. »Wahrlich, es gilt noch!«
Aber der Weinherr meinte mit Vorsicht, obwohl auch er seinen Becher hob: »Wo man begeistert ist, scheint jeder besiegt zu sein, der nachdenklich bleibt. Ich bewundere zwar, wie Sie, die Schönheit der gefeierten Dame, und ich werde von ihren vernünftigen Taten entzückt sein ...«
»Immerhin war er«, flüsterte Herr Duval dem Seigneur zu, »als Student in Paris und später ein vielgesuchter Jurat und Notar, bevor ihm sein Vater das Weingut vermachte.«
Als hoffe er, sie zu erspähen, hatte Herr Thiers seinen Blick auf die »Bouche-du-Rhône« gerichtet, von der man jedoch, nicht weit entfernt, nur das hohe Heck mit seinem farbigen Schnitzwerk und mit den zierlichen Laternen sah. Dann blickte Herr Thiers einem Flug Enten nach, der quarrend aus dem verwilder-

ten Uferhang aufstieg und die flimmernde Schwüle belebte, die auch die Schiffe zu lähmen schien. Allmählich weit auseinandergezogen glitten sie stumm über den Fluß hinab.
Wie mit innerer Mühe wandte sich Herr Thiers wieder dem Comte zu, der sich förmlicher setzte und fast keinen Lidschlag tat. Ihm schulde er wohl eine Begründung, begann Herr Thiers, und er müsse dafür, wie in seinen Kellern, auch das Dunkel anleuchten, das Unbegreifliche, in diesem Falle die Tragik, daß nun seit zweihundert Jahren jeweils ein Herr von Anjou nach Italien übersetzte, um Italien zu erobern. In neuerer Zeit war es vor vierzig Jahren Ludwig der Erste, dann Ludwig der Zweite gewesen, der Gatte der Yolande. Das war nun kaum zehn Jahre her. Heute kämpfte dort Ludwig der Dritte, der Sohn von Yolande. Und jedes Mal war es ein Abenteuer, eine Nutzlosigkeit und Niederlage, auch heute, die man voraussehen konnte.
»Wer?« Wie ein Schuß kam die Antwort des alten Grignan. Doch er bemühte sich, höflich zu bleiben. »Immerhin wissen Sie wohl, daß das Haus Anjou in Italien Erbansprüche hat? Ich verstehe nicht, was Sie mit Ihrer Betrachtung bezwecken?«
»Etwas sehr Eigentümliches. Weil man von Weiberherrschaft sprach.«
Er genoß es, ohne den starrenden Herrn von Grignan zu verletzen, seine Antwort aufzusparen. Denn man müsse wohl, sagte er, um es ganz deutlich zu machen, sehr weit zurückgreifen. Aber bleibe man bei der nächsten Vergangenheit, so müsse man jene erschreckende Königin von Neapel erwähnen, Johanna, die am Schluß ihrer unbegreiflichen Herrschaft – »das war in unserer Jugendzeit, Seigneur« – Ludwig den Ersten zu ihrem Erben erklärt hat.
Nun war es der Seigneur, der wie ängstlich auf das große Festschiff blickte, als könnte dort jemand die Greuelgeschichten hören, die hier hervorgekramt wurden. »Ihren ersten Mann hat sie auf spanische Weise erwürgen lassen, den König aus Ungarn, Andreas.«
»Ihr letzter Mann, ihr vierter«, entsann sich ein anderer, »Karl von Durazzo, – wo brachte sie nur die Männer her –, einer stammte aus Braunschweig – ihr letzter gab ihr dann endlich den gleichen Abschied wie sie ihrem ersten, – irgendwo in der Basilicata – einen Strick.«
Eigentlich, nahm Doktor Corconne das Wort, der oft wie aus Abgründen zu sich zu kommen schien, eigentlich setze sich seine

Erinnerung an jene Johanna aus zwei Schaudern zusammen. Denn er hatte sie selbst noch gesehen. In Arles. Insgeheim habe er, als er als Arzt vor ihr stand, zu zittern begonnen. Nicht vor der Königin. Nicht vor der Mörderin. Nur vor ihren so eigentümlichen Augen. So stelle er sich eine Medusa vor. Antikische Gewitterwesen. Eine Gehetzte, die freilich mit ihrer Leidenschaft, herrschen zu können, alle um ihren Thron herum aufeinander hetzte. Dann wurde gemordet. In Rom hatte sie Aufstände angezettelt. Aber er glaube, daß ihr Testament, in dem sie Louis d'Anjou zu ihrem Nachfolger machte, nur purer Verzweiflung entsprang, weil ihr niemand mehr helfen konnte, wollte oder mochte. Nur der gute Anjou mit der jahrhundertealten Erinnerung der Anjous an ihre Herrschaft in Italien und in Jerusalem konnte ihr den Thron noch eine Weile retten.
Er ließ seinen Kopf wieder sinken. Doch dann fiel ihm noch etwas ein: Man könne in diesem Gestrüpp eines Schicksals wohl keine Wahrheit finden, nur sinnloses Leben, obwohl sie, vielleicht auch dies in einer Art von Verzweiflung, Dichter an ihren Hof berief, Künstler, Gelehrte. Bettelarm war sie einmal nach Avignon geflüchtet, wo sie die Stadt an den Papst verkaufte. Immerhin hatte ihr damals auch die Provence gehört! – Genug.
»Ja, genug!« sagte der Herr von Grignan und stand auf.
»Gleich werde ich jubeln«, beschwichtigte ihn Herr Corconne. Denn da nun das Bild einer entsetzlichen Frauenregentschaft beschworen sei, zu dem auch das Bild der zweiten Johanna gehöre, erlebe er um so beglückter die verehrenswerte Yolande. »Sie soll leben.« Ganz überzeugt sagte er das, fast andächtig, und hob seinen Becher. Man brauche nämlich als Arzt, ergänzte er, eine besondere Vernunft, um an die Schönheit glauben zu können. Hier wage er es.

Doch nun strebte der ungeduldige Herr von Grignan dem Bug des Schiffes zu, wohin ihm nach einer Weile Herr Thiers zum Aufgang folgte, ebenso schweigsam wie der Seigneur auf das graugrüne Wasser blickend.
Hinter ihnen erzählten sich nun die Herren, auf ein ergiebiges Männerthema gebracht, von der zweiten Johanna, in deren Land sich gerade Ludwig der Dritte, der Sohn von Yolande, mit dem erbärmlichsten Unglück herumschlug. Aber den Herren kam es auf das Ergötzliche an.

»Wißt Ihr das von der Maus?« Das war die Stimme des Herrn Blanchard.
Aber schon hatte ein anderer »das kurze Ende« einer der vielen Liebesgeschichten der tollen Giovanna zu schildern begonnen. In der Tat, es sei kurz: »Morgens, als ihr der Liebhaber nicht mehr gefiel, mußte er sich, um ungesehen hinauszukommen, in einen Teppich einwickeln lassen, der dann vom Fenster aus über die Meeresklippen hinunter ausgeschüttelt wurde. Basta.«
»Die Maus – oder der Anfang einer Regentschaft«, so kündigte nun Herr Blanchard die kuriose Geschichte an, die ihm viel ausgeschmückter und besser, als er sie wiederzugeben vermöge, von einem Neapelfahrer erzählt worden sei. »Nun also: Anscheinend sei nämlich die Königin – und weil sie nicht mehr die jüngste ist, kann man das glauben – frei von der üblichen weiblichen Schreckhaftigkeit, wenn sie eine Maus erblicke. Um so größeren Horror vor diesen possierlichen Haustierchen hatte der hübsche Sergianni, ein Hofmann und Oberst, den mein Gewährsmann als ehrbar, stattlich, mit geradem Verstand und mittleren Alters beschrieb. Ihm übertrug Giovanna anscheinend nicht ungern die nächtliche Ehrenwache vor ihrem Zimmer, wo er dann meistens allein im Vorraum vor einem Schachbrett saß, gefaßt darauf, diensteifrig aufzuspringen und sich zu verbeugen, sobald seine Königin sichtbar wurde. Die hatte den stattlichen Mann, kann man vermuten, wohl manchmal verwundert von oben bis unten betrachtet. Nun gut. Sie wußte von seiner kindischen Mäusefurcht, und weil er wohl doch nicht so klug oder kühn war, wie sie vielleicht erwartet hatte, setzte sie ihm eines Nachts rasch eine Maus auf sein Schachbrett und flatterte in ihrem Nachtgewand auflachend wieder in ihr Gemach zurück. Wer mag sein Entsetzen beschreiben? Seine Verwirrung? Der mächtige Mann, der vor der Festung Taranto, einst die Purpurstadt Taras der Griechen, im Zweikampf einen baumstarken Gegner bezwungen hatte, rannte wie närrisch von Türe zu Türe, um vor der selber verschreckt hin und her rennenden Maus zu entfliehen. Aber vorsorglich hatte Giovanna alle Türen verschlossen. Nur eine stand offen, und so rannte er schließlich dorthin, wohin sie die Türe offengelassen und wo sie ihn haben wollte. Basta!«
Auch Herr Blanchard bekam sein Gelächter.
»Dieser Sergianni regiert seitdem im Königreich Neapel als heimlicher Herr über beide Sizilien!«
»Nun ja«, die Stimmen gingen durcheinander, »sie war schon für

ihren geliebten Pandolfo auf den Gedanken gekommen, ihrem eigenen Mann, dem König Jakob, Schildwachen im Schloß vor die Türen zu stellen, die ihn nicht passieren ließen, wenn sie mit ihrem Pandolfo Beratungen hatte!«
»Eh bien, eine geschickte Methode, sich den eigenen Mann vom Leibe zu halten!«
»Paß auf, wenn du heimkommst, Marcel!«
»Oh, Gaston, für dich würde auch ich gern den Nachtwächter spielen!« Man lachte, bis eine fast aufgebracht klingende Stimme die Fröhlichkeit plötzlich verglucksen ließ.
»Das belustigt Sie, meine Herren? Und unsere dicke Madame Isabeau in Paris? Lachen Sie auch über die?«
»Nun, nun«, warf Herr Duval begütigend ein, »man dürfte wohl nirgends für eine Liebesnarrheit größeres Verständnis erwarten als in der Provence, und Sie werden das, junger Freund, vielleicht dankbar zu würdigen lernen.«
»Bravo!«
»Pardon«, lenkte der Sprecher gewandt ein. »Sie dachten natürlich an die Amouren unserer französischen Königin. Ich denke dagegen an unseren König Charles, der ebenfalls Aufpasser hat und die ihm einreden müssen, daß er verrückt sei. Wahrscheinlich ist er es. Aber wenn sie ihn braucht, cette Isabeau, la Bavière, wie in diesen Tagen, um einen bösen Vertrag zu unterschreiben, begleiten ihn seine Wächter als gefällige Ehreneskorte!«
»Welchen Vertrag?« Plötzlich stand Herr von Grignan wieder am Tisch und fragte unvermittelt: »Was wissen Sie da? Sie kommen demnach aus dem Königreich?«
»Ja, aus dem Königreich Bourges.«
»Ein Gassenwitz!«
»Nicht doch«, erwiderte Jacques. »Denn was noch zum Königreich Frankreich gehört, weiß nämlich niemand genau, seitdem es fast überall englische und burgundische Gouverneure gibt. Aber seitdem der Dauphin in Bourges lebt, verspottet ihn seine eigene Mutter als den kleinen König von Bourges, und so stimmt meine Antwort, Seigneur, wenn sie auch widerborstig klingt.«
»Weiter!«
Die Herren am Tisch wechselten heimliche Blicke. Der junge Kerl mit dem hauchdünnen Bärtchen über der Oberlippe war nicht auf den Mund gefallen.
»Um auch das gleich zu sagen«, ergänzte Jacques, »man freut sich in Bourges, daß die Reine Yolande unserem Dauphin ihre

schöne Provence zeigt, nicht, weil er so arm herum lebt, daß er noch nicht einmal seinen Schuster bezahlen kann.«
»Woher wissen Sie das?«
»Von seinem Schuster. Er ist unser Nachbar.«
»Gut versetzt«, bedeuteten die Blicke.
»Was ich dringender wissen wollte«, mäkelte der Seigneur, indem er wieder seinem Platz zuging, »davon schweigen Sie? Sie erwähnten einen Vertrag? Zwischen wem?«
»Nun, Seigneur, vorläufig spitzt man nur die Federn. Auch könnte ich das Gerücht nur dem Dauphin persönlich berichten.«
»Sie reisen in Gerüchten?«
»Nein, Seigneur. In Geschäften. Ich habe nur, Seigneur, wie Sie, das falsche Schiff bestiegen.«
»Dann steigen Sie doch aus!« schrie der Seigneur, der auf den jungen Menschen eindrang. Nun gingen laute Rufe und Gerumpel durcheinander, als Jacques ein wenig ungeschickt zurückwich, der sich wehren wollte. Aber nachher war nicht mehr festzustellen, welche Worte oder gar Handgreiflichkeiten den rasch entstandenen Tumult zum allgemeinen werden ließen. Die lange Bank war umgestürzt, und wer dabei ins Taumeln geriet und sich am Nachbarn festhalten wollte, der riß ihn unwillkürlich, auch gegen sein Sträuben, zu Boden. »Es geht los!« rief Monsieur Duval, der ähnliche, plötzlich ausbrechende Rempeleien von seinen Matrosen und Hafenarbeitern kannte. Indessen versuchte der gute Doktor Corconne, rücklings an die Bootswand gepreßt, den »Rappel«, wie er es nannte, mit dem tückischen Rhonewind zu erklären, der die Menschen wie der Föhn rebellisch macht.
»Ich glaube, der Mistral kommt. Aufhören! sage ich. Der Mistral!«
Noch war jedoch die Auseinandersetzung nicht beendet, an der allein Herr Thiers nicht teilgenommen hatte. Er blickte wie traurig vom Vordach herunter, auch auf den Seigneur, dem man jetzt den Platz am Kopfende einräumte und der kopfschüttelnd über die Tafel hin sinnierte.
»Anscheinend bin ich doch ein veralteter Mensch«, seufzte er. Aber er suchte dennoch in seiner leidvollen Stimmung das hübscheste Hühnchen vom Spieß aus, der herumgereicht wurde. »Ich hatte fast gefürchtet, in eine verbotene Bruderschaft hineingeraten zu sein.« Damit meinte er jene Banden, die in der nahen Auvergne entstanden waren, ursprünglich zum Schutz der Wall-

fahrerwege, die alle zu Saint-Michel in Le Puys auf den steilen, schwarzen Lavafelsen führten, der wie ein riesiger Zapfen aus dem Talgrund aufstieg. Aber dann waren sie selber zu Räuberbanden geworden, die alle Adeligen auszurotten schienen. Er musterte jeden und am durchdringendsten Jacques.
»Aufrührer«, sagte er über sein Hühnerbein hinweg, an dem er nagte, »Sie haben keinen Respekt mehr. Wir haben in Ihrem Alter«, sprach er dann Jacques wie leidend und vorwurfsvoll an, »noch die Tafelrunde des Königs Artus bewundert. Verse gelesen. Adelaïde von Carcassonne.« Seine Stimme hob und belebte sich: »Ich empfing unsere Königin, als ich erfuhr, daß sie kommt, schon an der Grenze. Ich war, von meinen Bergen herunter, schon in Orange dabei. In Tarascon, wo die Begeisterten einfach über die Grabenbrücke in den Schloßhof drückten. Wo ihr jeder, der es vermochte, Geschenke aufdrängte. Die Stadt einen mächtigen Goldpokal. Auch ich trank daraus. Oder verstehen Sie nicht, was ich meine?« schloß er und starrte Jacques an.
»Nein.«
»Weil Sie kein Herz haben!«
Aber Jacques lächelte, weil er zur Antwort geben konnte: »Sie sagen: kein Herz. Aber zufällig heiße ich Herz. Coeur. Jacques Coeur – mein Name.« Er deutete eine Verbeugung an.
Der Bursche hatte wahrhaftig auf alles eine Staunen erregende Antwort, nun sogar diese.
»Sie lachen mich aus?« erregte sich der Seigneur aufs neue.
»Nein, Seigneur. Ich habe ganz andere Sorgen.« Ganz ruhig erhob sich Jacques und knöpfte sein Wams bis an den Hals zu. Was hatte er vor? Jeder an Bord war bemüht, sich Luft zu machen. Er verschloß dagegen seine hübsche Jacke bis unters Kinn. »Ich ärgere Sie«, sagte er höflich. »Warum? Weil ich nicht Ihrer Meinung bin, obwohl ich, wie Sie, die Königin Yolande bewundere. Aber eigentlich ist mein größeres Gefühl – mein Mitleid mit ihr.«
Jetzt wandten sich alle Gesichter sowohl Jacques als auch dem Seigneur zu, der die Antwort wie einen neuen Tort empfand. Er herrschte Jacques an: »Begründen Sie das!«
»Ich bin Ihnen dankbar, Seigneur«, sagte Jacques. »Denn Ihre zornige Meinung hat mir zu denken gegeben. Ich müßte wahrhaftig mit meiner Nachricht versuchen, unseren Dauphin zu finden, bevor wir in Martigues ankommen.« Er beugte sich zu Herrn Duval hinunter. »Ich möchte aussteigen.«
Man lachte. Doch man bestätigte Herrn Duval, was er sagte:

»Selbst wenn dies möglich wäre, aber natürlich ist es unmöglich, müßte man angesichts der Endlosigkeit der Camargue befürchten, ja, man dürfte gewiß sein, daß Sie irgendwo steckenbleiben. Einsinken werden Sie im tückischen Moor oder zuletzt vor Erschöpfung liegenbleiben, weil sich die Landstücke überall wie mit gespreizten Fingern ins Wasser erstrecken, wo es nicht weitergeht, fast nirgends weiter, oder nur durch den Sumpf, also immer wieder zurück. Wohin zurück? Und nicht weiter. Nirgends ein Mensch oder Haus?«

Aber Jacques hatte inzwischen den Aufgang zur Steuermannsbrücke erstiegen, wo er nun über die Uferböschung hinaus in die Landschaft blickte. Freilich schien es da drüben nur Sumpfland zu geben, Heide dazwischen mit Ginster und Krüppelholz, Binsen und Salzlagunen, deren eisgrelles Glitzern in den Augen schmerzte. Gewiß, diese trostlose Einöde war so, wie sie vom Tisch her im Durcheinander geschildert wurde. Warnungen rief man ihm zu. Er verirre sich! Stechmücken. Fieber. Hitze. Der Durst! Verdursten? »Ein Labyrinth ist die Camargue!« Sogar der Seigneur rief ihm zu, nicht unvernünftig zu sein.

»Nichts da«, sagte der Steuermann.

Aber trotzdem ahnten anscheinend alle, daß dennoch etwas geschehen würde, nur nicht so plötzlich, wie es geschah.

Denn Jacques hatte vollkommen ruhig über die beinahe senkrechte Leiter die Brücke verlassen, oft Seitenblicke auf das Wasser und ans Ufer werfend, bis er seine Mütze in die Hand nahm, sich verbeugte.

»Danke«, sagte er. »Ich danke, wem ich zu danken habe.«

Gleich darauf schnellte er sich mit einem kräftigen Sprung von der Bordwand ab und stürzte sich, weit hinausfliegend, die Arme voraus, in den Fluß, wo er ein Stückweit flach unterm Wasser dahinschoß. Man sah ihn dort. Auftauchend schwamm er dann rasch und mit sicheren Stößen ans Ufer.

»Bravo!« rief Herr Duval und klatschte Beifall hinüber. »Es wird Ihnen nur nichts nützen!«

Am erregtesten starrte jedoch der Herr von Grignan auf Jacques, der bald den Damm erstieg, wobei er manchmal fast im hohen Gras verschwand. Dann sah man ihn, weil sich ihr Schiff entfernte, bald überhaupt nicht mehr. »Schade.«

»Ja. Schade«, sagte sogar der Seigneur. Er gab zu, den Unsinn verschuldet zu haben, den dieser Jacques Coeur beging. »Wie sieht es am Land aus?« rief er zur Steuermannsbrücke hinauf.

»Meilenweit nur Brackwasserseen.«
Auch meinte jemand, die Guardians hätten mit dem Dauphin und René den Etang de Berre zum Ziel genommen, weit ostwärts.
Mürrisch blickte sich der Seigneur um. Vor ihnen, allein an der Spitze der weithin zerstreuten Flotte, fuhr majestätisch die hohe »Bouche-du-Rhône«, von der alle Schiffe respektvollen Abstand hielten. Rückwärts winkten Leute von den ihnen folgenden Booten zu Jacques hinüber.
»Wenn er nun in der Tat eine bedeutende Nachricht hätte?« fragte der Seigneur. »Wenn sie die Reise aufgeben müßten? Umkehren? Denn sie sollte auch meine Landschaft Grignan besuchen! Deshalb bin ich da.«
Über die Bordwand hinaus, auf die er sich wie verklammert stützte, schien der Seigneur tief in die Uferbüsche hineinzustarren, wo es vermutlich Fischottern, Biber und Ratten gab. Manchmal strich ein Reiher davon. Weihen kreisten, braune, mit einem Pfeilschnitt im Schwanz.
Aber eigentlich sah er wohl nur seine Bergdörfer vor sich, die er dem stillen Herrn Thiers beschrieb, die ringsum von der Dauphiné umschlossen waren, unfern der armen Hochprovence, wo starrende Felswände wie Zyklopenburgen auf kahlen Kuppen sitzen. Zwar hatte er selber von seinen Fenstern aus fern das Rhonetal vor Augen, aber jenseits, über den Wein, über die Öl- und Mandelbäume hinweg, die ungetümlichen Kegelberge der Auvergne. Deshalb meine er oft, auch selbst wie von einem vertrockneten Meer, ob es aus Wasser oder Feuer bestand, zurückgelassen zu sein.
»Ganz offen«, fragte er schließlich. »Bin ich im Unrecht? Sind wir nicht alle verlassen, wenn wir nichts mehr haben, zu dem wir aufblicken können? Ich meine, mit unserer schönen Yolande kam etwas aus dem Vergangenen wieder, an das man glauben kann. Aus dem Vergangenen werden doch oft manche Dinge geradezu neu entdeckt, als würde das Unverlierbare sichtbar, ein Bild oder Gleichnis, und immer der Mensch und sein Herz?«
Dann blieb ihm freilich fast der Lidschlag stehen, als Herr Thiers beifällig sagte: »Und trotzdem wünsche ich mir, daß mein eigener Junge sich auch einmal einfach kopfüber, wie dieser Jacques, in die Rhone stürzen würde.«
»Auch wenn es Unvernunft wäre?«
Darüber, was Unvernunft in der Jugend, meinte Herr Thiers,

was später vielleicht eine schöne Erinnerung, was Unsinn oder Sinn sein könnte, wäre wohl viel zu reden. Aber er wurde abgelenkt.
»Da! Unser Jacques!«
Beinahe wäre wieder die Bank umgestürzt, weil jeder an der flußwärts liegenden Bootswand sehen wollte, wie hinter ihnen ein schmaler Fischernachen, in dem Jacques saß, mit seiner weit übers Wasser vorspringenden Spitze heranschoß. Die Bootsleute, lauter junge Burschen, setzten die Ruder im kräftigen Gleichtakt ein, wie von den begeisternden Blicken Jacques' angespornt, der seine nassen Oberkleider um sich ausgebreitet hatte.
»Nom de Dieu! Er überholt uns!«
Ungläubig sahen sie ihn rasch vorüberfahren. Er verbeugte sich, und sie grüßten zurück.
»Ho-ruck, ho-ruck ...!«
»Parbleu! Er überholt sogar das Schiff der Königin?«
Und in der Tat. Bald zog der Fischerkahn, der eine Girlande verloren hatte, weit vor der majestätischen »Bouche-du-Rhône« eilig voraus.

Drittes Kapitel

Der Fremde

Die Guardians mußten auf ihrem Heimweg durch die Camargue oft hintereinander reiten, wenn das Wasser bis an die Viehpfade stand. Mitunter durchquerten sie einen der brackigen Seen. Dann spiegelten sich die Reiter mit ihren breiten Hüten und mit den Dreizacklanzen als langer Zug im Wasser. Hinter ihnen wurden ein paar der schwarzen Stiere getrieben, die ausbrechen durften, als das erste Hirtenhaus erkennbar wurde. Mit seinen weiß gekalkten Mauern sah man es weithin liegen, an einer Seite gerundet und mit einem First aus Binsen, der wie ein helles Band über den Ziegeln dahinlief. Man habe die Stiere bald wieder im Pferch, wenn man sie brauche, sagte Jéhan, der neben René ritt und der ihm zwar viel erklärte, der aber auch selber viel wissen wollte.
»Warum hat Ihre schöne Mutter keinen Mann mehr genommen? Will sie keinen? Ist sie nicht schon drei Jahre verwitwet? Oder liebt sie einen, der nicht bekannt werden soll?«
Ein anderes Mal, während Charles an einem der Teiche auf Seevögel schoß, wollte Jéhan erfahren, wie es wirklich auf der Brücke von Montereau gewesen sei, wo der burgundische Herzog Johann, den man ohne Furcht hieß, bei einem Versöhnungsgespräch niedergemacht worden war. Dort war auch der Dauphin dabei gewesen. Aber nun wurde behauptet, er habe von dem Anschlag nichts gewußt, der doch sicher vorher verabredet war? Und freilich fanden es viele als Rache oder Vergeltung begreiflich, daß nun auch der Herzog Johann am Boden lag, der vor zwölf Jahren den Bruder des Königs von Frankreich heimtückisch niedergestreckt hatte, den gutmütigen Herzog Ludwig von Orléans. Aber nun dürfte es wohl, war auch die Frage Jéhans, nie einen Frieden mit den burgundischen Herzögen geben, die sich mit England verbündet hatten? Oder?

Er wisse nicht, sagte René, ob der Dauphin, wenn er ihn frage, überhaupt davon sprechen möge. Aber überall wurde, das wußte René, insgeheim desto erregter darüber gesprochen, und vielleicht war jenes Attentat, in das er anscheinend mit einer bösen Berechnung verstrickt worden war, einer der Gründe für die undurchschaubare Düsterkeit des Dauphins? Jetzt, als er hastig in die auffliegenden Schwärme der Vögel hineinschoß, einen Pfeil nach dem anderen, jetzt, als er nur in die flatternden Wolken hinein zu halten brauchte, aus denen dann sicher ein weißer Vogelleib herunter taumelte, war dieses hitzige Jagen vielleicht eine Befreiung für Charles? Er mochte hoffen, sich schreiender Geister erwehren zu können, die ihn umflatterten. So ähnlich versuchte später René vor seiner Mutter eine Erklärung zu finden.
Denn als er mit aufgerissenen, glänzenden Augen zurückkam, feucht von Schweiß und bis über die Knie durchnäßt und schmutzig, als er den letzten Pfeil vorwies, für den er kein Ziel mehr hatte, weil das kluge Gelichter allzu rasch davonstob, als er sich plötzlich wieder in den alten, meist wie gelangweilten Charles verwandelt hatte, sagte er: »Ich bleibe hier.«
Es gab hier weite Vogelstrände, See an See, manche mit glashellen Rändern aus glitzerndem Salz, das auch die Pflanzen bedeckte. Wie seltsamer Rauhreif lag es über dem Schilf und dem verdorrten Gestrüpp. Weithin schien blinkender Schnee gefallen. Es gab Binsenboote und Jägerhütten, um die verkümmerter Wacholder wuchs, und eine verwirrende Unzahl von Vögeln.
»Auch ich möchte bleiben«, sagte René, wobei er den eigentümlichen Zwiespalt empfand, aus ganz anderen Gründen als Charles hier verweilen zu wollen, gewiß auch, weil er in seiner Art von den Vogelschwärmen gepackt und weil hier alles anders war als daheim an der unteren Loire. Aber sie hatten versprochen, heute bei der Ankunft ihrer Bonne Mère in Martigues zu sein!
»Ich liebe deine Mutter«, antwortete Charles, »und wenn sie es nicht wissen sollte, sag' es ihr. Sag' ihr auch, ich träume von ihr, wenn ich bei diesen armen Hunden nächtige. Bei Fröschen. Ich schätze, daß es hier Millionen Frösche gibt. Ich rieche die Stiere. Verstehst du?«
Dagegen versprach Jéhan, er begleite René nach Martigues.
»Nun ja, du mußt gehorsam sein«, sagte Charles. »Du darfst auch den Leuten die Freude nicht nehmen, dich feiern zu können; auch braucht dich deine Bonne Mère dazu.«
»Du solltest mitkommen«, bat ihn René.

Aber er blieb auch wie gelangweilt, als mittags ein einzelner, abgehetzter Reiter auf dem zerstampften Platz des Gehöfts ankam, den er schon in der Ferne erkannte, Jacques Coeur, der eigens nur ihn hier gesucht und endlich gefunden hatte! Dringender als René und mit erschreckenden, neuen Gründen, die den Dauphin von Frankreich erregen mußten, versuchte nun Jacques, ihn nicht nur umzustimmen; er sagte: »Sire, man wird Sie in Bourges erwarten, wohin Sie vielleicht nicht mehr zurückkehren können, wenn Sie es nicht gleich tun. Immerhin gibt es dort Leute, die, wenn sie auch nicht Ihre Freunde sind, doch Ihre Partei halten werden.«
Charles, der in einem der offenen Verschläge aus Binsenmatten lag, wo es schattig war, schien aber weniger auf Jacques zu hören, als von dem Feuer gefesselt zu sein, das um die Hammelstücke auf den in die Erde gesteckten Bratspießen flammte. Gutmütig meinte der Viehknecht, der die Spieße umsetzte, sein Gast dürfte ebenfalls hungrig sein? Das wisse er nicht, sagte Charles. »Aber gib ihm einen Brocken, wenn er etwas will.«
»Danke, Sire«, sagte Jacques. »Ich schneide mir freilich das Stück, das ich möchte, gern selber ab.« Er tat es und wartete essend, ein Brot in der Linken, ob ihn Charles vielleicht auffordern würde, sich auf eines der geflochtenen Stühlchen zu setzen, die unter dem Vordach standen.
Indessen hielt der Dauphin, obwohl er gleichgültig schien, seinen Blick so unverwandt auf Jacques gerichtet, als versuche er, seine Gedanken zu lesen. Wie eine Nötigung war dieser Blick, weiter zu sprechen. Aber Jacques wich ihm aus, indem er leichthin erzählte, öfters seien ihm unterwegs Reiter begegnet, die manchmal in galoppierenden Trupps aus diesem Einödland kamen und die alle nach Süden strebten. Einmal wollten auch sie eine Königin sehen! Sie hatten ihm stolz den Weg zu ihrem Jéhan gewiesen, dem kühnsten Mann, der je in einer Arena stand, und den er mitbringen solle!
»Dann beeile dich nur«, sagte Charles und rückte den Sattel beiseite, an den er sich, auf einer Matte am Boden liegend, angelehnt hatte. Mißmutig stand er auf. »Ich glaube dir nämlich nicht«, sagte er, »daß du mir diese erbärmlichen Nachrichten bringst, weil du mir etwas Gutes tun willst. Ich kann dir auch keinen Botenlohn zahlen.«
»Ich habe nicht darauf gerechnet, Sire.«
Charles musterte ihn von der Seite her.

»Ich dachte, dein Vater macht Pelze?«
Er wollte ihn stehenlassen. Aber Jacques folgte ihm.
»Es ist nicht meine Absicht, Sire«, sagte er, »ebenfalls Pelze zu machen.«
Aber schon rief Charles, um das kalkweiße Hirtenhaus in den Schatten einbiegend: »Stich zu, René! Warum stichst du nicht zu? Ich habe dir nämlich eine Neuigkeit, nach der es mich überhaupt nicht mehr gibt.«
Hinter dem Haus, wo ein roh geflochtener Zaun einen wuchslosen Platz umgrenzte, spielte sich eben ein ungewöhnlicher Vorgang ab. Dort hatte René gerade einen geschmeidigen Sprung gegen eine Gestalt vollführt, die eine Stiermaske trug, einen aus einer leichten Masse, aus Gips oder Mehlbrei geformten Stierkopf, wie er bei Metzgereien aus den Hauswänden ragt, schwarz, wie die Stiere der Camargue. Nun lag der Bursche, dem der künstliche Stierkopf auf den Schultern aufsaß, geduckt und halb auf den Knien im Sand, während René hochgereckt dastand und seine Klinge senkrecht hinabzustoßen schien. Dies war der erregendste Augenblick bei jeder Corrida, weil nun der Matador mit einer erschreckenden Grazie den Todesstoß führte.
»Stich doch zu!« wiederholte Charles.
Aber es war ja nur eine Übung. Unfern hockte der Stierkampfmeister Jéhan auf der obersten Sprosse einer der kleinen Leitern, die in den Zaun eingefügt waren und die als Einstieg in diese Arena dienten, aber wohl auch als Fluchtweg, wenn die Guardians ihre Kämpfe aufführten. »Auf die Zehenspitzen!« rief Jéhan, und René federte einen Ruck höher, noch immer mit der Klinge senkrecht auf den Stierkopf zielend. Wie angstvoll schien der Bursche zu ihm aufzublicken, wobei man hinter den Augenlöchern das Weiße der Knechtsaugen sah.
Doch nun war der Scheinkampf zu Ende, und Réne kam nur langsam zu sich, als ihm Charles das schmale Schwert und die Muleta abnahm, das fähnchenartig an einem Stab befestigte Tuch aus roter Seide, mit dem der Torero den Stier in Wut versetzt.
»Ich muß es wohl auch probieren«, sagte er, »obwohl es für manche Leute eine Gefälligkeit wäre, wenn ich irgendwo unter die Hufe käme.« Er wandte sich an René. »Heute macht nämlich die große Madame Isabeau, der es leid tut, mich geboren zu haben, ihren Ausverkauf. Sie verhandelt ganz Frankreich mitsamt meinem Erbschein an den König von England, damit endlich Frankreich rechtens von einem englischen König regiert werden

kann.« Er könne sich, wehrte er den erschrockenen René ab, wenn er Genaueres wissen möchte, von dem allwissenden Jacques unterrichten lassen. »Greif an!« rief er dem Stierkopf zu und stellte sich in Positur, nachdem er ihm mit der Muleta über die Nüstern gefahren und um ihn herumgeschlendert war.

Wie es die Stiere in der Arena tun, hatte sich auch der Bursche unter der Maske halb niedergekauert um sich selbst gedreht, immer das wippende, rote Tuch vor Augen. Dann trat Charles einen Schritt zurück, trat wieder vor und wieder zurück, wobei der Knecht dunkel keuchende Laute aus dem Stiermaul hervorstieß. So verhielt er mit gesenktem Kopf, über dem die hellen Hornspitzen glänzten. Aber indem er den wütenden Stier vortäuschte, schien er bald selber von einer unwillkürlichen Wildheit gepackt zu sein. Denn als ihm Charles die Muleta hinhielt, rannte er ungestüm darauf zu. Doch die Kunst des Stierkämpfers bestand ja darin, das blutrote Fähnchen in der letzten Sekunde hochschnellen zu lassen, so daß der Stier an ihm vorüber ins Leere stürmte, ohne es mit den Hörnern berühren oder in Fetzen reißen zu können.

So hatte auch Charles mit jener Gelassenheit, die zur Grandezza der Fechter gehört, die Muleta wie spielerisch durch die Luft kreisen lassen und sich wie tänzerisch umgewandt, um den Stier nun von der anderen Seite her anrennen zu lassen. Auch jetzt, im Spiel, war diese Parade gefährlich, weil das Horn mit der Wucht des vorgebeugt Stürmenden so dicht an der Hüfte vorüberzuckte, daß der Fechter leicht durchbohrt oder schrecklich verletzt werden konnte.

Aber Charles führte jede Passage gewandt aus, die ihm Jéhan von seinem hohen Sitz herunter nannte: »Jetzt auf die Knie. Die Muleta rechts. Der Toro greift vom Rücken her an!«

Da kniete Charles wie ein Verurteilter nieder. Hinter ihm setzte der Stier, den er schnauben hörte, erneut zum Lauf an, und es schien, als lasse Charles den Kopf wie für ein kurzes Stoßgebet vornübersinken.

Bei dieser Herausforderung hielten auch hier, wie bei jeder Corrida, alle Zuschauer gleichsam den Atem an. Einige Knechte standen in der Arena aus Zäunen herum. Nun sah der Fechter den Stier nicht mehr. Aber er reizte ihn trotzdem, weil er auch dann noch Sieger bleiben mußte, wenn das Dämonische hinterrücks gegen ihn ansprang. Ihm sage sein überlegener Geist, daß der Toro in seiner triebhaften Dumpfheit nicht ihn überrennen,

sondern nur gegen die aufstachelnd rote Muleta anstürmen würde. So hatte Jéhan die alte Symbolik der Stierkämpfer wiederzugeben versucht, wobei ihn Charles eigentümlich betrachtet hatte.
Doch nun hatte er seine Erregung offenbar nicht mehr ertragen.
»Greif an!« schrie er plötzlich, worauf der Knecht wie blindlings vorwärts stürzte. Dabei streifte er Charles mit dem linken Horn und riß ihm das Wams auf. Dann schien es für Charles eine nötige plötzliche Lösung aller Spannung zu sein, wie er es nachher erklärte, die ihn unbeherrscht aufspringen ließ. So besinnungslos hatte er das Gefühl gehabt, einen wirklichen Kampf auszutragen, daß er den ausgekeucht flüchtenden Burschen wie einen tatsächlichen Gegner verfolgte, den er bezwingen mußte! Niederstechen! Unwillig stockte er mit fahrig funkelnden Augen, als ihm René in den Weg sprang.
»Du solltest mitkommen, Charles.«
Da schien er mit einem erschrockenen Kopfschütteln, als er die Hand über die Stirne führte, auch alle eingebildeten Bilder vor seinen Augen fortzuwischen. Auch hatte der Stierknecht nun seine Maske vom Kopf gehoben. Wirrhaarig und schweißüberglänzt kam sein junges Gesicht zum Vorschein. Er sagte: »Verzeihen Sie. Ich war ungeschickt.«
Aber Charles wandte sich ab, indem er René zur Antwort gab: »Hast du nicht selbst gemerkt, was ich noch lernen muß?«
Er ging in den Binsenverschlag zurück, wo er sich auf die Matte warf, Arm und Kopf an den Sattel stützend, der dort lag. Er blieb.

In Martigues, der Inselstadt in der Nähe des Meeres, wo die Kanäle voller Schiffe und wo die Schiffe, Ufergassen, Fenster und Balkone, wo die hochgewölbten Brücken und sogar die Dachvorsprünge voller Menschen waren, bemerkte vielleicht nur René, daß im Gesicht seiner Mutter oft ein Ausdruck des Unbehagens erschien, nachdem er ihr von Charles berichtet hatte.
Aber wenn dieser flüchtige Schatten um ihre Brauen verschwand, zeigte sie wieder ihr übliches Lächeln, als denke sie an ihr eigenes Wort, daß jeder, der seine Sorgen zur Schau trägt, in der bösen Gefahr ist, noch weitere auf sich zu ziehen.
So hatte sie auch, zwar eine Weile beklommen, aber dann mit ihrer zärtlichen Stimme gefragt: »Soll man ihn holen lassen?«

Sie nickte den Stierhirten zu, die einen Brunnen erstiegen hatten. Dort schwenkten sie ihre breiten Hüte auf ihren Hirtenlanzen. Dahinter starrten aus dem Takelwerk der Schiffe dunkelhäutige Matrosen auf die blonde Königin. Hier trafen sich Spanier, Ägypter, Neger, Syrer, und René verlor sich fast an ihrem Anblick. Aber er wiederholte öfters, wie abwesend, aber weil es gesagt werden mußte: »Du solltest den Mann aus Bourges anhören.«

Sie mußte sich jedoch, nachdem sie endlich vom Schiff herab den Platz vor dem Hotel de Ville betreten hatte, zuerst von dem Prévot begrüßen lassen, dann von den Ratsmitgliedern und Schöffen. Jedem ein Lächeln. Inmitten der Jubelnden neigte sie manchmal, um besser verstehen zu können, wie vor Beglücktheit verwirrt den Sprechenden ihr Ohr entgegen, während ihr Blick zugleich dankbar über die Menge schweifte.

»Vor dem Podest«, flüsterte unterdessen Jean Porcher, der einen halben Schritt hinter ihr ging, »steht Nicolas Ruffi, Graf von Cotrone und Catanzaro, früher Seigneur von Martigues, Istre und Alanson. Er hat sich beim Rückkauf nobel bewiesen.«

Sie nickte unmerklich. Wie daheim, so prüfte ihr Tresorverwalter Jean Porcher auch hier mit seinem genauen Gedächtnis jede Zahl in den Rechnungen und jedes mißdeutbare Wort in den alten Verträgen und Privilegien, auch die Siegel und Unterschriften. Gewohnheitsmäßig hielt er dabei, was Yolande oft belustigt hatte, die Papiere auch von der Rückseite her gegen das Licht, als könnte auch dort, wo nichts geschrieben stand, etwas Verborgenes zu entdecken sein. Nun ging er scheinbar in sich versponnen dahin, wobei er vielleicht sogar, wie seine Spötter sagten, in der Tat seine eigenen Schritte zählte. Gerade das fiel Yolande jetzt ein, weshalb sie ihn fragte: »Wieviel?« Sie lachte. Sie wollte sich fröhlich und glücklich geben. Mit seinem geübten Lächeln gab er zurück, er bedenke gerade ihre Dekrete, die sie morgen unterschreiben müsse.

»Rechts die Handelsherren«, ermahnte er sie. »Es wird beachtenswert sein, wie tief sie sich verbeugen.«

Einstweilen mußte Yolande noch allen gehören. Noch legte in dem Kanalgewinkel ihr langes Gefolge der Schiffe aus Arles an, die sich nun Bord an Bord vertäuen mußten, so daß ihre Gäste das Land nur über die Decks der Nachbarn erreichen konnten. So stiegen auch der Seigneur von Grignan und die Herren Thiers, Duval und Blanchard über Borde und Taue und was sonst auf

den Schiffen herumlag, auch der Altvater Corconne und die anderen.
Da entdeckten sie Jacques! Welch ein zufälliges Treffen in diesem Gewimmel! Ihren tollen, verlorenen Sohn! Sprach er nicht auf der Treppe, wo roter Oleander das Portal umgab, mit dem immer so freundlich ernsten Jean Porcher? Nur ein paar Schritte entfernt von Yolande, die sich in ihrem hellblauen schlanken Kleid und mit der weißen Spitzenmantille anmutig von dem Rot der Teppiche abhob? Dort war auch René zu erkennen! Nur ein paar Stufen über der Menge. Weithin vor dem Hotel de Ville waren Tische gedeckt, auch in der Halle. Offenbar setzten sie sich im Innenhof des Rathauses fort. Von dort her drang Festmusik.
»Können Sie auch Charles entdecken?« fragte der Herr von Grignan über die Köpfe hinweg, der plötzlich merkte, daß er, obwohl er in einem Gedränge von Menschen stand, allein war. Die anderen hatte der Strudel mitgenommen. Bei Gott, man hätte sich wahrlich gegenseitig wie Kinder, die man spazieren führt, an einem Seil anbinden müssen, um sich nicht zu verlieren. »Monsieur Thiers? Monsieur Duval?« Wie ein Ertrinkender kam er sich vor, weil ihn die klumpig treibende Menge von wildfremden Leuten dahin und dorthin zu gehen zwang. Wohin?
Welch eine unwirkliche und doch so leibhaftige Welt nahm ihn auf? Die schmale, gewundene Uferstraße war zum überquellend von vorwärts geschobenen Menschen erfüllten Hohlweg geworden. Links Masten und Takelungen. Überall Fähnchen, auch über ihm, an waagrecht gespannten Schnüren flatternd. Rechts Häuserfassaden. Lange Balkone, hoch hinauf, übereinander. Gewölbebögen. Portale. Vorsicht, hier ging es in Kneipen hinunter.
Aber dann schien ihn doch eine mögliche Täuschung zu narren. Kam dort nicht Jacques auf ihn zu? Nur »Jacques« war ihm im Gedächtnis geblieben, sein Vorname, mit dem er ihn unwillkürlich laut anrief. Doch dann war auch neben ihm auf einmal der Kaufmann aus Deutschland da, Herr Huckes, der es gewöhnt war, daß man ihn Monsieur Ückes nannte, und der sich an Bord kaum an den Gesprächen beteiligt hatte. Nur mit Jacques hatte er manches besprochen, oder eigentlich Jacques mit ihm. Doch nun lud er auch den Seigneur ein, um aus dem lärmigen Treiben herauszukommen.
Sicher sei es fast ruhig bei ihm, sagte er, wenn auch eng, so doch

ohne Menschengedränge und bald überhaupt völlig leer, eine Behausung für Mäuse. Er ging durch ein Höfchen voraus, an das ein Stapelhaus anstieß und wo eine Staffel entsprang, ins erste Geschoß hinauf. Dort entzückte es dann den Herrn von Grignan, der nicht verstanden hatte, was der bedrückte Kaufherr andeuten wollte, daß eines der Fenster auf den Platz hinausführte. Ihm genügte ein Stuhl. »Nein, keinen Wein«, dankte der Herr von Grignan, »oder vielmehr, denn ich treibe die höfliche Unart nicht gern, mir etwas aufdrängen zu lassen und sechsmal abzulehnen, um dennoch durstig zuzugreifen; wenn also Wein, dann einen leichten. Ich bitte.«

Von hier aus war der Empfang wie eine erhebende Szenenfolge auf einer Bühne zu sehen. Trinksprüche. Ehrengaben. Kniefälle. Huldigungen und Huld. Wie herrlich sie jede Pose beherrschte! Er jubelte mit, die eine Hand auf den niedrigen Sims aufgestützt und mit der anderen winkend.

Um so mehr war er befremdet, als er bei einem Blick in die Stube gewahrte, daß Herr Huckes anscheinend Warenlisten mit den Paketen verglich, die sein Gehilfe aus ihren Regalen herabhob. Bis an die Decke waren in diesem Zimmer und in einem dunklen Nebenraum allerlei Ballen und Säcke, Kisten und Fäßchen in den Regalen gestapelt. Auf einer Tischecke sitzend, studierte auch Jacques eine Liste.

»Zwei Ballen Esparto-Gras?« fragte er.

»Die liegen im Speicher.«

»Valencia-Seide?«

Der Gehilfe nahm einen länglichen Packen zur Hand, aus dem eine schimmernde hellblaue Seide zum Vorschein kam, ähnlich jener, aus der das Kleid von Yolande bestand. Jacques genoß den kostbaren Stoff zwischen den Fingern und an der Wange.

»Wollen Sie eine Königin kleiden?« fragte der Herr von Grignan. »Sie machen Geschäfte? Ich dachte, heute ist Feiertag?«

»Deshalb«, erwiderte Jacques, »muß Herr Huckes sogar in Martigues seinen Feierabend für immer machen. Aber das wird wohl erst übermorgen bekannt.« Jacques malte in großer Schrift »Pierre Coeur« auf ein Papier und setzte »Bourges« darunter, daneben »in Berry«. Nun würde sein Vater sicher schon bald eine der vornehmen Damen, die er mit Pelzwerk schmückte, auch mit dieser spanischen Seide betören.

Inzwischen erklärte Herr Huckes dem überrascht verwunderten Herrn von Grignan, er wisse schon lange, daß die Kaufmannschaft von Martigues darauf drängte, alle ausländischen Handelskontore schließen zu lassen. Ausweisen. Jetzt war es soweit. Sie nannten ihre so günstig gelegene Stadt nicht nur stolz das provençalische Venedig, sie hatten auch etliches von Venedig gelernt, wo etwa kein fremder Handelsherr auf das offene Meer hinausfahren durfte und wo an jedem Kauf und Verkauf ein Venezianer beteiligt sein mußte. Hier wurde jedoch der ortsfremde Kaufmann überhaupt fortgeschickt, damit alles im eigenen Netz hängenbleibe. »Deshalb packe ich ein, Seigneur.« Nun band er den Knoten an seinem Paket.

Nein, nein, es gab hier keine schönen Zweifel mehr, wie sie der Herr von Grignan mit verlegenem Mitleid zu finden suchte. Jetzt hatten sie sich das gnädige Machtwort der schönen Yolande gesichert, die immer noch vor dem Hotel de Ville verweilen mußte. Grüßend mit weit auseinander gebreiteten Armen verhielt sie gerührt vor dem Portal, von ihrer kleinen Reisegesellschaft und von hübsch gekleideten Knaben umgeben, die ihr Geschenke nachtrugen. Jetzt brach erneut Begeisterung aus. Was bedeutete sie?

Auch Herr Huckes warf einen Blick auf den Platz hinunter. Nur Jacques, der mit dem Gehilfen Korallen abwog, schaute nicht auf. Er ließ sich bestätigen, daß die Korallen aus Torre del Greco stammten, einem Fischerdorf bei Neapel, und daß sie westlich von der Insel Sardinien aus dem Meer heraufgeholt wurden. Durch Taucher.

»Korallenrot«, sagte Herr Huckes.

Drunten wurden nämlich soeben durch Burschen, die sich darauf verstanden, zwei hellrot gefärbte Flamingos vor Yolande geführt. Unruhig bewegten sie ihre kolbenartigen Schnäbel über den eigenartig gewundenen Hälsen. Aber dann stelzten sie doch gravitätisch neben den Burschen einher, wohl ein Geschenk von René.

»Korallenrot«, wiederholte Herr Huckes. »Aber wahrscheinlich hat man auch ihnen die Flügel beschnitten.«

Er wandte sich Jacques zu. Jetzt wurden Körbe voller Blumen und Tamariskenzweigen in den Fenstern ausgeschüttet. Dann sollte die schöne Regentin gleichsam hinter dem Vorhang aus fallenden Blumen, so war es romantisch ausgedacht, den Blicken entschwinden. Alles lag fest: Nachher ein Fischerstechen. Herr von Grignan hörte aufmerksam zu. Man sei in Martigues überzeugt, berichtete ihm Herr Huckes, bessere Fechter auf die

Schnauzen der Boote stellen zu können als in dem berühmten Weinhafen Sète, wo man stolz auf dieses maritime Schaustück war.
Jacques warf ein: »Inzwischen haben, auch das liegt sicher fest, die Justitiare ihre Dokumente ausgebreitet, die der freundliche Gast ernstlich betrachten und die Herr Porcher genau studieren wird. Auch Ihre Ausweisungs-Order.«
Aber Herr Huckes wehrte ab. Er hatte sich abgefunden, obwohl er an dem Fest zwiespältig Anteil nahm. Irgendwie war er doch in Martigues wie daheim gewesen. Während das fröhliche Spiel des neptunischen Fischerstechens vor sich ging, so entsann er sich an den Festplan, der den Seigneur interessierte, während so mancher lustig ins Wasser plumpste, brach vom Meer her, als eine Beschwörung des früher so oft und schrecklich erlittenen Schicksals, eine phantastische Flotte in den harmlosen Kampf ein, den Halbmond an den Masten. Wild kostümierte Gesellen führten darauf mit Enterhaken und krummen Schwertern eine täuschend natürliche Schlacht vor.
»Also wird Herr Porcher nicht ›nein‹ sagen können, wenn man Geld für die Küstenkastelle braucht«, sagte Jacques vom Tisch herüber, worauf ihn der Seigneur anblitzte. Dabei ragten seine Augenbrauen wie angriffslustige, blonde Hörnchen vor seiner Stirne auf. Als aber nun Herr Huckes weiter erzählte, man hätte auch überlegt, völlig unbekleidete Mädchen als Nereiden auftreten zu lassen, wie man es jüngst in Paris erlebte, meinte Jacques: »Oh, das ist schade. Dann wäre vielleicht sogar der Dauphin gekommen. Ich nehme auch die Korallen.« Er zog seine Mütze auf.
»Wohin?«
»Eigentlich weiß ich es nicht.«
»Dann gehe ich mit«, schlug der Seigneur vor, zumal nun die Zeremonie vor dem Hotel de Ville beendet schien. »Ich lade Sie ein«, sagte er auch zu Herrn Huckes, der zwiespältig dankte: er empfehle den Herren gern eine gute Auberge, wo man gut esse, wo freilich auch allerlei Mittelmeervolk einkehre. Oh, ihre Fischsuppen werde er sehr in der Heimat entbehren. Aber sicher biete sich dort auch, was sie wohl kaum versäumen möchten, ein günstiger Blick auf die Bootsprozession, die abends mit Lichtern und Feuerwerk aus dem Etang de Berre herunterschwimme. Er brachte die Herren bis an die Türe. Dann fahre die Flotte durch die illuminierte Stadt zum Meer hinaus.

Viel mehr bewegte jedoch den Seigneur, erklärte er schon auf der Staffel, ein sehr wichtiger Vorschlag, den er ihm, Jacques, zu machen gedenke. Er zögere kaum noch, begann er, nachdem sie in jener Auberge, wo Seesterne hingen, einen Wandtisch gefunden. »Obwohl Sie mich jeweils verwundern, um nicht verwunden zu sagen, Monsieur Coeur, – ich habe mich an Sie gewöhnt. Angeblich wissen Sie nicht, wohin?«

»Angeblich«, wiederholte Jacques.

»Nun ja, Sie sagten: Eigentlich weiß ich es nicht.«

»Weil ich es wirklich nicht weiß.«

»Weshalb ich Ihnen ein Ziel anbiete: meine Heimat Grignan.«

Da horchte Jacques auf. Denn der Seigneur bot ihm in seiner geraden Art nichts weniger als das wichtigste Amt seiner Herrschaft an! Wie es den Procureur du Roi gab, wobei schon durch das Wort Roi etwas von seiner Würde auf den Stellvertreter überging, so sollte Jacques der Procureur des Comte de Grignan sein. Er könnte ein Landgut bewohnen oder einen der Trakte im Schloß von Grignan oder, wenn er dies vorziehen wollte, eines der kleinen Schlößchen im Land, die sich mit ihren stumpfhütigen Türmen auf alten Mauern erheben.

»Ich hätte dann auch«, meinte der Herr von Grignan mit einem Hauch von Humor, »jemand, mit dem ich mitunter streiten kann.« Denn er ahne zwar mehr, als daß er beweisen könnte, was er trotzdem behaupten möchte: »Ihnen fehlt eine Pflicht, Monsieur Coeur.«

Indessen schaute sich Jacques, während der alte Herr sprach, wie überlegend um. Aber offenbar nahm er kaum wahr, was alles in dieser Seefahrerkneipe aufgehängt war, allerlei Meeresgeschöpfe, ausgestopft und staubig, Sägefische und Schiffsmodelle, Anker und Ruderblätter und an der Wand ein Sternbild aus Seesternen. Dies alles vermengte sich in seinem Denken. Dort saßen Männer in orientalischen Faltengewändern, anscheinend Kaufleute, auf deren kehlige Sprache er horchte. Aber dann hörte er über den Tisch herüber wie aus dem Zwielicht heraus, weil hinter ihm das Sonnenlicht im offenen Fenster blendete, den Seigneur von seinen Weinpressen reden und von der Olivenernte, von seinen Verwaltern, von Abgaben, von seinem Gestüt. Er hatte wertvolle Bücher. Dies nebenbei. Alljährlich führten seine Bauern Wagenladungen von Eßkastanien in die Städte, Mandeln und Feigen und Nüsse. Bottiche voller Fische wurden zu Tal gefahren. Ballen von schwer duftenden Lavendel. Doch nun sei in der Herrschaft manches neu zu ordnen. Wie die schöne Yolande gewisse veraltete Rechte abschaffen ließ, möchte auch er seinen Leuten, schloß der Seigneur, manche Vergünstigung schenken.

Da hob Jacques den Kopf.

»Warum?« fragte er, und obwohl ihn der Herr von Grignan verwundert musterte, ergänzte Jacques: »Wer zwingt Sie dazu? Sie haben doch kaum die gleichen Gründe wie die Regentin? Oder wollen Sie, wie man hier glauben soll, auch nur aus purer Mutterliebe wahllos Gutes tun?«

»Halt«, unterbrach ihn der Seigneur, »Sie unterstellen demnach der Regentin andere Gründe, als ich sie kenne?«

»Ihre Gründe, Seigneur«, Jacques blieb ganz ruhig, »sind wohl nur Ihre eigenen Vermutungen. Ich habe meine.«

»Die müssen Sie mir sagen!« Trotzdem gab sich der alte Herr belustigt. »Ich merke mit Vergnügen, daß Sie anderer Meinung sind als ich. Man lernt davon. Aber ich glaube ihr die Mutterliebe, wie Sie es nennen, obwohl ich auch die alte Weisheit kenne, daß nur ein Narr sein Herz mitsprechen lassen kann, wenn es um Vorteile geht, die er aus Mitleid aufgeben müßte. Ich bin jedoch vielleicht ein solcher Narr. Ich dachte deshalb auch, da Sie im reich gewordenen Bourges daheim sind, Sie brächten eine andere Denkart mit, als wir sie haben, weil sich doch in den Städten, wie ich zurückblickend weiß, sehr viel verändert hat. Man ist reich geworden, dadurch selbstbewußter. Wie Sie.«

Aber dann hörte der Herr von Grignan wie erstarrend zu, als ihm Jacques ganz einfach erklärte: »Ich überlege mir nur, Seigneur, daß die herzensgute Yolande, wobei ich ganz Ihrer Meinung bin, vielleicht schon bald ihr schönes Land verlieren kann, weil, wenn es der Zufall will, gerade am heutigen Tag ganz Frankreich englisch wird. Ich denke mir weiter: Dann könnte die gute Provence ihre Zuflucht sein.«

Denn in dieser Stunde, meinte Jacques, kritzelte möglicherweise der irre König Charles der Fünfte seinen fahrigen Namenszug neben die englischen und burgundischen Unterschriften. Wenn ihm dabei die Königin Isabeau, deren Werk dieser Vertrag war, nicht die Hand und die Feder führte, so stand sie doch mindestens hinter ihm, glasigen Blicks und nüchtern, aber wie von sich selber betrunken. Ihr großer Tag! Er gehorchte. Wie immer. Überdies führte sie ihm den englischen König Heinrich den Fünften, den Sieger von Azincourt über sein tüchtiges, wehrloses Reiterheer, als endlich versöhnten Verwandten und Schwiegersohn zu. Deshalb, weil nun mit seiner Schwester Katharina sein eigenes Erbrecht auf den französischen Thron verkuppelt, weil sein Frankreich verkauft worden war, wollte vielleicht der Dauphin, der in der Camargue zurückblieb, niemand mehr sehen, auch kein Fest mehr erleben! Denn, um auch das noch zu sagen: Überdies hatte ihn Isabeau, seine eigene schreckliche Mutter, mit dem ungeheuerlichsten Trumpf geschlagen, den eine hassende Ehefrau ausspielen kann. Sie hatte sich lachend selber bezichtigt, der mißratene Charles, angeblich Dauphin, sei zwar von ihr zur Welt gebracht worden; aber er sei nicht der Sohn des Königs!

»Weiß das Yolande?« fragte der Herr von Grignan ein übers andere Mal.

»Sie weiß es.« Sie wisse auch, daß der burgundische Herzog Philipp, der sich der Gute nennen ließ, le bon, mit einem Trauerzug zu dieser Unterschrift erschien. Mit zweitausend schwarzgekleideten Reitern, die schwarze Fahnen trugen, die Pferde mit schwarzen Schabracken, hatte er seinen Einzug in Troyes gehalten. Auch seine Kutsche war schwarz. So hatte er die Erinnerung an das Attentat auf der Brücke von Montereau wieder erweckt. Denn sicher dachte bei diesem Anblick jeder an den Dauphin, der nun beseitigt sein würde, enterbt, von seiner eigenen Mutter preisgegeben, die sich in ihrem Haß auf ihren Sohn Charles selber preisgegeben hatte. Nun war auch der Zufall verfänglich, daß der Dauphin gerade jetzt mit der schönen Yolande in der Provence unterwegs war. Ob sie ihn fortschicken würde? Ob das nicht klüger sei? Auch diese Frage habe man ihm aus Troyes berichtet.

Der Wirt hatte Jacques das Muschelgericht gebracht, das ihm Herr Huckes empfohlen hatte. Nun sah der Seigneur wie abwesend zu, wie Jacques die schmalen Schalen öffnete, die Krustentiere geschickt von ihren Sockeln schnitt, sie würzte und schlürfte.

»Also wird sie bald Beistand nötig haben«, sagte der Seigneur, als käme er nur mühevoll wieder zu klaren Gedanken. »Dann muß man ihr helfen. Die ganze Provence muß ihr helfen.«

Aber Jacques meinte: »Ich finde, sie ist schon mit Glück dabei, sich diesen Beistand zu verdienen.« Er warf die Austernschale, die er gerade ausgeschlürft, auf den Teller zurück. »Es geht sogar, finde ich, trotz allem ein sichtbares Glücksgefühl von ihr aus.«

Eben war sie drüben, unweit vom Erker der Wirtschaft, auf einen Balkon getreten. Denn nun fand der Piratenüberfall damit sein Ende, daß die gefangenen Sarazenen vor das Hotel de Ville getrieben wurden. Von ihrem Gefecht auf dem Wasser hatte man nur ein Geschrei aus der Ferne gehört. Nun tanzten sie! Sie kamen gebückt in Ketten heran, phantastisch in ihren geschlitzten Zipfelkleidern und mit Schellen behängt. Musik setzte ein. Dann klingelten sie mit ihren Schellengurten und vollführten aus ihrer Gebücktheit heraus groteske Sprünge, umkreisten einander in einem langsamen Tanzschritt und pritschten sich plötzlich, um eintönig weiterzutrotten. Hinterrücks hüpfte unvermutet einer der Moriskentänzer auf den Rücken eines anderen, der ihn tragen und dabei hochspringen mußte, bis er ihn abwarf, wobei sich der Tänzer gewandt überschlug und wie närrisch weitertanzte. Jeder überbot sich darin, so gravitätisch wie überraschend verrenkt zu erscheinen, jetzt aus der Hocke schnellend, dann gleichsam um sich selber tanzend oder um ein Phantom herum, das niemand sah, nur er, und vor dem er zurückfuhr, als schlügen dort Flammen gegen ihn an, wo nichts war. Doch zuletzt fanden die Tänzer wieder zu einem seltsamen Reigen zusammen, der immer schneller zu einer Spule zusammenlief, eine rasch verengte Spirale. Doch dann rannten sie schließlich hopsend und schreiend hintereinander durch die kreischende Menge auf ein Schiff zu, auf dem sie die Strickleitern erkletterten. Rasch fuhr es ab. Rasch, rasch. Sie winkten und ließen ihre Schellen klirren. Wie ein Spuk verschwand das Tänzerschiff.
Dann schien auf dem Balkon René am meisten begeistert. »Répéter!« rief er. »Sie sollen es wiederholen!«
Aber Monsieur Porcher bat in die Räume zurück, und auch Yolande verließ den Balkon, von dem ein morgenländischer Teppich herabhing. Rückwärtsgehend hielt sie dabei den Blick auf die Menge gerichtet, wobei sie anmutig grüßte und dankte, lächelnd, schließlich mit ausgebreiteten Armen.
Mitunter, meinte nun der Seigneur, könne man nur Allgemeinheiten sagen, geistlos Abgenütztes und doch Treffendes, wie solch einen Satz: »Solch ein Bild – und dennoch liegt die Welt im Argen. Und sie weiß das alles? Sie erträgt es!« Es hielt ihn nicht mehr in dem grau von Rauch durchzogenen Raum, wo an offenen Feuern gebraten wurde.
Aber Jacques erwiderte: »Kommt es nicht vielmehr nur darauf an, ob wir mit uns im Argen liegen? Denn je nachdem, was wir

treiben, kann doch eine arge Zeit eine gute und eine gute eine arge sein?« Er hatte noch eine Muschel auszuschlürfen, während der Seigneur, von Ungeduld gepackt, erklärte: »Ich muß Monsieur Porcher aufsuchen. Begleiten Sie mich.« Wie ihm seine Gedanken kamen, sprach er sie sprunghaft aus. »Wir müssen in meinen Dörfern, denn Yolande wird es nötig haben, Leute anwerben.«
Ach, er kenne zwar die kaum bezwingbaren Mauern der schönen Stadt Angers und sein von mächtigen Türmen umstelltes Château, das Schloß von Yolande. »Siebzehn sackrunde Türme, die den Mauergurt auf der felsigen Höhe umgeben, hoch über der Maine, bevor sie in die Loire fließt.« Seit Ludwig dem Heiligen, der sie mit ihren hellen und dunklen Steinbändern aufmauern ließ, sei es niemand gelungen, diesen wichtigsten Platz der Anjous in seine Gewalt zu bekommen! Aber nun überlegte der Herr von Grignan: War nicht Heinrich von England vor wenigen Jahren mit mehr als dreißigtausend Mann an der normannischen Küste an Land gestiegen? War nicht bereits ein großer Teil der Landschaft Maine, nördlich nahe der Hauptstadt, seit Jahren verloren?
Ohne darauf zu achten, wer ihm zuhören könnte, drängte sich der Seigneur wie in der Seefahrerkneipe nun durch die Menge auf dem Platz und auf der Treppe des Hotel de Ville. »Warten Sie!« rief er Jacques über die Schulter zu, als er sich dort durch das Gedränge wand. Anherrschend stieß er jedermann seinen Namen zu. Er habe Zutritt. Le Comte de Grignan! Da ließ man ihn ein.

Dann wußte Jacques nachher nicht mehr, wieviel Zeit vergangen war, als er aufschreckend wahrnahm, daß der Seigneur wieder neben ihm stand.
»Nun brauche ich Sie!« redete der erhitzt gerötete Mann auf ihn ein. »Ich schlug Ihnen vor, mein Maître de la chambre aux deniers zu werden. Das ist der Titel des Monsieur Porcher. Es bleibt dabei!«
Aber Jacques, der am Ufer auf einem Frachtballen saß, wehrte wie unbewußt mit einem Kopfschütteln ab, das dem Seigneur anscheinend entging. Denn er zog ihn mit sich, indem er es tief einatmend genoß, daß die Mittagshitze gewichen war, zumal vom Meer her ein leichter Wind durch die Wasserstraßen der Stadt sprang.

Auch hatten sich viele Leute in ihre Häuser und an die Landestellen begeben, wo nun wieder die Träger mit ihren Lasten hin und her zwischen den Speichern und den Ladeluken der Schiffe liefen. Das war der dritte Stand, mußte Jacques denken, über den der Seigneur hinwegsah, Bürger und Arbeitsleute.
Er schien noch mit schweren Gedanken umzugehen, während Jacques sich in seltsamer Weise genötigt fühlte, ihm zu berichten, was er inzwischen erlebt und gehört und was ihn beeinflußt hatte. Ein Schiff aus Zypern war angekommen! Es brachte für Jacques den Nimbus mit, aus der reichsten Stadt der orientalischen Inseln zu stammen, die unvergleichlich in ihrem Luxus war. Einer, der dort gewesen, ein Seigneur aus der Nähe von Bourges, hatte einst im Probiersalon des Pierre Coeur die Stadt Famagusta wie ein Märchen geschildert, und Jacques, damals bubenhaft neugierig, zwischen Pelzen versteckt, hatte glühend alles mit angehört, auch was er über die Frauen erzählte. »Wie kläglich leben wir dagegen?«
Nun blickte er nur manchmal zu dem vornehmen Schiff hinüber, als er mit dem Seigneur zu der Mole ging, die in den weiten Etang de Berre vorsprang und die von mächtigen Steinen eingefaßt war. »Wir haben viel zu bereden«, sagte der Seigneur, während er mit zusammengekniffenen Augen in das grell glitzernde Wasser starrte. Indes überlegte Jacques, ob und wie er ihm seinen eigenen Zwiespalt eröffnen solle.
Denn er hatte, seitdem ihn der Herr von Grignan auf der Treppe am Stadthaus zurückließ, als wiederhole sich dessen Stimme von irgendwoher, ihn immer wieder sagen hören: »Ein Schloß. Sie werden mein Procureur sein«, und er hatte zugleich in Bildern, die man nur innerlich sieht, wie in Träumen, die Landschaft von Grignan vor sich gesehen, obwohl er sie nicht kannte. Sie waren auch jetzt wieder da. Auch waren ihm plötzlich Gesichter von Bekannten aus Bourges erschienen, spöttische, neidische, gönnerhafte. Wie Riesengesichter, wodurch er ihre Verzerrtheit um so deutlicher sah, hatten sie sich ganz nahe an ihn herangeschoben, während er hinter ihnen und durch sie hindurch noch die Olivenwälder von Grignan vor Augen hatte. Droben ein Felsenschloß mit den spitzen Schieferhelmen seiner Türme. Am Abhang ein Dorf.
Aber als er verwirrt genauer hinsah, war allmählich aus einem der Phantasiegesichter ein wirkliches geworden. Fremdartig lächelnd, mit weißen Zähnen im dunklen Gesicht, stand ein ara-

bischer Kaufmann vor ihm. »Du bist weit weg«, hatte er leise gesagt, und Jacques hatte, indes er ein Lächeln probierte, zur Antwort gegeben: »Ja, ich glaube, ich träumte, ich bin Procureur des Comte von Grignan.« Dabei waren ihm an der großen Gestalt im weißen Flattergewand, während er vor den dunklen, neugierigen Augen zu Boden blickte, auch ihre zarten, roten Schuhe aufgefallen. Nur deshalb, weil er lautlos auf den mit Perlen besetzten Schnabelschuhen näher kam, hatte er ihn nicht gehört. Desto erregender war seine leise Stimme: »Ist das genug für einen Traum?«

Doch dann waren die Nachbarn von Bourges wieder da gewesen, unter ihnen sein Vater, der ihnen seine Zobelpelze zeigte, auf die er stolz war: »Procureur wurde mein Sohn! Procureur! Jetzt geht Macht von ihm aus!« Der Seigneur sprach dazwischen ...: »... ein Landgut bewohnen – eines der Schlößchen ...«

»Macht!« wiederholte sein Vater.

»Was verkaufst du?« Das war der Fremde gewesen. »Oder hast du nur dich zu verkaufen?«

»Warum fragen Sie das?« hatte Jacques erwidert.

»Weil ich wissen möchte, was man hier träumt, um euch besser verstehen zu können. Euch. Dich. Uns.«

»Und Ihre Träume?«

»Daß ich hier bin, scheint auch wie ein Traum.« Dann rief ihn jedoch ein Klöppelton von seinem Schiff her fort. »Salam.« Er hatte die Hand an die Stirne gelegt. »Ist es nicht auch ein Traum, über das Meer zu fahren? Salam.«

»Salam«, hatte Jacques wiederholt. Aber er fragte sich nachher, ob nicht tatsächlich alles ein Traum gewesen sein könnte, einmal das Angebot des Herrn von Grignan, dann diese unwirklich helle Erscheinung im flimmernden Sonnenlicht. Nur weil ein Wort zurückgeblieben war, das er bisher nicht kannte, konnte es keine Täuschung sein. »Salam«, ein Gruß, und vielleicht hatte ihn jener Fremde gerade noch aus der Gefahr der Hitze, die manchen plötzlich bewußtlos macht, in die Wachheit zurückgerufen? Oder erschien ihm alles viel zu symbolisch? Die Treppe vor dem Hotel de Ville und die Frage, ob er nur sich selber zu verkaufen habe. »Salam.«

Nun legte das Schiff des Fremden ab. In seiner Schmalheit mit den gebeugten Rahen schien es viel wendiger als die hohe, rundbauchige »Bouche-du-Rhône«. »Salam«, wiederholte Jacques unwillkürlich und führte nun auch die Hand an die Stirne, aber

eigentlich nur, um besser zu sehen, ob die weiße Gestalt über den Ruderern wirklich zu ihm herüberblickte.
Jacques hatte auch dieses vorüberschwankende Bild in einem ganz kurzen Zeitraum erlebt, während der Herr von Grignan auf einem Steinklotz an der Mole saß. Er hatte vor sich hin gefragt, ob er den Dauphin aufsuchen solle? »Vorläufig will nämlich Yolande aus Gründen, die sich zu erörtern verbieten, keinen Soldatentrupp aus der Provence nach Frankreich reiten sehen.« So hatte ihn Maître Porcher unterrichtet. Sehr höflich. »Aber freilich, mon cher, auch Höflichkeit kann eine Pein sein. Eine Enttäuschung. Genug. Reiten wir nach Grignan.«
Er streckte sich, als er aufstand, als hätte er etwas abzuschütteln. »Oder sagen auch Sie mir ab?« fragte er stutzend, weil er Jacques' Zögern bemerkte. »Ist es auch Ihnen zu abgelegen oder zu arm?«
Da fiel Jacques in seiner ihn selbst verwirrenden Unschlüssigkeit nur die Antwort ein: »Ich habe das Meer noch nicht gesehen, Seigneur.«
»Dann fahren Sie doch die paar Meilen hinaus!«
»Das möchte ich«, sagte Jacques, der plötzlich eine Befreiung empfand, obgleich sich die Gesichter seiner Fieberstunde wieder zeigen wollten. Aber sie kamen nicht gegen die Klarheit auf, die über dem weiten Etang de Berre lag, wo er ganz deutlich über dem hauchglatten Spiegel die niederen, fernen Ufer unterschied. Lautlos glitten dort Segler heran. Noch quälte ihn zwar der Zwiespalt, neben der guten Gewißheit, in der Herrschaft Grignan ein vornehmes Amt versehen zu können, nur Ungewisses vor sich zu haben. Aber von hier aus fuhren die Schiffe zu jenen Inseln und orientalischen Städten, die plötzlich erreichbar waren! Indessen sagte der Seigneur: »Nur der junge René würde gern zu mir kommen, weil er von meinen Büchern gehört hat, meinem einzigen Reichtum.« Er wandte sich wieder der Stadt zu. Sie kamen allmählich den hochgebuckelten Brücken näher. »Übrigens irren Sie sich«, sagte er unterwegs. »Auch Yolande kann ihre guten Taten nicht wahllos tun. Sie tut sie von Herzen, aber mit Klugheit und weil sie gerecht sein muß und will. Übrigens muß sie sparsam sein, weil sie selbst dort, wo sie aus Güte verschwenden möchte, nichts zu verschwenden hätte! Es ist wie bei mir. Denn Sie werden bei mir, Monsieur Coeur, zwar nichts gewinnen können, aber ein glückliches Dasein haben.«
»Auch das erleichtert mich«, sagte Jacques. »Ich möchte so höf-

lich sein, wie es mir möglich ist, obwohl gewisse Dinge, wie Sie sagten, auch durch die gefühlvollste Höflichkeit nicht besser werden. Darf ich es einfach ausdrücken? Ich meine nämlich: Was Sie besitzen, Seigneur, brauchen Sie nicht zu gewinnen, während ich, wenn ich etwas besitzen möchte, zuerst etwas gewinnen müßte.« Dabei fiel Jacques das Wort des Arabers ein, das er nun in seiner Art gebrauchte. »Ich glaube überdies, daß jeder einmal wählen muß, ob er sich selbst verkauft oder nur irgend etwas verkauft, das ihm gleichgültig sein kann. Ist nicht das ganze Leben ein Kaufen oder Verkaufen? Ebenso meine ich, daß man, wenn man etwas gewinnen will, auch alles verlieren kann, sogar sein Leben. Wie ich. Ich weiß nämlich nicht, wann ich zurückkommen kann, Seigneur.«
Mitten auf der Brücke blieb der Seigneur ruckartig stehen und hieb Jacques auf die Schulter. »Kerl«, sagte er. »Ich habe es also doch geahnt! Ein Abenteurer!«
»Nein, Seigneur. Ich weiß nur, daß ich nichts oder niemand bin, wenn ich nichts habe und daß ich daheim nichts verdienen kann. Oder ist auch Monsieur Huckes ein Abenteurer für Sie?«
»Nein.« Gedankenvoll starrte der Seigneur mit nur einem Auge, dessen Lid er unwillkürlich anhob, über den Kanal mit seinen Booten. Dann sprach er weiter. »Wahrscheinlich würde ich, wenn ich in Ihrer Lage wäre, kaum anders handeln. Ganz offen, ich würde, weil ich ein sparsamer Hausteufel sein muß, auch kein Amt bei mir selbst annehmen. Oh, mon cher, ich malte mir aus: wenn die Regentin nach Grignan kommt, kauft sie vielleicht eines der kostbaren Bücher, die ich besitze. Ich war mit den Malern des Herzogs von Berry befreundet. Aber nun schenke ich es ihrem Sohn René. Miniaturen! Nun gut. Sie, Monsieur Coeur, bringen mir, hoffe ich, etwas aus dem Morgenland mit. Ich selbst – bei Gott, ich habe, wie Sie, nichts zu verlieren, außer meinem Leben – ich reite nach Frankreich!«
Da verbeugte sich Jacques.
»Sie haben mich sehr beehrt, Seigneur.«
Auch der Seigneur verbeugte sich.
»Sie haben mich, indem Sie mich enttäuschten, nicht enttäuscht.«
Dann trennten sie sich auf der Brücke.

Viertes Kapitel

Mit der Schwanenfeder

»Und was geschieht jetzt?«

Jedesmal, wenn der Seigneur von Grignan dem Tresorier begegnete, stellte er ungeduldig dieselbe Frage. »Es muß doch, meine ich, etwas geschehen?«

Aber obwohl die Kuriere, kaum angelangt, meistens gleich wieder mit neuen Depeschen, mit rasch gewechselten Pferden oder Ruderern zurückgeschickt wurden, war Yolande nichts anzumerken.

Gerührt hatte sie von dem fröhlich lauten Gefolge aus Arles auf der Uferstraße Abschied genommen und ihnen lang nachgewinkt. Sie hätten den herrlichsten Wein der Camargue geladen, rief Herr Duval dem Seigneur zu, der grüßend und stumm seinen Stock hob. Nun waren die Feste vorbei. Von jetzt an möchte sie, hatte Yolande bekanntmachen lassen, die hübsche Stadt auf den Inseln wie eine Fremde erleben. Niemand solle auf sie achten.

So war sie frühmorgens, als die Fischer von ihrer nächtlichen Fangfahrt kamen, über den Markt gegangen. Nur von René und Marie begleitet, hatte sie wie eine Hausfrau, sorgfältig wählend, Fische gekauft. Man wollte sie ihr schenken. Aber sie wollte sie weder geschenkt noch billiger, wenn auch nicht teurer haben, als heute ihr Preis war. »Wie soll ich denn sonst erfahren, wie es euch geht?«

Von ferne war ihr, wie bald auch einige Handelsherren, der Seigneur gefolgt. Welch ein Ereignis! Als hätte ihr Lächeln den ganzen Fischmarkt verzaubert, nahmen sogar die robusten Fischweiber einen Ausdruck der Güte an. Wie staunte doch der adrette René vor den mächtigen, stahlblauen Thunfischen! Dann trugen die Burschen, die drei Mulden voller Fische ins Hotel de Ville zu bringen hatten, zugleich die Neuigkeit durch die Gas-

sen: »Die Regentin gibt unserem Fischmarkt die Ehre! Sie unterhält sich mit jedem.«
»Morgen kaufe ich bei Ihnen, Mutter«, rief sie einer Enttäuschten zu. Sie vergaß es nicht.
Aber als Yolande auch in die Getreidespeicher hineinging, auch dort so wißbegierig wie eine Hausmutter fragend, erregte sie manche Verlegenheit der Besitzer. Denn sie fragte erstaunt, sie hätte ganz andere Preise gehört? Unglaublich höhere Preise? –
Man könne doch kein Korn ausführen, wenn im eigenen Land Hunger herrsche, sagte sie vor der Ständeversammlung am nächsten Tag. Sie hatte die Preise und Abgaben nachrechnen lassen. Man dürfe auch nicht, wenn plötzlich ein Mangel auftrete, an der Not der eigenen Leute durch plötzlich erhöhte Preise doppelt verdienen.
Dann setzte sie ihren Namen mit einem zwiespältigen Lächeln unter den Erlaß, nach dem die fremden Handelsherren und Kaufmannskompanien ihre Kontore in Martigues zu schließen hatten. »Meinen Sie gut daran zu tun?« fragte sie leichthin, als sie die Urkunde weitergab. »Dürfen wir nur an unseren eigenen Vorteil denken?«
Verwirrt und enttäuscht, so erzählte es der Seigneur am Abend dem schwäbischen Kaufmann, Herrn Huckes, wie zurechtgewiesen hatten die bisher so gefühlvoll begeisterten Herren das Hotel de Ville verlassen. Denn sie hatten auch den weiter greifenden Erlassen zustimmen müssen, die sie mit dem Rechenstift auf einem Täfelchen begründet hatte. Nun wurden sie vom Balkon aus verlesen, Trompetenstöße dazwischen, als würden Siege verkündet.
Jetzt jubelten die Leute aus dem ärmsten Kanalgewinkel vor dem Hotel de Ville nach jedem Satz, kaum daß ihn der Sprecher beendet hatte. Denn er verkündete: »Weniger Steuern! … Billiges Brot! … Verbilligtes Öl! … Wohlfeilen Wein! …« »Vive la Reine!«
Aufgepaßt! Nun wurde die Ernennung eines neuen Marktpräfekten mitgeteilt, der keine Ungerechtigkeiten dulden würde! Nochmals aufgepaßt: In Zukunft konnte sich jeder an einen neuen Oberrichter wenden, an einen Juge image! »Vive la Reine!«
»Und was geschieht wirklich?« fragte Herr Huckes, dessen Blicke immer wieder zu den Regalen irrten, obwohl dort nichts

mehr lag. Nur einige Kisten waren noch zu vernageln. »Hat man den Dauphin zurückgeholt?«
»Ich fürchte«, gab der Seigneur zurück, »er hat ein Mädchen gefunden, und wahrscheinlich weint seine Braut, so oft sie allein ist, und nur ihre Mutter weiß es.« Er kam ins Erzählen. »Dabei lächelt die mädchenhafte Marie, wo man sie sieht, wie ihre Mutter, und sie tat sogar begeistert, als René ihr eine eigene Zeichnung brachte, nach der sie eine neue Bildstickerei anfangen möchte.«
Aber der Handelsherr fragte, da eine neue Nachricht in der Stadt herumgetragen wurde: »Weiß man eigentlich, wohin der Herzog von Burgund mit seinen Truppen will, der viel schönere Wandbehänge hat? Aus Arras, wo es die besten gibt.«
»Ich denke, man ahnt es«, gab der Seigneur zurück.
Eigentlich war er nur in das Haus getreten, um vor dem lärmenden Volk zu flüchten, das sich drunten um das Stadthaus drängte. Er hatte Herrn Huckes nach Jacques gefragt. Aber Jacques war verschwunden, ohne ein Ziel zu nennen. Anscheinend hatte niemand ein Ziel, auch Herr Huckes nicht, der bedächtig Nägel in eine Kiste schlug, auch er selbst nicht, obwohl ihm die Frage des Herrn Huckes den Anlaß gab, zu sagen, er habe dringend im Hotel de Ville zu tun.
Er suchte jedoch, nachdem er sich durch das Gewimmel im Hof und der Gänge geschoben hatte, gleich sein Zimmer im Turm auf und horchte, seine Schreibfeder in der Hand, in das geräumige Haus hinein. Sollte endlich etwas geschehen? Etwas Entscheidendes? Großes? Yolande hätte heimreisen müssen!
Darüber sprach er auch mit Herrn Porcher, der ihn bei seinen eng beschriebenen Papieren überraschte, der Heimlichkeit des Herrn von Grignan. Aber ihm gestand er gelassen: »Als ich verliebt war, habe auch ich Gedichte gedrechselt. Davon blieb mir die Liebe zur Feder. Wie meinem Vater, der eine Chronik von Grignan verfaßte. Sie wurde leider von Mäusen zerfressen. Nun sitze ich, wie Sie sehen, erneut vor unbeschriebenen Blättern und warte darauf, was sich ereignen wird. Warum gibt es nichts Neues?«
»Abwarten«, sagte Monsieur Porcher.
»Abwarten!« schrieb der Seigneur fast grimmig als erstes Wort auf das neue Blatt. Es war gutes Papier, das er Herrn Huckes verdankte. Es ließ, als er es gegen das Licht hob, einen Ochsenkopf als Wasserzeichen erkennen, die Marke des Müllers in Ravensburg.
»Aber Sie sollten mich schon«, sagte er zu Herrn Porcher und

später auch zu Yolande, der er im Gang begegnete, »an manchen Ihrer Geheimnisse teilnehmen lassen, nachdem Sie schon wissen, daß ich quasi Ihr Buchführer bin. Denn Sie haben mir zu verstehen gegeben, daß ich dableiben soll. Danke. Da Ihnen mein Stock auffiel, den ich manchmal gebrauche, darf ich bemerken, daß ich noch im vergangenen Winter mit der Saufeder auf Wildschweine ging. Nun habe ich sie mit dieser gefährlichen Schwanenfeder vertauscht.«

Er zeigte ihr eine Handvoll sorgfältig gespitzter Federn und tauchte eine in sein Tintenfaß, um das Wort »Abwarten« dick zu unterstreichen. »Ich warte nämlich darauf, was Sie entscheiden.«

Einstweilen gab sich Yolande dem Eifer ihrer Kammerfrauen hin, die er über den Hof hinüber oft an den Fenstern vorbeistreichen sah. »Geduld«, war ihr letztes Wort gewesen, und er bewunderte ihre zielbewußte Geduld, sich jeweils erneut so lange richten zu lassen, bis sie nur noch zu lächeln brauchte, um die betörende Königin von Sizilien zu sein, wie man sie sehen wollte, makellos schön wie ein Bild. Mit dieser Geduld präsidierte sie dann bei einer Gerichtsverhandlung, die einer Bagatelle galt. So nannte es jeder. Nur für Yolande war sie wichtig.

Denn vor dem Richtertisch stand ein junges, weibliches Wesen, das nur seine Ehre zurückhaben wollte! War das nichts oder wenig in einer Hafenstadt, von der sich die Matrosen von Schiff zu Schiff die Häuser nennen, wo jeder willkommen sein würde? Wo jede hübsche Person, wie diese hier, leicht in Verruf geraten kann, wenn sie einmal verliebt war und keinen Hehl daraus machte und wenn auch der zweite enttäuschend war? Wenn sie dann trotzdem geputzt ging, um begehrenswert zu bleiben. Würde sie wohl das Gericht anrufen, hatte Yolande gefragt, wenn es ihr nicht schmerzlich wäre, was über sie geredet wurde? – Ah, nun hatte die schöne Yolande allen Müttern und Töchtern ein willkommenes Beispiel gegeben. Gerechtigkeit für die Liebe? War das nichts? –

War es nicht auch bedeutungsvoll, daß in Paris und überall in Frankreich viele Adelige, auch wenn sie den Dauphin nicht mochten, seit jenem Vertrag von Troyes auf seine Seite rückten?

Manchmal gab Herr Porcher dem Seigneur Depeschen zu lesen. Er wuchs dabei. So sagte er, als der Reiterführer Pierre de Giac seinen Besuch anmeldete: »Wenn es dem üblen Burschen gelin-

gen sollte, wieder Einfluß auf den Dauphin zu gewinnen, dürfte wohl alles, was der bedächtige Gérard Machet und die Regentin für Charles getan, umsonst gewesen sein.«
Indessen las Herr Porcher schon einen anderen Brief. Er schwieg. Er wußte wie der Seigneur, daß jener Pierre an der unglückseligen Tat auf der Brücke von Montereau beteiligt war. Er hatte vielleicht den tödlichen Schlag gegen den Herzog Johann von Burgund geführt?
Dazu paßte ein Brief, der eben angekommen war. Es gab keinen Zweifel mehr: Das Ziel der burgundischen Truppen war Montereau! Nun endlich würde Herzog Philipp, wie er bekanntgegeben, den ermordeten Vater nach Dijon heimbringen. »Nun endlich – nach drei Jahren!« hatte der Freund des Herrn Porcher bemerkt. »Warum jetzt?« Also war wohl zu folgern, daß der Herr von Burgund vorläufig nicht angreifen wollte?
Dagegen war ein Bericht aus Angers beängstigend. Dort wurden die Stadtmauern stärker befestigt, weil englische Truppen in der benachbarten Grafschaft Maine ihre Quartiere aufgaben.
Aber Monsieur Porcher legte die Briefe, genau numeriert, in seine gut verschließbare Reisekiste. Morgen wird man in Marseille ankommen und neue Depeschen vorfinden.
»Alle für die Kiste?« fragte der Seigneur. »Oder liest sie auch der Dauphin?«
»Er bekommt seine eigenen Briefe.«
»Zeigt er sie Ihnen?«
»Wenn er sie liegen läßt, soll ich sie lesen.«
Nun gut, die Reise ging weiter, anstatt nach Anjou zurückzuführen. Anscheinend hoffte der Dauphin, der unauffällig in Martigues ankam, auf die Herren von Armagnac und jene anderen Obersten, die ihre eigenen Besitzungen und dadurch auch für ihn ein Stück von Frankreich verteidigen würden.
Unbewegt, nur weil er dazu gehörte, erlebte der Dauphin den Abschied von Martigues. Nachts, als nur noch Schiffslaternen brannten, war er auf einem Boot aus der Camargue gekommen. Dann fiel es in den nächsten Tagen wohl nur Yolande auf, daß er sich oft in ihre Nähe drängte, auch in den Kirchen, wo sie die nötigen Andachten hielten, auch in Marseille beim Empfang und im Hafen.
Nun wiederholte sich vieles, notierte der Herr von Grignan. Triumphbögen. Jubel. Eine Ständeversammlung. Allerlei Feste. Aber für den Seigneur waren die Urkunden, die Herr Porcher

aus der eisenbeschlagenen Kiste zutage brachte, wichtiger als das tanzende Volk auf den Straßen. Ihm genügte der Blick von der Maison Royale auf das von Häuserreihen umgebene Hafenbekken mit seinen ockerfarbigen Kastellen an der schmalen Einfahrt. Das Gewimmel von Masten und Menschen. Immer wieder wurde dort die Hofgesellschaft aus Anjou im jubelnden Gedränge, das aus den engen Gassen Zustrom erhielt, begeistert am Weitergehen gehindert. Denn auch hier ging die schöne Yolande unters Volk, das in ihr die gerechte, vornehme Mutter ihres Grafen der Provence bewunderte, der bei Neapel um sein Königreich kämpfte. »Vive la Reine de Sicile!«

Man zeigte sich auch René, der ihm ähnlich schien.

Dabei schauten die Frauen den freundlich um sich blickenden Jungen zugleich mütterlich liebend und verheißungsvoll an. Manche riefen auch: »Vive le Comte René!«

Über René hatte der Herr von Grignan soeben Dokumente eingesehen, nach denen Yolande auch ihm eine weithin bedachte, reiche Zukunft zu sichern bemüht war. Zwar standen ihm mit seinem Titel Graf von Guise, den er kaum gebrauchte, aus dem Besitz von Anjou nur kleinere Herrschaften zu. Jetzt hatte aber der Herzog und Kardinal von Bar-le-Duc seinen armen Neffen René adoptiert, dem dadurch nicht nur jenes Herzogtum als Erbschaft zugesichert war, das von der Champagne bis vor die schwer befestigten Höhen von Luxemburg reichte und das bei Nancy an die lothringische Hauptstadt grenzte. Auch Pont-à-Mouson, das Marquisate an der Mosel, unfern von Metz im heiteren Talgrund gelegen, und anderer verstreuter Besitz gehörten dazu.

Wie eine Ergänzung war der zweite Vertrag, den der Seigneur ungläubig vor Erstaunen überflog. Gleich darauf las er ihn nochmals genauer. Denn in ihm war die Hochzeit Renés mit Isabella, der Tochter des Herzogs von Lothringen, abgemacht, der sie als einzige Erbin eingesetzt hatte!

Deshalb hatte René seit einigen Tagen das Täfelchen mit dem Mädchenbild in seiner Stube aufgestellt. Er wolle sich, sagte er, an sie gewöhnen, aber auch daran, bald Ehemann sein zu sollen. Noch schien es ihm nämlich unfaßbar, künftig einer großen Herrschaft vorzustehen. Sie reichte westlich von ihrer Hauptstadt Nancy bis in die Champagne und im Nordosten, jenseits von Metz, bis über die Saar. Im Süden und Westen, wo sie die weit geschwungenen Mulden des Bauernlandes umfaßte, verlief

die lothringische Grenze fast auf den Höhen der Vogesen und nahe bei Belfort am Herzland von Burgund entlang!
»Kühne Verträge«, sagte der Herr von Grignan, der keine Landkarte brauchte, um zu wissen, wie gefährlich das Herzogtum Lothringen gleichsam als trennende Schwelle zwischen Burgund und dessen Ländern in den Niederlanden lag. Auch kam die hintergründige Feinheit hinzu, daß durch diesen Vertrag der Plan des englischen Königs durchkreuzt worden war, die verlockende Erbin von Lothringen seinem eigenen Bruder als Hausfrau zuzuführen, dem Herzog von Bedford, der sein Statthalter im englisch besetzten Frankreich war. Also hatte Yolande verhindert, daß ein englischer Zweig auf französischem Boden Wurzeln schlug!
Wäre wohl, überlegte der Herr von Grignan, dem stolzen burgundischen Herzog, der in Dijon residierte, aber oft auch in Flandern, eine englische Herrschaft als Nachbarschaft lieber gewesen? »Mir scheint«, sagte er, »unter diesen Papieren schwelt so oder so ein Feuer. Wann bricht es aus? Und wo?«
Einstweilen tanzte man drunten, und Herr Porcher schaute vom schmalen Balkon aus zu, wie sich ein Kreis von tanzenden Matrosen um Yolande und ihr Gefolge bildete. Mit ihren hölzernen Klapperschuhen hüpften sie einmal weiter, dann wieder enger inmitten der Menge um sie herum, wobei die Mädchen, die darauf warteten, sich gern in den tanzenden Kreis hineinzerren ließen. Sie jauchzten.
So wurde Yolande von den stampfenden Reigentänzern mit den leichtfüßigen Mädchen am Kai entlang bis vor die Maison Royale begleitet, wobei zuletzt auch sie selbst und Marie, ihre Damen, René und Charles in ihren Tanz gerissen wurden!
»Mon Dieu, man macht sich mit ihnen gemein?« stieß der Seigneur hervor. Die ganze Stadt schien zu tanzen! Überall hatten sich Reigen gebildet, nachdem die ersten begonnen hatten, junge Edelleute und ihre Schwestern in Matrosenkostümen. Sie stellten sich endlich vor der Maison Royale zum Spalier auf, plötzlich Blumenbögen in den Händen, die nun zum Laubengang wurden.

Abends, ein Einfall jagte den anderen, fand das Abschiedsbankett auf einem Schiff statt. Dann glühte das rote, zerrissene Klippengestein an der Küste in verschiedenartigem Licht auf. Über den Feuerpfannen mit ihrem Rauch flammten im dichten Gestänge der Schiffe, die im Hafen lagen, oft hoch droben flimmernde Lampen und Fackeln, während das Licht in magischen Tönen wechselte. So erschienen das Meer und die Stadt einmal grün, einmal rot, dann kreidigweiß, bis wieder die Nacht über sie niedersank.

»Man müßte auch dies beschreiben«, sagte der Herr von Grignan, der sich abseits hielt, zu Herrn Porcher. »Aber ich habe soeben folgende Sätze notiert, die unsere Nachwelt beachten sollte: Man muß wohl zuerst, wenn man das Böse und das mögliche Gute dieses Jahrhunderts zu begreifen versucht, die Verwandtschaft der herrschenden Häuser kennen. Sie reicht in die Zeiten der Sagen zurück, und sie erstreckt sich bis nach Polen und bis in die arabischen Wüsten. Ist dieser Stammbaum nicht wie ein verwildertes Dickicht? Herrscht nicht überall nur das Recht der Verwandtschaft oder der Erbschaft?«

Auch am Abend, auf der Schiffsbank sitzend, die unwirklich beleuchtete Stadt vor Augen, verfolgte ihn dieser Gedanke. »Ich weiß, daß ich durch Zufall bin, der ich bin«, sagte er zu dem Kanzler, der neben ihm saß, »daß ich durch Zufall besitze, was ich besitze. Überhaupt ist es wohl eine der größten menschlichen Tugenden, zuzugeben, was man ohne eigenes Verdienst ist oder hat, ich meine, den unverdienten Vorzug vor anderen, die vielleicht besser sind.«

Diese Sätze hatte René gehört, der näher rückte und sagte: »Ich möchte mich nicht gern schuldbewußt fühlen, weil ich das habe, was ich habe.«

Auch in den folgenden Tagen, als sie weiterreisten, führte er gern Gespräche mit ihm. Gelegentlich ritt auch Charles neben dem Herrn von Grignan, der den ernsten Dauphin auch spaßhaft anzureden versuchte. Einen besonderen Anlaß fand er in Aubagne, wo Yolande einige Körbe mit Tonfiguren vollpacken ließ, die dort geknetet wurden. Beinahe zitternd, weil seine einfache Kunst so hohe Bewunderer fand, hatte der ländliche Meister seine Santons auf einer Tischplatte angeordnet, wobei er allmählich, wie in der Christnacht in den Kirchen, die Gruppe im Stall zusammenstellte, die Hirten und die Magier aus dem Morgenland.

Da hatte Charles gesagt: »Schön. Aber ich vermisse, obwohl sie nichts damit zu schaffen hat, Maria Magdalena, die Sünderin. Die hätte ich gern.«

So kam ganz nebenbei zutage, daß er mitnichten nur bei den

Guardians in der Camargue gewesen war. Dort hatte er zwar auch, was er René genau beschreiben mußte, die seltsamen Nesterbauten der Flamingos aufgespürt. Wie kleine Kratermäuler lagen die einige Fuß hohen Nestermulden aus trockenem Schlamm meilenweit nebeneinander.

Aber erst jetzt erwähnte Charles, daß er nach Li Sànti Mario geritten war, jenem Sainte-Marie-de-la-Mer, wo der Legende nach Maria Magdalena auf ihrer Flucht über das Meer gelandet war. Charles hatte dort inmitten von Zigeunern in der Krypta die dunkelgesichtigen Gnadenbilder gesehen.

Junge Kerle, Goldringe in den Ohren, hatten sie auf den Schultern ins Meer getragen und dort, durch die Wellen stampfend, als wiederhole sich die Ankunft ihrer Heiligen, wie im Triumphzug wieder an Land gebracht. Die Menge fiel auf die Knie. Dann schlossen sich Feste der Wallfahrer an, deren viele von weither kamen.

Viele von ihnen zogen auf der gleichen Straße wie die Gruppe um Yolande zu einer anderen Erinnerungsstätte an die verehrte Marie Madeleine, zur Sainte-Baume, der Heiligen Höhle. Hier, im Talgrund bei Aubagne, begann der Königsweg, der später durch ein kahles, von steilem Wald umstelltes Hochtal führte. Angeblich hatte dort die Sünderin in einer Grotte auf einem hohen Felsenband über dem Bergwald gelebt.

Allzugern, hatte Charles zu dem Töpfer gesagt, möchte er eine Statue von ihr als Souvenir mitnehmen, worauf der Modelleur in seinen Fächern kramte. »Eine Sünderin hatte ich immer. Da!« Er stellte ihm eine schlanke, weibliche Tongestalt im hellblauen Mantel hin, der mit seinen goldenen Bändern bis über ihre Schuhe fiel. Dabei zitierte der eifrige Meister das biblische Wort: »Ihr sind viele Sünden vergeben. Denn sie hat viel geliebt.« Doch dann gehörten auch, meinte der um das ganze Gesicht behaarte Mann, ihr Bruder Lazarus und ihre Schwester Martha dazu, auch Salomé, Maria Jakobäa, Sidonie und Maximin. Denn mit ihnen gemeinsam sei sie in ihrem hilflos treibenden Boot, das weder Segel noch Ruder besaß, bei jenen Hütten, die nun ihren Namen trügen, ans provençalische Land gestiegen.

Er suchte auch sie zusammen und stellte die buntbemalten Gestalten in eine tönerne Schale, die ein Boot sein sollte. Indes erzählte er, Lazarus habe in Marseille gepredigt, Maximin in Aix, bei den heißen Quellen. Martha in Tarascon, während Marie-Madeleine, aus der nach einem anderen Bibelwort sieben Dämonen gefahren seien, als Eremitin droben in die Berge ging, durch die sie nun reiten würden. Aber Charles wünschte nur das Figürchen der Büßerin. »Man kann es verschenken.« Da nahm der Seigneur das Bootchen. Er musterte mit besonderem Bedacht in der Werkstatt, wo die Regale leer geworden, die unfertigen, noch ungebrannten, unbemalten Tonfiguren. »Denn die unfertigen Gestalten erinnern mich an meine Chronik, die ich schreibe«, sagte er zu Charles beim Weiterreiten. »Ich muß darin auch über Sie berichten, Sire. Wollen Sie mir helfen? Darf ich wissen, um gerecht zu sein, was Sie bewegt? Sind es nur die süßen Sünderinnen?«

»Und wenn ich Ihnen untersage, etwas über mich zu schreiben?«

Doch der Seigneur parierte wie verzichtend: »Nun, vielleicht will es später niemand wissen, was ich glaubte, von Ihnen berichten zu sollen. Unfertiges. Sie müssen den Vergleich erlauben. Denn es ist doch so?«

Charles lachte auf und ritt dann eine Zeitlang stumm neben ihm dahin. Bei Gott, fing er zu spotten an, dann schreibe er vielleicht sogar für alle Zeiten auf, daß er hier auf demselben Bergweg, der nur Büßer begeistern könne, wie Ludwig der Heilige oder Karl der Zweite von Anjou, der Neffe Ludwigs, zur Heiligen Höhle wallfahre?

Der Seigneur gab zurück: »Ich sagte es schon: Vielleicht will's ohnedies niemand wissen. Aber von wem stammt der Satz: Wenn unser Gedächtnis versagt, wird oft das Gewissen verdächtigt?«

Nach einer Weile fragte Charles, ob er vielleicht auch aufschreiben möchte, was ihm zwei Zigeunerinnen prophezeiten? Über tausend Köpfe hatte das Zigeunervolk gezählt, das sich in einem großen Lager bei der Festungskirche von Li Sànti Mario gefunden hatte. Ausgetriebene aus dem Morgenland. Ein König, eine Königin dabei. Sieben Jahre mußten sie, das hatte man in Rom verlangt, weil sie vom Glauben abgefallen waren, ohne Bett oder Dach, außer dem Dach ihrer Karren und Zelte, unterwegs sein. Aber nach sieben Jahren würden sie in Paris einziehen! Dann würde bald auch er, der Dauphin »hören Sie zu, Seigneur!«, wieder Herr in Paris sein. So habe die Wahrsagerei einer Alten, aber auch einer Jungen gelautet.

»So oder so«, sagte der Herr von Grignan. »Verstehen Sie richtig, Sire, wie das gemeint sein könnte: so oder so. Hatte das keine dazu gesagt?«

Da wandte sich Charles unmutig ab.
Ihm wurde zum ersten Mal, erklärte daraufhin der Seigneur dem Kanzler, eine ganz eigentümliche Macht bewußt. Macht sei es keine, aber doch ein Gefühl, überlegen zu sein. Es erheitere und beklemme ihn nämlich oft, angesichts der beiden jungen Herren an die halbfertigen Santons zu denken, die er gern bunt und mit Gold bemalen möchte. »Ihr Leben fängt erst an, und ich warte, wie es wird, als ob ich ihr Vater wäre. Aber eigentlich ist es nur Neugier.«
Unterdessen hetzten René und Charles einen Fuchs zwischen den einzeln stehenden Arven und Eiben. Elstern schossen vorbei. Fremdartige Blumen hoben sich aus dunkelgrünen Büschen.
Doch dann spielte sich auf dem Plateau, wo unterhalb der weltentlegenen Sainte-Baume, der Heiligen Höhle, eine Zeltstadt lag, eine Begegnung voller Gespanntheit ab.
Pierre de Giac ritt plötzlich in das kleine Lager ein, gekrümmt auf seinem abgehetzten Pferd, und spähte jedem ins Gesicht, ein sehniger, magerer, dunkler Kerl. Angeblich kam er mit seinen drei Burschen, die ähnlich wie er in den Sätteln hingen, aus Loches, nachdem er zuvor in Chinon gewesen. Dort würden die Schlösser am Cher und am Indre bis zur Loire hin, berichtete er, einstweilen von guten Freunden gehalten. Aber man warte auf ihn, den Dauphin! Man könnte mit einigen Trupps, für die er die richtigen Leute zusammenbringe, da und dort die Nachschubtruppen überfallen, auch in Burgund. Mindestens müsse man Unruhe schaffen. Unsicherheit. So lange er kein Heer marschieren lassen könne, müsse man einen Kleinkrieg betreiben.
»Nein.« Ganz leise hatte Yolande diese Antwort gegeben. Man wolle, wie es der letzte Herr von Anjou, ihr Mann, in seiner letzten Stunde inständig wünschte, keine Feindschaft mit den burgundischen Herren.
»Aber sie führen doch Krieg gegen uns?«
»Gegen Frankreich. Nicht gegen Anjou, obwohl auch wir darunter leiden. Aber unsere Feinde sind sie nicht. Sie sind es natürlich. Aber ich will es nicht glauben.«
Dann war Charles im Gespräch mit Pierre de Giac bis an den allmählich ansteigenden Waldrand gekommen, wo der Wallfahrerpfad steil in die Höhe führte. Dort droben möge auch er, wie die Sünderin aus der christlichen Urzeit, eine Buße ablegen,

forderte er den Verdutzten auf. Ob er ihm nicht gehorchen wolle? Er sei doch gekommen, ihm seine Ergebenheit zu beweisen?

Undurchdringlich belustigt hörte Charles zu, wie die Burschen laut auf dem Steilweg die Mühsal des Anstiegs verwünschten, die er sich selber ersparte. Er sei doch, sagte er zu Marie, die ihn unsicher ansah, wohl kaum auf die Bittgebete der schönen Sünderin angewiesen? Er verehre sie sehr, diese so rührend weibliche Gestalt, die am besten zu Frankreich passe. Aber eigentlich sei er doch, wenn er später einmal die heilende Wunderkraft der französischen Könige selbst ausübe, mit der Dreifaltigkeit im Bunde?

»Sing mir ein Lied, Marie«, sagte er plötzlich.

Hier, wo es nur leise zirpende Bergfinken gab, war die weithin geöffnete Lichtung wie eine grüne Schale der Welt, die hoch über allen Städten und Straßen lag. Der Wallfahrerpfad schien durch den steilen Wald auf einer Felsenschwelle ins All hinauszuführen. Hier steige ihr Lied, sagte Charles, wie ein flatterndes Schriftband auf einem Kirchenbild zum Himmel auf.

Aber als auch Yolande am nächsten Morgen die hoch gelegene Höhle besuchte, brauchte sie Charles nicht zur Begleitung aufzufordern. Er habe ihr gern den Vortritt gelassen, erklärte er dem Seigneur, der ihm sein Lob aussprach.

»Auch war es eine sehr wichtige Tat«, erkannte der Herr von Grignan vielsagend an, »diesen Chevalier de Giac zu seiner Mutter heimgeschickt zu haben. Oder sollte ich sagen: zum Teufel gejagt?«

»Und wenn ich auch Sie heimschicke?« fragte Charles.

Daraus entstand ein kurzer, heftiger Streit, bei dem der Dauphin zwar wie gleichgültig blieb. Nur seine Worte verletzten. Es passe ihm nicht, warf er hin, beständig belauert zu werden. Er achte doch nur darauf, was er tue, entscheide! Um es aufzuschreiben!

»Sie haben recht«, erwiderte der Seigneur mit ähnlich höflicher Schärfe. »Eigentlich lohnt es sich heute noch nicht, und ich fürchte, ich passe umsonst auf Sie auf. Also ist es wohl besser, ich warte daheim ab, was Sie tun. Oder was sich um Sie begibt. Ich verlasse Sie ungern und gern.«

Darauf beharrte er, und auch Yolande vermochte nicht, ihn umzustimmen, auch nicht René, der abends noch abseits vom Lager ein Gespräch mit ihm suchte. Wie zwei seltsame Vögel, meinte der Herr von Grignan, hockten sie hier auf dem rindenlosen Geäst des vom Sturm auf die Krokuswiese hingestreckten Baumes. Droben die steinernen Stirnen der Berge, der Mond und die Helligkeit aus der Grotte. Tief hinter den Wäldern, wo man sie nur noch ahnen konnte, die Welt, in der jeder etwas verändern wollte. Auch er.

Ob es nicht ratsamer sei, fragte René, anstatt die Dinge verändern zu wollen, zuerst sich selber zu ändern? Dann bekämen wohl auch die Dinge von selbst eine andere Bedeutung?

Er hatte Alpenblumen gefunden, die er dem nächsten Kurier nach Angers zum Einpflanzen mitgeben wollte. Auch wäre er selber am liebsten, von den illuminierten Büchern des Herrn von Grignan verlockt, mit ihm heimgeritten. Dagegen bedauerte der Seigneur, Brignoles mit seiner Behaglichkeit nicht wiedersehen zu können. Denn dort, in einem alten Sommersitz der Grafen der Provence, befanden sich allerlei Dokumente und Bilder. Das Schlößchen war wie von selbst zum Museum geworden. Mitten im Ort hatte die Herrschaft geradezu unter dem Volk gelebt, das auf dem Platz vor den gräflichen Fenstern seine Mandelernte zum Trocknen auslegte. Auch wäre er, wenn die Reise dann weiterging, gern einmal wieder in den blutroten Küstenfelsen der Rivière herumgestiegen, wo es von Rosen und Nelken und von Macchia duftete.

Aber Charles, der unter den letzten Sätzen zu ihrem umgestürzten Baum geschlendert kam, sagte: »Wenn sich nichts lohnt, was ich treibe, lohnt sich vermutlich für Sie auch diese Reise nicht? Oder was lohnt sich für Sie?«

»Wollen Sie streiten?«

»So oder so. Oder ja oder nein. Wie Sie wollen, Seigneur. Wollen Sie, daß ich mich in ein Unglück stürze? Nur weil ich glücklich sein möchte? Ich bin es sogar manchmal.« Er ging um die beiden herum, streitsüchtig unzufrieden. Doch dann sagte er, indem er den Seigneur ins Auge faßte: »Haben Sie übrigens schon einen Krieg ohne Gegner erlebt? Den führe ich nämlich. Mögen sie doch gegen niemand fechten. Das gibt keine Ehre und gibt auch kein Recht. Auch gab es, wie Sie wohl wissen, schon etliche Könige ohne Land, wobei der König König und jedes Land Land blieb. Aber freilich ist es ein Zufall, daß ich König bin, und ich bestehe darauf, obwohl meine Mutter bestreitet, daß ich der sei, der ich bin. Schrecklich: obwohl ich dabei gewesen sein muß, kann ich es nicht beweisen, daß ich der bin, der ich nicht sein soll. Oder können Sie eine Ähnlichkeit mit meinem Vater entdecken? Denn ich mag keine Spiegel mehr. Keine Bilder. Alles kommt mir verlogen vor.«

Unvermittelt gab er dem Seigneur die Hand.

»Tragen Sie mir nichts nach, Seigneur. Ich bewundere den Himmel.« Die Hände in die Seiten stützend, blickte er hinauf. »Aber mich stören sogar manchmal, wenn es wenige sind, die Sterne. Nur wenn es viele sind, flößen sie mir keine Angst mehr ein, weil sie wohl jeden verwirren. Nichts für ungut, Seigneur«, setzte er wie verlegen hinzu. »Bleiben Sie bei uns.«

Offenbar tat es ihm leid, ihn vertrieben zu haben. Denn er bat auch Yolande, ihn umzustimmen, und sie versuchte es, als der Seigneur neben ihr durch den in Schluchten abfallenden Wald nach Saint-Maximin hinabritt, das fern in der Ebene lag.

Yolande hatte für Charles, wie der Seigneur von Herrn Porcher erfahren hatte, eintausend schottische Bogenschützen anwerben lassen, die auf dem Weg nach Frankreich waren und die sie selbst bezahlte. Sie hatte auch ihrem Sohn nach Neapel geschrieben, er möge kommen. Andere Kuriere waren an den Herrn von Mailand abgegangen, an den Herzog Visconti, dessen Gebiet sie bald näher kamen. Auch mit dem Herrn von Savoyen, der Rechte auf Nizza vorgebracht hatte, suchte sie eine Verständigung. Also war sie nicht frei von Furchtsamkeiten, obwohl sie von diesen Dingen gleichmütig sprach, zwischendurch lächelnd.

Jetzt ließ sie sich lieber von dem Seigneur berichten, daß man einst in Saint-Maximin-de-la-Baume das Gewölbe, in dem die schöne Marie-Madeleine angeblich beigesetzt worden war, hastig mit Schutt und Steinen aufgefüllt hatte, als auch hier, über die Berge hinweg, Rudel von Sarazenen in die Orte stürmten. Dann war es ein Herr von Anjou gewesen, Charles der Zweite, der später die Krypta in der turmlos erscheinenden Kirche wieder ausschaufeln ließ.

Auch Charles horchte auf, als der Seigneur am Abendtisch nicht nur von jener mächtigen Kathedrale sprach, die mit ihrem turmlosen Schiff wie ein wirkliches Schiff vor ihnen lag, hoch und lang gestreckt über den niedrigen Häusern. Angesichts dieses ruhig beherrschenden Bauwerkes, das ringsum von kantigen Pfeilern wie ein Schiffsleib von Spanten gehalten wurde, sah der Herr von Grignan auch noch andere Bilder vor sich.

Man habe ihm nämlich, erzählte er, einst im Burgundischen, »als ich so alt war wie Sie, Sire«, zu anderen Reliquien der Marie-

Madeleine geführt: auf dem Kirchenberg von Vézelay. »Heute erlebe ich, daß diese Reise für mich einen Kreis schließt.«
Dort, auf dem burgundischen Wallfahrtsberg, wo man wie hier und in ihrem Dorf am Meer die schöne Büßerin verehre, die nach der Legende das Christentum in die Provence gebracht habe, dort, bei ihren armen Resten auf der burgundischen Höhe, war der französische Adel zum Kreuzzug zusammengekommen. Aber noch näher schloß sich der Ring. Denn wenige Stunden von jenem Strand entfernt, wo die Marie-Madeleine hilflos an Land gekommen, hatten dann jene Kreuzfahrerheere ihre Schiffe bestiegen. In Aigues-mortes, der uneinnehmbar befestigten Hafenstadt.
»Ich hätte sie gern gesehen, diese vieltürmige Stadt«, schloß der Seigneur.
Dann war auch Yolande überrascht, als Charles gleichmütig sagte: »Ich hätte Sie mitnehmen können, Seigneur.« Nie hatte er davon gesprochen, daß er auch in Aigues-mortes gewesen war. »Nun ja, es ist ein französischer Hafen. Ich mußte ihn wohl betrachten?« Er lächelte wieder so überlegen und unbehaglich wie immer.
Doch er fuhr ebenso unerwartet aus seiner Stummheit auf, als er noch eine Weile allein mit dem Seigneur im Freien saß.
»Welch eine Anmut. Ich meine die kleine Nonne.« Er starrte ihr nach. Sie ging auf die Kirche zu. »Ob sie wohl etwas von jenen Sünden ahnt, die ich nicht sündig finde? – Oh, Seigneur, leben Sie wohl. Vielleicht verschlafe ich morgen. Ich wäre gern mit Ihnen gereist. Auch nach Aigues-mortes. Aber merken Sie sich: sie verkennen mich alle. Ist das ein Unglück?«
Damit stand er auf, um wie ziellos über den Platz zu gehen. Wohin? Offenbar ging auch er in die Kirche?

Später, wieder daheim in Grignan, meinte der Seigneur, endlos lang unterwegs gewesen zu sein, und er merkte nur daran, daß er ganz wenig des Aufschreibens wert fand, wie langsam eigentlich die Zeit verging, wenn man bedachte, was wichtig war.

Fünftes Kapitel

Im Spiegel des Herrn von Grignan

Fast ein Jahrzehnt mußte verstreichen, bis plötzlich die Menschen im unaufhörlich geplagten französischen Land von einer erregenden Hoffnung ergriffen wurden, die auch den Herrn von Grignan erfaßte.

Zwar erklärte er seiner Haushofmeisterin, wenn er nicht nur mit seinen Pächtern, sondern auch mit den Leuten im Dorf Gespräche suchte, er forsche nur die Meinung der Menschen aus. Glaubten sie an das Wundermädchen von Domrémy oder nicht? Sie glaubten daran! In Wirklichkeit drängte es ihn, jedwedem seine eigene Hoffnung darzulegen, daß nun ein Wunder geschehen werde. Dann war er beglückt, wenn ihm in anderen Worten berichtet wurde, was er mit Eifer herumerzählt hatte.

»Meinen Sie nicht auch«, fragte er beim Essen Madame Etiennette, die seinem Haus vorstand und die zwar um einiges jünger als er, doch eine körperlich mächtige Frau war, mitunter benahm sie sich fast wie eine Mutter zu ihm, »meinen Sie nicht, daß ich mein Pferd für einen langen Ritt beschlagen lassen sollte?«

Aber sie sagte, er möge doch lieber Gedichte schreiben. Gedichte oder Geschichte, das bleibe sich gleich. Dann hielt er ihr bitter entgegen, und sie nahm ungerührt seine bekannte Beleidigung hin, sie sei und bleibe ein Gaul. Eine Riesin. Eine Enkelin jener Teutonenweiber, die in der Schlacht von Aix wie Walküren auf der Wagenburg standen. Sie sei sogar so gefühllos, noch nicht einmal ernsthaft gekränkt zu sein. Ob sie sich denn durch gar nichts rühren lasse?

Er konnte sich nicht oft genug ergreifen lassen von seiner eigenen Wiedergabe dessen, was er von dem Mädchen Jeanne erfahren hatte: wie es am Hügelhang über der Maas, die dort noch ein

Wiesenbach war, durch innere Stimmen beauftragt worden sei, es müsse zu Charles, dem Dauphin. Wie das ländliche Mädchen unbeirrbar den Weg nach Vaucouleurs einschlug und dort am Tor den Schloßkommandanten verlangte. Immer wieder, bis er sie vorließ!

Dann hatte sie Robert von Baudricourt nach Nancy zu René geführt, zu seinem René, wie der Seigneur ihn nannte. Inzwischen war sein René der Gatte Isabellas und Herzog der Landschaft Bar geworden, in der das zu Frankreich gehörende Städtchen Vaucouleurs mit seinem Schloßberg lag.

Seltsam berührt empfand der Seigneur, wie auf einmal nach vielen Jahren die ungleichen Freunde, obschon sie der Herr von Grignan nie aus den Augen verlor, wieder gemeinsam sichtbar wurden. Auch die schöne Yolande, die man nur mit den einfachsten Worten am würdigsten ehren konnte, wurde in jüngsten Berichten bedeutungsvoll mit jener Jeanne d'Arc genannt!

Jetzt waren wohl nicht nur für ihn, triumphierte er, sondern für viele, die noch gezögert hatten, die am Anfang oft gehörten Zweifel abgetan, ob jenes Mädchen nicht doch nur eine Schwärmerin sei? Eine Verwirrte, die sich selbst nur »die Jungfrau« nannte, la Pucelle? Denn sie war in Angers von Yolande empfangen worden, und Yolande hätte sie sicher durchschaut! Aber offenbar glaubte auch sie an die inneren Stimmen der Jungfrau.

»Sie gab dem Dauphin den Rat, sie nicht abzuweisen. Er soll ihr helfen, damit sie ihm helfen kann«, hieß es in einem Bericht aus Angers, den er erbeten hatte, in dem auch geschildert wurde, daß man erneut die Gräben und Mauern um das hochgelegene Schloß mit seinen vielen Walzentürmen und die Befestigungen um die ganze Stadt verbessert hatte. So hoffe man, sich gegen die burgundisch-englische Verwandtschaft zu behaupten. Denn leider konnten sich die Truppen des Dauphins, nachdem sie die Champagne aufgegeben hatten und Maine verloren war, das zu Anjou gehörte, nördlich der Loire nur noch in Orléans halten. Wie lange noch?

Seit dem ersten Bericht, den der Seigneur durch einen Handelsherren aus Nancy empfing, hatten sich überall, wo die Pucelle erschien, Begeisterte um sie gedrängt, Neugierige. Sie dürften unterdessen überzeugt sein! War nicht René, der offenbar gleich an sie glaubte, mit ihr zum Herzog gegangen? Das ungleiche Paar habe wohl einen ungewöhnlichen Anblick geboten, er

blond und jünglingshaft, daneben die dunkelgekleidete Jungfrau in ihrer Männertracht, ein Schwert an der Seite.
Ganz anders war das Bild, wenn er mit Isabella, der Herzogstochter, und mit den drollig würdigen Kindern in den Gassen von Nancy erschien. Dann freute sich jeder an seiner freundlichen Art. Er hielt sich gern bei Kunsthandwerkern auf, einmal bei einem Ebenisten, bei dem er auch seinen Kindern erklärte, wie schwierig die Intarsienarbeit war. Oder er kehrte beim Goldschmied ein, allerdings, ohne die teuersten Stücke, die er bewunderte, kaufen zu können. Er hätte sonst, wie er sagte, seine Kanzleiherren bitten müssen, mehr Steuern einzutreiben. Das wollte er nicht.
Nun hatte er sich mit dem strengen Mädchen Jeanne gezeigt, das ein eigentümliches Licht in den Augen hatte und das seine Haare kurz geschnitten trug. Der Schilderung nach, die der Seigneur empfing, ging ein Erschauern von ihrer Gewißheit aus, Frankreich befreien zu können.
Dann war in Nancy bekanntgeworden, sie habe dem Herzog unmutig blitzend vorgehalten, er solle zuerst seine Geliebte fortschicken! Jeder wußte von der schönen Alison de May, die nun ein wenig dick zu werden drohte. Und seine trauernde Frau zurückholen! Welch eine prächtige Kühnheit! Nicht nur aus dem Saal, wurde beim Weitererzählen ergänzt, nein, zurück zu den Gurken und zum Salat des auf die hohe Liebschaft seiner Tochter eitlen Vaters im Gemüseladen solle er Alison schicken! Man habe ja den so arglos genüßlichen Herzog ganz gern. Aber er litt doch ohnedies an der Gicht?
Nun, dies gehörte zum Rankenwerk. Auch die Spaßhaftigkeiten müsse man wissen, meinte der Seigneur. Dafür brachte freilich Madame Etiennette so wenig Verständnis auf wie für vieles, das er bewegend oder köstlich fand. Sie blieb so nüchtern kühl, daß er manchmal säuerlich scherzte: »Ein Glück, daß nichts an Ihnen Zärtlichkeit erregt, noch nicht einmal Ihre Stimme.«
Nun war zugleich mit dem Brief aus Nancy ein Schreiben aus Bourges gekommen, das ihm nicht weniger Unruhe brachte.
»Aus dem Gefängnis in Bourges«, hatte Jacques, jener undurchsichtige Jacques Coeur von damals, sicher in bitterer Selbstbelustigung an den Kopf seines Briefes geschrieben.
»Für den Dauphin mag es eine Genugtuung sein, auch eine Erleichterung, mich eingesperrt zu wissen«, schrieb Jacques. »Mon Dieu, ich werde mich künftig vor ähnlichen Dummheiten hüten,

die ich leider beging und die man mir nolens, volens heimzahlen mußte. Ich habe dafür anderes heimzuzahlen. In meiner Art.« Lange genug habe er Zeit gehabt, über sehr viel nachzudenken. »Aber endlich möchte ich wieder ins Freie. Ich weiß, wie man Geld macht! Ich müßte mit Ihnen sprechen, Seigneur. Ich frage Sie deshalb: Können oder mögen Sie für mich ein gutes Wort einlegen? Damit ich nicht länger die kranken Bäume in meinem Schattenhof anstarren muß?«

»Nein«, hatte der Seigneur beim ersten Lesen gedacht. Aber er sprach es nicht aus, weshalb es ihn wohl desto bohrender verfolgte. Denn zweimal hatte ihn Jacques besucht, einmal ein halbes Jahr nach jenem Abschied in Martigues. Aber er hatte ihm nicht gesagt, wo er gewesen war, irgendwo über dem Meer. Das andere Mal kam er vor wenigen Jahren. Dabei hatte dem Herrn von Grignan seine Art immer besser gefallen, zumal er gereifter erschien. Denn er hatte etwa im Ort bei den Handwerksleuten, beim Sattler, Schuster oder Eisenschmied und nachher auf der Pferdekoppel oder beim Ölmüller jeweils recht sachlich gefragt: »Was bezahlt man dafür? Und was ist es wert?« Er bemühe sich nur, man möge ihm seine Neugier verzeihen, war seine Erklärung gewesen, die hier und heute gültigen Preise kennenzulernen. Aber dann hatte er den Seigneur doch überrascht, als er ebenso beiläufig abzuschätzen begann, was er wohl für sein Hofgut verlange?

»Ich verkaufe es nicht.«

»Und wenn ich es pachten möchte?«

Halb schien es Ernst, vielleicht auch nur Wißbegierde des aufmerksam höflichen Gastes zu sein, der auch Madame Etiennette bald für sich eingenommen hatte. Ihr hinterließ er beim ersten Besuch ein Stück jedes hauchdünnen Leinens, das sich die Damen von ihren Morgenlandfahrern wünschten, »gewobenen Wind« aus Ägypten. Beim letzten Mal hatte er ihr einen venezianischen Spiegel gebracht.

»Warum beschenkt er Sie?«

Madame Etiennette hatte leicht triumphierend zur Antwort gegeben: »Darüber denkt eine Frau nicht nach, weil sie es fühlt.«

So war er in ihren Gesprächen geblieben, die sich in ihrer Eintönigkeit oft wie Spiralen um die gleichen Themen bewegten, manchmal mit Boshaftigkeiten.

»Meinen Sie nicht auch, Seigneur, daß es auch eine Art Angst

des Alters ist, wenn man Frauenschönheit nur noch in Büchern gelten läßt? Oder wenn sie gemalt ist?«
»Reichen Sie mir Ihre Zitrone, Sie Gute. Ihr Fisch ist heute so trocken wie Ihre Vernunft. Danke.«
Nun hatte sie, als der Brief des abgesetzten Münzmeisters Jacques aus dem Gefängnis kam, absichtlich nebenbei gesagt: »Ich brauche auch wieder Geld, Seigneur.«
»Dann sollten wir Jacques im Hause haben«, gab er zur Antwort. »Er wollte mir welches bringen, das er selber gemacht hat. Aber nun bin ich erleichtert. Es wäre Falschgeld gewesen. Ihr Jacques.«
Soviel hatte der Herr von Grignan aus den Erzählungen von Jacques entnommen: daß der nun Dreißigjährige seine Heirat sicher zielbewußt betrieben hatte. Er hätte sonst kaum eine Tochter aus einem der besten Bürgerhäuser von Bourges als Gattin heimführen können, Macée de Léodepart, die Tochter des Prévots. Sie galt als verwöhnt. Aber auch ihre Hoffärtigkeit konnte ihm recht sein. Denn sicher hatte sie darauf gedrungen, daß ihre Familie ihrem tüchtigen Mann jenes freilich gefährliche Amt verschaffte, in dem er echtes Geld machen konnte. Bald nach der Hochzeit gab nämlich der alte, bisherige Leiter der Münze von Bourges, der Grand-père des zärtlichen Mädchens, sein Amt ab.
Dann waren Jacques und die hübsche Macée als glückliche, dankbare Erben in die noblen Räume der Münze gezogen, wo in den Gewölben mit ihren Eisengittern die Silberbarren mit Kupfer zusammengeschmolzen, gewalzt und gehärtet und schließlich zu blankem Geld geschlagen wurden. Dann war es nur der Fehler Jacques' gewesen, daß er bald leichtere Münzen prägen ließ. Falschgeld! Wer hatte ihn dazu verleitet?
Samstags war Jacques oft selbstbewußt mit seiner stolzen Gattin auf herrlichen Pferden zum Landsitz ihres umschmeichelten Grand-pères am Ufer der Yèvre hinausgeritten. Hatte nicht Jacques wie voller Mitleid erzählt, daß dem Dauphin von seinem Schatzamt nur zehn Ecus im Monat zugestanden wurden? Ja, daß der zukünftige König von Frankreich in erbärmlichsten Schulden steckte, sogar bei Handwerksleuten?
Darüber machte sich der Seigneur beim Mittagessen Gedanken, worauf ihm nun die Madame wie mit einer Gabel stach: »Ihr Jacques.«
Aber viel wichtiger waren die anderen Briefe. »Ich überhöre des-

halb Ihre Sticheleien.« Denn es hatte ihn höher gestimmt, daß in vielen Gesprächen die Namen Renés und seiner Mutter Yolande mit dem Vertrauen ausgesprochen wurden, das man zu guten Bürgern hat. Die Hoffnungen, die allerorten geisterten, wurden durch sie zur Zuversicht. Endlich erwachte vielleicht sogar der müde Dauphin? Auch auf den Dorfplätzen sprach man des Abends nur von Jeanne d'Arc. Hatte man nicht heute nacht vom Tal herauf Trommeln gehört? Nun kündige sich Bedeutendes an, sagte der Herr von Grignan über den Tisch hinüber.
»Oh, so haben Sie öfters gesprochen, Seigneur.«
»Richtig«, gab er verletzt zu. Dann belehrte er sie mit schärferer Stimme: »Es war wohl auch manches bedeutend, was sich Ihrer Einsicht entzog.« Aber nun gut, er müsse sich wohl, wie so oft, auch heute versagen, über Dinge zu sprechen, die vielleicht geistig zu sehr zur männlichen Sphäre gehörten, um von Frauen verstanden zu werden. Sie begriffen die schöne Besessenheit nicht, mit der sich ein Mann in Räumen bewege, in denen nur das Gedankliche gelte, die Phantasie oder wie man es nennen möge. Deshalb schweige er oft, ein Unverstandener, der einsehen müsse, daß man ihn nicht verstehen könne. Versöhnlich lenkte er ein, indem er die einfache Frage stellte, die ihrer Denkart Genüge tat: »Wie mag dieser dumme Betrug von Jacques den Dauphin berühren? Hatte er nicht einen Schwager von Jacques als Sekretär angenommen?«
Aber nun gefiel es Madame, zu schweigen. Achselzuckend. Sie empfand wohl, daß der Seigneur etwas abschwächen wollte, während er starrend dachte, daß sie wahrhaftig mächtig gerundete Oberarme hatte. Man sah es, obwohl ihr Kleid mit den aufgebauscht faltigen Ärmeln nicht aus »gewobenem Wind« bestand. Alles war mächtig an ihr. »Waren es wirklich Trommeln um Mitternacht?« fragte er. »Ich ahne nämlich, daß mich der gute Jean Porcher nicht mehr zurückhalten würde.«
Doch sie zuckte wieder nur wortlos ihre prall runden Oberarme.
Deshalb erklärte er kurz: »Ich reite nach Bourges! Und vielleicht nach Angers!«
Sie folgte ihm in sein Zimmer. »Kommen Sie«, hatte er beinahe barsch gesagt. Nun wies er ihr einen Sessel an, während er etwas in seinen Papieren suchte. »Ich fühle, daß ich dabei sein muß«, wiederholte er. Er hatte die Stelle gefunden. »Martigues: Ausdrücklich riet mir Monsieur Porcher zur Geduld, als ich ihm

sagte, ich möchte nach Frankreich reiten.« Nun hob er den Blick. »Er hatte damals seine Gründe, und ich will sie Ihnen sagen!«

Aber er brauchte ihr kaum René zu nennen, – eben war er in seinen Papieren seinem Namen begegnet, – da schien vor ihren Augen nichts anderes als seine Hochzeit aufzuglänzen, wie er sie damals, bald nach der schönen Gemeinsamkeit in der Provence, beschrieben hatte. Sie entsann sich sogar an das Brautkleid, das Isabella getragen hatte. Die Spitzen waren aus Arras gekommen, aus Toulouse, wo venezianische Kaufleute lebten, die Schleier. Dagegen begriff sie wohl kaum, was er ihr nun auseinandersetzte: »War es außer dem menschlichen Glück, eine schöne und reiche Erbin zur Frau und wohlgeratene Kinder zu haben, auch politisch glücklich gewesen?« Denn schon hatte der Herr von Vaudemont, der Bruder des Herzogs von Lothringen, heftigen Einspruch erhoben. Nach dem Erbrecht habe das Herzogtum an ihn zu fallen! Niemals dürften das Land und die Krone auf eine Frau übergehen, also auch nicht auf René, ihren angeheirateten Mann! Auch hatten sich die burgundischen Hofjuristen in Dijon und in Brügge und der nach außen immer noble Herzog Philipp, der sich der Gute heißen ließ, für den Herrn de Vaudemont erklärt. Oh, dort lag frisch geschlagenes Holz im Feuer, das vorläufig rauchte. Wann flammte es auf?

Der Seigneur las der wie abwesend sitzenden Etiennette eine weitere Nachricht vor, die nur wenige Wochen später gekommen war. Neunundfünfzig Edelleute aus Lothringen hatten das Testament ihres Herzogs und dadurch René als seinen rechtmäßigen Nachfolger anerkannt, der jetzt schon häufig in Nancy lebte, sich an Musik ergötzte, malte, dichtete, Freundschaften pflegte, auch die alte mit dem Dauphin, obgleich jener wieder den schrecklichen Pierre de Giac als Günstling angenommen hatte und andere widerwärtige Kerle.

Auch deshalb sträubte sich seine Madame dagegen, daß der Seigneur, der hier ein friedliches Dasein hatte, mit jenen Räubern und Totschlägern, »denn das sind sie«, rief sie aus, gemeinsame Sache zu machen gedachte. »Nein!«

Sie hatte ihm oft nur gezwungen zugehört, oft verständnislos, das fühlte er. Schläfrig. Mochte sie doch mit ihrem gewohnheitsmäßigen, gedankenlosen Nicken vollends einnicken, hatte er dann entsagend gedacht. Dagegen war sie heute seltsam

wach. Sie wehrte sich, »den Trott ihres Lebens«, wie er es nannte, unterbrechen zu lassen.
»Aber im Ernst, Madame Etiennette, warten wir nicht alle auf eine Wendung, ob sie von innen oder von außen kommt? Aus Überdruß? Weil unser Dasein eintönig ist?«
»Nur wenn wir das, was wir haben, nicht schätzen.«
Er überhörte es. Ob es nicht eine bedeutsame Wendung sei, wandte er ein, daß es Yolande gelungen war, ihren ältesten Sohn, den Neapelkämpfer Ludwig, mit Isabella von der Bretagne zusammenzubringen? Hatte sie dadurch nicht auch Richmont, den Bruder des Herzogs der Bretagne, aus dem englischen Lager gelockt?
Der Seigneur brauchte nicht in seiner Chronik zu blättern, um einen Beweis an den andern zu fügen. Er blickte, die Hände auf seinen Papieren, gleichsam über ganz Frankreich hinweg. Nun taten sich ihm aus der Vergangenheit, die er beschrieben hatte, als ob er verhängte Portieren auseinander bewege, Ausblicke in die Zukunft auf, in der er dabeisein wollte.
Nur Etiennette mit ihrem Widerspruchsgeist, seine Riesin, die bei seiner Betrachtung unruhig wurde, sah nur das Gegenwärtige, nur was sie selbst anging. Fast auf die Kante ihres Sessels war sie vorgerückt, die Hände um die geschnitzten Köpfe der Lehnen gekrümmt. Aber auch wenn er sie quälen müßte, sagte er sich, seine Männervernunft mußte siegen.
Er habe recht behalten, hielt er ihr vor, als er vorausgesagt hatte, daß Louis in Neapel gewinnen würde, so schwer es auch war. Ja, Louis, der Dritte von Anjou, der bescheidene, höfliche, unnachgiebige Mann, der nur sein Erbrecht auf Neapel einzufechten versuchte, hatte sogar den Respekt und die Neigung der Königin Janelle erregt, jener Johanna, die einst den aragonesischen König Alfons gegen ihn vorgeschickt hatte. Aber sie hatte ihn endlich durchschaut, als er sie selbst zu beherrschen versuchte. Er hatte kurzweg ihren Geliebten eingesperrt!
Oh, es war ein Triumph gewesen, als der Seigneur notieren konnte: »1423: Freudenfeste in Neapel. Louis der Dritte von Anjou freiwillig von Johanna von Neapel als Thronfolger anerkannt und adoptiert! Rührende Versöhnung. Begeisterung in allen Straßen. Verbrüderung!«
Freilich hatte der Herr von Aragon, als er enttäuscht mit seinen Schiffen nach Spanien heimfuhr, die Stadt Marseille überfallen und sie drei Tage lang plündern lassen. Dabei ging ihm der Ruf

voraus, ein Freund der Dichter, Künstler und Philosophen zu sein, ein großer Mäzen?
»Ein Räuber!« Endlich konnte Madame Etiennette ihren aufgespeicherten Unmut sprudeln lassen. »Sagten Sie nicht, Seigneur«, fragte sie scharf und vergaß fast, Atem zu holen, »daß all dieses Unglück nur der Habsucht unter Verwandten und ihrem gegenseitigen Haß entspringt? Daß jeder nur Erbschaften einheimsen will? Mächtig sein? Reich sein? Wie Ihre eigenen Neffen und Nichten, die mich, sooft sie in Grignan erscheinen, aushorchen wollen, wie Ihr Testament aussieht! Verstecken Sie es.«
Doch der Seigneur gab ruhig zur Antwort: »Sie sind alle enterbt.«
»Bleiben Sie da, Seigneur«, bat sie ihn heftig.
Er war an das Fenster getreten. Angesichts der hügelig ins Rhonetal abfallenden Landschaft blicke er, sagte er nun, auch in ihr Schicksal hinein. Überall zogen geschichtliche Schatten. Oh, das sei oft ein tröstlicher Anblick. Denn es müsse uns auch bescheiden machen, uns Eitle von heute, wenn wir in die Gesichter unserer Väter blicken, die sich irrten wie wir und die das Gute und Böse betrieben wie wir. Welch ein Zwiespalt, wenn man erkenne, daß das Gute eigentlich nur das Nötige sei, das immer wieder Vergessene. Genug.
Jenseits der großen Wasserscheide, zu der sich die fernen Berge hinzogen, ritt nun Jeanne durch diese zwiespältige Welt, jenes einfache Mädchen, das in allen, die es begriffen, eine neue Zuversicht erweckte. Brachte sie nicht, so drückte es der Seigneur aus, mit ihrer Jungfräulichkeit und mit ihrem Schwert an der Seite eine neue Gesinnung, wie diese Zeit sie endlich brauchte? Ein neues Gefühl? Eine neue Idee?
Aber Madame Etiennette, die neben ihn trat, blickte mit ihrer Massigkeit fast höhnisch in sein Gesicht und fing plötzlich zu lachen an. »Das glaubt ihr Männer!« Nur einzelne Wörter stieß sie mit ihrem kurzatmigen Lachen hervor, das ihre hochgebundene Leiblichkeit nicht ganz zu ihrem Vorteil zum Erschüttern brachte. »Eine Jungfrau! Welch ein Idol! Eine neue Idee? Ein Gefühl? Welches Gefühl? Verzeihen Sie.« Anscheinend merkte sie, wie sehr sie ihn verletzte, weshalb sie sich zu verbessern versuchte. »Sagten Sie nicht selbst, daß man mit ideal gesinnten Leuten, die man bewundern müßte, oft nur Mitleid haben kann? Weil die andern immer stärker sind?«
Er war jedoch an seinen Tisch zurückgegangen, nahm eine Fe-

der auf und tunkte sie ein. Als ob er allein wäre, begann er zu schreiben.
Da ging sie hinaus, schwer atmend vor innerem Zwiespalt und auf den Zehenspitzen.
Abends, als er sein Zimmer aufsuchte, übersah er, daß Madame Etiennette im leichten Nachtgewand auf ihrer Stubenschwelle stand. Ob er sie, flüsterte sie, gerufen habe?
Aber er gab zurück: »Es hatte wohl wieder getrommelt.«
»Sie dürfen nicht fort, Seigneur.«
»Dafür habe ich getrommelt«, erklärte er, einige Briefe schwenkend. »Zusammengetrommelt habe ich meine Erbschleicher. Sie müssen mit. Der Dauphin will in Bourges dem guten René begegnen. Da muß ich dabei sein. Übrigens bringe ich Ihnen, Madame Etiennette, aus der Kathedrale Saint-Etienne in Bourges eine Wachskerze mit, die Ihnen angemessen sein wird.«
»Bleiben Sie da, Seigneur!«
Aber weil er befürchten mußte, von ihr noch mehr bedrängt zu werden, trat er förmlich einen Schritt zurück.
»Müßten wir nicht«, fragte er, »um würdig zu leben, mehr Geld ausgeben können, als wir haben? Ich zitiere nur Ihre häufige Klage. Also müßte ich wohl auch für Ihren Jacques ein gutes Wort einlegen, der mich anscheinend reicher machen möchte, als ich bin? Aber ob ihm das gelingt? Wodurch? Ich meine, wenn wir festen Boden unter unseren Füßen haben, sind wir am reichsten durch das, was wir empfinden. Schlafen Sie wohl, Madame. Mit gutem Empfinden. Und mit der Würde, über die ich anders denke als Sie. Gute Nacht.«

Noch in der gleichen Nacht schickte er seinen Reitknecht mit den Briefen in die Nachbarschaft. Dann kamen in den nächsten Tagen seine zwei Neffen und ein Rudel junger und alter Kerle, die nicht ungern etwas erleben wollten. Einer hatte seine Trommel mitgebracht, die er auch auf dem Pferd zu schlagen verstand. So ritt der kleine Trupp mit Trommelgetön dem Rhonetal zu.

Zweiter Teil

Begegnung nach zehn Jahren

Erstes Kapitel

Offene Türen

Jacques machte ein Volksfest daraus, als er aus dem Gefängnis entlassen wurde, und er konnte unter den Zufallsgästen, die er bei seiner Rückkehr in die Freiheit vor dem Gefängnis einlud, sogar den Dauphin und René bewirten.

Wein wurde ausgeschenkt. Die benachbarten Bäcker schleppten körbeweise ihre langen weißen Brote, Hörnchen und anderes Backwerk auf den Platz, wo jeder zugreifen mochte. Immer mehr Leute liefen zusammen. Es gab Fleischkäse, Würste, Pasteten. Auch hatte der flinke Meister Laurens, der Hühnchenbrater, gleich sämtliche Spieße dicht besteckt und über dem rasch entzündeten Holzkohlenfeuer zum Rotieren gebracht. Man aß aus der Hand. Man setzte sich, wo man gerade stand, auch auf die breite Gefängnistreppe, wo über der obersten Stufe, die wie eine Bucht vor dem Eingangstor verlief, ein Tisch mit Stühlchen herbeigeschafft worden waren.

Aber der unbeschwert vergnügte Herr Jacques mischte sich lieber unter die schwatzenden, schmatzenden Leute, wobei er beim Prosten jeweils nur winzige Schlucke trank. Heute reiche es nur zum einfachen Vesper, sagte er. Später einmal werde man ausgiebig festen, wenn er denen, auf die er vertrauen könne, Geld in die Taschen zaubere, mehr als sie jemals besaßen.

»Auf deine Gesundheit!«

Aber ein Nachbar meinte, für einen Mann, der eben aus dem Gefängnis komme und der vor kurzem noch Geld gemacht habe, falsches Geld, was er nicht abstritt, sei dies ein schillerndes Wort. Deshalb sagte er auch, er habe daheim gefrühstückt. Hinter Gittern habe schon mancher Zeit gefunden, sich über den eigenen Lebenslauf schlüssig zu werden, ob nach oben oder nach unten. »Hoch lebe Jacques«, unterbrach ihn einer. »Wie hoch?« fragte spitzmäulig der Nachbar. »Vielleicht bis zum Galgen?«

Immerhin hatte Herr Jacques das unvermutete Glück, als René und Charles, der Dauphin, auf dem Platz erschienen, daß auch Charles, der »König von Bourges«, und sein gutmütiger Schwager auf den Spaß eingingen. So nannte es Jacques, der ihnen den Tisch auf der Treppe anbot. Die Leute stießen sich an. »Schaut hin!« Jetzt reichte der Sohn des Kürschners Pierre Coeur wahrhaftig jedem der hohen Herren einen rauchenden Bratspieß. Jedem ein Hühnchen! Jedem eine Weißbrotstange! Mon Dieu, sie aßen ihm aus der Hand?
Dann hatte René zwar nur einen Schenkel aus seinem Poulet gewunden. Den größeren Teil reichte er einem starrend auf einen Krückstock gebeugten Alten. Auch der schrie plötzlich: »Es lebe ...!« Aber wie er, der Bettler, so zauderten auch die Leute vor dem Cachot. Wen sollten sie hoch leben lassen? Und sicher empfand nur der entlassene Häftling Jacques die Bedeutung dieser Begegnung.
»Ich bin doch nun frei?« fragte er. »Nicht mehr vogelfrei?« Er dankte aufatmend, als der Dauphin, obwohl er ihn mißtrauisch musterte, nach jeder Frage gleichmütig nickte. »Ich kann also tun, was ich will? Das ist eine sehr wichtige Frage für mich. Ich kann auch die Stadt verlassen?«
»Wohin?«
Aber Jacques fragte weiter: »Kann ich auch sagen, was ich will? Oder nicht sagen, was ich nicht will? Obwohl ich eine Bitte hätte?«
Da hatte auch René bedenkenvoll darauf gewartet, was der leicht zu verärgernde Dauphin erwidern würde, der endlich so tat, als nicke er zögernd. Insgeheim schien er gespannt. Indessen blickte er, während er rund um den quer gehaltenen Hühnerspieß nagte, über den Platz hinweg.
»Sprich dich aus«, sagte er.
»Nicht gern«, erwiderte Jacques, der ihn mit seinen hellen Augen kalt abzuschätzen schien. Auch hätte ein scharfer Beobachter merken können, daß in Jacques etwas Unerklärliches vor sich ging. Unbewußt zeigte er manchmal einen bedenkenvollen, dann fast zornigen Ausdruck, den er, wenn er ihm selbst zum Bewußtsein kam, lächelnd zu unterdrücken versuchte. Er zog es vor, wieder arglos zu plaudern: »In meinem Gefängnis war nämlich ein Mann, der meinte: In einen geschlossenen Mund fliegt keine Muck', und er empfahl auch, jeweils mit Überlegung ruhig zu atmen, wenn man befürchte, platzen zu müssen. Wie ich jetzt.«

»Was ist dein Grund?«
»Natürlich die Freude, Sire. Mein Zellennachbar drückte es ganz einfach aus: Schnaufe dich mit Vernunft gesund.«
»Hast du so viel davon?«
»Wer weiß das?« erwiderte Jacques. »Übrigens meinte er auch, man solle nie merken lassen, wieviel man von dieser sogenannten Vernunft zu haben glaubt oder was oder wieviel man weiß.«
Nun sah ihn der Dauphin mit jenem dunkel fragenden Blick an, mit dem er, wohl bewußt, sein Gegenüber zwang, auch wider Willen weiter zu sprechen.
Aber Jacques wich ihm aus. »Mitunter merkt man, wenn ein anderer wissen möchte, ob man etwas Bestimmtes weiß, was nur er selber weiß. Nehmen Sie deshalb mit der Antwort vorlieb, daß ich in Ihrem Gefängnis, von dem man mir nachsagen wird, daß es meines war, sogar Dinge erfuhr, die ich lieber nicht erfahren hätte. Ich atme mich, um einen Ausdruck meines Nachbarn zu gebrauchen, über sie hinweg. Denn es wäre dienlicher für uns, wenn Sie dem Mann, dem ich für diese Selbstbeherrschung danke, auch ein paar Wochen seiner Strafe schenken würden.«
»Uns dienlicher?«
»Gewiß, weil er weiß, wie man Geld macht.«
»Wieder falsches?«
»Verletzen Sie mich lieber nicht mehr, Sire. Vergessen Sie die ärgerliche Dummheit.«
Da hatte der Dauphin den abgenagten Hühnerknochen im großen Bogen fortgeworfen.
Aber der Mann mit der Krücke, der auf den nächsten Stufen das Poulet verzehrte, das er René verdankte, hatte angeblich noch mehr gehört. Jacques habe nämlich im Cachot mit jenem Unbekannten, so habe Jacques erklärt, auch über die Jungfrau nachgedacht, auch über Frankreich und daß dem armen Land, wenn ihm vielleicht das Wundermädchen helfe, dann auch mit gutem Geld geholfen werden könnte! Doch das Weitere ging im Wirrwarr unter.
So wurde es erzählt.
So wurde das Gespräch auch dem Seigneur berichtet, der enttäuscht erfuhr, daß der Dauphin vor ein paar Tagen westwärts aus Bourges hinausgeritten war, anscheinend nach Loches, vielleicht nach Chinon. Gleichzeitig hatte sich René nach Nancy heimbegeben. Warum sie sich getroffen und was sie wohl besprochen hatten? Auch Gérard Machet, den Charles seit seinen

Jugendtagen oft wie schuldbewußt gebeten hatte, zu ihm zurückzukehren, sei in der Stadt erschienen. Einst war er der Berater des Dauphins gewesen. Dann hatte er in wunderlicher Selbstbescheidung viele Jahre bei Lyon als Klosterbruder hingebracht. Doch nun war er gekommen. Warum? Aber auch er war abgereist. Zu Fuß. Ein seltsamer Freund in Sandalen.
Nun forschte der Seigneur, der seinen Trupp in einer Ferme bei Bourges ausruhen hieß, zwiespältig nach Jacques Coeur, der nach verschiedenen Gerüchten bei seiner Frau, vielleicht bei einer Freundin, aber auch in seinem Elternhaus vermutet wurde. Angeblich hatten Nachbarn in seinem Elternhaus bisweilen einen Lichtschein hinter einem Fensterladen wahrgenommen. Doch das mochte auch die Lampe von Babette sein, dem hübschen, jungen Ding, einer Cousine Jacques', die bisher ihrem bald verschwundenen Onkel, dem alten Pierre, den Haushalt führte. Aber auch sie selbst schien neuerdings verschwunden?
Deshalb riet Monsieur Dubois, der Wirt »Zur silbernen Trommel«, dem Seigneur, es empfehle sich ebensowenig, der plötzlich verblendeten Jungfer wie ihrem Vetter nachzuforschen. Er sei in seiner Art, sie offenbar in weiblicher Weise gestrauchelt. Vielleicht sei sie, behaupte man, gar dem Dauphin in ihrer Vernarrtheit nachgelaufen, als er davonritt?
Trotzdem ließ der Seigneur an dem schmalen Haus, das mit seinen verschlossenen Läden wie beleidigt und frostig aussah, immer wieder den Türnagel pochen. Aber dann war er doch überrascht, als eines Abends plötzlich Jacques hinter ihm auf der Gasse stand, der offenbar von einem Ausritt kam.
»Man weiß ja«, faßte sich der Seigneur, »daß wir durch unsere Gedanken manchmal gewisse Dinge herbeizuziehen vermögen. Ich sage trotzdem: Welch ein Zufall?«
Nun, er vergesse ihm diesen Zufall nicht, erwiderte Jacques. Er mache darum ihm zu Ehren zum ersten Male einen Laden auf. Er tat es, als sie über die Stiege in ein schmales Gelaß gelangten. Denn er, der Seigneur, habe ihm demnach seinen Brief geglaubt, während sein eigener Vater enttäuscht war. Aber freilich habe sein Vater seine Enttäuschung mit einer Reise zur Messe verbunden. Nun kaufe er wohl in Antwerpen Pelzwerk ein, das die Herren der Hanse um diese Zeit aus Nowgorod brachten. Zufällig sei jedoch, außer dem Wein seines Vaters, auch Brot und Käse im Haus.

»Fast rieche ich ihn«, sagte der Herr von Grignan, um etwas zu sagen. »Man hat seine Nase dafür. Denn ich habe ja, wie Sie wissen, auch eine Käserei im Dorf.«

»Ich muß dagegen«, sagte Jacques, »den Geruch des Dauphins aus den Stuben vertreiben.« Und weil der Seigneur verwundert aufhorchte: »Nun ja, er hat sich hier eingenistet, während er mich nicht zu fürchten brauchte. Aber ich räche mich.«

»Halt«, fragte der Seigneur erschrocken.

Allzu heftig setzte Jacques die Teller, den Brotkorb und das Käsebrett auf. »Man muß es begreifen«, sagte Jacques mit untergründig zornigem Lächeln und schüttelte doch den Kopf. Nach wie vor war dem Dauphin, sagte er, jeder Zufall willkommen, der ihm zu Abenteuern verhalf, wie unausgegorene Burschen sie liebten. »Ich nehme mich selbst nicht aus.«

In den abgelegensten Höfen, berichtete Jacques, sei der Dauphin beobachtet worden, wo überall Gäßchen zwischen und unter den alten Fachwerkhäuschen hindurch an Plätze führten, wo sich nur irgendwo Mädchen zu schaffen machten, am Brunnen, am Wasser, in Gärtchen, wo sie Wäsche aufhängten. Er hatte sich bald auch hier, im Haus seines Vaters, Zutritt verschafft, nachdem der gute Vater Pierre die Läden verriegelt hatte und als er Babette allein im Hause wußte.

»Ich liebte sie nämlich«, sagte Jacques, »wie man ein Kind liebt. Halb war sie es noch. Aber vermutlich gab sie, wie die meisten Mädchen, nur ihrer Neugier nach und merkte zu spät, daß der Dauphin nur ein Verführer war.«

»Das wollen Sie rächen?«

»Ja.«

In kleinen Stücken, die er auf die Messerspitze spießte, steckte Jacques den Käse in den Mund, worauf er, lustlos kauend, auf den Boden starrte.

Dabei fiel dem Seigneur ein, wie der Besitzer der Ferme, in der seine Leute kampierten, ihm den Prozeß geschildert hatte, bei dem Jacques, wohl ähnlich wie jetzt, starr vor sich hin geblickt habe. Aber er habe sich kühl verteidigt: daß in andern Ländern, die er aufzählen könnte, die Fürsten selber leichteres Geld herstellen ließen. »Hier nicht! Ich stelle das ausdrücklich fest.«

Um so mehr hatte man damals vermerkt, daß die schöne Macée noch am gleichen Tag und so stolz, daß man ihr ansah, wie verletzt sie war, die beträchtliche Summe, die als Buße festgesetzt worden war, im Gericht auf die Tischplatte warf. Niemand hatte begriffen, wen der Ankläger treffen wollte. Ob sie vielleicht eine Verschwenderin war? Seine Versucherin?

Angeblich stammten die tausend Ecus, die er als Strafe bezahlen mußte, – »sie sind echt, Messieurs!« – von ihrem Vater, dem Prévot Léodepart, der als oberster Richter in diesem Verfahren nicht mitsprechen durfte. Zwiespältig war auch gewesen, daß der frühere Leiter der Münze, der würdige Monsieur Roussard, der seiner schönen, vor Empörung bebenden Enkelin einen traurigen Blick zuwarf, das Falschgeld begutachten mußte. Es sei allerdings rot gewordenes Geld, wie man das nenne, hatte sein Urteil gelautet, das allzuviel Kupfer enthielt und das in Säuren gebadet worden war. Ja, das sei der Kniff, um es alt und abgegriffen erscheinen zu lassen. Beherrscht, aber mit zitternden Händen hatte Monsieur Roussard die üblichen Proben mit dem Streichstein auf allen vier Feldern, mit Tinkturen und auf der Waage vorgeführt.

»Schuldig?«

»Schuldig.«

»Wie wollen Sie sich rächen?« fragte schließlich der Seigneur. »Sie sind sich sicher bewußt, was Sie sagen?«

»Vor allem weiß ich, wem ich es sage.«

»Ich will aber nicht Ihr Mitwisser sein! Auch kann ich nicht darüber schweigen. Es ist ungeheuerlich!«

Aber Jacques trank ruhig seinen Becher aus.

»Ich dachte im Gefängnis«, sprach er weiter, »auch über die verschiedenen Spezies des Menschen nach. Ich meine, daß ein braver Mann ein Mann ist, der gerade klug genug ist, alles ordentlich zu machen. Mehr nicht. Dagegen dürfte wohl ein Mann mit Anstand einer sein, der so gescheit ist, daß er auch gewisse Dinge praktizieren könnte, ohne daß man jede winzige Unehrlichkeit bemerken würde, durch die er einen großen Vorteil haben könnte. Aber er tut es nicht. Er braucht sich nicht zu überlegen, nein, der Gedanke kommt ihm überhaupt nicht, daß er etwas unternehmen könnte, was sich mit seinem Anstand nicht verträgt.«

Da unterbrach ihn der Seigneur: »Und wie verträgt sich dieser Anstand mit Ihrer ungeheuerlichen Drohung?«

Darüber grüble er noch nach, gab Jacques zurück, der jedoch unvermittelt und wie träumerisch, indem er seinen Stuhl zum Schaukeln brachte, mit ausgestrecktem Finger durch das Fenster deutete.

»Dort stelle ich mein Haus hin«, sagte er. Drüben, wo die Sonne zusehends hinter den Pappeln sank, befand sich ein mächtiger Stadtturm. »So hoch will ich bauen. Ich verspreche Ihnen, es wird mit diesem und mit anderen Türmen das schönste, größte Haus in Bourges.«
Doch nun schob der Seigneur entschlossen seinen Teller von sich. »Verzeihen Sie schon.« Er legte auch ein eben aufgespießtes Käsestück zurück und blickte sich um, während er aufstand, als sei ihm etwas nicht geheuer.
Aber Jacques lächelte stärker. »Ich hätte zwar Grund gehabt«, sagte er, »in meinem Gefängnis verrückt zu werden, und Sie mögen befürchten, ich sei es geworden. Bleiben Sie noch, Seigneur. Wir haben ja noch kein Wort über unsere Geschäfte gesprochen.«
»Ach?« Der Seigneur fand plötzlich alles unbehaglich und verwirrend, zumal er widerstrebend spürte, daß von diesem Jacques, wie immer, eine seltsame Anziehung ausging. Zwinkernd, weil nun die Sonne gegen ihn stand und weil er erregt war, musterte ihn der Seigneur. Mit seinem blonden Haar und in teuere Stoffe gekleidet, mochte der schlanke Mensch allen Frauen gefallen. Nachlässig lag er in seinem Stuhl.
Jetzt kam hinzu, daß in dem leeren Haus auf einmal Geräusche hörbar wurden. Droben, im Zimmer über ihnen, schien jemand herumzugehen.
»Oh, das ist Armand. Er macht mir Notizen für meine Geschäfte. Ein braver Mann.«
»Der vom Gefängnis?«
»Derselbe.«
»Verzeihen Sie schon«, wiederholte der Herr von Grignan und wandte sich der Türe zu, worauf ihm Jacques, vom Unmut des Seigneurs bestürzt, den Weg vertrat. »Bleiben Sie, bitte, Seigneur. Sagten Sie nicht manchmal, Sie hätten mich selten verstanden, und das sei das Schönste gewesen? Man lerne daraus?« Er führte ihn lachend am Arm zurück. »Fürchten Sie nichts, oder fürchten Sie, daß ich unseren Dauphin umbringen würde? Bei Gott, im Gegenteil. Ich will ihm sogar helfen, und Sie können mir dabei sehr nützlich sein, Seigneur. Haben Sie übrigens, um eine erste vernünftige Frage zu stellen, übriges Geld? Oder würden Sie Geld aufnehmen wollen? Überlegen Sie das. Ich weiß, es ist knapp. Aber ich könnte Ihnen versprechen, daß sich Ihr Geld gut vermehrt.«

Er sei auf dem Weg nach Angers, wich der Seigneur vorsorglich aus, der sich zögernd zu einer Eckbank führen ließ, wo sich ihm Jacques an einem hübschen Tischchen gegenüber setzte. Er denke nicht an Geldgewinne, sagte der Seigneur, während Jacques den Wein vom anderen Tisch herüberbrachte.
»Danke, ich mag nicht mehr trinken.«
Der Herr von Grignan war trotz aller Sonderbarkeiten durch die Gedanken Jacques' erregt, der ihm erklärte, ach, er sei kein Zauberer. Aber von allen Möglichkeiten, reich zu werden, habe er nun die beste erkannt oder entdeckt. »Und reich werden will ich. Muß ich. Weil ich sonst nichts gelte, auch weil ich nichts anderes tun kann, auch nichts Gutes. Auch nicht leben, wie ich möchte.«
»Alles mit Anstand?«
»Ich denke sogar mit Noblesse.« Reich werden, meinte Jacques, könne wohl jeder, der es sich vornimmt und der sich nicht ablenken läßt, und freilich sei es oft eine barbarische Leidenschaft. Aber er denke, es mit Verstand zu betreiben, und er habe dafür einen Plan, einen von allen Seiten bedachten. Er brauche dazu für den Anfang als Kaufmann ein Haus in Marseille. Nicht heute. Aber wahrscheinlich bald.
»Dort könnte mir ein Billett von Ihnen oder, wenn Sie mir dies beschaffen wollten, von Monsieur Porcher gute Dienste tun.« Ohnedies treffe er wohl, bemerkte Jacques nebenbei, die beste Fürsprecherin, Yolande, in Angers nicht mehr an.
»Warum? Wo sonst?«
Plötzlich gab der Seigneur seine spähend abwartende Art auf, zumal da ihn Jacques mit der Neuigkeit überraschte, nunmehr sei Jeanne, nachdem sie in Chinon die versammelte Hofgesellschaft umgestimmt hatte, mit einem vornehmen Ehrengeleit nach Poitiers geritten. Dort sollte, auch dies wohl auf Rat von Yolande, ein eilig gebildetes Gremium aus unbestechlichen Männern das vom Wunder umgeisterte Mädchen verhören, mindestens prüfen. Drei Bischöfe waren darunter.
Zweiflerisch meinte Jacques, daß es ja oft in verwirrenden Zeiten Menschen gab, die plötzlich behaupteten, erleuchtet oder von höheren Stimmen geleitet zu sein. Dann lag es wohl immer, da auch ihre Behauptungen unbeweisbar waren, nur an den Menschen selber, die ihr glauben wollten oder konnten?
Jacques wog jede Einzelheit zwar grübelnd, aber nüchtern ab. Auch Yolande war unterwegs nach Poitiers, der Hügelstadt hoch

über dem Clain-Fluß, wo einst die schrecklichen Araberheere aus Spanien vor ihrem Einbruch in die Isle-de-France zurückgeschlagen wurden.
War wohl die Wahl der seit jener Zeit fast mystisch bedeutsamen Stadt mit ihren uralten Kirchen symbolisch gemeint? So legte es der Seigneur aus, der sich nun unwillkürlich wieder Wein einschenkte. »Ah, ah?« erstaunte er sich ein übers andere Mal.
Welch ein Anblick mochte es gewesen sein, als in Chinon dreihundert Adelige beim Schein von Fackeln das seltsam packende Fest mit der Pucelle erlebten, jeder begierig, das umrätselte Mädchen, das so unbeirrbar von seinem Sieg über die Engländer sprach, aus der Nähe zu sehen. Manchem schien sie von einem Lichtschein umflossen.
»Weil mancher zu sehen meint, was er gern sehen möchte«, sagte Jacques. Nun ja, ergänzte er, um seinen befremdet verstummten Gast zu versöhnen, es wäre unklug, die Begeisterung nicht auszunützen, die durch die kriegerische Jungfrau in die abgestumpfte Welt gekommen ist. Er habe das auch dem Dauphin gesagt, der sicher ähnlich denke.
»Wissen Sie das unbezweifelbar?«
»Ich weiß nur, daß der Dauphin kein Geld hat«, gab Jacques zurück. »Also wird er auch für eine Begeisterung dankbar sein, die ihren Wert haben kann, wenn sie ihm nützt.«
»Sie nützt!« Aufgebracht gegen die gräßliche Denkart Jacques', wie der Seigneur es nannte, wies er auf die Begebenheiten hin, die, wenn man sie nicht wunderartig nennen wollte, so doch wunderbar zu nennen waren. War sie nicht mit einem kleinen Häuflein von Begleitern auf dem Weg zu Charles einem verräterischen Überfall entgangen? Verräterisch, weil offenbar der Feind eine viel größere Macht in dieser Jeanne d'Arc erkennt als er, Jacques Couer?
»Aber hat er dadurch zugegeben, daß er an Wunder glaubt?« gab Jacques zu überlegen. »Er hat sie doch, wie man beim Schachspiel auch eine nebensächliche Figur kassiert, nur aus dem Spiel zu nehmen versucht, weil sie bedrohlich werden könnte?«
Für den Seigneur war jedoch auch der Fund des alten, in Fierbois vergrabenen Schwertes ein Zeichen ihrer überirdischen Berufung. Dort, in dem kleinen Katharinenkirchlein bei Chinon, hatte sie traumhaft verlangt, man solle die Fliesen hinter dem Altar aufheben und graben. Dort müsse ein mit Kreuzen ziseliertes Schwert zu finden sein! Und wahrlich – es fand sich! Hatte sie

nicht auch berichtet, daß unter ihren Heiligen auch die Sainte Cathérine oft mit ihr spreche? Welch einen Schauer mochten nun die Zeugen dort empfunden haben, als man das Schwert so fand, wie sie es visionär beschrieben hatte!

Ja, es war doch auch erstaunlich, sprach er weiter, daß sie nachher in dem hoch über der Stadt gelegenen Schloß den Dauphin, den sie noch nie gesehen, aus der stumm verharrenden Hofgesellschaft herausfand, die sie umstand! Absichtlich hatte er sich, um sie auf die Probe zu stellen, in einer Gruppe abseits gehalten. Wurde nicht auch gesagt, daß der Dauphin bei dem langen Gespräch, das er allein mit ihr führte, in Tränen ausbrach? Der Dauphin in Tränen? »Also denkt er wohl kaum wie Sie?« wandte sich der Seigneur gegen Jacques. »Also empfindet er wie wir alle? Nur Sie versuchen, aus dem Tatsächlichen Ihre Zweifel herauszudeuten?«

»Aber trotz dieses langen Gesprächs«, meinte Jacques, »trotz jener unvermuteten Gefühle, die Charles so rührend bekundet und die man ihm wünscht, scheint er doch ebenfalls der vernünftigen Meinung zu sein, daß man die Jungfrau verhören müsse? Daß sogar einige Damen, darunter Yolande, nachprüfen sollen, ob nicht vielleicht ein abenteuerlicher Bursche in den Männerkleidern steckt?« Ob der Seigneur nicht auch bedenke, fragte Jacques seinen betreten schweigenden Gast, daß die Pucelle bei vielen einfach als Närrin gelte?

»Nein, nein, Monsieur«, gab der Seigneur zurück, »ich bedenke zwar viel oder alles, was sich bedenken läßt, um keiner Täuschung zu erliegen. Ich denke nur nicht in Ihrer Art. Denn ich glaube an die Pucelle. Ich hoffe auf sie!«

»Ich auch«, erklärte Jacques. »Ich hoffe wie Sie, Seigneur. Aber muß ich deshalb auch alles glauben?«

Da brach der Seigneur das Gespräch ab. »Nun gut.« Er stand auf. »Wenn Sie das gleiche erhoffen wie ich, wäre es eigentlich angebracht, Sie kämen mit. Man braucht jetzt jeden Mann. Helfen Sie mit.«

»Das will ich«, erwiderte Jacques, der ruhig sitzen blieb. »Nur in meiner Art.«

»Das dachte ich!« rief der Seigneur geringschätzig aus und lachte nach der Art von Leuten, die keine Worte mehr finden, stoßweise vor sich hin.

Aber Jacques erwiderte unberührt: »Verübeln Sie mir nicht, Seigneur, daß ich kein Mann für solche Kriege bin. Ich brauche nämlich meinen Mut zum Leben, und ich habe deshalb oft mit mir gekämpft, es richtig einzuschätzen und, um es ganz nüchtern zu sagen, nur besser denken und rechnen zu lernen. Manches wußte ich freilich, ohne es vorher lernen zu müssen, während die Kunst des Rechnens wohl darin besteht, die Zahlen nebeneinander als Größen in ihrem Verhältnis und, wenn man das Beispiel umkehren will, gewisse Größen als Zahlen zu sehen.«

Übrigens habe an diesem Tischchen, unterbrach er sich, der junge René seinen ersten Pelz angemessen bekommen, einen billigen Kragen auf sein Wams. »Es hat ihn noch lang als ärmliches Pelzchen getragen, als hätte das Fell noch im Alter die Räude gekriegt. Verargen Sie mir diese Abschweifung nicht.«

Aber nur kurz: Er habe, um sich in dem genannten Sinne zu üben, auch über das geliebte Frankreich nachgedacht und nicht nur die Flüsse und Ströme und die so nötigen Kanäle als Adern seines Lebens abgeschätzt; oh, es besaß vielerlei Kräfte, innere, äußere, die Städte – was lag dort an Ungenutztem verborgen? Das weite Land, überall Brachland, wo meilenweit Getreide wachsen konnte, Wein und Gemüse. Wo es Wild gab. Wälder. Aber nun ja, viele Orte waren gelähmt, die Felder verwüstet, die Pferde und die Herden von den Weiden fortgetrieben, die Fermen verödet. »Schlupfwinkel Ihrer Soldaten, Seigneur, die zu Banditen werden, wenn die Löhnung ausbleibt. Dann schänden und bestehlen sie die gleichen Leute, denen sie versprochen haben, ihnen die Freiheit zu bringen. Gerechtigkeit. Ich schweife ab, Seigneur. Ich überlegte nur, wo könnte der Dauphin seine seit langem ausgeklaubten Kassen wieder füllen?«

Während Jacques mit eigentümlichem Blick den Seigneur ansah, schien er verwandelt zu sein, gespannt, wie von inneren Bildern gepackt.

»La belle France«, sagte er, besitze leider keine offenen Türen mehr, mindestens keine im Norden, wo die englischen und burgundischen Wimpel über die Loire hin zu erkennen waren. In Paris residierte der britische Herzog von Bedford. Dort wollte man bald in Notre-Dame, sobald der englische König neun Jahre alt war, diesen Heinrich VI. auch zum französischen König krönen. »Kann dieser englische Hunger nach französischem Land dem burgundischen Herzog recht sein?« fragte er.

»So rechnen Sie?«

Zwar gab in den Städten in Flandern, überlegte Jacques weiter, der burgundische Weber dem englischen Wollezüchter die Hand. Sie würden jedoch auch gern, meinte Jacques, an die französischen Frauen verkaufen, was dort in den Städten gesponnen, gewoben und an herrlichen Spitzen geklöppelt wurde. »Aber wer hat noch Geld bei uns? Es wandert doch alles an uns vorbei.«

Als wäre für ihn auf dem polierten Tisch eine Landkarte sichtbar, deutete Jacques auf die Länder und Straßen. »Hier Italien. Dort Antwerpen. Brügge. Gent.« Alles, was aus dem Orient über Venedig und Genua, was aus Florenz oder Lucca, wo es die schönsten Damaste gab, was aus Mailand in die viel verbrauchenden Städte der burgundischen Nachbarn kam, alles oder das meiste wurde vom Kaufmann auf Wegen befördert, die Frankreich und die Provence in weiter Entfernung umgingen. Inzwischen zehrte sich Frankreich selbst aus, wo es nicht ausgeplündert worden war. War nicht in Bourges die Zahl der Messebuden von Jahr zu Jahr geringer geworden? In der Champagne hatten die Sieger mit dem Holz der Messestände die aus den Fermen fortgeführten Ochsen am Spieß gebraten!

»Ich muß mich verbessern«, unterbrach sich Jacques, »weil es mißverständlich klingt, wenn jemand sagt, daß er reich werden will. Zwar wird es jeder gern. Aber ich meine: Wir alle brauchen mehr Geld. Und wenn wir mehr hätten, könnten wir uns so manche nutzlose Tapferkeit sparen. Wir müssen deshalb, meine ich, unsere wenigen offenen Türen benützen, unsere kläglichen Häfen im Süden. Wir haben dort Montpellier und Narbonne und Aigues-mortes, daneben in der Provence die Häfen von Bouc und Martigues. Ich bin für Marseille. Wir brauchen Schiffe, Seigneur.«

Ungläubig war der Seigneur wieder näher gekommen. Er hatte sich bis ans Fenster entfernt und auf den Turm bei den Bäumen geblickt, kopfschüttelnd.

»Von Ihnen, Seigneur«, setzte Jacques hinzu, »könnte eines Ihrer Güter für mich nützlich werden, das in der Nähe der Rhone liegt. Kann ich es pachten? Oder wenigstens die Ställe? Ihre Scheunen?«

»Sie trauen sich also zu«, fragte nun der Seigneur mit einer Verwunderung, die wie ein verzerrtes Hohnlachen aussah. »Sie ganz allein, Sie trauen sich zu, das Elend aus unserem großen Frankreich vertreiben zu wollen? Allein? Nur weil Sie meinen, rechnen zu können? Mit Schiffen? Mit Häfen? Ein fast so großes Wunder wie das Wunder der Pucelle? Aber natürlich, Sie haben Ihr Wunder unfehlbar ausgerechnet. Nur erwarten Sie nicht, daß ich daran glaube. Nein, Monsieur! Ich hatte freilich eine unklare Sympathie für Sie.« Jetzt hatte er sichtbar tief Atem geholt. Dann sagte er so beherrscht wie verächtlich: »Sie scheinen jedoch nur ein blanker Narr zu sein!«

Damit ergriff der Seigneur seinen Hut und prüfte vor dem Spiegel seinen Sitz, indem er gewohnheitsmäßig mit seinen gekrallten Händen die hochstehenden Krempen erfaßte und niederdrückte.

»Schade«, antwortete Jacques, indem er neben ihn trat. »Leider sitzt er ein wenig schief, Ihr Hut. Leider habe ich mich anscheinend, wie Sie in mir, auch in Ihnen getäuscht.«

Dabei erblickten sich beide nebeneinander in dem mit Facetten umgebenen Spiegel, weshalb sich der Seigneur bemühte, Jacques auch im Spiegel auszuweichen, zumal er ihm lächelnd über die Schulter hin sagte: »Ich war sogar so närrisch, Sie fragen zu wollen, ob Sie mit mir fahren würden? Ob Sie mein Partner sein wollten?«

Doch der Seigneur hatte auf der getäfelten Wand ein zierliches Mädchenbildnis entdeckt, vor das er hintrat.

»Wohl Ihre Cousine? Die Sie rächen wollen?« Er kehrte sich wieder Jacques zu. »Sie haben, was ich nicht vergessen werde, dem Dauphin gedroht. Aber Sie wollen ihm trotzdem helfen?«

»Das dürfte sich wohl vereinbaren lassen«, entgegnete Jacques mit einem Blick, den er nicht mißverstehen konnte. »Vielleicht hilft mir eine der Damen dabei, die ich beschenken könnte. Er kann es vorläufig nicht.«

»Oh?« entfuhr es dem Seigneur. »Eine charmante Gefährlichkeit.« Er ging nochmals zu dem Bildchen hin. »Aber wenn sie mit ihm glücklich wäre, das reizende Ding?«

»Jetzt gefallen Sie mir besser«, sagte Jacques.

»Während ich nicht umhin kann«, bedachte sich der Seigneur, »Sie auch darin unbegreiflich zu finden. Bin ich vielleicht zu alt, Monsieur Jacques?«

»Ich kann Sie reich machen«, erwiderte Jacques.

Doch der Seigneur wehrte ab: »Dafür bin ich wirklich zu alt. Auch glaube ich, daß jeder nur an die Wunder glauben kann, die ihm gefallen.«

Er ging, und höflich folgte ihm Jacques über die Treppe im dunklen Stiegenhaus hinunter.
Dann waren manche Leute auf der Straße überrascht darüber, welchen vornehmen Mann der Falschmünzer Jacques unter vertraulichen Verbeugungen, die jeder sehen sollte, aus seinem Elternhaus entließ.

Zweites Kapitel

Zwischen den Lagern

Wie einen Vater umarmte René den Herrn von Grignan, dem er über den Hof im Herzogspalast mit beschleunigten Schritten entgegenlief. »Willkommen in Nancy!«
Obwohl sie nie so vertraut gewesen, war wohl die Erinnerung so herzlich, daß ihn René nach französischer Sitte auf beide Wangen küßte.
Da empfand der Seigneur gerührt, ohne es sagen zu können, daß er nun, in der Nähe Renés, wie in einer verläßlichen Freundschaft daheim war. Er blickte an ihm hinauf und hinab. Aus dem frühreifen Knaben von damals war seit ihrer Trennung in Saint-Maximin ein ungezwungener Hofmann geworden, der mit Umsicht an den Ereignissen teilnahm.
»Es geht los!« sagte der Herr von Grignan. »Ich hatte gefürchtet oder gehofft, Sie seien schon an der Loire? Aber nun hat sich alles geklärt: Ihre Stadt voller Truppen. Welch ein Aufgebot! Der Dauphin wird Ihnen dankbar sein.«
Trotzdem müsse an der Loire, gab René zurück, vorläufig noch seine Bonne Mère die Kriegsgöttin spielen. »Das heißt, sie bezahlt die Armee, und nun hoffen wir, daß die Jungfrau gewinnt.«
Anscheinend wich René mit Absicht seinen weiteren Fragen aus: »Sie soll bereits nach Orléans durchgebrochen sein? Ob sie wohl den Belagerungsring von innen her sprengt? Ob wir uns nicht beeilen sollten?«
Doch nun waren Offiziere zu begrüßen, die hallend durch die Torfahrt eingetreten waren, kölnische und Bayern. »Oh, Mädle?« hörte der Seigneur in den Arkaden einen Reiter seufzen, anscheinend einen Schwaben, der enttäuscht einem enteilenden Fräulein nachsah. Überall klirrten Sporen.

Schon vor der Stadt war der Seigneur an Biwakierenden im freien Feld vorbeigeritten. Von der Grabenbrücke an war er nur schwer durch das Gedränge gekommen, da überall auf den Plätzen und in den Höfen Trupps kampierten. Endlich hatte er doch, abseits von der mächtigen Tour de la Craffe, also nicht fern vom Herzogspalast, einen Winkel gefunden, wo seine Leute ausruhen mochten. Ein Weinwirt war in der Nähe.
»Ich dachte, mich Ihnen anzuschließen, Sire.«
»Willkommen!«
Aber lieber führte René dem Seigneur seine Kinder vor, selber am meisten entzückt von ihrer tapsigen Vornehmheit. Yolande, ein Jahr alt, trug er, ein glücklicher Vater, mit hopsenden Sprüngen die Treppe hinauf, und er ließ sich von keiner der aufgescheucht flehenden Hofdamen hindern, in die Räume der Herzogin einzudringen. Dort mußte der Seigneur sein Urteil geben: »Unparteiisch! Gleicht sie ihrer oder meiner Mutter?«
»Beiden«, sagte der Seigneur nach dem üblicherweise erwarteten Grübeln, wobei er die Gattin Renés betrachten konnte, die er zwar hübsch und schlank, doch allzu sehnig fand, auch nur gezwungen heiter. Ihre Lippen schienen allzu streng zu sein.
Aber zärtlich verzieh Isabella, anscheinend noch immer verliebt in ihren René oder wenigstens vor ihren Damen, daß er mit seiner einfachen Fröhlichkeit in ihr Zimmer einbrach, obwohl sie gerade Kleider probierte. Er war wie verzaubert von ihrem Anblick in der geöffneten Türe stehen geblieben, weil sich einige Mädchen kniend um ihre Gewandung bemühten. Einer, die neben ihr stand, hatte sie eben gesagt: »Nein, Agnes, ich brauche ein Kleid aus derberem Stoff, wenn ich Reitstiefel tragen will.« Aber schmeichlerisch hatte die Dunkle erwidert: »Und die Saffianstiefel? Die man viel besser sieht?«
»Oh, Frauenlust!« René genoß das Weibliche des Raumes, die auf den Truhen ausgelegten Kleider, ihren Glanz und Duft, ihr Knistern und wohl auch die Anmut der hübschen jugendlichen Helferinnen.
Doch dann mußte ihm der Seigneur, weil ihnen ein Page das mächtige Buch nachtrug, das der Seigneur aus Grignan mitgebracht hatte, in sein Refugium folgen.
»Ein Buch!« Er war zwar von Büchern umgeben. Von Bildern. Dort lag Malzeug herum. Auf einem doppelseitigen Notenständer waren dicke Bände aufgeschlagen. Aber nun kam ein kostbares Werk mit feinen Bildern und Schriften hinzu, mit Hinter-

gründen aus Blattgold, von dem sich Gestalten in hellblauen und rosaroten Gewändern abhoben. Ranken mit Früchten und Tieren dazwischen umgaben als Ornamente die Kolonnen der Texte. Ach, René vergaß beim Betrachten, daß der Seigneur keinen Sitz fand. Überall türmten sich Bücher. Zeichenpapier.
»Ich müßte«, begann der Seigneur, »ich habe nämlich leider Grund, besorgt zu sein, ich müßte meinen Leuten eine Nachricht bringen, die sie zufriedenstellt. Ich habe nur noch ein Dutzend. Meine Neffen sind mir mit den anderen davongeritten. Zur Jungfrau.«
»Bravo«, sagte René. »Auch dieses Dutzend ist willkommen. Wir können nicht genug sein, wenn wir Metz belagern.« Aber er stutzte dann doch, als er die leichte Verwirrung seines Besuchers bemerkte. »Metz?«
»Ach, Sie erinnern mich an meine Widerwärtigkeiten«, sagte René. »Leider muß ich, bevor ich an die Loire kann, Metz angreifen. Nicht ich. Mein Schwiegervater. Aber weil er die Gicht hat, muß ich dabei sein.«
Eigentlich gab sich René sehr unernst, fand der Seigneur, obwohl ihn René begütigend an beiden Armen faßte.
»Bleiben Sie bei mir«, bat er. »Sie haben ein Herz für Gedichte. Auch deshalb brauche ich Sie.« Indessen holte er aus einem Schubfach einige Blätter hervor, die der Seigneur erst dann verwundert annahm, als René gestand: »Sie sind von mir.«
Nun, nach einer Weile, während sie beide fast verlegen voreinander standen, erklärte René wie entschuldigend: »Ich meine, gute Verse sind nötiger als Kriegsmusik.« Weil jedoch sein Besucher auf eine andere Antwort drängte, sagte er: »Ich setze alles daran, die Herren von Metz mitsamt ihrem Erzbischof zu bekehren, auch meinen Schwiegervater, lauter kriegswütige Leute.«
Doch der Seigneur unterbrach ihn: »Meine Burschen verhöhnen mich, wenn plötzlich Metz unser Ziel sein soll. Nein, Sire!« Er habe mit Metz nichts zu tun, wehrte er ab und hörte auch nur mit Unbehagen zu, als René nun erzählte, daß es dort unter den dreizehn Juraten des Ratskollegiums sieben Dezernenten für den Kriegsfall gab, die Sept de la guerre.
»Ich ziehe ihnen wahrhaftig die sieben Dichter der Très gaie compagnie vor, die es heute noch in Toulouse gibt. Sie schenken sich bei ihrem Dichterwettstreit goldene Veilchen.«
Unverständig starrte der Seigneur, um schließlich mühevoll hervorzustoßen: »Zugegeben. Auch ich bewundere Gedichte. Bil-

der. Wie Sie, Sire, oder beinahe. Nur steht mir heute der Sinn nicht nach Veilchen!«
Dann war es für ihn wie eine Erlösung, als man Fanfaren hörte und als ein eiliger Diener ins Zimmer kam, der darum bat, die Fenster öffnen zu dürfen. Denn drunten zog ein neuer Heerwurm in die Stadt ein, eine Reitergruppe, dahinter Truppen zu Fuß, Zweihänder und Lanzen geschultert. Bogenschützen. Troßwagen folgten. Wie immer, so mußte René auch sie, wie er sagte, vom Fenster aus begrüßen. Er winkte, weit hinausgebeugt. Dabei fielen Blumen an seinem Kopf vorüber. Wie in den Bürgerhäusern gegenüber, wurden sie auch aus dem Palais von scherzenden Mädchen hinabgeworfen.
Aber René sagte nachher: »Arme Kerle. Die hat der Markgraf von Baden in seinem Schwarzwald ausheben lassen, weil die Marquise de Bade die Schwester meines hoch erzürnten Schwiegervaters ist. Ach, man muß wohl begreifen, daß niemand ärgerlicher sein kann als ein alter Mann, den man in seiner Behäbigkeit stört. Wie schön ist Ihr Buch.« Er blätterte weiter, entzückt von den zart aufgetragenen Farben. »Es könnte von einem Schüler des Pol de Limburg sein?«
»Vielleicht.« Der Seigneur wollte höflich bleiben. »Nur steht mir heute nicht mein Sinn danach.«
»Ist es nicht trotzdem ein Glück, daß wir es haben?« Versöhnlich legte René den Arm um den Seigneur und führte ihn an den Schränken entlang, in denen überall Bücher standen. »Hier dachte ich glücklich zu sein«, sagte er. »Ich war es. Leider nicht lang. Seitdem ich jedoch den Widersinn zu durchschauen glaube, gegen den wir die Vernunft verteidigen müssen, bin ich's wieder. Oder wie möchten Sie es nennen, daß ich mich jetzt schon wegen eines Testaments verkämpfen muß, das erst nach vielen Jahren geöffnet werden dürfte? Erst, wenn der Herzog tot ist. Wohlmeinend hat er mich in seinem Testament als Erben eingesetzt, das heißt: nicht mich, aber durch seine Tochter – mich.«
Er brauchte dem Seigneur nicht zu erläutern, daß er vom Grafen Antoine de Vaudemont sprach, dem Bruder des Herzogs, der das Testament sogar mit Waffen angefochten hatte, weil die Krone von Lothringen nie an ein Weib fallen dürfe! Niemals an Isabella, durch die das Land an Anjou kommen würde! Dabei durchfuhr es den Seigneur, daß wahrscheinlich gerade diese Bestimmung der Erbschaft einst eine Bedingung der auf das Glück ihrer Kinder bedachten Yolande war.

»Ich mußte deshalb«, sagte René, »Vaudemont und Véselise belagern, einen Klotz aus Mauern und Türmen, wo es in die Vogesen hineingeht. Mir stand der Sinn nicht danach. Ich wäre lieber, wie Sie, Seigneur, nach Frankreich geritten.«

»Endlich ein Wort!« rief der Seigneur erleichtert aus. »Wir müssen doch, Sire, zuerst die verlorenen Länder zurückgewinnen. Auch von Anjou. Zuerst das eingeschlossene Orléans. Paris!«

»Wobei ich freilich meine«, dämpfte René seinen Eifer, »wenn es gelingen soll, gelingt es. Ich zweifle nicht an der Pucelle. Aber ich frage wie einer der Herren in Poitiers, ob sie, wenn sie Wunderbares wirken kann, dazu Soldaten braucht? Ob sie gerade mich braucht? Oder Sie?«

Erschrocken war der Seigneur zurückgewichen.

Aber René sprach weiter: »Es gefällt mir nicht, daß unsere Jeanne – sie kam in ziemlich derber Kleidung an, braunäugig, kurz geschnittene Haare und in Hosen; der Herzog hat ihr ein Pferd geschenkt, einen erfahrenen Kriegsgaul, weil sie nicht reiten konnte, aber sie konnte es plötzlich –, es gefällt mir nicht ganz, daß ihr auf einmal die schönsten Brokate gefallen. Alles muß prächtig sein. Obwohl: das ist weiblich. Ich verehre das Weibliche.«

»Lassen Sie mich zu meinen Leuten«, unterbrach ihn der Seigneur. »Sie machen mich verstört, Sire.«

Gerade jetzt entstand jedoch weit in der Ferne ein erneutes Lärmen. Immer näher kamen die durcheinander brodelnden Stimmen, und allmählich wurden die überschnappenden Schreie verständlich. Atemlos horchten sie beide. Was wurde gerufen? Sie blickten sich an. Hieß es nicht Orléans? »Orléans frei! Vive la Pucelle!«

»Gelobt!« rief René. »Gelobt!«, worauf nun der Seigneur, dem Tränen in die Augen traten, zuerst René umarmte, dann er wiederum ihn.

Ach, er mußte sich nun wahrlich kaum noch fragen, ob er sich René entziehen oder ob er ihm im Ernst etwas verargen könne? Er hatte ihn auch jetzt mit seiner jungenhaften Freude überwunden. Flüchtig, weil ihm vielleicht eine Ähnlichkeit im Gesicht auffiel, sah er Yolande vor sich. »Gelobt!«

Aber nun hörte man auf dem Gang eiliges Tappen und Laufen. Reiterstiefel. Dann das Getrippel von Damen mit dem Geraschel ihrer Gewänder. Sie mußten hinaus zu ihnen. Der Herzog kam. Karl, der Genießer von Lothringen, groß und behaglich, fast allzu beleibt. Gewohnheitsmäßig hörte er mit geneigtem Kopf seinen Hofmeister an, geduldig mit seinen altersmüde herabgesunkenen Lippen, denen man ansah, daß er gern schmatzend gute Dinge genoß.

Noch mußte er warten, bevor er, wie es der Hofmeister ratsam fand, einen der beiden Balkone betreten durfte, die neben dem bis zum Dach hinauf skulptierten Portal, das der Seigneur bewundert hatte, wie Kanzeln in die Straßen ragten. Daneben erstreckte sich eine Reihe von Wasserspeiern unter dem steilen Schieferdach, wodurch das lange Bauwerk stachelig erschien.

»Nun also Orléans!« Der Herzog streichelte René und musterte mit seinen trüben Augen den Seigneur. »Ein Provençale? Alle Achtung. Anscheinend zäh wie ein Ölbaum?« Ein guter Gruß, fand der Seigneur. Dann zuckte der Herzog freilich, um sich blickend und horchend, die Schultern. »Können wir verhindern«, fragte er, »daß der burgundische Philipp sich ärgert, weil unsere Leute jubeln? Oder sollte man einen Umweg denken? Ob er sich vielleicht schon über diese Niederlage seiner englischen Freunde freut? Ob er französisch zu denken beginnt? Dein Onkel Kardinal wird es bald merken, hoffe ich.«

Was das bedeute? flüsterte der Seigneur, als sich der Herzog zu jener Balkonschwelle wandte. Aber noch mußte er warten. Noch war die Menge drunten offenbar nicht groß genug. Was war mit Burgund im Gang? Oder gar mit dem englischen Bündnis? Was mit dem Kardinal-Herzog von Bar? Anscheinend sei hier Doppelbödiges im Spiel? »Ich muß das wissen, Sire!«

Doch nun trat, als eine Flügeltüre aufgerissen wurde, Isabella auf, gefolgt von ihren Damen, ihre Kinder an den Händen. Ah, seine Enkelchen! Der Herzog herzte sie, obschon er nicht versäumte, auch die zierlichen Begleiterinnen seiner Tochter zu beäugeln.

Als jedoch in einer anderen Türe Alison de May erschien, auch sie umringt von ihrem Damen, verzog er das Gesicht, und es nützte ihr nichts, daß sie ihm einen schmelzenden Blick von der Art zuwarf, durch den Liebe verschenkende Frauen auch dann noch zu herrschen versuchen, wenn es nicht angebracht ist. Seine Geliebte. Die Tochter eines Gemüsehändlers. Starr lächelnd blieb sie an ihrer Türe stehen, als er mit der Lieblichkeit der Jugend und auf René gestützt hinaustrat, ein guter Fürst. Hochrufe! Wie von rollenden Wellen, die sich an Klippen aufbäumen,

schlug aus der Tiefe der Jubel herauf, überflattert von grellen Stimmen wie von Vogelschreien. Orléans!
»Metz!« rief der Herzog hinunter, der ihnen den Sieg über die unfern gelegene Stadt versprach, die jedes Lothringer Herz beleidigt hatte. Trotz aller Schmerzen – »mon Dieu, wer kann gegen die Übel des Leibes an?« – würde er selbst die Schlacht oder Belagerung leiten. »Die Sept de la guerre bekommen den Krieg, den sie wollten!«
Hochrufe! »Metz!« Das hatte er hören wollen.
Dann ließ er sich, wie René am nächsten Tag erzählte, in Katzenfelle verpacken, die sich als weicher, wärmender Panzer um seine Schultern und Beine schmiegten, während die Hände mit ihren gichtknotigen Fingern in tatzenartigen Handschuhen steckten. Mit ihnen winkte er aus der von Pferden getragenen Sänfte heraus, als ihn René und der Seigneur überholten.
Zehntausend Reiter und dreißigtausend Marschierende verließen die Stadt durch die doppeltürmige, massige Porte de la Craffe, in deren Mittelteil das Lothringer Kreuz als Schießscharte ausgespart war.
Er müsse dabei sein, hatte René den Seigneur bedrängt, und nun ritt er neben ihm durch das frühlingshelle Moseltal, wo sie in Pont-à-Mousson, das zur Erbschaft Renés aus dem Herzogtum Bar gehörte, von Robert von Baudricourt eingeholt wurden.
Noch tiefer fühlte sich der Seigneur in den Kreis der Gestalten hineingeführt, die bei den jüngsten Geschehnissen mitgewirkt hatten und von denen man überall sprach. Denn Baudricourt war jener Offizier gewesen, der Schloßkommandant von Vaucouleurs, der das dörfliche, seltsame Mädchen, das nun als Siegerin in Orléans eingezogen war, tagelang warten und bitten ließ, bis er der Wunderbaren sein eigenes Schwert geben mußte.
»Mußte!« bestätigte er dem Seigneur. Eine nicht abzuweisende innere Macht – ihm fehlten die feineren Worte dafür –, war von ihr ausgegangen. Nun schien er sie irgendwo in der Luft über den Fluß hin, an dessen Ufer sie rasteten, noch immer rätselhaft vor sich zu sehen.
Aber dann schreckte er ähnlich verwundert auf wie der Seigneur, als René erklärte: »Wenn es nach mir geht, wird nicht geschossen. Ich will mit dem Erzbischof sprechen. Er hat meinen Jean getauft. Ich will ihn mitsamt seinen Sept de la guerre bekehren.«
»Dann begreife ich nicht, warum ich da bin«, sagte der Chevalier de Baudricourt.

»Ich auch nicht«, ergänzte der Herr von Grignan, »und ich muß Ihnen wohl als der Ältere sagen: Sie scheinen das alles sehr spaßhaft zu nehmen.«
»Hätte ich Sie dann bitten dürfen, mitzukommen«, sagte René plötzlich ernst. »Ich habe nämlich auch mit dem Herzog darum gekämpft, daß nicht gekämpft wird.«
Ihm lag daran, in Baudricourt einen verläßlichen Freund bei den Truppen zurückzulassen, während er selbst mit dem Seigneur aus dem rastenden Heerwurm hinausgaloppierte. Erst vor den Wasserbastionen von Metz hielt er an, vor der mächtigen Porte des Allemands. Noch war auch von den Truppen, mit denen der Herzog an der Seille entlang hinter den Uferhöhen heranzog, nichts zu sehen.
Aber schon waren die Zugbrücken aufgewunden, so daß die zwei Reiter über den Wassergraben hinweg auf die graustaubigen Bohlen und Bretter ihrer Unterseiten blickten. Wie unzugängliche riesige Türen ragten sie zwischen den Türmen auf, abweisend wie die endlos scheinende Mauer.
»Ich bin René!« rief er hinüber. »Ich muß mit dem Erzbischof sprechen!«
Keine Antwort.
»Ich bin René!« wiederholte er, als sie hinter den Mauerschlitzen ein stummes Gedränge erkannten. »Ich warte auf den Erzbischof! Habt ihr keinen Kommandanten?«
Er versuchte, indem er am Grabenrand auf und ab ritt, mit irgendeinem, der hinter den Schießscharten stehen mochte, ein Gespräch zu beginnen. »Richtet auch euren sieben Juraten aus, den Sept de la guerre, daß ich da bin. Ich – René. Ich warte.«
Kein Wort. Indessen forschte der Seigneur die Mauerkronen ab, während René verdrossen ins Wasser starrte, in dem sich die mächtige Stadtmauer mit ihren Türmen spiegelte. »Metzer Lilien«, sagte er plötzlich. Weithin an der Böschung hoben sich ihre gelben Blüten aus dem stehenden Wasser heraus. Aber es schien vergeblich, hier eine Antwort erwarten zu wollen, bis plötzlich von einem der Türme ganz in der Nähe ein grelles Trompetensignal ausgebracht wurde. Dann drohte eine Stimme: »Weg da! Schert euch weg da!«
Jetzt hatte der Ausguck die näher kommenden Truppen entdeckt, die, wie es geplant war, zur gleichen Zeit vor der Stadt anrücken und sie umzingeln sollten. Schon schwenkten Abteilungen ab. Ununterbrochen wurde das Signal auf den anderen

Türmen weitergegeben. Dann mischte sich lautes Getrommel darein, das drinnen durch die Gassen dröhnte. Gleichzeitig kam über die Wiesen herüber die Antwort, ruhiger Trommelschlag gegenüber dem hastigen Lärm in der Stadt, wo nun auch Glokken zu läuten begannen, zuerst von St.-Martin und von St.-Pierre-aux-Nonains und von den vielen anderen Kirchen, bis die schweren Glocken der Kathedrale einfielen.
Inzwischen rasselten von den entfernten Hügeln die plumpen Kanonenfuhrwerke herunter, deren Vorspannpferde aufgeregt stampften und wieherten. Peitschen knallten. Ordonnanzen sprengten.
»Weg da!« wiederholte der Posten auf einem der nahen Türme, die rundbauchig halb im Wasser standen. Auch bemerkte der Seigneur erschrocken, daß ein paar Kerle drüben ihre Armbrüste spannten und Pfeile auflegten. Überall wimmelte es auf den Wehrgängen.
»Weg da«, stieß nun auch der Seigneur hervor. Aber René richtete sich in den Bügeln auf und rief um so lauter hinüber: »Ich komme wieder! Ich muß den Erzbischof sprechen!« Da griff der Seigneur seinem Pferd in die Zügel und zog ihn fort.
»Heute nacht!« rief René zurück. »Sagt es ihm! Ich bin René!«
Quer über die Wiesen ritten sie zu ihren Leuten, wobei René vor Enttäuschung so ernst wie eigentümlich zornig vor sich hin sprach. Vom Krieg umringt zu sein, von Dummheit, sagte er, von Grausamkeit, weil jeder der Zehntausend, die um die Stadt ausschwärmten, geradezu fröhlich begierig war, dreinschlagen zu können – verlangte das nicht, daß man als Mann, der ein bestimmendes Wort sagen durfte und der für viele denken und handeln mußte, sich gegen jegliche Schrecklichkeit wehrte? Auch wenn er überschrien wurde? Bedroht? Verlacht? War es nicht ein Gelächter aus einer barbarischen Zeit?
Er wagte es, noch einmal vor die Mauern zu reiten. Nachts, als Feuer brannten, die hoch aufflammend angeschürt wurden, damit man von der Stadt aus den rundum flackernden Kreis erkennen mußte, als da und dort Dörfer aus Zelten errichtet waren, verließen René und sein Freund Baudricourt den Seigneur. Nur sie und der Herzog wußten, mit welcher abenteuerlichen Hoffnung René in die Stadt zu gelangen versuchte.
»Du willst sie zum Frieden zwingen?« Wehmütig hatte sich der Herzog bis zuletzt gesträubt. Aber dann waren die beiden ins Dunkel hineingeritten, an einem Wiesengraben mit Erlen ent-

lang. Nun horchte der Seigneur auf jeden Laut, während Stunde nach Stunde verging.
Nichts. Nichts. Täuschungen waren es, wenn der Seigneur, der oft aus seiner Ermüdung auffuhr, den lauten Baudricourt zu hören glaubte. Erst im Morgengrauen trabte er durch das Torhaus, in dem der Herr von Grignan wie auf einer Brücke einquartiert war. Dort konnte er, vom kleinen Fenster aus, wenn er sich über den Sims vorbeugte, senkrecht auf die Straße blicken, die unter ihm durch das Torgewölbe und geradeaus durch den Park zu dem Landschlößchen führte, in dem der Herzog wohnte. Unweit entfernt, an der Mauer des Parks, hatten sich seine Leute ein Lager gemacht. Hier jagten Kuriere heran. Die Obersten und Capitaine, die mit dem Herzog Pläne besprachen, stellten sich ein.
Nun brachte der Herr von Baudricourt die seltsame Nachricht, daß René immer noch stumm am Graben vor dem bedrückenden Stadttor saß und wartete. Während der Nacht hatten sie drüben die Rohre ihrer Geschütze durch die Luken im Wehrgang geschoben. Bolzengeräte drohten. So waren von allen Seiten her Waffen auf ihn gerichtet. Aber er schien sie nicht wahrzunehmen. Wenigstens tat er so. Er hatte vielmehr, außer dem jeweils hinüber gerufenen Wunsch, den Erzbischof sprechen zu wollen, manchmal Gespräche versucht, die freilich Selbstgespräche bleiben mußten.
»Ihr scheint eine störrische Angst vor dem Frieden zu haben?« Morgens rief er: »Nun dürfte Hochwürden sicher schon wach sein. Meldet mich!« Dann hockte er sich, noch nicht entmutigt, wieder ins Gras zurück, wo er im Mondschein, in seinen Mantel gekrümmt, geschlafen hatte. Nun sah er den Lilien zu. »Eure Lilien öffnen sich morgens genauso wie meine in Angers. Ihr braucht nicht zu fürchten, daß ich französische Lilien auf eure Mauern pflanzen möchte. Ich möchte ein friedlicher Nachbar sein!«
Als ihm ein neuer Gedanke einfiel, stellte er sich breitbeinig hin, die Hände in den Seiten aufgestützt: »Ihr wißt wohl, daß der Herzog von Orléans, der nun seit einem Dutzend Jahren gefangen in England lebt, seinen Leuten in Orléans oft Gedichte schickt? Sie sollen nicht nachgeben! Soll ich euch auch Gedichte schicken? Daß ihr vernünftig sein und Frieden machen sollt? Oder seid ihr mit Absicht taub?«
Der Posten war es wohl müde geworden, »Weg da!« zu rufen.

Man schien René nicht beachten zu wollen, obschon er manchen lang spähenden Blick unter Eisenhelmen hervor auf sich gerichtet sah.
Dann hatte ihm Baudricourt einen Imbiß gebracht, den sie gemeinsam verzehrten, am Uferhang sitzend, ein weißes Tüchlein als Tisch im Gras und den Wein aus der Feldflasche in Becher gießend.
»Schmeckt's?« war das erste erlösende Wort von der Mauer herüber. Aber es blieb dabei, obgleich sich René fast erschrocken mit einer tiefen Verneigung bedankte. »Endlich scheint ihr Menschen zu werden. Ja, es schmeckt.«
So ähnlich ließ sich der Seigneur berichten. Eine Närrischkeit war es! Denn Baudricourt hatte René auch die Neuigkeit überbracht, die ein Kurier aus Nancy von einer der Damen des Hofes erfahren zu haben behauptete. »Isabella will kommen!« Sie wollte René überraschen. Welch ein Liebesbeweis! Und René? Nun ja, er habe zwar ausgerufen: »Welche Freude!«, aber gleich darauf unglücklich aufgeseufzt: »Sag ihr, daß ich auf den Bischof warten muß.«
Alles war unerfindlich, beinahe lächerlich. Zufällig hörte der Seigneur zwei Obersten vor dem Torhaus reden, die ihre Stimmen auch nicht dämpften, als sie ihn ans Fenster treten sahen. Dieses Aufgebot gegen Metz, meinte der eine, habe allein den tieferen Sinn, dem burgundischen Herzog Philipp le Bon zu beweisen, wie mächtig der Herzog von Lothringen war. Wie viele Freunde er hatte! Alle hatten ihm Truppen geschickt, auch die Deutschen. Nun konnte er seine vielköpfige Streitmacht, wenn ihm der Augenblick günstig schien, jetzt, nach dem Sieg der Pucelle, stracks nach Orléans führen! Dann wären sie wahrlich ein tödlicher Keil, mit dem er Burgund von seinen Truppen zu trennen vermochte, die mit den Briten gegen den Dauphin im Felde standen.
»Hören Sie ruhig zu«, rief der eine der Offiziere am Torturm hinauf, als er den Seigneur erkannte. »Ich höre.« So führten sie das Gespräch halb zum Fenster hinauf.
Aber der andere Oberst entschied sich für die angeblich volkstümliche Meinung, der Herzog von Lothringen habe wohl eine Ruhmestat nötig. Ihm wurde noch immer verübelt, daß er seine beleidigte Gattin wie in der Verbannung leben ließ. Nun habe sich jedoch die zähe Alison, die ihn mit der Zärtlichkeit einer Liebesgöttin beherrschte, auch seiner Tochter Isabella zu erweh-

ren. Also sei er wohl, hieß es, auch vor seinen streitbaren Damen in dieses Abenteuer geflüchtet.
»Ist sie so herrisch?«
Der Seigneur schloß sein Fenster, noch mehr verwirrt, als wenig später Isabella ankam, rasch, im Galopp durch den Torturm und Park. Ihr folgte auf dem Fuße eine Kavalkade ihrer Damen und der Frauen mancher Offiziere. Wie ein übermütiger Überfall war es.
Hastiger, als es sonst seine Art war, verließ der Seigneur über die hölzerne Stiege, die unter einem Dächlein in die Tiefe führte, seine Wächterstube. Er begriff nichts mehr. Gelächter. Überall Umarmungen. Indessen rasselte an der Parkmauer draußen ein ächzend schweres Gespann entlang, eine gewaltige Belagerungsmaschine.
Angesichts der Damen war der Herzog fahrig aufgesprungen, der eingehüllt auf der Altane in der Abendsonne lag. Nun mußte er sich wohl von Isabella auf beide Wangen küssen lassen, die bald fragte, wo René sei? Ach, er kauerte noch immer einsam abseits am Festungsgraben. Ein Träumer! Der keine Verletzten wagen wollte oder gar Getötete, überhaupt keinen Kampf! Aber wozu war man da? Hatte sie nicht die Schanzen und Wälle gesehen? Über dreißigtausend Soldaten und Reiter auf dem zerstampften Feld?
Hier, wo sich der Seigneur durch das Gewimmel drängte, das zusehends lebhafter wurde, wo die entzückten Ehemänner ihre Frauen wie nach langer Trennung begrüßten, hier wurde plötzlich in sonderbarer Weise von René gesprochen. Denn eine Ronde hatte ihn belauscht. »Ist er ein Feigling?« hieß es. »Hintergeht er uns?«
Aber da funkelte Isabella jeden einzelnen an: »Weil er mein Mann ist, weil er nicht da ist, aber ich hoffe, daß ihr alle seine Freunde seid ...« Ihre Stimme konnte so hart wie versöhnlich klingen. »... ich dulde solche Worte nicht!«
»Ah«, stieß nun ihr Vater bewundernd hervor. »Sie liebt ihn!«
Der Herzog fand es wohl ratsam, den unguten Auftritt mit einem Scherz zu beenden. Er ging schwatzend herum. »Ich dachte bisher, wenn eine verheiratet wurde, die ihren Mann vorher nicht kannte, dann, dachte ich, kann man sie schwerlich zwingen, diesen Mann aufrichtig liebzuhaben. Die Hauptsache ist doch, daß sie ihn hat?« Jeder verstand, daß er sich selbst damit meinte. Wie schmerzhaft zuckte das Lächeln in seinem Altmän-

nergesicht. »Nun ja, ich liebe ihn auch. Hoffen wir, daß er gesund zurückkommt. Ach«, er schien auf einmal wieder von seinen Schmerzen befallen, weshalb er den Damen und den Herren wie zur Verabschiedung winkte.
Aber anscheinend nützte er auch heute, sagte einer neben dem Seigneur, seine angeblichen Qualen als Vorwand aus. Unschlüssig standen die Offiziere herum, während sich die Damen Isabellas, um ihre Herrin gedrängt, nicht ungern in kecke Gespräche einließen, und schließlich war es die kirschenäugige Agnes, die das entscheidende Wort sprach. Sogar die Leute von Orléans hätten den Engländern, sagte sie arglos, als sie ein Fest feiern wollten, Flötisten und andere Tanzmusikanten hinausgeschickt!
»Weg da«, sagte der Seigneur. Hier sollte getanzt werden! Das war kein Ort mehr für ihn. Er drängte sich über die Staffel hinunter. Immer mehr junge Herren kamen aus ihren langweiligen Zeltdörfern angesprengt, von der Ankunft der Damen herbeigelockt. Nun standen sie neben den Alten auf der Altane herum, hier der Comte de Salm und Jean de Houssonville, der Batard de Thullière, dessen glatte Freundlichkeit der Seigneur nicht mochte, und der immer mißtrauisch blickende Damoisel de Commercy. Unfern, im ernsten Gespräch um das Schlößchen gehend, entdeckte er dagegen erfreut den guten, alten Barbazan und Robert de Sarrebruche, wie man den Herrn von Saarbrükken hier nannte, beide verläßliche Freunde Renés.
Im Schlößchen selber wurde indessen auf allen Feuerstellen gekocht und gebraten. Deshalb pirschten die Küchenjungen im Unterholz auf das Federvieh, auch auf die schönen, weiß gepunkteten Hühner, die René gern in sein Vogelgehege mitgenommen hätte.
»Nehmen Sie auch meine Hühner«, hatte die hagere Schloßherrin zwiespältig freundlich gesagt. Dann war sie abgereist.
Nun vollziehe sich also, sprach der Seigneur die beiden Truppenführer auf dem Parkweg an, eine Verwandlung in der Begeisterung ihrer Offiziere. Bis heute waren sie noch wie Zentauren, halb Mensch, halb Pferd, ins Kriegsgetümmel zu stürzen bereit gewesen. Nun waren sie durch die Gegenwart dieser Weiblichkeiten verwandelt! Aber Barbazan, der für seine Leute nicht der Seigneur oder Chevalier war, nur Barbazan, meinte ganz einfach, in der Nähe Renés, dazu gehöre wohl seine Frau Isabella, verwandle sich ohnedies alles. Obgleich die Welt so bleibe, wie

sie ist. René betrachte sie anders, erlebe sie anders. Er lebe dadurch vielleicht überhaupt ganz anders als sie?
Indessen hob sich, je tiefer die Dämmerung wurde, das Schlößchen im Schein der Kerzen, Windlichter und Fackeln desto unwirklicher aus dem Dunkel heraus. Das Frühlingsgrün der Bäume und Büsche nahm ungewohnte Färbungen an. Auch die wilden Belagerer und ihre Damen, die sich in förmlichen Tanzfiguren ergingen, sahen verändert aus. Nun dachte scheint's niemand mehr an René? Er liebe sie, ja, er entbehre sie, hatte er seiner Herzogin ausrichten lassen, ach, er verzehre sich nach ihr. Aber er müsse nun einmal, wie er sich vorgenommen, einen versöhnlichen Laut aus der steinern stummen Stadt abwarten.
Aber dann hatte sich, während die Posaunisten die Züge ihrer Instrumente immer heftiger hin und her bewegten, bei der Port des Allemands ein Trupp verwegener Kerle aus der belagerten Stadt herausgeschlichen. Unvermutet fielen sie über ein Lager her, hieben jeden zusammen, der ahnungslos dastand oder herumging, bis das Geschrei und der Lärm den tückischen Überfall offenbar machten. Dann rannten Eigene herbei. Fechtende Knäuel entstanden. Etliche liefen in ihrem Schrecken schreiend um Hilfe, stürzten durch das Torhaus auch bis zur Altane der Tanzenden, wo sie die schreitenden und manchmal hüpfenden Paare wie ein Spukbild vor sich sehen mochten.
Eine rührend verlogene Buchmalerei hatte der Seigneur die Tanzgesellschaft genannt, da niemand mehr an die schreckliche Wirklichkeit dachte, nicht an René oder gar an Jeanne d'Arc, der man zu Hilfe eilen müßte!
Nachsichtig hatten die Herren, auch Baudricourt, dem Seigneur zugehört, der das von Tanztrompeten umschmetterte Schlößchen zuletzt ein böses Mirakelspiel hieß: droben die engelschönen Sünderinnen, übermütig in lachsroten, hellfarbigen Schleppkleidern, hohe Spitzhauben mit Schleiern über den kindlich verzückten Gesichtern. Jede eine Eva! Drunten, auf den verschatteten Wegen, zwischen den Bäumen hervor die glotzenden Kriegsteufel, Bauernburschen, seine eigenen Pferdehirten, die hier ihre Blicke gebannt in die höfische Welt hineinbohrten.
Aber nun brach das unwirkliche Bild auf einmal wie gelähmt auseinander. Nur ein Oboist, der die Nachricht anscheinend nicht wahrgenommen, dudelte seine Verzierungen weiter.

Alarm! Hilflos, wie plötzlich vom Glück verstoßen, standen die Tänzerinnen, die eben noch einen Mann umschlungen hielten. Ihre erschrockenen Herren, die sich wahllos auf die nächsten Pferde schwangen, jagten verbissen davon. Überall hörte man Trommeln, Trompeten. Alarm! Ein Lagerdorf brannte.
Nur zornige Ausrufe brachte der Herzog hervor, der aufsprang und zitternd dastand, wobei er seine Decken von sich warf und einige Schritte nach vorwärts machte, als wolle auch er sich in das Gemetzel stürzen. Aber es war längst vorbei.
»Und was ist mit René?«
Man hatte nach langem Suchen an der Uferböschung nur sein Schwert gefunden.
Unversehens, wie sie herangekommen, waren die Metzer Knechte wieder über den Graben gesetzt und mitsamt ihren flachen Kähnen durch ein verstecktes Wassergatter in die Stadt zurückgelangt.
Dann wurden die Suchenden, auch Baudricourt, von der Mauer herunter beschossen. »Da liegt einer, den wir herausziehen wollen!«
Sie schossen trotzdem.
»Wo ist René?«
Auch der Seigneur war, zuletzt noch ganz allein, in der Nacht am Graben entlang gestapft, manchmal wie ein Wankender, wenn er den Tritt an dem abschüssigen Grashang verfehlte. Nachher hielt er den Obersten vor: »Muß man nicht fürchten, daß man ihn angeschossen hat? Einfach abgeschossen? Daß er den Überraschten helfen wollte und gestürzt ist? Über die niedergetrampelte Böschung hinunter ins Wasser?«
Unter denen, die man abseits von den Zelten in eine Reihe legte, befand er sich nicht.
Isabella wollte sie sehen.
Von ihren Damen duldete sie anfangs nur Agnes als Begleitung, dann nur noch Barbazan und den Seigneur. Denn sie dehnte ihre Ritte weit um die ganze Stadt herum aus, wobei sie sich die Stellungen erklären ließ. Die Soldaten staunten sie an, auch der Marschall de Chatelet, der sie gewähren ließ. Ihm sagte sie abends: »Ich bleibe. Sie müssen bald stürmen lassen, Marschall.«
Indessen bat sie Baudricourt, ihr Damengefolge nach Nancy zu bringen. Es gab keine Tanzmusik mehr. Er habe sich bei der Jungfer Jeanne als verläßlich bewiesen, versuchte sie einen

Scherz. Denn sie hätte nun freilich die schmerzlichste Ursache, sagte sie zu dem Marschall und den anderen, niedergeschlagen zu sein, und sie sei es. Aber sie habe die Herren erneut zu sich gebeten, weil ihr Vater ernsthaft krank sei. Also hätte René den Oberbefehl zu führen.

»An seine Stelle trete nun ich.«

Sie erklärte sich ihnen: Alles, was um oder gegen Lothringen spiele, gegen den Herzog oder gegen René, ob er noch lebe oder nicht, fühle sie um so mehr gegen sich selbst gerichtet, weil sie die Mutter der späteren Erben von Lothringen sei. Deshalb mußte Metz erobert und gedemütigt werden! Sie setzte die Stunde des Angriffs fest. Übermorgen.

Im Gartensaal des Schlößchens, wo auf dem Tisch eine Grundrißkarte der Stadt lag, besprach sie mit Gérard de Chatelet und seinen Obersten, wo der Sturm beginnen sollte. Sie ließ zwar um einen Tag mit sich handeln; aber dann mußten in jener dritten Nacht, bevor es tagte, die Flöße und Leitern lautlos zu Wasser gebracht und Dämme in den Wassergräben aufgeschüttet werden. Lag alles bereit? Sie müsse wohl, flocht sie wie zur Entschuldigung ein, so rastlos unternehmend sein, um nicht ihren Zweifeln oder gar ihrer lähmenden Trauer nachzuhängen.

Und: wenn Metz erstürmt sei, müsse man auch die Schlösser des Herrn von Vaudemont, ihres mißgünstigen Onkels, der sie enterbt sehen möchte, angreifen und schleifen lassen!

»Nicht schleifen lassen«, seufzte der Herzog von einem Kamin her, wo er, von Decken umhüllt, die Wärme genoß. »Wir wollen vielleicht selber einmal drinnen wohnen.« Grämlich belustigt nickte er in den Saal: »Mein armer Bruder. Aber nun ja, es ist sein persönliches Mißgeschick, daß er eine solch tüchtige Nichte hat.«

Mit verbissenen Lippen hörten die Offiziere zu.

»Ich muß doch alles tun«, versetzte Isabella, »so lange ich es kann. So lange ich Sie habe, meine Herren. Nur für Lothringen. Also für viele von Ihnen. Für meine Kinder. Ich will doch nur Frieden.« Aber gleich darauf fragte sie nüchtern: »Ist etwas mißverständlich geblieben?«

So hatte sie gegen die Herren gesiegt, die sich auf eine lange Belagerung eingerichtet hatten.

Dann ritt sie schon in der Morgenfrühe, wie um die Truppen zu erproben, bis zu den vorgeschobenen Posten hinaus, wobei der

Herr von Grignan manchmal Mühe hatte, kurzatmig neben ihr Schritt zu halten. Ihn fragte sie nach Yolande aus, von der alle Männer verzaubert seien, sogar der Dauphin. Aber sie selber, gestand Isabella, bemühe sich wohl vergeblich um die beherrschende Kunst von Yolande, über alles lächeln zu können?
Sie konnte noch nicht verbergen, fand der Seigneur, wie jung sie war. Das verrieten auch ihre streng geschlossenen Lippen und ihr harter Blick, auch ihre Erregtheit, je näher die Nacht des Angriffs kam.
Trotzdem ritt sie durch die benachbarten Lager, wo die Soldaten stumm in den Zeltgassen standen. Sie sollten ruhen und schlafen. Aber sie konnten es nicht. Keiner grüßte sie laut, und mancher schien aus der Ferne immer wieder die Höhe der glatten Mauern und der Türme abzuschätzen. Da traten ihr Tränen in die Augenwinkel. Aber sie zwang sich, ihnen zuversichtlich zuzulächeln.
Dennoch war sie am Abend wie enttäuscht, trotz aller Freude, trotz ihres erlösten Aufschreies, als plötzlich muntere und jubelnde Signale über die Wiesen geblasen wurden, als keuchende Reiter angesprengt kamen, die vorgebeugt fast auf den Hälsen ihrer röchelnden Pferde lagen. Nur wenige Worte vermochten die Reiter nach ihrem hetzenden Ritt hervorzustoßen: »René! Man hißt weiße Fahnen!«
Nun sah man sie auch! Nacheinander wurden auf den Türmen der Stadt weiße Fahnen erkennbar, von Freudenfeuern angeleuchtet! Glocken läuteten. Dann kam von der Stadt her René, von Leuten aus Metz und von Soldaten und Offizieren umdrängt, während er immer wieder eine hoch erhobene Pergamentrolle schwenkte und mit ihr grüßte. Sein Friedensvertrag!
Er winkte mit ihm auch zu dem Seigneur hinauf, der aus dem Gedränge im Torgang in seine Stube im Turm geflüchtet war. Rasch hatte vorher Isabella nach kurzer Verwirrung ihr Pferd gewendet und war ihm wie taumelnd entgegengesprengt. Nun ritt sie neben René daher.
»Jetzt reiten wir nach Reims zur Krönung!« rief René zu dem Seigneur hinauf.
»Endlich!« brachte der Seigneur hervor. Aber sicher konnte René seinen vor Rührung wie krächzend klingenden Ausruf nicht hören. Nur sein Nicken mußte er sehen, seine Verbeugungen.

Er verbeugte sich immer noch, auch als René und Isabella längst unter ihm durch das Torgewölbe eingeritten waren. Dann lag als seltsames Nachtbild, immer heller beleuchtet, die weite Ebene und die Stadt im Schein der Freudenfeuer vor ihm. Da und dort schwebten Rauchwolken hin. So sah es beinahe doch wie im Krieg aus.

Drittes Kapitel

Der lächelnde Engel

Im Herbst nach der Krönung in Reims, als die ersten vergilbten Blätter von den Platanen an ihrer Straße wehten, waren René und der Seigneur von Grignan im Gefolge von Charles in Bourges eingezogen. Neben ihm trabte Jeanne d'Arc, die mit unbewegtem Gesicht im Sattel saß und die auch hier nur, wie abwesend, mit einem ernsten Kopfnicken dankte. Manchmal packte sie ihre Lanze fester. Dann schien sie jedoch, wie es von jeher ihre Art gewesen, auch heute über die Menge, die sie bestaunte und die in Hochrufe ausbrach, wie gebannt in Weiten zu blicken, die nur ihr sichtbar waren. Hier sollte sie bleiben?

Sie waren zuletzt noch in dem Schlößchen Selles am Cher gewesen, unfern der Loire, wo Charles seine Kinder und seine Frau besuchte, Marie von Anjou, die Schwester Renés, die ihren einfachen Hof nur ungern verließ. Warum nach Bourges?

Sie könnten dort, hatte der Chevalier d'Albret den Damen eröffnet, die berühmten wohltuenden Bäder nehmen, worauf Johanna, die auch hier ihre dunkle Kriegskleidung trug, wie plötzlich unbeherrscht in Lachen ausgebrochen war.

Um so gewinnender hatte René in Selles gesagt, es falle ihm schwer, seine Verehrung gerecht zu verteilen, einmal für seine Schwester, in der er zugleich die Königin Frankreichs ehre, neben ihr la Pucelle, die nicht minder hoch zu verehrende Tochter von Frankreich. Seine eigene Frau, Isabella, die ihm nach Bourges entgegenkomme, erwarte ihn nämlich dort mit dem Wunsch, zu ihnen beiden geführt zu werden.

Da hatte Louis gesagt, der Siebenjährige, der etwas vom hintergründig prüfenden Blick von Charles an sich hatte und der um René herumgegangen war: »Du bist also mein Onkel? Reden bei euch alle Leute so seltsam höflich?«

»Nein, nur die Höflichen«, war die Antwort Renés gewesen. Er wollte ihn streicheln. Aber Louis war ihm unter seiner Hand entschlüpft.
Nachher ritt er auf einem struppigen Pferdchen im Gefolge mit, das er oft durch seine Galoppaden in Verwirrung brachte. Unschuldig ärgerlich entschuldigte er sich: »Er ist mir durchgegangen, der verwöhnte Teufel.«
Hinter Vorhängen reiste in ihrer Kutsche die Königin mit ihren Kammerdamen, und der Seigneur fragte sich, ob eine davon wohl die Cousine des Jacques Coeur sein mochte? Angeblich stickte die Königin auch während der Fahrt an einem kleinen, mit goldenen Fäden durchwirkten Bilderteppich. So hing sie noch jetzt ihrer Leidenschaft aus Mädchentagen nach, vielleicht ihrer einzigen Lebenslust. Aber war sie nicht ihrer Würde als Königin schon sehr bewußt? Verzichten zu müssen? Angeblich summte sie, während sie ihre Nadeln durch den widerspenstigen Stoff stieß, ihre geliebten Kirchenlieder vor sich hin. Wie früher.
Nun sollte sie, wie Charles es wünschte, die gute Stadt Bourges mit ihren über vierzig Kirchen und Konventen als Königin erleben. Charles, der die Stadt vor einem Jahr als armer Dauphin verlassen hatte, kam nun als König von Frankreich zurück, neben ihm Jeanne d'Arc im Silberpanzer, die Wundergestalt des Jahrhunderts!
Aber sie gab zur Antwort, als der Prévot dem König und ihr in begeistert ausbrechenden Worten gehuldigt hatte, einst habe man den Dauphin boshaft den kleinen König von Bourges genannt. Er könnte, so wurde gespottet, wenn er den hohen Wächterturm von St.-Etienne besteige, rundum bis an die Grenzen seines Landes blicken. Nun sei zwar viel durch Gnade und guten Mut erreicht. Aber noch immer sei Frankreich, obgleich man Orléans, Troyes und Reims zurückgewonnen, kaum viel größer geworden, nur ein zerstückelter Leib ohne Herz. Noch sei Paris zu erobern!
»Paris! Paris!«
Jetzt glänzten ihre Augen. Denn unablässig hatte sie seit der Krönung in Reims den Zug nach Paris verlangt. Jeder in der überfüllten, mit Teppichen und Fahnen ausgeschmückten Kathedrale hatte damals geglaubt, einen blinkenden Ritter des Himmels vor sich zu sehen. Unbeweglich hatte die Jungfrau von Frankreich mit ihrer Fahne neben dem Dauphin gewartet, bis sie

endlich, als er zum König gekrönt war, vor ihm niederstürzen und seine Knie umarmen konnte.
Auch damals war Paris ihr erstes Wort gewesen, wie eine innere Nötigung, die sie oft wiederholte, traumhaft, auch auf der Wallfahrt nach Corbéry, dem alten Königsweg nach der Krönung, auch beim Ritt nach Beauvais und Senlis.
Aber nun hatte der König im gleichen Städtchen Gien an der Loire, wo sein neuer Connetable de la Trémouille das Heer zum Zug nach Reims gesammelt hatte, seine Armee entlassen, mehr als dreißigtausend Mann. Dann hatte mancher den Namen des Ortes wie Chiens ausgesprochen. Hunde. Nun zogen Trupps von ihnen wie davongejagte, streunende Hunde durchs Land, die wehrlose Leute anfielen, Gehöfte, Dörfer.
Der König hatte auch hier, als Johanna wie mit einem erweckenden Aufschrei Paris erwähnte, keine Miene bewegt. Vielen war er seit jenem Abschied in Gien unerfindlich geworden, auch dem Seigneur, auch René, der in der Nähe Charles' meist eigentümlich schweigsam war. Oft, das erfuhr man, hatte Johanna dem König ergriffen vorgehalten, er müsse weiterkämpfen.
»Paris!«
Dann waren sie bis vor Paris gezogen. Aber niemand hatte verstanden, daß er den Sturm nicht wiederholen ließ, nachdem Johanna bereits bis vor die Porte St.-Honoré gesprengt war. Dort hatte sie René, dem sie wie mädchenhaft vertraute, zu Charles zurückbegleitet, eine Enttäuschte, vielleicht auch durch René. Er hatte einmal gesagt: »Ich bin von mir selber enttäuscht.« Nun wandte er wie bedrückt den Blick von ihr ab. »Paris«, hörte man wie ein gemurmeltes, laut anschwellendes Echo von der Straße herein.
Unberührt musterte Charles inzwischen, leicht vorgeneigt und scheinbar zu Boden blickend, unter seinen tief gesenkten Lidern hervor die Gesichter um sich herum. Nur als sein Blick auf die Damen um René und Isabella fiel, hob er unwillkürlich ein wenig den Kopf. Er schien sogar, bemerkte der Seigneur, ein Lächeln anzudeuten, eine unmerkliche Verneigung, die sicher nur einer der Damen galt.
Denn er blickte an Isabella vorbei, der dieser abschätzende Blick entging. Sie sah unverwandt auf Jeanne d'Arc, als wolle sie sie durchschauen, als messe sie sich insgeheim mit ihr.
Dann verließ Johanna den Saal, die Stufen hinauf, gefolgt vom Chevalier d'Albret, den ihr der König beigeordnet hatte. Und

weil nun auch der König seinen Platz verließ, die Königin zur Treppe geleitend, absichtlich dicht an Isabella vorüber, lief die bisher so ehrfürchtig stumme Versammlung zu einer Gasse zusammen. Man wollte die Paare, die nun ihre Quartiere aufsuchten, ganz aus der Nähe sehen, auch René und Isabella. Ihnen klatschte man bis zur Türe zu, vielleicht von der Schönheit der Herzogin und ihrer zierlichen Damen bezaubert, vielleicht von René, der mit offenem Lächeln da- und dorthin grüßte.
»Heute nichts mehr«, rief er dem Seigneur zu, der aber nachher gedankenvoll, als auch er über die Treppe hinabging, den Zuruf gewichtiger, als er gedacht war, wiederholte: »Heute nichts mehr.«
Kurz darauf sprach ihn im Hof, als ihm sein Pferd zugeführt wurde, ein Mann an: »Mich schickt der Herzog von Alençon. Er sucht noble Männer wie Sie. Er will seine Herrschaft, dann die Normandie zurückerobern. Wieder ein Stück Frankreich.«
»Ohne den König?«
»Hat die Jungfrau den König nicht auch zwingen müssen, Troyes anzugreifen, als er lieber verhandelt hätte? Sie glauben doch auch an sie?«
Plötzlich erregt faßte der Herr von Grignan den Mann genauer ins Auge, der nicht ungut aussah, jung, blitzend. Er hatte ihn manchmal unter anderen Capitainen gesehen. Ob er sicher sei, fragte er schließlich, daß der Herzog von Alençon der Pucelle versichert sein dürfe? Ob er ihrer gewiß sei? Oder vielmehr: ob sie, la Pucelle, selber von innen her gutheißen müsse, was sie dem Herzog angeblich versprochen habe? Er wagte nicht, geradezu zu fragen, ob ihre inneren Stimmen ihr diesen Hinweis oder Rat gegeben hätten.
»Es ist so«, sagte der Mann.
Aber unwillkürlich, wie sich ein eben gehörtes Wort nochmals von selber zum Aussprechen drängt, wiederholte der Seigneur, indem er seinem Rappen die Kruppe klopfte: »Heute nichts mehr.« Er habe noch allzuviel zu ordnen, sagte er. »Aber wenn es wahr wird, was Ihr Herzog hofft, werde ich es wohl von der Pucelle erfahren.«
Dann ritt er in den Gutshof vor der Stadt hinaus.

»Nun einen langen Schlaf tun«, sagte der Seigneur, als er in der Ferme, die entfernten Verwandten gehörte, vom Pferd stieg. Nicht ohne Witz und dennoch als ernsthaftes Angebot gab der

Verwalter zur Antwort: »Soll ich den Hahn für Sie braten lassen? Er könnte Sie morgen früh stören, wenn er allzu früh kräht?« Aber sie ließen ihn leben.
Denn er fühle sich hier, erklärte der Seigneur, auch durch den prächtigen Hahn, jawohl, auch durch ihn, der freilich ein wenig zäh sein möge, wohltuend an Grignan erinnert. Er wandte sich schauend wie ein Heimgekehrter um. Auch hier gab es überall Federvieh, dazu ein lustiges Taubenhaus auf einem Pfosten, allerlei, was ihn an seinen Wirtschaftshof erinnere, voran die Pferdeweide mit ihren rührenden Fohlen. Ach, es verlocke ihn, seufzte er, bald seine eigenen Fohlen zu sehen, die unterdessen in Grignan geboren worden waren. »Ein ganzes Dutzend!« las er nachher in dem Brief von Madame Etiennette, den er hier vorfand. »Ein ganzes Dutzend!« rief er durch das Stiegenhaus zu Maurice hinunter.
»Was?«
»Fohlen!«
Trotzdem las er den Bericht mit unbehaglichen Gefühlen. Einer seiner Neffen, Jérôme-Armand, der unterwegs davongeritten und nun daheim war, kommandiere in Grignan herum! Er schaffe Ordnung, maße er sich an, erlaube keine Widerrede und malträtiere alle. Oh, er mache seinem Namens-Paten keine Ehre!
Übertrieb wohl Madame Etiennette? Oder war es eine jener Listen, die Frauen gern gebrauchen? Sie schloß, er müsse kommen. Bald!
Ihren alarmierenden Bericht vor Augen, beschied er am nächsten Tag, als er gerade beim Satteln war, den Capitaine des Herrn von Alençon, der ihn in der Ferme aufsuchte: »Es ist möglich, daß ich meine eigene Herrschaft zurückerobern muß.«
Sein Herzog lasse ihn dringend und herzlich bitten, zu ihm zu kommen, gab der Besucher zurück.
»Mich erwartet mein Herzog René.« Von ihm war kurz vorher ein Kurier in der Ferme erschienen. »Wenn Ihr Herr den Herzog René gewinnt, hat er auch mich.«
Das ehre ihn, sagte der Capitaine.
Nebeneinander ritten sie in die Stadt zurück, in der noch die Fahnen von gestern an allen Türmen hingen, eine ganze Garbe von dem Dicken Turm, la grosse tour, der sich mächtig über seinen Bastionen erhob.
Man höre, der König habe kein Geld mehr, sagte der Offizier.

Man höre, das meiste Geld sei aus Anjou gekommen. Aus der Schatulle der Königin Yolande, die offenbar nun geleert sei. Er setzte sich aufrecht. »Sie verhandelt nun lieber«, sagte er bitter. »Nicht sie selbst. Aber neuerdings auch, lauter Verwandte, der Herzog von Savoyen.«
»Sie hören sehr viel zusammen?«
»Wir begreifen den König nicht mehr. Er war doch mitgerissen von der Pucelle? Weil er plötzlich wieder wie voller Überdruß ist.«
Da hielt der Seigneur an. Er müsse dort in die Gasse hinein. Ob er selbst mit der Pucelle gesprochen habe, fragte er.
»Ich nicht. Aber der Herzog.«
Ob man sie mit den Gerüchten behelligt habe, von denen er spreche? Angeblich wußte er es nicht. »Verraten Sie mich nicht«, bat er plötzlich mit einem verzerrten Lachen.
»Dann haben Sie mir wohl zu wenig gesagt«, versetzte der Seigneur und stutzte doch. »Wenn Sie sich fürchten müssen?« Er grüßte wortlos. Nickte. »Ich habe nämlich einen Pelz zu kaufen«, sagte er.
Er war in einer anderen Welt, als er bei Pierre Coeur, dem Vater Jacques', in der niedrigen Stube saß, an den Wänden entlang von Pelzwerk mit dem leicht beizenden Geruch umgeben, der von den Tierfellen ausging.
Ein alter Mann sah ihn an, großäugig und mit durchscheinender, farbloser Haut. Unvermittelt erschienen unsichere Lichter in seinem Blick, als der Seigneur von seinem Sohn Jacques sprach. Ja und ja, er hatte geschrieben; von weit her, von einer Insel kam sein jüngster, aber auch schon veralteter Brief, da er ja unterdessen, wer weiß, welches Glück oder Unglück gehabt haben mochte.
Er brauchte den Brief nicht zu suchen, den er – er dürfe ihn sicher lesen – seinem Gast überreichte. »Er sprach von Ihnen, Seigneur.« Inzwischen wähle er ein Stückchen Pelzwerk aus.
»Gern will ich ein übriges tun«, verbesserte sich der Seigneur. »Das Stückchen dürfte reichlich zu bemessen sein. Man will ein Kleid damit besetzen.« Fast dachte er dankbar an Madame Etiennette, die sich trotz ihrer drückenden Sorgen einen Pelzrand für ein Festkleid wünschte. Für seine Heimkehr, hatte sie geschrieben. »Es dürfte«, rief er dem Meister zu, der zärtlich an den Fellen entlangstrich, »ja, es dürfte gern so reichlich sein, daß man vielleicht noch einen Pelzhut machen könnte.«

Dann las er den Brief: »... ich schreibe nun aus Famagusta, der großen, herrlichen Hauptstadt von Zypern, der letzten Insel der Christenheit.« Aber der Herr von Grignan konnte beim Überfliegen nur wenige Sätze behalten. Denn Jacques beschrieb nicht nur den Hafen mit seinem Gewimmel von Schiffen und Menschen, wo alle Pilger nach ihrem Weg übers Meer in die schattige, grellweiße Stadt eintraten. Von kleinen Bächen in Wasserrinnen, von Brunnen und Gräben gekühlte, üppige Gärten dehnten sich dort um zierlich gebaute Paläste. Daneben erhoben sich die von Goldgeräten schimmernden Kirchen mit ihrem Reichtum. Aber Jacques zählte auch auf, was in den Gewölben und Läden der Handelsherren an Kostbarkeiten gehäuft lag. Goldstoffe. Spitzen. Edelsteine. »Eine reichere Stadt als Venedig!« las der Seigneur. Er fragte: »Also war Jacques auch in der Lagunenstadt?«
»Wer weiß, wo er überall war. In Florenz. In Pisa. Genua. Wer weiß, wo sonst.«
Zwischen dem Rauchwerk stehend, war nur das fahle Gesicht des alten Mannes zu sehen, dessen Sohn Jacques, so fiel es dem Seigneur ein, Frankreich retten wollte. »Kerl!« hatte er damals zu ihm gesagt und ihm auf die Schulter gehauen. Nun sah er Jacques durch diesen Brief wieder vor sich, wie er, wie einst in Martigues und in Grignan, überall aufmerksam, durch orientalische Gassen streifte, wo es, wie er schrieb, Schulen für alle Sprachen gab. Wo die vornehmsten, reichsten Herren der Christenschaft wohnten. Fünfhundert Jagdhunde hielt der Comte de Jaffa, stand hier. Und weiter: Einer der noblen Kaufherren gab seiner Tochter zur Hochzeit mehr Edelsteine und anderen schwer wiegenden Schmuck mit, als eine Königin von Frankreich je besessen hat, zu schweigen von ihren hauchdünn gewebten oder golddurchwirkten Gewändern. »Schweigen wir auch«, las er, »von den unglaubhaft schönen, vornehmen Kurtisanen, wie überhaupt von dem Menschengewimmel aus Griechen und Türken, Armeniern, Syrern, Arabern, Äthiopiern und ihren betörenden Töchtern und Frauen. Aber freilich gibt es hier auch, wie in ein Märchen verschlagen, manchen glücklichen Abendländer wie mich!«
Geduldig hatte Pierre Coeur vor seinem Besucher gewartet, der nun doch Zeile für Zeile las, im Sitzen über den Brief auf dem Tisch gebeugt. Wie benommen blickte er endlich auf. »Ihr Jacques«, sagte er, anders als daheim zu Madame Etiennette.

»Sicher sind Sie sehr stolz auf ihn? Mit Recht.«
Aber sein Vater meinte, ein Fell über seinem gewinkelten Arm, auf das er fachmännisch blickte: »Kann man auf Gefahren, die man nicht kennt, aber ahnt, stolz sein?«
Denn freilich war er noch weiter gereist. Ein Chevalier aus dem Burgundischen, Bertrandon de la Brocquiere, der in Damaskus gewesen, hatte Jacques dort im Basarviertel mit syrischen Freunden getroffen, angeblich lachend. Es gefalle ihm dort. Nicht weil es dort, trotz des Kameldrecks in den Straßen, überall nach Rosen-Essenzen dufte und weil es stets ein Erlebnis sei, in den Handwerkergassen, wo jeder Beruf sein Viertel habe, die feinsten Kunstwerke entstehen zu sehen. Es gefalle ihm einfach, obwohl man die Christen nachts in ihre Häuser einsperre, obwohl man sich fürchten müsse, wenn die fanatisch aufheulenden Pilger nach Mekka aufbrechen, wie er es erlebte, dreißigtausend zum Marsch durch die Wüste, soviel wie das Heer, mit dem er, der Seigneur, mit der Jungfrau nach Reims geritten sei.
»Dies dürfte das Richtige sein.«
Pierre Coeur hob ihm ein Fell hin, auf das er hauchte, gegen den Strich, wie er sagte, um die Güte oder Gesundheit, auch die vorzügliche Pflege des Rauchwerks darzutun, dessen dichter Haarbesatz vor seinem Mundhauch einen kleinen Trichter bildete.
»Ja, das ist sicher richtig«, sagte der Seigneur. »Ich verstehe nichts davon. Ich bin immer noch bei Ihrem Jacques. Warum? Wir sollten ihn beneiden, Meister Coeur. In unserem armen Frankreich.«
Indessen hatte der Vater Jacques' den Pelz, den er anscheinend ungern fortgab, auf den Probiertisch gelegt. Er streichelte ihn. Dann meinte er: »Nun ja, für Abenteurer begeistert sich mancher gern. Nur die Eltern, die Frauen, obwohl auch sie neben dem Bangen eine Art Stolz bewegt, und die Kinder – sie schließen sich am besten wie die Christen in Damaskus selber in ihre Häuser ein ... Merci, Seigneur, für die Ehre Ihres Besuches.«
»Ihnen schulde ich Dank, Monsieur Coeur, weil ich den Brief lesen durfte. Nur – Sie vergaßen den Preis.«
Da kniff Pierre Coeur, wie manche alten Leute, die ihre Bewegtheit verbergen wollen, seine farblosen Lippen ein. Doch er bemühte sich, förmlich zu bleiben. »Eh bien«, sagte er, »wenn ich so dankbar sein könnte, wie ich es Ihnen bin, Seigneur, aber ich kann es mir nicht erlauben – ich würde nichts dafür nehmen.«
Dann nannte er leise den Preis.

»Weniger habe ich nicht erwartet«, dankte der Seigneur. »Ich lasse es holen. Es ist sicher das Richtige.«
Aber als dann die leise Türschelle verklungen war, die über ihm anschlug, überlegte er doch, daß er zwei oder gar drei seiner Fohlen dafür verkaufen müsse. Nun, sein gefühlvoller Neid oder Stolz auf Jacques war es wohl wert. Vielleicht sogar seine eigentümliche Neigung für Madame Etiennette?

Zurückgelehnt saß René in einer gepolsterten Eckbank im Stadtpalais, während die Damen Isabellas vor ihm Tanzfiguren probierten. Agnes, die dunkelhaarige, jüngste, zählte und tanzte mit ihrem natürlichen Feuer die Schrittfolgen vor, wobei sie von der einen zur anderen ging, jede nacheinander an der hoch gehaltenen Hand erfassend. Dann ersetzte sie ein paar Schritte weit den Kavalier, der sie heute abend führen würde.
Dieser Anblick bot sich dem Seigneur, als er den Raum betrat, wo in der anderen Ecke ein Gitarrenspieler und ein Flötist eine Tanzweise spielten. Während er noch auf der Schwelle verharrte, war der Tanz zu Ende, worauf der heitere Schwarm den Seigneur umringte, der zwar die hübschen Geschöpfe mit Wohlgefallen betrachtete, aber vor ihrer Vertraulichkeit verlegen und rasch auf René zustrebte.
»Sie ließen mich rufen, Sire?«
Doch sie verfolgten ihn plappernd, bis Agnes, deren dunklen Augen er ausweichen mußte, schmeichlerisch für alle sprach. Er kenne die provençalischen Tänze, auch die Moriskentänze. »Die möchten wir lernen. Wie gehen die Schritte?« Da suchte er wortlos die Hilfe Renés. Er könne sich, bedeuteten seine Gesten, inmitten solcher Lieblichkeiten leider nicht verständlich machen. Doch schon hatte René sich lachend erhoben und die Tänzerinnen nachsichtig in den Raum zurückgewiesen.
Dann ging er, den Arm um den Seigneur gelegt, der offenen Türe zu, durch die sie in den Garten traten.
Dort sagte er: »Wir haben miteinander biwakiert, mitunter ärmlich genug, manchmal im Regen und in der Kälte. Wir haben auch oft unseren Hunger geteilt. Ich wünsche, Sie sollen mit mir auch das Freundliche teilen, heute abend ein Fest, das ich dem König gebe. Sie, dachte ich, sprechen auf meinem Fest. Über den König.«
»Nur das nicht.« Der Seigneur blieb stehen, wie über sich selber erschrocken. Drinnen schlug der Gitarrenspieler neue rhyth-

mische Akkorde an. Die Flöte setzte ein. Wahrlich, es war eine heitere Welt. Auch hatte er auf den Kissen einige Bogen Papier entdeckt, auf denen René die Tänzerinnen zu zeichnen angefangen hatte.

»Es lernt sich schwer, das heitere Leben«, sagte der Seigneur. »Ich dachte nämlich, die Welt zu verstehen, wenn ich mitten dabei bin. Aber ich habe gelernt, daß ich zuerst die Menschen studieren muß, um zu begreifen, was sie tun und warum sie es tun.« Er habe deshalb nichts mehr aufgeschrieben, keine Chronik mehr geführt. Aber nun fühlte er unter dem Blick Renés, daß er vor allem sein heftig abweisendes »Nein« begründen mußte.

»Sie sagten mir damals in Reims«, begann er, »nach der Krönung, abends, im Bankettsaal, der Stuhl der Jeanne d'Arc neben dem König stand längst leer, Sie traten zu mir ans Fenster, wo man die Kathedrale geisterhaft und gewaltig mit ihren abgestumpften Türmen und mit den vielen Skulpturen vor dem Nachthimmel sah, da und dort von Lampen erhellt. Die große Rosette, ein Wunderwerk, und die schmalen Farbenfenster, die sie flankieren, waren von innen her beleuchtet.«

Fast belustigt von seiner Genauigkeit und nickend ging René neben ihm her und blieb auch stehen, als der Seigneur anhielt.

»... Sie sagten damals«, ergänzte er endlich, »die Augen hätten an diesem Tag viel aufzunehmen gehabt, wohl allzuviel; freilich auch die Ohren; aber wichtiger sei, sagten Sie, immer das, was man nicht sieht, was aber die Geister bewegt oder die Herzen, alles, was innerlich in die Zeit hineinwirkt.«

»Sie sagten«, unterbrach ihn René, um seine eigene gute Erinnerung zu beweisen, »Sie wollten am nächsten Tag noch die Skulptur von Chlodwig am Seitenportal besuchen, des ersten Königs von Frankreich, mit dem die Königskrönungen in Reims begannen. Ich riet Ihnen dann, auch dem lächelnden Engel einen Blick zu schenken, den die Künstler und Liebhaber rühmten, und er hat Ihnen, wie Sie mir später sagten, ins Herz gelächelt.«

»Ich weiß, ich hatte Sie auch gefragt, was *Sie* an diesem Tag bewegte. Sie gaben mir keine schlüssige Antwort, Sire?«

»Es war der Engel«, sagte René. »Auch bedachte ich damals, daß wir uns bald trennen müssen, weshalb ich einen Künstler suchen ließ, der mir eine Kopie des Engels zu machen versprach. Lebensgroß. Für Sie, Seigneur.« Nun sei es soweit. Die Nachbildung war nach Grignan unterwegs. Allzubald müsse er selber

nach Nancy zurück, setzte René hinzu und wandte sich abwehrend ab, während ihm der Seigneur beide Hände drückte.
Er liebe nämlich, sagte René, der durch die offene Türe den tanzenden Mädchen zuschaute, die lächelnden Engel mehr als jene, die uns mit dem Schwert aus jedem Paradies vertreiben.
Aber sein älterer Freund, wie er den Seigneur manchmal nannte, starrte indes mit verschleiertem Blick in die andere Richtung, wo sich der Turm der Kathedrale achtzig Meter hoch über die viel verschachtelten Schieferdächer erhob.
Nun war also der steinerne lächelnde Engel, in einer Kiste verpackt, in Sägemehl gebettet und von Tüchern umwickelt, bereits nach Grignan unterwegs! Mon Dieu, er wisse schon, wo er ihn aufstellen lasse, sagte der Seigneur, auch wenn sein Kaplan dagegen sei. Ihm gegenüber. Gerade der Wohnung des strengen Herrn gegenüber!
»Aber obwohl Sie mich sehr verpflichten, Sire, über den König kann ich nicht sprechen.«
»Ich auch nicht«, gestand René. »Deshalb hoffte ich, Ihnen falle es leichter.«
Ach, es tat wohl, René mit der Offenheit guter Freundschaft berichten zu können, was ihn bewegte.
Auf seinem Ritt zum Stadtpalais war ihm nämlich Johanna begegnet, das heiße, er sah sie gerade aus der Sainte-Chapelle herauskommen, vor der sich ein Haufen Gaffer angesammelt hatte. Sie folgten ihr wie eine Prozession nach Saint-Ursin. Angeblich zog sie seit der Morgenmesse von Kirche zu Kirche. Jeder frage sich, ob und wo sie wohl wieder ihre unerklärlichen Stimmen höre? Während der König offenbar ihren Stimmen kein Gehör mehr schenke? »Auf wen hört er eigentlich neuerdings? Nur noch auf seinen Kanzler? Nichts gegen Gérard Machet! Oder auf seinen Kronrat mit dem plumpen und doch so wendigen de la Trémouille, den er zum Connetable gemacht hat? Der eifersüchtig auf Johanna ist! Hört er noch auf Yolande, seine Bonne Mère?«
Unter diesen Fragen, die er beunruhigt stellte und auf die ihm René keine Antwort gab, waren sie in dem herbstkahlen Garten an die Mauer gelangt, wo man die Leute hier zum Markt, dort in die alten Häuser mit ihrem dunklen Gebälk gehen sah.
Nun schob sich eben aus einer der engen Gassen, von Eiligen angekündigt, die voraus gelaufen, jener Menschenschwall hervor, in dem sich Jeanne d'Arc befand. Auch Isabella war dabei!

Auch den Herrn d'Albret erkannte der Seigneur. Man hörte Gesang. Ein Summen. Manche sah man im Gehen beten, während die Jungfrau in ihrem streng fallenden Umhang mit hoch gerecktem Gesicht in der Menge dahinschritt. Obwohl ihr Blick auf die hoch über der Straße hinziehende Mauer gerichtet war, nahm sie die beiden Männer nicht wahr, die nun eine Weile lang schwiegen.

»Verstehen Sie mich«, begann der Seigneur auf dem Rückweg durch den Garten, »daß ich nichts mehr beschreiben kann? Rätsel, meine ich, muß man lösen können. Wir haben mitgewirkt an der Zeit und an Taten teilgenommen, über die nun andere Kräfte siegen, unsichtbare. Also können wir nur versuchen, jene gewissen Rätsel zu deuten. Aber mir scheint, wir deuten unfehlbar an der Wahrheit vorbei?«

»Um so mehr brauchen wir wohl den lächelnden Engel«, sagte René, der vor den Stufen in den kleinen Saal noch einen Aufenthalt machte: »Ich deute den freundlichen Engel nämlich so: daß er sogar verzeiht, wenn wir uns irren oder wenn wir gar sündigen.« Aufatmend nickte der Seigneur: »Mit dieser Erklärung, Sire, bin ich desto mehr dankbar, daß ich ihn habe.«

Als sie jedoch den Raum betraten, entdeckten sie überrascht, daß auf den Kissen der Eckbank, wo René gesessen und gezeichnet hatte, Charles saß, der König. Er lag vielmehr lang ausgestreckt behaglich auf der Bank und schaute den tanzenden Damen zu. Nur beiläufig hob er lächelnd die Zeichnungen auf, die er gefunden hatte.

»Schön«, sagte er und hielt René das oberste Blatt hin. Dann setzte er betont hinzu: »Die möchte ich haben.«

Er sei nicht ganz mit seinen Versuchen zufrieden, erklärte René. Aber wenn ihm die Skizze gefalle – »ich schenke dir das Blatt«.

»Danke«, erwiderte Charles mit seinem eigentümlichen Lächeln. »Ich nehme freilich auch die Zeichnungen gern.«

Inzwischen hatte der Seigneur bemerkt, wie die mit Eifer ihre Damen Unterweisende, die seines Wissens Agnes hieß, öfters verstohlene Blicke zu Charles hinüberwarf. *Sie* hatte René in einer keck anmutigen Haltung auf jenem Blatt zu zeichnen versucht, und nun schien der König, auf das Papier und auf die tändelnde Tänzerin blickend, ihr Bild mit ihr zu vergleichen. Ohne Zweifel, denn sie lächelte leicht errötet, war ihr die wohlgefällige Prüfung durch Charles nicht entgangen, und insgeheim schien sie darüber, so wissend weiblich wie mädchenhaft, triumphierend beglückt zu sein. Sie, nur sie allein hatte inmitten der Freundinnen den Blick des Königs auf sich gelenkt! Anscheinend erriet oder fühlte auch Charles diesen Grund ihrer Beschwingtheit; es war ihr willkommen, und so schienen sie jetzt schon wortlos im Einvernehmen.

Ja, als sie in einer plötzlich erzwungenen Pause wie harmlos klagte: »Es ist so schwer ohne Tänzer«, erbot sich Charles belustigt, einige Figuren zu markieren. Fast hüpfend begab er sich unter die Tänzerinnen. Freilich hatte er armselig magere Beine, fand der Seigneur. Aber er bewegte sich geschmeidig und besonders dann, als er sie, wie es der Tanz vorschrieb, zu umkreisen hatte, unverwandt den Blick auf seine Tänzerin gerichtet. So ging er auch verzichtend, als es der Tanz verlangte, zur nächsten Partnerin weiter. Aber Agnes verlockte nun auch René in die Reihe. Auch er tanzte mit! Nur der Seigneur versagte es sich. Ihm mangelten in seinem Alter zwar die Gefühle nicht, die solch ein Tanz begünstige, erklärte er: er blicke lieber, wenn er andere tanzen sehe, in seine eigene Vergangenheit, weit, weit zurück.

Indessen wurde, während die Paare tändelten, ein Gast in schweren Reiterstiefeln eingelassen, der gute Barbazan, jetzt Generalgouverneur der Champagne, der alte Kriegsfreund von Metz und Chappe. Er stand eine Weile stumm wartend da und schaute unter den buschigen Brauen hervor die Tanzenden an. Dann stampfte er ungeduldig auf und faßte die Musikanten befehlend ins Auge. Betroffen hörten sie auf. Nun erkannte auch der Seigneur, daß er tiefschwarz gekleidet war.

Charles hatte sich, als die Musik mitten in einer Figur aufhörte, unwirsch umgedreht. Er ließ verdrossen die hoch gehobene Hand von Agnes los. Plötzlich war Stille, in die hinein Barbazan mit ungewohnt schwankender Stimme sagte: »Unser guter Herzog Charles der Zweite von Lothringen ... ist tot.«

– – – »Nun also«, wandte sich der König nach einer Weile an René. »Der Herzog ist tot. Es lebe der Herzog. So sagt man doch seit dem Altertum. So sagt man später einmal auch von dir und deinem Sohn, wie von mir und meinem Sohn ...«

Er gab René die Hand.

Aber sobald es möglich war, blickte er doch wieder zu Agnes hinüber.

Viertes Kapitel

Tage in Nancy

»Noël! Noël!« Wie in Reims, als der König die Kathedrale verließ, wurde der alte Krönungsruf auch in Nancy vor St.-Georges von der wartenden Menge aufgenommen, als er im Kircheninnern angestimmt wurde. Er steigerte sich zum begeisterten Ausbruch, als das Herzogspaar im Portal erschien. Dann hatten die Hofbediensteten Mühe, eine Gasse für René und Isabella freizuhalten, die so glücklich wie einst als Brautpaar schienen, auch heute gefolgt von den nobelsten Damen und Herren Lothringens und ihrer weithin reichenden Freundschaft.

Glück wünschend drängte sich jeder heran, dem es möglich war, um die Hand Isabellas oder Renés zu erfassen, jeder ein herzlich gratulierender Nachbar. »Noël! Noël!« Mancher behauptete nachher, ganz deutlich gehört zu haben, daß ihn René bei seinem Namen nannte. »Ich danke dir, Jean-Martin.« Denn der Herzog habe, sagte der Flickschneider Jean-Martin, einen untrüglichen Blick für jedes ehrliche Herz, auch im einfachsten Kittel. Nachher tanzte man auf den Straßen.

In Reims, so wurde geredet, war ja die Königskrönung nur ein politisch nötiges Fest unter ernsten Männern gewesen, bei dem sogar die Königin fehlte. Damals mußten sie gleich wieder weiterkämpfen, voran die Jungfrau. Das hatte sie unablässig gefordert, und sie waren der Pucelle noch eine Weile gefolgt, auch René, auch Barbazan und Baudricourt mit den anderen Obersten und mit ihren Leuten.

Aber hier, im fröhlichen Nancy, wußte jeder, daß mit ihrem neuen, jungen Herzog René, obgleich er in der Champagne und an der Marne verbissen, ja, mit Todesmut gefochten hatte, eine Zeit des Friedens begann. Man glaubte ihm die Worte, die er vom Balkon des Herzogspalastes herabrief und die ihm aus dem Herzen kamen: für den Frieden, für die Gerechtigkeit, für das Gute! »Noël! Noël!«

Ähnlich hatte er mit den Gesandten gesprochen. Ähnlich lauteten die kaum zählbaren Briefe, die seine Kanzlisten in diesen Tagen mit eilenden Federn an die benachbarten und entfernten Höfe schrieben.

Nur Antoine de Vaudemont, der Bruder des verstorbenen Herzogs, hatte mit Berechnung einen Kurier mitten hinein in die Festgesellschaft im Thronsaal geschickt. Verschlossen und fordernd bestand der kurzbärtige, knochige Offizier darauf, seine Depesche gerade jetzt und eigenhändig René, dem Herzog von Bar, überreichen zu müssen. Er drängte sich vor, nach einer knappen Verbeugung wartend.

Nur wenige Sätze standen in seinem Schreiben. Noch einmal protestierte der Graf gegen die Willkür seines leider dahingegangenen Bruders, Charles des Zweiten, der das Herzogtum Lothringen entgegen dem selbstverständlichen Erbrecht, daß ihm nur männliche Erben nachfolgen könnten, an seine Tochter und dadurch an ihn, René, übereignet habe. Er lege Verwahrung ein! Er warnte. Tückisch befriedigt mochte der Graf von Vaudemont sein Feldquartier in einem Grenzort der Champagne unter sein böses Dokument geschrieben haben. Denn dort hatte er seine Truppen mit denen des Connetables von Burgund vereint, des Herrn von Toulongeon, dem erbitterten Gegner Renés seit der Niederlage bei Chappe. Deshalb war wohl der Schluß seines Briefes gefährlich wörtlich gemeint: »Ich verfechte meinen Anspruch!«

Aber René trug dem Kurier ebenso freundlich bedächtig wie jedem anderen auf, der ihm hier huldigende Worte überbrachte: »Sagen Sie unserem geehrten Verwandten, – ich möchte auch mit ihm in Frieden leben.«

Dann war der Kurier ebenso unbewegten Gesichts, wie er gekommen, mit schmetternden Sporen zwischen den festlich gekleideten Gruppen hindurch davongestampft. Verwundert sah man ihm nach, auch der Seigneur von Grignan, der sich abseits hielt.

Ohnedies lag ihm daran, ob ihm Robert de Baudricourt, mit dem er in den unbelebten Gang trat, bestätigen könne, daß der König in der Tat den Herzog von Alençon ungnädig verabschiedet habe? Eigentlich als Verweisung vom Hof? Ob Charles der Jung-

frau wirklich verweigert habe, den Kampf gemeinsam mit Alençon fortzusetzen, obwohl jener sicher sei, bis an die normannische Küste vordringen zu können?
Jeanne, sein Schützling aus frühesten Tagen, gab Baudricourt umständlich Antwort, warte, wie er sie kenne, sicher mit zwiespältiger Ungeduld. Inzwischen besuche sie, obgleich in straffer Gesundheit und nach Taten begierig, die Bäder von Bourges. Sicherlich eine unnötige Kur. Dabei werde sie meistens von einem Schwarm Damen begleitet, die auf einmal gern jeden Tag baden würden, wenn Johanna der Sinn danach stände!
Angeblich stelle jedoch Jeanne d'Arc nun ein eigenes Heer zusammen! Auf eigene Kosten. »Nun ja«, redete Baudricourt gallig über das stumme Erstaunen des Herrn von Grignan hinweg, »sie selber hat noch ihre sieben Pferde. Drei davon hat ihr Yolande in Orléans geschenkt.« Wie man höre, wolle ihr auch der König eine Abteilung geben. Hundert Mann!
»Und er selbst?«
Mißgelaunt schüttelte Baudricourt seinen dicklichen Kopf, der immer ein wenig rötlich behaucht war. »Er hat ihr ein Wappen verliehen. Ein Schwert und zwei Lilien auf blauem Grund, und sicher werden sich ihre Brüder gern als Adelige fühlen. Sie nicht.«
Der Seigneur stimmte zu. Ihre selbst erworbene Nobilität, sagte er, als Jungfrau von Frankreich zu gelten, dürfte durch keine Huld oder Gnade, meine er, aufzuwiegen sein.
Inzwischen malmte Baudricourt mit den Zähnen. Er hatte manches berichtet, was jedermann wußte. Nun ergänzte er höhnisch, anscheinend habe sich Charles damit abgefunden, südlich von der Loire zu bleiben. Ausdrücklich habe er nämlich auch Jeanne untersagt, irgendwo über den Strom zu gehen. Er finde sich nicht mehr hindurch.
»Und was tut der König selbst?« bestand der Seigneur auf seiner Frage. Ein Achselzucken. Nun, der Chavalier von Baudricourt, den er bei Chappe als handfesten Reiterführer neben René voranstürmen sah, neigte wohl nicht dazu, hier nach den tieferen Gründen zu forschen. Auch zog ihn nun wieder die Hofgesellschaft an.
»Oder wissen Sie«, hielt ihn der Seigneur zurück, »ob und mit wem der Herzog von Bar verhandelt hat, als er plötzlich in Varennes starb, wo er doch irgendwohin unterwegs war?«
»Ich weiß nur, daß René viel Geld nach Verdun bringen ließ,

um dort seinem Onkel ein schönes Grabmal richten zu lassen.«
»Danke.« Auch dies war dem Seigneur bekannt. »Aber noch eines: Wenn Ihre Johanna wieder ins Feld geht, – reiten Sie mit? Sie sind französischer Schloßkommandant. Sie müßten sich melden. Ich glaube, wir müßten wohl beide wieder dabei sein?«
Doch da starrte ihn Baudricourt mit seinen runden, hellen Augen wie unverständig an.
»Haben Sie nicht den Kurier gesehen?« fragte er. »Meinen Sie nicht auch, daß uns René bald viel nötiger braucht?« Und weil der Seigneur vor Erstaunen verwirrt war, erklärte er: »Nun ja, er kam von seiner Verwandtschaft, die nicht kam.«
Dann konnten endlich auch er und der Seigneur, nachdem der lange Gratulantenzug vorbeigewandert war, dem freundlich lächelnden Paar ihre Glückwünsche sagen.

Zwar hatte René den erschreckenden Brief des Herrn von Vaudemont mit einem Lächeln, wie er es in dieser Stunde zeigen mußte, seinem Kanzler weitergegeben. Aber später las er die Sätze wieder und wieder. Sie verfolgten ihn.
Vorläufig hatte er wie ein Freund zwischen förmlichen Pflichten zu Baudricourt und zu dem Seigneur gesagt: »Euch will ich bald bei mir haben. Ohne viel Menschen.« Dann hatte der Herr von Grignan an die Abendstunden im kleinen Kaminsaal gedacht, wo man von Bildern und Büchern sprach, von Gedichten. Dagegen murrte Baudricourt im Treppenhaus vor sich hin, wo er, ohne sie zu beachten, stumpf an den nettesten Jungfern und ihren Müttern vorbeiging: »Das bedeutet wieder die Lause-Champagne oder jene Nester, wo man auf Leitern außen am Haus hinauf in die Schlafkammern klettern muß.«
Einstweilen gingen die Feste in Nancy weiter, vor allem der heitere Volkstumult auf den Plätzen der Stadt, wo Seiltänzer abends von Giebel zu Giebel jonglierten, Fackeln in den Händen, auch lustige Personen, die tolpatschig über das hohe Seil hintappten. Daneben erschienen der Tod und der Teufel im magischen Licht der Mirakelspiele vor den Kirchenportalen. Auch zog ein Bärenführer aus den Pyrenäen durch die Gassen, der sein zottiges Untier zum Tamburin tanzen ließ, einen befrackten Affen auf der Schulter, wie einer am Herzogsportal, mit einer Kutte angetan, in Stein gehauen war. In stilleren Winkeln traten Sänger und Rezitatoren auf wie einst in der Zeit der Troubadoure.

Bei ihnen verweilte auch manchmal René, der sie beschenkte und der sich manchen Text erbat. »O le bon vin!« kreischten die Leute begeistert im Chorus mit, wenn der Mann auf dem Podest das Loblied auf den Vater Noah rezitierte, das ein Müller namens Basselin im Val de Vire gedichtet hatte, wo es zwar nur den normannischen Apfelwein gab. »Was war doch Vater Noah für ein guter Patriarche / als er für uns den Weinstock pflanzte neben seiner Arche / und trank den ersten Traubensaft, dann gerne mehr und mäh –r!« Wie einen Jubelruf vollendete die Menge den Refrain: »Vive le bon vin!«
Nicht selten brachte man auch einen Hochruf auf »unseren guten Herzog« aus, »le bon René!«
Denn er hatte bekanntgegeben, daß alles so bleibe, wie es bisher war. Keine Steuer-Erhöhung. Lieber hätte er alle Abgaben mitsamt den Zöllen ermäßigt oder gar abgeschafft! Dann legten ihm auch seine Landedelleute, die Prévots der Städte, die Äbte und Pächter und wer sonst Privilegien hatte, ihre Urkunden vor, die er unverändert bestätigte. Lieber hätte er zu den oft kläglichen Summen, die die Schulen und Armenhäuser bekamen, etwas hinzugelegt. Wer keinen Arzt bezahlen konnte, dem half René aus seiner eigenen Schatulle. Aushelfen nannte er es, auch wenn es am Apotheker fehlte.
Bei diesem täglichen Kommen und Gehen schien es inmitten der vielen Beschlüsse, die zu erneuern waren, nur eine nötige Förmlichkeit, als er im Kronrat den alten Beschluß erneut unterschreiben ließ, daß alle Standesherren des Landes das Testament des Herzogs, Gott hab' ihn selig, in allen seinen Teilen anerkannten, im besonderen das Erbrecht Isabellas.
Er wolle, sagte René, nachdem er den drohenden Brief des Grafen von Vaudemont verlesen, das fröhliche Volk nicht erschrekken. Auch hoffe er, bald mit dem Grafen so einverständig am gleichen Tisch wie mit ihnen zusammen zu sitzen. »Denn das Glück ist immer mächtiger als unser Wollen.« So hatte er in seiner Antwort einen Satz gebraucht, den ihm der venezianische Gesandte sagte und den die Herren von San Marco an einen Sultan richteten, der einmal Fortuna im Krieg gehabt hatte, wörtlich: »Denn das Glück ist immerdar mächtiger als der Menschen Tugend und Fürsicht.«
»Wollen wir nicht«, hatte René hinzugefügt, »wenigstens unserer Tugend und Fürsicht vertrauen? Da wir doch für das Glück der Menschen zu wirken haben, die uns anvertraut sind?« Oder

ob er ihm wohl, hatte René beim Diktieren des Briefes an Vaudemont einfügen lassen, die Armut der Kassen vorführen solle? »Trotzdem grüble ich, welchen Preis ich, außer der Freundschaft und vielleicht neuer Verwandtschaft durch unsere Kinder, für Ihre Versöhnlichkeit aufbringen könnte. Ich will keinen Krieg!«

Nicht weniger schwer fiel René der nötige Brief an den burgundischen Herzog, Philipp den Guten.

»Freundschaft halten mit Burgund«, waren die letzten Worte des Königs Louis von Anjou, des Vaters Renés, an seine Söhne gewesen, seine zuletzt verhauchende Bitte, zwiespältig vor Hoffnung und Angst. Dann war freilich er, sein argloser Sohn René, gezwungen gewesen, auch gegen burgundische Truppen zu kämpfen, und er wußte, daß man ihm in Dijon die Tage von Chappe und Chalons nicht vergessen würde. Zwar war er seit damals allen, die auf die Jungfrau hofften, wie ein neuer, junger Held erschienen. Aber er litt unter dem Glorienschein, wie er es nannte, wenn man ihn deshalb ansprach.

Denn, bei Gott, wiederholte er heute, nachdem er den Brief nach Dijon abgeschickt und endlich mit Barbazan, der damals neben ihm focht, mit dem Seigneur von Grignan und mit Baudricourt allein im Kaminsaal saß, bei Gott, es sei nur Verzweiflung gewesen, weil er sich im Getümmel der aufgebäumten, keuchenden Pferde und der schreienden, um sich hauenden Reiter wehren mußte, ja, den eigenen möglichen Tod durch den Tod abwehren, in den er andere schickte! Genug.

Aber Barbazan, der seine Empfindlichkeit nicht verstand, wandte ein, sogar Monsieur Monstrelet, der Historiograph des burgundischen Herzogs, habe öffentlich in Dijon am Hof sein mutiges Herz und seine Kriegskunst gerühmt!

»Ob das nicht doch nur ein Trost für den Besiegten ist?« Nein, nein, er sei ins Gestrüpp geraten, sagte René, und vielleicht, weil er jung sei. Es hielt ihn nicht mehr auf seinem Platz.

Er habe ihnen, als sie kamen, eine Überraschung angekündigt, lenkte er ab, eine Freude, die er hatte und die wohl am meisten den Seigneur bewege. Nachdenklich schaute er in den Park hinunter, wo ein Mann, der gespannt herauf sah, auf einen Wink von ihm zu warten schien. Aber noch wollten sich – René kam zurück und ging auf und ab – die Widersprüche nicht einfach abtun lassen!

Auch Charles, sein Schwiegervater, hatte ihn oft mit seiner kläg-

lichen Stimme ermahnt: »Freundschaft mit Burgund. Er ist unser Nachbar. Er will unser Land einsacken. Also Freundschaft.« Auch der Herzog von Bar, sein Onkel, sei vor Enttäuschung erblaßt und habe erbost zu zittern begonnen, als er nach Reims geritten war. Aber nun ja, ihn hatte wohl Jeanne verzaubert, das Mädchen aus Lothringen? Ganz leise sagte er das. Er hatte an Frankreich gedacht, an Charles, den Freund aus der Knabenzeit. Seine Mutter Yolande nannte er nicht. »Nochmals: genug davon!«
Er winkte dem Mann im Hof, der sich eilig entfernte.
»Still.« Nun machte René eine Gebärde des Lauschens, plötzlich erfreut verändert. Man hörte näher kommendes Hundegebell aus dem Gang. »Hört ihr meine neuen Hunde?«
Unvermutet, erklärte er schnell, habe ihn ein Mann beschenkt, der ihm nichts schuldig sei, einfach aus gutem Gedenken; welch ein Geschenk! Dann nannte er dem Seigneur, wie ein Junge entzückt von dessen Erstaunen, den Namen; »Jacques Coeur.« Und schon sprang die Türe auf.
Da standen sie, zwei hochgewachsene, schlanke, sandfarbige Hunde mit schmalen Windspielgesichtern, Flughaare bis zu den Sprunggelenken herab und gekrauste, gewellte Haarwülste auf der Stirn, die an Krönchen denken ließen, Hunde, wie man sie hierzulande sicher noch nie gesehen! Aufjaulend drängten sie an der gemeinsamen Leine vorwärts, hüpfend und tänzelnd. Märchengeschöpfe, sei wohl das richtige Wort für sie, sagte René. Wappentiere, die man sich unter zierlichen Zeltbaldachinen vorstellen könnte in orientalischen Gärten.
Endlich, als der Hundejunge sie losließ, setzten sie in biegsamen Sprüngen mit einer eigentümlichen Würde und Anmut in den Saal, sprangen sogleich an René in die Höhe, dem sie die Vorderläufe über seine Schulter warfen, während sie ihre schmalen Schnauzen an seine Wangen zu drücken versuchten. Fast warfen sie ihn mit ihrer Zärtlichkeit um. Aber sie legten sich, nachdem auch er sie umhalst hatte, auf sein Wort neben ihn auf den Boden, lang hingestreckt, auch mit den Hälsen, aber immer die Augen zu ihm erhoben.
»Gut. Gut.« Man hatte ihm Würste für sie gebracht. Er fütterte sie. Sie hetzten, erzählte René dabei, mit ihren Reitern durch heiße Einödgebirge, windschnell hinter der Beute her, im Wettlauf mit ihren jagenden Reitern zu Pferd. So hatte Jacques Coeur berichtet, der sie in einem syrischen Hafen einem Kaufmann

mitgegeben hatte, der auch dem König Charles zwei Hunde brachte, Windspiele aus Italien, die kleiner waren, glatthaarig, zierlich, wie sie Damen gefielen. Er möge sie, hatte ihm Jacques galant geschrieben, der Dame schenken, die er liebe.
»Wer ist das?« fragte der Seigneur, der eben Wein nachschenkte. Oh, das führte zum heikelsten Thema, dem sich René entzog. Seine Hunde verlangten ihr tägliches Rennen, sagte er wichtig. Sie sollten es ansehen. Er werde pfeifen. Er ging.
Nun fing Baudricourt behaglich an, was er zu dem heikelsten Thema berichten könne, bilde die Vorgeschichte.
Der Herzog war kaum begraben, da drang schon die Herzoginwitwe herrisch, von ältlichen Kammerdamen und Mägden begleitet, in die Gemächer der verlassenen Alison ein. Verweint, nicht mehr sorgsam gescheitelt, nicht mehr bedient, kaum noch gespeist, zumal es ihr gleichgültig war, hielt sie sich ohne Bedienerin in jenem Trakt des Palastes auf, den auch Isabella feindlich gemieden hatte. Vor einem Tischchen kauernd, auf dem ein kleines Tafelbild des Herzogs stand, hatte sie wohl den Eintritt der Herzogin überhört, nicht bemerkt, sie nicht erkannt oder nicht als leibhaftig wahrgenommen. Vielfältig waren die Deutungen, die Baudricourt wiedergab. Denn Alison mochte meinen, eine Wahngestalt ihrer Schlaflosigkeit stehe vor ihr, wie nun schon so oft, ein Schemen aus Träumen der Schuld, auch der Eifersucht, nun ihrer Schmerzen.
Da nahm ihr die Herzogin, und auch dies empfand sie vielleicht als albhaftes Traumgeschehen, das Bild fort! Eine der Hofdamen mußte es an sich nehmen. Noch war kein Wort gesprochen. Doch dann befahl ihr die Herzogin: »Mach deine Schränke auf! Ich will deine Kleider sehen. Wo ist dein Schmuck?« Da wich sie entsetzt wie vor einem Phantom zurück, das Wirklichkeit wurde. Sie entdeckte dabei auch das Bild in der Hand der Kammerfrau. Sie griff danach: »Ich will mein Bild!« – »Die Schränke öffnen!« – »Mein Bild!« – »Die Kleider heraus. Den Schmuck!«
Alison hatte um das Bild gekämpft, schließlich laut um Hilfe schreiend, bis sie davonlief, das kleine Tafelbild, das den Herzog darstellte, an sich gepreßt.
So traf sie Isabella.
Aber die folgende Szene wußte wohl jeder in Nancy. Sie brauchte er nicht zu erzählen.
In ihrem Zimmer, so wurde der Vorgang ausgeschmückt, hatte

sie Agnes zurückgelassen, die ihr gebeichtet hatte, sie müsse Nancy verlassen. Agnes, die immer kecke, dunkel blitzende Agnes, die sie nach ihrem Vatersnamen Sorel manchmal auf italienisch cara sorella nannte, ihre teure Schwester. »Wo kannst du es besser haben als hier?« hatte Isabella gefragt, obwohl sie es wußte. Bei Charles, ihrem Tänzer in Bourges! Weil er für seine königliche Gattin einen hübscheren Hofstaat aus jungen Damen brauchte? Welch eine Verlockung!
Verwirrt war Isabella mit Alison de May zurückgekommen, während Agnes weinend auf sie wartete. Aber nun, zwischen den beiden stehend, hatte die Gattin Renés angeblich zu Agnes gesagt: »Ich wünsche dir Glück. Nur versuche nie, es durch Treulosigkeit zu gewinnen.« Dann, an Alison gewandt, die mit ihrem Jammer im vertränten Gesicht und mit ungebundenem Haar vor ihr stand, das Tafelbildchen des Herzogs an sich drükkend: »Du, Alison, das weiß ich jetzt, du hast meinen Vater wirklich geliebt.« Und plötzlich habe Isabella sie umarmt.
Kaum schien ein solcher Überschwang zu ihr zu passen. Aber sie brachte es sogar über sich, mit Alison durch die Stadt zu reiten, sogar bis zum Haus ihres Vaters.
Häufiger kehrte jedoch Isabella im Arsenal ein, wo Kanonen umgebaut wurden. Sie war auch dabei, wenn man sie ausprobierte. Auch suchte sie Gespräche mit den Obersten, vielleicht aus Liebe zu René, der dieses Handwerk nicht liebte, das für sie eine Kunst war, die er oder sie beherrschen sollte. Auch jetzt, als René wie ein Junge vom Park heraufpfiff, war sie drunten mit Offizieren von einem Ausritt gekommen.
Nun wartete sie, wie ihre Begleiter und die Freunde Renés an den Fenstern, bis der Hundewärter über die Wiesen hinweg bis zu dem fernen Wäldchen gelangt war, wo er die Hunde losbinden sollte. René gab sein Zeichen, und nun jagten sie in weit ausgreifenden Sätzen heran. Pfeilschnell schossen die schlanken Körper mit ihren langen Hälsen und Schnauzen über den Rasen voran. Man konnte an jagende Wellen denken, die ein heftig stoßender Wind gegen das Land treibt. Kein Reiter hätte sie eingeholt.
»Ali! Mustapha! Hier!«
Sie umkreisten René beim Auslauf in kurzen Bögen, um gleich darauf hechelnd an ihm hinaufzuspringen, die schmalen Köpfe wie suchend an ihn gepreßt. So drängten sie mit ihm ins Haus.
Dort, unfern vom Kaminsaal, hatten sie plötzlich unruhig gewittert und Laut gegeben und waren dann, ohne sich halten zu las-

sen, in den Gang hineingestürmt, wo eine flüchtende Männergestalt im halbdunklen Flügelbau zu entkommen versuchte. Sie fielen ihn an, rissen ihm seine Kleider herunter, während er nach ihnen stach, stürzte und weiter rannte. Er hatte sich offenbar in der Nische zur Bücherstube Renés verborgen gehalten und taumelte nun, entsetzt, von den Hunden gepackt, dem Stiegenhaus zu, wo ihm beim Sturz auf den Stufen sein Messer entfiel und wo er liegen blieb. Wer ihn geschickt haben mochte? – Kopfschüttelnd hatte René den Leblosen angesehen. »Niemand«, sagte er. »Weil ich es von keinem meiner Feinde glauben will.«
Trotzdem schien er bedrückt, als er die Hunde wieder ihrem Wärter übergab.

Eine Lustreise schien es zu sein, als René nach einigen Tagen mit einer kleinen Gesellschaft nach Bar-le-Duc ritt, zuletzt im Tälchen des Ornain, wo Fischer im Wasser wateten. Irgendwo trafen sie einen Bauern, der durch die hohen Uferwiesen stapfte und der, einen Knüttel unter den Arm geklemmt, entmutigt seine entlaufenen Kühe suchte. Da schwärmte die Reitergruppe aus, die einen bergauf, durch Wäldchen und über Lichtungen, wo weißer Salbei blühte, die anderen streiften die Gehölze im Tal ab, wo sie endlich, voran René, die störrisch Verirrten trotz ihrer kampflustigen Stiere zu ihrem Bauern treiben konnten.
»Wie bei den Guardians in der Camargue!« begeisterte sich der Seigneur. Aber das Lächeln Renés, der sich stumm nickend erinnern mochte, schien ihm allzu flüchtig zu sein.
Er war unterwegs, um den Leuten der Oberstadt von Bar-le-Duc einen neu aufgerichteten Brunnen zu schenken. Künftig sollten die Frauen, die abends ihr Wasser holten, nicht mehr durch den Morast bis zu dem Auslauf der Quelle waten müssen. Ohnedies war ihr Schwatz am Abend wohl ihr einziges, kurzes Verschnaufen. Denn was hatten sie sonst? Ihre Männer. In den Dörfern hockten sie in der Dämmerung auf der Bank vor dem Haus. Aber sie waren wohl glücklich, wenn er, ihr Herzog, für den Frieden sorgte. Dann fragte er seine Begleiter: »Was ist schon mit einem einzigen Brunnen getan?«
Unwillkürlich hatte René schon auf der langen Straße, die auf den Schloßberg führt, das Mauerwerk der auf die Höhe gesetzten Bastionen, Türme und Häuser betrachtet. Drängten dort nicht die Quadern bauchig aus dem runden Turm heraus, als wollte er wie eine Geschwulst aufbrechen? Auch als René von

den Wehrgängen aus auf seine Stadt der Gerber und Färber hinabsah, zählte er nicht mehr die bündelweise ins rasche Wasser des Ornain gelegten Häute. Wie blasige, wedelnde Ungeheuer sahen sie aus, die er früher, bei seinen Besuchen als Knabe, mit heimlichem Schauder betrachtet hatte, wenn sie der Färber wie quallige Sagengeschöpfe furchtlos aus dem Fluß hob. Heute prüfte er desto genauer, wo am Abhang Bäume zu fällen waren, die den Blick auf den Feind versperrten, und wo man Mauern ausbessern oder neue bauen müßte.

Deshalb war auch sein Lächeln am Brunnen gezwungen gewesen, als er aus einem silbernen Becher, den er nachher dem ältesten Brunnenweib schenkte, den ersten Schluck Wasser trank. Auf wessen Wohl? Auf eures! Auf unsere liebe Stadt Bar! Auf daß wir immer Frieden haben! Den nächsten Schluck trank er, wie der weise Diogenes, von dem er erzählte, aus der hohlen Hand, ein Herzog, der auch die Selbstbescheidung kannte.

»Vive le Duc René! Le bon René!«

»Überall haben wir«, sagte er nachher zu seinen Begleitern, »Gutes zu tun. Nicht als Geschenk. Als Pflicht. Wie es im Morgenland Leute gibt, die den Armen danken, die sie beschenken dürfen.«

Überall hielt er an und trat in Häuser ein, weil ihn die Leute kennen sollten und weil er selber sie kennen wollte, ihr Leben und was sie dachten. Es war wenig genug.

Aber wie in Bar-le-Duc, so waren, wo er im Barrois und in Lothringen hinkam, vor allem die Baumeister, Steinarbeiter und Maurer anzutreiben. Weil nichts verlottern dürfe, sagte man ihnen.

Erst dann ritt er nach Vaudemont.

Kaum eine Tagesreise weit lag das schwer befestigte Schloß des verbitterten Antoine de Vaudemont südwärts von Nancy, uneinnehmbar in jenem niederen Waldgebirge, in dem viele nach Norden und Süden strömende Flüsse entsprangen, die Saône, die bei Lyon in die Rhone aufgeht, unfern der Quelle der Mosel, die sich zum Rhein ins Deutsche wendet.

Dort stand er jedoch, wie im vorigen Jahr vor Metz, vor der eilig aufgewundenen Brücke, die sich auch nach langem Warten nicht heruntersenken wollte. Der Graf sei nicht da, rief ein Mann herüber, von dem man nur die Stimme hörte. Eigentümlich hallend kam sie aus der Stummheit der ineinander gewinkelten, übereinander gestuften Mauern mit ihren Türmen, als sei der Wächter

das einzige Wesen in Vaudemont. Man hätte deshalb vielleicht die Mauern ersteigen können?
Nun, er habe auch diesen Besuch machen müssen, sagte René, solange sie noch im Frieden lebten, um vielleicht einen wirklichen Frieden machen zu können.
Um so mehr fand er es nötig, nach Anjou und zu Charles zu reiten. Die Anzeichen häuften sich, daß er Beistand brauchen würde. Nach Briefen, die er von seiner Bonne Mère erhielt, schien auch sie ihn ungeduldig zu erwarten.

Fünftes Kapitel

Ahnung – Gewißheit

Aber Yolande war so ruhig und lächelnd wie einst, als sie ihm nun im Schloß von Angers zwar beeilt, aber nicht hastig über die breiten Stufen herab entgegenkam, maßvoll auch in der Freude, obwohl sie ihn auf der Mitte der Treppe umarmte. Auch heute musterte sie René wie einst als Jungen. Dann ging sie dem Seigneur und den anderen Herren drei Stufen abwärts entgegen.

»Alte Freunde«, sagte sie. »Mehr!« gab der Seigneur zur Antwort und blitzte sie unter den aufgebogenen Augenbrauen hervor auflachend an. »Willkommen«, dankte sie freundlich.

Alle waren verwundert, auch René, wie unbeschwert und heiter sie sich gab. Er staunte sie an. Zwar wußte jeder, daran dachte René, daß bei jedem großen Ereignis der vergangenen Jahre, laut oder flüsternd, oft auch als Frage oder Vermutung, ihr Name genannt worden war. Alles schien das Werk von Yolande, der guten Reine de Sicile. Aber hatte sie auch noch die Kraft und die Mittel, ihm zu helfen? War sie nicht auch schon älter geworden? Es war ihr nicht anzusehen.

Hier, im Schloß von Angers, wo sie nun ihre Besucher zuerst in ihre blühenden Gärten blicken hieß, hatte sie schon vor Jahren, indem sie ihm durch ein großes Bankett geschmeichelt hatte, Arthur Richmont, den bretonischen Grafen, für den Kampf des Dauphins gewonnen.

Daran dachte René. Davon hatte auch der Seigneur unterwegs gesprochen.

Hier hatte sie die Obersten empfangen, die nachher für Charles ins Feld ausrückten, Männer der unterschiedlichsten Denkart wie den kaum zügelbaren Grafen von Armagnac, der ihr ergeben war, oder Gilles de Rais, den man nach seinem gefärbten Bärtchen »Blaubart« nannte. Ihr verdankte der lebensgierige Mann aus der Bretagne, der in die Frauen, in den Krieg und in die Kunst verliebt war, seinen französischen Marschallstab. Keiner, den Charles als Dauphin oder König zum Umgang wählte, fühlte sich sicher, bevor er vor Yolande mit ihren arglos hellen Augen und vor ihrem Lächeln bestanden hatte, auch nicht der klobig selbstbewußte de la Trémouille oder Xaintrailles, La Hire und alle jene anderen, die gekommen und plötzlich gegangen waren. Manchen hatte Yolande, als hätte sie ihm vergeben, wieder zurückgeholt, wie den schwankenden Richmont. Vielleicht war sogar Gérard Machet, der Kanzler Charles', nur ihretwegen wieder an seinen Hof zurückgekehrt? Manche nannten sie die Mutter Frankreichs.

Dieses Wort gebrauchte René in ihrem Begrüßungsgespräch. Aber sie lehnte das überschwengliche Lob, bei dem sie die Augenbrauen ein wenig zusammenzog, mit ihrem rasch zurückgewonnenen Lächeln ab. »Du willst mich stolz auf mich machen. Dabei hätte ich doch auch, wenn ich die Mutter von so vielen wäre, manche ungeratenen Söhne gehabt, die ich nie achten könnte, obwohl man sie freilich braucht.«

Sie zog es vor, jetzt nur seine sorgende Mutter zu sein, die ihm viel zu zeigen, viel zu erzählen habe, ihre Blumen und Tiere, in die er sich verlieben dürfe. Sie gehörten auch ihm. Türkische Enten, Kronenreiher und orientalische Edelfasanen. Aber auch Bilder. Entwürfe zu einer Reihe wandgroßer Gobelins, auf denen ein Maler die Offenbarung darstellen wolle, das Jüngste Gericht, an das auch sie manchmal denken müsse mit seinen siebenköpfigen Drachen, den blutigen Quellen und – »Pardon Messieurs« – mit der großen Hure von Babylon. Alle diese Visionen versuchte der Maler in lebensgroßen Szenen zu zeigen, ein Sonderling. Oh, sie müsse ihren so wißbegierigen Sohn seinen so guten Freunden leider wohl eine Zeitlang entführen.

Aber weil ihn gerade diese Frage bedrängte, brachte sie der Seigneur noch vor: »Und hier saß also auch Jeanne d'Arc?« Er blickte von den getäfelten Wänden zur Kassettendecke hinauf. Mehr brauchte er kaum zu sagen. Denn Yolande wußte sicher genauer als er, wie weit nun die Champagne wieder burgundisch besetzt war. Trotzdem hatte die Jungfrau, die sich nun an der Aisne bei Soissons herumschlug, nur eine Truppe von wenigen hundert Leuten, unverläßliches Kriegsvolk darunter. »Kann der König nicht mehr aufbringen?«

Yolande, die sich bereits erhoben hatte und gehen wollte, machte

noch einen Aufenthalt. Schmerzlich berührt blickte sie kurz vor sich nieder. »Ich bewundere unsere Jeanne«, sagte sie gleich darauf und sah wieder auf. »Nur – ich kann ihr nicht helfen. Ich möchte ihr helfen. Aber kann man jemand helfen, der außerhalb unserer Welt lebt?«
Plötzlich war ihr so klares Gesicht von Schatten gestreift. Auch fiel dem Seigneur auf, wie untergründig gesammelt sie trotz ihres freundlichen Ausdrucks war, als ihr Monsieur Porcher eine schriftliche Nachricht übergab. Er kam, um mit den Herren aus Lothringen einen Becher Wein zu trinken. Leider habe er bis jetzt noch andere, wichtige Gäste gehabt.
Dann konnte man später durchs offene Fenster sehen, wie Yolande und René am Mühlenturm die Remparts bestiegen und auf der Mauer hingingen. Dabei traten sie auch mitunter auf eines der runden Plateaus der siebzehn Türme hinaus, die unweit voneinander und so hoch wie die Mauer den Burgberg umgaben. Bis sechzig Meter fiel oft der Blick senkrecht in die Tiefe hinab. Dort legte Yolande manchmal, wenn er sich vornüberbeugte, ihren Arm um René, weshalb ein Fremder vermuten konnte, ein liebendes Paar vor Augen zu haben. So gingen sie auf der Mauerkrone weiter und nachher auch durch die Blumenrabatten.

Bei diesem Rundgang von Turm zu Turm erfuhr René von ihr, daß vieles, was er als bedrückende Ahnung empfand, für seine Mutter eine Gewißheit war. Aber sie wußte und sah manches anders als er, vor allem in seinen Zusammenhängen und Gründen. Denn es war zwar, sagte sie, unvermeidlich, daß er sich gegen den Comte de Vaudemont mit allen Mitteln wehren mußte, und es lag an René, darauf vorbereitet zu sein. Nun nützte es nämlich dem Grafen nichts mehr, fügte sie überraschend hinzu, daß er ihr im Vertrauen mitteilen ließ, er bereue, so unnachgiebig gewesen zu sein. Jetzt mußte er antreten. Kämpfen. Wider Willen!
Jetzt hatte nämlich Philipp von Burgund seinem tüchtigsten Cheflieutnant Toulongeon die Weisung gegeben, dem Grafen von Vaudemont, der sich vor dieser Hilfe zu fürchten anfing, mit seiner ganzen Streitmacht beizustehen. Er mache den Kampf um sein Erbe gegen René zu seinem eigenen, hatte der Herr von Burgund in die Festung im Waldgebirge schreiben lassen. Welch eine beängstigend ehrliche Ankündigung! Er

schicke ihm deshalb auch gern das Gros seiner pikardischen Bogenschützen, fast anderthalbtausend Mann.
So waren die Erbhändeleien des Vaudemont, das war dem Grafen erschreckend bewußt geworden, für seinen Nachbarn nur ein gleisnerisch willkommener Anlaß, selbst über Lothringen herzufallen. Nicht er, sondern Philipp le Bon würde gewinnen!
»Wenn es gelingt«, ergänzte Yolande, während René beklommen stehenblieb. Doch sie zog ihn weiter. Ganz ruhig, dabei in die Landschaft blickend, überraschte sie ihn durch ihre nächste Eröffnung, die sie ihm ebenso ruhig und fast wie mitleidig machte: Wie der arme Vaudemont von Philipp, so wurde nun Philipp selbst von seinen englischen Bundesgenossen übertrumpft. Denn Bedford, sein Schwager, Statthalter des englischen Königs in Frankreich, hatte ihm, weil auch er bei diesem Feldzug helfen wollte, seine eigenen britischen Truppen aufgenötigt. Vergeblich hatte sie Philipp abzuschütteln versucht. Aber die zähen Capitaine John Adam und Thomas Gagarin beharrten auf ihren Befehlen!
Da unterbrach sie René, durch wen sie das alles wisse?
»Nun, vielleicht lag es Herrn Philipp selbst am Herzen«, meinte sie lächelnd, »mich wissen zu lassen, daß ihm die englische Freundschaft wieder einmal unbehaglich wird. Sicher würde er gern einen günstigen Frieden mit Frankreich machen. Aber er zögert. Er könnte vorher noch, denkt er, die angebliche Erbschaft von Vaudemont an sich reißen, also deine.«
Fast gleichmütig klang ihre Stimme, während René verstummt neben ihr her ging. Sie hatte sich bei ihm eingehakt. Über die Mauern hinweg, die gut im Stande waren, blickte sie, als überdenke sie noch einmal alles, in das weite Flußland hinein, wo unfern der Stadt drei Flüsse zusammenströmten. Nur ihr kurzer, fest seine Finger umklammernder Händedruck verriet ihm, wie erregt auch sie trotz aller Gelassenheit war.
Doch gleich darauf sagte sie so abgewogen wie bei einer höflichen Verhandlung, allerdings müsse man in der burgundischen Hilfe für Vaudemont auch einen Angriff auf Frankreich erblikken, nur auf einem anderen Schauplatz. »Deshalb wird dir Charles eine größere Truppe schicken.«
»Darum wollte ich ihn bitten.«
»Das mußt du. Bitten.«
Da beugte sich René zu ihrer Hand hinunter. Aber Yolande zog

ihn errötend und zwiespältig weiter, wobei sie ihm die Hand halb überlassen, halb entziehen wollte. Doch nun waren sie wohl, zwischen den Mauern, für niemand mehr sichtbar. Da zog sie ihn plötzlich mit einem fast angstvollen Ausdruck an sich.

»Ach«, seufzte sie dann und lachte und schaute ihn an. »So große Männer seid ihr geworden, meine Buben. Und nehmen die eigene Mutter wie ein junges Mädchen in den Arm, als gäbe es nichts Jüngeres abzuküssen. Aber – noch einmal. Komm.«

Alles Bedrückende schien auf einmal vergessen zu sein. Auch in Tours erwarte man ihn, sagte sie nachher wie nebenbei, als sie den abgelegenen Wehrgang verlassen hatten. Im Arsenal warte manches auf ihn. Auch nannte sie ihm, nun wie gelöst voller Zuversicht, die Namen der Seigneure und Fürsten, denen Charles schreiben würde und auf die er wohl rechnen könne.

Immer wieder blickte René sie bewundernd an.

Aber nun hatte sie ihm ihre exotischen, buntgefiederten Wasservögel in ihrem kleinen Bassin zu zeigen, daneben die Rosenboskette, wo sich die ersten Knospen auf den rötlichen Stengeln bildeten und, in einem Seitenbau am Tor, wo öfters Künstler wohnten, einen neuen Gast. Dort setzte einer, ein alter Mann, der wie ein Alchimist mit Feuer und Farben und allerlei Pulverisiertem hantierte, ein Glasporträt von ihr zusammen, das die Kirchenherren von Le Mans erbeten hatten.

»Sicher werde ich«, sagte sie in der Werkstatt, »wenn ich als Fensterbild in Le Mans die fromme Gemeinde hüten soll, immer wieder auch gern in die Welt hinausblicken. Kann man das überhaupt, als Fensterbild? Auch weiß ich nicht, ob man sich von der Sonne so durchscheinen lassen darf, als wäre man selbst so klar und ohne schlackigen Schatten wie Ihre Gläser, Meister.«

So redete sie scherzhaft, als er das unvollendete Glasbild mit seinen von innen leuchtenden Tönungen zeigte. Allzu heiligmäßig erschien ihr die schöne Blässe und Lieblichkeit ihres Gesichts.

»Ich bin keine Leidende, Meister«, sagte sie. »Im Gegenteil. Ich bin vielleicht sogar herrschsüchtig wie die meisten, mit denen ich zu schaffen habe. Das heißt: sie haben mich vielleicht dazu gebracht, daß ich aus Eitelkeit versuchen muß, die Stärkere zu sein.«

»Wenn Sie Ihr Mitleid nicht hätten«, sagte der alte Mann, der

mit dem Recht des Porträtisten ihr Gesicht auch jetzt genau studierte. »Ich ringe nämlich mit Ihrem Bild.«
»Machen Sie nicht zuviel Mitleid hinein«, sagte sie. »Man soll es nämlich nicht zeigen. Beweisen wohl.«
»Ihr Lächeln«, gab der alte Mann zur Antwort, ist für mich das Schwerste. Denn so, wie Sie jetzt lächeln, sind Sie nicht.«
Dann schaute Yolande belustigt zu, wie René begierig die farbigen Gläser, die, in Stücke geschnitten, in vielen Gefachen lagen, gegen das Licht hielt, und, wie ein Maler, den Zusammenklang der verschiedenfarbigen Glasfluß-Plättchen nebeneinander probierte. Am liebsten hätte er, das merkte Yolande, den gläsernen Reichtum gleich mitgenommen.
Schon früh stand er am nächsten Morgen wieder in der Werkstatt.
Aber René hatte nun zu Charles nach Chinon zu reisen, und er sagte deshalb beim Abschied, den auch Yolande gern verzögert hätte: »Wenn ich einen Zorn empfinde auf den Herrn von Vaudemont, so entspringt er nur meiner Enttäuschung: weil er mich zwingt, mich mit ihm schlagen zu müssen, obwohl man sich einigen könnte. Er nimmt mir die Zeit, der zu sein, als der ich gern leben möchte.«
Dann war ihr Schweigen und Lächeln in einem viel tieferen Sinn als für den Meister, der ihr Bild aus Glas zusammensetzte, das Schwerste für ihn.

Dagegen hatte Charles offenbar keine Zeit, über das Leben nachzudenken, auch keine tiefere Neigung, weil er es lieber genoß.
Zwar traf ihn René in Chinon im Fechtsaal an, wo er mit einem Lehrer aus Capua, der alten Fechterstadt bei Neapel, einen zähen und wendigen Kampf austrug. Aber als der Diener von Charles zurücktrat, dem er den Schweiß abgetupft hatte, nahm der König wieder seine gelangweilt schlendernde Gangart an.
Auch beim Gespräch mit Gérard Machet, seinem Kanzler, verhielt er sich schweigsam zurückgelehnt. Dabei ließ er mit übergeschlagenen Beinen einen Fuß auf und nieder wippen. Nur manchmal merkte René, daß er hintergründig gespannt überlegte, was sein Kanzler auszusprechen nötig fand.
»Ob es so richtig ist?« fragte er wenige Male. »Das heißt nicht, daß ich es besser weiß. Aber wie könnte es, überdachte ich mir, vielleicht besser bewerkstelligt werden?« Oder ein anderes Mal: »Täuschen wir uns nicht? Wird sich der Herzog von Savoyen« –

und nun an René gewandt – »trotz der löblichen Verlobung seiner Marguerite mit deinem Bruder Louis doch an Burgund gebunden fühlen?«
Auf dem Ritt nach Tours sagte Charles neben ihm, er vertraue so fest auf seinen Kanzler Machet wie früher, als er noch als Kanonikus sein oft von ihm gequälter Lehrer war. Neuerdings müsse er freilich versuchen, »weil ich den alten Kirchenherrn, aber auch deine Belle Mère nicht immer haben werde«, seinen Gedankengängen zu folgen, so, wie man schwierige Berechnungen von Punkt zu Punkt nachrechnen könne. »Dann entdecke ich, daß man mitunter auch anders rechnen kann. Und manchmal rechne ich anders.«
Dazu lächelte er überlegen. Nur einmal hatte er in Chinon seine lässige Selbstsicherheit, die er zur Schau trug, fast verloren. Kaum hatte er nämlich die Antwort gegeben, die Königin, Renés zufriedene Schwester, wohne lieber im Schlößchen Selles als in Chinon – aber öfters nehme sie doch, trotz ihrer Abgeschiedenheit, die sie wünschte, mit Scharfsinn am Kronrat teil, da war hinter zwei Windspielen her unvermutet Agnes hereingetändelt, überrascht, den Herzog René mit ihrem König in dessen Geheimkabinett zu treffen. Unvermittelt hatte René ein anderes Gespräch begonnen. Über ihre Hunde. Nachher sagte er sich, daß ihm auch hier die Hunde von Jacques Coeur geholfen hatten. Seine grauen Windspiele aus Italien.
Obwohl sich Charles bei dieser Begegnung gleichmütig geben wollte, war René weder sein lauerndes Warten noch die kurze Verlegenheit der sich zierenden Agnes entgangen, die sich vor ihm und vielleicht überhaupt ein wenig schuldbewußt fühlte. Denn man wußte auch schon in Nancy, daß die frühreif selbstbewußte Kammerdame Isabellas nur hier die verwöhnte Herrin spielte. So zärtlich wie zielbewußt übte sie eine heimliche Macht auf den König aus, die sich René nicht erklären konnte. Denn sie duldete ohne Eifersucht sogar den Schwarm von anderen gewandten Persönchen, die sie beide bei ihren Festen, Jagden und anderen Vergnügungen brauchten, ihre Freundinnen. Vielleicht gehörten gerade sie zu ihrem Geheimnis?
Aber René war so sehr in Sorgen befangen, daß er wie ein bescheidener Gast, der alles freundlich und unbemerkt hinnimmt, nichts ungewöhnlich zu finden schien. Gérard Machet, der mit seinen Kanzlisten im vorderen Torhaus lebte, vor dem eine klingenartige Schlucht zur Stadt hinunter führte, hatte ihm die vom

König selbst unterschriebenen Briefe gezeigt, die nun an die künftigen Kriegsgenossen hinausgehen würden. Auch lernte er gern von dem Kanzler, von dem die wohltuende Kraft seiner Erfahrung und Bildung ausging, wie er hinter den Dingen von heute und morgen die größeren Ziele in der Zukunft sah. Deshalb mußte auch er wohl manches übersehen, was er mit der Schmerzlichkeit des Bruders für seine Schwester durchschaute.

Desto mehr berührte es ihn, daß ihn Charles nach Tours begleitete und daß er unterwegs Gedanken aussprach, die wie Geständnisse unter Freunden waren. Meistens ritt Charles wie in sich selber eingeschnürt dahin. Aber plötzlich konnte er ein Geplauder beginnen.

Da liefen nun also die beiden, ihm von Jacques Coeur geschenkten Hunde ihren Pferden voraus. Agnes hatte sie ihm mitgegeben, obgleich sie sie entbehre.

Dieser Jacques Coeur, plauderte Charles, von dem sich die Leute in Bourges noch immer erzählten, daß er sie beide mit gebratenen Hähnchen traktierte, sei also indes als geschickter Verdiener aus dem Orient zurückgekommen.

»Verzeihen Sie schon«, regte sich der Seigneur von Grignan, der hinter ihnen ritt. »Ungewollt höre ich manches Wort. Nun den Namen Jacques Coeur.« Er erlaubte sich, mit seinem Fuchs ein wenig aufzuholen. »Alle Achtung!« entfuhr es ihm, als er die weitere Erzählung hörte.

Demnach hatte Jacques Coeur um die Erlaubnis gebeten, in Montpellier ein Kontor eröffnen zu dürfen. Dort sitze er gut an der Küste des Languedoc und zugleich in der Nähe gewerblich eifriger Städte wie Carcassonne, deren Tuche er in den Orient schaffen möchte. Als Bürgschaft, wenn es nötig wäre, hatte er eine beträchtliche Summe geboten.

»Ich wollte ihn nicht mehr beleidigen«, sagte Charles. »Ich habe deshalb die Summe, um ihn zu unterstützen, wohl annehmen müssen.« Er lachte. Bereits war Jacques, wahrhaftig ein unternehmender Geist, wieder ausgefahren, nicht nur das Schiff, auf dem er sich selber befand, sondern auch noch ein zweites vollgepackt mit Waren. Und natürlich hatten die Damen, betäubt von den arabischen Düften, die sein Agent als Geschenke brachte, auch vernarrt in die kostbaren Schleiergewebe fast maßlose weitere Wünsche gehabt. Nun gut, er konnte nicht alles verschenken. Mochten sie später bezahlen. »Ich muß vielleicht etwas gut-

machen an diesem Jacques«, setzte Charles hinzu und mit seinem spähenden Blick auf René: »Oder sollte er noch mit leichterem Geld operieren?«
»Das bestreite ich«, mischte sich der Seigneur ein. »Ich weise das sogar zurück! Ich war bereit, ihn schon vor Jahren zu meinem Procureur zu machen.«
»Ah«, erstaunte sich Charles. »Nun gut.« Er wechselte das Thema. War sie nicht herrlich, seine heitere Landschaft Touraine? Er zeigte auf versteckte Schlößchen zwischen Bäumen. Auf Fermen, Mühlengehöfte. Überall freundliche, fleißige Leute, hier auf den Feldern, dort an den Mahlwerken. Göttlich faule Angler, die, unter schattigen Bäumen in flachen Nachen standen und die geduldig ihr Mittagsmahl aus dem Bach zu ziehen hofften. »Muß man hier nicht glücklich sein?« sagte er, »oder es doch versuchen?«
Ach, es gab abends in Tours köstliche, winzige Fischchen, die dicht nebeneinander auf einen kleinen rund gebogenen Draht gespießt und so in feinstem Öl gesotten waren. Wie ein Armband aus langen Eberzähnen sahen sie aus. Es gab Hecht-Pasteten, kleine Kugeln oder Knödel, bei denen man an die Hechtgerichte der Köche von Anjou erinnert wurde. Beide waren unvergleichlich. Beide waren Köstlichkeiten. Eh bien, es mundete auch Charles, der zwar gewohnheitsmäßig aß, der aber gern seinen Gästen auftragen ließ, was es Besonderes in seiner Landschaft gab. Mochten sie sich an Rillons delektieren, gebratenen Schweinestückchen, die sich in steinernen Töpfen durchwürzt und ausgeruht hatten, der Stolz der Köche von Tours. Er aß dafür seinen Königshasen, lièvre à la royale, und trank dazu einen Wein aus Serrantes in Anjou. »Auf unsere Belle Mère!«
Nie hatte René seinen Schwager so aufgeräumt erlebt, der ihre Bonne Mère öfters ihre Belle Mère zu nennen liebte. »Nun, ich bin glücklich, weil ich morgen meine Königin besuche.« Charles hatte vielleicht zu durstig getrunken. »Ich liebe sie sehr«, flüsterte er zu René hin. »Weil sie sich treu in ihr Schicksal schickt, meine Frau zu sein. Auch würde sie gern wie du, René, und wie der heilige Martin von Tours ihren letzten Mantel verschenken.« Nun lachte er wieder in seiner lautlosen Art vor sich hin. Denn obwohl in Chinon nichts Nötiges fehlen durfte, und vieles war nötig, was andere unnötig fanden – »einen Mantel hätte ich nicht zu verschenken.«
Nun, nach dem erquicklichen Anblick der glühenden Röste und

Spieße des Küchenmeisters hatten sie am folgenden Morgen auch die Schmiede Vulkans im Arsenal zu besuchen, wo Dämpfe und Rauch in dem trüb grauen Gußhaus waberten. Dazwischen zischten und blitzten die Strahlen des feuerflüssigen Metalls, die aus den Spundlöchern der Kessel in die Gußrinnen stürzten. Indessen wurden in anderen Hallen die dicken Rohre der Belagerungskanonen mit Krampen und Eisenlaschen auf ihre blockigen Lager aus Eichenstämmen montiert. Ihre Kugeln würden wohl auch die übereinander gestaffelten Mauern von Vaudemont zerreißen. »Die werden dann hoffentlich auch einmal vor Paris auffahren?« sagte der Seigneur. Aber manches überhörte Charles.
Ach, es erleichtere, diese von lärmender Emsigkeit belebte Kriegswerkstatt zu sehen, sprach der Seigneur wie für sich selber weiter. Hier habe also Yolande die Waffenkammern auch für Jeanne d'Arc aufschließen lassen? Das erlaube doch eine symbolische Zuversicht? Mindestens eine Tröstlichkeit für die Heimkehr nach Nancy! Trotzdem lehnte René ab, als ihm Charles beim Verlassen des Arsenals eine Pfeifenmusik mit Trommeln aufspielen lassen wollte. Denn auch Trommeln und Flöten waren in einem Raum gespeichert.
»Ich bin zwar für einen lustigen Tod«, sagte er. »Aber nicht für diesen. Nein, keine verfrühte Siegesmusik.«
Charles hatte jedoch die Musikanten heimlich nach Selles vorausgeschickt, wo sie mit ihrem Spiel die Reiter vor dem Schloß begrüßten. So war es zugleich eine Huldigung für die Königin, die ihre Besucher nicht ohne Rührung empfing. Aber sie ließ es nicht merken. Sie überwachte mütterlich, wie ihre Kinder ihre Verbeugungen machten. Nur Louis wagte trotz ihres verweisenden Blicks mit Absicht einen linkischen Kratzfuß.
Wie ihm selbst, das bemerkte René, so entzog sich Louis auch den gehemmten Versuchen seines Vaters, freundlich und gar vertraulich zu ihm zu sein. Wenn er sich unbeobachtet fühlte, blickte Louis seinen Vater mißtrauisch an, der selber manchmal am Tisch wie traurig enttäuscht seine Kinder ansah.
Desto mehr war die Königin förmlich und freundlich bemüht, aus dem Besuch ihres Gatten in Selles ein kleines Fest zu machen. Oh, sie beklage sich nicht. Sie sei glücklich, sagte sie zu René. Wem sei schon das Glück vergönnt, so viel Herzlichkeit geben zu dürfen, wie er gern möchte?
Dann hatte sich, als René mit seinen Begleitern davonritt, Louis zwischen die Trommler gestellt und schlug übertrieben eine der

Trommeln mit. Darüber schien sogar Charles, ganz flüchtig, väterlich stolz zu sein.

Die Sonne lag über dem weiten Wiesenland mit seinen vielen Teichen, zwischen denen René mit seiner kleinen Reitergruppe nordwärts ritt. »Tröstlich, zuversichtlich«, wiederholte der Herr von Grignan seine Worte. »Gute Kanonen.« Gekräftigt kehre man heim.
Aber dann erfuhren sie kurz vor Orléans eine schreckliche Nachricht, die der Seigneur am heftigsten unglaubhaft nannte. Denn eine Rotte Soldaten, die angeblich aus dem Norden kam, berichtete ihnen, Jeanne d'Arc sei dem Feind in die Hände gefallen!
Welchem Feind?
Den Burgundern.
Wo?
Bei Compiègne.
Sie selber, Lombarden und Piemontesen, hatten vor wenigen Wochen noch zu ihrer Truppe gehört, die zwar Verstärkung durch Xaintrailles und den Hauptmann La Hire bekam. Aber keiner hatte genügend Geld für den Sold mitgebracht. Und den brauchte man doch? So waren sie hungrig hin und her im burgundisch besetzten Gebiet wie in eine Falle gezogen, wo es rundum, wie bei einer Treibjagd, nur Totschläger gab, keinen Ausweg. Was Wunder, wenn sich bei Nacht ein paar Kameraden in den Wald aufmachten? Immer mehr. Komm doch mit, ging das Geflüster.
Täglich war ihre Truppe kleiner geworden, wenn morgens die Jungfrau vom Sattel aus stumm die Rotten abzählte, enttäuscht, »auch durch uns, Herr, wir geben das zu.« Aber sie zeigte es nicht. Sie vertraute. Auf wen? Nichts für ungut, Herr. Nur ein paar Dutzend waren ihr übriggeblieben, ihre Brüder darunter. »Weil Brüder wie ihr sie verlassen haben!« schrie der Seigneur die Deserteure an. Wie unbewußt sagte er dann beim Weiterreiten oft vor sich hin: »Mon Dieu, gefangen. Aber – aber –!«
Von Ort zu Ort hörten sie dann, während lange Zeit die Türme von Orléans in der Ferne sichtbar blieben, weitere Einzelheiten.
Sie selber mußten ja bald, wie Jeanne d'Arc bei ihren erbitterten Überfällen und Kämpfen, abseitige Wege suchen. Aber oft stellten sich Leute, aus ihren Höfen und Häusern hastend, vor ihren

Pferden auf. »Was ist die Wahrheit über die Pucelle?« In den größeren Orten, wo niemand mehr fragte, wußte man es. Gefangen! Wie an Trauertagen war das Leben gelähmt.
Wie es zuging? Vor einem Tor in Compiègne, so hatte es der Kastellan von Sully bei St.-Benoit erfahren, hatte sich Jeanne, obwohl sie sich retten konnte, noch einmal allein zur Wehr gesetzt. Dort wurde sie tückisch vom Pferd gerissen. Jubel! Hohn. Schreckensrufe! Jetzt wälzte sie sich in der Last ihres blitzenden, staubigen Panzers am Boden. Aber sie wehrte sich noch, als die Soldaten sie anpacken wollten. Sie trieb sie zurück, auch jetzt noch unantastbar mit ihrem verklärten Blick und Gesicht, dem jeder ausweichen mußte.
Jeder beschrieb es anders. Endlich habe sie sich mit jenem Ausdruck, vor dem alles Irdische nichtig war, einem der Offiziere ergeben. Wohin mit ihr? Was geschah dann mit ihr?
Überall im französischen Land wurde für sie gebetet, auch in Nancy, und oft brachen die Betenden in Tränen aus. Ein Wunder müsse geschehen. »Ein Wunder!« Mit diesem Aufschrei drängten sich schmerzlich erregte Mengen in die Kirchen hinein bis vor die Altäre. Wallfahrer strömten mit schwarz umflorten Fahnen nach Domrémy, als müßten ihre Gebete dort, wo die Pucelle ihre inneren Stimmen zum ersten Mal hörte, von besonderer Kraft sein.
Aber einstweilen hatte sich nur das Gerücht verbreitet, die Burgunder hätten die große Gefangene, die ihr Schicksal angeblich ungebeugt hinnahm, dem Herrn von Luxemburg übergeben, jenem Herzog Johann, der an der Hetzjagd auf die Pucelle beteiligt war. Er habe sie an einen Ort gebracht, den man geheimhielt.
Ob sie vielleicht zurückgekauft werden konnte?
»Nie!« hatte Baudricourt hervorgestoßen, vor lauter Grübeln darüber verstockt, nichts unternehmen zu können. Ungeduldig schickte er Leute nach Luxemburg, die ihren Aufenthalt ausforschen sollten.
Indessen nahm René jeweils am Morgen die Schreiben entgegen, die ihm Versprechen oder Absagen brachten. Wie groß würde seine Armee sein? Dann sprach er die Listen, auf denen er täglich die Zahl der Köpfe zusammenzählte, mit seinen Kriegsherren durch. Aber für Jean d'Haussonville, seinen Marschall, war es wichtiger, die Namen derer zu kennen, die auf der anderen Seite stehen würden.
Dann mußte der alte Barbazan freilich berichten, daß sich wider

Erwarten der sanfte Herzog von Savoyen, Amedée, dessen Knechte allerdings hartnäckige Gebirgler waren, doch für den Vaudemont entschieden hatte. Ihm schloß sich der Graf von Fribourg im Schweizer Üchtland an, als burgundischer Nachbar vermutlich gleichfalls dazu genötigt. »Wollt Ihr weitere Namen hören? Antoine und Jean de Vergiy, de Marigny, ein Prinz d'Orange –«

»Natürlich, einer seiner mißratenen Söhne«, warf der Seigneur dazwischen.

»– die Herren d'Avelin und de Fosseux, de Sez, de Bazentin, der Bastard de Neuville ...«

Es waren noch viele. Noch viele andere kannte man, die man schon jetzt in die Liste eintragen konnte, wie den Herrn von Mirebeau, und natürlich wollten die Herren von Meximieu und la Palu ihre Niederlage bei Chappe ausgleichen. Aber wenn Zahlen den Sieg bedeuteten, so gab Herr d'Haussonville zu bedenken, dann müßte man auch mit jenen abenteuernden Söldnerführern rechnen, deren Gesindel-Banden die Schrecken aller waren!

Bei jeder Beratung erhob sich jedoch der stämmige Robert de Baudricourt. Noch habe man Zeit. Man könne und müsse zuerst versuchen, Jeanne d'Arc zu befreien! Dann klopfte der Herr von Grignan beipflichtend mit der Faust auf den Tisch.

Nun galt es als sicher, daß die Pucelle auf ein Schloß im benachbarten Luxemburg gebracht worden war. Zwar wurde behauptet, man bringe ihr dort viel höfliche Achtung entgegen. Aber niemand werde ihr zur Flucht verhelfen! Er, Baudricourt, habe ihr damals den Weg geebnet. Er wage auch heute den gefährlichsten Handstreich für sie. Man müsse ihn wagen! Dann, mit der Jungfrau vor der Armee von Lothringen, lebe wohl auch ihr alter Nimbus wieder auf!

Bald darauf hatte er zwar den kurzen Triumph, daß Charles einen Marsch nach Luxemburg unternehmen ließ. Aber allzubald kam die Nachricht, daß die Gefangene tiefer nach Frankreich hinein geschafft worden war, zwar immer noch ehrenvoll, oft unterwegs von adligen Damen besucht. War es nur Neugier? Oder noch Mitgefühl? Ihre strenge Bewachung ließ nichts mehr erhoffen.

»Um so mehr brauchen wir jeden Mann«, sagte Barbazan, der die Listen, die er oft nachgerechnet und verglichen hatte, auf den Tisch zurückwarf, um sie dann doch wieder aufzunehmen.

Immerhin hatten sich sämtliche Standesherren des Barrois und von ganz Lothringen für ihren neuen Herzog René erklärt. Also mochte man ihn! Sie erkannten ihn auch durch die Tat als rechtmäßigen Herzog an. Man schätzte ihn.
»Ich wußte sogar, daß man ihn lieben wird!« hatte sich Isabella eingemischt, die manchmal leise in den dunkel ausgemalten Raum kam, lautlos durch die nur spaltbreit geöffnete Türe. Dann hörte sie, oft kaum bemerkt, im Hintergrund zu.
Nun stand man herum, des Sitzens auf den Stühlen überdrüssig.
»Aber ich hätte dich«, gab René zurück, der den Arm um sie legte, »obwohl ich dich liebe, anscheinend nie heiraten dürfen. Oder wir hätten nie erben dürfen. Dann könnte ich – ach«, er strich sich mit beiden gespreizten Händen durch die Haare und machte dabei ein paar Schritte. Nein, sagte er dann zweispältig heiter, man konnte vor solchen Heroen, die ihre Hoffnung auf ihn, einen untauglichen Kriegsmann setzten, kaum von den lautlosen Dingen sprechen, mit denen er umging. Da er doch eisengeschiente Männer am liebsten als Achilles und Hektor erlebte, wenn sie in schöner Sprache mit inneren Dingen kämpften. Nun gut, seine Freunde wollten es wissen: Er geht seit Jahren mit einem heimlich wohltuenden, immerfort nagenden Plan um, Dialoge zu schreiben, ein Spiel, wie es Philipp der Gute liebe. »Gerade dieser, mon Dieu, auf den ich mit einem wirklichen Schwert einhauen müßte, wenn wir uns demnächst begegnen würden! Dabei bewundere ich ihn.«
Barbazan klopfte ihm auf die Schulter: »Den nehme ich dir ab, René. Mager und hager genug ist er, daß man ihn leicht von oben herunter verfehlt. Nur von der Seite her ist er zu treffen.«
Aber René erwiderte: »Ihr sollt mich nicht lustig heißen oder gar närrisch. Denn ich finde euch zwar unentbehrlich mit euren Säbeln, aber auch mich. Nicht mich, sondern was ich vertrete. Sollten wir unsere Dinge nicht danach messen, wie sie vergessen werden? Was von ihnen Gutes bleibt? Wer entscheidet darüber, was wichtig ist? Oder besser?«
Dann sah ihn sogar Isabella fast verwundert an.

Sechstes Kapitel

Die Taube / Der Hirsch

Bald konnten ihre Gespräche, die sie meist an der Abendtafel weiter führten, nicht mehr so unbeschwert sein. Denn im Vorfrühling hörte man aus dem Burgundischen, daß immer häufiger Truppen an der Seine aufwärts bis an ihre Quelle bei Dijon und bis an die Vogesen marschierten.

Auch wurden niederdrückende Gerüchte über die Pucelle verbreitet. Nur die kahle Küste, nur das Meer umgibt ihr Gefängnis, eine Befestigung an der Mündung der Somme, aus der sie englische Soldaten nach Rouen gebracht hatten, dem englischen Hauptplatz in Frankreich. Also befand sie sich nun in der alten Normannenstadt an der unteren Seine in der Hand jener Feinde, die sie am meisten fürchten und hassen mußten.

»Französische Hexe!« wurde ihr in den Straßen, deren Häuser haubenartige, dunkle Dächer haben, vom Straßenvolk zugerufen. Sie hatte den Krieg bedeutet. Eine Jungfrau in Männerkleidern!

Aber während des Winters hörte man kaum etwas aus dem schweren, nach oben verjüngten, runden Turm mit dem Spitzhelm, der zu dem großen Schloß gehörte. Noch trage sie eigensinnig ihre Männergewandung. Deshalb werde sie auch wie ein fürchtenswerter Soldat, der sich unbesiegbar glaube, von Soldaten bewacht. Denn immer noch gebe sie vor, manchmal entrückt zu sein, auch über die mächtigen Feinde erhaben, deren arme Gefangene sie war.

Inzwischen hatte man in Nancy wieder die langen Tische in den Hallen aufzustellen.

Wieder rückten, weil sie den längsten Anmarsch hatten, die Truppen aus Deutschland als erste ein, der Markgraf von Baden und Robert von Saarbrücken. Der Herzogin-Witwe zuliebe, die

ihren bayerischen Brüdern schrieb, hatte sich nun auch Louis de Bavière, Seigneur d'Heidelberg, wie ihn der Schreiber in die Liste eintrug, zum Beistand bereit erklärt. Derselbe Kanzlist hatte vermutlich andere Namen wie This de Füssenick, der wohl von Fusseneck hieß, nicht gut entziffern können, während er Hartmann von Rotzenhausen richtig notierte.
So ergab sich neben dem Wagengerassel und Trommelgetön auch Ergötzliches, wie mit dem offenbar kindisch ergriffenen Herrn von Blamont. Er hatte gleichsam mit einem Blinzeln geschrieben – sein Sohn überbrachte den Brief –, er selber sitze im Altvaterstuhl. Schade. Ob er dafür vielleicht den kernfesten Ehegespons seiner entzückenden Enkelin anmahnen solle? Den Schenken von Limpurg? Der hätte wohl gern einen Grund, aus Hall, seiner schwäbischen Salzsiederstadt am »Cocher«, wie er das Flüßlein Kocher schrieb, nach Frankreich zu kommen. Dann hätte er seine Enkelin zum gescheiten Gespräch, die schöne Suzanne, oder sie ihn? ...
Dagegen empfand es René wie einen nochmaligen Sieg, als sein einstiger Gegner in Metz, der nie sein Feind gewesen, der Erzbischof Conrad Bayer, nicht nur selbst erschien; er brachte ihm gleich einen Bruder und zwei Neffen mit. Sie zogen mit ihrer Truppe vor den Herzogspalast, um ihren Besieger von einst zu feiern.
Die Liste verlängerte sich, je näher das Frühjahr kam. Der Herr von Epinal und Monsieur Poirsonnetty, der erste Schöffe von Toul, rückten zur selben Stunde an. Auch hatten sich in den Städten, auch in Bar-le-Duc, freiwillige Bürgertruppen gebildet. So übertraf das Aufgebot bald jene Armee, die der alte Herzog einst vor Metz vereinigen konnte! Jeder Dorfschmied hämmerte bis in die Nacht hinein.
Nur eine einzige Dame aus Lothringen, Agnes de Noyer, Herrin von Rimoncourt und de la Voivre, nötigte ihren Sohn, nicht nach Nancy, sondern nach Vaudemont zu reiten.
»Daran bin ich schuld«, gestand Isabella vor ihrem hübschen Wappen im Saal. »Ich habe ihr eine Kleidermamsell abspenstig gemacht.« Ihr Wappen mochte hängen bleiben, obwohl man bald kaum noch Platz für die Wappen der vielen Gäste hatte, denen man hier eine Ehre antat.
Tagtäglich, auch noch am letzten Tag, ritt René mit manchen von ihnen frühmorgens aus, absichtlich über Bäche und andere Hindernisse hinweg. Dann begannen sie oft, auch wenn sie abge-

hetzt waren, aus dem Galopp heraus miteinander zu fechten. Nachmittags setzte René auf dem Tjostplatz den Kampf mit den verschiedensten Waffen und gegen andere Gegner fort. Dann füllten sich die Tribünen mit Menschen. Denn es war auch für seine erfahrenen Gäste zum bestaunten, spannenden Schauspiel geworden, René auf dem Kampffeld zu sehen, wo er meistens der zäh und mit unvermuteten Finten, aber nobel kämpfende Sieger blieb, auch gegen gefährliche Gegner. »Vive le bon René!« Er mußte den Feldzug gewinnen!

Aber trotz aller Zuversicht, die sich bei jedem Einzug seiner Verbündeten steigerte, konnte sich auch René nicht von der Bedrükkung befreien, die seit dem Beginn des Prozesses, der in Rouen gegen Jeanne d'Arc geführt worden war, über ganz Frankreich lag. Über Wochen hinweg hatten sich die Verhöre hingezogen, bis plötzlich das verdammende Urteil gefällt und vollstreckt worden war.

Jeanne d'Arc war tot. Auf einem Scheiterhaufen in der Stadt an der Seine verbrannt. Ihre Aschenreste hatte der Henker in den Fluß geschüttet. Nichts mehr sollte an sie erinnern.

»Es ist nicht wahr!« hatten die Leute aufgeschrien. Es könne nicht wahr sein! Noch mehr als im vorigen Jahr bei ihrer Gefangennahme waren die Kirchen überfüllt, obwohl sie für solche Gebete verschlossen sein sollten, weil ja strenge Kirchengelehrte die unwiderrufliche Trennung vollzogen und sie aus derselben Kirche ausgestoßen hatten, in der man nun ihre Totengebete sprach. Eine Sünderin. Eine Ketzerin! Eine Teufelin!

Das konnte nicht wahr sein. Niemand fand sich hindurch.

Spärlich wenig hatte René aus Rouen erfahren, als dort noch verhandelt wurde; mancher erschütterte Richter hatte das Tribunal nach schweren Gewissenskonflikten verlassen. Aber immer noch saßen über fünf Dutzend der klügsten Kenner der Heiligen Schrift als Richter um sie herum, während Pierre Couchon die Verhöre führte, der Erzbischof von Beauvais, der die angeblichen Wunder der Jungfrau mit seinem klaren Glauben und Scharfsinn aufzuklären versuchte. Er widerlegte sie!

Wie er, so lauschte jeder auf jedes Wort, auf jede Betonung. Sie zuckten vor Spannung zusammen, wenn die Jungfrau vor einer Antwort stockte. Ein einziges unbedachtes Wort konnte ihr Glück oder Verderben sein. Aber sie fing sich.

Warum sie Männerkleidung trage?

Welches geheimnisvolle Zeichen sie dem König vorgewiesen

habe? Jenem angemaßten König Charles, den sie nach Reims begleitet hatte? Niemand erwähnte besonders, daß der neunjährige König Heinrich der Sechste von England und Frankreich, dem ihre Beseitigung nützen sollte, nicht weit von ihrer Zelle entfernt in dem weiträumigen Schloßbau lebte, zu dem auch ihr Gefängnisturm gehörte.
Auch erfuhr sie wohl kaum, daß ihr Hauptmann La Hire, der bis zuletzt noch neben ihr gefochten hatte, mit einer Armee, die König Charles ihr zu Hilfe schickte, gegen Rouen marschierte. Damals hatte sich neue Hoffnung geregt!
Denn im verschreckten Volk wurde nur wenig von den Verhören mit den bohrenden, oft wiederholten, nur anders gestellten Fragen bekannt. Immer wieder sollte sie Auskunft geben über dieselben Dinge, über die Feen unter dem Baum in Domrémy, die böse Geister sein mochten, über die inneren Stimmen, die sie angeblich hörte und die das verstellte Geflüster von Teufeln sein konnten, über ihr Fähnlein mit den Bildern der Heiligen. Man las ihr eigene Briefe vor, die sie mit einem Kreuz gezeichnet hatte, auch die ermahnenden, stolz beschwörenden Briefe an den König von England und seinen Statthalter Bedford.
Warum sie in Beauregard, dem luxemburgischen Schloß, wo sie in gutem Gewahrsam gewesen, aus dem Fenster sprang? Ob sie sich selber töten wollte? Wie die Gestalten aussahen, deren Stimmen sie zu vernehmen vorgab?
Unvermutet waren die Fragen einander gefolgt. Aber sie hatte schon oft inmitten von tödlich schwirrenden Pfeilen gestanden, die von allen Seiten her auf sie gezielt worden waren. Sie hielt auch hier stand. Wie unberührbar gab sie klar und unbeirrbar Antwort, so eigentümlich würdig, wie sie mit ihrer Jungfräulichkeit auch das ärgste Kriegsvolk in ihren Bann gebracht hatte. Nur manchmal schien sie zu blitzen, wie von Fremdem berührt, das ihr unzumutbar war, und so schien ihr Blick auch immer ins Hohe und Weite gerichtet. So war wohl auch mancher erschüttert, als sie sagte: »Seit ich in Melun die Offenbarung hatte, daß ich gefangen würde, tat ich den Feldhauptleuten in ihren Plänen möglichst ihren Willen. Aber ich verriet ihnen nicht, daß mir geoffenbart war, ich würde gefangen werden.«
Aber man glaubte ihr diese Offenbarungen nicht. Teufelswerk sei es!
Schon im September, als sie an einem Feiertag, dem Tag von Marias Geburt, Paris angriff, was ihr nun auch in Rouen zur Last

gelegt wurde, hatten sie die Pariser von den Wällen herunter als Hexe verwünscht und beschimpft. Denen, die gegen sie waren, war jede Verdächtigung recht. So hatte man, wie eine schwelende Glut anblasend, die ewig alten Mittel benutzt, um die Meinung im anderen Frankreich gegen das kühne Geschöpf bis zum Abscheu und Haß zu steigern.

Deshalb brauchte das Tribunal in Rouen offenbar nur noch sein Urteil in Worte zu fassen, um den Gesetzen gerecht zu werden.

Aber was blieb als ihr Verbrechen?

Abtrünnigkeit. Eine Zauberin. Eine Lügnerin durch Aberglauben und Wahrsagerei. Sie habe Götzen gedient. Dämonen gehorcht. Eine Ketzerin!

So ähnlich habe die Schrift über dem Scheiterhaufen in Rouen gelautet.

Einstweilen erfuhr man ja nur, was man äußerlich in der Stadt zu sehen bekommen hatte. Wie sie von englischen Knechten in Kettenhemden und mit Eisenhelmen und Spießen in den Gerichtssaal eskortiert worden war, oftmals in die Rüstkammer im Schloß, aber auch durch die Stadt, einmal auf einen Friedhof, als sollte sie dort durch den Anblick der Totensteine an die Endlichkeit des irdischen Daseins erinnert werden, und wohl auch durch den Kreuzgang von St.-Maclou, wo in den niederen Holzarkaden ein grausiger Totentanz in das Gebälk gemeißelt war. Auch in die Folterkammer wurde Jeanne d'Arc geführt.

Darüber wurde in Schenken und auf den Straßen geredet, vor den Kirchen und daheim, wo manches Tischgebet mit einem Schauder oder mit desto größerer Inbrunst aufgesagt wurde.

Dann erfuhr man in den Junitagen von ihrer letzten Stunde. Der Alte Markt, der Vieux Marché, von seinen dunklen Fachwerkhäusern mit ihren normannischen Giebeldächern umgeben, war menschenleer gewesen, weil englische Knechte die Gassen abgesperrt hatten. Es war vormittags. Nur die Richter saßen stumm wartend auf Holztribünen, die weltlichen auf der einen, die geistlichen auf der anderen Seite. In der Mitte erhob sich der Holzstoß, wie hier schon mancher mit Reisigbündeln in Brand gesetzt worden war. Nachher schüttete der in schauriges Rot gekleidete Kerl, dessen Augen durch Schlitze glotzten und der umsichtig alles geordnet hatte, Öl und Werg und Schwefel in die Flammen. Alles war vorbereitet, als man das Knarren des offenen niedrigen Karrens hörte, auf dem die Pucelle herangefahren

wurde und auf dem sie in einem langen Büßergewand aufrecht stand.
Dann ging alles ganz rasch. Die Verlesung des Urteils. Einmal hatte sie widerrufen und am nächsten Tag ihren Widerruf als nichtig erklärt. Jetzt, als der weltliche Richter nach ihr greifen durfte, als sich das Tribunal zurückzog, rasch in eine der Gassen hinein, rasch fort von der schrecklichen Stätte, hatte man aus dem Rauch und aus den Flammen heraus ihren Aufschrei »Jesus« als ihr letztes Wort gehört. Auch wurde behauptet, man habe eine weiße Taube aus dem Rauch aufsteigen gesehen.
Man glaubte es wie ein Zeichen. Man brauchte ein Zeichen der Hoffnung. Weil sie nicht mehr da war, war sie vielen um so stärker gegenwärtig.
Wie aus einer Erstarrung heraus hatte der alte Barbazan in der großen Halle, als der Tumult des ersten Erschreckens in wilde Gespräche überging, das Wort verlangt. Ihn hatte König Charles mit zweihundert Knechten und einem Corps Schützen zu Hilfe geschickt. Fast unbeholfen erhob sich der alte, breitbrüstige Mann am Tisch, blickte sich um, wie er im Feld vom Pferd aus über seine Leute hinsah, und sagte dann: »Also müssen wir nun in Lothringen für Frankreich weiterkämpfen. Das heißt freilich: für uns. Denn ich habe zwar bisher kaum gefragt, wenn es losging, um was es ging. Aber jetzt weiß ich es, alt genug. Seit diesem Mädchen, das weiter geblickt hat als wir.«
Dann hatte er sich gedankenvoll wieder gesetzt.
Abends, im Wappensaal, wo René mit seinen Freunden und den hohen Gästen zusammensaß, wurde wohl heftig darüber gesprochen, daß der burgundische Herzog mit Charles oder daß ihre Kanzler früher schon oft miteinander verhandelt hatten. Ungesagt hatten sie Waffenruhen vereinbart. Oft tauschten sie, während die Truppen einander verfolgten und zusammenschlugen, unverdächtige Unterhändler und Briefe aus. Jetzt waren jedoch die burgundischen Truppen frei geworden. Deshalb zog Philipp seine Verhandlungen mit Charles langwierig hin, um unterdessen hier, in Lothringen, zuzuschlagen!
»Jeder Herrschende sieht zwar im anderen«, so brachte es René in Worte, »manchmal nicht ungern den Menschen, den er vielleicht sogar mag und mit dem er nicht selten verwandt war.« Seit Jahren war es auch Philipp durch seine Schwester mit dem englischen Herzog von Bedford. Schließlich war gar die englische Königswitwe eine Schwester von Charles. Ach, aber es war wohl

seit jeher unvermeidlich, daß der Zwang des Politischen, der nicht immer der Bosheit entsprang, sondern den Dingen selbst und ihrer Entwicklung, zu einer Gegnerschaft führte. Sicher entsprach es der Menschennatur, die sich selten zügeln ließ, wenn es um eine erreichbare Macht ging. Wer griff nicht gern nach einer Krone?

So hatte René noch am letzten Abend vor ihrem Ausritt ein grübelndes Tischgespräch geführt. »Aber es kann auch, wie für uns, Angst vor dem Nachbarn und seinem Hunger nach immer größerer Macht sein, die eine Gegenwehr verlangt«, sagte René, »weil wir etwas vor ihm bewahren müssen, uns selbst, unser Denken, das Bild unserer eigenen Welt, die wir auch, wie unser Kriegsmeister Barbazan sagte, mit ihren neuen Gedanken verteidigen müssen. Deshalb danke ich Ihnen, weil wir uns über jeden selbst anklagen müßten, den wir unserer eigensüchtigen Macht zuliebe aus dem Leben schicken würden.«

Er machte den Abschied am Morgen kurz, auch von Isabella.

»Ich bin sehr traurig«, sagte er. Indessen jubelte draußen die Menge. »Dabei ist mein Zorn von einer Art, die meine besten Freunde nicht begreifen würden.«

»Vive le bon René!« rief auch das Hofgesinde, als er an die Spitze der draußen wartenden Truppen trat. Nun ja, er hatte zu lächeln. Er winkte freundlich überallhin, sich verneigend und dankend, als er unter Hochrufen aus Nancy hinausritt. Auch in den Dörfern wurde er ähnlich begrüßt. »Endlich!« riefen die Leute. Hinter ihm folgte, von Staub umgeben, der endlos scheinende Zug seiner Armee, von der einzelne Reitergruppen auf entfernten Feldwegen ritten. Das Tal war vom Gerumpel der schweren Wagen erfüllt.

Aber sie trafen auch Flüchtende aus den Vogesen, wo Truppen des Herrn de Vaudemont ihre Dörfer geplündert und dann in Brand gesteckt hatten. Wie riesige Kohlenmeiler rauchten sie in den Wäldern.

»Das ist übelster Kriegsbrauch«, hatte René erschrocken zu Isabella gesagt, die in Nancy, als er auf einem Ausritt war, den ersten Flüchtlingen geholfen hatte. Seitdem war sie ihm ungewohnt ernst und ängstlich erschienen, fast furchtsam. Auch ihre Zärtlichkeit schien ihm anders geworden. Nein, überlegte er nun, als er im ersten Feldlager, das auch ihr letztes sein sollte, schlaflos keine Ruhe fand. Eine neue Zartheit oder Behutsamkeit hatte ihr ganzes Wesen verändert. Auch wie sie die Kinder vor den Vater führte, den jüngsten mit kindlich gesagten, einfachsten Worten erklärend, daß der Vater nun fortreiten und daß jedes für ihn beten müsse, dies alles hatte ihn tiefer berührt als jede andere Beglücktheit, die ihm unwillkürlich zugleich ins Gedächtnis kam.

Draußen, durch die Zeltwand hörte er zwischen anderen Stimmen den alten Barbazan, weshalb er zu ihm hinaustrat. »Was gibt's?«

Ein kleiner Trupp seiner verwegensten Reiter war bis nach Langres gestreift, der schwer befestigten Hügelstadt, mit ihrem weiten Ausblick in die Ebene, wo helle Flüsse blitzten. Von dort aus hatten sie einen langen Zug von Bauernwagen beobachten können, der in die östlichen Wälder einbog, mit Fässern beladen.

»Burgundischer Wein? Den trinken sie nicht, sondern wir!«

Die Soldaten hatten die Kundschafter kaum ausreden lassen.

In den vorangegangenen Tagen waren jedoch auch, erfuhren sie später, im Tal der jungen Maas, auf derselben Straße und in den benachbarten Höhenzügen viele Soldatenkolonnen nordwärts gezogen. Demnach waren sie nun in dem nächtlichen Waldgebirge versteckt, das vor ihnen lag und wo in der Juninacht die Hitze des Tages nicht so lang anhalten mochte wie hier, über den Wiesen der Ebene.

Auch morgen, meinte Barbazan, habe man wohl einen heißen, wenn nicht gar hitzigen Tag zu erwarten. »Schlaft«, sagte er, während er durch die Zeltgassen ging, zu den Soldaten, die dort herumstanden und saßen. »Schlaft jetzt.«

Er sagte es auch zu René und hörte doch zu, weil Robert de Baudricourt berichtete, daß er auf einem Umweg mit dem Seigneur von Grignan in Domrémy gewesen war. Nur wenige Stunden war man hier von dem einfachen Haus mit dem breit abgeflachten Dach entfernt, das neben der Kirche unweit der Brücke über die Maas stand, die hier noch ein seichter Wiesenbach war. Ein unscheinbares Haus, in dem sie die Kammer der Jeanne d'Arc betreten hatten, in die, halb im Boden, durch das kleine Fenster im Feldsteingemäuer nur wenig Licht hereinfiel. Aber nun knieten dort fremde Besucher nieder, während die scheue Mutter Romée wie verstummt allen Fragen standhielt. »Ja. Nein.« Auch zur Quelle und zum Feenbaum zogen die Leute, und nun waren von dort aus alle Blicke mit besonderer Inbrünstigkeit, so sei es wohl auszudrücken, über das Tal gerichtet, wo sich fernhin ansteigende Hänge dehnten.

»Hierher richten sie ihre Hoffnungen«, sagte Baudricourt, »weil wir hier auf dem nämlichen Weg sind wie sie und weil die Entscheidung, ganz in der Nähe von Domrémy, ihnen wie eine seltsame Fügung erscheint.«
Ganz Frankreich warte auf diese Entscheidung.
Das hatten auch die Capitaine der Gens d'armes, die zuletzt in Eilmärschen angerückt kamen, auch von König Charles und seinem Kanzler Gérard Machet ausgerichtet.
Sie brachten auch einen Brief von Yolande mit.
»Mein sonderbarer Porträtist«, schrieb sie, »hat mir die ganze Sammlung seiner bunten Gläser für dich dagelassen. Aber eigentlich mußte ich mit ihm darum ringen. Ich schicke sie dir, wenn du wieder in Nancy bist.«
Da glaubte René, sie vor sich zu sehen, wie sie lächelnd die paar Zeilen auf das Papier hinmalte, die ihm mehr bedeuteten als jeder andere Zuspruch.
Jetzt konnte er schlafen.

Am Sonntagmorgen, als sich die Armee Renés weiter nach Süden bewegte, wobei sie dem Hügelland näherkam, meldeten die vorausgeschickten Reiter, daß in der Nähe der Ortschaft Bulgnéville ein feindliches Lager war.
Unweit davor stauten sich nun die Truppen Renés, die sich gleich über die Flur verteilten. Ihr Gegner ließ ihnen Zeit.
Hinter den Planwagen, die auf einer Anhöhe standen und in der Ortschaft, deren Hauptstraße in Biegungen anstieg, taten sich die burgundischen Truppen an den Weinfässern gütlich, die man stehen sah. Anscheinend sollten sie sich, sagten die Lothringer, Mut antrinken. Heiß genug war es. Weit in der abfallenden Landschaft, die von Waldstücken abgegrenzt wurde, schienen feindliche Truppen verborgen. Dann glaubte Baudricourt, den Barbazan vorgeschickt hatte, auf einer der niedrigen Kuppen beim Dorf den Obersten Toulongeon und den Comte Antoine de Vaudemont zu erkennen.
Ob man sie erwarte? rief er hinauf.
Man sei bereit, kam die Antwort.
Also waren die Truppenführer gewillt, trotz ihrer Greuel in den Vogesendörfern, den Kampf nach der alten Art auszutragen. Man griff sich nicht an, bevor die Truppen aufgestellt waren.
Aber der alte Barbazan ritt beunruhigt selber durch das Gelände, das ihm nicht gefiel. Auch ihn ließ man unbehelligt so nahe kom-

men, daß ihn ein guter Schütze vom Pferd schießen konnte. Dabei sah er mehr als die andern. Keine Pferde, wenn sie nicht irgendwo in den Wäldchen im Hinterhalt lagen, die sich tief in die Wiesen hinein erstreckten. Auch war der weite Talgrund, der in Wellen zu den burgundischen Stellungen anstieg, von Zäunen und Hecken durchzogen. Hindernisse, wohin man blickte. Außerdem Palisaden, hinter denen wahrscheinlich die pikardischen Schützen aufgereiht standen, die beste Truppe des Herzogs Philipp.

Voller Bedenken wies Barbazan René und seine Offiziere, die bereits kampflustig aufgesessen waren, auch auf den Bachlauf hin, der im hoch wuchernden Wiesengras kaum zu erkennen war. Nur eine dürftige Brücke gab es vor dem Dorf, breit genug für einen Ackerwagen, aber nicht für ein Reitergetümmel.

»Wir setzen über den Bach weg!« rief einer der jungen Feldhauptleute, die ihre aufgeregt tänzelnden Pferde kaum noch zu zügeln vermochten. So bewegte sich ihre Gruppe wie um sich selbst, weil die Pferde ebenso ungeduldig wie ihre Reiter waren.

»Überall kleine Gehölze«, sagte Barbazan. »Baumgruppen. Waldstücke.«

»Wer die Bäume fürchtet, geht nicht in den Wald!« zitierte einer der Jungen ein Volkswort. Er fand lustigen Beifall damit.

»Auch müßten wir gegen die Sonne angreifen.«

»Ich will den Burgundern nicht meinen Gaul von hinten zeigen!« rief ein anderer. Er hätte wohl gern ein derberes Wort gebraucht. Aber René blickte jeden der Sprechenden aufmerksam an, die immer heftiger eiferten. Angreifen! Angreifen!

In dieser hitzigen Sonne? Ohne etwas zu trinken außer dem kläglichen Bachwasser?

Angreifen!

Auch Jean d'Haussonville schien für den Angriff zu sein.

Sie überstimmten den alten Barbazan.

Da sagte endlich René: »Aufstellen sollten wir uns.«

»Gut«, antwortete Barbazan. »Ich übernehme den Angriff.« So war es ausgemacht. Barbazan führte die Avant-Garde, René die Hauptmacht, Robert von Saarbrücken die Nachhut.

Trompeten gaben die Weisungen weiter. Geschrei wurde laut, und schon drohten manche Pferde auszubrechen, indes ihre Reiter die Waffen zogen. Überall in dem weiten Talgrund funkelte es auf einmal von Waffen. Aber noch starrten alle Augen auf Barbazan, der mit erhobenem Degen zu René hinüber salutierte. Wenn er jetzt sein Zeichen gab, setzte sich die Avant-Garde in Bewegung!

Da trat jedoch ein Ereignis ein, das alle, die des Anblicks teilhaftig wurden, wie eine Seltsamkeit bestürzte und gleich darauf wie ein Bann befiel. Wo später von der Schlacht bei Bulgnéville geredet oder geschrieben wurde, zögerten an dieser Stelle die Erzähler, weil das, was nun geschah, unglaubhaft schien.

»Ein Hirsch! Ein Hirsch!« hatten zuerst einige Stimmen gerufen, dann immer mehr. »Ein Hirsch!« Schließlich standen hier über zehntausend lothringische Herren und Knechte zum Kampf bereit, schon im Begriff, den Pferden die Sporen zu geben oder machtvoll den vorwärts wogenden Marsch auf den Feind zu beginnen. »Ein Hirsch!«

Bei diesem Ruf standen sie wie gelähmt. Nun sah man ihn, einen mächtigen Hirsch mit starkem, vielzackigem Geweih, der wie unwillig aufgescheucht aus einem nahen Waldstück, dicht vor der Avant-Garde des alten Barbazan, auf das Feld trat. Auch die Burgunder hatten ihn gesehen. Auch dort begann ein lärmendes Rufen: »Ein Hirsch! Ein Hirsch!«

Wahrscheinlich hatten ihn burgundische Soldaten im Dickicht aufgejagt, wo er während der Mittagshitze verhielt. Nun, von beiden Seiten in dem sonst ruhigen Talgrund von Geschrei umgeben, äugte er zu der Anhöhe hin, zu den Burgundern, dann auf die großen Carrées der Reiter und des Fußvolks der Lothringer, die von Lanzen und Schwertern starrten, farbige Wimpel darüber. Aber dann zog er mitten zwischen den beiden Heeren über die Wiesen hin, den Kopf mit dem vielgegabelten Geweih zurückgelegt.

Nichtachtend nannten ihn später die überlebenden Zeugen. Denn hier schien, so empfanden sie es, ein Geschöpf aus der Sagenwelt sichtbar geworden, der Hirsch des unheiligen Jägers Hubertus oder des Zauberers Merlin, der auf einem Hirsch durch die bretonischen Wälder ritt, der Gefährte der Genoveva und der Diana.

»Tut ihm nichts!« hatte als erster René, vor seinen Reitern zu Pferd, seinen eigenen Leuten, dann den Burgundern zugerufen. »Nicht jagen! Nicht töten! Tut ihm nichts! Ich bitte euch!«

Dann war es weiterhin absonderlich, daß der Hirsch, als es ganz ruhig um ihn herum wurde, ein wenig äste. Er trank am Bach. Selber verwundert, aber ohne Furchtsamkeit sicherte er zu den

Tausenden von bewaffneten Männern herüber, die wie erstarrt ihre Waffen hielten. Dann zog er ganz langsam in seinem wiegenden Gang einem Gehölz zu, mitten in den Wiesen.
»Alle bleiben zurück!« rief René und sah an den Reihen entlang, bevor er wendete und nun ganz allein vor die burgundische Stellung ritt. Was hatte er vor?
Seltsam. Er brauchte dort nicht zu warten.
Als wäre er vielmehr erwartet worden, trat nun ein einzelner Mann zwischen den Weidengeflechten der Brustwehr hervor und kam ihm den kleinen Abhang herunter entgegen: Antoine de Vaudemont! Weil er zu Fuß kam, stieg auch René ab.
Vielleicht, so wurde nachher vermutet, war auch der Herr von Vaudemont, der seit langem in Zwist und Erregungen lebte, durch das Erscheinen des Hirsches eigentümlich gepackt gewesen. Er mochte in seinen Zwiespältigkeiten wie ein Mensch, der zuletzt bei Orakeln Zuflucht sucht, auch den Hirsch als unerklärliches Zeichen gedeutet haben.
Nun begann er: » Sie seltsamer Herzog. Aber wir sind nicht in Metz.« »Um so mehr danke ich Ihnen«, sagte René und sah ihn kopfschüttelnd an, einen Mann, der in seiner Statur dem alten Herzog glich, auch im Gesicht. Nur waren ihm wohl durch seine Leidenschaften die kleinen Polsterungen versagt geblieben, die bei seinem Bruder so behaglich ausgebildet waren. Aber dann fragte René: »Wollen Sie in der Tat die Narrheit zu Ende treiben, obwohl Sie wissen, daß es das Ende für uns beide wäre, wenn Sie siegen würden?«
»Das könnte möglich sein.«
»Versöhnen wir uns?«
»Einverstanden. Aber vorher müssen wir wohl noch kämpfen.«
»Das dachte ich, daß Sie das sagen würden. Hören Sie zu. Obwohl ich der Jüngere bin, bitte ich Sie, vernünftig zu sein. Ich kann nichts dafür, daß ich der Erbe bin, der Sie gern wären.«
»Sie sonderbarer Mann.« Der Comte de Vaudemont forschte das Gesicht Renés mit einem freundlich verzerrten Ausdruck aus. »Daß Sie den Hirsch verschont haben«, sagte er, »das paßt zu Ihnen.«
»Ja, der Hirsch. Er hatte herrliche Sprossen.«
Sie machten nebeneinander ein paar Schritte, wobei René zu seinen Truppen hinübersah, wo alle Augen auf ihn gerichtet waren.
»Nur uns verschonen wir nicht«, sprach er nachdenklich weiter.

»Sie sehen, daß meine Leute gleich angreifen wollen. Wir sind in der Überzahl. Was verlangen Sie, wenn wir es nicht auf den Zufall ankommen lassen, uns gegenseitig blutig oder tot zu schlagen?«
Aber der Comte de Vaudemont, der ebenfalls auf die Truppen blickte, meinte nach einer Weile, eigentümlich betont: »Sie können das nicht mehr verhindern, René. Die würden uns beide von beiden Seiten in Stücke schlagen, wenn wir sie aufhalten wollten. Ihre Hauptleute, meine ich, sind allzu jung. Aber auch Toulongeon will seine Schlacht.« Er sagte das halblaut. »Wir entkommen ihr nicht. Deshalb hätte ich lieber den Hirsch gejagt. Meilenweit.« Er starrte auf das Gehölz.
»Was verlangen Sie?« wiederholte René.
»Ich glaube, ich kann nichts verlangen.«
»Was hat Ihnen Philipp von Burgund versprochen?«
»Den Sieg über Sie.«
»Ist das nicht zu wenig, wenn Sie nichts davon haben?«
Da straffte sich Vaudemont.
»Wenn Sie gewinnen«, sagte er, »brauchen Sie mir nichts zu geben. Wenn Sie verlieren, können Sie mir nichts mehr geben. Ich vertraue auf Philipp. Aber eigentlich hätten wir wegen der Erbsuccession, die Sie mir abgelehnt haben, den Kaiser anrufen müssen.«
»Tun Sie das«, sagte René. »Auch wenn ich diese Schlacht gewinne. Ich hoffe das. Sie wäre auch für Sie gewonnen. Tun Sie das. Wenn Sie mir ein Urteil bringen, ich unterwerfe mich.«
»Sie würden also«, wunderte sich Vaudemont ungläubig, »auf Lothringen verzichten, wenn es ein paar Juristen sagen?«
»Wenn Sie beweisen, was Recht ist«, sagte René.
»Dann will ich freilich versöhnt sein«, lachte Vaudemont in seiner gezwungenen Art. »Vielleicht sogar mit meiner Nichte Isabella.« Aber plötzlich spähte er zur burgundischen Stellung hinauf, an den Verhauen entlang und wieder zum Gehölz hinunter. Er zuckte zusammen. »Der Hirsch!« Er deutete aufgeregt hin. »Der Hirsch!« ... Und schon sah man einige trampelnd laufende Kerle, die den Hirsch aus dem Waldstück heraus verfolgten, voran ein burgundischer Offizier.
»Der Hirsch!« wurde nun wieder da und dort gerufen. Aber nun klang es wie anfeuernd. Da setzte der Hirsch in weit ausgreifenden Sprüngen, von dem hetzenden Reiter verfolgt, auf die Lothringer zu und dort an der Front einer Abteilung entlang. Dort

stürmten Soldaten heraus, die auf die burgundischen Knechte einhieben. Signale ertönten. Geschrei!
Wie von den eigenen Trompeten zurückgerufen, wandte sich Vaudemont fahrig um.
»Ich sagte doch«, brachte er noch hervor. »Er will seine Schlacht.« Dann hastete er den Hang hinauf.
Zur gleichen Zeit wich der Hirsch erschreckt vor den grellen Signalen der Avant-Garde aus und jagte hügelan, kreuz und quer in erregten Sätzen. Er schien den Wald zu erreichen, während René wie betäubt stand. Also zum Angriff?
Barbazan wartete, in den Bügeln aufgerichtet, bis ihm René, nun wie verwandelt, das Zeichen gab. In scharfem Galopp sprengte René zu seiner Truppe zurück, wo er kurz vor dem ersten Reitergeschwader sein Pferd zum Stehen brachte. Es bäumte sich auf. Er riß es herum.
Dann begann die Avant-Garde vorzurücken, und dann setzte sich auch, mit René an der Spitze, seine Hauptmacht in Bewegung, ein unübersehbares Heer.

Nachher wußte niemand genau, wie unglückselig die erbarmungswürdige Schlacht von Bulgnéville verlaufen war.
René war gefangen, von einem Säbelhieb im Gesicht getroffen, sein Heer geschlagen, niedergeschossen und niedergehauen, auseinandergelaufen. Barbazan tot. Neben ihm lagen unzählbare andere, weil plötzlich die auf der kleinen Kuppe aufgestellten Karren zur Seite gezerrt worden waren. Dann fingen die dort versteckt gehaltenen Geschütze alle auf einmal zu feuern an, tout à une fois. Zugleich begannen die eintausendvierhundert pikardischen Bogenschützen, die ihre eisernen Pfeile lose neben sich liegen hatten, ein Geschoß nach dem anderen in die Carrées hineinzuschießen, schnell, schnell. Fast jeder Pfeil traf. Als einen der ersten trafen sie Barbazan, der mit seiner Fahne vom Pferd sank.
Dann blieb zuletzt in aller Verwirrung nur noch eine einzelne Truppe, an deren Spitze René focht, bald abgeschnitten und eingekreist, schon dreimal getroffen, Blut im Gesicht und vom unablässigen Angriff, von der unaufhörlichen Abwehr ermattet. Als er ausglitt und taumelte, wurde er überwältigt.

Siebtes Kapitel

Der gute Gefangene

Aber schon bald danach, während um ihn herum die schreckliche Jagd auf Gefangene weiterging, erlebte René und kurz darauf auch der siegreiche Comte de Vaudemont, daß zwar der Comte wohl einer der Sieger, daß aber der Herzog Philipp der Gewinner der Schlacht war.
Zwei Capitaine des Comte Antoine hatten René an jenem Waldrand, aus dem der Hirsch herausgejagt worden war, niederzusitzen erlaubt. Er wurde verbunden. Dann starrte René erschöpft über das weite Feld. Wie lang? Er wußte es nicht.
Er war noch nicht ganz zu sich gekommen, als er, kaum begreifend, den knappen Verweis eines burgundischen Obersten hörte, der Comte de Vaudemont habe kein Recht auf diesen Gefangenen!
»Kein Recht?«
Dann standen sie beide vor ihm, hochrot im Gesicht und bebend der Comte de Vaudemont und wie unberührbar Toulongeon, der Feldmarschall Philipps des Guten. Er habe Befehl, sagte der Oberst gelassen, den Monsieur de Bar nach Dijon zu bringen. Nie hatten die Gegner Renés in ihm den Herzog von Lothringen anerkannt.
»Wir werden Sie, Monsieur de Bar«, wandte sich Toulongeon darauf an René, »mit gebührender Achtung begleiten lassen. Machen Sie keinen Fluchtversuch!« setzte er scharf hinzu. Ob er bereit sei?
Benommen erhob sich René und begann, während er merkte, daß er schwankte und es nicht hindern konnte, einen Fuß vor den anderen zu setzen. Wie blicklos ging er und sah doch rundum seine Leute liegen, ohne erkennen zu können, wer der oder jener sein mochte, bis er nur noch vor sich nieder auf den Boden starrte und weiterstapfte, dem Lager zu.

Indessen ritt Vaudemont neben ihm her, und er wartete auch, bis man René auf einen Kastenwagen geholfen hatte, auf dem Stroh und Säcke lagen. Dann stiegen Bewaffnete auf, zuletzt ein alter Feldhauptmann. Aber noch hatte der Comte kein Wort gesagt. Wie verstört sah er um sich. Überall wurden Gefangene fortgeschafft. Weithin in der Ebene galoppierten suchende Trupps.
Da richtete René das Wort an ihn: »Ich weiß, Sie hätten mich gern als Beute gehabt. Aber wollen Sie wenigstens sich und mir die Genugtuung geben, um Ihr Recht bemüht zu sein? Das ja auch mein Recht wäre?«
Da verzerrte sich das Gesicht Vaudemonts. Er wandte sich ab und preschte davon.
Dann begann für René seine Reise in den schattigen Wald hinein, wo überall Zelte standen.
»Wo sind wir?«
Aber der Feldhauptmann blickte jeweils beiseite, um keine Antwort geben zu müssen, und seine Leute durften nicht sprechen. Endlos schien die Fahrt auf dem südwärts fahrenden Wagen, von Reitern umgeben. Manche starrten ihn an. Andere sprengten voraus, als sicherten sie ihren Weg. Ob man wohl fürchtete, daß ihn Freunde, die sich gerettet haben konnten, heraushauen wollten?
Nachts, als der Karren in ein abgelegenes Château einfuhr, stellte die Truppe die Wachen. Auch im Gang. Auch unter seinen vergitterten Fenstern. Auch in seiner Kammer saß einer. Jede Nacht war es ein anderer.
»Wo sind wir?«
»Talent«, sagte endlich einer, nachdem sie viele Tage und Nächte, die er zu zählen vergessen hatte, am gleichen Ort geblieben waren. »Talent bei Dijon.«
»Also werde ich endlich den Herzog sprechen?« fragte René den Kastellan. »Er läßt sich doch der Gute heißen? Le bon?«
Aber bald ging es weiter, plötzlich nachts, als ob ihn niemand sehen sollte. An Dijon vorbei. Dann wurden Monate aus den Tagen und Wochen mit ihrem vergeblichen Warten, bis man ihn nach Dijon eskortierte.
Über ein halbes Jahr ließ der Herzog Philipp verstreichen, vom Sommer bis fast der Winter vorbei war, bevor er zum ersten Mal seinen »guten Gefangenen« besuchte. So nannte er ihn liebenswürdig doppelsinnig, ein großer, geschmeidiger Mensch in

der Gewähltheit seiner einfachen, kostbaren Kleidung und mit schmalem Gesicht, bartlos, mit klugen Zügen und Augen.
Aber zuerst fielen René seine schmalen und dennoch festen Hände auf. Denn er brauchte innerlich lang, bis er mit wie erwachenden Augen aufblicken und nach einer Zeit des Stummseins wieder sprechen konnte.
Freilich habe er anordnen müssen, sagte der Herzog, daß seine Haft und Bewachung streng sein mußten, auch ohne Gespräche. Er würde manches erst später gerechtfertigt sehen, plauderte er mit dem Beiklang, dies alles selber mißlich zu finden.
»Gewiß«, sagte Rene, wortkarg geworden. Er mußte sich, als sei sie ihm fremd geworden, wieder an seine eigene Stimme und an ihren Klang, fast an den Gebrauch seiner unbeholfenen Zunge gewöhnen.
Um so heftiger überkam es ihn, daß er frei werden mußte!
Endlich, jetzt, heute, zu dieser Stunde! Nun erlebte er plötzlich noch einmal, wie im Gedächtnis vorüberzuckend, was sich in vielen Tagen und Nächten träge abgespielt hatte. Acht Monate lang nur kahle Wände, in denen es nicht einmal einen Nachklang von Stimmen aus anderen Räumen gab, nur Stummheit, nur den eigenen Tritt auf abgelaufenen Dielen unter Gewölben und niedrigen Decken. Manchmal den Versuch, mit sich selber zu reden. Dann die Erlösung eines Gedichtes, das ihm wie ein verflogener Vogel durch das vergitterte Fenster geschenkt worden war. Aber dann waren auch jene Verse in seinen Eisenstäben eingesperrt gewesen, weil er sie niemand hinausschicken konnte.
Hier, in Dijon, im hohen vierkantigen Eckturm, war sogar der Kamin durch ein Eisengitter verbarrikadiert. Wie brütend, wie nach Worten suchend, blickte René auf den Kamin. Philipp bemerkte es, weshalb sich seine schmalen Lippen zu einem winzigen Lächeln bewegten. Nun ja, streng sollte es sein, schien er zu denken. Er sagte, ach, er wisse wohl aus amourösen Stückchen, daß oft ein Liebhaber von seiner Schönen in den Kamin hinaufgeschickt worden war, wenn man sie überraschte; einmal tat es sogar ein herzloses Weib, um sich nachher über den rußigen Adam lustig zu machen. Der Herzog zuckte die Schultern. Nun ja, er hätte wohl auch versuchen können, über das Dach zu entfliehen?
»Ich bin töricht«, sagte René und warf sich vor, noch nichts Entscheidendes gesagt zu haben. Deshalb stand er auf, um nahe beim Fenster, wo ein Gestell stand, ein darüber gehängtes, weit

ausgebreitetes Tuch zu entfernen. Dann kam dort ein farbiges Glasbild zum Vorschein, worauf Philipp mit einem erstaunten Ausruf ein paar Schritte zurücktrat. Denn es stellte ihn selbst dar, den vornehmen Duc de Bourgogne mit seinem unbewegten Gesicht, das leicht hochmütig wirken konnte, aber eigentlich nobel war, edel. Ein Werk von René? Er verwunderte sich und blickte das Bild, dann wieder den Künstler an, und nun war es wohl auch das erste Mal seit dem Massaker von Bulgnéville, daß der gefangene Herzog René, von seiner eigenen Bewegung gerührt, ein verlegenes Lächeln zu zeigen begann.
»Ja«, brachte er halblaut hervor, wie seufzend befreit. Denn dies war sein einziger Trost seit damals gewesen, nachdem endlich die Irrfahrt von Zelle zu Zelle beendet war. Einst – wann war das gewesen? – hatte er aus der Ferne nachtgrau die Türme von Dijon gesehen, auch diesen Turm, in dem er nun saß, la tour Brancion, den die Leute la tour de Bar zu nennen begannen. Nach ihm, dem guten Gefangenen. Aber das wußte er nicht.
Damals waren sie bei Chalons an der Saône in die Wälder hineingereist, endlich in einer Saline mit salzig beschlagenen Häusern am Ziel. Doch auch dort wurde er plötzlich nachts aus dem herbstlich kahlen Talgrund fortgeführt, hierher, nach Dijon. Oh, er wußte den Grund!
Damals war es seinem guten Baudricourt gelungen, sogar sein Gefängnis in der entlegenen Franche Comté aufzuspüren. Weit genug lag es von Lothringen, weit genug auch von Frankreich entfernt. Er hatte ihm Zettel geschickt. Wie in erdachten Geschichten trug ein Bedienter ihre Briefe in hohlen Stöckchen hin und her. Alles war vorbereitet. Über einhundert unerschrockene Kerle standen zum Überfall auf die Saline von Brancon bereit, der Seigneur von Grignan darunter. Aber dann hatten burgundische Reiter den in den Wäldern vordringenden Trupp auseinandergejagt. Dennoch tat es nun gut, daß ihm auch diese Erinnerung gegenwärtig wurde. Er war nicht vergessen. Er hatte Freunde! Es machte ihn sicherer.
Anscheinend gefiel dem Herzog das Porträt, das nach dem Prägebild auf den burgundischen Münzen entstanden war. Außerdem wies es die Feinheit auf, die Philipp besonders bemerkte, daß ihn René mit dem Orden »Das goldene Vlies« dargestellt hatte, den er bei seiner Vermählung gegründet hatte, ein breites Kettenband, an dem ein goldenes Lamm als Anhänger glänzte.
Immer wieder sah Philipp verwundert zu René hinüber, fast ver-

wirrt. »Nicht nur, weil ich für die Vergünstigung dankbar war«, sagte René, »und nicht, um Ihnen zu schmeicheln, nein, sondern weil ich versuchen wollte, Sie durch Ihr Bild zu verstehen, habe ich mir ein Bild von Ihnen gemacht.«

Ebenso doppeldeutig erwiderte Philipp: »Aber Sie haben mir dadurch geschmeichelt. So sehen Sie mich?« Er prüfte es noch einmal, während René davon sprach, wie eines Tages die kleine, kostbare Truhe mit den Gefachen voller bunter Glasstücke abgegeben wurde, die seine Bonne Mère dem Glasbildmeister abgehandelt hatte. Dann hatte er, aber das dachte er nur, als er die Gläser gegen das Licht hielt, die Empfindung gehabt, seine Bonne Mère wie einst in Angers neben sich lächeln zu wissen, weit über die drunten liegende Welt hinweg. Wie klein und wie erbarmungswürdig hatte sie ihn, ohne es auszusprechen, das Menschliche in der Welt zu sehen gelehrt, obwohl man die Menschen selber oft fürchten müsse.

Er habe, sprach er gezwungen weiter, dankbar vermutet, daß wohl der Herzog selbst darüber entschied, ob seinem fernen Cousin René, den er zwar nur Monsieur de Bar zu nennen beliebe, diese Spielerei erlaubt sein solle.

»Sie sollte freilich erlaubt sein. Ich bin entzückt!« Er blickte das Glasbild auch auf der Rückseite an. »Und sprechen Sie nicht von Spielerei, mon cher cousin. Denn: Muß Kunst nicht immer, und dies im tiefsten Sinn, eine Art Spiel sein, ganz nahe dem Wahn eines Lebens, vielleicht eines besseren, als wir zu führen gezwungen sind?«

Er rückte das Bild ans Fenster, um einzelne Teile und die feinen Verstrebungen aus gehämmertem Blei, in denen sie in gebogenen Rähmchen saßen, genauer zu sehen. »Entzückt, mon cher!«

Ach, es tat gut, sich gekräftigt zu fühlen. Seit damals, seit dem Geschenk seiner Mutter Yolande, das er bewegt entgegengenommen, war das Bedrückendste gewichen, so, wie man Stück für Stück eines beengenden Panzers ablegt.

Jetzt nickte der Herzog, als schließe er die Besichtigung ab.

Da holte René ein anderes, ebenso großes und noch verhülltes Bild heran und hob es auf das breite Gestell. Weil er selbst, sagte René dabei, seit seiner Kindheit das kraftvolle Männergesicht nicht vergessen konnte, war dieses Bild sein erster Versuch gewesen, der Herzog Jean sans Peur, Johann ohne Furcht. Er war Philipps Vater gewesen.

Nun, während René das Tuch beiseite schob, nahm Philipp ei-

nen sehr ernsten Ausdruck an. Er rührte sich nicht, und beklommen dachte René daran, welche Erschütterung Philipp beim Tod seines Vaters befallen hatte, den eine Clique um Charles auf der Brücke von Montereau hinterrücks niedergestochen hatte. Charles war als junger Dauphin dabeigewesen, ahnungslos, wie er behauptete!
Damals habe, das wurde erregt erzählt, der junge Philipp, als ihm die Nachricht nach Gent gebracht wurde, zuerst einen schaurigen Schrei ausgestoßen, worauf er in Krämpfe verfiel, die sich lange nicht lösten. Aber dann hatte ihn seine Besessenheit, sich rächen zu müssen, noch stärker als seinen Vater an die Seite von England getrieben. Dabei hatte er freilich kaum bedacht, daß die Untat in Frankreich nur als Vergeltung für die ganz ähnliche Untat des burgundischen Herzogs galt, bei der man den Herzog von Orléans niedergemacht hatte.
Nachdenklich und unbewegt blickte Philipp auf das Porträt, bis er sich in den Raum zurückwandte, wo er sich setzte.
»Ich werde die Bilder in die Chartreuse bringen lassen.«
Dort, in der Chartreuse von Champmol, unfern der Stadt, ließ Philipp noch jetzt am Sarkophag für seinen Vater meißeln, den an den Seiten eine endlos scheinende Reihe von verhüllten Trauergestalten aus Alabaster umzog. Les Pleurants. Bei manchen, die ihre Gesichter verhüllten, war nur aus dem Faltenwurf ihrer Gewänder ihr packender Schmerz zu erkennen.
»Aber Sie haben vermutlich«, nahm Philipp nach einer Pause wieder das Wort, »bei diesem Bild auch andere Gedanken gehabt? Ich will kein Bekenntnis von Ihnen«, unterbrach er sich rasch. »Nachher vielleicht. Schriftlich.«
»Sie lassen mich frei?«
Erregt war René vor ihn hingetreten, weshalb ihn Philipp mit einer gelassenen Handbewegung auf einen Stuhl verwies. René war im Begriff gewesen, ihm auch ein Glasbild mit dem burgundischen Wappen zu zeigen, das er vor kurzem begonnen hatte. Noch war es nicht fertig. Er hatte es hastig auf seinen Werktisch zurückgelegt.
»Verzeihen Sie schon«, sagte er nun, wobei er zu zittern begann, »Ich ertrage die Gitter nicht mehr. Ich dachte so oft, als drücke ein Berg auf mich, auch an den Herzog Charles von Orléans, der nun wohl fünfzehn Jahre im Gefängnis in England liegt.«
»Wo er sehr schöne Gedichte macht«, wandte Philipp mit einem dünnen Lächeln ein. »Das heißt: es sind auch schlechte darunter.

Ich will Sie nicht quälen, René. Aber Sie hätten mich sicher, wäre ich früher gekommen, mit der gleichen Frage bestürmt, und ich hätte noch keine Antwort gewußt.« Noch einmal wies er ihn freundlich nötigend auf den anderen Stuhl hin, der ihm gegenüber an einem Tischchen stand. Da setzte sich René.
»Um auch gleich dies zu klären«, fügte Philipp mit seinem selbstverzeihenden Lächeln hinzu. »Ich mußte Sie nämlich, weil ich so lange keine Lösung finden konnte, einfach warten lassen.« Auch sei man leider genötigt gewesen, ihn vor Abenteurern zu schützen, die ihn befreien wollten.
»Abenteurer waren es nicht!«
»Abenteurer!« wiederholte Philipp. Er konnte jähzornig sein, wußte René, der sich nun selber einreden mußte, ruhig bleiben zu müssen. Ruhig! Aber nun drängten sich dennoch die tausendfach wiederholten bitteren Gedanken hervor: »Ich habe diesen Krieg nicht angefangen! Nie gewollt. *Sie* haben doch, mon cher cousin, den Grafen Vaudemont bestärkt, ihn unterstützt, ihm Truppen geschickt! Sie haben ihm – !«
René war wiederum aufgesprungen und herrschte nun, mit seinem Finger auf ihn weisend, den großen Herzog von Burgund an, der sich wie von einer Ungehörigkeit berührt gab.
»Sie sind es doch gewesen, Herzog Philipp, der wissentlich geholfen hat, mich wider Willen in diesen Krieg hineinzuzerren!«
»Pardon!«
Schon war der Herzog aufgestanden, rasch sein lang fallendes Gewand über der Brust zusammenfassend. Frostig blickte er kurz auf René herab. Nun würde er gehen, spürte René, der unwillkürlich leise sagte: »Philipp le Bon. Sind Sie in Wirklichkeit gut? In Wahrheit gut? Oder ist es nicht gut, Ihnen die Wahrheit zu sagen? Meine? Wie ich sie empfinde? Oder gibt es für Sie eine andere?«
Aber dann mußte René doch seinem kühl abschätzenden Blick ausweichen, wobei er das gläserne Wappen sah. »Ah«, sagte er und trug es mit zitternden Händen heran und zeigte es Philipp. »Obgleich es nicht fertig ist, erkennen Sie wohl, was es werden soll. Ihr burgundisches Wappen.« Er hob es gegen das Licht. »Aber wenn Sie mich jetzt beleidigt verlassen wollen, Philipp le Bon«, brach es nun aus René hervor, »dann zerschlage ich Ihr Wappen auf diesem Stuhl, auf dem Sie eben noch gesessen haben!« Er keuchte. Wartete mit einem Blick von unten her.

»Weiter«, kam es knapp von Philipp.
»Ja, ich täte es«, sagte René. »Denn ich müßte mir sagen, daß es Sie nicht berührt, weil es unter vier Augen geschah, ob ich Ihr Wappen achte oder nicht. Hören Sie trotzdem noch zu: Ich habe nämlich als kleiner, zufälliger Nachbar Ihr großes Burgund bewundert. Seinen Geist. Ihre Künstler. Das goldene Vlies, das Ihre Gesinnung beweist. Weil Sie nach meinen Gedanken fragten, sage ich das. Außerdem habe ich mich, obgleich Sie ein Gefängniswärter sind, der seinem Häftling nichts erspart, mit der Vermutung getröstet, daß Sie wahrscheinlich nicht wußten, wie schlecht Sie mich behandelt haben. Trotzdem wollte ich die gute Meinung nicht verlieren, daß ich Sie bewundern darf, Philipp.«
Damit trug er das Wappen an seinen Platz zurück.
»Weiter.« Ohne sich umzudrehen, nur mit den Augen verfolgte ihn Philipp, nur den Kopf umgewandt, während René an das vergitterte Fenster trat.
»Weiter? Ich hatte, als ich das Bild Ihres Vaters zusammensetzte, auch den Gedanken, daß wir Größeres immer bewundern müssen, was es auch sei, auch über Feindlichkeiten hinweg. Denn eigentlich ist Jean sans Peur nie ein Freund von Anjou gewesen. Trotzdem! Frieden mit Burgund war das letzte Wort meines Vaters.«
Schweigen.
Dann sagte Philipp nach einer Weile: »Ich wäre nicht gekommen, René, wenn nicht auch ich den Frieden wünschen würde.«
René kam an den Tisch zurück. »Wenn Sie ihn wirklich wünschen«, sagte er, »kann es Ihnen dann wohl genügen, nur mit Lothringen Frieden zu machen? Braucht nicht ganz Frankreich endlich seinen Frieden?«
»Meinen Sie nicht«, gab Philipp abgewogen zur Antwort, »daß Ihre erste Sorge der Frieden mit Ihnen sein muß? Lothringen bleibt das Problem«, ergänzte er, »das Sie, außer Ihrer Verpflichtung an uns, auch mit dem Comte de Vaudemont zu regeln haben.«
»Wenn Sie mich freigeben«, fiel ihm René in die Rede, »suche ich wegen der nötigen Klärung meines Rechtes auf Lothringen selber den Kaiser auf. Er soll entscheiden. Noch fühlen Sie sich, denke ich, trotz Ihrer vielen burgundischen Länder, an den Kaiser des Römischen Reichs Deutscher Nation als Herzog gebunden?«
Zwiespältig nickte Philipp. Ihm war sein Gefangener zu offen. Das fühlte René, der nun doch einen unerklärlichen Widerwillen

gegen das unbewegte, schmale und glatte Gesicht empfand. Aber René vollendete seine Gedanken: »Ich unterwerfe mich dem Urteil seiner Juristen. Das weiß Vaudemont!«
»Trotzdem müssen wir uns leider«, stellte Philipp wie bedauernd fest, »nicht nur gegen die Regentschaft sichern, die Lothringen bis dahin in der Hand hat. Sie muß uns auch die Verluste ersetzen, die wir durch unsere Pflichten gegen Herrn de Vaudemont erlitten haben. Dies meint mein Kanzler. Und ich stimme ihm zu.«
Da fragte René mit einem ähnlichen Lächeln, wie es der Herzog zeigte: »Was meint Ihr Kanzler weiter?«
Auf seine unwillkürlich geballten Hände gestützt, sprach René über den Tisch hinüber, auf dem nun eine Papierrolle lag. Er hatte plötzlich, die Farbglasfenster und seine Truhe mit ihren lebendigen Farben vor Augen, an seine Mutter gedacht, wie sie hier stehen und verhandeln würde. Lächelnd.
»Eigentlich meint er«, erwiderte Philipp, »haben wir nicht nur mit Lothringen, sondern gesondert auch mit dem Herzogtum Bar zu tun. Beide Male mit Ihnen, René. Wir müssen uns sichern, meint er, und es habe uns sehr viel gekostet.«
Philipp hatte die Rolle aufgenommen, unschlüssig, ob er sie jetzt schon René überreichen solle. »Ich verkenne Sie nicht, René. Ihre schönen Gedanken, und ich begreife auch Ihre Leidenschaft, obwohl sie etwas Gefährliches ist.«
Nun setzte sich Philipp wieder in den hochlehnigen Stuhl. Wie um sich träumerisch auszuruhen, legte er den Kopf zurück.
»Ich bezweifle nicht, daß Sie gewillt sind, diesen Frieden zu halten«, sprach er dabei in die Luft. »Auch hat Ihre Gattin, die ich bewundere, Ihren wichtigsten Feind, Vaudemont, zu bestimmen vermocht, jetzt keine Angriffstrompeten mehr blasen zu lassen. Aber wer bewahrt uns vor Abenteurern? Vor Zufällen? Vor dem eigenen Tod? Denn wir schließen ja solche Verträge nicht nur für uns. Jeder muß doch, soweit dies Unterschriften vermögen, gesichert sein, vielleicht sogar vor sich selbst.«
»Wie hat das Ihr Kanzler formuliert?«
Da reichte ihm Philipp die Rolle, die René fast atemlos rasch von Passus zu Passus las, doch jeweils wie vor Hindernissen stokkend, deren Sinn er nicht gleich begriff und die er wie bohrend studierte. Was stand hier?
Er habe sich nach Ablauf eines Jahres wieder als Gefangener einzufinden?

Wortlos schaute er Philipp an, der wie leichthin abgelenkt die Wand und die Decke betrachtete. Dort war Wasser hereingedrungen, das an den Wänden herablief. Schimmel hatte sich dort gebildet.
Noch einmal las René die Sätze, von denen er nicht losgekommen war. »Meine zwei Kinder soll ich so lang als Gefangene ausliefern?«
»Nun, das ist ein barbarischer Brauch«, stimmte ihm Philipp zu. »Ich sagte das auch. Aber wir schleppen so manche barbarischen Sitten mit, ohne uns etwas dabei zu denken. Denken wir uns also nichts dabei.«
»Nein«, sagte René kopfschüttelnd auf das Papier hin, während er wieder und wieder die dicht geschriebenen Zeilen studierte. Dabei hielt er sich nicht bei dem Verbot auf, weder Truppen anwerben, noch unterhalten, noch Waffen ankaufen zu dürfen. Philipp erklärte von selbst dazu: er habe nun freilich gewisse Räubernester in seinen Landschaften auszurotten, Überbleibsel von Bulgnéville; dafür dürfte er wohl noch einige Draufgänger haben. Sie seien von dieser Bestimmung ausgenommen.
Wie abwesend nickte René.
Er mußte, stand hier, dem Herzog vier Festungen übergeben, darunter Clermont in den Argonnen, dazu alle Geschütze nebst allem, was in den Mauern enthalten war, später zwei Städte, jetzt schon den Ort Gondrecourt. Als Bürgen, daß er dies alles einhalte oder erfülle, sollten dreißig der vornehmsten Männer des Barrois und von Lothringen ihre Unterschrift mit ihren daneben gesetzten Siegeln geben. »Sie mißtrauen mir sehr.«
»Ich nicht. Es ist ein Beschluß meines Kronrats.«
Dann kehrte jedoch René wieder grübelnd zu der schwersten Bedingung zurück.
»Nein«, sagte er. »Die Kinder nicht. Ich willige ein. In alles. Nur in diese Bedingung nicht. Lieber bleibe ich selbst.« Er ließ sich nicht unterbrechen. »Hier steht: als Gefangene! Meine Buben Jean und Louis. Für mich. Als Gefangene! Nein.«
Wie verlegen hob Philipp die Schultern.
»Man wird sich das nicht abhandeln lassen.«
Aber René antwortete aufgewühlt: »Sagen Sie jetzt nicht, daß es Ihr Kanzler ist! Denn Sie sind doch, Sie sind doch – –« Er sprach diesen Satz nicht zu Ende. »Ihr Kanzler, das sind doch Sie? Wer sonst?«
»Wirklich nicht ich allein«, erwiderte Philipp, der seine überra-

schendste Antwort aufgespart hatte. »Ihr Kronrat in Nancy«, sagte er mit gespielter Gelassenheit, »scheint nämlich bereits mit dieser Bestimmung einverstanden zu sein.«
Da stockte René, bis er endlich die Frage vorbringen konnte: »Wer gehört diesem Kronrat an?«
»Natürlich leitet ihn Ihre Gattin«, sagte Philipp und blickte René mit heimlicher Spannung, aber unbewegt nach. Denn er ging wie ein Tastender, der mit den Händen etwas ergreifen möchte, quer durch den Raum bis zum Fenster, wo er mit aufgereckten Händen einen der Gitterstäbe umfaßte. So hatte er sicher oft in die Landschaft geblickt, hoch über den Dächern, um dann, wie ein Tier im Käfig, seinen gewohnten Gang zu machen. Er blieb vor der offenen Truhe stehen, griff eine Handvoll der farbigen Gläser heraus und ließ sie kraftlos wieder in das Gefach hinuntergleiten.
»Ihre Gattin hat große Einsicht bewiesen«, ergänzte Philipp, halb über die Stuhllehne zu ihm hingewandt.
Da hob René mit einem kleinen Ruck den Kopf.
»Und wann würde ich freigelassen?«
Ohne Eile erhob sich Philipp und schlenderte zu ihm hin.
»Das Wappen, meine ich«, er blieb hinter ihm stehen, »können Sie vorher noch fertig machen.«
»Das würde ich gern auch daheim tun. Sagen Sie mir lieber: wann?«
»Noch sind die Unterschriften aus Nancy nicht da.«
»Wann werden sie da sein?«
»Sobald sie kommen, wird zunächst mein Kronrat unterschreiben. Nicht ich. Aber dann setze auch ich meinen Namen darunter. Gern.« »Danke.« Jetzt hielt René ein rotes Glasstück gegen das Licht. Burgundisch Rot. »Nun gut«, sagte er. »Trotzdem beeile ich mich, Ihr Wappen fertig zu machen. Wollen Sie sehen, wie man es macht?«
»Oh, das überlasse ich Ihnen, mon cher cousin«, wehrte Philipp mit seinem gewinnenden Lächeln ab. »Ich bin erleichtert, daß auch Sie die nötige Einsicht haben, und wahrlich gerührt von der Mühe, mit der Sie, obwohl man Opfer von Ihnen verlangen muß, unser Wappen machen.«
Beinahe hätte er ihm auf die Schulter geklopft, als er ging.

Als er den Ziehbrunnen im Hof sah, der neben der steilen gedeckten Staffel zum Turm Brancion stand, bat René, in den

Brunnen hinunterblicken zu dürfen. Er hatte ihn oft bis in sein hohes Gelaß hinauf knarren gehört. Nun bediente er selbst die Winde, um einen Eimer Wasser aus der Tiefe heraufzuholen.
Niemand verwehrte es ihm. Er war frei!
Ein Jahr Freiheit!
Er hatte zu Philipp beim Abschied gesagt: »Es hätte der bösen Klauseln in Ihrem Vertrag nicht bedurft. Sie haben Ihr schriftliches Recht auf mich. Aber ich möchte mich nicht mehr als Ihr Gefangener einfinden müssen. Vertrauen Sie mir.«
»Ihnen vertrauen wir.«
Wohlwollend hatte Philipp der Gute oft von René, indem er beifällig nickte, auf seinen Kanzler geblickt, Monsieur Rolin, dessen festes Männergesicht ebenfalls einen freundlichen Ausdruck zeigte. Auch er nickte manchmal. Ohne Zögern antwortete Philipp, als René davon sprach, er werde auch um den Frieden mit Frankreich bemüht sein, natürlich sei es zu prüfen, wenn Charles von Frankreich nun ein besseres Einvernehmen suchen sollte.
René hielt das Wort fest: »Sie sagen ›nun‹.« Damit gab Philipp zu, daß es bisher kaum möglich schien. »Aber nun?« wiederholte René. »Auch sagte ich nicht ›Einvernehmen‹, sondern Frieden.« Er wollte die Wörter genau bestätigt wissen und sei es nur durch ein Nicken. Philipp nickte. Also war sein Gedanke nicht abgelehnt! Man möge ihm Zeit lassen, bat René. »Ich weiß, daß ich Schulden habe. Schuldig fühle ich mich trotzdem nicht, obwohl ich mir eine andere Schuld vorhalte: in Bulgnéville nicht auf den alten Barbazan gehört zu haben. Um so mehr meine ich, haben wir nun die Schuldigkeit, mit den mitgeschleppten Barbareien aufzuhören.«
»Wir sind d'accord«, hatte Philipp zuletzt fast herzlich die Unterredung geschlossen, und Monsieur Rolin hatte ergänzt: »Mindestens in den Gefühlen stimmt der Herzog, scheint mir, ganz mit Ihnen überein. D'accord, Monsieur de Bar.«
Nachher, als er ins Freie trat, hatte René zwar noch die Empfindung, die förmlich beflissenen Hofgestalten, die ihn begleiteten, müßten noch seine Wächter sein und er dürfe mit niemand sprechen. Aber als er dann auf die Straße hinausritt, lachten und winkten ihm Leute zu, weshalb er sich vor Verwirrung im Sattel umwandte, ob sie vielleicht einen anderen meinten.
Ach, es war Frühling. Flieder blühte. Eh bien, nun war wohl

manche adrette Weiblichkeit wieder wie einst von seinen blonden Haaren angetan? Er kannte das. Eine manchmal gewinnende Äußerlichkeit. »Le bon René«, hörte er flüstern. Oder sagten die Mädchen »Le beau René«?
Auf dem Platz vor dem Herzogspalast, wo Leute vom Markt zusammenliefen, zeigten sie sich sein Fenster, hoch droben am Turm. Nun blickte er auch hinauf, um es selbst zum ersten Mal zu sehen, wobei er zwiespältig merkte, daß sich sein Blick zu verschleiern begann.
»Danke«, sagte er zu den Leuten, die ihn umdrängten. »Nie mehr dort hinauf!« Man warf ihm Flieder zu, von einer Mauer herunter. Dann scherzte er in das Gärtchen hinauf und in die Runde. »Danke, meine Schönste. Ma chérie! Du mit deinen Melusinen-Augen. Ach, ihr begreift wohl, daß ich heim will.«
Gern hätte er allen eröffnet, was er künftig zu unternehmen gedachte, auch für sie. Den Frieden wollte er bringen. Ganz Frankreich! Aber er konnte das kaum in einfachen Worten ausdrücken, ohne mißverstanden zu werden, ein Mann, der beim Grübeln in der Gefangenschaft vielleicht ein Phantast des Guten geworden war? Aber er war gerührt. Ein Kneipenwirt reichte ihm einen Becher mit Wein, den er in einem befreienden, durstigen Zug hinabtrank, und so hatte er vor sich selbst die Entschuldigung, ganz natürlich berauscht zu sein.
»Also adieu! Denn es ist hier nicht angebracht, ihr Lieben, auf Wiedersehen zu sagen.« Er sagte es trotzdem: »Au revoir!«

Aber es waren vielleicht dieselben Leute wie heute, die nach zwei Jahren erneut auf das hohe Fenster starrten, als er dort wieder als Gefangener einziehen mußte. Niemand begriff es. Denn er hatte weder einen Krieg begonnen noch sonst eine Untat begangen. Er hatte sogar, wurde weit über Frankreich hinaus erzählt, in getreulichster Art alle Verluste und Schäden, die Feinde und Freunde erlitten, bis zur kläglichsten eigenen Verarmung wiedergutgemacht!
Nichts schien ihn jedoch von jenem Vertrag zu entbinden, nachdem er sich wieder in seine Gefangenschaft nach Dijon zu begeben hatte, wenn es Philipp der Gute verlangte!
Mehr als ein Jahr hatte der Herzog still und ohne daran zu erinnern vergehen lassen. Dann war jedoch überraschend seine kleine Gesandtschaft in Nancy erschienen, obwohl er noch im-

mer die Kinder des jungen Herzogspaars in Verwahrung hatte. Ob es nur Willkür war? Immerhin war der Vertrag mit über dreißig Unterschriften und Siegeln verbürgt.
René erfüllte auch diesen Vertrag. Er kehrte in sein Gefängnis im Turm zurück.

Dritter Teil

Der bärtige König

Erstes Kapitel

»Richte mit aller möglichen Sorgfalt«

Einstweilen erlebte René seinen Heimritt nach Bar-le-Duc, wo auch der Schloßberg weiße Wölkchen von blühenden Hecken und Bäumen trug, wie einen benommen hochstimmenden Wein, weil man ihn überall mit Rührung empfing. Aber die schöne Berauschung verflog sehr bald. Denn die Summen, die sein Kämmerer für die halbe Stunde der Niederlage von Bulgnéville errechnet hatte, bedeuteten seinen Ruin.

»Selbst wenn Sie wichtige Besitzungen veräußern…«

»Ich veräußere sie.«

»… selbst wenn Sie Schuldverschreibungen ausstellen…«

»Ich stelle sie aus.«

»… etwa auch auf die Salzgewinnung von Château-Salins …?«

»Auch auf die von Dizieu!«

»Von den Salinen hat auch der Hof gelebt.«

»Zahlen müssen wir.«

»Alles in allem bedeutet es eine Verschuldung über dreißig Jahre hinweg.«

Dann saß René eine ganze Nacht lang über den Listen. Neben ihnen lagen auch jene, die im vorigen Jahr in Nancy im Kriegsrat oft begeistert durchgesprochen worden waren, wenn der Kanzlist die neuen Namen eingetragen hatte. Jetzt waren sie aufzurechnen, Mann für Mann. Nun waren die großen Gefühle von damals zu erbärmlichen Zahlen geworden, manchmal mit einem Totenkopf dahinter, einem Kreuzchen in der Liste. Bei Gott, sie mußten alle entschädigt werden, auch ihre Witwen und Kinder.

»Ich bin das schuldig!«

Dabei hatten Jacques de Sierck und Isabella, die beide die Namen und Summen auswendig kannten, die entlegensten Möglichkeiten in diesem Verschuldungsplan bedacht, jede Besitzung und an wen sie zu geben war, jedes Nutzungsrecht, von der Jagd und dem Holzeinschlag in den Wäldern bis zu den Assignaten auf die Salinen, wie sie aufgeteilt und auf Jahre hinaus verteilt werden konnten. Eine kleinere Schuld war sogar mit dem Nießbrauch auf den Park von Pont-à-Mousson zu verrechnen, den der bescheidene Jean de Chaténoy, genannt le Gascard, übernehmen wollte.

»Also bleibt nichts?«

Nur das Mitleid seiner Umgebung, das spürte René, hörte nicht auf, eine schmerzliche Art der Bewunderung. »Der arme René«, sagte mancher hinter ihm her, wenn er durch seine Orte oder durch die Landschaft ritt, einmal nach Vaucouleurs, weil dort der alte Barbazan in der kleinen Kirche über der Ortschaft beigesetzt worden war, nur wenige Schritte von jenem schweren Torturm entfernt, wo Tag für Tag, bis man sie endlich einließ, das Bauernmädchen Johanna aus Domrémy erschienen war. Ihm, Barbazan, der nicht auf seiner Liste stand, sei er ein Grabmal schuldig, sagte René zu Robert de Baudricourt, der als einer der ersten auf den Burgberg von Bar heraufgaloppierte, ausgekeucht und mit erzwungener Zuversicht. Was war zu tun? Ob er nicht daran denke, sich endlich durch höhere Steuern zu helfen?

Ob er sich nicht erinnere, hatte René erwidert, daß er einst öffentlich auf dem Herzogsbalkon in Nancy erklärte, lieber die Steuern abzuschaffen, anstatt sie erhöhen zu wollen? Er blieb dabei. Mochte man ihn auch bedauernd den »armen Herzog« nennen, »le pauvre Duc«, obwohl die wenigsten wußten, wie arm er wirklich war. Aber er wußte bald selbst nicht mehr, wieviel Schulden er hatte, zumal noch unvermutete Gläubiger kamen.

»Er will Geld holen«, hieß es in Bar, wenn ein Fremder auf der langen Steige, die den Berg halb umkreiste, zum Schloß hinaufritt. Einem, der sich aufreizend hochmütig gab, hatten Gerbergesellen aus dem Ornain-Fluß heraus nasse Steinbrocken nachgeworfen. Mahnbriefe kamen, auch betrügerische.

Trotzdem sagte René zu Isabella: »Ich fühle mich dennoch reich mit dir. Nicht nur, weil du rechnen kannst, sondern sogar verzichten.« Wie entschuldigend sagte er, vielleicht erscheine er ihr noch gehemmt oder verändert, aber er habe jetzt nur, nachdem das Denken und Hoffen bisher sein trübstes Geschäft war, etwas fast Neues auszudenken, nämlich ihr Leben in Schulden. Er

meinte jedoch, auch sie sei anders geworden, sogar schöner und vielleicht, weil sie in den empfindlichen Jahren, in denen die jungen Mütter zu wirklichen Frauen reifen, ihre Schmerzen und Ängste allein zu bewältigen hatte.
Völlig gefaßt, so daß sie von allen bewundert wurde, hatte sie, als die niederschmetternde Nachricht von Bulgnéville eintraf, gleich einen neuen Staatsrat gebildet und Eilkuriere an den siegreichen Herzog Philipp geschickt, andere zu Charles nach Chinon und zu Yolande nach Angers, nach Chambéry in Savoyen und nach Deutschland; Eilkuriere an die befestigten Städte, sich lieber belagern zu lassen, anstatt dem Comte de Vaudemont die Tore aufzumachen. Denn die Schlacht sei zwar entschieden, aber noch nicht sein Recht. Ihm, dem ungeduldigen Comte, schickte sie Charles d'Haraucourt, ihren Minister und ersten Rat, als geschicktesten Unterhändler, der ihn bewegen konnte, mit seinen Zerstörungen einzuhalten. Aber nun drohte er wieder!
Unermüdlich hatte der Comte, unterstützt von Juristen, mit denen er lang in seinem Waldschloß zusammenlebte, Urkunden zusammengetragen. Eigenhändig hatte er dann eine Schrift über sein Erbrecht verfaßt, die er zuerst nach Dijon und dann auch nach Nancy schickte. Endlich möge sich Isabella, schrieb er dazu, gerecht vom Irrtum ihres Erbganges überzeugen, den freilich der alte Herzog verschuldet habe. Er sei nicht gewillt, noch lange zu warten!
Dagegen bat ihn René, er möge sein Memorandum auch an den Kaiser schicken. Er selber wünsche sich herzlich eine gerechte Begegnung mit ihm.
»Genug, genug«, ächzte René manchmal, so auch jetzt. War es nicht widersinnig, nachdem er die besten Quellen verpfändet hatte, die in Lothringen Geld auswerfen konnten, nun um das Land selber streiten zu müssen? Wohin wären die Schulden zurückzuwälzen?
»Er darf es nicht bekommen!« hatte plötzlich Isabella mit so ungewöhnlicher Schärfe hervorgestoßen, daß René verwundert zu ihr aufsah. Auch war auf einmal ihr Ausdruck mit dem Zorn ihrer Augen so hart, wie er sie nie gesehen hatte, und doch vertrug er sich mit dem zärtlichen Lächeln, mit dem sie sich gleich darauf zu ihm niederbeugte. »Armer René.«
Für alle war er der Arme. Aber er sagte im Kronrat: »Ich will nicht bedauert werden und nicht vom Mitleid leben, obwohl es eine der schönsten christlichen Tugenden ist, die man zwar üben

muß, aber nach Möglichkeit nie empfangen sollte, weil sie uns ärmer stimmt, als wir sind. Ich meine vielmehr, daß ich, auch wenn ich arm bin, derselbe bleiben darf, der ich bin. Ich meine, wir sind erst dann ganz verarmt, wenn wir uns selber verlieren.«
Um so erfreuter empfand es René in der Bedrücktheit von Bar, die nicht zu verscheuchen war, als überraschend der Seigneur von Grignan in den Schloßhof einritt, der um sich äugte und endlich abstieg, der nur kam, wie er sagte, weil er nach ihm sehen wollte, so, wie man nach Kranken und Freunden sieht. »Vielleicht kann ich helfen«, sagte er vielversprechend.
Eben hatte René in der Schmiede entschieden, daß man die alten Hufeisen, ein wenig angefeilt, wieder aufnageln könnte. Nun wiederholte er, was er jedem zur Antwort gab: »Ich muß zuerst von meinem Schuldenberg herunter.« Er müsse auch bald wieder ausreiten, weiter hinaus in die Welt! Schon hieß der Schloßberg von Bar der Schuldenberg.
Sie spazierten im Dämmerlicht an der Mauer entlang, wo früher der Schloßhof zum größeren Teil aus Rasen und Blumenrabatten bestanden hatte. Jetzt waren die hübschen Plätze umgegraben und in Beete eingeteilt, ein nützlicher Garten. »Wir züchten auch unsere Brathühner selbst«, versuchte René sich lustig zu machen, als sie beim Gärtnerhaus vor einem Gehege mit weißen Hühnern anhielten. »Das blieb mir von meiner Neigung für seltsame Tiere. Wer sollte mir helfen wollen, Seigneur?«
Aber er wartete keine Antwort ab. Es war schon erfreulich genug, den zäh wie ein Ölbaum gewachsenen Mann aus der Provence – so hatte der alte Herzog von ihm gesagt – hier neben sich zu wissen, wo ein leichter Wind die verblühten Bäume ausblies. Nun taumelten die weißen Blüten wie Völker von Schmetterlingen über die Dächer der Unterstadt.
»Nachts meine ich, mein Unterbett sei mit lauter Schuldverschreibungen vollgestopft, zwischen denen ich immer tiefer versinke.«
»Nun, es will freilich gelernt sein«, tröstete ihn der Seigneur, »auf Schulden traumlos schlafen zu können. Ich könnte es wohl, sogar mit Vergnügen, weil ich mir meine enttäuschten Erben vorstellen würde.« Aber das waren nur Zwischengespräche.
»Nun ernsthaft«, sagte der Seigneur. Denn er war erst jüngst noch bei Jacques Coeur gewesen. Er war der Mann, der ihm helfen konnte! Er würde es tun! »Denn er hat mir im Herbst, als

wir den Coup in der Comté versuchten, von selber das nötige Geld angeboten, jeden Betrag zu Ihrer Befreiung. Auch später. Ob man Sie loskaufen könne, hatte er oft überlegt.«
»Danken Sie ihm«, sagte René überrascht. Aber er fragte sogleich: »Oder wieviel bin ich ihm schuldig?«
Der Seigneur winkte ab. Endlich ein Mensch, dachte René, der keine Forderung hatte! Der sich statt dessen ereiferte, er müsse die hilfreiche Hand erfassen, die sich ihm anbot. Geld, soviel er brauchte!
Oh, dieser Jacques! Der Seigneur war erfüllt von dieser Mission. Seitdem er in Bourges, bei Maurice in der Ferme, seinen angestochenen Arm kurierte – nein, man sah nichts mehr davon, nur eine Narbe –, hatte ihn Jacques des öfteren besucht. Jedes Mal fragte er leichthin, als Freund, ob er Geld nötig habe? Er denke nämlich gerührt, und er glaube ihm dieses Gefühl, an die gemeinsamen Tage in der Camargue zurück. Ein wahrlich vom Glück gesegneter Mann! Denn ihm verwandle sich alles, wonach er den Finger krümme, wie bei dem sagenhaften König Midas, wenn nicht in pures Gold, so doch in Geld.
Man höre: Schon hatte Jacques Coeur nach seinem ersten Kontor in Montpellier ein weiteres in Marseille, ein anderes in Périgueux eröffnet, wo bisher flinke Händler aus Venedig, die ein eigenes Viertel bewohnten, die Damen mit Seidenstoffen, die Köchinnen mit Gewürzen beglückten. Nicht anders war es in Limoges, der Stadt der hochberühmten Emailleure, wo nun die Veneziani an der Porte de Venise auf einmal den tüchtigen Jacques zum Nachbarn hatten.
Nun lagen hier seine herrlichen Wüstenhunde neben dem Stuhl Renés, als er mit seinem gesprächigen Gast auf einer Altane speiste. Einfach genug war ihr Imbiß.
Oh, dieser Jacques! Fast könnte man vermuten, meinte der Herr von Grignan, er habe vielleicht im Orient die hermetische Kunst gelernt, Gold und Edelsteine zu machen? Als ob es ihm nichts bedeute, verlieh er beträchtliche Summen. »Bis Sie zurückzahlen wollen.« Lächelnd tauchte er immer zur richtigen Stunde dort auf, wo man ihn brauchte.
Man höre: Er hatte allmählich auch das Vertrauen von Charles zurückgewonnen, der ähnlich wie er, sein verehrter René, an manche robusten Herren verschuldet war. Trampelnd, als ob er durch einen Pferdestall stampfte, hatte sich etwa sein Hauptmann La Hire erlaubt, in Chinon laut nach dem König zu rufen:

»Ich will mein Verliehenes wiederhaben!« Andere verlangten nicht weniger plump ihr Geld zurück, darunter die hitzigen Herren von Armagnac, vor denen sich Charles zu fürchten begann. Er versteckte sich, ließ sich verleugnen. Manche von ihnen waren ja ohnedies Räuber gewesen. Nun belagerten sie ihren König in seinem eigenen Schloß, indem sie nicht mehr aus den Gängen wichen. »Wissen Sie, daß die Königin, Ihre verehrliche Schwester, sogar ihre kostbare Bibel versetzen mußte, um zu Geld zu kommen?«
»Erzählen Sie weiter von Jacques.«
Nun, plötzlich war Jacques in Chinon erschienen.
Ähnlich, wie er hier Geschichten erzähle, flocht der Seigneur ein, die unglaubhaft klangen, wie Märchen, die aber Wirklichkeit waren, so gab es auf orientalischen Märkten und in den Gassen den Märchenerzähler, hatte Jacques ihm berichtet. Nichts hörten die Menschen lieber als Märchen. Nun also: als käme er selber aus einem arabischen Märchen, reich, mit unermeßlichen Schätzen, war aus dem Pelzmachersohn aus Bourges ein vornehmer Handelsherr mit einem Schwarm eifriger Diener geworden.
Doch nun habe sich, seitdem Jacques Coeur an den Hof von Chinon kam, auch mit Charles eine Verwandlung vollzogen. Jetzt empfing er die allzu vertraulichen plumpen Quälgeister lächelnd, ja, höfisch geziert. Dann schrie er sie plötzlich an; er beschimpfte sie! Gleich darauf zeigte er wieder sein Lächeln. »Wieviel?« Gern lege er dann, »für die bewiesene Treue«, eine abgerundete Summe dazu.
Seitdem zeigten sich seine Damen, »jede, die es verdiente«, hieß es im Schloß, in den beliebten Chapeaux d'Orfrois, jenen kostbaren Hüten mit Goldfädenstickwerk, außerdem in geflochtenen, goldenen Schuhen, die Jacques aus Ägypten mitgebracht hatte. Auch trügen sie, wurde geflüstert, unter den herrlich drapierten Gewändern die duftigsten Unterkleider. Freilich, die teuersten Dinge hatte die schöne Agnes bekommen. Schmuck und Phiolen mit den betörendsten arabischen Parfümen.
»Und alles auf Schulden?«
Unterdessen hatte René sein Essen mit seinen Hunden geteilt. Ohne Gier schnappten sie nach den Brocken, die er abwechselnd rechts und links hinreichte. Er streichelte sie, als nichts mehr auf dem Teller war.
»Nur meine Hunde sollen nicht merken, daß ich sparen muß«,

sagte René. »Danken Sie Jacques. Ich ließ mir die schönen Tiere gern von ihm schenken, weil man sich, wenn man nichts entbehrt, leichter etwas schenken lassen kann, als wenn man nichts mehr hat. Aber jetzt meine ich, daß er mir kaum so viel Geld schenken möchte, wie ich noch brauchen werde. Nein, nein.«
Er habe, setzte René hinzu, weil der Seigneur einen Einwand versuchte, noch nicht einmal seine eigene Bonne Mère um Geld gebeten. Denn sie hätte ihm sicher, das wußte er, doch das erwähnte er nicht, von selber angeboten, was sie entbehren konnte. Aber sie konnte und wollte wohl Charles nicht mahnen oder gar bedrängen, obgleich sie einmal in einem Brief bemerkte, Charles meine, es gehe ihm gut.
Dann standen René auch plötzlich die weiteren Zeilen vor Augen: »Ich fragte ihn, wie es ausgehen soll, wenn er und seine Hofgesellschaft sich von dem Kaufmann aus Bourges fortwährend Geld geben ließen?« Darauf habe Charles nur belustigt die Schultern gehoben und seinen üblichen Ausruf gebraucht: »Saint Jean.« Sie finde ihn trotzdem nicht so gedankenlos, wie er sich geben möchte; im Gegenteil, er scheine sogar seine lebenslustigen Leutchen insgeheim zu belauern, aber immer vergnügt, mit vollendeter Höflichkeit. »Zu mir ein wenig befangen. Eh bien, Saint Jean.«
Unwillkürlich seufzte nun auch René die gleichen Worte vor sich hin. »Saint Jean.« Anscheinend fürchtete seine Belle Mère, wie Charles sie nannte, von Charles enttäuscht zu werden? Oder war sie es schon? – War es nicht kühl auf der Altane geworden? War er nicht zu dem Seigneur, der ihm helfen wollte, allzu förmlich? Wie überlegend horchte René zur Steige hinab. Auch die Hunde hoben die Köpfe. Kein Zweifel, dort klapperten Reiter zum Schloßberg herauf, die sich den Weg zeigen ließen.
Da beeilte sich der Seigneur, während René die Windlaterne von der Altane mitnahm, sich doch noch eine Antwort zu verschaffen: »Was soll ich nun Jacques berichten? Er schien zu erwarten, daß Sie ihn rufen.«
Aber René, der ihn quer durch das Schloß durch verschiedene Räume und Flure bis zur Halle am Innenhof führte, leuchtete unterwegs an den Wänden entlang. Dort standen vor kurzem noch flämische Schränke mit kunstvollem Schnitzwerk. Auf dem Boden, auf dem man nun das Getrippel der hochbeinigen Hunde hörte, fehlten die Teppiche. Hier stand ein Hausaltar. Nur deshalb schlug es René dem Seigneur und dem Hofmeister

ab, das Windlicht zu tragen: er sollte sehen, was fehlte. Dort eine beschlagenen Truhe. Darüber ein mächtig den Raum erfüllender Deckenleuchter. Drüben zwei silberne Rüstungen. Tische. Stühle hatte man fortgeschafft. Alles zu Geld gemacht. Überall waren die Räume verödet, wie unbewohnbar geworden.
»Danken Sie Monsieur Coeur«, sagte René, als sie die Halle erreichten. »Sie können ihm sagen, daß ich an Märchen glaube und daß ich ihm gönne, das Märchen vom reichen Mann zu erleben. Ich beneide ihn nicht, obwohl ich inzwischen ein Märchen der Armut erlebe.« Weil die Reiter kamen, ließ René in der Halle Lichter anzünden. Er selbst behielt das Windlicht in der Hand.
»Mich haben seit jeher die Märchen um arme Leute am meisten berührt«, sprach er weiter, indes der Seigneur verwirrt versuchte, einige Sätze einzuwerfen: »Es geht nicht um Märchen. Es geht doch um Geld! Er will Ihnen helfen!«
Aber René horchte mit einem eigentümlichen Lächeln in den nächtlichen Schloßhof hinaus. Er war auf die Staffel hinausgetreten. Bald mußten die Reiter durch das Tor einbiegen.
»Oder haben wir uns getäuscht?« fragte er. »Ich habe mich nämlich oft geprüft, in meinen Gefängnissen, was echt und was Täuschung ist. Auch die Wirklichkeit, das erlebte ich wirklich, kann eine Täuschung sein, weil wir sie selbst dazu machen, wie sie nicht ist. Ah, sie kommen!«
Stimmen und Lichtschein waren am Tor zu erkennen. Aber die Reiter, von einem burgundischen Leutnant angeführt, hatten nur eine Depesche ihres Herzogs Philipp abgegeben, die einer der Torwächter eilig brachte. Sie waren gleich weiter geritten.
Nun durfte der Seigneur das Windlicht halten, während René erregt das Schreiben erbrach und las.
»Oh«, brachte René verwundert ein übers andere Mal hervor. »Ich fürchtete, mein Gefängniswärter sei unzufrieden mit mir. Aber es ist wie ein Märchen!« Endlich hatte es Philipp der Gute vermocht, den Comte Antoine de Vaudemont zu einem Gespräch mit René zu bewegen. In Brüssel.
»Also nach Brüssel!« René zog die Glocke und läutete langanhaltend, worauf ihn bald einige Räte und Bediente umringten, die aus den Gängen gehastet kamen. Dann setzte er freilich, als Isabella im Obergeschoß der Halle erschien, in großen Sprüngen über die Treppe hinauf und umarmte sie. »Nach Brüssel!« Auch Yolande, die kindliche Älteste, zeigte sich in einer Türe.
Am besten berate man gleich, was er Neues in Brüssel vor-

schlagen könne, sagte René und wies Bedienstete an, im kleinen Kronsaal Licht zu machen, während er hier mit dem Kämmerer sprach, dort mit dem Archivar. Es war ein Gewimmel.
Trotzdem hielt ihn der Seigneur an: »Sie können es ablehnen. Aber ich würde Sie gern nach Brüssel begleiten.« Und weil er wohl bemerkte, daß er René in anderen Gedanken unterbrochen hatte, ergänzte er: »Wenn nämlich Sie von Jacques kein Geld annehmen, nehme auch ich kein Geld von ihm an. Deshalb kam ich.«
»Nach Brüssel«, wiederholte René, noch in Gedanken. »Aber ich könnte Sie nicht als meinen lieben Gast mitnehmen, teuerster Seigneur. Wir müssen nämlich wohl auch gleich beraten, von wem ich das nötige Geld für die Reise bekomme.«
Da reckte sich der Seigneur ein wenig und sagte: »Von mir.«
Wie öfters, so blieb auch jetzt sein rechtes Augenlid starr stehen, während das linke um so rascher zwinkerte. Denn René war ungläubig zurückgewichen. »Nun ja«, ermunterte ihn der Seigneur mit seinem dürftigen Lächeln, »sagen Sie ja. Ich darf doch auch ein wenig Schulden machen?«
Kopfschüttelnd gerührt, als könne er dies und das noch nicht fassen, verließ ihn René in den Saal.
Dann entdeckte der Seigneur auf einmal, als sich die Halle leerte, daß Renés hochmütige Wüstenhunde wie verlassen neben ihm stehen blieben. Sie schauten an ihm in die Höhe. »Ach so«, sagte er, »ihr seid wohl gewöhnt, wie mein Bullenbeißer daheim, abends ein wenig im Freien zu laufen. Nun gut. Kommt mit.«
Dann genoß er jedes Knirschen im Kies.

Aus Brüssel schrieb René an seine Belle Mère in Angers.
»... und ich dachte an unser Gespräch in Arles mit meinem unerfahrenen Widerspruch. Aber ich denke auch jetzt noch wie damals. Also habe ich heute gegen mich selbst gehandelt! Frauen mögen dies anders betrachten; auch mag Isabella hoffen, deren Gedanke es war, unsere kleine Tochter Yolande so glücklich machen zu können, wie deren geliebte Grande Mère uns beide gemacht hat!
Nun die Begebenheit: Wir haben unser unwissendes Kind an den wohl ebenso überraschten Sohn des Comte de Vaudemont verhandelt. Ferry, sein Name. Mir kommt dies freilich wie eine Opfersitte aus Urzeiten vor. Man hofft auf das Glück zweier Menschenkinder, die vielleicht das Böse bannen. So hatten also wir

vier Männer, der Herzog, der Comte Antoine, der Kanzler Nicolas Rolin und ich, den man zum Brautvater machte, mit ihrer gemeinsamen Klugheit nichts Größeres auszuhandeln als eine Verlobung und Hochzeit und das Heiratsgut. Wie unter Bauern. Wenn das meine Bauern miterlebt hätten! Und trotzdem gibt es ungezählte Liebeslieder. Auch ich selber habe wieder unversehens ein paar Verse aufgeschrieben. Natürlich über die Liebe!«
Er las diese Verse, als er wieder daheim war in Bar, Isabella vor.
Auch hatte ihn Philipp mit Malern zusammengeführt, bei denen er bewunderte, wie sie mit sorgsam geführten Pinseln glitzernden Schmuck oder Spitzen und durchsichtige Schleier malten. Dann hatte er sich bescheiden Rohrfedern und starkes Papier gekauft, genügsam für seine eigenen Kunstversuche.
Ihm kehre jedoch, sagte er aufgeräumt, durch solche Begegnungen seine eigene Zuversicht wieder zurück, »obwohl ich mich wie ein gerupfter Vogel empfinde, der aber trotzdem wieder flöten möchte, auch wenn er nur flattern kann.«
Dann kam es ihm freilich wie eine Täuschung vor, als er bald danach in Chambéry in den savoyischen Bergen an einer Hochzeitstafel saß. Neben der Braut war sein Platz, um den ihn die höchsten Noblen beneideten. Auch den Gesandten des Kaisers und auch den Bischöfen lag viel daran, von der Tochter des Königs von Zypern, Anne de Lusignan, verpflichtende Worte mitzunehmen. Aber nicht minder bedeutsam war Marguerite für sie, die Tochter des Herzogs Amédé, der seinen Gästen jedwede Fröhlichkeit wünschte, der aber selber lieber die Stille suchte. Philosophische Andacht.
»Fast bist du wie dein Bruder«, hatte Marguerite zu René gesagt, seine Schwägerin, die so gewandt zu tanzen verstand, wie sie sprach. Sie waren das zweite Paar beim Brauttanz gewesen, und er hatte dabei ihren heimlich prüfenden Blick gemerkt. Aber als sie bemerkte, daß er es merkte, und als er lachte, lachte sie auch. Ähnlich wie er lache auch sein guter Bruder Louis, den sie endlich bald in Neapel treffe, und sie reite mit ihm, weil sie nicht mehr von ihm getrennt sein wolle, auch durch die schrecklichen Berge von Calabrien. Aber sie werde zuerst so lange in Rom verhandeln, bis Papst Eugen genügend Hilfe nach Neapel schicke, Geld oder Leute. Am liebsten beides. »Ich weiß, René, mit dir kann ich so offen sprechen wie mit Louis.«
Indessen nickte sie, nun ganz vom Tanzen betört, den Vorübertanzenden zu. Dabei sagte René, weil er die Schwere des Bodens

und des eigenen Schritts kaum noch empfinde, fühle er sich wie der Welt entrückt. Durch sie! Um wieviel anders klang es doch, wenn Charles ihn seinen Schwager nannte, mon cher beau-frère, und wenn ihn Marguerite mit ihrer weichen Stimme so bezeichnete.

»Oh, chère belle-soeur, seit langem bin ich wieder einmal glücklich!« rief er aus, wobei ihm freilich einfiel, wie er sich in Bar zergrübelt hatte. Deshalb ergänzte er: »Obwohl ich mich wie ein gerupfter Vogel fühle und es auch bin.« Dann lachte sie auf. Es tat wohl. Er konnte mit ihr, wie sie mit ihm, über alles sprechen.

Später führte sie ihn dem Herzog zu, ihrem Vater, der sich im Garten erging, seltsamerweise in eine mönchische Kutte gekleidet und umgeben von einigen Männern in gleichen Kutten.

»Ich habe dir oder Ihnen«, begann der Herzog, nachdem er René gedankenvoll angesehen. »Aber ich sage dir. Denn von siebzig Jahren ab oder von einer tieferen Einsicht an sollte man alle Menschen mit Du anreden. Weil jeder Mitleid verdient. Nun also: ich habe dir Unrecht getan oder doch mitgeholfen, daß dir durch Philipp, meinen Verbündeten, Unrecht getan werden konnte. Verzeih mir das, René. Verzeihe es auch Philipp.«

Nur krampfhaft kurz nickend stand René dem Herzog gegenüber, von dem er wußte, daß er nur noch die drei Tage der Hochzeitsfeier seines Sohnes in seiner Weise miterleben wollte. Dann würde er mit seinen Freunden, die in der Tiefe des Gartens unter den Bäumen standen, ein Eremitenleben führen. Schon waren in Thonon am Genfer See bei seinem Schloß Rapaille ihre Klausen gebaut. Ruhig, wie beifällig forschend und zum Vertrauen ermunternd war das Greisengesicht.

»Du bist noch jung, René«, sagte er dann. »Geh' wieder tanzen. Dich liebt man, so blond wie du bist. Ich meine, die Frauen. Aber, erlaube mir altem Mann die Keckheit: sie sind das Weltlichste in der Welt, und versteh' das nicht falsch. Es ist etwas Schönes.« Er gab ihm die Hand. »Ich danke dir, daß du gekommen bist.«

»Ich weiß nicht«, versuchte René in seiner Bestürzung einen Satz zu beginnen. Unglücklich fand er es, nur »ich weiß nicht« sagen zu können. Doch es fiel ihm nichts Besseres ein. »Danke. Danke«, sagte er, sich verbeugend.

Dann ging der Herzog durch das hohe Gras zu seinen Freunden.

»René!« Wer rief ihn? Als er den Saal betrat, hatte er aus dem Gedränge heraus eine weibliche Stimme gehört. Allzu rasch hüpften die Paare an ihm vorüber, beschwingt ihre Figuren ausschreitend, links um sie, rechts um ihn, dann einen Schnörkel, gemeinsam im Kreis, und weiter mit federnden Schritten. »René?«

Ach, es war Anne, seit heute die glückliche Herzogin von Savoyen, die nachher beim höfisch gezierten Gespräch genau zu erklären wußte, wodurch die Herren von Anjou auch Könige im Heiligen Land geworden waren. Gleich darauf plauderte sie mit dem Nächsten, mädchenhaft drollig: »Mir hat ein Kuhhirt von der Alp ein Murmeltier geschenkt. Jetzt lerne ich murmeln.«

»Murmeln wir«, sagte ihr Mann zu René, der neue savoyische Herzog. »Oder müssen wir uns bestätigen, daß wir die Jungen sind?« So trug auch er ihm seine Freundschaft an, auf der Terrasse, die hohen, bewaldeten Berge vor Augen. Er wünsche sich, einmal mit ihm über die eisigen Pässe in seine Länder jenseits der Alpen zu reiten, auf Römerstraßen an Schluchten entlang. Sie waren beide beim Zweikampf zu Pferd und beim Fechten die Besten gewesen, von Bewunderung begleitet.

Nur ein einziger Gast, der zuletzt kam, am dritten Tag, und den Marguerite eine noble Frostgestalt nannte, schien allein durch die Art, wie er sich unbewegt freundlich verneigte und umsah, alle Heiterkeit unerklärbar zu stören. Aber Philipp der Gute, der große Herr von Burgund, suchte lieber Gespräche mit politischen Geistern in den Nebengemächern, als sich im Ballsaal zu vergnügen, wo der blonde René der Beliebteste schien.

Kaum übermütig, nur jedem offen zugetan, saß René auch beim Bankett unweit von Philipp, der undurchdringlich zu spüren schien, wie man seinen verarmten Gefangenen mit ihm verglich. Er lächelte trotzdem überallhin. Er hatte teuere Geschenke gebracht, der wichtigste Nachbar, der an den Hängen des Schweizer Juras, wo der See von Genf mit den fernen Gletschergebirgen vor ihm lag, eine gemeinsame Grenze mit Savoyen hatte.

Nun mochte er freilich bedenken, ob René vielleicht den jungen Herzog von Savoyen auf die Seite von Frankreich zu ziehen versuchte? Zufällig wurde der König Charles in Vienne an der Rhone erwartet, zufällig zur gleichen Zeit, in der Yolande ihre geliebte Provence besuchte! Dort wollte Marguerite, bevor sie nach Italien reiste, von ihnen Abschied nehmen. Es war nicht weit nach Vienne. Hier hatte René mit den Gesandten des Kaisers Gespräche geführt!

»Ich versprach Ihnen«, sagte René zu Philipp, der sich nicht ungern vertraulich mit ihm durch den Saal begab, »um den Frieden mit Ihnen in Frankreich bemüht zu sein.«

»Wovon Sie sich selbst einen Vorteil versprechen?«

Aber René erwiderte: »Frieden ist eine Gesinnung. Ein ewiger Wunsch. Wir sind die Jüngeren. Sie lieben wie ich alle feineren Geister. Ich las bei Epiktet, daß wir es niemals aufschieben sollten, uns der besten Güter würdig zu erweisen. Nie sollten wir der Vernunft entgegen handeln. An anderer Stelle: wir sollten beobachten, was vorher geschah und bedenken, was nachfolgen wird und erst dann unser Werk beginnen.« Wie ein Beispiel hielt ihm René den Widersinn vor, der zu diesen Erkenntnissen paßte, daß nun eine Truppe aus Bar gemeinsam mit Truppen des Comte de Vaudemont die Wälder nach jenen Räuberbanden durchstreifte, die bei Bulgnéville zu ihren Armeen gehörten. Er schloß: »Ihnen, mon cher cousin, verdanke ich die Versöhnung mit Vaudemont, auch diese Verbrüderung gegen unsere Banditen. Nun warte ich, was der Kaiser über das Erbrecht entscheidet.«

Da sagte Philipp: »Das hätten wir allerdings unter uns abmachen müssen.«

Deutlich hörte René den Verweis heraus. Aber er wog hier nicht schwer, dachte er. »Stets werde ich Ihre Clairté bewundern«, gab er zurück, »diese feine französische Tugend, die nichts Unklares duldet. Deshalb bin ich auch gegen jegliches Nachbarngezänke. Denn wir sollten doch wohl das Recht nicht im Dickicht unserer Gefühle suchen, wo wir die Herzen verletzen, sondern dort, wo es am höchsten sichtbar ist.«

»Sie haben zwar recht«, sagte Philipp. »Aber haben Sie wirklich Recht?«

»Das hoffe ich von Kaiser Sigismund zu erfahren. Von Ihnen wüßte ich gern: Darf Ihnen Charles einen Gesandten schicken? Ich reise bald zu ihm.«

»Nur zu. Gute Reise.« Philipp tat, als winke er ihm mit leicht aufgehobener Hand zum Abschied zu. »Auch für seine Gesandten«, ergänzte er.

Nun war es wohl angebracht, von anderen Dingen zu sprechen.

Dennoch fühlte sich René genötigt, dem die abgewogene Knappheit Philipps gefiel, ihm noch zu sagen: »Die Gesandten kommen, so hoffe ich, bald. Ach, ich möchte viel von Ihnen lernen, mon cher cousin.«
Doch Philipp wehrte ab: »Sie kennen mich nicht.« Er sah, daß an der Türe der Graf von Fribourg auf ihn wartete. Drüben zog Marguerite mit ihren Damen ins Freie, die René in ihre Mitte nahmen. Es war Zeit für das Feuerwerk!
Er hatte kaum Zeit, Isabella zu schreiben.
»...Weil ich von Fest zu Fest unterwegs bin«, berichtete er aus Vienne. »Dabei möchte ich täglich Gedichte schreiben. Natürlich an Dich!« Sie möge gewiß diesen Satz nicht überspringen, wenn sie diesen Bericht dem ernsten Ratskollegium vorlese. Denn hier wachse die Zuversicht! Zwar vergnüge sich Charles in Vienne unermüdlich auf seinen Banketten und Bällen, zu denen Gäste aus Lyon und vor allem die Landedelleute aus der Dauphiné und aus der kahlen Auvergne mit ihren dankbar begierigen Damen kämen. Ihnen wurden ja selten höfische Feste geboten. Desto emsiger seien die Schreiber des Kanzlers Machet am Werk, da die Tage in Chambéry manche politische Nahrung brachten. Auch deshalb habe wohl Charles gern und oft mit Marguerite getanzt, die er entzückt als seine Belle-soeur begrüßte, angetan von ihrer Grazie, aber ebensosehr von ihrem Verstand. »Es ist wie auf einem Familienfest, bei dem sich neue Verwandte zum erstenmal sehen. Auch meine Belle Mère ist da!« Immer häufiger sagte er nun, wie Charles, Belle Mère.
Jetzt wurden Gesandte bestimmt, die »nun« in Dijon oder wo es Philipp willkommen sein würde, endlich Verhandlungen über den möglichen Frieden beginnen konnten! »Nun« – diesem kleinen Wort hatte René, Philipps guter Gefangener, damals im Turm von Dijon sein Gewicht des Gewissens gegeben. Nun schienen auch Philipp solche Gespräche erwünscht.
Denn überdies hatte sich jetzt ein Gerücht bestätigt, das René, der ein Träumer schien, mit seinem Sinn für die Wirklichkeit nie vergessen hatte, seitdem er es in Brüssel hörte: Jetzt wurde die damals vermutete Hochzeit des erst kürzlich verwitweten englischen Statthalters Bedford gerichtet! Allzurasch habe er seine Gefühle, meinten die Damen in Chambéry und nun in Vienne, der Tochter des Herzogs von Luxemburg zugewandt.
Aber René und seine Runde, zu der Yolande und Marguerite, der König und Machet gehörten, erwogen es anders. Denn Philipps

britischer Schwager, den seine Trauer offenbar nicht lang bedrückte, hatte sich durch diese unerwartete Heirat zu seinem politischen Nachbarn gemacht! Mußte nicht Philipp, der seinen Einfluß auf Luxemburg schwinden sah, in dieser heiligen Hochzeit Bedfords, der ihn bewußt übergangen hatte, eine Gefahr erblicken? War nicht auch der Aufstand der flandrischen Weber gegen die englischen Tucher, die sie auf ihren eigenen Märkten verdrängten, ein Zeichen für Philipp, das er mit seinem Gespür für die immer schwankende Stimmung im Volk beachten mußte? Jede irdische Macht empfing doch unablässig, wie auf einer Waage, ihre Gewichte auch von unerklärbaren Kräften?

Solche Gedanken, die René mit seiner zum Frieden drängenden Ungeduld umkreiste, konnte er nur in Vienne in seinen Gesprächen und kaum in den Briefen an Isabella erläutern. Ihr schrieb er lieber von den Nußbaumwäldern im Tal der Isère, in das sie hineingeritten waren, wo sich die Bauernhöfe unter die mächtigen Kronen bei steil aufsteigenden Felswänden ducken. Dort möchte man, hatte Gérard Machet gesagt, wie Amédé als Einsiedler leben, dem das irdische Leben zur Last war. »Taedet me vitae temporalis.«

Anscheinend hatte jedoch Marguerite die Talente geerbt, mit denen ihr Vater das Fadenspiel der politischen Welt beherrschte. Sie tat es in weiblicher Art, auch während sie ihre Schleier beim Tanz flattern ließ. Oft überraschte sie Charles durch unvermutete Wendungen, die er tanzend und bei ihrem Geplauder mitmachen mußte. Vor ihr verlor er von selbst seine übliche Art der Vertraulichkeit, die geschmeichelte Frauen von ihm, ihrem König, erwarten mochten.

Um so herzlicher schloß sie Yolande in die Arme, die am Morgen nach den lauten Festen gern, wie einst in Matigues, über den Markt ging und zu den Schiffern am Rhone-Ufer, nur von René und von seinen schlanken, wüstenfarbigen Hunden begleitet. Die große Dame Frankreichs.

Als er abreisen mußte, schenkte er ihr seine Hunde.

Endlich, nach vielen Schreiben dahin und dorthin, war es gewiß, daß ihn der Kaiser auf dem Reichstag in Basel empfangen würde! Endlich sollte sein Erbstreit geschlichtet, auch Vaudemont nach Basel eingeladen werden!

Überrascht und gerührt sagte Yolande, als ihr René seine geschmeidigen Hunde anbot, das Geschenk Jacques Coeurs: »Du

liebst sie, und sie passen nur zu dir. Ich kann sie dir nicht nehmen.«
Aber René widersprach: »Du liebst sie auch. Sie passen noch besser zu dir.« So stritten sie eine Weile, bis sie sich einigten. Demnach mochten die Hunde selber entscheiden, ob sie bleiben oder neben ihm her laufen wollten, wenn er davonritt.
Dann jaulten sie zwar, als er sich in den Sattel schwang, und hüpften mit ihren großen Sprüngen um sein Pferd herum.
Aber sie blieben bei Yolande, die ein paar Schritte vor der Hofgesellschaft, wie allein gelassen, vor der Treppe stand, hellblau. Sie winkte ihm nach, und so hätte niemand sagen können, daß sie gerührt gewesen sei, auch dann nicht, als sie neben sich am Boden einen Handschuh Renés entdeckte, den seine Hunde offenbar bewachen sollten. Sie ließ ihn liegen. Die Hunde folgten ihr ohnedies über die Stufen hinauf.

In Basel wurde René, obwohl sein Ankläger Vaudemont schon vor ihm angekommen war, drei Tage früher als der Comte vor den Kaiser geladen.
Ganz allein betrat René den großen Saal, in den das graue Windlicht kaum Helligkeit brachte. Um so mehr wurden die Farben der Fenster, der Gobelins und der über die Wände verteilten Wappen und Fahnen durch die überall flackernden Kerzen verstärkt, wobei sich das meiste Licht in der Tiefe des Saals auf der Gestalt des Kaisers vereinte. Dort saß er, umgeben von seinen Räten, ein wenig erhöht auf einem Thron, über den ein Baldachin gespannt war. Dort waren auch die meisten Fahnen aufgestellt, die bündelweise nach allen Seiten aus ihren Köchern und Eisenringen ragten. Andere hingen mit ihren quer gelegten Lanzenschäften an der Decke, wo in den vertieften Kassetten-Quadraten hier die Krone, dort der vergoldete Doppeladler zu sehen war. Ihn hatte der Kaiser Sigismund, der jüngst in Rom gekrönt worden war, erneut zum Symbol gewählt, und so breitete auch ein riesiger Adler seine Flügel über der Lehne des Thronsessels aus, funkelnd in seiner Vergoldung.
So wurde wohl jedem , das empfand auch René, die weithin reichende Macht des alten Heiligen Römischen Reiches Deutscher Nation gegenwärtig, das unter dem Adlerbild in der Gestalt des über sechzigjährigen Kaisers verkörpert war.
»Geradeaus«, hatte René eine Stimme gehört, weil er unwillkürlich beim Eintritt stockte. Dann schritt er beklommen, aber doch

federnd voran. Dabei sah er plötzlich, so erzählte er später, Nancy vor sich und Isabella. Dahinter erschienen die welligen Höhen Lothringens und das Moseltal. Dann seine Kinder, zu denen er oft in ihre Gefangenschaft hineinzublicken glaubte. Nur um sie ging es jetzt. Um sein Recht. Mindestens um das Recht Isabellas, ob sie ihre Erbschaft behalten durfte!
Indessen verschwammen die Lichter und die heraldischen Bilder mitsamt den Menschen, die eine Gasse freigelassen hatten, in dem eigentümlichen Goldglanz im Raum, durch den René geradewegs, zwar von allen Seiten betrachtet, aber unbeirrt auf den Kaiser zuging. Ihn, den armen René, auch daran entsann er sich nachher, hatte bei diesem entscheidenden Gang nur der Gedanke bewegt, daß er auch das Geld für diese Reise mit seinen Freunden, die draußen warteten, zusammenborgen mußte, während der Kaiser seinen goldschimmernden Prunk wohl brauchte, um etwas von der antiken mystischen Macht des Imperators auszuströmen, die die Menschen spüren sollten und wollten. Aber für ihn war die Gestalt auf dem Thron heute nur der oberste Richter im Reich, der das Recht zu hüten hatte und auf den er sein ganzes Vertrauen setzte.
Das lag vielleicht in seinem Blick, als er zum Kaiser aufsah, ein junger Mensch zu einem Älteren.
Dann brauchte René nicht viel zu sprechen: warum es zur Klage gegen ihn kam. Auf eine Zwischenfrage, er habe versucht, eine Klärung im Frieden zu finden, sei aber dann doch zu jener Schlacht von Bulgnéville genötigt worden, die er freilich verloren habe.
Der Kaiser hatte auf seine Räte geblickt, ob sie noch etwas zu fragen hätten? Nein. Keiner.
Also werde er, beschied ihn der Kaiser, das Urteil nach angemessener Zeit erfahren.
Allzukurz empfand René die Verhandlung, weshalb er unschlüssig stehenblieb, wie von Gesicht zu Gesicht, an der Reihe der Fürsten und Räte entlang, ein weiteres Wort erhoffend. Aber schon räumte der Sekretär Papiere fort, die er wiedererkannte, seine Verträge, Berichte, die der lautlose Mann vor sich ausgebreitet hatte, falls eines der Dokumente gewünscht worden wäre. Da bedeutete einer der jungen Fürsten, der heimlich belustigt schien, René mit einem Zwinkern, daß er nun gehen müsse. René schrak zusammen und nahm, wie verwundert zu sich kommend, rasch seinen Abschied.

Alles war viel zu schnell gegangen. Das sah man ihm an.
Dann erhielt nach einigen Tagen der Comte de Vaudemont, der seine Anwälte mitgebracht hatte, den gleichen Bescheid. Auch er mußte warten. Aber er hatte mit seinen beredten Juristen durchgesetzt, daß eigens eine Kommission gebildet worden war, in der seine Berater die Kronjuristen in das Dickicht ähnlicher Erbstreitigkeiten hineingeführt und es gerodet hatten! Also brauchten die Herren Räte des Kaisers nur noch ihr Vidi darunter zu schreiben! Gesehen. Genehmigt.
So hatte der Comte triumphiert, der eines Abends René in dem kleinen Gasthaus am Rhein besuchte, das nur deshalb so teuer sein konnte, weil die Stadt voller Fremder war. Denn zu den Gästen des Konzils, das nun schon Jahre währte, kamen täglich andere, auch Fürsten mit ihren großen Gefolgen, die am Reichstag teilnehmen wollten. Indessen zählte René oft die Tage und Nächte und das aufgelaufene Kostgeld zusammen. Ach, seiner Barschaft nach, seufzte er, müßte das Urteil bald verkündet werden.
Desto zwiespältiger war es, den siegessicheren Comte Antoine reden zu hören, der sich abschätzig umsah und in seiner gröblichen Art zu scherzen versuchte: »Nun, jeder haust in Basel, wie er es trifft. Manche mit höheren Federn am Hut wohnen sogar im Dachstock, während ich allerdings besser logiere als Sie, Monsieur de Bar. Aber Sie zahlen ja alles. Wann kommt meine nächste Rate?«
Wie es vertraglich abgemacht sei, hatte René erwidert, worauf der Comte, der den ihm ungewohnten Badener Wein hinabgoß, wie versöhnlich sagte, man habe Ratenverträge, auch einen Heiratsvertrag miteinander. Man sei verwandt und dennoch Gegner. Dann starrte er lang in seinen Wein hinein, trank und trank wieder, bis er, in seine Ecke geduckt, auf den Tisch hin sagte, aber nun sei auf einmal alles wieder wie in Bulgnéville!
Denn er habe gerade, nur deshalb komme er her, mit einem Mann getrunken, der verdächtig eilige Post an verschiedene Herren des Reichstags von Philipp le Bon aus Dijon befördert habe. Auch an den Kaiser hatte der Herzog geschrieben, und sicher hatte der Herzog mit tieferer Absicht vor seinem Kronrat in Dijon erwähnt, daß sein eigener Vater, Johann ohne Furcht, neben dem Kaiser gegen die Türken in Ungarn kämpfte. Das war für die Ohren in Basel bestimmt gewesen, auch der nächste, bedeutungsvoll ausgesprochene Satz: Seit damals, als viele französi-

sche Ritter neben ihm auf dem Feld bei Nikopolis fochten, kenne der Kaiser seine französischen Freunde. Jeder war ja in seiner Art ohne Furcht! Sans peur, wie sein Vater.
»Aber vor wem?« fragte der Comte. »Vielleicht sogar ohne Furcht vor dem Kaiser?«
Nun ja, der Kaiser kenne auch Frankreich selbst, flocht der grübelnde Comte Antoine ein, wie er Spanien kenne, wohin ihn der Graf Louis von Württemberg begleitet habe, wie er England kenne, Italien, auch die Anjous in Neapel und natürlich sein altes Ungarn und Polen. Nur Philipp kenne er anscheinend nicht, den Großen, den Guten! Mon Dieu.
Da rückte René den Weinkrug ans andere Ende des Tisches.
Aber der Comte achtete nicht darauf, daß ihn auch Fremde hören könnten.
»Er ist erbost, daß wir hier sind!« sagte er laut und starrte dann auf René. »Er wird auch erbost sein, wenn ich gewinne. Wir hätten uns deshalb, anstatt hier unser Recht zu holen, lieber weiter streiten müssen!« Er lachte gallig. »Daran sollten Sie denken, René.« Damit schob er sich auf der Bank schwerfällig aus der Ecke. »Das wollte ich Ihnen sagen, obwohl Sie mir meinen Weinkrug weggenommen haben. Aber Sie zahlen ihn doch, meinen Wein?«
»Ja, ich denke daran.«
»Sie seltsamer Mensch. Er denkt daran, zu bezahlen? Und tut es sogar?«
»Ob er recht hat?« fragte Robert de Baudricourt. »Ob er wirklich recht bekommt?«
Schier endlos schienen sich die Wintertage mit ihrem stumpfen Warten hinzuziehen. Dann war es sogar ein Ereignis, als Schnee fiel, der die neu gepflasterten Straßen bedeckte, auf die man stolz war wie auf die neuen, nach dem großen Brand massiv aus Stein gebauten Häuser, bei denen es kaum noch Holzgebälke gab. Er wolle auch einmal bauen, sagte René. Deshalb streifte er gern durch die Stadt, wo er auch Treppenhäuser und Höfe studierte.
Oft verließ er das Haus an der Brücke schon in der Morgenfrühe und kam erst im Dunkeln zurück, durchfroren und hungrig, weil er den ganzen Tag lang nichts gegessen hatte. Aber weil ihn der Hunger mitunter allzustark überfiel, kehrte er wenige Male sogar in einer der billigen Garküchen ein, wo sich auch allerlei Gestalten sättigten, die irgendein Glück während des Reichstags

und des Konzils zu ergattern hofften, erschreckend vertrauliche Mädchen darunter. Eine aus Nancy erkannte ihn. Man werde sie wahrscheinlich bald, sagte sie gleichgültig, wie alle anderen ihrer Art in die Vorstadt abschieben. Ihr schenkte er Geld, damit sie heimreisen könne. Nach Nancy. Hier, in der ärmlichen Küche der Abenteurer, sei weder ein Platz für sie noch für ihn.
Zwiespältig saß er nachher bei einem Bücherkopisten, den er einmal durchs Fenster in einer Gasse bei seiner Arbeit beobachtet hatte. Hier sei er im Warmen von guten Geistern umgeben, sagte er dankbar. Er werde später etwas bestellen, heute beglückt, weil er in Büchern blättern und lesen durfte. Hier fand er, als sei es für ihn gesagt, in einer Abschrift der »Bucolica« Vergils die Worte: »Ich geh' keinem davon: nur eines, Nachbar Palaemon, richte mit aller möglichen Sorgfalt – die Sache ist wichtig.«
Als er mit diesem Satz, der ihn nicht losließ, wie schon so oft um das Münster herumging, wo er die Statuen auf ihren hohen Konsolen betrachtete, sprach ihn dort unvermutet ein Fremder an: »Sie sind doch der Herzog von Lothringen?«
Weil es kalt war, hatte der vornehme, jüngere Herr den Pelzrand seines Mantels hochgestellt, auch seine Kappe tief über die Ohren gezogen. Zu ihm gehörte, bemerkte René, ein ähnlich gekleideter junger Mensch, der sich abseits hielt, der aber bald näher kam. Dann durchfuhr es plötzlich René, daß der, der ihn angesprochen, er sah es in seinen Augen, ohne Zweifel jener Fürst war, der unfern vom Kaiser gestanden hatte!
Deshalb sagte René so gefaßt, wie es ihm möglich war: »Ob ich der Herzog von Lothringen bin, weiß ich noch nicht. Es soll ja, wie Sie wohl wissen, hier entschieden werden.«
Da glaubte René, wieder das winzige, wie belustigte Blinzeln in den Augen des Unbekannten wahrzunehmen.
»Doch, doch«, gab der vergnügte Mann mit Nachdruck zur Antwort, »Sie sind es!«
»Pardon«, war das erste, »pardon« war auch das zweite Wort, das René ungläubig hervorstieß, als drehe sich plötzlich die Welt um ihn, als bewege sich auch sein leerer, hungriger Magen. Wie genarrt und doch sicher, dieses »Doch, doch« nicht mißverstanden zu haben, blickte René auch auf den Jüngeren, dann wieder zu dessen älterem Bruder. Denn das war er.
»Ludwig von Württemberg.« Der Ältere nannte René seinen Namen und auch den seines Bruders: »Graf Ulrich.« Ihn, den schwäbischen Grafen Ludwig, hatte der Kaiser, als er von seiner

Krönung aus Rom kam und in Lucca die Bäder besuchte, von dort aus neben dem Bayernherzog zu seinem Protektor des Reichstags berufen. Also gab es wohl keine Zweifel mehr?
»Doch, doch, Sie sind es!« wiederholte der schwäbische Herr.
Da drückte René beiden die Hände, schüttelte sie.
»Also ist es entschieden?«
Es war entschieden.
Durch das gleiche Portal, vor dem er die Nachricht empfangen und wo er oft die Skulpturen bewundert hatte, zog René nur wenige Tage später in einem Festzug in das Münster ein. Glockengeläute. Trompeten. Fahnen. Die Fürsten. Kirchenfürsten. Unübersehbar die Menge. Und trotzdem hatte er nicht unterlassen können, auch jetzt einen Blick auf die Figurengruppen hinauf zu werfen, vor allem auf die klugen und törichten Jungfrauen, die ihn dort mit der mitleidig stimmenden Süßigkeit der schönen Törinnen immer neu bezaubert hatten.
Ach, es war Frühling. Anno 1434 am 24. April.
Feierlich setzte der Kaiser Sigismund im drängend überfüllten Münster den armen René von Anjou als Herzog von Lothringen in sein Recht ein. Niemand als ihm und seiner Frau Isabella, rechtmäßiger Erbin von Lothringen, gehörte das Land. Unwidersprechbar gab der Kaiser zugleich bekannt, daß der Reichstag jeglichen Anspruch des nah verwandten Comte de Vaudemont endgültig abgelehnt hatte!
Hochrufe! Erhobene Fahnen und Degen. Orgelmusik. Ein Chor setzte ein.
Dann sprach René, als der Kaiser die Investitur beendet hatte, im Herzogsmantel und mit der Krone die altüberlieferten Worte, seinen Dank und den Eid. Doch man müsse auch der Gerechtigkeit danken, sagte er zu dem Kaiser hinauf und in den Münsterraum hinein: daß es sie gab, die Gerechtigkeit, scheinbar etwas Unfaßbares, nahe der Wahrheit wie die Gewißheit im Glauben. Aber auch: daß wir wohl immer um beide bemüht sein müssen, um in ihnen leben zu können. Dann brach er ab. Man brauche ja nur einen Gedanken zu nennen, meinte er später, ihn weiter denken mochte jeder, den er berührte.
»Heim!« rief er aus, als er kaum das Münster verlassen hatte und mit seinen Freunden zu seinem Gasthaus hinabzog, umjubelt von Menschen. Freilich gab es noch Feiern, an denen er teilnehmen mußte. Ein Glück, daß gestern noch Jean Riche de

Richenstein kam, der ihm einen Beutel mit Goldstücken zuschob! »Gib mir's zurück, wenn du kannst.«
Nun waren in seinem Gasthaus am Rhein plötzlich die schönsten Stuben zum Fluß hinaus frei geworden. Dort stauten sich Menschen. Glückwünschende kamen, auch Glücksritter, Bittsteller. Eine der nobelsten Kurtisanen der Stadt ritt öfters an seinem Haus vorbei, heimlich nach seinem Erker aufblickend.
»Heim!« Er setzte den Tag fest. Doch er schickte zuvor noch Jean Riche in das vornehme Stadthaus, in dem der Comte de Vaudemont ein ganzes Geschoß bewohnte.
Aber es hieß, er sei abgereist. Nach Dijon, hieß es. Zu Philipp le Bon.

Zweites Kapitel

Genuß des Herrschens

Jetzt hatte René auch das Recht, wieder in Nancy einzuziehen, seiner zurückgewonnenen Hauptstadt. Neben ihm ritt Isabella und die kleine Yolande, die trotz ihrer Jugend schon damenhaft kindlich auf ihrem schottischen Bergpferdchen saß. Unvergleichbar mit allem Jubel, den er bisher erlebte, war die Begeisterung bei diesem Ritt durch die Stadt.
»Er ist wieder da!« hieß es auf der entlegensten Ferme, und sicher sahen ihn seine Leute im Glanz der Krone vor sich, jene Szene, wie ihm der Kaiser im Münster in Basel den goldenen Stirnreif aufgesetzt hatte. Denn wenn auch die Schulden, die er zu tilgen hatte, nicht weniger wurden, eher noch drückender, schien mit René die Zuversicht zurückgekehrt. Nun war man frei, war wieder unabhängig!
Überdies war Erntezeit, weshalb René nach den nötigen Festen auch durch die Felder ritt. Wo war zu helfen? Er besuchte die Müller, die Salzarbeiter in den Salinen, die Handwerksleute, die Schiffer, befuhr mit ihnen die Flüsse, Kanäle, fragte und fragte, wo etwas besser zu machen wäre.
Jetzt rezitierte René bei der Apfelernte auch den anderen Satz, den er bei seiner Vergil-Lektüre in Basel auf demselben Blatt gefunden hatte: »Äpfel wirft Galatea nach mir, das verlockende Mädchen, flieht ins Weidengebüsch und wünscht doch, daß ich sie hasche!« Nun hat er nicht nur sein Lächeln, das bisher oft überschattet gewesen, sondern sein Lachen zurückgewonnen, fast wieder ganz wie einst, beinahe jungenhaft, obwohl nun ihr richtiger Herzog, mon Dieu, ein einfacher fröhlicher Mann!
Nur der Comte Antoine, zu dem er nach Vaudemont hinausritt, stampfte bei seinem Empfang in der kahlen Halle mißmutig um ihm herum. Er habe Protest gegen das Baseler Urteil eingelegt!

Schriftlich. Ausführlich begründet. In Dijon liege die Abschrift beim Herzog Philipp. »Er teilt mein Gefühl.«
»Dagegen hoffte ich«, sagte René, »wir hätten den Anfang zu unserem Frieden gefunden, dem bald der größere Frieden folgen müsse. Ich bin arm. Sie brauchen mich nicht zu beneiden.«
Es nützte nichts. Anscheinend brauchte es der Comte, sich selber laut über die Fliesen stampfen zu hören. Auch als er sich an dem klobigen Tisch niederließ, wo er mit zuckend hin und her bewegtem Kopf zu grübeln schien, sprang er bald wieder auf.
»Sie schätze ich, wie Sie sind«, sagte er. »Weil Sie zahlen.«
Aber auch deshalb ließ ihn der eingebildete Grund nicht los, daß wahrscheinlich Ludwig, den Grafen von Württemberg, ein besonderes Mitgefühl für René beeinflußt hatte, weil auch er selbst immer zahlen mußte, freilich für Frauen. Das brachte er spintisierend vor, einen Argwohn aus dem Dunkeln. Ihn, den schwäbischen Grafen, habe die starre Verliebtheit einer jüngferlichen Tante zehntausend Gulden gekostet, wahrlich viel Geld, als sie plötzlich mit einem Geliebten verschwunden war, anstatt dem bayerischen Herzogssohn Albrecht zu folgen, dem sie mit allen üblichen Klauseln versprochen gewesen. Zehntausend Gulden! Er hatte sich allerdings an der liebreichen Tochter eines Barbiers aufgerichtet, die viel von sich reden machte, der schönen Bernauerin, über die es Moritaten gab. Und nochmals zehntausend Gulden hatte der schwäbische Graf auch für die lebenslustige Mutter jener flüchtigen Braut zu bezahlen, auch ihretwegen einen Schuldenkrieg zu führen gehabt. »So hat er wahrscheinlich in Ihnen den Leidensbruder erkannt?«
René wehrte kopfschütteldn ab: »Ich habe mein Recht wohl kaum aus Mitleid bekommen.«
Was auch René zur Antwort gab, der Comte schien nichts zu hören und auch nichts hören zu wollen, weil ihn nur seine selbst erdachten Gründe und Vermutungen bewegten, Verdächtigungen. Dazu gehörte auch Isabella. »Nur sie ist schuld!« rief er plötzlich aus und, wie sich selbst verhöhnend: »Weil sie etwas von meiner Denkart geerbt hat!«
»Also bin ich umsonst gekommen?« stellte René entmutigt fest.
Indessen drückte der Comte, der ihm nichts angeboten hatte, keinen Wein, kein Brot, keinen Stuhl, die schwere Tür zu dem an die Halle anstoßenden Remter auf. »Nicht ganz umsonst«, sagte er und lenkte René an den Wappen und Bildern entlang, die dort

aufgereiht waren, wobei er bedeutungsvoll die Namen, Jahreszahlen und die Verdienste der hier versammelten Herren von Lothringen nannte. In dieser angestammten Familie, sagte der Comte zuletzt, sei er der Fremde, Eingedrungene. »Daran sollten Sie denken!« Denselben Satz hatte er auch in Basel gebraucht. Er setzte heute hinzu: »Ich finde mich nämlich nicht ab damit!«

»Was soll ich noch tun?« fragte René. »Denn es bedeutet doch kaum eine Macht, als armer Mann noch ärmeren Leuten helfen zu müssen? Auch wissen Sie doch, auf wie viele Jahre hinaus ich verschuldet bin? Auch an Sie! Aber Sie haben es abgelehnt, mir zu helfen. Uns. Diesen Leuten.« Plötzlich brach es aus René hervor: »Diesem armen Volk, von dem Sie verlangen, daß es Ihr Volk sein soll! Während Sie nur Ihre Kriegsbeute kennen, die ich bezahle! Ich. Nicht diese Armen. Ich! Oder wollen Sie gar die Schulden bezahlen, an denen Sie schuld sind?«

René brauchte einige Schritte, um ruhig zu werden. Dann sagte er: »Verzeihen Sie mir, daß ich laut war. Mich hat nur unser gemeinsamer Jammer gepackt, den Sie nicht empfinden. Ich frage Sie noch einmal: Was soll ich noch tun?«

Der Comte war zusammengezuckt, verlegen, plötzlich dunkler in seinem Faltengesicht. Aber er schwieg, bis ihn René verließ.

Ob der burgundische Herzog Philipp der Gute von dieser Begegnung erfuhr oder was ihn bewog, sich plötzlich auf die erbärmlichste Klausel seines Vertrages mit René zu berufen, blieb unerfindlich.

Denn unvermutet ließ er an einem Wintermorgen René durch einen Gesandten sagen, der ihm zuerst ein Schriftstück vorlas und dann überreichte, daß er ihn in Dijon erwarte! Dies habe nichts mit seiner inzwischen erlangten Würde als Herzog zu tun, sondern allein mit seinem Versprechen, sich als der Unterlegene von Bulgnéville freiwillig wieder als Gefangener einzustellen.

Ungläubig hatte René diese Nachricht entgegengenommen, weshalb der Gesandte ergänzte, bekanntlich trage der Vertrag, den er selbst unterschrieb, auch die Namenszüge von dreißig seiner vornehmsten Herren samt deren Siegeln.

Da fragte René, trotz seines Erschreckens gefaßt, ob ihm der Herzog aufgetragen habe, ihn auf diese Unterschriften eigens hinzuweisen?

Nun, man erwähne dies, gab der Gesandte zurück.

Dann möge er, erklärte René, dem nun doch das Blut ins Gesicht schoß, dem Herzog mit den Worten Vergils zur Antwort geben: »Ich laufe keinem davon!« Philipp möge dies nachlesen! Denn freilich erbitte er Zeit, um den Herzog bitten zu können und bitten zu lassen, von seiner Forderung abzustehen. Der Herzog werde jedoch im gleichen Satz auf die Worte stoßen, die er beherzigen möge: »Nur eines, Nachbar Palaemon, richte mit aller möglichen Sorgfalt – die Sache ist wichtig!«
»Sie ist für den Herzog sehr wichtig«, sagte der Gesandte. »Die Sache.«
»Mich als Gefangenen zu haben!« Aber dann fragte René: »Oder haben Sie Vollmacht, mir, wenn ich Sie bitten würde, wenn ich mit Ihnen verhandeln möchte, wenn ich ein Angebot machen würde, haben Sie vielleicht eine Vollmacht, ein Zugeständnis zu machen, mir eine Bedingung zu nennen?« Ein Kopfschütteln. »Geht Ihr Auftrag nicht weiter«, fragte er dringender, »als mir diese Epistel vorlesen zu müssen?« Wieder ein Kopfschütteln. Da sagte René: »Dann grüßen Sie Philipp – den Guten. Und sagen Sie ihm: Ich komme.«
Trotzdem schrieb René, weil er gerade jetzt sein Land nicht verlassen wollte, nach Angers und an Charles und nach Chambéry, ob sie ihn vor der abscheulichen Haft bewahren könnten? Erst kürzlich hatten sich ja wieder Unterhändler aus Burgund und Frankreich getroffen. Die Gegner kamen zusammen! Um so unerfindlicher blieb Philipps Forderung. In dieser Zeit der Versöhnlichkeit?
Auch Isabella schrieb an den Herzog, der er mit kunstvoll gewandtem Bedauern zur Antwort gab, nicht anders handeln zu können. Er habe billigerweise geduldet, daß die vertragliche Frist von einem Jahr weit überschritten wurde. Nun merke er freilich, daß dies den Anschein erweckte, er annulliere die erste Bedingung seines Vertrages?
An Yolande, die verehrte Reine de Sicile, fügte er eigenhändig hinzu, daß er gerade von ihr, die durch ihre Staatskunst die Bewunderung vieler genieße, das beste Verständnis erwarte.
Mit dieser hintergründigen Antwort reiste Yolande selber nach Nancy, obwohl es beißend kalt war. Aber sie widersprach René, als er meinte, nur die Kälte habe ihr zugesetzt. Denn ein wenig spüre sie wohl auch die allzu rasch fliehenden Jahre. So heiße es doch bei einem seiner antiken Dichter? Unwiederbringlich entfliehe die Zeit. Fugit irreparabile tempus. Als ob sie ihn trösten

müsse, sagte sie das und setzte hinzu, freilich hätte er sie mit seiner zwar schönen Ungeduld nicht schon im Hof, sondern erst später begrüßen müssen. Aber natürlich wäre sie enttäuscht gewesen, wäre er nicht in den Hof gestürmt!

Später, als sie aus ihren Zimmern kam, sah man ihr weder die Kälte noch ihre Jahre an.

Aber helfen konnte auch sie ihm nicht. Nur sehen wollte sie ihn. Nur seine Gedanken wissen. Sie hielt sich deshalb auch gern in seinem Bücherzimmer bei ihm auf. »Wie eine heimliche Liebhaberin«, sagte sie, wenn Isabella, die an der Demütigung durch den burgundischen Herzog viel schwerer trug als Yolande, mit neuen Entwürfen von Briefen kam, die sie ihm schreiben wollte.

Auch heute hörte ihm Isabella nur gezwungen zu. Denn seit seinem Ritt nach Vaudemont hatte René oft in Gesprächen versucht, darüber sprach er auch jetzt mit seiner Belle Mère, auf die Frage, was Recht und Gerechtigkeit sei, eine Antwort zu finden. Jeder meine doch, sagte er, ein eigenes Recht zu haben, das ihm der andere meistens bestreite; also müsse es doch wohl im höheren Sinn eine bindende Rechtlichkeit geben? Für beide? Für alle?

Unvermittelt fuhr Isabella auf, die nur die erregenden Wörter hörte, aber vor lauter Brüten kaum mitgedacht hatte. »Er hat kein Recht!« stieß sie mit der Verletztheit einer liebenden Frau hervor, die keine männliche Logik anerkennt, wenn es um ihre eigenen Dinge geht. Doch es waren nur Ausbrüche, die sie sich selber abzugewöhnen versuchte, indem sie sich auf die Lippen biß.

Offenbar hatte Philipp vollkommen nüchtern abgewartet, bis sein Gefangener in seinem Land entbehrlich war. Ähnlich hatte er es in der höflichen Antwort an Isabella ausgedrückt. Die Ordnung in Lothringen sei, wie er wisse, nun wiederhergestellt. Denn die wenigen Räuberbanden, die übriggeblieben, seien wohl auszurotten. Wie ein besorgter Nachbar schrieb er, auch habe man ja die Ernte, eine mittlere in diesem Jahr, gut unter Dach, und schließlich habe sie selbst, die Herzogin Isabella, auch in der jüngst vergangenen schwierigen Zeit eine erstaunliche Umsicht bewiesen.

Als sie mit diesem Schreiben in das Bücherzimmer Renés einbrach, zerknüllte sie den Brief.

»Oft habe ich«, sagte sie aufgebracht, »die Leute auf Gassen und

Märkten beneidet, weil sie die schrecklichsten Schimpfworte haben, wenn sie sich Luft machen müssen!«
Aber Yolande, die hier und dort ein Buch aus den Regalen gezogen, beschwichtigte sie: um so wohltuender sei es, sich selber beherrschen zu können, weil ja der eigenartige Genuß des Herrschens wohl darin liege, immer selber beherrscht zu sein. »Du darfst noch nicht einmal weinen.« Sie legte den Arm um Isabella. »Heimlich vielleicht. Aber auch nicht vor mir. Ich würde sonst mein Vertrauen auf dich verlieren, das sehr groß ist. Dir kann ich ja beichten. Ich selber weine sehr gern. Mindestens bin ich oft den Tränen nahe, und manchmal soll man es sogar merken.«
Nun lachte sie selbst über den scheinbar drolligen Widersinn, wie sie es nannte.
Inzwischen hatte jedoch René, als bereite er unwillkürlich seinen Aufbruch vor, seine Stifte und Federn in seine Reiseschachtel gelegt und die Tuschen und Tintenfässer daneben gestellt. Mit besonderer Sorgfalt wandte er sich seinem Malzeug zu, indem er die Pinsel zusammenband, die noch fest im Haar und wohl noch brauchbar waren. Andere wusch er aus und rieb sie an einem Läppchen ab.
»Was sollte ich sonst tun?« fragte er, weil Isabella sein Treiben unverständig verfolgte. »Ich reise morgen.« Sie möge ihm, bat er, eine Reisezehrung richten lassen. Irgend etwas. Denn er möchte nicht mehr gezwungen sein, wie bei der Rückkehr von Vaudemont, in den Dörfern fragen zu müssen, ob er ein Brot kaufen könne.
Er hatte dieses Erlebnis gern öfters erzählt, obwohl er es allzu gefühlvoll fand. Nun konnte er es Yolande berichten: wie ihm dort eine Bauernfrau ihren letzten Brotlaib schenkte. Weil er doch ihr armer Herzog sei! Bei Gott, als dann die Nachbarsleute ihm und seinen ausgehungerten Reitern auch Wurst und Wein und Käse brachten, habe er sich nach der Enttäuschung im Schloß und mit dem enttäuschenden Wissen um die Menschennatur, das in solchen Stunden übermächtig werde, wieder zugeredet, es lohne sich doch. Man müsse doch immer wieder, nach jeder Enttäuschung, an den mitleidswürdigen Adam glauben, weil man ja niemals aufhören dürfe, das mögliche Gute zu tun, und weil wir uns vorwerfen müßten, das, was wir Gutes tun könnten, nicht getan zu haben. Genug.
René entschied sich für den grauen Apfelschimmel, den ihm ein Reitknecht aus der Provence gebracht hatte, ein Geschenk des

Herrn von Grignan. Ähnlich stämmig und sehnig wie dieser Hengst waren die Hirtenpferde in der Camargue. Er wünsche sich, schrieb der Seigneur, daß René eines Tages auf diesem Pferd in sein altes Dorf am Berg einreiten möge! Es kenne den Weg.
Aber Yolande war der Meinung, daß René nicht einfach allein davonreiten könne, möglichst im Morgengrauen und ungesehen, wie er dachte, nur ein Packtier neben sich. Eigentlich müsse man, sagte Yolande, das Armesünderglöcklein läuten lassen. Oder alle Glocken zusammen! Nun ja, nun müsse er packen.
Kurz danach, als René schon ein Licht anzünden mußte und als er noch immer Papiere und Bücher und sein Malzeug richtete, wurde jedoch ein Besucher zu ihm geführt, von dem er später oft meinte, er habe diese Begegnung vielleicht nur geträumt.
Oft glaubte er nämlich, die schmale Gestalt mit dem runden Rücken, die ein Bedienter eingelassen, ganz deutlich in seiner Erinnerung flüstern zu hören, obwohl er sich sagte, daß man auch Träume wie Wirklichkeiten mit sich trage, in tiefsten Seelenbereichen Erlebtes. Bald danach hatte er ja unendlich lange Zeit, darüber nachzudenken: Die Augen des Fremden waren unbestimmbar, wie fiebrig gewesen; es waren, sagte er sich, wenn das Geistige Augen hatte, die Augen eines Geistes.
Ihn schicke eine der Damen. Er sei Astrologe. Er habe sein Schicksal berechnet, fing der Besucher gleich an, als er eintrat. Sein Ascendentus neige sich nämlich, wie jeder wisse, ins Dunkle hinein. Aber die Sterne erlaubten die Deutung, daß es nur ein finster verschatteter Übergang oder Durchgang sei. Das beweise die Wanderung der Gestirne. Denn bald steige er wieder, sein Stern, packend und unvergleichlich, wie er es nie vorher in allen den Constellationes gefunden, die er verfolgte, desto glänzender auf! Ja, es mute ihn wie ein schmerzhaftes Wunder an. Plötzlich richte sich nämlich von unvermuteter Seite, ganz unfern vom eigenen Haus, ein hell auffahrender Strahl in seine Umschattung hinein. Nein, Genaueres wisse er nicht.
Wie verwundert hatte ihn der unbekannte Mann betrachtet, der im Dunkeln des Bücherzimmers in der Nähe der Tür verhielt, so schien auch die fremdländisch klingende Stimme wie aus dem Ungewissen zu kommen. Juan von Toledo, glaubte René seinen geflüsterten Namen verstanden zu haben. »Juan, Ihr Diener.«
»Welche Dame hat Sie geschickt?« hatte René gefragt, der einzige Satz, den er in seiner Benommenheit an ihn gerichtet hatte, wie aus einer Verwirrung erwachend. Aber der Fremde wußte es

nicht. Lautlos, wie er gekommen, verschwand er, indem er den Kopf mit einem Ruck zwischen die Schultern zurückzog. Das war in seiner Gekrümmtheit seine Art der Verbeugung. »Ihr Diener.«

Ob er vielleicht von der Herzogin-Witwe kam? René lief ihm nach. Auf den Gang hinaus. Aber er sah ihn nicht mehr. Oder von seiner Belle Mère? Die einmal, seltsamerweise, in Angers auch einen Astrologen geduldet hatte, der nachts auf das Dach stieg, der aber in einer sternlosen Nacht in einer der Mägdekammern entdeckt worden war. Auch Isabella hatte ihn nicht geschickt. Oder kam er gar von Alison, von der es hieß, sie führe oft unbewußt Selbstgespräche? Alles war seltsam.

Ach, er fühle sich, sagte René am nächsten Morgen, schon jetzt als Gefangener. Innerlich sei er schon über die Brücke gegangen. Denn er nahm alles wie abwesend hin, lauter Unwirkliches, die Diener, die sein Gepäck in den Hof hinabtrugen. War es nicht auch eine Wunderlichkeit, seine Welt und Hoffnung in einer Truhe mit sich zu führen? Bücher. Unbeschriebenes Papier. Malfarben. Aber war es nicht auch ein Trost, daß er manche der Bücher fast auswendig kannte und daß er ahnte, was er schreiben und zeichnen würde?

Doch dann traten Baudricourt und sein Kanzler ein, die ihn, anstatt in den Hof, in den Thronsaal führten. »Also bin ich auch euer Gefangener«, sagte René. »Tut mit mir, was ihr wollt.«

Kopf an Kopf war der Saal voller Menschen, die sich beim Eintritt Renés schweigend erhoben. Regungslos standen sie da, in den vorderen Reihen die dreißig Noblen, die ihre Unterschrift für ihn gegeben hatten, daneben die Gesandten und die Erzbischöfe von Toul und Verdun, deren Bistumsbesitz von seinen Ländern umschlossen wurde. Mönche. Vertreter der Städte. Laut durcheinander war der hallenartige Raum von ihren erregten Stimmen erfüllt gewesen.

Aber nun wurde nicht viel gesprochen.

Der Kanzler hob nur den Passus über Renés Gefangenschaft aus dem Vertrag, den er vorlas, besonders hervor. Er rief auch die Namen der Bürgen auf, von denen jeder kurz meldete, daß er da war. »Ja. Hier.« Zuletzt seinen eigenen. Dann gab er bekannt, daß der Herzog René heute Nancy verlasse, um diesen Vertrag zu erfüllen.

Ein gemeinsamer Aufschrei, fuchtelnde, aus den Reihen drängende Leute.

Doch da schien auch René plötzlich aus seiner Benommenheit zu erwachen. Er hatte ein einfaches Winterwams an und trug die gefütterte Mütze, die er nachher aufstülpen würde, reisefertig in der Hand. So war er, ohne den Thronsessel einzunehmen, auf der kleinen Estrade stehengeblieben. Er versuchte ein Lächeln, vor dem der Lärm verstummte.

»Es wäre euch sicher nicht recht«, sagte er, »wenn ich einen Vertrag nicht einhalten würde.« Ganz ruhig sprach er, ohne erregt zu sein oder gar einen Ton oder ein Wort der Anklage in seine wenigen Sätze zu bringen. »Mancher, der wütend oder empört ist, wie es der Augenblick eingibt, mag mich wohl altertümlich finden. Aber ich meine, das Alte muß unsere Welt immer so lange zusammenhalten, bis etwas Neues besser ist. Mir scheint sogar, daß es das Neue ist, nicht mehr den Kampf oder Streit zu suchen, sondern nach unseren Verträgen zu leben.«

Da rief zwar ein Kanonikus dazwischen: »Ist nicht das strengste Recht oft schlimmstes Unrecht? Summum ius summa iniuria!« Aber René gab ihm mit einem Satz, den man gern abgewandelt zitierte, zur Antwort: »Cicero ist mir lieb. Aber die eigene Rechtlichkeit ist mir lieber.« Ohne Aufhebens möchte er Abschied nehmen. Hier danken. Nun hoffen. Und dort seine Pflicht tun.

Damit verließ er die Estrade, während die Gesichter rundum wie versteinert waren. Niemand rührte sich, als er Schritt für Schritt durch die Mitte des Saals zur Türe ging. Links und rechts schaute er jeden an, manchmal bemüht, jemand zuzulächeln, manchmal mit einem unmerklichen Nicken.

Er konnte jedoch nicht verhindern, daß ihn ein endloser Zug durch die Stadt begleitete, wo die Leute barhäuptig am Straßenrand standen. »Philipp feiert gern große und noble Feste«, sagte Baudricourt, der neben René ritt. »Aber einen solchen Festzug würde er niemals haben. Kein Freudengetümmel. Kein heulender Trauerzug. Ein seltsames Ehrengeleit, das ihn ärgern wird.«

Bis an die burgundische Grenze wurde René von diesem unübersehbaren Reitergefolge begleitet, das immer größer wurde. Obwohl an den Landstraßen Schneewehen lagen, liefen auch Leute zu Fuß mit, auch Kinder. Überall schlossen sich Dorfbewohner an. Dann wurde der riesige Zug zwar öfters von Schneetreiben eingehüllt. Aber trotzdem blieben kaum Leute zurück. Nur ein paar Alte. Sie winkten den anderen nach, die kräftiger waren.

Als der ungewöhnliche Zug jedoch in die Nähe der jungen Saône kam, stand vor dem ersten burgundischen Dorf ein Reitertrupp, der ihn erwartete und der jede weitere Begleitung verwehrte. »Umkehren«, verlangte der Offizier auch von Jacques de Sierck, dem Kanzler, und seinen neunundzwanzig Begleitern. Sie hätten, erklärte der Kanzler dem Hauptmann, mit ihren Unterschriften für ihren Herzog René gebürgt, den sie deshalb, und das sei wohl ihr Recht, auch ihre Pflicht, dem Herzog selbst übergeben möchten. Der Hauptmann wies sie trotzdem zurück.
Dann stand auch hier, wie bei Bulgnéville, ein Wagen für René bereit, auf den auch sein Gepäck geladen wurde. Einstweilen hielt er sich an den Holmen fest, aufrecht stehend, als der Wagen knarrend ins Dorf hineinfuhr. Er winkte. Doch dann setzte wieder ein Schneetreiben ein, das von vorn in sein Gesicht und in seine Augen schlug, und so konnte er ohnedies bald niemand mehr sehen.

Drittes Kapitel

Lichtstrahl aus Neapel

Viel breiter, als er ihn im Gedächtnis hatte, kam ihm der kantige Turm in Dijon vor, als er im abgetretenen Schnee an ihm hinaufsah. Aber es war der gleiche, mit Eisengittern verbarrikadierte, kahle Raum, in dem er nun wieder Woche für Woche seinen Weg ans Fenster machte und zurück an den Tisch, wo er zu schreiben versuchte, zu zeichnen, und abends in den gedrückten, dunklen Alkoven, wo sein Bett stand. Einsilbig, wie er früher gewesen, war auch der Wärter, der nur einmal erzählte, zur Decke blikkend, er habe droben die Dohlennester ausgestochert. Es nützte nichts. Auch im Frühling flogen sie oft wie ins Leere fallend oder mit hastigen Flügelschlägen als erschreckende Schemen am Fenster vorbei, auch im Sommer und Herbst. Manchmal hörte René einen Falken. Manchmal Tauben. Wenn Schwalben vorüberzuckten, sagte der Wärter einen Bauernspruch auf. Fliegen sie hoch, so gibt's besseres Wetter.

Und was drunten geschah? In der Welt? Er erfahre nichts, sagte der Wärter. Der Barbier kam nicht mehr. Er sei krank. Aber man hatte vielleicht die Briefe Renés bei ihm entdeckt, die er besorgen wollte. Nun krümmten sich die Stoppeln, die er nicht stutzen konnte, mit der Zeit zu einem wirren Bart zusammen, der ihm bald strähnig ums Kinn hing. Niemand befreite ihn von dieser kleinen Entwürdigung, da ja kein Mann seines Standes einen Bart trug. Auch sein Haupthaar wuchs überlang aus. Seine Kleider schabten sich mit durchlöcherten Ärmeln ab, da er oft aufgestützt dasaß und brütete.

Er käme nicht unter die Leute, sagte der Wärter. Deshalb höre er nichts, wisse er nichts.

Aber dann kam er doch eines Tages erregt herein.

»Sie sind König geworden, wird drunten erzählt!« Ja, es sei

wahr! Auf dem Gang hätten zwei Herren vom Kronrat von ihm gesprochen und ihn König René genannt. »Le roi René!«
Ganz deutlich habe er es auch nachher durch eine Türe gehört, als es der Große im Kronrat bekanntgab. Nun spreche jeder davon. »Ein König?« Scheu ging er um René herum, blaß wie immer mit seinen tief in die Höhlen zurückgesunkenen Augen, die zum ersten Mal belebter blickten. »Nicht mehr der Monsieur de Bar?« fragte er. »Ein König? Mehr als unser Herzog?«
Was er ihm geben oder versprechen solle, fragte René. Er müsse das verläßlich wissen. »Fragen Sie, wen Sie fragen können. Ich bezahle Sie gut. Ich beschenke Sie!«
Endlich brachte der Wärter nach einer schlaflosen Nacht Renés fahrig am Morgen einige Sätze.
König Louis von Neapel sei tot, der König beider Sizilien, Graf der Provence, Herr von Anjou...Er sei wohl sein Bruder?...
»... Louis ...«
Stumm und vorgebeugt hockte sich René am Fenster nieder, hinter ihm räumte der Wärter auf.
Dann bat er am nächsten Morgen, er müsse den Herzog sprechen. – Der sei in Flandern. – Dann den Kanzler. – Auch der sei in Flandern. – Schon hielt René einen Brief an den Herzog bereit. – Den übergebe er niemand, sträubte sich der Wärter, weil er, der König René, noch nichts von jener Nachricht wissen könne. – Gut. Er fasse ihn anders, sagte René. Hier sei ein weiterer Brief. Nach Nancy. – Er kenne niemand, der ihn hinbringen könne. – Was er ihm anbieten müsse? fragte René. Ach, es war wohl die übelste Strafe, einen stumpfen Menschen als Wärter zu haben, der nichts als ein Aufträger war, ein Aufräumer, schuldlos in seiner Stumpfheit. »Ich will Sie belohnen, wenn Sie mir helfen.« – »Nein.« – »Wie wäre es, ein eigenes Haus zu haben? Einen eigenen Hof?« – »Schön wär's.« – Wenn er heute die Türe nicht schließe...? Oh, das nütze nichts. An der Wachstube neben der Treppe komme niemand vorbei. – Es gäbe doch andere Gänge? Ausgänge? Heimliche Treppen? – Nichts. – Angeblich gab es nirgends einen Ausgang ohne Wache.
Noch scheuer als sonst hantierte der Wärter, der nun auch hinter sich abschloß, wenn er im Zimmer blieb.
Man hatte René während des ganzen Jahres, das er nun schon im Turm war, nur wenige Briefe abzusenden erlaubt. Der Unbekannte in der Kanzlei, der sie las, hatte ihm manchen ohne Be-

gründung zurückgeben lassen. Er hatte auch nur vereinzelte Briefe empfangen dürfen. Keine Besucher.
Gleich nach der Ankunft, weil es wohl weniger schmerzhaft war, als wenn er später gekommen wäre, hatte der Herzog Philipp ein kurzes Gespräch mit ihm geführt.
Er sei wohl die Stube gewöhnt? Nun fehle nur noch eine Balance mit einer Summe am Schluß, ein Wort aus der Kaufmannssprache, das von der Balanza abstammen möge, dem Wort für die Goldwaage, das auch sein Freund, der König von Aragon, gern gebrauche, wohl ein spanisches Wort, ein arabisches? »Leider kommen wir nicht ohne ein gutes Gewicht auf der Balanza auseinander. Geld oder Land« sagte Philipp zuletzt, schon zum Abschied gewandt.
»Wieviel?« fragte René.
»Sie sind mir sehr teuer. Sie kamen mich teuer zu stehen, mon cher cousin.« Dabei hielt der Herzog, wie überlegend, noch einmal vor der Türe an, und René war versucht, trotz aller Beherrschtheit zu sagen, er schätze die Leute nicht, die ihre Geschäfte mit einem Fuß auf der Schwelle machen.
»Wieviel?« wiederholte er drängend, worauf ihn Philipp begütigte: »Sie haben, wie ich Sie kenne, sicher die gleiche Einsicht wie ich, daß wir uns nichts verübeln dürfen, was nötig ist. Wieviel? Nie haben Sie ein Angebot gemacht. Schade, daß wir miteinander rechnen müssen. Ich warte. Bon jour.«
Nach diesem Gespräch hatte René nach Nancy berichtet und von Jacques de Sierck die Antwort bekommen, welche Summen die Länder vielleicht noch aufbringen könnten, Last über Last, über viele Jahre verteilt. Aber sicher erfuhr der Herzog den Inhalt auch dieses Briefes, bevor René ihn gelesen hatte. Trotzdem bat er erneut, er müsse ihn sprechen!
Leider sei er nun unterwegs, antwortete Philipp. Er habe jedoch nun auch Jean, seinen ältesten Sohn, nach der gut überstandenen Ehrenhaft in Dijon nach Nancy zurückbringen lassen.
Nie hatte René ihn sehen dürfen, obwohl er vielleicht im gleichen Turm wie er selbst verwahrt worden war, vielleicht nur durch die gemeinsame Wand getrennt? Über ein Jahr hatte Jean länger aushalten müssen, als es vereinbart war! Auch damit hatte doch Philipp wohl einen Zweck verfolgt?
Nur wenn der Hauskaplan gekommen war, auch er zur Stummheit verpflichtet, hatte René die Befreiung erlebt, sprechen zu können und angehört zu werden, wenn er auch keine Antwort

bekam. »Weil Sie schweigen müssen, hoffe ich«, hatte René gesagt, »daß Sie auch niemand erzählen, wie ich mich tröste. Denn ich vermute, daß mich Ihr Herzog auch mit politischen Absichten festhält. Weil er stark erscheinen will vor dem König Charles. Weil er vor Bedford und vor allen englischen Freunden unversöhnlich scheinen will. Weil er vielleicht sogar für Alfons, den König von Aragon, seinen Freund, der in Italien der Gegner meines Bruders Louis ist, durch mich ein Faustpfand bereithält. Weil er dem Kaiser beweist, daß er zufällig der Sieger über den Herzog von Lothringen ist, den der Kaiser bestätigt hat. Und weil er, um auch dies nicht zu vergessen, dem Comte de Vaudemont den Gefallen tut, auch in seinem Sinn zu handeln, offenbar völlig gerecht.« Nun bleibe kaum noch Zeit zur Andacht, hatte ihn der Kaplan gemahnt. Oh, die halte er täglich, war die Antwort Renés gewesen, den das Ereignis beschwingte, einen gescheiten, wenn auch schweigsamen Partner zu haben. Er wolle ihm eine Geschichte von einer seltsamen Andacht erzählen, die ihm beim Zeichnen eingefallen sei. Unwillkürlich wühle man nämlich, wenn man immer allein sei, die fernste Erinnerung auf, am liebsten etwas zum Lächeln. »So fand ich eine Geschichte. Sie mag auch Sie einmal zum Lächeln bringen: In einer Kirche wurde ein Gaukler dabei überrascht, wie er vor einem Altar seine Künste vorführte, auf seinen Händen lief und Saltos machte, alles, was er auch auf den Jahrmärkten zeigte, unvermutete Sprünge und viele Verrenkungen. Ich sah einmal einen«, unterbrach sich René, »der kletterte sozusagen an sich selber herum, einmal den Kopf hier, dann wieder dort. Dann war es fast unnatürlich, als der Kopf wieder oben saß. So einer. Man riß ihn zurück, aber eigentlich auseinander, weil er gerade in sich verschlungen war, und er war unverständig verwundert, als man ihm hier seine unfrommen Künste entrüstet verbot. ›Ich bin doch nur ein Gaukler‹, sagte er. ›Ein ganz armer Kerl. Ich habe nichts für den Klingelbeutel. Was kann ich denn anderes zum Lob und Opfer darbringen als meine Kunststücke?‹ Da ließ man ihn laufen.« Nun, so ähnlich gehe es ihm, sagte René, wenn er trotz aller Bedrückung zeichne und male und dichte. Kein Gaukler. Nein. Ein Betrübter, dem der Versuch der Kunst einen Trost bedeute, aber doch, wie bei diesem Gaukler, auch dankbar ad maiorem dei gloriam. Ohnedies sehe er wohl wie ein langbärtiger Einsiedler aus. Wie die irischen Mönche, die einst, als kämen sie selber noch aus biblischen Geschichten, in der Bretagne sogar heilig wurden.

Ach, es hatte wohlgetan, manchmal vor Menschenohren reden zu können, nicht nur in Selbstgesprächen zwischen den Gitterstäben hinaus. Aber der Hauskaplan kam immer seltener und blieb schließlich aus. So waren die Tage eintönig hingegangen. Draußen streitende Dohlen und Schnee auf den Dächern und Feldern, der sich allmählich verlor.

Jetzt jedoch, nach der erschreckenden, unklaren Nachricht, die ihm der Wärter gebracht, war René oft versucht, an das roh gehobelte Holz der Türe zu trommeln und zu schreien: »Hat man mich denn vergessen?«

Um so erregender war es für ihn, als er eines Nachmittags die Wache näher stampfen hörte und als ein provencalischer Seigneur gemeldet wurde, Vital de Cabanis, dem gleich darauf ein burgundischer Hofmann einzutreten erlaubte.

Jetzt empfing René die Bestätigung der ihm verwirrend zugetragenen Gerüchte.

Denn der Seigneur begrüßte René als seinen Fürsten. Er überbrachte ihm eine Botschaft des Regentschaftsrates aus Aix-en-Provence, in der es hieß, auch in der Provence seien Trauer und Jubel, wie in Süditalien, rasch nacheinander gefolgt. Sein Land erwarte ihn!

Dann überreichte er René ein Dokument, das jeden Zweifel ausschloß, ein Schreiben der Regierung von Neapel. Sie meldete eine Gesandtschaft an, die sich bald bei René einfinden würde.

Unglaubhaft schien es jedem, daß kaum drei Monate nach dem Tode Louis des Dritten in Cosenza auch die Königin Johanna von Neapel sterben mußte, die einst Louis, seinen Bruder, als alleinigen Erben eingesetzt hatte. Er war ihr verläßlichster Feldherr gegen Alfons gewesen, den König von Aragon, der über das Meer hinweg das Königreich beider Sizilien für sich selbst zu erobern hoffte!

Wer mochte ergründen, was in ihr vorging, als ihr die Todesnachricht aus der kalabrischen Stadt gebracht worden war? Wer konnte ihr helfen? Wem konnte sie ähnlich vertrauen wie dem plötzlich dahingerafften Louis von Anjou? Der mit seiner einfachen Menschlichkeit jedermann für sich gewonnen hatte?

Damals hatte sie unverweilt seinen Bruder René, der ihr durch ihn vertraut sein mochte, als Erben eingesetzt!

Jetzt fiel der hell auffahrende Strahl in seine Umschattung hinein, von dem der eigentümliche Gast im Bücherzimmer in Nancy gesprochen hatte... Ein schmerzhaftes Wunder.

René umarmte den stämmigen Herrn de Cabanis. Er müsse ihm schon seine Rührung erlauben, sagte René, zumal er nun allzulang ohne freundliche Menschen leben mußte. Zugleich fiel ihm ein, daß nun ganz fern, als Begriff, was freilich zu seinem Apostelbart und zu seiner Armut paßte, der Titel König von Jerusalem mit ihm verbunden sein würde. Nun gehörte ihm auch die Provence! Und seine Heimat Anjou.
In Neapel wurde bereits das Schloß auf dem Meeresfelsen täglich von Menschen umlagert, als müsse jeden Augenblick der neue König in dem schweren steinernen Torgang erscheinen. So ergänzte der Seigneur nach Matrosenberichten den Text des Dokuments, in dem es noch hieß, schon habe die Regierung eine Kommission bestellt, die seinen Einzug vorbereite. Auch die Fürsten Italiens erwarteten ihn! Auch der Doge von Genua. Auch die regierenden Herren von Florenz!
Er möge das auch in Nancy berichten, bat René den Seigneur. Dann sagte er zu dem burgundischen Hofmann: »Wo sich Ihr Herzog auch aufhält, er muß kommen!«
Auch der Hofmann gebärdete sich so ergeben, wie es ihm bei seinem heiklen Auftrag statthaft schien. Der Herzog sei in den Niederlanden, bedauerte er.
»Er muß kommen!«
Schon wenige Tage darauf kam derselbe Hofbeamte mit einem Gesandten des Herzogs Visconti aus Mailand zu René.
Der Herzog von Mailand erwarte ihn, da ihre Ziele die gleichen seien, erklärte der Diplomat. Sie ließen ein Bündnis ratsam erscheinen.
Er wäre glücklich, dankte René, wenn er den Herzog Visconti bald sehen könnte.
Dann betrat eine Gruppe süditalienischer Edelleute seine nüchterne Stube, Gesandte der Regierung in Neapel. Ihnen gestand er halbwegs lächelnd zu, sie könnten sich über die Dürftigkeit und Behinderung wundern, in der sie ihn fänden. Vielleicht auch nicht. Wer denke schon darüber nach, daß solche Gefangenschaften immer noch üblich seien? »Aber wenn unser Denken so ist, daß wir nichts dabei finden, müssen wir die Gewissen erwekken.« Dann gelte wahrlich das Wort ihres Dichters Vergil, dessen Grabmal an der Straße bei Neapel liege: »Richte mit aller möglichen Sorgfalt – die Sache ist wichtig.« Sicher meine der Dichter damit jede Sache, die unsere sei, sagte René, dem jenes Wort in seiner Gefangenschaft oft beißend gegenwärtig war.

Sichtbar beeindruckt und anscheinend bewegt stimmten ihm die Gesandten durch Verneigungen zu, als er von ihrem Dichter sprach und als er dann sagte, man habe viel gutzumachen in beiden Sizilien, viel besser zu machen. Auch die Anjous hätten besonderen Anlaß, alte Schulden abzutragen, die frühere Herren aus Frankreich vor langer Zeit in ihrem Heimatland auf sich geladen hatten. Aber ob er das könne? Ihn überkämen die schwersten Zweifel. Denn freilich leite ihn immer der Sinn jenes Wortes. Gerecht sein. Das verspreche er ihnen, wenn es ihm je vergönnt sein sollte, ihr König zu sein.
Denn während er diese noblen Männer mit ihrer Gewißheit vor sich sah, hatte er, als schnüre sich ihm das Herz zusammen, eine Beklemmung in sich gespürt. Ob er sich vielleicht nur blenden ließ durch die Verlockung, König sein zu können? fragte er sich. Ja, ob es gut sei, schon wieder zu erben? Denn er würde wohl auch dort nur Widersacher zu bekämpfen haben, voran Alfonso, den König von Aragon, der sich auf ältere, zwar seit langem überholte, aber zäh von ihm verfochtene Erbansprüche berief! Plötzlich entsann sich René auch an die Berichte über die meistens unverläßlichen Söldnerführer, die Condottieri, deren Geschäft der Krieg gegen Geld war. Wer zahlte am meisten? Keinem konnte man trauen. Also brauchte man dort wohl eher einen verschlagenen Haudegen und keinen Menschen wie ihn, der, wenn man Neapel nannte, die alte Griechenstadt vor sich sah? Der gerecht sein wollte! Ob ihm das gelang inmitten von beutegierigen Abenteurern?
»... wenn es mir je vergönnt sein sollte, Ihr König zu sein«, wiederholte er.
Denn er meine fast, er glaube fast, eine Bedenkzeit zu brauchen. Er gab sie sich selbst. Indessen möchten sie, bat er, auch seinem Kronrat in Nancy Bericht erstatten.
Dann empfand es René zuerst wie eine Sinnestäuschung, als einer der stillsten Männer aus dem Kanzleramt in Nancy in seine Stube trat, Monsieur Surich, von Jacques de Sierck geschickt. Aber er war es leibhaftig mit seinem Kahlkopf und seinem straffen Gesicht. Er bedeutete dem burgundischen Hofmann mit erstaunt verweisenden Blick, daß er hier nichts zu lauschen habe.
Nun hörte René, indes sie gemeinsam in die Landschaft blickten, daß Isabella kaum zu überlegen brauchte, was zu tun sein würde, wenn sich Philipp auch jetzt nicht umstimmen lasse. Sie brannte darauf, schon bald mit ihm oder allein als seine Statthalterin nach Neapel zu gehen!

»So ist sie«, sagte René, nachdem er erregt eine Weile geschwiegen hatte. Er müsse verstehen, sprach er dann weiter, wie sehr ihn bei seinen eigenen Gedanken, die er sich machen mußte, diese Nachricht bewege. »Sie will es für mich tun. Ich muß sie bewundern.«
Inzwischen habe der Kronrat, setzte Monsieur Surich hinzu, langwierige Erhebungen betreiben lassen, um alles erfaßbare Geld für seine Befreiung zusammenzubringen. Er übergab René eine Liste. Mehr, als hier errechnet war, könne freilich von beiden Ländern nicht aufgebracht werden. »Es ist das Äußerste.«
Dann überflog René zwar die lange Zusammenstellung, aber er suchte nur die Zahl am Schluß. Das also war die Balanza, und sicher war es auch ein Verdienst des Herrn Surich, jede Besitzung, deren Verpfändung möglich war, wie mit der Goldwaage nachgewogen zu haben. Nun käme freilich, ergänzte der Kammerbeamte, der mögliche Beitrag seiner neuen Länder hinzu.
Aber René wandte abwehrend ein: »Das würde bedeuten, daß man mich in Neapel als König kaufen muß, wenn auch nur loskaufen. Aber es wäre doch ein Bezahlen!« Er schüttelte heftig den Kopf. Denn was er nun sagen mußte, war ihm wie eine Bestätigung. Eine Erleichterung. »Auch deshalb muß ich wohl endlich aussprechen«, sagte René, »daß ich mich nächtelang fragte, ob ich verzichten soll. Sie zucken zurück, lieber Surich. Es steckt wohl in unserer Menschennatur, daß jeder begierig ergreift, was ihm zufällt oder was er erreichen kann, am liebsten Macht und Glanz, auch wenn er darum kämpfen muß. Deshalb wird niemand verstehen, daß ich die Erbschaft ausschlagen könnte. Aber ich kann es. Ich muß es, glaube ich, weil ich meine Verschuldung nicht einem Volk aufladen kann, dem ich helfen soll! Sagen Sie deshalb dem Kronrat: Ich bin entschlossen, auf Neapel zu verzichten. – Noch haben wir keinen Vertrag«, setzte René hinzu, als Herr Surich vor Betroffenheit eine Zeitlang unverwandt durch das Gitter hinaussah. Da und dort zeigten die Felder, wo an der Abendseite noch Schneereste lagen, einen Schimmer von Frühlingsgrün. Dort war die Wintersaat aufgekeimt. Vom Turmdach hörte man Dohlen, die beharrlichen Nachbarn Renés.
Seine Absicht, verzichten zu wollen, ehre ihn zwar, begann Herr Surich, und es komme ihm sicher nicht zu, seinem König vorhalten zu dürfen, welche größere Pflicht eine solche Erbschaft und Ehre bedeute, die über ihn selbst und die Zeit hinausreiche.

Dann schnitt er sich selber das Wort ab. »Ohne Umschweife, Sire. Die Königin, Ihre Gattin, hat in Neapel schon ihre Ankunft zugesagt!«
Er blickte gespannt auf René, der durch den Bart und seine langen Haare ungewöhnlich alt aussah. Aber als er nun die Lider aufschlug, schien er sich seufzend zu straffen.
»So ist sie«, wiederholte René, »und ich frage mich zwar, ob es ein Widerspruch ist, wenn ich nicht widerspreche? Weil wir doch jeweils und fast in allem, was mit uns geschieht, wie Gefangene sind, immer gebunden. Weil unser Wille mitunter nur einer Meinung gehorcht, nämlich der Meinung der Welt oder unserer Umgebung, dies oder jenes tun oder lassen zu müssen. Wir bescheiden uns freilich, das unser Schicksal zu heißen. Nun gut. Berichten Sie, daß ich stolz auf sie bin. Aber erzählen Sie auch, was ich zusammengegrübelt habe. Ich war ja lang genug ohne Gespräch, denn das Gespräch mit sich selbst ersetzt nicht das Leben. Wir brauchen den anderen dazu.«
Indessen hatte Monsieur Surich ein anderes Schriftstück zutage gebracht. Der Kronrat habe beschlossen, berichtete er, daß der König René seiner Gattin eine Vollmacht mitgeben möge, eine Ernennung zur Oberbefehlshaberin aller Truppen, die Isabella jetzt oder später für Neapel verpflichten oder dort anwerben würde. Eingeschlossen war die Vollmacht, die in Italien üblichen Condottieri mit ihren Söldnerheeren in ihren Dienst zu nehmen.
Jetzt, während René die wichtige Urkunde las, machte Monsieur Surich das kleine Schreibzeug fertig, das er bei sich führte. Er reichte René die Feder.
René unterschrieb.
»Meinen Verzicht auf meinen Verzicht«, sagte er. »Ob es richtig ist? Aber ich unterschrieb ja nicht, weil ich auf diese Erwerbung begierig bin, obwohl ich sie einesteils haben möchte. Auch wird die Königin, die als Frau vielleicht anders denkt als ich, wohl meiner Meinung sein. Denn meistens genügen wir ja mit dem, was wir tun, ganz ohne eigene Entscheidung nur der Denkart unseres Standes und dadurch der Welt, und so sind wir oft weit von uns selber entfernt.« Nachdenklich ging er wieder zum Fenster, wobei er ein paar Verse vor sich hinsprach: »...Then to the window gon I walk in hye, To see the world and folks that wend forbiye...« Sie stammten aus einem Poem von Jakob von Schottland, der ähnlich wie er als König in der Gefangenschaft leben

mußte. Seine Belle Mère hatte ihm einst das lange Gedicht geschickt. War es nicht eine seltsame Zufälligkeit? Die gefangenen Fürsten trösten sich durch Gedichte?
Zustimmend verneigte sich Monsieur Surich, der die Vollmacht für Isabella zusammenrollte.
»Sagen Sie ihr aber auch«, ergänzte René, »die weiteren Zeilen von König Jakob, der wie ich nur seine Fensterluke hatte: ›... Doch dieses Mal, dankbar erkenn' ich's an, hat mir der Blick hinaus unendlich wohlgetan.‹«
Jetzt lächelte René sogar.
Nur wenige Tage später kam endlich Philipp, der keine gebotene Höflichkeit unterließ, ein Herzog vor einem König.
Ohne viel Worte übergab ihm René die Liste des Herrn Surich. »Das Äußerste«, sagte er.
Aber Philipp, der nur einen flüchtigen Blick auf die lange Zusammenstellung warf, worauf er enttäuscht auch das letzte Blatt umwandte, legte die Papiere wie peinlich berührt auf den Tisch.
»Eine Ärmlichkeit, diese Balance«, bemerkte er. René verkenne sich offenbar selbst und ihn dazu. »Sie schätzen sich viel zu gering ein, mon cher cousin, auch Ihre Bedeutung für mich. Auch was Sie mir innerlich zugefügt haben.« Er hob nur ein wenig die Stimme, als ihn René unterbrechen wollte. »Bei aller Versöhnlichkeit, Sire. Sie haben, ohne gezwungen zu sein, schon in Frankreich gegen mich gekämpft. Diese Erinnerung kehrt immer wieder.«
»Das wäre«, wandte René ein, »wohl endlich mit dem Frieden abzutun, den Sie hoffentlich auch mit Frankreich schließen.«
Philipp beharrte jedoch auf seinem Gedankengang: »Sie waren ein unbehaglicher Nachbar. Der alte Herzog hielt sich neutral. Sie waren dagegen vom Herzen her gegen Burgund.«
»Warum rechnen Sie mir das noch vor?«
»Ganz einfach«, sagte Philipp. »Weil ich fürchte, daß Sie mit Ihrer zukünftigen Macht in diese Denkart zurückfallen könnten.«
»Ich will Frieden mit Ihnen. Freundschaft.«
»Die suche ich, und die nehme ich an. Aber wer kennt sich selbst? Wer bürgt uns für die Berater, denen wir manchmal unwillkürlich gehorchen? Oder wenn wir der Macht erliegen, die uns verändert? Sie sind unermeßlich reich geworden Sire.«
»Ich weiß nur, daß ich ein armes Land zu ordnen hätte.«

»Ein großes Königreich. Übrigens will ihm diese Ordnung, um es bescheiden wie Sie zu nennen, auch Alfons von Aragon gern verschaffen, mit dem mich, wie Sie wohl wissen, nicht nur Verträge verbinden, auch gute Gefühle.«
Nun wartete Philipp, der seine Unruhe dadurch verriet, daß er unwillkürlich hin und her ging. Jetzt waren seine Grenzen abgesteckt, hier die angebliche Armut gegen den unvermuteten Reichtum, dort die bezweifelten gegen die echten guten Gefühle. Im Vorbeigehen nahm er eine Zeichnung von der Truhe auf, die eine ländliche Szene darstellte, eine Bauernmagd, die einen Bach überschritt, ein Reisigbündel auf dem Kopf. Nahe bei ihrem Brettersteg stand eine Mühle, aus der wohl der Müller heraussah. Die anderen Zeichnungen Renés, die Philipp aus einer Mappe nahm, wobei er leichthin um Erlaubnis bat, zeigten höfische Gruppen, auch Ornamente, wie sie in Büchern als Zierleisten dienten, Reiterszenen und Wappenstücke.
Das beschäftigte ihn also? Rasch sah er die Blätter durch. Wappen. Wappen. Bauern. Fechterszenen. Jedes Blatt ein Traum. Sind es Erinnerungen? Oder Zukunftsbilder? Er behielt zuletzt ein Blatt in der Hand, weil es das Feld von Bulgnéville darstellte. Baumgruppen. Wiesen. Eine Kapelle und eine steinerne kleine Bogenbrücke.
»Schön«, sagte er anerkennend. »Mir mangelt leider die Begabung, die Sie haben, mir auszumalen, was ich denke. Ich muß immer selber Hand anlegen an die Wirklichkeit.«
Damit schob er René das Blatt von Bulgnéville auf dem Tisch hin. Aber der streifte es achtlos beiseite und hielt ihm dafür die Papiere aus Nancy vor: »Das ist das Äußerste«, wiederholte er.
Philipp nahm einen mit winziger Schrift bedeckten Zettel aus seiner Tasche, den er entfaltete und las. »Dagegen haben mich meine Berater beschworen, mindestens drei Millionen Golddukaten zu verlangen.«
Der Herzog mochte erwartet haben, daß René ein Stöhnen oder einen Schrei ausstoßen, oder daß er, wie Komödianten in ihren Spielen, einen Stuhl heranziehen würde, um sich erschüttert zu setzen. Statt dessen lachte René laut auf! Jungenhaft, freilich manchmal mit einem ungläubigen Beiklang, brach er in ein Gelächter aus, vor dem Philipp wie verwirrt und peinlich betroffen zurückwich. Auf und ab ging René an Philipp vorbei durch die Stube, vielleicht gar in einem gefährlichen Sinn maßlos belustigt. Plötzlich blieb er vor Philipp stehen, starrte ihn an.

»Lachen Sie nicht mehr«, stieß Philipp leise und schneidend hervor.
Aber René entgegnete, er lache nur über sich selbst, über das eigene, arme Nichts, für das eine Zahl wie eine Million, schon eine einzige, etwas Unfaßbares sei, war und sein würde!
»Sie haben Neapel geerbt!« sagte Philipp, nachdem er sich abgewandt hatte, ersichtlich ungut berührt. In der Entfernung von wenigen Schritten verhielt er. »Ich brauche Ihnen wohl nicht aufzuzählen, was Ihre Erbschaft enthält? Die Tresors von Anjou, der Provence, der beiden Sizilien, überall einen Staatsschatz. Dort auch den Kronschatz. Krongüter.«
»Halt«, bat René, auf einmal ernüchtert, und blickte Philipp ernst in die Augen. »Ich glaube nämlich«, sagte er verbindlich, »nur Pflichten geerbt zu haben, bei denen man eher Geld mitbringen muß, anstatt ein fremdes Vermögen einsacken zu können oder zu dürfen. In unserer Sache bin ich dagegen der Meinung, mon cher cousin, und nur um unsere Sache kann es hier gehen, daß mein Arrest bei Ihnen und die Entschädigung, die Sie verlangen, nur den Herrn de Bar angeht, der ich bisher für Sie war, und nicht den König von Neapel, der ich noch nicht bin.«
Jetzt setzte Philipp zu einem beifälligen lautlosen Lachen an.
»Complimenti würden Ihre Neapolitani sagen«, sagte er anerkennend. »Mein Fechtmeister würde das so ausdrücken: ›Alle Achtung vor dieser geistvollen Finte.‹ Aber glauben Sie mir«, fügte er fast vertraulich hinzu, »den Tresor, der auf Sie wartet, können Sie, wie man hört, auf Millionen schätzen. Also dürfte es Ihnen gut drei Millionen wert sein, ihn bald in die Hand zu bekommen.«
Aber René antwortete ungerührt: »An diesen Tresor denke ich nicht. Ich darf es nicht. Auch könnte er leer sein. Nein, mon cher cousin. Lieber bleibe ich Ihr Gefangener.«
»Ach?« Frostig erstarrt trat Philipp dicht vor René hin und musterte ihn. »Ach? Aber Sie möchten doch bald nach Neapel reisen? Sich krönen lassen? Ihren Thron einnehmen?«
»Verzeihen Sie schon«, unterbrach ihn René. »Aber ich darf nur an das denken, was ich kann. Ich kann keine drei Millionen bezahlen. Ich könnte auch kein Geld für mich verwenden, das ich dort vielleicht vorfinden würde.«
»Vorläufig sind Sie freilich noch in Dijon.«
»Richtig. Und noch als Herr de Bar.«
»Also warten wir weiter.«

»Trotzdem möchte ich hier heraus!«
»Also wieviel? Zwei?«
René schob ihm die Liste aus Nancy hin.
»Wollen wir doch als Nachbarn verhandeln«, sagte er. »Der reiche burgundische Herzog mit dem auf Jahrzehnte hinaus verschuldeten René de Bar.«
»Ich möchte dennoch von Italien sprechen«, erwiderte Philipp unnachgiebig. »Parlamo di Napoli. Sie werden doch nicht, mon cher cousin, so hartnäckig sein, lieber den Prisonnier in Dijon zu spielen als den König am Golf des Vesuvs. In Ihrem Apulien ziehen Millionen von Schafen alljährlich in die Abruzzen und wohlgenährt wieder zurück, jedes ein goldenes Vlies. Erheben Sie Steuern darauf. Meine flandrischen Weber kaufen Ihnen die Wolle ab.«
Weil René kopfschüttelnd am Tisch sitzen blieb, stellte sich Philipp ihm gegenüber.
»Übrigens irren Sie sich«, fügte Philipp hinzu. »Ich selbst bin auch nicht reich, und ich brauche wohl nicht zu erklären, daß jeder den Reichtum des anderen von der Stufe aus betrachtet, auf der er selber auf der Treppe sitzt.«
»Dann sitze ich«, sagte René und versuchte zu lächeln, »ganz unterhalb der Treppe auf dem trockenen Boden, während ich nach Ihrer Meinung auf goldbortierten Wolken throne, ein kleiner Zeus, der Geld aus den Wolken schüttet. Oh, welche vertauschten Begriffe. Denn in der Tat sitze ich nämlich in Ihrem Gefängnis, bin seit Monaten unrasiert, und hier bleibe ich auch, wenn Sie Ihre Meinung nicht ändern.«
»Schade«, warf Philipp hin. »Drei haben mir meine Berater gesagt. Höchstens könnte ich einen Nachlaß auf zwei gewähren. Also habe ich Ihnen, um so witzig wie Sie zu sein, schon eine Million geschenkt. Aber nun weiter. Als Nachbarn. Hätte ich nämlich diese Summe von Ihnen, würde ich Ihnen den Vorschlag machen, mir Ihr Herzogtum Bar zu verkaufen.«
René nickte nur, warf einen lang prüfenden Blick auf Philipp und zog indessen seine Schultern ganz eng zusammen, als verspüre er einen langsam kriechenden Schauder.
Philipp erläuterte: »Wir denken dabei kaum an Ihr Land. Nur an die Straßen. Die brauchen wir. Das wissen Sie selbst. Denn immer auf unserem Weg in unsere niederländischen Gebiete müssen wir Umwege machen.« Zwar hatte René die Hand gehoben, weil er anscheinend etwas berichtigen wollte. Aber

Philipp sprach weiter. »Muß ich Sie an das alte Burgund erinnern …?«
»Ich denke von selber daran«, unterbrach ihn René nun doch. »Es reichte einmal bis nach Marseille. Allmählich fangen Sie nämlich an, mich zu ängstigen.« Dabei erhob sich René. »Denn daß unsere Straßen jederzeit für Sie frei sind, wissen Sie!« sagte er stärker betont. »Gern biete ich Ihnen jedwede Bürgschaft und Sicherung dafür an! Auf hundert Jahre und mehr!« Seine Stimme klang zornig. Doch er mäßigte sich. Er liebe Burgund, sagte er. Nicht nur seine Weine samt ihren köstlichen Weinbergschnekken. Auch seinen Geist. Seine Kunst. Seine Schlösser. Klöster. Seine frommen, mit steinernen Wundern skulptierten Kirchen, Autun, Vézéley, Cluny und Citeau mit ihren weithin ins Abendland wandernden Baumeistern, Bildhauern, Mönchen. Hier, an der Wasserscheide zwischen den nördlichen Meeren und der gewaltigen Bläue des Mittelmeers, hier, wo die Seine aus einem Waldtal trete, unweit davon entfernt die Saône, die sich südwärts wende, hier wurde durch seine Väter wieder ein großes, auch im Geistigen fruchtbares Reich vereint, das er, Philipp, mit seiner Staatskunst erweitert habe. »Obschon Sie mich übel schinden, Philipp, bewundere ich das. Aber was ist das kleine Herzogtum Bar gegen Ihr reiches Land? Die Niederlande bis an die Zuider-See gehören Ihnen!«
Oh, er begreife auch, gab ihm René zu verstehen, seine Erschwernisse, weil er durch seine Länder teils dem deutschen Kaiser, teils dem französischen König nach alten Vasallenbegriffen verpflichtet sein mußte. Hier öffne sich wohl ein Zwiespalt, den er prüfen möge. Er habe England zu Hilfe gerufen. Aber nun müsse er Frieden mit Frankreich machen. Das bedeute wohl überhaupt seinen inneren Frieden, ja, mit sich selbst!
»Schneiden Sie mir nicht das Wort ab!« verwies ihn René, weil ihn der Herzog unterbrechen wollte. »Denn das alles gehört in Ihre Logik, mit der Sie mein Herzogtum Bar einnehmen möchten. Sie wollen mich austilgen, Philipp! Aber mir ist mein armes Ländchen Bar nicht feil. Es darf mir nicht feil sein.« Er setzte sich wieder.
»Das heißt?« fragte Philipp.
»Es ist mir nicht feil«, wiederholte René.
»Und Ihre Schulden an mich?«
»Das ist das Äußerste.«
René schob ihm wieder seine Balance zu.

»Und wenn es meinem Kronrat nicht genügt?« »Dann weiß ich, daß es auch Ihnen nicht genügt.«
»Es genügt mir wahrhaftig nicht. Aber weiter. Wie kommen wir weiter?«
»Anscheinend nicht. Ich bin Ihr Gefangener. Wenn es sein muß, auf Lebenszeit. Man gewöhnt sich daran.«
Nun schwiegen sie beide.
Aber plötzlich sprang Philipp auf und ging.

Viertes Kapitel

Mañana

»Da muß ich dabei sein!« hatte der Herr von Grignan ein übers andere Mal ausgerufen, als unvermutet Robert de Baudricourt mit einem kleinen Beritt in sein Dorf kam. Mindestens wollte er wie Baudricourt und seine Freunde miterleben, wie Isabella, die junge, mutige Gattin Renés, in Marseille ihr Schiff nach Neapel bestieg.

Nun stand er mit ihnen am Alten Hafen, bis die vier Schiffe durch die schmale, von Kastellen geschützte Ausfahrt das offene Meer erreichten, wo ein guter Narbounés blies. So sagten die Leute. Der Wind, der von Narbonne her wehte und der im geschützten Vieux Port nur kurz aufspringende Wellen ans Ufer und an die Schiffsleiber klatschen ließ. Um so stetiger trieb er draußen, wo drei kahle Inseln vor der felsigen Küste lagen, schmale Wellenkämme vor sich her. Im starken Wind bewegten sich dort die Schiffe, zuletzt wie winzige Schattenrisse im Gegenlicht, ostwärts über das Meer, Neapel zu.

Ihn, den Seigneur, hatte der Abschied besonders gerührt, als Isabella mit ihrem zweitältesten Sohn, Louis, der kaum zehn Jahre zählte, über den wiegenden Laufsteg das Schiff betrat. Zuversichtlich hatten sie beide vom hohen Heck aus gegrüßt und gedankt, wobei der Seigneur das Bild von Yolande vor Augen hatte. Bei Gott, nun fuhren sie, ähnlich in der Provence gefeiert wie damals Yolande mit dem jungen René, in ein Schicksal hinein, das niemand voraussagen konnte.

Aber zeitig genug, um alle Hoffnung schwellen zu lassen, hatte ein Capitano aus Genua die erlösende Nachricht gebracht, daß ihr mächtigster Gegner wenigstens ihre Überfahrt nicht mehr gefährden konnte! Unvergessen waren in Marseille die Tage, in denen Alfons von Aragon vor einem Jahrzehnt die Stadt überfal-

len und ausgeplündert hatte. »Nun hat er offenbar ausgespielt!« hatte der Herr von Grignan triumphiert.
Über die Umstände selbst, erzählte er nun, als er mit Baudricourt vor einem der Hafenlokale saß, habe er die erregendsten Einzelheiten erfahren. »Man muß bei Kaufleuten fragen«, merkte er an, »wenn man erfahren möchte, was unsere geschichtlichen Taten wert sind. Die Kaufleute leiden durch uns, und sie leben von uns. Man sollte überhaupt in Hafenstädten leben. Das weitet den Blick.« Nun kurz, er hatte Jean de Village besucht, den Vertreter und Neffen Jacques Coeurs, dessen Kontor sich unweit in einem der vielverschachtelten Häuser befand, die den Hafen wie eine fast nahtlose, helle Mauer umgaben.
Schließlich hatte die Flotte aus dem befreundeten Genua, die nach Gaeta ausgefahren war, der Hafenstadt kurz vor Neapel, nur ihren Handelsherren aus Genua Hilfe bringen wollen, die dort unverschuldet die Belagerung durch die Spanier miterleiden mußten. Doch dann hatte der Admiral aus Genua nicht nur die Schiffe des Königs von Aragon niedergekämpft, die ihm den Weg verlegen wollten, sondern ihn selbst gefangengenommen. Schon befand er sich in der Hand des Herzogs Visconti von Mailand! Welch eine gute, unerwartete Verkettung, nachdem der Visconti dem armen René, der immer noch im Turm aushalten mußte, ein Bündnis angeboten hatte!
»Mañana« hieß das Schiff, auf dem sich der König Alfons befand. »Morgen.« Ein vertröstendes Wort. Alles hat morgen noch Zeit. »Aber bei den Ponza-Inseln«, sagte der Seigneur, »wurde die schwer beladene ›Mañana‹ als erstes Schiff gerammt. Nein, keine Kriegsgeschichten«, verbot sich der Herr von Grignan die weiter ausmalende Schilderung, wie die Mastkörbe niederbrachen, die voller Soldaten waren, und wie die Genuesen gemahlenen Kalk hinüberwarfen, um sie in Staub einzuhüllen. Er biß in die Augen. Wie sie Öl auf die Decks hinübergossen, auf dem die Fechter ausgleiten mußten. »Genug. Mir wäre es lieber, wenn ich bereits mañana nach Arras reiten könnte. Endlich!«
Endlich sollte dort, in der alten flämischen Handelsstadt, aus der die kostbaren Arras-Teppiche kamen, die Arrazzi, der Frieden zwischen Burgund und Frankreich geschlossen werden! Allerdings würde noch hart zu verhandeln sein, hatte Jacques Coeur berichtet, mit dem sich der König Charles oft unterhielt und beriet. Auch dies hatte Jean de Village erfahren: daß wahrscheinlich sogar die Briten zu den Verhandlungen nach Arras kamen!

»Ob auch René dabei sein wird?«
Er wußte es nicht.
»Er muß dabei sein!« ereiferte sich Baudricourt. »Es ist doch nur René zu danken, daß endlich, nach diesem fast hundertjährigen Krieg, einer dem andern trauen kann, wenn er von einem ernsthaften Frieden spricht!«
»Yolande wird kommen«, konnte der Seigneur berichten.
Auf sie hofften alle, zumal da Gérard Machet, alt und offenbar der neuen Leute um Charles und seine Agnes überdrüssig, Chinon mit dem allzu genußvoll belebten Schloßberg verlassen hatte. Er hatte aber mit Yolande noch alles vorbereitet.
Nun brauchten die Herren in Arras nur noch den Schlußpunkt zu setzen. Und freilich hoffte er, hatte der Kanzler zu Charles beim Abschied gesagt, noch seinen Einzug in Paris zu sehen, am liebsten als unbeachteter Gast in der Menge. Dann möge Charles auch wieder einen Hofhistoriographen in seine Dienste nehmen. Bei Gott, nicht ihn! Er wisse zuviel. Aber nun könne nach allem Niedergang ein neuer Aufstieg beginnen. Gute Geschichte.
Jetzt konnte der Herr von Grignan an sein Gespräch mit Charles erinnern, das er einst hier, im nahen Bergland der Sainte-Baume, mit ihm hatte. Ob es sich lohne, eine Chronik zu führen? hatte er damals gefragt. Längst war dies in Burgund, nun durch den klugen Enguerrand de Monstrelet, als ganz besondere Kunst ein hohes Ehrenamt geworden! Aber mußte er nicht erröten, wenn er die Grausamkeiten gegen René begründen sollte?
So sprachen sie auf ihrem Heimritt, der sie ein Stück weit durch den Talgrund der Durance mit ihren Inseln führte, oft von René. Hier, wo sie durch die alten Städte im weiten Mündungsland der Rhone ritten, hatte der junge René die Theater und die Arenen aus der Römerzeit bestaunt, ihre Triumphtore, Tempel und Säulenreste, die da und dort, wie auf der Höhe von Saint-Rémy, aus der Lavendelheide ragten. Ginster dazwischen.
Nun verfolgte er wohl den Weg Isabellas mit seinen Augen, vor denen überall auch das Vergangene sichtbar wurde, »von dem wir«, so hatte er oft gesagt, »unbewußt zehren und leben«.
Sie wollte in jenem Gaeta, der flimmernd weiß am Sporn eines eigenen Golfes liegenden Stadt, zum erstenmal ihr neues Land betreten. Dann sah sie von dort aus, so hatte der Capitano die südlich anmutige Landschaft beschrieben, fern den Vesuv mit seiner Kraterwolke, die einer Pinie glich, und Ischia, die heiße Quelleninsel. Ihr wurde vielleicht auch bedeutet, daß auf der

struppigen Höhe über der Stadt *der* Mann in einer gewaltigen Mauer-Rotunde liege, der Lyon gegründet hatte, auch Basel, Lucius Munacius Plancus. So schlossen sich die Kreise. Mehr als Isabella, die wohl nur an das Königreich dachte, hätte sich dort wohl René, der sich oft in die Bücher der Alten vertiefte, daheim gefühlt.

Denn dort war überall die Antike gegenwärtig. Über die himmelblau spiegelnde Bai hinweg war die Tomba des Cicero zu erkennen, ein Turm in den Orangengärten von Formia. Unweit davon war jenes römische Minturnia im Ufergrün versunken, wohin sich einst Sulla gerettet hatte.

Mit der Begeisterung für die wieder entdeckte Antike, die viele gebildete Männer bewegte, hatte der Capïtano ergänzt, daß in Gaeta auch der alte Aeneas auf seiner Flucht aus Troja gelandet sei. Dazu dies: Nur wenige Seemeilen nordwärts, wo Alfonso geschlagen wurde, sei der so vielgewanderte Odysseus dem Bann der zauberischen Kirke verfallen, die alsbald seine Gefährten in grunzende Schweine verwandelt hatte. Ach, dort lebte, meinte der Seigneur, wohl der unvergängliche Weltgeist weiter, wie ihn René verstand.

»Wir dürfen nichts unterlassen!« wiederholte der Herr von Grignan, so oft er aus seinem Grübeln während des Reitens auffuhr. »René muß bald selbst nach Neapel! Dazu braucht er Geld!«

Er hatte darüber bereits vor längerer Zeit mit Jacques Coeur gesprochen, auch mit Bankiers in Avignon, auch mit dem Herrn de Cabanis, der ihm die erschreckende Dürftigkeit im Turm von Dijon geschildert hatte. Um so mehr war der Seigneur gewiß, daß alle Stände der Provence freiwillig soviel Geld aufbringen würden, wie in ihren Kräften stand! Das hatten ihm viele Noble, auch die Vertreter der Städte, so gut wie versprochen.

»Ich selber will gern meine Güter verpfänden«, setzte er hinzu. »Es wird für René ein Festzug durch die Provence sein. Ein Festzug in Neapel zum Castello Capuano! Auch da muß ich dabei sein!«

Mit diesen Worten drückte er Baudricourt die Hand, als er ihn nach der Rast in Grignan bis an die Grenze seiner Herrschaft brachte. »Aber bald und zuerst noch nach Arras!«

Anscheinend hatte man Grund zur Zuversicht! Denn Madame Etiennette hatte ihm gleich, als sie das Schloß bei ihrer Rückkehr aus Marseille betraten, einen wichtigen Brief überreicht,

wobei sie, wie immer, heimlich bangte, wenn etwas von draußen in ihre Welt eindrang.
Philipp der Gute hatte, las der Seigneur laut in der Halle vor, nun auch Lothringen eingeladen, seine Vertreter zur Friedensverhandlung nach Arras zu schicken! Das konnte doch nur bedeuten, daß er endlich René freilassen würde?
Auch verlautete bald aus Neapel, daß die Königin Isabella einen umjubelten Einzug erleben durfte. Man bewunderte sie. Man feierte sie. Man verehrte sie!
»Gottlob«, hatte der Herr von Grignan gesagt. »Nun bald und zuerst noch nach Arras.«

Aber in Arras, wo er mit Baudricourt im gleichen Hause wohnte, reckte sich der Seigneur vergeblich über die Menge, als endlich die Gesandtschaft aus Lothringen in die von Menschen wimmelnde Stadt einritt. Er erkannte zwar Jacques de Sierck, der nun auch Prévot von Utrecht war, neben ihm Charles und Jacques d'Haraucourt und den Rechtsgelehrten Jean de Breuillon, hinter ihm den Chevalier Ferry de Peroye, über fünfzig meist wohlbekannte Gesichter. Nur René war nicht dabei.
Ob er vielleicht mit einer besonderen Begleitung aus Dijon kam?
Schon waren auch die englischen Gesandten angelangt, voran Beaufort, ein Onkel des englischen Königs, der Erzbischof von York und der Bischof von Winchester, alle mit großem Gefolge.
Denn die schwierigste Frage, das hatte Philipp gefordert, sollten die Kardinäle lösen. Er selbst unterwerfe sich gern ihrem Schiedsspruch. Dasselbe erwarte er auch von diesem »Grand Parlement«, das sich endlich zusammenfand.
Nun mochten die hohen Kirchenfürsten darüber beraten, wem die französische Königskrone zu Recht gebühre. Auch deshalb hatte der Papst seinen klügsten Legaten entsandt, den Kardinal von Sainte-Croix. Vom hohen Konzil in Basel wurde der würdige Hugues de Lusignan delegiert, der Erzbischof von Nikosia und Kardinal von Zypern war; ihn begleiteten als Berater der Archidiakon von Metz und der Dompropst von Krakau.
»Wahrlich, die abendländische Welt, die ihre Säle und Kirchen mit den bilderreichen Wandbehängen Ihrer Künstler festlich macht, ist nun bei Ihnen eingekehrt.«
So hatte Yolande dem Prévot für seine Begrüßung gedankt, zu-

gleich zu allen sprechend. Nun bleibe zu hoffen, daß das Gewebe des Friedens, das hier durch die klügsten Männer entstehen solle, ebenso dauerhaft bleibe wie bei ihren Arrazzi.
Nun, das sei weiblich ausgedrückt, fanden die harten Herren, von denen mancher seine Listigkeiten unter heiterer Bonhomie verbarg. Aber man war ja sogar in England so gefühlvoll gewesen, dem Herzog Karl von Orléans, der nun seit mehr als fünfzehn Jahren ihr Gefangener war, Urlaub für diesen Kongreß zu geben! Ihm, dem Dichter, wandte sich ein besonderes Mitgefühl zu, als er mit der französischen Gesandtschaft in die Stadt einritt, lauter gewichtige Männer. Man zeigte sich den bretonischen Herzog Johann und den immer verwegenen Herzog von Alençon, zwischen ihnen Reignald von Chartres, den Erzbischof von Reims.
Er meine, hatte Philipp der Gute gesagt, man solle die alten Zwiespältigkeiten nicht mehr erwähnen; also hatte man zu vergessen, daß Reignald von Chartres dem Dauphin in Reims die Krone aufsetzte, während neben ihm Jeanne d'Arc in ihrem silbernen Panzer und mit ihrer Heiligenfahne stand. Von ihr wurde nicht mehr gesprochen.
Auch von René sprach niemand.
Im prächtigen Aufzug, wie er zu reisen liebte, sogar das Geschirr seiner Pferde mit Edelsteinen besetzt, war Philipp, wie immer in schlichtes Dunkel gekleidet, als letzter mit seinem Zug in die Stadt gekommen. Neben im lächelte Isabella von Portugal, seine Gattin, nun glückliche Mutter seines bisher einzigen Sohnes. Es hieß, in den Kastenwagen, die seinem Reisezug folgten, führe der Herzog sein unentbehrliches Tafelsilber und andere Kostbarkeiten mit, alles Hausgerät, das er gewöhnt war, sogar Küchengeschirr, Bündel von Bratspießen, wahrlich friedliche Lanzen. Auch wurden bald vor der Stadt geräumige Zelte für sein Gefolge errichtet, ein bunt überwimpeltes Zeltdorf. Hatte man nicht auch gehört, daß dieser mächtigste Herzog des Abendlandes, wenn es der Frieden erlaubte, die Türken aus dem Balkan hinausjagen würde?
In Arras ritt er als heimlicher Herrscher des »Grand Parlement« ein, auch er umgeben von bedeutenden Kirchenfürsten und Noblen. Vor allem zog der burgundische Kanzler die Blicke auf sich, Nicolas Rolin, eine gefestigte Männergestalt mit ernstem Gesicht.
Als erlaube ihm die bedeutende Stunde nicht, jemand zu sehen

oder gar anzusehen, schritt er beim Einzug in den Kapitelsaal von Saint-Vaast hinter dem Herzog Philipp. Unübersehbar war das Menschengedränge, das erneut in Bewegung geriet, als Yolande erschien, deren unbewegtem Gesicht nichts von der Spannung anzumerken war, die sie empfinden mußte.

Denn sicher, so drückte es der Seigneur aus, durchschaute außer dem stämmigen Kanzler Rolin nur noch Yolande in ihrer unberührbaren Vornehmheit das politische Knüpfwerk, das hier aufzuknoten und neu zu binden war.

Jeder müsse zu Opfern bereit sein, und besonders zu inneren, hatte sie gleichsam bittend gesagt, als ihr das Wort zufiel, an alle gewandt. Dann dürfte kein äußeres Opfer mehr schmerzen.

Die höflichen Herren senkten die Köpfe, als begrüßten und teilten sie ihre versöhnliche Meinung. Aber vielleicht bedachten Philipp und sein Kanzler schon jetzt, daß sie auch ihr ein Opfer abverlangen würden.

Einstweilen, während die Türen zu den Beratungen bewacht und zugetan blieben, erging sich der Herr von Grignan in der Stadt, in der viele der schmalen Häuser bis zu den Giebeln hinauf von Schnitzwerk überzogen waren. Wie modellierte Rahmen sahen die Fensterlaibungen und das schlanke Gebälk aus, so daß die Fassaden oft riesig vergrößerten Buchdeckeln oder Schmuckkassetten glichen. Überhaupt wäre dies eine Stadt für René, stellte der Seigneur zwiespältig fest. Wann wurde wohl über ihn verhandelt?

»Vorläufig streiten sich die Kardinäle.«

Mißlaunig warf sich Baudricourt auf der Couchette herum, auf der er öfters lag, einen Weinkrug neben sich. Anscheinend stand es nicht gut mit der Eintracht.

Denn die englischen Würdenträger kämpften erbittert um das Recht auf die Krone von Frankreich, mit der ihr nun vierzehnjähriger König vor wenigen Jahren in Notre-Dame in Paris gekrönt worden war. Das sei doch wohl Rechtens gewesen! behaupteten sie. Allerdings war unterdessen Isabeau, die Königin von Frankreich, bis zuletzt in einer Wahnwelt lebend, auch aus dieser Welt hinausgegangen; nun konnte sie ihren Sohn, wie sie es haßvoll getan, nicht mehr verleugnen, Charles VII., der seine Krone im geheiligten Reims empfangen hatte.

Während der erhitzten Diskussionen wurde jedoch den britischen Delegierten zugeflüstert, daß auch ihr Statthalter Bedford ihren Beschluß nicht mehr erfahren würde. Vor wenigen Tagen

hatte er in Rouen seine immer begierigen Augen für immer geschlossen. Um so verbissener rangen sich schließlich die englischen Herren zu dem Entschluß durch, lieber das »Grand Parlement« zu verlassen als den Schiedsspruch anzuerkennen, der nun bekannt geworden war. Man würde dem englischen König die französische Krone absprechen!
Das war die Stunde des ruhig abwartenden Herzogs Philipp.
Er bat seine englischen Freunde zu einem Bankett, ein bedauernder Bundesgenosse. Ein Enttäuschter. Denn er hatte mit der Entscheidung der Kardinäle nichts zu tun. Wie sie auch ausfallen würde, er hatte zugestanden, sich ihrem Beschluß zu unterwerfen. Sich abzufinden. Wie immer, so waren doch seine englischen Alliierten auch in diesem Punkt mit ihm d'accord gewesen? Freilich, wenn sie tatsächlich abreisen wollten, hatte er auch das Recht, ohne sie Frieden zu schließen. Denn um Frieden zu machen, sei er gekommen!
Aber der Herzog fand es offenbar besser, keine Reden zu halten und seinen verdrossenen Gästen lieber die ausgesuchtesten Tafelgenüsse zu bieten. Weithin genoß der Herzog den Ruhm, auch ein Meister großer Bankette zu sein, bei denen, wie hier, sein Küchenmeister selbst, wenn er etwas Besonderes anbot, die erste Silberplatte hereintrug, eine Fackel in der Rechten. So wurde der Gast und der seltene Leckerbissen geehrt.
Ah, hier schmatzten die Schlemmer, indes die britischen Gäste das ihnen gebotene Fest förmlich vorbeigehen ließen.
Doch die Gourmets und Gourmands waren des Lobes voll. Man war ja hier im Flandrischen, wo man gern ausgiebig in quantitate und in qualitate schmauste, wo nicht nur das Meer und die Marschen eine verwirrende Vielfalt delikater und habhafter Freuden boten. Überdies landeten im benachbarten Brügge die Spanienfahrer, die außer den feinsten Gewürzen eine Fülle fremdartiger Gaumenfreuden brachten, Südweine, Liköre, arabisch kandierte Früchte aus Valencia und was alles die maurischen Gärten und Konditoren zur Lust der Tafel beizusteuern vermochten.
Auch hatte man Zeit, während die Entremets das Auge ergötzten, Akrobaten und lustige oder poetische Stückchen, sich auf die nächsten Künste des Küchenmeisters zu freuen, der im großen Kochgewölbe von Saint-Vaast regierte. Dort saß er mit einem Ehrfurcht verlangenden Löffel auf einem erhöhten Sessel zwischen den riesigen Feuerstellen und den Tischen, auf denen die Platten angerichtet wurden, daneben die bauchigen Hum-

penschüsseln, in denen Zusammengekochtes schwamm, jeder Bissen von köstlicher Schmackhaftigkeit. Dort wurden Ochsen und Hammel an kreisenden Spießen gebraten, mit Fett überträufelt. Wie ein Gitter waren daneben die Geflügelspieße mit ihren Tauben, Hähnchen und Poularden, mit Gänsen und Fasanen aufgestellt, von den kleineren Vögeln zu schweigen.

Dann wurde als Entremet die große Pastete in den Bankettsaal gefahren, aus der ein Konzert ertönte! Welch eine Wunderlichkeit. Oben leuchteten Kerzen. Auch waren die runden Augenscheiben des riesigen Fisches, den die Pastete mit Flossen und Schuppen darstellte, von innen beleuchtet. Da klappte das Ungeheuer plötzlich sein Maul auf! Dann purzelte aus dem auf und nieder schnappenden Fischmaul der Riese Hans heraus, ein ungeschlachter Goliath, hinter dem gleich darauf die zierliche Zwergin »Madam d'Or« aus der Höhlung tänzelte, die ihm keck auf den Rücken sprang. Sie waren zwei Lieblingsgestalten Philipps, die er so eifersüchtig bewachte, daß er die Zwergendame mitunter an eine goldene Kette anschließen ließ. Heute tanzte sie um den verärgerten Riesen herum und narrte ihn, während Hans mit seiner weit ausgeschwungenen Keule jeweils einen der Gaukler traf, die als Piraten den leckeren Fisch zu erobern hofften, mit Enterhaken und krummen Säbeln bewehrt. Endlich, nach vielen ergötzlichen Zwischenfällen, erlegte die Zwergin mit einer winzigen Davidsschleuder den Enakssohn. Dann flensten die Piraten, nun höfisch gewandte Diener, den Riesenfisch ab und trugen die Stücke auf großen Tabletten auf. Die Musik in seinem Innern, das sich zu einem Zelt verwandelt hatte, dudelte weiter.

So folgte ein Einfall dem andern. Zuletzt ermahnte ein Schäferpaar die Versammlung in Versen zur Einigkeit, Friedlichkeit, Liebe.

Aber die englischen Herren reisten trotzdem am nächsten Morgen frostig ab.

Das könne keinesfalls bedeuten, gab ihnen Philipp mit purer Freundschaft auf ihren Heimweg mit, daß nun wieder Krieg sein müsse. Er wünsche keinen! Er mache nun allerdings gern seinen Frieden mit Frankreich, wenn dies gelinge. Bei diesen letzten drei Worten hob er die Stimme, wohl für die Delegierten von Charles.

»Verhandeln wir weiter!« rief er ihnen zu.

In diesen Tagen, die von fast unerträglicher Spannung waren,

gelang es endlich dem Herrn von Grignan, Yolande in dem Stadthaus zu treffen, das sie mit kleinem Gefolge bewohnte.
Jedes Mal hatten in ihrer Halle Besucher gewartet. Heute war sie allein. Wie abwesend fand sie der Seigneur, als sie an ihrem Tisch aufstand und die Papiere, in denen sie gelesen, beiseite schob. Sie wisse nämlich, sagte sie, welche letzte, vernichtende Forderung der Herzog heute in der Versammlung stellen würde, und sie wolle ihm nicht den Anblick gönnen, sie weinen zu sehen. Sie fürchte sich vor dieser möglichen eigenen Schwäche.
Aber nun wartete sie, und sie hörte wohl achtungsvoll zu, als der Seigneur die Meinungen wiedergab, die er da und dort in den Quartieren erfahren hatte. Immer gab es Zwischenträger, durch die auch geheime Beratungen offenbar wurden, wenn auch nichts Wörtliches. Man wußte, daß Philipp nicht von seinen harten Bedingungen abweichen würde. Andererseits: hätte er wohl die Engländer abreisen lassen, wenn er den Frieden nicht um jeden Preis zustande bringen wollte?
»Um seinen Preis«, verbesserte Yolande.
»Also kommt es zum Frieden?«
Da mochte sie, als der Seigneur sie wortlos ansah, seine Frage spüren, warum sie nicht dabei war?
»Man wird seinen Frieden annehmen müssen«, betonte sie, wobei ihre Lider unwillkürlich ein wenig zu flattern begannen.
Also hatten die Leute recht, lenkte der Seigneur ab, die fast abergläubische Zusammenhänge hinter den Ereignissen vermuteten?
Demnach erlebte der englische König seine Entthronung dort im Schloß Bouvreuil in Rouen, wo er im mächtigsten Turm Jeanne d'Arc gefangengehalten? Jetzt wurde, wenn sich Burgund mit Frankreich einigen konnte –
»Das müssen sie«, sagte Yolande. »Sie müssen sogar ein Bündnis schließen. Sonst wäre doch alles umsonst gewesen.« Sie sprach wie für sich selbst, die Türme von Saint-Vaast vor Augen und das steile, lange Dach, unter dem sich der Kapitelsaal erstreckte.
– also würde, nahm der Seigneur ihre Gedanken in seinen unvollendet gebliebenen Satz auf, heute und hier durch sie zu Ende geführt, was einst Jeanne d'Arc vor Augen hatte? Denn nun würde es wohl mit der Herrschaft der Briten auf französischem Boden zu Ende sein? Auch wenn sie noch in der Norman-

die und in Aquitanien standen, tief ins Land hinein bei Bordeaux.
Doch dann stellte der Seigneur die Frage, die ihn hergetrieben hatte: »Und was wird mit René? Gibt er ihn endlich frei?« Weil Yolande eine ausweichende Geste machte, fragte er dringender: »Wenn Philipp doch nun endlich einen allgemeinen Frieden will?«
Es tue ihr gut, sagte Yolande zu dem Seigneur, ihn bei sich zu haben. Einen Freund von René. Wenn man überall Strudel aufwirbeln sehe, genüge manchmal ein gutes Gefühl von einem andern, um einen inneren Halt zu haben. »Ich glaubte, hier am Ziel zu sein. Das macht alt.« Auf dem Weg zum Fenster gab sie ihm kurz die Hand. »Schönen Dank, Seigneur.« Dann schien sie mit ihrem Lächeln, das ganz anders als sonst war, wie abwesend horchend auf Saint-Vaast zu blicken, während ihr Gast hervorstieß: »Alt, alt? Das darf ich nicht gelten lassen.«
»Lassen Sie's gelten.«
Freilich konnte man hier nichts hören, durch die nach außen gewölbten Scheiben und durch die Mauern hindurch, über die Straße hinweg. Aber sie wußte ja, was dort gesprochen wurde. Nicht wörtlich. Wenn nun drüben der Friedensvertrag vorgelegt wurde, sagte sie wie für sich, wenn Philipp mit einer letzten Spannung die Delegierten heimlich abschätzen wird, wenn Federn und Tinte zum Unterschreiben bereit gemacht waren, wird Nicolas Rolin noch eine Erläuterung geben.
Er wird allen danken, auch ihr, Yolande, der Königin von Sizilien, deren Sessel heute leer geblieben war.
Dann wird er jedoch erklären, daß von diesem Friedensvertrag das Herzogtum Lothringen mitsamt dem Herzogtum Bar ausdrücklich ausgenommen sei. Ausdrücklich wird er auch bekräftigen, daß er den Herzog René, der nun auch König von Neapel war, als seinen unentbehrlichen Gefangenen behalten müsse.
»Er, dem man diesen Frieden verdankt?« brachte der Seigneur hervor. »Gerade er? – Aber was wird nun mit ihm?«
Anstatt einer Antwort ging Yolande an ihren Tisch zurück, wo sie nach einer Depesche griff. Nein, die andere war es. Eine Nachricht aus Mailand.
Der Seigneur las, daß der Visconti in Mailand ganz überraschend den König von Aragon freigelassen hatte! Ohne Bedingungen. Schon war er wieder nach Gaeta unterwegs!
Ein anderer Bericht war aus Neapel gekommen. Noch beklom-

mener erfuhr der Seigneur daraus, daß Isabella nur noch eines kleinen Gebiets in der Campagna sicher sein konnte, der Landschaft um den Golf. Wieder hatten sich jene, die einst zur spanischen Partei gehörten, von ihr abgewandt. Nur ein apulischer Herr hielt zu ihr, der Condottiere Caldora, aber auch er nur, wenn er genügend bezahlt bekam. Sie hatte Eilkuriere um Hilfe nach Rom geschickt. Nach Florenz. Auch an sie. Auch an Charles.

Doch nun hörte man von der Straße herauf ungehaltene Männerstimmen, bald auch im Stiegenhaus. Drüben war ein Portal geöffnet worden. In diskutierenden Gruppen drängte man dort ins Freie, voran die französischen Herren.

Dann stampfte der Herzog Johann ins Zimmer, der Bretone. Hinter ihm folgten Alençon und viele andere.

»Wir unterschreiben das nicht!«

Ganz ruhig stand Yolande unterdessen neben ihrem Tisch, während die Erregten laut durcheinander ihre Empörung bezeugten. Alles hatte man zugestanden! Boulogne-sur-Mer. »Meine Heimat«, rief einer. »Das Ponthieu!« Immer mehr kamen hinzu. Das Auxerrois und Bar-sur-Seine und Luxeuil. Die Somme-Städte. »Die man zurückkaufen könnte?« – »Die er niemals zurückgeben wird!« Auch Baudricourt war plötzlich da. »Um Gottes willen, diese Bedingung nicht!« rief er aus und bahnte sich einen Weg bis vor Yolande, vor der er jedoch verstummte. Ganz still wurde es.

Dann nahm der Herzog Johann das Wort, langsam einen Anfang suchend: »Daß wir hier sind, daß endlich die alte Gegnerschaft vorbei sein, daß endlich Frieden sein soll, verdanken wir doch nur Ihnen und René. Unmöglich können wir unterschreiben, wenn der Vertrag nicht auch für ihn gilt!« Aus dem Gefängnis heraus habe René, sprach der Herzog zu den neben ihm Stehenden weiter, diese Verhandlungen angebahnt. Drehe sich nicht jedem, »so würden meine Bauern sagen«, das Herz im Leibe um, wenn er, dem man diese Versöhnung verdanke, »denn das soll es doch sein«, von diesem Frieden ausgenommen werden solle? »Da reite ich lieber aus Arras hinaus wie die Goddams!«

Lärmend brach wieder ihr Zorn aus. Aber dann brachte sie eine Handbewegung Yolandes zum Verstummen.

»*Sie* haben den Vertrag zu unterschreiben«, sagte sie leise. »Nicht ich. Sie *müssen* ihn unterschreiben.«

Betreten sahen sich die Männer an. »Daheim«, begann als erster der bretonische Herzog, »mit meinen Leuten in Nantes muß ich anders reden als mit meinen Fischern in Saint-Malo oder Brest. Wie ich mit Ihnen sprechen müßte, lerne ich nie. Ihren eigenen Sohn geben Sie auf?«
»Sie nehmen sich heute zu viel vor«, mischte sich nun der Herzog von Orléans ein.
»Das mag sein«, gab ihm Yolande zurück, die mit halb gesenkten Augenlidern sprach. Doch dann waren ihre Augen plötzlich wieder groß. »Außerdem gebe ich ihn nicht auf«, setzte sie hinzu und wie schneidend: »Nie!« Jetzt verlor sie etwas von ihrer Starrheit. »Aber Sie dürfen auch diesen Vertrag nicht aufgeben. Unterschreiben Sie ihn«, sagte sie bittend, fordernd. »René wird Ihnen sicher dankbar sein.« Immer gelöster wurde sie. Nun konnte doch jeder in Frankreich endlich nach vielen schrecklichen Jahren aufatmen und ruhiger leben. Zuversicht haben. »Auf Sie, meine Herren. Er wird Ihnen dankbar sein«, wiederholte sie überredend. »Er nimmt es sicher gern auf sich, ausgeschlossen zu sein. Wenn das ein Preis dabei ist. Wieder Ordnung haben. Und ich – ich nehme es auch auf mich, Ihnen trotz allem, was nur mich angeht, zu sagen: Unterschreiben Sie.«
Sie war dabei an der Reihe ihrer Besucher entlanggegangen, die im Halbrund vor ihrem Tisch stand, hinter dem sie nun wieder, wie bei ihrem Eintritt, unbewegt stehenblieb, geradeaus blikkend. Unwiderstehlich beherrschend wirkte sie auch heute, die große Reine de Sicile.
»Unterschreiben Sie. Ich bitte Sie.«
Dann wartete sie, bis alle gegangen waren, und sie hatte wohl nicht bemerkt, daß der Seigneur von Grignan am Fenster zurückblieb. Drunten gestikulierten sie zwar noch erregt durcheinander, aber dann traten sie doch wieder durch das Portal, in dem eine geraffte, dunkelrote Portiere hing, in den Beratungssaal von Saint-Vaast ein. Den letzten ließ der Kanzler Rolin höflich den Vortritt, der über den Platz herüber vom Stadthaus kam. Man hatte ja nur die Beratungen unterbrochen.
Yolande saß noch immer mit unverändertem Ausdruck hinter ihrem Tisch, als überdenke sie nochmals alles. Endlich bemerkte sie den Seigneur. Ganz schwach fing sie zu lächeln an. »Schönen Dank, Seigneur«, sagte sie, »daß Sie bei mir blieben.«
Sie kam zu ihm um den Tisch herum.

»Und René?« fragte er.
Natürlich kämpfe sie nun erst recht für ihn. Sie begleitete den Seigneur bis zur Türe. »Sie haben recht, Seigneur. Alt, alt? Das darf man nicht gelten lassen. Auch darf man niemals meinen, am Ziel zu sein.«

Fünftes Kapitel

Jeanne d'Arc des Armoises

Im Juni des folgenden Jahres kam Baudricourt mit der unglaublichen Neuigkeit nach Loches, er habe vor wenigen Tagen noch mit Jeanne d'Arc gesprochen. Ja, in der Tat, die Jungfrau von Orléans sei wiedergekommen!

»Wiedergekommen?«

Auf dem Schloßberg über dem Indre hatte ihn Agnes Sorel im Logis Royaux empfangen, einen Chevalier aus der Heimat, von dem sie viel erfahren wollte. Nun starrte sie Baudricourt halb belustigt und doch wie einen Verwirrten an. »Wiedergekommen?«

Er habe es selbst nicht glauben wollen, erklärte Baudricourt. Aber wahrhaftig, die Jungfrau von Orléans sei vor kurzem in einem Dorf bei Metz auf einmal wieder dagestanden! Mitten auf der Straße. Woher? Wo sie zuletzt gewesen? Niemand wußte es. Sie sagte den Leuten, obwohl sie jeder erkannte, der je eine Beschreibung von ihr gehört oder ihr Bild gesehen, sie sei »la Pucelle de France«, »la Pucelle Jeanne«, und sie wünsche die Seigneurs zu sprechen, die sich in ihrem Ort, in Granges-aux-Ormes, getroffen hatten.

Dann kamen die Herren, zwar zuerst noch verwundert und zweifelnd, heraus zu ihr, so wie auch er gezweifelt habe, bemerkte Baudricourt. Aber unwiderstehlich ging von dem Mädchen im Männergewand mit dem gestutzten, dunkelbraunen Haar der nämliche Bann aus, wie er ihn einst auch in Vaucouleurs empfunden hatte. Nicolas Louve oder Low, der unter den Herren war, der sie in Reims bei der Krönung gesehen, beschenkte sie auf der Stelle mit einem Pferd. Ein anderer, Nicolas Grongnot, der Stadtkommandant von Metz, der gewiß auch nicht leichtgläubig war, gab ihr ein Schwert und einen Helm. Als das

vollkommene Ebenbild der Jeanne d'Arc schwang sie sich gleich in den Sattel und galoppierte vor Lust, wieder reiten zu können, eine Runde um den Dorfplatz herum. La Pucelle!
Während sie sich erzählen ließ, lag Agnes ungezwungen hingestreckt, mädchenhaft neugierig auf das Kinn gestützt.
»Und ihr Männer glaubt das alles?« Auflachend schüttelte sie ihren Kopf. Aber Baudricourt, der auf einem der zierlichen Stühle starr vor sich hin überlegte, erwiderte unbeirrt: »Nicht nur die Herren, die sie in Reims gesehen haben oder anderswo, nicht nur der Dekan von Saint-Thibaut in Metz und viele unbestechliche Leute sind überzeugt von ihr! Sondern man hat sofort nach ihren Brüdern geschickt, nach Pierre und Petit-Jean, die Jeanne gleich beim Näherkommen als ihre Brüder erkannte; und dann erkannten die beiden Brüder in ihr – ihre Schwester!«
»Ach?« Unwillkürlich stieß Agnes nun doch einen Laut der Verwunderung aus. Sie richtete sich auf. »Das ist doch unmöglich!« Sie hatte Baudricourt unter den aufgebogenen Wimpern hervor, die künstlich und nachgefärbt waren, abschätzend zugehört. Nun spähte sie ihn mit ihren schwarzen, eigentümlich glänzenden Augen an. »Ist das wahr?« fragte sie streng.
»Es ist wahr.«
Nun waren, erklärte er vor sich hin, den Boden anblickend, auf dem fremdartige Teppiche lagen, wieder alle Gerüchte in aller Munde, die sich seit damals nie verloren hatten. Wie Legenden. Die Taube, die sich auf dem Alten Markt von Rouen aus dem Flammenstoß emporgeschwungen haben soll. Die Vermutungen, die damals wohl Hoffnungen waren und die sich die Leute nun wieder erzählten: man habe ihr doch wohl um der Barmherzigkeit willen dieses schreckliche Ende erspart? Damals waren doch viele erklügelten Hoffnungen zu einer eingebildeten Zuflucht geworden?
Schon aus Le Crotoy, dem viereckigen Steinblock an der Küste der Somme, wo sie lang eingekerkert war, habe man eine andere nach Rouen gebracht. Später wurde behauptet und gern als wahr geglaubt, man habe wohl in Rouen, wo es genug Geheimnisse in dem vieltürmigen Schloß Bouvreuil gab, eine andere auf dem Karren zum Alten Markt fahren lassen. Nun sei sie wahrscheinlich in einem Gewahrsam gewesen, aus dem sie jetzt entsprungen war?
»Ich hoffte«, unterbrach ihn Agnes, »Sie erzählen mir hübsche Skandälchen aus Nancy.« Sie stützte sich höher auf, um, noch

immer geziert auf ihren Kissen liegend, in den Hof hinaus zu blicken, wo offenbar Reiter angekommen waren. Wie nebenbei, als sei die seltsame Geschichte für sie abgetan, bemerkte sie: »Erzählen Sie dem König lieber nichts davon.«
Aber er wandte ein: »Es dürfte jedoch für einen König wissenswert sein, daß auch die Herzogin von Luxemburg an sie glaubt. Sie lebt bei ihr in Arlon. Ich brauche wohl kaum zu erwähnen, daß die Herzogin ebenso mit dem Herzog Philipp dem Guten wie mit dem Kaiser verwandt ist?«
»Dagegen bin ich der Meinung«, erwiderte Agnes, ohne den Blick vom Hof zu wenden, »daß der König kein Wundermärchen mehr braucht.«
»Trotzdem ist es für ihn wohl auch wissenswert«, beharrte Baudricourt auf der Bedeutsamkeit seines Berichtes, »daß der Graf Ulrich von Württemberg die Pucelle unterstützt. Er hat ihr einen silbernen Harnisch geschenkt, und er wird sie nach Köln begleiten. Der Kaiser schätzt diese schwäbischen Grafen.«
Da fragte Agnes: »Muß ich Sie warnen, Baudricourt?«
Betroffen schaute er auf, weshalb sie erläuterte: »Ihre Begeisterung für diese angebliche Jungfrau ist nämlich, scheint mir, nicht zeitgemäß. Was tut sie in Köln? Oder wissen Sie nicht, daß der Kaiser hessische Truppen an den Niederrhein schicken ließ, weil sich dort der Herzog Philipp angeblich einige Ländchen aneignen möchte? Dort zieht wohl ein Gewitter auf. Und Ihre Jungfrau reitet hinein? Also wendet sich Ihre Jungfrau gegen Burgund? Auch Ihre eigene Begeisterung?«
Indessen war sie ans Fenster getändelt, von Baudricourt mit erstaunten Blicken verfolgt.
»Aber sie will doch«, rief er aus, »sobald sie der König empfangen will, wie früher nur für Frankreich da sein.«
»Sie will, sie will«, spottete Agnes über die Schulter zurück. »Sie will! Was eigentlich? Ach, ihr herrlichen Männer seid ja stets gern begeistert, wenn eine ungewöhnliche Frau etwas will. Aber bedenken Sie doch: Unser Frankreich von heute kann dem burgundischen Herzog keine Jungfrau anbieten, seine Erzfeindin! Jetzt? Unter Bundesgenossen? Philipp und Charles nehmen ihren Vertrag auch mit ihren Gefühlen genau.«
»Das weiß ich«, antwortete Baudricourt, der unbeirrt in seiner Denkart blieb. »Deshalb hatte Richmont wohl auch Philipps Erlaubnis, in Paris einzuziehen? Nun, das war wohl ein nötiges Freundschaftsgeschenk. Denn für die Pucelle war es damals zu

früh, Paris zu erobern, obwohl sie schon fast überm Graben war. Heute ist sie zu spät wieder aufgetaucht.«
»Oh, Baudricourt.«
Sie winkte mit spielenden Fingern in den Hof hinaus, während er zum ersten Mal ihre zierlichen Schuhe aus vergoldetem Leder und die schmiegsamen Stoffe wahrnahm, die ihrer Gestalt eine verführende Anmut gaben. Davon redeten ihre entrüsteten Neiderinnen. Ach, er hatte sie noch als keckes Kammerdämchen in Nancy gekannt, das ihn immer bescheiden begrüßte, freilich schon bald in der Art junger Mädchen, die sich leicht spöttisch ihrer weiblichen Reize bewußt sind. Nun durfte sie wohlwollend ›Baudricourt‹ zu ihm sagen. La Dame de Beauté von Frankreich. Man mußte wohl sogar dankbar sein?
»Natürlich, zuerst zu den Pferden«, sagte Agnes und wippte vom Fenster zurück. »Oh, Baudricourt.« Sie ließ sich wieder in ihre Kissen sinken. »Der König will sicher nichts von ihr wissen. Auch von der ersten nichts mehr. Wozu eine zweite? Außerdem sind solche Amazonen nicht mehr zeitgemäß. Denn ich meine, wenn Frauen Lanzen und Säbel schwingen, wie sollen sie dann einen Mann umarmen? Nur dafür sind wir doch da?«
»Parbleu«, entfuhr es Baudricourt, wider Willen durch ihr Geplauder erheitert. »Da haben Sie recht.«
»Auch dürften Sie gut daran tun«, meinte sie ernster, »nur mit Vorsicht von René zu sprechen. Oder bringen Sie Gutes von ihm?«
»Man sammelt für ihn.«
»Und wir können nichts geben. Das heißt natürlich: Charles. Der König.«
»Trotzdem muß ich ihn fragen.«
Indessen nahm Agnes aus einer Schale, die auf einem Tischchen mit Perlmutter-Intarsien stand, grünes Konfekt. Sie bot auch ihm davon an, betrachtete ihr gezuckertes Stückchen und sagte: »Ach, der gute König René. Hat eigentlich jemand in Nancy je bemerkt, daß ich in ihn verliebt gewesen war?«
»Offenbar nicht einmal er selbst«, sagte Baudricourt.
»Und jetzt kann ich nichts für ihn tun«, überlegte Agnes. »Mich hat es damals gewundert, daß er die Blonde gemocht hat, die ich langweilig fand. Nun ja. Vorbei. Ach, Baudricourt, Sie ahnen ja nicht, was eine Frau alles aufgeben muß, wenn sie geliebt wird, wie ich. Ihre schönsten Träume. Auch die rückwärts gewandten. Dafür hat der König nun eigene, neue Träume. Frankreich.«

Agnes zerbiß das Konfekt und schob auch die zweite Hälfte gleich in den Mund. Draußen zeige der König dem Gast, den er mitgebracht habe, erzählte sie dann überlegend, seine Pferde. Jacques Coeur. Er könnte vielleicht auch der Wundermann für René sein?

Doch Baudricourt verneinte mit erhobenen Händen. Schulden, die er zurückzahlen müsse, könne René nicht mehr machen. Dagegen meinte Agnes, zwar mache Jacques Coeur als Leiter der Münze von Bourges auch wieder Geld, aber viel mehr noch durch seinen Blick für die Dinge. »Alles ist Geld«, sage er. »Jedes Ding«, sage er, »kann man als Zahl betrachten, auch jeden Menschen. Um wieviel läßt er sich kaufen? Wieviel ist er wert?« Oder: er rechne zum Beispiel aus, was es koste, den Kanal bei Aigues-mortes nach Sète vertiefen zu lassen und wie es die Schiffe abverdienen, die ihn befahren. Das fasziniere den König. Oder: er schenke den fremden Handelsherren »l'intrada« auf der Lyoner Messe, also die üblichen Taxen, wenn sie »lo dret« in Aigues-mortes bezahlten, wodurch sie dem alten, verschlafenen Kreuzritterhafen wieder zum Leben verhalfen. Zugleich gewann Lyon einen Vorrang vor den Messen von Genf.

Erstaunt überlegte Baudricourt, daß Agnes anscheinend nicht nur die verwöhnte Dame de Beauté ihres Königs war. Er erkannte das an.

Aber sie lachte leicht auf. »Oh, ich verstehe nichts davon. Aber mitreden kann ich. Dann freut sich der König. Manchmal hört er sogar auf meinen Rat.« Darüber lachte sie. Aber im Ernst, sie meine, Jacques Coeur entdecke vielleicht auch in den Ländern Renés Reichtümer, die ein anderer gar nicht beachte, nicht sehe oder gar finde, einfach, weil er den Wert der Dinge nicht erkenne?

Dann trat der König ein, und sie lief ihm aufstrahlend entgegen. Ob er seine königliche Gattin in Selles-sur-Cher wohlauf getroffen habe, fragte sie zärtlich. Ob ihn Jacques Coeur nicht allzusehr mit seinen märchenhaften, so schweren und dennoch so leichten Projekten quäle? Aber sie habe schon etwas Erholendes ausgedacht. Einen Korso auf dem Indre-Flüßchen bis zur Mühle. Mit Musik. Mit Überraschungen! Nein, sie verrate nichts.

Sie selbst? Nun ja, sie habe Kinder beschenkt. Auch eine gebrechliche Alte. Auch der Pfarrei eine Gabe gebracht und viel Segen empfangen. Viel Segen.

Aber, mon Dieu, nun stehe hier Baudricourt? Fast vergessen in ihrer Freude des Wiedersehens. »Pardon. Man kann Sie wohl kaum vergessen, noch übersehen, Verehrter, mit Ihrer Gestalt.« Und wieder zu Charles: »Sie müssen ihm helfen, Sire. Er war fast ein Jugendfreund. Das heißt: er hatte schon Kinder, als ich selbst noch ein Kind war. Gutmütig. Ein Riese für uns.«
Wie ein herzlich aufheiternder Wirbel war es. Aber dann beobachtete sie doch erwartungsvoll, wie heimlich besorgt, was Baudricourt und der König nun sprechen würden.
Er brauche mehr Schützen, fing Baudricourt an. Gute Schützen. Auch eine Abteilung Gens d'armes. Denn in der Nähe von Vaucouleurs treibe sich mehr Gelichter herum als je. Gefährliche Banden. Abgelohnte Soldaten, die auch kleinere Städte belagerten, um Geld zu erpressen. Nachher plünderten sie trotzdem.
»Ich weiß. Auch im Herzogtum Bar«, sagte Charles.
Baudricourt fiel heute besonders auf, wie dick die Augenlider des Königs waren. Aber sie waren anscheinend sein Schutz, wenn er sie wie ermüdet halb über die Augäpfel sinken ließ.
»Ich weiß. Leider ist noch sehr viel im argen.« Zu Jacques Coeur hin sagte er: »Bei Paris muß Richmont noch immer Wölfe jagen lassen, die bis vor die Tore heulen.« Dann wieder zu Baudricourt: »Nun möchten Sie gern in Bar eine Treibjagd machen? Sicher hat Sie auch meine Belle Mère Yolande darum gebeten?«
»Wie sollten sonst«, erwiderte Baudricourt, »die Leute in Bar und Lothringen Geld für die Auslösung ihres Herzogs René aufbringen können, wenn man sie ausplündern läßt?«
Da mischte sich Agnes ein. Bedenkenvoll hatte Charles seine Brauen gehoben, die zu schmalen Bögen geschnitten waren.
»Meinten Sie nicht einmal«, wandte sie sich an Jacques Coeur, der seinen großen Siegelring betrachtet hatte, »man könne nicht genug Gesindel haben? Es hätte auch seinen Wert, wenn man die Kerle auf Ihre Galeeren steckte?«
»Das nicht«, verwahrte sich Baudricourt. »Es sind arme Teufel, die man abschieben muß.«
Charles überlegte noch: »Also meine Gens d'armes für Ihren Freund René? Das haben Sie sehr nützlich ausgedacht.«
»Er ist auch Ihr Schwager, Sire.«
Ob er noch einen Wunsch habe?
Ja. Er möchte auch ihn, den König bitten, in Dijon für eine Minderung der Summe einzutreten, die der Herzog Philipp von René verlange.

»Das kann ich nicht«, fiel ihm Charles ins Wort. »Auch rechnen Sie falsch, Baudricourt. Nämlich mit Ihren Gefühlen. Ich dachte einst ähnlich wie Sie. Aber nun möchte ich fast bedauern, keinen so teueren Gefangenen zu haben, den man so schröpfen kann wie René. In aller Freundschaft. Sie betrachten das falsch!« Ein wenig lauter vereitelte er den Versuch Baudricourts, ihn unterbrechen zu wollen. »Wir unter uns, ob Philipp, René oder ich oder der König von England, nehmen uns nämlich nur ab, was wir können. Wie die Spieler mit Karten und Würfeln, für die der Wirt sein Leihgeld bekommt. Verfeindet sind wir dadurch nicht. Es ist Tradition. Zugegeben, es ist unbehaglich, eingesperrt zu sein. Man versäumt ein Stück Leben dabei. Aber wer das Glück hat, einem reichen Verwandten Geld abzunehmen, wenn er ein Recht darauf nachweisen kann, für den lohnt es sich. Treibt es nicht jeder so? Auch wenn er kein Fürst ist?«

Übrigens habe ihm Philipp geschildert, plauderte er weiter, wie herzlich er jüngst mit René fast eine neue Freundschaft schloß. Umarmungen gab es. Kunstgespräche. Er müsse bald das Altarbild betrachten, habe ihn Philipp verlockt, das die Malerbrüder van Eyck für Saint-Bavon in Gent geschaffen hätten. Oder das Jüngste Gericht. Sein Maler Roger van der Weyden zeige auf diesem geräumigen Bild, wie sich die Auferstehenden nackt aus dem Boden erheben, auch Weibchen darunter, ein rührendes Wimmeln, über das ein Engel die Waage des Guten und Bösen halte. »Ich hoffe nicht, Baudricourt, daß ich zuviel auf der Waage des Bösen wiege. Eigentlich bin ich ja mager?«

Weil der König jedoch, wie sich vergewissernd, öfters Blicke auf Jacques Coeur geworfen hatte, bemerkte jener, er lege gern das René noch fehlende Geld auf die Waagschale des Guten.

Dafür dankte Baudricourt. Aber sicher könne René es nie zurückzahlen, nein, auch nie einen Zins aufbringen. Nein. Leider. Lieber möchte er selbst noch einige Nobeln dazu bewegen, an Philipp zu schreiben.

»Noch einen Wunsch?« fragte Charles.

»Der letzte, Sire. Meine Entlassung. Ich bat schon vor Wochen darum. Schriftlich. Ich schlug dabei als neuen Kommandanten von Vaucouleurs den tüchtigen Jean de Lys vor. Früher hieß er Jean d'Arc.«

»Ach, ich erinnere mich. Jean d'Arc? Das ist der Bruder?«

Charles nickte gedankenvoll und dann so, als ob er einverstan-

den wäre. Aber dann fragte er doch: »Aber warum, Baudricourt? Sie sind noch nicht alt?«
Da stockte der Chevalier, wobei sein gutes, rundes Gesicht, das stets ein wenig gerötet war, zusehends dunkler wurde. »Wenn ich mich frage, warum«, sagte er und blickte entschlossen auf Charles, »ganz innen spürt man es ja, ohne sich fragen zu müssen; aber weil Sie mich fragen, Sire – zu meinem Nachteil bin ich oft allzu offen gewesen, bewußt auch vor jedem Gegner –, nun also, die offene Antwort: weil mir vieles nicht paßt!«
»Ah –«, brachte Charles langgezogen hervor. »Ah –? Dann sind wir ja beide derselben Meinung. Auch mir paßt vieles nicht! Deshalb bin ich dabei, es zu ändern. Aber was haben Sie vor?«
»Ich glaube, man muß alles tun, damit René endlich frei wird.«
»Schade«, sagte Charles, der ihn lang angesehen und wohl mit Absicht eine Pause machte, »... schade, daß Sie nicht bei mir bleiben, Baudricourt. Aber zum Wasserkorso bleiben Sie?«
»Dafür müssen Sie sich danken lassen«, rief Agnes erleichtert aus und trat mit Freudenlauten auf den König zu.
»Nun, er ist doch Ihr Jugendfreund«, sagte Charles, »und man muß ja für Freunde dankbar sein. Ich bin es ihm für Sie.«
Damit legte er ihr seinen Arm um den Nacken und zog sie mit sich. Den anderen Arm legte er plötzlich um den verwirrten Baudricourt. Hinter ihnen ging Jacques Coeur hinaus. Draußen empfing sie Tafelmusik.
Oh, man verstand es auch hier, Feste zu feiern. Am Abend mit Blumenbooten auf dem Indre-Fluß, wo sie durch das erstaunlich klare Spiegelbild fuhren, das die kalkhellen Handwerkerhäuser am Ufer und das Schloß auf der Höhe im Wasser boten. Später, in dem nur kniehoch gestauten Mühlenteich, ein Ballett von schlanken, kaum verschleierten Tänzerinnen. Fern und doch nah genug spielte sich die antikische Szene vor der Gesellschaft ab, die am Ufer unter Bäumen saß, Musikanten und bunte Lampen über sich im Geäst. Überall aus den Büschen hüpfend, trugen bockshörnige Burschen mit Satyrbärten die Speisen auf. Pan dudelte auf einem Weidenbaum. Der Müller sprach Verse. Nachher stürzten sich die Faune in den Wassertümpel und schleppten die Nymphen heraus. Jedem Gast legten sie eine wie eine geschenkte Sklavin vor die Füße. Er durfte sie in einen Mantel hüllen.

Schlafend lag dann bei der Heimfahrt der König in seinem gepolsterten Boot mit dem muschelartigen Aufbau.
Aber der Kriegsfreund, den Baudricourt getroffen, ein Hauptmann der Schloßgarnison, berichtete ihm über Charles, er sei ein anderer geworden. Er teile seine Tage genau ein. Einen für die Kanzlergeschäfte. Einen für die Juristen. Einen für seine Marschälle.
»Vorläufig hat nämlich auch Charles kein Geld. Niemand. Der da zahlt alles.« Er deutete mit dem Daumen auf Jacques Coeur, der blond und groß in seiner Barke saß, höflich nach allen Seiten. »Wir sind alle an ihn verschuldet. Auch die vergnügte Agnes. Und man fragt allmählich, wer wirklich regiert? Übrigens: wenn dir heut nacht ein Schloßgeist erscheinen sollte, wir haben keinen. Dann hat sich wahrscheinlich nur eine der hübschen Damen, die dir Augen machen, in der Türe geirrt.« Er winkte ihnen, die im Boot vor ihnen saßen und die sich aneinander wärmten, väterlich zu. »Schade, daß du schon deinen Abschied nimmst.«
»Ja, schade«, sagte eine der Schönen.

Früh am nächsten Morgen ritt Baudricourt weiter.
Dann mußte zwar der Herzog Philipp in Dijon eines Tages Yolande empfangen, die Herzöge von Bourbon und von Vendôme, den Connetable von Richmont und eine Reihe anderer bedeutender Herren.
Aber sie hatten kein Geld mitgebracht. Nur gute Gefühle. Die habe auch er. Guten Willen. Auch den. Die Mappe mit Briefen, die er auftragen ließ, bewege ihn sehr, sagte er. Vom Papst. Von seinem lieben Verwandten und Freund, dem König Charles von Frankreich. Aus Chambéry. Aus Neapel. Leichthin blätternd hatte er manche Schreiben vorgezeigt und ihre Siegel bewundert. Ihre unterschiedlichen Schriften. Aber der Inhalt? Rührende Bitten in herrlicher Stilisierung der Sätze. Nur kein greifbares Wort über das unumgängliche Auslösegeld.
Nach einem Gespräch, das Yolande allein mit ihm führte, schien er dagegen eigentümlich verändert. Wie befangen setzte er sich Yolande gegenüber an den breiten Tisch, und was er sagte, war wohl alles noch eine Erwiderung an sie. Denn er sprach fast unverwandt zu ihr hinüber. Er wünsche wahrhaftig keine Erbärmlichkeit oder Entwürdigung beim nötigen Handeln oder Verhandeln. Auch sei wohl keine Gefahr, dies zur Farce zu machen oder gar zur Groteske, oder daß man gar etwa über sie lachen könnte.

Immer höre ja vor dem Geld das Lächeln oder gar Lachen auf. »Wollen wir also sinngemäß miteinander rechnen.« Er verneigte sich vor Yolande.

Aber der Herbst verging. Der Winter begann.

Als der Duft aus den Keltern vom Herbstwind über Burgund geweht wurde, kam eine vereinte Gesandtschaft aus der Provence, aus Anjou und aus Neapel nach Dijon. Dort ahnte der langbärtige Gefangene wohl nicht, der weit droben am Fenster des Turms de Bar stand, daß einige Stufen tiefer über ihn verhandelt wurde. Er konnte ja niemand in den Hof einreiten oder gehen sehen, weil seine Aussicht nur über die Dächer hinweg die Ferne umfaßte, wo sich das Weinlaub dunkelrot färbte. Auch sie reisten still wieder ab.

Inzwischen rechneten die Kanzlisten im Herzogspalast von Nancy eine Tranche nach der anderen zusammen. Die biblisch gerechten Zöllner nannte man sie, die einen ungebührlichen Zoll für den Herzog Philipp erbetteln und abliefern mußten. Dabei hatte man jeden der Stifter besorgt und bescheiden zu fragen, ob es nicht mehr sein könnte? Jede Summe, woher sie auch kam, war ja ohnedies ein Bekenntnis.

Denn ihr König René war der große Gefangene der Welt geworden. Man dürfe wohl konstatieren, meinte sogar der nüchterne Monsieur Surich in der Kanzlei, daß von René in seiner Armut ein viel größerer Glanz ausging als von den bekanntesten Fürsten, die in der Bewunderung lebten, auch von Philipp mit seiner üppig zur Schau getragenen Pracht.

Jetzt war auch landauf, landab von Isabella die Rede, die an der Bucht des Vesuvs auf wahrlich vulkanischem Boden zäh um jede Stadt und um jeden Verbündeten kämpfte. Wieder hatte der Herzog von Caserta, der vom Hügelrand aus die Campagna überblickte, die Fahnen gewechselt. Das komme ihr kaum überraschend, hieß es. Denn es war schon das dritte Mal. Aber nun hatte sich Capua, die einst so bedeutende Römerstadt am Weg nach Apulien, unfern von Neapel, Alfons von Aragon angeschlossen, der wieder der Herr von Gaeta war. Dort ließ er den waldigen Hügel, auf dessen Höhe das Grabmal des Plancus stand, mit steil übereinander den Berghang umlaufenden Mauern befestigen, auch zur Seeseite hin, wo die Felsen senkrecht zum Strand hinabfielen. So würde die weiß an ihrem Golf aufschimmernde Stadt, uneinnehmbar gemacht, eine stete Bedrohung für das nahe Neapel sein.

»Wann wird man endlich erleben, daß René nach Italien übersetzt?« fragte der Herr von Grignan in einem Brief aus Marseille. Mit dieser Frage beendeten auch die Straßensänger ihre gereimte Geschichte, wobei sie auf ihren Bilderbogen auf den stolzen Philipp und neben ihm auf René hinwiesen, den Gefangenen von Dijon. Ihn hatte der Maler als bärtigen König mit einer Krone dargestellt. Hinter dem Fenstergitter brach der Vesuv aus.
Nun verirre sich Philipp, sagte auch Jacques de Sierck vor dem Kronrat, zu seinem eigenen Schaden in eine Groteske hinein. Angeblich war dies ein Wort von Yolande, das bei der Empfindlichkeit des burgundischen Herzogs vielleicht etliche hunderttausend Gold-Ecus aufwog ...
Viel hatte zusammengewirkt, Briefe, Gesandtschaften, Vorschläge und eine beträchtliche Zahlung – endlich war Philipp zu einem Vertrag bereit!
Bald erzählte man sich auch belustigt und sicher übertrieben ausgeschmückt, wie René auf die seltsamste Weise zum ersten Mal erfuhr, daß ihn Philipp freilassen wollte, dadurch nämlich, daß der Barbier mit der Bartschere bei ihm erschien. Dann stritt sich René mit dem seinen Bart visierenden, dabei mit der Schere klappernden Mann.
»Ich will ihn behalten, den Bart«, sagte René, der vielleicht diesen sinnlos erscheinenden Streit unwillkürlich begann, um seiner Rührung Herr zu werden. »Ich würde mich doch, Monsieur, nicht wiedererkennen. Auch ist er mein Eigentum – obwohl in seinem Gefängnis gewachsen, das einzige, was mir der Herzog nicht nehmen kann.« Nein, nun müsse er fallen. »Ich entbehre ihn! Ich bin mit ihm älter geworden.«
Aber er fiel.
Er habe, sagte René zu Philipp, als er endlich Dijon verlassen durfte, seinen Bart, obwohl er ihn lieben gelernt, ihrer Versöhnung geopfert. Oft hätten ja Bärte auch schicksalhafte Bedeutung gehabt, auch eine politische. Künftig solle er weder ihn selbst noch irgendwen sonst an das Gewesene erinnern. Allerdings sei nun in seinem glatten Gesicht auch die Narbe von Bulgnéville wieder sichtbar geworden. Doch die habe er sich selber zuzuschreiben, und die trage er wohl auch sein Leben lang, als Symbol seiner Schuld. Wie seine Schulden.
»Geht es nicht billiger?« fragte er.
Sie schieden wie Freunde, obwohl ihm Philipp bedeutete, er müsse sich leider wieder im Turm einfinden, wenn seine Rechner

das Geld nicht aufbringen könnten! Das war verbrieft. Sie hätten zwar schon eine Summe bezahlt. Noch wäre jedoch der Vertrag zu machen. In Lille. In zwei Monaten. Erst dann, wenn alles genau stipuliert und wenn alles verbürgt sei, dürfe er sich als frei betrachten.

Ach, die Freiheit! »Wenn es auch Dezember ist, kahl und feucht und mit rauhem Wind, so ist vielleicht dies gerade der rechte Geschmack der Freiheit«, sagte René. Überall würde er weit vor den Städten eingeholt, wo es Bankette gab. Auch in den Dörfern lud man ihn ein, damit er sich aufwärmen könne, essen und trinken. Dann rief er mitunter aus: »Ich möchte euch alle umarmen. Am liebsten die Töchter.« »Gönnt es ihm!« sagten die Alten, und den Damen schien es ohnedies recht. »Nach zwei Jahren im Turm. Gönnt es ihm!«

Aber in Nancy starrte er eine Zeitlang stumm auf die Summen, den Zahlungsplan, seinen bösen Kalender, wie er ihn nannte. Denn zwischen die alten Schulden und ihre Termine hatten sich nun die neuen geschoben, ein Flechtwerk von Zahlen, in dem er ersticken konnte. Das also war seine Zukunft? Schulden. Nur Schulden!

»Ja, lohnt sich das?« fragte er. »Das bringt ihr alles für mich auf? Ich werde doch ein Greis sein, bis das alles bezahlt sein soll?« Um ihn herum standen Jacques de Sierck und Monsieur Surich, dem bestimmt kein Fehler unterlaufen war. Zwischen ihnen die alte Herzoginwitwe mit der Beleibtheit ihrer Jahre und mit ihren strengen Falten im Gesicht, die heute, ungewöhnlich an ihr, einen fast mitfühlenden Ausdruck ergaben. Die anderen Gestalten, Baudricourt und die übrigen, verschwammen beinahe vor ihm. Dagegen standen die Zahlen, die er wieder und wieder anstarren mußte, unbeweglich fest, erschreckend in ihrer Genauigkeit der Kolonnen.

»Natürlich bin ich gern in Freiheit«, sagte René. »Aber ich hatte mich schon daran gewöhnt, nur mit mir allein zu leben, ohne mir selbst einen König vorspielen zu müssen.« Oft, sagte er nebenbei, weil er den Irrtum auch eben jetzt beging, greife er sich freilich noch in seinen Bart, den er ja gar nicht mehr habe, auch nachts, aber auch tags wie im Traum. Überhaupt sei er in seiner Freiheit noch gar nicht daheim. Obwohl ihn die Wirklichkeit wie ein Frost befalle. Auch jetzt.

»Bringen wir diese Summen zusammen?«

Man bemühe sich, sagte sein Kanzler. Man hoffe, in Lille, wenn

der Vertrag endgültig ausgehandelt wurde, noch eine Minderung zu erreichen.
»Rechnen Sie ganz genau«, bat René. »Wenn es nicht reicht, gehe ich nämlich wieder zurück. Und ich fürchte, es reicht nicht!«
»Wir fürchten es auch.«
»Und trotzdem muß ich mich feiern lassen?«
In Nancy, in Pont-à-Mousson, in Bar und sogar in Metz waren Ehrenbögen errichtet. Tannengewinde und farbige Bänder. Es schneite darauf. Aber es war ein Fest für die ganze Stadt, als Conrad Bayer, der Erzbischof, zur Ehrung Renés ein Mysterienspiel aufführen ließ, eine Passion. Denn man vergaß ihm in Metz nicht, daß er zwei Nächte lang vor der Porte des Allemands am Wassergraben gesessen und mit den Sept de la guerre darum gerungen hatte, daß die Vernunft verlange, Frieden zu machen, anstatt sich totzuschlagen.
Jetzt führten die Komödianten während des Tafelns als Entremet jene Szene auf, ein allegorisches Spiel. Dabei senkte sich vor dem Genius des Friedens am Schluß eine Truhe herunter, eine Schuldenkiste, die von leicht gewandeten Begleiterinnen zum Füllen durch den Saal getragen wurde, ein Benefiz für den armen Helden des Stücks.
Nun, man gefalle sich manchmal darin, sich gut zu erweisen, sagte einer der Sept de la guerre, mindestens besser, als man nach außen erscheine.
Denn nun wurden auch in der Stadt Geldkisten aufgestellt, in die jeder einlegen mochte, was ihm seine Begeisterung wert war. Man fand auch Schmuck darin, und René glaubte, an einer goldenen Kette deren Spenderin zu erkennen, die leider schon auf ihr entlegenes Manoir zurückgefahren war. Nachts lasse der Schloßherr, ihr Gemahl, pünktlich die Brücke sperren, hatte sie René bedeutet. In Bar fand sich der silberne Becher in der Sammelkiste, den er einst dort bei dem kleinen Brunnenfest gestiftet hatte. Denn das Beispiel wurde nachgeahmt, auch in Anjou und in der Provence.
»Oft ist die Welt noch unwirklich für mich«, sagte René unterwegs zu Baudricourt. »Obwohl die Wirklichkeit, wenn ich sie so betrachte, wie ich sie nun erlebe, tatsächlich unwirklich ist. Das klingt wohl verworren. Aber wenn alle Menschen immer so wären, wie sie manchmal gern sind und erscheinen möchten, sähe die Welt auch in ihrer wirklichen Wirklichkeit freundlicher aus.«

In dieser Gehobenheit erlebte René auch jene Jeanne d'Arc, von der ihm Baudricourt berichtet hatte. Es war in Metz.
»Wie denn?« fragte René verwundert, als er sie durch die Straßen reiten sah. »Ich bezweifle ohnedies bald, ob alles wahr ist, was ich erlebe. Aber was ich sehe und was du genauso wie ich siehst, müßte doch wahr sein?«
»Ist sie es?« fragte Baudricourt.
»Sie ist es.«
Nun erkannte René neben ihr auch jenen Grafen aus Basel, Ulrich hieß er, der Bruder des Grafen Ludwig von Württemberg, der neben dem Kaiser gestanden und der ihm dann vor dem Münsterportal das erlösende Urteil mitgeteilt hatte.
Auch dieses Zusammentreffen zweier Begegnungen aus verschiedenen Zeiten seiner Vergangenheit empfand René bedeutungsvoll.
Denn bald saß er im Trinksaal eines breiten Fachwerkhauses, das sich auf Laubenpfählen erhob, mächtigen Eichenstämmen, neben Jeanne d'Arc, jedenfalls neben der nun fast dreißigjährigen Frau, die sich so nannte.
Es gefiel ihr in ihren Männerhosen und mit dem versilberten Kettenhemd zwischen den zechenden, sie bewundernden Männern, denen sie gern auf ihre Toaste Bescheid gab. Auch damals, entsann sich René, hatte Jeanne d'Arc gern einen Weinkrug auf ihrem Zimmer gehabt, zu dem sie abends oft nur ein Stück Brot verzehrte. Neuerdings sei ihr jedoch, sagte sie nun über ihre Poularde hinweg, auch der gesunde Sinn für solche Genüsse erwacht. Sie lachte dazu.
»Ich reite nach Orléans! Man erwartet mich dort«, gab sie bekannt. Dann schien sie in der grauen Luft im Raum, wo Blechlaternen über den Tischen hingen, plötzlich von visionären Bildern gepackt. »Ich sehe meinen alten Connetable Richmont und den Dunois, mit denen wir wieder Engländer jagen! Ich sehe auch den König Charles, obwohl er mir noch keine Antwort gab. Nun, er hat mich auch damals sehr bald vergessen. Auf unser Glück, René!« Sie stieß mit ihm an. »Ich komme zu dir nach Neapel, wenn mir dein Schwager Charles keine Truppe mehr gibt. Ich muß nur vorher noch die Goddams aus Rouen vertreiben und mich auf dem Alten Markt vorstellen. Ob dann noch einer schreien oder flüstern wird: die Hexe?«
Sie sei nun seine Untertanin, war ihr erster Satz an René gewesen, zwar noch die Jungfrau, aber seit kurzem Ehefrau des Seig-

neurs Robert des Armoises, dessen Besitzungen zu dem Herrschaftsbereich Renés gehörten.
Alles war sonderbar.
Denn nun tanzte sie!
Ein Herr aus dem Stadtadel hatte sie in den wenige Stufen tiefer gelegenen Tanzraum geholt.
Der junge Graf Ulrich, den René gern neben sich hatte, sagte wie zur Erklärung, sie lebe erst jetzt ihr wirkliches Leben. Auch er selber frage sich oft, worin und wofür und wodurch man den Sinn dieses Daseins richtig zu fassen vermöge? Dieses Grübeln sei ihm vermutlich angeboren. Deshalb liebe er Frankreich, wo man den Sinn des Lebens anscheinend von selber wisse.
Schon vorher hatte René erfahren, daß Graf Ulrich mit der Pucelle in Köln gewesen war. Sie hatte in Trier den Verdruß des Konzils in Basel erregt, als sie sich bei der Wahl eines Prälaten hervortat, den man in Basel nicht wünschte.
Nun meinte Ulrich, man verstehe sie nicht. Ihre Art. Auch in Köln, wo sie den Zorn des Inquisitors erregte, der sie vorlud und der ihr das Tragen von Männerkleidern verbot, ihre mädchenhaft hungrige Lebenslust, ihre Freude am Tanzen. Freilich, manchmal vertrug sie den Wein nicht. Aber ihr Verlangen, nun selbst wie andere am Leben teilzuhaben, sei doch nach ihrem Schicksal am Rande der Hölle verständlich. Auch ihre Ehe mit einem gleichgültigen Mann, die durch Elisabeth, die Herzogin von Luxemburg, begünstigt worden war, die Nichte des Kaisers. Es sei wohl auch begreiflich, meinte der junge schwäbische Graf, daß sie aus Köln geflüchtet war, als sie der Inquisitor exkommunizierte? Auch dabei hatte ihr die Herzogin geholfen. Welch eine Zwiespältigkeit! Ein zweites Mal ausgestoßen! Deshalb quäle sie sich, obschon sie es kaum zu erkennen gebe; sie müsse nach Rom, sich lossprechen lassen.

Aber nun brachten Berichte und Briefe aus Orléans die Verlokkung für sie, sich am Ort ihrer ersten Ruhmestat ehren zu lassen! Von dort aus mußte sie wohl ihren Weg wieder weiter gehen?
Indessen tanzte die Pucelle mit einem anderen, und plötzlich sagte René: »Mit ihr tanzen? Ob ich das könnte? – Sie haben sie nicht wie ich erlebt«, wandte er sich Ulrich zu, dessen hübsches Jünglingsgesicht durch seine Nachdenklichkeit für ihn einnahm. »Aber ich muß mich«, sagte René, »wohl noch an vieles gewöhnen, was mir auch im Guten ungereimt erscheint.«

Gleich darauf erlebte René eine weitere Szene mit ihr, in deren Mittelpunkt er unversehens selbst geriet.

Denn als nun eine lärmende, erheiterte Männergesellschaft in den Trinksaal drängte, der dickliche Herr von Marville darunter, als die Pucelle sich von ihrem Tänzer löste und als die Herren den König René entdeckten, wurden sie beide gemeinsam gefeiert.

Jetzt war die Jungfrau wie einst. Sie stieg auf die Bank, als sei sie plötzlich von ihren Soldaten und Offizieren umgeben, und rief in den Saal: »Nach Orléans! Aber ich verspreche euch auch, wie dem guten König René, daß ich zu ihm nach Neapel komme! Gegen die Aragonesen!«

Ein Tumult brach los. Neapel! Sie würde René die französische Lilie auf die Kastelle der Orangenküste pflanzen helfen. Wenn es sein muß, auf den Feuer speienden Vesuv! Sie fürchte niemand!

Dagegen sagte René, als er beklommen mit Baudricourt in ihr Quartier zurückkam: »Sie fürchtet nichts. Ich fürchte alles und deshalb eigentlich fast auch nichts mehr. Ich fürchte, was in Lille entschieden wird, ich fürchte: nichts Gutes, und ich fürchte, daß ich, sollte ich nach Neapel reisen können, nicht mit leeren Taschen kommen, aber nicht anders ankommen kann.«

Allzu rasch hatte ja Isabella, als ihr das Geld ausging, ihren begeisterten Anhang verloren. »Sind wir nicht ein ärmliches und doch bewundertes Ehepaar?« fragte er. »Niemand will offenbar glauben, daß es einen so bettelmäßigen König wie mich gibt. Man würde mich sonst nicht beschenken. Also lebe ich von einer Täuschung. In einer Täuschung. Deshalb will ich mir glauben, daß ich geträumt habe, wenn ich mich einmal beim Erwachen in meinem Turm in Dijon befinden sollte.«

»Nun aber weiter. Nach Lille!« sagte er morgens, nachdem ihn während der Messe in Saint-Etienne der Aufgang der Wintersonne seltsam beeindruckt hatte. Denn in der Düsterkeit der hohen Kathedrale hatte das Licht in den staubig beschlagenen Farbenfenstern allmählich aufzublitzen begonnen, bis ihre Töne mit dem wie von innen sprühenden Feuer das Schiff mit seinen Säulen und mit den nur zu ahnenden Deckengewölben erregend verwandelt hatten.

Dabei dachte René, daß auch seine eigenen Glasbilder in der Chartreuse de Champmol zur gleichen Stunde ähnlich zu leben beginnen mochten. Aber vielleicht nahm es dort gar niemand wahr? Auch Baudricourt bewegten ja andere Dinge. Er be-

merkte zwar draußen, daß die Skulpturen und die Schnecken und Knospen auf den Fialen, das Maßwerk und die Wasserspeier noch dicke Schneehauben trugen, daß aber schon Wassertränen in breiten Rinnsalen herunterliefen. Daß der gelbe Sandstein im Morgenlicht einen Schein wie von Gold annahm, sah er nicht. Aber es war ja auch wichtiger, daß es endlich taute.
Nun ritt, während sie westwärts trabten, der junge Graf Ulrich nach Montbéliard in der Franche Comté, das er in seiner schwäbischen Sprache Mömpelgard nannte, dem Besitz seiner aus Frankreich stammenden Mutter. Er hatte Jeanne d'Arc, wie er sagte, auf ihrem steinigen Weg begleitet. Nun mochte sie ihr Fähnlein wieder durch Orléans flattern lassen. Eine Siegerin, die nichts fürchtete. Mußte sie nicht ein Beispiel sein?
In Lille war dann zwar der Himmel wieder verhängt. Aber als der Vertrag unterschrieben war, zog Philipp angesichts der großen Versammlung, durch die ein Aufatmen ging, René in seine Arme, küßte ihn auf beide Wangen und nannte ihn »mein ewig mit mir verbundener Bruder«.
Da versagte sich René, ihm zur Antwort zu geben: »Weil ich an dich bis an mein Lebensende verschuldet bin.«
Auch er war ja gerührt. Denn jetzt war er frei.

Sechstes Kapitel

Und drüben der Vesuv

Am gleichen Anlegeplatz in Marseille, wo vor drei Jahren Isabella abgefahren war, bestieg auch René sein Schiff. Wie sie, so führte auch er einen Sohn an der Hand, einen Knaben, an der anderen dessen kindliche Gattin, Marie von Bourbon, eine Nichte des Herzogs Philipp, der im Friedensvertrag von Lille auch diese Heirat gefordert hatte. Also war man erneut durch Verwandtschaft aneinander gebunden. Auch hatte Charles, Philipps Erbe, der später Karl der Kühne heißen würde, Katharina heimführen dürfen, eine Tochter des Königs Charles von Frankreich, eine Nichte Renés. So konnte er seine Heimat wohl beruhigt verlassen.

Auch heute brach die wimmelnde Menge am Kai des Vieux Port in Marseille zuletzt in wilde Abschiedsrufe aus. Man erinnerte sich, auch bei den Banketten mit ihren Toasten und Reden, an den blonden Jüngling von einst, der nun mit seiner kleinen Armee in ein Abenteuer hineinfuhr. Er hatte es selbst so genannt. »Ich dürfte wohl einer der letzten sein, der mit nichts ein solches Abenteuer beginnt, nur weil man es von ihm erwartet. Oder sollte ich einer der ersten sein, weil ich einen anderen Sinn darin erkenne?«

Einem tapferen Herzen sei nichts unmöglich, hatte Jacques Coeur ausgerufen, der von Aigues-mortes gekommen war. Das war sein Wahlspruch geworden, den er später in seinen Palast meißeln ließ: »A vaillans coeurs rien impossible.«

Aber René hatte wie manche Kaiser, die ihr Leben lang in ihren großen Reichen unterwegs sein mußten, auch einen Sarg auf sein Schiff bringen lassen. Denn er wußte, daß der letzte Verteidiger seines Königreichs, der jetzt fast siebzigjährige Soldatenfürst Antonio Caldora, nur noch in den weit entfernten Ebenen von

Apulien kämpfte, seiner eigenen Heimat. Auf einen anderen Condottiere, der in den Abruzzen stand, war kein Verlaß. Überdies war erst vor kurzem die bedrückende Nachricht gekommen, daß die Spanier nun auch die Kastelle von Neapel überrumpelt hatten. Ganz nahe lag das Castel Nuovo auf seiner Klippenkuppe am Meer vor der Stadt, dahinter das kleine Castel dell'Ovo, das sich mit seinen Mauern geradezu aus dem Wasser auf seinem Inselsockel erhob, einen Steinwurf weit vom Ufer entfernt. Wenn es René überhaupt gelang, nach Neapel zu kommen, so mußten sich seine Schiffe an ihren Kanonen vorbei an das kaum gesicherte Molo de la Madeleine anschleichen. Doch nicht genug damit: Ein Kapitän, der gestern in Marseille einlief, berichtete, daß aragonesische Kaperfahrer, die ihm auflauern würden, schon unweit auf See von Korsika herüberkreuzten.

Also könne das Meer, sagte René, das draußen hoch aufspringende Wellen an die Corniche warf, nicht bewegt genug sein.

Fast heiter war er an Bord gegangen, wie gekräftigt durch das Unbekannte, in das er hineinfuhr, obwohl er freilich, wie er sagte, keinen tragischen Untergang suche. Gefaßt, indem er zu lächeln versuchte, und dennoch mit einer verlegenen Spannung, die man ihm ansah, winkte er zu den Freunden hinunter, als endlich die Abschiedstrompeten einsetzten. Dann erkannte er, als die Schiffe, Kiel hinter Kiel, immer raschere Fahrt zu machen begannen, bald nur noch den guten Seigneur von Grignan an seinem bis an die Hüfte weiß bandagierten Bein.

Ihn hatte sein eigenes Pferd geschlagen, weshalb er unmutig zurückblieb. Aber er hatte sich dennoch aufs Pferd heben lassen, wobei er das steife, geschiente Bein weit hinausstrecken mußte. So war er nach Marseille geritten, und nun teilte er wohl am Kai seine Verdrossenheit mit Baudricourt, der als Bürge zurückbleiben mußte. Denn auch in Lille hatte Philipp, weil es so üblich sei, auf der Gestellung von Bürgen bestanden.

Ah, dort hingen aus einem der hohen Uferhäuser Girlanden und Teppiche aus den Fenstern, in denen Leute winkten, während auf dem Balkon nur ein einzelner grüßender Mann stand. Das war Jacques Coeur. Er rief etwas herüber. Es klang wie »viel Glück!« Bonne chance!

Aber dann wiegten sich bald in der offenen See immer höher ansteigende graugrüne Wellengeschiebe heran, aus deren Mulden ihre Galeasse plötzlich rüttelnd und schwankend emporgetragen wurde. Vornüber geneigt glitt sie gleich darauf in den nächsten kreisenden Kessel hinab und unversehens, von Gischt und von tückisch aufklatschenden Wellen überschüttet, wieder bergauf, schien auf dem zuckenden Grat der Woge eine Weile festgehalten, mit dem Bug in die Luft hineinragend. Dann schoß sie wieder steil hinunter, rasch wieder hinauf, hinab, hinauf, hinab, hinauf!

Da kam Maria zu ihm geflüchtet, taumelnd auf dem hin und her geneigten Deck, ein Kind, zehn Jahre alt, mit angstvoll geweiteten Augen. Ob man nicht aussteigen könne? Fahl und verzerrt im Gesicht war ihr Jean gefolgt, sein Sohn, zwölfjährig, der nominierte Herzog von Calabrien. Auch tasteten sich, nur mit wankendem Halt an den Tauen, ihre Kammerdamen verstört und geschüttelt heran.

Dann war es für die Matrosen und alle, die es zu sehen bekamen, ein eigentümliches Bild, wie der König René mitschiffs in einem Winkel saß, wie er auf dort vertäuten Kisten das kleine Persönchen im Arm hielt, halb seinen Mantel um die junge Bourbonenprinzessin gelegt. Anscheinend erzählte er ihr Geschichten.

»Als ich so jung war wie du«, das hatte ein Bootsmann angehört und weitererzählt, »hätte ich allzugern in Angers auf dem Zimmerplatz mit den wilden Kindern geschaukelt. Aber ich durfte es nicht. Und heute darf ich es ganz umsonst, zuerst einmal bis nach Genua. Freust du dich nicht, daß wir schaukeln?«

Sie hatte genickt, und später schlief sie sogar ein, an ihn hingelehnt. So, das manchmal zitternde Mädchen im Arm, konnte René auch nicht nach den Schiffen Ausschau halten, die ihren Kurs zu kreuzen versuchten und die ähnlich mit dem Wind und Wellengang kämpften wie sie. Also hätten auch sie, sagte René zu Jacques de Sierck, der sich zu ihm setzte, obwohl sie Übles wollten, mit ihren persönlichen Übelkeiten zu tun, wie viele an Bord, die sich ruckhaft zum Meer hinaus verbeugten. »Riecht man schon Korsika?« fragte René. »Ich hörte sagen, man rieche die blühende Insel weit übers Meer hinweg?« Aber auch sein Kanzler, ein machtvoll gewachsener Mann, der ihn mit grauem Gesicht unwillkürlich erschreckt anstarrte, mußte ihn plötzlich verlassen, die Hand vor dem Mund.

Solche Geschichten wurden erzählt, von Schiff zu Schiff, von Hafen zu Hafen und endlich daheim.

Wie René an der Ufertreppe von Genua, wo Teppiche lagen, wo ein Baldachin für ihn stand, vom Dogen willkommen geheißen wurde, umgeben von Proveditoren und Senatoren, alle scharlachrot gekleidet. Nun war, nachdem sie den Herzog Visconti abgeschüttelt hatten, der König René für sie und für ihre Handelsherren, denen die Stadt ihren Reichtum verdankte, endlich der rettende Fürst, der die Aragonier ganz aus Italien jagen würde! Wie die Damen René umjubelt hätten, wurde erzählt. Denn vom einen Tag auf den anderen hatte der jeden Luxus verdammende Doge plötzlich seine eigenen strengen Kleiderverbote aufgehoben! Er verlangte das Gegenteil: sie sollten, sie mußten sich putzen! Schmuck anlegen. Selbst wenn sie Trauer hätten – keine dunklen Kleider! Auch ihre Töchter sollten sich, vielleicht zum ersten Mal in ihrem Mädchenleben, in teueren Roben zeigen dürfen! Wie galant René ihre Schönheit zu bewundern verstand, wurde gerühmt.

Oder wie in Pisa – erfuhr man später – der beste Condottiere, den man in Italien kannte, Francesco Sforza, dem bescheidenen König René seinen Dienst und seine Truppen angeboten hatte. Wie René mit jenem gefährlichen, dunkelgesichtigen Mann, als sei er derselbe Kunstfreund wie er, durch den Kreuzgang am Dom ging, von Marmor und Säulen umgeben. Wie er dann länger vor den Fresken mit den Einsiedler-Szenen verweilte als vor dem grausigen Jüngsten Gericht, vor den Bildern des Totentanzes und der Hölle. Vor ihnen mochte der Sforza stehenbleiben. Nun, ob er ihn, den bedeutendsten Söldnerführer, um seinen Beistand bitten dürfe und könne? Noch wisse er's nicht, hatte René gesagt. Er danke ihm. Er möchte auch niemals sein Gegner sein müssen.

Wie René in Neapel einzog, wurde berichtet, Seite an Seite mit Isabella und mit ihren Kindern, das sei in der ohnedies lebensfröhlichen Stadt wie ein Sturm der Begeisterung von Straße zu Straße gewesen. Er hatte bei diesem langsamen Ritt durch die Stadt den Königspurpur und die goldene Krone getragen. Auf offenem Platz, wie er aus seiner Sänfte gestiegen, mit der er im Eilschritt von der Adria-Küste übers Gebirge gekommen, war der alte Soldatenführer Caldora aus Bari vor ihm auf die Knie gegangen. Jetzt, nachdem er ihn noch sehen durfte, seinen so kraftvollen, blonden König, jetzt könne er selbst, ein Patriarch des Krieges, sein Handwerk niederlegen und dem Frieden leben. Wie er. Aber René hatte ihn aufgehoben. Er möchte gern viel von ihm lernen. Vom Frieden.

Doch dann mochten zuerst die Herren von Genua finden, daß René ein seltsamer König sei, der sich zuerst um die Studenten der Universität bekümmerte, wie es etwa mit ihren Wohnungen stehe. Mit ihrer Beköstigung? Ob sie nicht übervorteilt würden? Er hatte Richter für sie eingesetzt, Schiedsmänner, Kommissionen. Auch streifte er wie ein Fremder, der sich neugierig in der Stadt verirrt hat, durch die Gassen mit ihren Höfen, in deren tiefer Enge der Sonnenschein nie bis zum Boden gelangte. Als er dort sah, daß die Metzger die Gewohnheit hatten, das Fleisch mit dem Mund aufzublasen, damit es ein besseres Aussehen habe, hielt er ihnen erschrocken vor, sie bliesen vielleicht mit ihrem eigenen Atem eine eigene Krankheit hinein, von der sie nichts wüßten? Dann mußten seine Gesundheitsbeamten kleine Blasebälge beschaffen.

Um alles kümmerte sich René, wo etwas im argen lag und wo zu helfen, wo etwas zu verbessern war, obschon es oft vergeblich schien, zumal wenn man Verbote brauchte, die man kaum verstand. Die Leute lachten ihn an. Sie liebten ihn.

»Ist es nicht rührend, dieses Volk von Neapel?« fragte er oft. »Es singt. Es tanzt. Es musiziert. Es braucht fast nichts. Ein paar Krustentiere, die das Meer heranschwemmt, die man nur aus den Klippen zu klauben braucht. Fische. Ein Brot.« Ob er als König in diesem Land, fragte er, die Menschen anders machen solle, als sie sind? Er meinte, daß man ihnen nur helfen könne, wenn sie nicht wußten, was besser sein könnte.

Die Gesandten von Genua erzählten daheim, am liebsten würden die Neapolitaner ihre Königin Isabella und den König René wie Heiligenbilder durch die Straßen tragen.

Dagegen hatten sie leider nicht vermocht, den König zu einem Angriff auf die so wichtige Hafenstadt Gaeta zu bewegen, aus der ihre Handelsherren früher so viel Gewinn gezogen. Wann würde er wohl mit seinem Kampf um die Häfen beginnen? Man brauchte sie. Man lebte von ihnen!

Aber es hieß, René verhandle oder er suche Verhandlungen. Auch empfange er lieber Künstler, Dichter und Philosophen, um mit ihnen, wie weltweit entrückt, Symposien zu halten, anstatt sich von gespornten Herren bedrängen zu lassen, die meistens ungute Nachrichten brachten. Aufsitzen! Aufsitzen! Der König Alfons hatte Gaeta verlassen, um die Abruzzen zu erobern, wo die Städte am treuesten zu ihm hielten. Hoffentlich hielt Caldora das Unglück auf?!

Indessen wurde René des öfteren mit Isabella auf dem Dach des Castels Capuano gesehen. Abends. Er legte manchmal den Arm um sie, und dann blickten sie wohl auch zum Castel Nuovo hinüber, wo die spanischen Wachen auf den Türmen vor dem Abendhimmel sichtbar waren. Dahinter verglänzte das Meer, während das weithin schwingende Küstengebirge mit der Insel des Tiberius, Capri, allmählich in die Nacht einging. Und drüben der Vesuv. Eigentlich war alles friedlich, oder es könnte doch friedlich sein, sagte René.

Aber er mußte eines Tages doch in die Abruzzen reiten. Jetzt begannen seine Abenteuer.

Denn einmal hätte er den König Alfons, der nichts von seiner Nähe ahnte, in seinem ungeschützten Lager überfallen können. Statt dessen schickte René einen Parlamentär zu ihm, durch den er ihm sagen ließ, er halte an der offenen Art des Kämpfens fest, nicht aus dem Hinterhalt.

»Gut«, kam die erleichterte Antwort. Alfons saß schon zu Pferd, um eben mit seinen flüchtenden Leuten davonzureiten. Dann möge er sich, ließ er René bestellen, nach einer Woche bei Nola, dem Ort, aus dem angeblich die ersten Kirchenglocken kamen, zum großen Läuten einfinden.

Welch eine Enttäuschung! Der König René habe sein Wort nicht gehalten! ließ Alfons nachher verbreiten, als René nicht auf dem Platz erschien. Zwar meinten dann viele, hoffentlich habe René endlich den undurchschaubaren Spanierkönig erkannt, dem kaum so arglos zu vertrauen war, wie es im offenen Wesen Renés lag. Aber es konnte auch sein, daß er im schönen Aquila angesichts der gewaltigsten Berge des Apennins aus inneren, eigentlich aus erhabenen Gründen festgehalten wurde. Denn er war dort oft mit seinen Feldhauptleuten zur Predigt gegangen, wenn der berühmte Bernardino von Siena sprach. Dann saß er mit dem heiligmäßigen Mann in langen Gesprächen zusammen, der einst sein großes Vermögen hinweggegeben hatte. So fand sich René in seiner Denkart bestätigt, da er ja selber, wie man in seiner Umgebung sagte, nie genug besaß, um es verschenken zu können.

Unterdessen hatte jedoch Alfonso rasch das Gebirge verlassen, wo er seinen höflichen Gegner in entlegenen Bergstädten wußte. Nun griff er Neapel an. Nur wenige Leute waren dort für den Wachtdienst zurückgeblieben. Da ließ Isabella alle Männer zusammentrommeln, die sich noch fähig fühlten, auf einer Mauer zu stehen. Sie trotzte den Kapitänen der Schiffe, die im Hafen lagen, eine Anzahl Matrosen ab. Denn überdies lag der Stadtkommandant Caracciolo mit Fiebern zu Bett.

Dann rückte René freilich aufgeschreckt mit der bedrückenden Ahnung von Aquila ab, vielleicht nichts mehr retten zu können, und er täuschte sich nicht: unterwegs lief ihm der größte Teil seiner Armee davon, weil seine Kriegskasse ausgeschöpft war. Nur ein geringes Gefolge begleitete ihn, als er die Ebene vor sich liegen sah, wo sie im Regen, der schon im Gebirge anhaltend auf sie niederklatschte, nur langsam auf den verschlammten Wegen vorwärts kamen. Bis zu den Knien standen die Büffel auf ihren Weiden im Schlamm.
Aber was ein Verhängnis schien, das führte zuletzt eine unerwartete Wendung herbei.
Fast vierzig Tage lang hatten die spanischen Söldner seine Stadt Neapel belagert, in der es fast nichts mehr zu essen gab und wo Isabella täglich und nachts oft ihre Runde ging. Da hatte allmählich das Wasser das Lagerstroh aus den Zelten geschwemmt und das Erdreich aufgeweicht, und als ein plötzlich niederschießender Gießbach die ersten Leinwandhütten fortriß, wurden hastig auch die anderen abgebrochen. Die Spanier rückten ab!
So erlebte René, als er endlich mit seiner durchnäßten Truppe in die Stadt einrücken konnte, gerade die Dankprozessionen. Der Himmel habe nicht dulden wollen, hieß es bald in ganz Italien, daß Neapel eingenommen würde! Es war mehr als ein Sieg, eigentlich wie ein Verdammungsurteil gegen die Spanier.

»Pas à Pas« hatte René auf seine Fahne sticken lassen, die einen Stierkopf zeigte, »Schritt für Schritt«, während Alfonso den symbolisch wachsamen Drachen mit einer Krone als neues Panier vor sich her tragen ließ.
Aber trotz aller Wachsamkeit mußte sich seine Besatzung im Turm von San Vicente ergeben, ein weiterer Sieg für René, der bald auch die beiden Kastelle einnehmen konnte.
Und dennoch blieb er der Schwächere, stets und überall bedroht und angegriffen, stets ohne Geld und ohne Soldaten. Auch schien der alte Caldora, der unvermutet starb, sein Ende geahnt zu haben. Nun führte sein Sohn Antonio die ihm hinterlassenen Truppen; aber er rührte sich nicht, als spanische Truppen ihre Drachenfahne in die Städte und Dörfer im Gebirge trugen. Er könne nicht kommen. Er habe kein Geld!
Es war auch eine vergebliche Hoffnung gewesen, als endlich Charles eine Gesandtschaft aus Frankreich schickte, die mit dem König von Aragon einen Vergleich oder Frieden vermitteln

sollte, und sicher war dies das Werk von Yolande gewesen. Aber die vornehmen Herren wurden bei Castellamare, wo sie den König Alfonso zu treffen hofften, von einer Rotte von Catalanen, die an der Küste lungerten, wie zum Vergnügen verprügelt. Oh, der König von Frankreich werde sie rächen! Rächen! Damit waren sie abgereist.
Dann hatte René an der Mole zu ihnen gesagt, wo es jeder hören konnte: »Ich täte wohl gut daran, nun selber mit ihnen in die Provence zurückzufahren. Für immer. Weil hier nichts mehr zu retten ist.«
Trotzdem verließ er heimlich und unerwartet mitten im Winter bei Nacht die Stadt, nur von wenigen Freunden begleitet, um quer durch Italien über die Berge zum jungen Caldora zu kommen, der sich in Apulien verweilte.
Dann hörte man bald die wunderlichsten Anekdoten über die Abenteuer Renés. Ohnedies hatte er dieses Wagnis, sich durch sein eigenes Land zu schleichen, wo überall spanische Garnisonen lagen, vielleicht aus Zorn unternommen, vielleicht aus Verletztheit, aber vielleicht auch nur aus Verzweiflung. Denn er hatte zuletzt noch angeordnet, daß immer ein kleineres, wendiges Schiff am Molo bereitligen müsse, um Isabella und seine Kinder heimzuschaffen, wenn man die Stadt nicht mehr halten könnte.
Doch auch jetzt noch, in der letzten Stunde, hatte er Isabella absonderlich heiter zu trösten versucht: »Wenn wir schon unser Königreich verlieren, das wir noch gar nicht kennen, will ich es mindestens vorher gesehen haben. Man soll es mir nur in Neapel nicht übelnehmen, daß ich keinen großen Abschied machen wollte. Du sagst ihnen das, und daß es sehr schön war. Manchmal.«
»Überhaupt war es schön«, sagte sie. »Auch mit dir. Falls alles vorbei sein sollte. Damit du es weißt, sage ich das.«
Auf unbegangenen Bauernwegen, auf Viehtrieben war René in derselben Nacht noch mit seinem Trupp bis an die Berge gekommen, die sie im Schneesturm überstiegen. Dann schien sich in jenem Schnee die Spur des seltsamen Aufgebots zu verlieren.
Mit den Roßknechten waren es wenig mehr als drei Dutzend Mann, die nur einen Mundvorrat für kaum zwei Tage hatten. Deshalb teilte René selber das Brot aus, das einer seiner Soldaten trug, während die lederne Hirtenflasche mit Wein reihum ging. Bald war es die letzte. Es reichte für jeden nur einen Schluck.

Denn sie mußten die Orte umgehen, oft durch das mannshohe Dickicht der Macchia, wo es nur Schafpfade gab. Einmal wurden sie überraschend von Bauern entdeckt, die sie für Banditen hielten und die sie von ihrem Dorf aus mit Steinen verfolgten.
Einmal, als sie in einem fast unbewohnten Kastell übernachteten, so wurde erzählt, hatte René selbst in der Küche Feuer gemacht und Eier gesotten, während die Kastellanin ein Trinkglas suchte. Ein König am Küchenherd! Ein König, der als Trinkgefäße kunstvolle Goldschmiedearbeit gewöhnt war und dem hier ein irdener Topf wie jedem Bauern zum Trinken genügte? Der im nächsten Quartier, weil er durchnäßt war, einfach seine Kleider auszog und sie selbst am Kamin auf die Trockenstangen hängte. Dann stand er so lang im Hemd und mit nackten Beinen in der Stube herum, bis ihm der Gutsherr eigene Kleider brachte, die ihm zwar, wie er sagte, allzu geräumig waren und die ihm dennoch paßten. Er ließ sie sich schenken.
Daß man einen solchen König habe? wurde verwundert erzählt, wo sich Leute in diesem einsamen Land begegneten, auf den Märkten, in den Trattorien. So schienen ihm jene Erzählungen rascher voraus zu fliegen, als er mit seiner Schar die Wege zurücklegen konnte. Man zog ihm entgegen. Man lud ihn ein. Man gab ihm Geschenke, die er zwiespältig annahm. »Es ist nicht für mich. Aber wenn ihr mich behalten wollt, will ich's versuchen. Dann hilft es vielleicht.«
Um nicht betteln zu müssen, hatte er in Benevent den Erzbischof gebeten, ihm einige Dukaten mitzugeben, die er zur Wegzehrung brauche. Er schenkte sie ihm. Auf dem Weg nach Lucera ließ ihm sogar ein fremder Condottiere zwei Pferde und silberne Tassen bringen, die sicher Beutegut waren, eine willkommene Morgengabe, zumal er sich anbot, ihm seine Abteilung zuzuführen. Er wurde einig mit ihm.
Jetzt erlebte René, daß er Pas à Pas wieder hoffen konnte, obwohl ihm berichtet wurde, daß sich der König von Aragon erbost zu seiner Verfolgung angeschickt hatte. Noch könne er seine Trommeln nicht hören, sagte René. Noch wurde René sogar in Städten willkommen geheißen und mit Geschenken bedacht, wo die spanische Fahne auf dem Stadthaus wehte. Dann hörte er oft einen beiläufig ausgesprochenen Satz wie als Antwort aus den dankbaren Reden heraus: er sei nicht gekommen, das Land zu verderben oder die Bewohner gar zu schröpfen; er wolle es retten. Zum Frieden führen.

Aber freilich fehle ihm, »wie schon öfters«, gab er zur Antwort, auch hier das nötige Geld. Wie einst in Nancy zählte er nun in verlassenen Städtchen in den Abruzzen mit seinen Begleitern das ihm gestiftete Geld und seine Geschenke zusammen.
»Immer für andere!« wies Louis de Beauvau, der sich als guter Freund erwies, Renés Bedenken zurück, ob es gerechtfertigt sei? Da es doch niemals reichen würde?
Denn der junge Caldora, ohne dessen Truppen er verloren war, hatte ihm noch nach Neapel geschrieben, vorstrecken könne er nichts, wie es vielleicht sein Vater getan. Ganz ohne Handgeld mache auch keiner seiner Soldaten nur einen Schritt für ihn! Vor allem ihm, der sein Marschall sein sollte, galt die unmutige Reise Renés, eine untergründig erbitterte Bittfahrt. Denn jener Antonio zögerte seinen Aufbruch auch noch hinaus, als die Spanier täglich näher rückten. Angeblich wollte er sich, wurde anzüglich geflüstert, in seiner jungen Verliebtheit nicht von seiner Gattin trennen, wofür er zwar, gab René zurück, ein bittersüßes Verständnis habe. Aber anscheinend hoffte der Liebhaber auch, unter dem Drachen von Aragon mehr Beute zu machen, als ihm sein König aus der Provence, der keine Plünderung duldete, jemals bezahlen würde?
Nachdem ihm jedoch René durch Louis de Beauvau ausrichten ließ, bald käme sein König selbst zu ihm, um ihm Geld zu bringen und ihn freundlich an seinen Vertrag zu erinnern, ritt ihm Antonio doch wie zerknirscht und beschämt entgegen.
Es sei Zeit, sagte René, und was er ihm plötzlich an guten Gefühlen beteuere, könne er sicher schon morgen oder an einem der folgenden Tage durch Taten beweisen.
Aber auch ohne die Zweifel, die René an seinem Condottiere hatte, der zuerst das fällige Geld für sich und seine Truppen verlangte, schickte René einen Parlamentär in das spanische Lager. Nördlich von Benevent lag es in einem Talgrund vor ihnen.
Sein König René lasse den König Alfonso bitten, hatte der Unterhändler vorzuschlagen, allein mit ihm zu kämpfen.
»Wir sind in keiner Arena.«
Dann Schar gegen Schar?
Der schmächtige spanische König, der nun seit zwanzig Jahren in seinem Kriegsgeschäft unterwegs war, hatte ihm nur ein Lächeln zur Antwort gegeben.
Also doch die beiden Heere?
Eigentlich brauche er nicht mehr zu kämpfen, beschied ihn Al-

fons, da ja der größte Teil des Landes in seiner Gewalt sei. Auch suche ein überlegender Feldherr nicht den Kampf, sondern den Sieg, und den habe er schon, fast ohne Kampf.
Da ritt René allein bis zu den Lagerposten. Sie sollen den König rufen. Wie vor Metz, wie vor Bulgnéville kam er sich vor.
»Wir zwei!« rief er dem König Alfons zu, der erstaunt durch ein Olivenwäldchen herankam. Auf den Böschungen eines Hohlwegs standen sie sich gegenüber, jeder den anderen musternd, wobei René ein Lächeln versuchte.
»Wollen wir denn«, fragte René, »diesen seltsamen Stierkampf aufführen? Ich bin nicht feige. Ich denke nur immer an die, die man totschlagen wird. Für wen und warum?«
»Ich will überhaupt keinen Kampf«, sagte Alfonso. »Zieh weiter. Zieh heim in deine Provence.«
Aber René begann erneut: »Alfonso. Meine Belle Mère war eine Prinzessin von Aragon. Deine Verwandte. Also sind auch wir verwandt. Auch lese ich ebensogern wie du Petrarca und Dante. Ich weiß, daß du sie täglich bei dir hast. Oder den Livius oder Cäsar. Also sind wir auch darin verwandt. Also müßte es möglich sein, weil doch für dich und für mich das Größere unserer Menschennatur eine Richtschnur ist, die Vernunft, daß wir uns einigen?«
»Wenn du heimfährst, René.«
»Dieses Land gehört dir nicht, Alfonso. Das steht auf anderem Papier.«
»Es gehört mir aber in der Tat, obwohl es dir auf irgendeinem Pergament von irgendwem verbrieft scheint.«
»Du hast keine Kinder, Alfonso«, sagte René, der sich nun fragen lassen mußte, also kämpfe er für seine Kinder? Also für eine recht eigensüchtige Macht? Nicht für sein Land oder Volk. Oder gar für dieses Volk und Land in Neapel? Aber vielleicht für die Herren von Genua? Die durch ihn verdienen wollten? Seine Verbündeten. Warum sie wohl sonst mit ihm verbündet seien?
Er habe fast recht, gab René zurück, weil die Kaufleute mehr Geld als die Könige haben, wenn die Könige nicht einfach, wie er, nehmen und nehmen, was sich nehmen läßt! Mit Gewalt! Wie er! Der König von Aragonien.
»Dann nimm dir's doch auch«, sagte Alfons und wandte sich ab.
Aber René rief ihm nach: »Bleib stehen!« Ihn erschüttere am meisten, sagte er dann, daß Menschen, die um die größten Gedan-

ken der vornehmsten Geister wissen und die sie bewundern, dennoch fähig sind, alles, alles, was sie zum Guten verpflichten müßte, einfach beiseite zu werfen. »Obwohl sie das Bessere kennen, das man erreichen könnte, stiften sie Jammer. Deshalb noch einen Vorschlag: Ich räume dir wieder die beiden Kastelle bei Neapel ein.«

Ein Kopfschütteln.

»Bleib stehen! Mein letzter Vorschlag. Ich räume das Land. Ich bin nicht begierig darauf, König zu sein, obwohl ich einen anderen Sinn darin erblicke als die meisten unserer Verwandten. Auch du! Aber nun kurz: wenn ich heimfahren würde, Alfonso, wenn dann wir beide später einmal entweder hinauf oder zur Hölle fahren, – wem soll dann das Land gehören? Die Krone? Halte es einem besorgten Vater zugute, wenn er an seinen Sohn denkt wie ich. Was meinst du, Alfonso? Wenn du, bevor man die Erdschollen auf uns wirft, bevor man uns in Marmorkisten einpicht, bevor aller Jammer vorbei ist, wenn du zuvor ein Testament machen würdest? Daß mein Sohn dein Nachfolger werden würde?«

Alfonso hatte ihn lang und untergründig betrachtet, während René, der schräg in die Sonne aufblicken mußte, mitunter dachte, nun stehe wieder der Herzog Philipp vor ihm. Beide waren gebildete Männer, um vornehmen Geist bemüht, die er bewundern mußte. Aber die fürchterliche Kralle, zu der sich offenbar jede Menschenhand krümmt, wenn sie unwillkürlich nach allem Erreichbaren griff, was Macht bedeutete, Geld, Befehle, Gewalt, weil das alles berauschender war als die Stille großer Ideen, von denen Erfüllendes ausging, diese Begierde schien unausrottbar und unwiderstehlich. »Die Erde gab er den Menschensöhnen«, hatte der alte Caldora, der zwar habgierig war, aber ungefähr treu und der ebenfalls Bücher liebte, auf seine Kriegskarren schreiben lassen. »Terram autem dedit filiis hominum.« Das war seine Rechtfertigung.

»Alfonso?«

Wie ein Schatten im Licht vergeht, war der spanische König davongegangen, nachdem er leise »Nein, nein« wie zu etwas Unbegreiflichem gesagt, ganz leise »Nein, nein«.

Also blieb nur die Entscheidung, auch hier gegen den Drachen zu kämpfen.

»Aufsitzen!« –

Dann entschied jedoch der Zufall oder die Vorsicht, wie es Anto-

nio Caldora nannte, der plötzlich, als die spanische Streitmacht auseinandergesprengt war und zu flüchten begann, seine Truppen zurückrief! Allen voraus war René, wie ein entfesselter Löwe, das gestand ihm sogar nachher Alfonso zu, mitten hinein in das Hauptfeld gestürmt. Essendo scatenato questo leone! Ein von der Kette befreiter Löwe. Ihm folgten die hingerissenen Truppen des Caldora, die hier einen König erlebten, der ihnen schmerzvoll zugerufen hatte, nun gelte es, für die armen Leute Neapels zu kämpfen! Gegen den Drachen, der seine Krallen in dieses Land schlagen möchte. Aufsitzen! Los!
Fast wäre der König Alfons gefangen worden, der nur zusah, auf einer Felsnase stehend. Seht ihr, riefen die Apulier den Spaniern zu, wie euer König euch für sich kämpfen läßt! Dagegen seht unseren König René, da vorn, an der Spitze!
Aber dann hatte der Graf Caldora seine Truppen zurückbefohlen, die betroffen und unverständig gehorchten. Der Sieg Renés wäre sicher gewesen!
Er habe einen Hinterhalt gefürchtet, sagte Caldora. Der Feind sei allzusehr in der Übermacht. Er, der König René, kenne die Art der Kriegsführung nicht, wie sie die Spanier eingeführt hatten.
Aber sie waren doch auf der Flucht?
»Ich sage, daß ich den Hinterhalt fürchte.«
»– während ich sage«, schnitt ihm René das Wort ab, »daß du mit Absicht unseren Sieg vereitelt hast!« Damit schien alles, während René die Fäuste ballte, aus ihm hervorzubrechen, seine Enttäuschung, sein Zorn, seine Angst. Denn jetzt war alles verloren.
Aber er faßte sich. Nur seine Fäuste, die an den Fingerknöcheln weiß geworden waren, zitterten noch eine Weile. Dann sagte er plötzlich ganz ruhig und ohne in seiner Stimme zu schwanken: »Sie können zu Alfonso überlaufen, Caldora. – Mir wurde nämlich gesagt, daß Sie mit ihm verhandeln. Aber ich habe das nicht geglaubt.« Mit einer bestimmenden Handbewegung bat er ihn, jetzt nicht dazwischen zu sprechen. Er, immerhin sein König, habe ihn schon im vergangenen Jahr mit dringenden Bitten nach Neapel gerufen. Er kam nicht, und er habe mit Recht von seinem König erwartet, daß er ihm jede Begründung glaube.
»Inzwischen bin ich, Caldora, Ihr Steuereinnehmer geworden! Ein Bettler für Sie! Ich bin selber zu Ihnen gekommen. Unter Gefahren. Entbehrungen. Aber ich habe die Lächerlichkeit nicht gefürchtet, weil ich dachte, ich sei wohl nicht der schlechteste

König, den ihr haben könnt! – Aber nun sage ich freilich Adieu. Es ist vielleicht aus. Oder bald. Nur eines noch. Weil Sie meinen, ein guter Kaufmann zu sein...«
Ganz nahe hatte sich das kriegerische Volk herangedrängt. Großäugig starrten die verschwitzten Kerle auf René, der, ihnen zunickend, an ihren Reihen entlang sah, bis er sein Auge wieder auf Caldora richtete.
»... und deshalb verlange ich von jetzt ab«, ergänzte René, »auch das Kommando über die Truppe.«
Da war der Condottiere zusammengezuckt, worauf nach einem Gemurmel, das über das weite, von Reitern und Fußvolk erfüllte Feld hinweglief, eine gespannte Stille eintrat.
»Das würde bedeuten«, brachte Caldora endlich hervor, »daß ich meine Fahne in einen Sack stecken und heimreiten soll?«
»Ich habe bezahlt«, sagte René. »Hätte ich heute das Kommando gehabt, hätte ich heute gewonnen. Überlassen wir es der Truppe, unter wem sie weiterziehen will? Oder – es wäre freilich ein schäbiger Handel – zahlen Sie mir das Geld zurück? – – Adieu.«
Dann ritt René durch die Truppe hindurch, die eine Gasse bildete, und er sah sich nicht um, als hinter ihm ein Stimmengewirr einsetzte, das immer lauter wurde, schließlich zum wilden Geschrei.
»Sie kommen uns nach«, sagte Beauvau.
»Pas à Pas«, antwortete ihm René. Also wollen wir langsam reiten. Vielleicht nehmen sie uns gefangen, ihren König, der ihr Land verloren hat.«
Er winkte indessen Landleuten zu, die verschüchtert unter Feigenbäumen, an denen man jetzt schon neben den kleinen Blättern die Fruchtknoten sah, auf die Straße blickten. Andere traten aus ihren Hütten, die hier aus hellem Feldgestein, drüben, in den Dörfern am Vesuv, wo René seinen Auszug begonnen hatte, aus dunkler Lava bestanden. Nun richteten die Bauern in der Ebene die hohen Stangen auf, die so hoch wie Hopfenstangen waren, von denen im Herbst die Trauben herabhängen würden. Mandeln blühten. Die Wasserbüffel wateten auf ihren Weiden durch Frühlingsblumen. Jetzt, sagte René, der auf dies und jenes hinwies, weil es wie ein Abschied sei, jetzt erlebe er um so mehr, wie um jedes ärmliche Haus die Üppigkeit des neuen Blühens ausbrach. Immer erleben wir ja am schmerzlichsten, wenn wir etwas verlieren, was es uns unbeachtet wert ge-

wesen ist. Welch ein Gegensatz, während nun hinter ihm ein von Staub umgebener Heerwurm herankroch!
»Kommen sie näher?«
Sie ritten und trotteten in geschlossenen Truppen hinter ihm her. Voran ritt Caldora, dessen Fahne ein provençalischer Leutnant trug. »Pas à Pas«, wiederholte René. Demnach habe ich sogar meine eigenen Truppen besiegt? Ob es nun doch wieder aufwärts geht?«

Siebtes Kapitel

Die Münze aus Gips

»Heim«, sagte René ein übers andere Mal, als er die Briefe aus Frankreich las, die unterdessen in Neapel angekommen waren. »Ich habe genug davon, in Reiterstiefeln zu leben. Wir sollten jetzt, Isabella, mit unserem richtigen Leben anfangen.«
Sie gab zurück: »Ich fahre, wenn du Angst um mich hast, obwohl ich hier bleiben möchte.«
»Nur um bei mir zu sein?« Er hatte nicht überhört, daß sie allein fahren wollte. Also erwartete sie, daß er blieb. »Nur um vielleicht mit mir unterzugehen?« fragte er.
»Wie es kommt.«
Während sie auf das Meer hinaussah, auf der hohen Terrasse, die vom Geschlinge lilafarbiger Blumentrauben überwachsen war, glaubte René einen untergründigen Trotz an ihr zu bemerken. »Man darf das nicht aufgeben.« Mit ihren schimmernden Augen blickte sie lang auf die fernhin verblauende Küste. »Noch können wir Hilfe erwarten!«
Aber René erwiderte: »Die Metzger blasen trotzdem wieder das Fleisch mit dem Mund auf.« Das sei sein erster enttäuschender Anblick gewesen, als er in die Stadt einritt. Nein, nein, er überschätze nichts und verdüstere nichts unter diesem herrlich blauen Himmel, nach dem man freilich Heimweh haben müßte. Er streichelte dabei seine zwei Windspiele, die immer in den Flanken zitterten, als ob sie frören. Sie waren von der gleichen Art wie jene der Agnes Sorel, und er dachte daran, wie sie bei ihrem Ritt durch die Touraine vor ihnen hergelaufen waren. »Ich möchte mehr Zeit für Tiere haben.« Sie kannte seine Enttäuschungen nicht. »Auch für Gedichte«, sagte er. »Ich bin hier gezwungen, zu leben, wie ich nicht will.«
»Ist das nicht jeder?« fragte sie, worauf er stutzte: »Wie möchtest du leben?«

»Wenn ich abreisen muß, werde ich draußen alle zusammentrommeln, wie damals die Wachen. Ich sorge für Geld.«
Da umarmte sie René. Nun gut. Gute Reise.
Wenige Tage darauf fuhr sie nachts mit den Kindern auf einer Barke aus dem dunklen Golf hinaus. Ohne Lichter.
Aber das provençalische Schiff, das nach einigen Wochen mit eilig von ihr zusammengebrachtem Geld aus Marseille kam, lief auf der Flucht vor Verfolgern in den scheinbar sicheren Hafen von Capri ein. Dort wurde es von den Spaniern, die wenige Tage vorher auch diese Insel erobert hatten, als willkommene Beute geentert.
Davon erfuhr René erst viel später, auch davon, daß zur gleichen Zeit der Condottiere Sforza, den der Papst Eugen zu seiner Hilfe schickte, in die fernen Ebenen von Apulien eingerückt war.
Indessen lachten in Neapel die Spanier, nachdem sie die Stadt umzingelt hatten, von den Höhen in die Gassen herein. Abends tanzten sie droben zwischen den Zelten, und obwohl die Leute in den Straßen vor Angst und Hunger abgestumpft waren, horchten sie doch hinauf. Auch René. Immer noch war Neapel, hörte er neben sich sagen, ein Stück Himmel, das auf die Erde gefallen war, un prezzo di cielo, caduta in terra. Nur nicht für ihn! Nur jetzt nicht. Er sprach mit Fischern, ob sie nicht ausfahren könnten. Fische fangen! Aber draußen kreuzten die Spanier. Sie hatten jetzt auch Torre del Greco, das Dorf der Korallentaucher, und Pozzuoli mit den angrenzenden Küsten besetzt. Jetzt konnte kein Boot, kein Bauernkarren mehr Eßbares bringen, weshalb René seine Hunde einsperren ließ.
Nun brauche er nicht mehr zu fürchten, schrieb er an Isabella, daß ein Macellaio das Fleisch mit dem Mund aufblase. Es gab keines mehr. Doch er wundere sich, nachdem man nun alles hinunterschlinge, was grün war und was eßbar schien, daß er manchmal doch noch Gelächter höre. Ein wunderlich in sein Schicksal ergebenes Volk.
Jedoch, er ernähre sich innerlich auch von den Briefen, schrieb er, die ihm die Heimat mit der Saftigkeit ihrer Wiesen und die alten Freunde vor die Augen stelle. Traumbilder. Weil das Hungern ja auch zu Träumen verführe. »Dennoch schreibe ich dir in diese traumhafte Ferne hinein, ohne mich tragisch niederdrükken zu lassen, weil es ja auch die Liebe gibt. Aber ich bin nun so weit, hier fast kein Geld mehr zu brauchen, weil man nichts dafür haben kann. Nimm kein Geld von Jacques Coeur! Er verleiht

mir zu viel an Leute, die es nie zurückzahlen können, und wir dürfen nicht auf dieser Liste stehen.«

So hatte er sie schon bei der Abfahrt ermahnt. Nun hatte er nochmals den Bericht von Monsieur Surich gelesen. Denn ihm hatte Jean de Village, der tüchtige Neffe Jacques Coeurs, die Neuigkeiten nach Nancy gebracht, daß der König seinen getreuen Jacques Coeur nun geadelt habe. Jacques de Coeur! Auch amtierte er jetzt in Paris als Leiter der Münze. Nun hatte er durch seinen Neffen den Vorschlag gemacht, nicht nur die Münze in Nancy in besseren Stand zu setzen, sondern auch das für die Prägungen nötige Gold zu liefern. Gold! Auch würde er gern die Münzen für sein Königreich Neapel schlagen.

»Also glaubt er an mich?« sagte René zu Guillaume de Montferrant, der oft bei ihm im Zimmer saß, fast unbemerkt in einer Ecke vor einem Schachtisch, wo er mit sich selber spielte. Nun setzte René in seinem Brief hinzu: »Bald gibt es nämlich auch für blanke Münzen nichts mehr in Neapel, auch nicht mit dem Prägebild des Königs.«

Denn um sein Angebot deutlich zu machen, hatte Jean de Village in Nancy nicht nur einen runden Goldstab auf den Tisch gelegt, von dem man, wie er erklärte, eine Scheibe nach der anderen schneiden und unter den Prägestempel legen konnte. Er hatte auch den Entwurf eines Geldstücks mitgebracht, das Monsieur Surich seinem Schreiben beigelegt hatte. Nun sah René das zierlich modellierte Portrait auf der Medaille lang an, das ihn mit einer Krone zeigte, und freilich war die Münze vergoldet, aber aus Gips.

»Wenn sie aus Gold wäre«, sagte René, indem er sie in der Hand wog, »ließe sich vielleicht ein Bootsmann finden, der uns dafür aus der Stadt bringt.«

»Wir sollten unsere Runde machen.«

Aber dann hatte René auch wieder den langen Brief von Baudricourt entdeckt, der die erregende Nachricht über die Pucelle enthielt, nun werde sie sicher bald in Neapel erscheinen! Denn sie habe, schrieb Baudricourt, nachdem sie der König Charles nicht zu sehen verlangte, als ihr nächstes Ziel Italien genannt. Rom und ihren befreundeten König René! Ihr Zug in die Isle-de-France sei ein Triumph gewesen: Denn man hatte Jeanne d'Arc des Armoises in Orléans als die unvergeßliche Heldin der Stadt empfangen, die unter Girlanden und Ehrenbögen einzog, von Fanfarengeschmetter, von Erstaunen und Jubel in überfüllten

Straßen begleitet. Täglich waren ihr Scharen von Leuten gefolgt, wenn sie zu den Banketten ritt, die man ihr gab, mit teueren Geschenken bedacht. Über acht Tage hinweg war eine Feier der anderen gefolgt, bis ihr zuletzt ein Menschengewimmel weit aus der Stadt hinaus nachlief. Dann wiederholten sich ähnliche Festlichkeiten in Tours.
»Sie wird kommen!« schrieb Baudricourt. »Am liebsten käme ich mit.«
»Wenn sie nur käme!« sagte René. Draußen war Mondschein. Eine lange Lichtbahn über dem Meer. »Denn wir hätten doch wahrlich ein Wunder nötig?«
Dabei faßte René ein Boot ins Auge, das draußen ganz rasch den glitzernden Lichtstreif überquerte, als fürchte es, entdeckt zu werden. »Wir wünschen uns doch oft etwas herbei«, sprach er weiter, indem er hinüberspähte. »Wir glauben an unsere eigene heimliche Kraft. Dies sagte mir auch der Seigneur von Grignan. So habe ich mir einmal in meinem Turmgefängnis vorgenommen, jetzt müsse Philipp in meine Klause treten, jetzt, jetzt. Ich zählte die Schritte, die Stufen, jetzt um die Treppenrundung; ich zählte, ohne ihn kommen zu hören, ohne zu wissen, daß er tatsächlich unterwegs war. Ohne Irrtum zählte ich jeden Schritt bis an die Türe. Jetzt! dachte ich. Da trat er ein. Deshalb dachte ich, wenn wir nun beide mit aller Kraft wünschen, daß sie mit diesem Boot ankommen muß? Weil ich doch eben noch ihren Namen las. Oft an sie dachte? Ein Wunder muß ich uns wünschen. Sonst müßten wir flüchten. Ich will mit dem Bootsfahrer sprechen.«
»Unsere Runde«, mahnte Montferrant.
Aber jene Gedanken ließen René nicht los, während sie durch die leeren Gassen, in denen schweißige Nachtluft dünstete, zum Strand hinabgingen. Schattenhaft lagen dort ruhende Leute auf den Steinen am Molo. Die Hunde tändelten neben René einher.
»Oder sollte ich«, fragte er, »mit meinem Denken über das, was man sich wünschen darf, hinausgeraten sein?«
Doch der nächtliche Ruderer war nur ein einzelner, hoch aufgeschossener Mann mit schmaler, offener Brust, der hastig sein Boot auf den Strand zog und der scheu gestand, als er den König erkannte, daß er von einer der Inseln kam, von seiner Frau und den Kindern, die dorthin geflüchtet waren. Nach Procida. »Ich wollte nicht desertieren. Ich stehe sonst an der Porta San Gennaro. Sie sind der König. Sie haben Verständnis, daß ich sie noch

einmal sehen wollte. Weil doch die Spanier bald in der Stadt sein werden. Und wir, die wir bleiben, wir bleiben vielleicht. Denn Sie bleiben doch auch.« Erregt rief er den schläfrigen Hafengestalten auf den Steinen zu: »Unser König ist bei mir! Renato, il nostro re!«
Dann umringten sie ihn, als wäre ihnen, während er selbst auf ein Wunder hoffte, ein Wunder erschienen. Ihr König. Auch die Ältesten würden sich, redeten sie auf ihn ein, vor ihn stellen, mindestens hinter ihn, wenn er in seiner Passione allen voran, wie man aus den Abruzzen hörte, gegen die spanischen Räuber stürmte. Oh, da sei keine Not! Schwatzend begleitete ihn ihre Gruppe bis zum Castel Capuano. »Unser König!« hörte er sie noch in den Gassen laut hallend erzählen. »Il nostro Renato! Er bleibt!«
Also dürfte auch er verstehen, sagte René zu dem Mann aus dem Boot, daß er der Regina Isabella und den eigenen Kindern mindestens noch einen Brief zuschicken möchte, der zu besorgen wäre.
»Oh, den besorge ich in eine gute Hand!«
»Also morgen. Das trifft sich. Du bist mutig, Pietro.«
Aber dann merkte René, daß eines der Windspiele fehlte.
»Sie haben mir einen Hund weggefangen«, sagte René zwiespältig erschrocken und lief zurück und rief ihn, pfiff ihn. Ängstlich trippelte das allein gelassene Weibchen neben ihm her. Indessen half ihm Montferrant stillschweigend suchen, aber schließlich sagte René: »Sie nehmen mir zwar meinen Hund weg. Aber sie lieben mich. Sie wollen mich zu einem Helden machen. Wahrhaftig: man kann Neapel nicht aufgeben. Ich fühle zum ersten Mal wieder Zuversicht. Weil ich hoffe, – hoffe – –!«
Nun könne er also seinen Brief nach Nancy mit einem neuen Gefühl beenden, sagte er vor seinem Zimmer. Obwohl sie in einer nach allen Seiten verriegelten Falle säßen. Aber vielleicht kam Hilfe von draußen?
Dann gab er am nächsten Abend dem Bootsmann auch die Münze aus Gips und das vereinsamte Windspiel für Isabella mit.

Für lange Zeit war dieser Brief die letzte Nachricht, die von René nach Nancy kam.
Zwar schickte der Herr von Grignan, der mehr in Marseille als auf seiner Besitzung lebte, mitunter Berichte. Er war am Alten

Hafen mit seinem steifen Bein, mit dem er sich mit einem Schlenkern fortbewegte, eine bekannte Gestalt in den Kneipen geworden.

Aber als das erschreckende erste Gerücht kam, der König Alfonso habe ganz überraschend nun auch Neapel erobert, verstrich eine quälende Zeit der Ungewißheit. Niemand wußte etwas vom Schicksal Renés.

Schon vor Monaten hatte der Herr von Grignan an Baudricourt geschrieben: »Wo ist die Pucelle?« Er hatte, wie viele, eine verworrene Hoffnung auf sie gesetzt und erleichtert die Nachricht empfangen, daß sie verschwunden war. Angeblich war sie nach Italien unterwegs!

Also konnte es sein, setzte der Landedelmann seinen Bekannten an dem kleinen Tisch am Hafen auseinander, daß sie mit jenem Trupp von Genuesen, dem zuletzt die Landung im Golf gelang, in die fast ausgehungerte Stadt gekommen war? Aber vielleicht war sie auch, da eigentlich Rom ihr Ziel gewesen, im Gefolge des Sforza oder dessen Hauptmann Martinengo nach Apulien mitgeritten, wo einige Städte für den König René zurückerobert, aber auch wieder verloren wurden? Indessen schien freilich René in Neapel für den ruhig abwartenden König Alfonso, der niemand aus der Stadt entkommen ließ, eine sichere Beute gewesen zu sein. Lebte er noch?

Auch die Hafenbeamten fragten zuerst, wenn ein Schiff einlief, nach ihrem König René, bevor sie Papiere und Ladung zu sehen verlangten. Dann stakste der Seigneur mit seinem Schlenkerbein am Kai auf und ab und wartete, ob sie etwas erfuhren.

Endlich, an einem Morgen, als er verwirrt die Läden aufstieß, weil zwischen den Ausruferstimmen der Händler, die durch die Gasse zogen, ein ungewöhnliches Rufen und Schreien entstand, hörte er die seit Wochen mit Furcht und mit ungeduldigster Spannung erwarteten Worte: »Er lebt!«

Als wäre der König selber mit dem Schiff gekommen, das die Nachricht brachte, war die fremde Galeasse von einer brodelnden Menge umlagert. Nun überboten sich die Erzähler. Angeblich war es René gelungen, sich unter verzweifelten Kämpfen in das Castel Nuovo zurückzuziehen. Aber offenbar stammte die Nachricht aus dem spanischen Lager. Sonst hätte der Kapitän kaum so genau gewußt, wie absonderlich listig diese Eroberung vor sich gegangen war. Denn die ersten Trupps, die unvermutet nachts mitten in der Stadt auftauchten, waren durch einen Aquä-

dukt unter der Erde zuerst in ein Haus gelangt, indem sie, Mann über Mann wie Teufel, die der Hölle entstiegen, aus einem vertrockneten Brunnen gesprungen. Auch hätte der Kapitän nicht verschwiegen, was man viel später erfuhr, daß Alfonso die Stadt seinen Truppen zur Plünderung überlassen hatte.
Jetzt wog jedoch nur die Nachricht: »Er lebt!« Aber ob man schon feiern konnte? Das hingerissene Weibervolk am Hafen, vor allem solches, das nicht honette zu nennen war, tanzte aus seinen Häusern heraus auf die Straße. Dagegen fragten die diskutierenden Männer, manche dabei, die Neapel kannten: »Konnte sich wohl der unglückliche König in seinem Castel Nuovo lang verteidigen? Was drohte ihm dann?«
Ob ihm wohl, grübelte der Seigneur, als er bei Jean de Village in dessen Kontor saß, nun ein Schicksal bevorstand, wie es vor zweihundert Jahren leider der erste Charles von Anjou den damaligen Herren des Landes bereitet hat? Der mit der Angst, alle Erben der hohenstaufischen Kaisermacht austilgen zu müssen, auch die hilflosen Kinder und Frauen von einem Gefängnis ins andere schleppen ließ? Um der Gerechtigkeit willen, eiferte der Seigneur wie selbstanklägerisch, müsse man wohl auch an diese Wurzel des Unheils denken! Nom de Nom, damit wisse er sich, bei Gott, auf der Seite Renés!
Aber auch er vergaß, darüber weiter nachzugrübeln, als ihm Jean de Village endlich die Nachricht brachte, daß René in Sicherheit, ja, daß er nachts aus dem Castel entkommen sei. Nun sei er bereits in Porto-Pisa gelandet und unterwegs nach Florenz!
Dort blieb er.
Anscheinend verhandelte er. Noch gab er demnach den Kampf um Neapel nicht auf, wo unterdessen Alfonso, der neue König, in einem Triumphzug, wie er einst den in Rom einziehenden Siegern bereitet wurde, in die Stadt geleitet wurde, hoch wie ein Cäsar auf einem vergoldeten Wagen. Man mußte eigens die Mauern bei Santa Maria del Carmine niederreißen, um dem breiten Gefährt mit dem Purpursitz, das von vier Schimmeln gezogen wurde, und den Baldachinträgern Raum zu schaffen. Fortuna mit der rollenden Kugel und die Gestalten der Tugenden folgten dem in Seide und Zobel gekleideten König, der freilich den Lorbeerkranz nur in der Hand hielt, aber nicht aufzusetzen wagte. Er habe dies wohl in der gerechten Erkenntnis getan, hieß es, die Stadt nicht im offenen Kampf, sondern durch eine List erobert zu haben! Reitergruppen in kostbar besetzten Pferdegeschirren

und mit Federstutzen wechselten ab mit allegorischen Bildern, wie sie der Freund der Musen lieben mochte, alle zu seiner Verherrlichung.
Doch die größte Neugier wandte sich einem jungen Reiter zu, Fernando, der angeblich sein leiblicher Sohn war, dessen Mutter allerdings niemand kannte. Er sollte sein Nachfolger werden!
Musik! Nachdem Alfonso zweiundzwanzig Jahre lang nur Feldtrompeten hörte, rührte ihn seine Siegesmusik. Aber ob man ihn lieben würde? Wie den guten König René?

René verließ fast unbemerkt an einem Herbsttag sein Schiff im Alten Hafen in Marseille, ganz einfach gekleidet, beinahe dürftig. Er kam als Bettler zurück. Er sagte es selbst. Als Besiegter. Obwohl man ihn wie einen Sieger feierte! Inwendig, ja, habe er freilich so manchen Sieg erlebt, auch über sich selbst, sagte er, und er gebe auch, nun erneut vom Papst als Roi de Sicile bestätigt, sein Königreich niemals auf! Aber er sprach nicht gern über das, was nun hinter ihm lag.
Desto erregter, weil sie nun in der Heimat waren und besonders, als sie in Grignan einkehrten, brach es aus seinen Begleitern hervor. »Charles, dieser unbegreifliche Herr, hat uns im Stich gelassen!« schrie einer in seiner Empörung heraus, worauf ihn René betroffen ansah, aber eigentlich so, als habe ihn nur seine Lautheit gestört.
Überhaupt war René, seitdem sie Marseille verließen, wo ihn gerade noch ein Kurier aus Angers erreichte, eigentümlich verändert. Von einer Sekunde zur andern war er erblaßt, als er die Depesche überflogen hatte, indes er sich auf die Lippen biß.
Dann ritt er stumm dahin. Aber man glaubte ihm wohl, daß er nach seinem vergeblichen Kampf in Neapel bedrückt war und nur mühsam zu lächeln vermochte.
Zwar hatte Louis de Beauvau mit Vorsicht versucht, ihn zum Reden zu bringen. Aber er hatte zur Antwort gegeben: »Vorläufig geht es nur mich an. Ihr sollt euch jetzt eurer Heimkehr freuen. Ihr kommt in die Heimat. Trefft eure Frauen. Kinder. Die Eltern. Die Mutter. Ach, ja, die Mutter –«
Dann war ihm anzusehen, wie heftig er unwillkürlich mit den Kiefern malmte. Sich wieder daheim zu fühlen, ohne Förmlichkeiten und Feiern, das versprach er sich und seinem kleinen Reitertrupp, als sie seitwärts aus dem Rhonetal nach Grignan hinaufritten, wo der Seigneur auf einmal die weite Welt bei sich ein-

dringen sah. Wie staunten die Dörfler und Madame Etiennette, die gleich nach einem Festkleid rannte.
Jetzt, von seinem Wein belebt, dessen Wirkung der Schloßherr zwar stolz, aber allmählich bangend verfolgte, jetzt, nach aller Verhaltenheit, die sie auch in Marseille und unterwegs bewahren mußten, wo man sie ehrte, jetzt durften sie endlich ungehemmt sprechen. »Sich Luft machen!« sagte sogar Pierre de Champaigne, der sonst immer wortkarg war, blaß wie sein Kreideboden daheim, ohne südliche Bräune.
Weil sie da drüben keine größeren Horizonte sehen wollten, rief er über den Tisch hin, deshalb kämen sie als Geschlagene heim! Dabei starrte er auf die grotesk geformten fernen Bergketten der Auvergne. Dort war Frankreich. Weil man dort und in Loches, in Chinon und in Paris nur bis an die Grenze der Rhone dachte, nur an die Normandie, wo aber die englischen Lager wie ruhige Dörfer standen, weil kein Gedanke mehr übers Meer hin gedacht worden war, durfte der spanische Nachbar nicht nur die Insel Sizilien, sondern jetzt auch Neapel erobern! Er schüttelte seine Fäuste hinüber.
Links und rechts verstört auf seine Nachbarn blickend, saß der Seigneur an seinem langen Tisch. Denn wenn er den Zorn und die Bitterkeit richtig bemaß, die diese Männer gegen den König Charles erfüllten, dann schienen sie fähig, mit ihrer Heftigkeit auch Charles zu attackieren. Nicht nur René habe das Südreich verloren, setzte der Hauptmann fast schreiend hinzu: »Nein, Frankreich hat es verloren! Wir allesamt. Und warum? Weil offenbar unser König René für die eifersüchtigen Augen in Paris zu groß zu werden drohte! Dabei dachte niemals jemand so gut französisch wie er und seine Belle Mère! Aufsitzen! sage ich deshalb. Zu Charles! Seine Gesandten nochmals verprügeln!«
Laut stimmten ihm die Kameraden zu.
Indessen war jedoch René, der wie abwesend zugehört hatte, plötzlich aufgestanden. Unruhig strebte er fort. Er wolle jetzt nichts mehr hören. Verwirrt war ihm der Seigneur zu folgen bemüht.
Doch da ergab sich, während am Tisch eine betretene Stille eintrat, ein beinahe lächerlich wirkender Zwischenfall. Denn eben jetzt erschien entsetzt und gestikulierend Madame Etiennette in der Türe. »Ein wildes Tier!« rief sie aus. »Vielleicht ein Löwe!«
Sie war beim Empfang der unerwarteten Gäste in ihrer massi-

gen Körperlichkeit betulich herzlich gewesen. Nun zitterte sie.
Dann lächelte sogar René, als sie verworren und noch vom Schrecken geschüttelt erzählte, wie sie im Hof nichtsahnend um den Königlichen Packwagen bog, wo sie, mon Dieu, vor einem fürchterlich fauchenden Untier, das sie unvermutet aus einer Gitterkiste heraus aufröchelnd anfuhr, beinahe in Ohnmacht fiel. Jetzt sank sie an den Türpfosten hin, und René hielt sie auf.
»Verzeihen Sie mir«, sagte er. »Es ist wirklich ein Löwe. Ich habe vergessen, von ihm zu sprechen.« Zugleich gab er auch dem Seigneur die Erklärung: »Die Stadt Florenz hat mir diesen nubischen Löwen geschenkt, Florenz, wo Cosimo de Medici, der reiche, noble Geist, ein ungekrönter Herrscher ist. Florenz.«
Überraschend schnell kam Madame Etiennette indessen wieder zu sich. Tief staunend holte sie Atem: »Ein Löwe? Oh, den muß ich mir genau betrachten. Der erste Löwe in Grignan!« Und schon eilte sie mit ihrer gewichtigen Anmut hinaus, während sich der Seigneur zwiespältig umsah. So kehrte er heim? Als Bettler mit einem Löwen?
René, der trotz seiner Bedrücktheit einverständig nickte, als der Seigneur neben ihm herging, hielt erst tief im Garten an einem ummauerten Vorsprung an. Drunten standen am Abhang Olivenbäume bis in die Ebene hinunter. Jetzt, im Herbst, sahen die verkrümmten Stämme noch entblößter aus als sonst, oft mit klaffenden Rissen und ohne Rinde. »Jeder wie ein Sinnbild für jeden«, sagte René.
»Aber sie haben gut getragen«, antwortete der Seigneur, erleichtert darüber, endlich sprechen zu können. Auf die Mauer gestützt, blickte René in die Ferne, wo die Sonne das Grün im Rhonetal mit einem Goldton aufschimmern ließ.
Er müsse etwas berichtigen, auch etwas berichten, sagte der Seigneur.
Denn durch ein offenes Fenster hatten sie im Vorübergehen gehört, wie einer der Offiziere, weitere Anklagen auf den französischen König häufend, erbittert ausgerufen hatte: »Er hätte uns auch mit seinen neuen Schiffen helfen können, die in Aiguesmortes gebaut worden sind!«
»Es sind nämlich, muß ich berichtigen, die Schiffe von Jacques de Coeur«, erklärte der Seigneur, »an denen sich der König zwar begeistert, die ihm aber nicht gehören.« Jedermann erstaune sich

darüber, wie dort auf der Werft, die er selber kenne, ein Schiffsleib neben dem anderen aufgezimmert wurde. Er, der König René, werde nach langen vier Jahren manche Veränderung in Frankreich bemerken. Ein Beispiel: Schon hatten die schnellen Geschwader, die Jacques de Coeur nach Ägypten und Zypern auslaufen ließ, anderen Häfen viel Abbruch getan, leider auch den Handelsherren in Marseille, den Montolieu und Candoles. Heimlich freue sich Charles. Bis in den Sudan hinein betrieb der Kaufmann aus Bourges, von dem man wie von einem neuen Fortunatus sprach, seine sicher großen Wagemut erfordernden Geschäfte. Aber sie kamen, nicht zu vergessen, allen zugute. Nicht nur dem König. Nicht nur dem Hof. Die Löhne stiegen. Es lief mehr Geld zum Leben um!

»Jacques de Coeur erwartet Sie nämlich«, schloß der Seigneur eindringlich. »Er wird sich als guter Freund erweisen.«

Aber René, der dankend den Arm des Seigneurs ergriff, sagte: »Was kann er an mir verdienen? Ich fürchte: nichts. Auch werde ich Ihnen, alter Freund, wohl kaum noch viel für Ihre Chronik bieten. Ich will keinen Streit mit Charles. Also kein Bündnis mit Jacques de Coeur. So könnten Sie nur noch über den Frieden schreiben, den ich pflegen möchte, und das verlohnt sich nicht. Wer will das wissen?«

Übrigens habe er die schmerzlichste Nachricht bekommen, die ihn je ereilen konnte, sagte René nach einer Pause. Desto bedrückender sei er in doppeltem Sinn an einem Wendepunkt des eigenen Lebens angelangt.

»Ihnen kann ich sie sagen.« Er hatte dabei die Depesche aus seiner Tasche genommen. »Weil meine Freunde sich wieder zu freuen beginnen«, schickte er voraus, indem er den Brief in der Hand behielt, »obwohl sie noch mit ihrem Schicksal hadern und einen Schuldigen suchen, weil sie wieder zu ihren Familien kommen, aufatmen, deshalb dachte ich, soll ihre Heimkehr nicht gleich unter meiner Trauer leiden.«

Damit reichte er dem Seigneur seinen Brief aus Angers.

Seine Bonne Mère war gestorben.

Man hatte sie schon in Angers in ihrer liebsten Kirche beigesetzt.

»Die große Yolande. Die Mutter Frankreichs. La Reine de Sicile. Die Herzogin von Anjou. Einst Prinzessin von Aragon ...«

Noch mehr ihrer hochklingenden Namen, Titel und Würden waren in dem Schreiben aufgeführt.

Aber René hatte nur, als er dem Seigneur das Schriftstück reichte, mit plötzlich schwankender Stimme hervorgebracht: »Meine Mutter ...«

Obwohl jeden Tag der Winter einbrechen konnte, hatte sich der Seigneur nicht davon abbringen lassen, René auf dem Heimritt nach Angers begleiten zu müssen. Was würde er tun?
Denn in Grignan hatte ihn ein Kurier von Charles erreicht. Er trauere mit ihm um ihre Bonne Mère, die ihnen gemeinsam gehörte, schrieb der französische König. Um so mehr rechne er nun auf ihn! Sie beide hätten zu Ende zu führen, was die große Yolande begonnen hatte. Noch seien die Normandie und das Land um Bordeaux zurückzuholen. Dazu brauche er ihn!
René hatte auch diesen Brief dem Seigneur zum Lesen gegeben.
»Ich reite mit!« hatte der Herr von Grignan seine Antwort gegeben.
Unterdessen hatte sich freilich die Trauernachricht aus Angers übers Land verbreitet, als wandere sie ihnen entgegen. Überall erinnerten Fahnen daran, mit schwarzem Flor umhängt, und so mischte sich in die Empfänge, die man René gab, ein offen zutage tretender Zwiespalt.
»Nun bin ich wahrlich für alle der ärmste Teufel«, sagte René, »und das schlimmste ist: sie haben sogar recht.«
»Noch weiß man nichts von Ihrer sicher großen Erbschaft«, widersprach ihm der Seigneur, der sich bemühte, ihm andere Gedanken einzuflößen. Aber er wußte ja, wieviel er verloren hatte. Wie mit neidvollem Spott hatte einmal ein Hofmann gelästert, daß der gute René zwar dem lieben Gott alle Verehrung erweise. Aber gleich nach ihm komme seine Bonne Mère, für die er noch immer, auch als erwachsener Mann, knabenhaft kindlich empfinde, geborgen bei ihr. Seine Zuflucht.
Er selber, der Herr von Grignan, hatte vor sich hin gesagt, als sie stumm durch den Garten gingen, an dem steinernen Bild des Engels von Reims vorbei: »Wir alten Männer erleben es als ein Glück oder Wunder, wenn eine Frau uns als das makellose Bild erscheint, das wir als Jünglinge von Frauen hatten. Wir sind dankbar, wenn wir sie bewundern dürfen. Aber weil uns das allzu selten vergönnt ist, wird unsere Welt immer ärmer.«
Als sie jedoch auf die große Straße nach Bourges einschwenkten, schien René, obwohl er schweigsam blieb, doch viele Dinge auf-

merksamer wahrzunehmen, die ihm neu erschienen. Hier tauchten nämlich in einsamen Gegenden oft Detachements von Gendarmen auf, Gens d'armes, die ihre Streife machten oder die neben den Wagen mit Reisenden und Warenzügen ritten. Auch gab es neue Depots mit Remisen und Ställen, wo Kuriere und Kutscher und das Fuhrmannsvolk der Handelsherren ihre Pferde wechseln und übernachten konnten. Sie kehrten auch selbst in einer solchen Auberge ein.
Dort wurde René jeweils der Name Jacques de Coeur genannt, der Frankreich aufwärts helfe. Nur ein Kaufmann. Nur ein Mann aus einem kleinen Bürgerhaus. Überall in den Städten, das sah man den ausgeputzten Häusern an, gab es nouveaux riches. Neue Reiche.
»Man sollte Kaufmann werden«, meditierte der Seigneur, für den dies, wie er sagte, Zeichen einer Verwandlung waren. Er hatte selbst seinen Talhof an Jacques de Coeur verpachtet, ein Vorwerk mit einer Feldsteinmauer um den Hof, wo die Kaufmannskarren und Maultiertrupps bei Nacht einkehrten. Er konnte dort Waren speichern, bis er sie brauchte.
Unversehens büßten durch solche Männer, sagte der Seigneur bedeutungsvoll, die Fürsten und der Adel ihre Macht ein. Dafür war Jacques de Coeur das erstaunlichste Beispiel, heute der reichste Mann von Frankreich. Fragte man: »Wem gehört das?«, kam meistens die Antwort: »Unserem großen Maître de Coeur.« Wer wußte, wie viele Besitzungen ihm gehörten? Faktoreien. Häuser. Herrenhäuser. Erst jüngst war er drüben am Allier, in dem es die besten Forellen gab, in Saint-Gérand-de-Vaux, Schloßherr geworden! Im Lyonnais, bei Pampilieu, ließ er die alten eingefallenen Gruben wieder betreiben. Blei, Kupfer und Silber wurden dort geseigert. Das war das Neue: Überall hatte der Kaufmann mehr Geld als die Könige. Er selbst, René, hatte ja in Florenz den reichen Medici erlebt.
»... vor allem die Pazzi«, sagte René. »Ich durfte sein Neugeborenes über die Taufe heben.« Nach längerem Überlegen meinte René: »Ich könnte nur Schiefer brechen lassen. Bei uns gibt es Schiefer.«
»Endlich ein zuversichtliches Wort!« rief der Seigneur aus.
Am tiefsten beeindruckt wurde jedoch René in Bourges, wo sie den großen Bau besichtigten, den Jacques de Coeur aufführen ließ. Dort suchte Macée de Coeur ein Gespräch mit René. Aber zu seiner Verwunderung wiederholte sie oft, eigentlich habe sie

Angst. Eine seltsame Angst. Wie unbewußt sagte sie es,wie gehaucht vor sich hin.
Unweit von dem schmalen giebeligen Fachwerkhaus, dem Elternhaus Jacques Coeurs, entstand am Stadtwall sein lang gestrecktes mächtiges Stadthaus, das einen großen Innenhof umschloß.
»Es wird ein Palast sein, wie es in Frankreich wohl keinen schöneren gibt!« konstatierte der Herr von Grignan, während er von den Plänen, die auch René gefesselt studierte, zu den bereits erstellten hohen Trakten hinaufsah. Schon war das zukünftige Bild der mit Skulpturen geschmückten Arkaden im Hof und die nicht minder stolze Fassade erkennbar. Auch waren die hoch aufragenden, festungsartigen Türme bereits bis zum Dachhelm aufgeführt. Hier Lagergewölbe, dort riesige Säle mit breit aufsteigenden Stiegen, daneben Wendeltreppen, hier breite Gänge, dort schmale. Unauffällig waren in das Bauwerk, wie die Pläne verrieten, Geheimgelasse mit Treppchen und Türen eingefügt.
So schien der Palast sowohl ein Kaufmannshaus zu sein, wie er zugleich eine Burg war, die man, wie den verwinkelten Papstpalast in Avignon, geschickt verteidigen konnte. Aber vor allem war es ein prächtig geschmückter Palazzo, eine Stätte zukünftiger Feste!
Über die Maurergerüste war René bis ins höchste Stockwerk gestiegen, wo sich ein weiter Rundblick in die herbstlich ergraute Landschaft mit ihren gewundenen Flußläufen bot. Doch dann hatte er auch die abseits gelegene Bildhauerwerkstatt entdeckt, ein Ziegeldach auf Balkenstützen, wo die Skulpturen entstanden. Unwillkürlich lächelte er, als er dort eines Reiterturniers ansichtig wurde, das auf Eseln ausgetragen wurde, ein tief ausgehauenes Steinrelief. Aber war es nicht eigentlich eine Verspottung? Ritter, die auf Eseln mit ihren angelegten Lanzen gegeneinander sprengten?
Auch das sei das Neue, sagte René zu Madame Macée, die ihm unvermutet ihr Vertrauen schenkte. Er habe sie doch schon als Mädchen gekannt, erinnerte sie René. Aber nun hatte die immer verwöhnte Tochter des Prévots Léodepart offenbar ihren Hochmut verloren, obwohl ihr Gatte sie in Stein aushauen ließ. In einem Hochrelief schien sie als Steingestalt, die ihre Züge trug, aus einem Fenster zu blicken. So würde sie neben Jacques Coeur, dessen plastisches Bild in einem anderen blinden Stein-

fenster lehnte , ihre Gäste von der Wand herab begrüßen. »Wie selbst versteinert«, sagte sie widerwillig.
René las inzwischen, in die Hocke gekauert, ein Schriftband, das der Bildhauer in einem Fries von Rosetten aufgeteilt hatte: »A vaillant coeur rien impossible«, wobei das Wort Coeur durch zwei Herzen ersetzt war. Wo sie sich anbringen ließen, waren Muscheln, sein anderes Emblem, und solche Herzen in die Ornamente eingefügt. So war der Maître Coeur durch seinen Namen überall gegenwärtig.
»Ich habe das mutige Herz nicht mehr«, meinte dagegen Macée, und es sollte kaum spöttisch klingen. »Weil ich immer geängstigt bin. Sie wollten ihn«, wandte sie sich dem Seigneur zu, »als er noch jung war, zu Ihrem Verwalter machen. Wäre er's doch geworden!«
»Er hätte mich sicher reich gemacht!« lachte der Herr von Grignan, der ihre Furchtsamkeit zu zerstreuen versuchte. Aber es tat ihm wohl, wie er sagte, der Entdecker des großen Jacques de Coeur genannt zu werden. »Wahrlich, ich hatte den Blick für ihn. Mir blieb allerdings nur der winzige Vorteil davon, nun den reichsten Mann Frankreichs als Pächter in meinem alten Stall zu haben.«
Aber Macée zog René mit sich fort, während sich der Seigneur mit einem Polier unterhielt. Sie war reifer geworden, fand René. Sie aß wohl gern viel Gutes, wodurch ihr Gesicht die feineren Grübchen verloren hatte. Doch schienen die großen tiefschwarzen Augen, die einst so feurig wie verächtlich funkelten, jetzt eine klare Tiefe zu haben und doch verschleiert zu sein.
»Er fragt mich oft«, sagte sie wie vor sich hin, »ob er wohl wirkliche Freunde habe. Ich weiß, wie hoch er Sie schätzt. Bewundert. Beneidet.«
»Mich?«
Sie waren zu einem Verschlag gelangt, aus dem ein Bildhauer trat, seinen Meißel und den hölzernen Treibhammer in der Hand. Er müsse ihnen den Zutritt verwehren. »Es ist noch nicht fertig.« Der Maître de Coeur habe streng untersagt, jemand das Bild vor seiner Vollendung sehen zu lassen.
Sie zuckte die Schultern wie über eine Albernheit. Schiffe! Sie deutete auf ein großes Relief, das in überaus genauer Meißelung ein hochbordiges Seeschiff mit der Feinheit seiner Takelage zeigte, den Mastkorb voller Matrosen. Schiffe waren seine Leidenschaft! Eigens nur dieses Bildes wegen hatte er den Künstler

nach Aigues-mortes in seine Werft geschickt. Daneben Muscheln! Das Geheimnis am Strand, sage er. Die Perle darin. Aus der Tiefe. Das Glück des Finders aus dem unheimlichen Meer.
»Sie müssen ihm helfen«, sagte sie unvermittelt zu René. Er lache zwar über die Angst, mit der sie sein Reichtum bedrücke. Sein Glück. Denn er fühle sich, obwohl er ganz kühl dabei bleibe, auf der Höhe des Glücks, wenn er die Güter der Welt an sich zu reißen vermöge. Eine Lust. Eine Leichtigkeit sei es, wenn man es einmal begonnen habe. Auch die Menschen, die sich betäubt wie Nachtschmetterlinge ins Licht locken lassen, wo Geld blitzt. Aber einmal habe er freilich gesagt, ein armer Mann dürfe immer die Hoffnung haben, ohne Angst reich zu werden; sei er dann reich, beschleiche ihn sicher die Angst, wieder arm zu werden, und wenn er nichts als seinen Reichtum habe, sei er arm. Er habe dabei eigentümlich aufgelacht. Es sei doch alles ein Spiel. Das Denken. Das Rechnen. Dire. Faire. Taire. Sagen. Tun. Schweigen. Drei Wörter, die er gern gebrauche. Und die Ergänzung, wie ein Gassenbub: »In einen geschlossenen Mund fliegt keine Muck'.« En bouche close n' entre mouche.
Es ehre ihn, sagte René, ihr Vertrauen zu haben. »Dire. Faire. Taire. Aber wenn ich ihn nun um Geld bitten würde, müßte er sein Vertrauen verlieren.«
»Ich habe Angst«, wiederholte sie, wie plötzlich unbehaglich von den Bildhauerwerken umstellt. Deshalb hatte sie wohl auch den letzten Satz Renés nicht aufgenommen. Die Türme! Schon wurden Ziegel aufgelegt. Ob dieses Stadtpalais nicht allzu groß sei? fragte sie. Denn sie flüchte manchmal zum alten Pierre Coeur, seinem Vater, der noch wie einst allein mit seiner Nichte und mit seinen Pelzen lebe. Freilich habe er das Altersschütteln. Ein stetiges Kopfschütteln. Als verneine er alles.
»Verzeihen Sie, Sire«, unterbrach sich Macée und zeigte plötzlich ein leeres Lächeln, als falle sie in ihre frühere, hochgemute Art zurück. Natürlich sei all das, was sie aussprechen mußte, bitterer Ernst. Obwohl ein Frauenherz bisweilen einen Ausbruch brauche, ohne zu wissen, warum. Er verstehe dies wohl. Ein König. Gefühle. Reichtum. Ängste. Und trotz allem das Glück. Nur – was man nicht hat, scheine das Sichere zu sein.
»Jetzt verstehe ich Sie«, sagte René. »Weil ich dieses Sichere habe oder zu haben meine. Ich helfe ihm, das versteht sich, wenn er mich braucht.«
Wie in einem verzerrenden Spiegel, dachte er später, war zuletzt

ihr Gespräch und seine Antwort gewesen. Fast hätte Macée ihm die Hände geküßt. Es sei doch alles ein Spiel, hatte René ihren eigenen Satz wiederholt. Vielleicht gar ein Glücksspiel? Nur er spiele nicht gern. Obgleich auch ihm das Leben manchmal unwirklich erscheine. Wenn es schön sei. Wenn es hart sei, schmerze es. Wenn man traumhaft empfinde, wie es mit einem zu spielen scheint. Das Ungewisse. Genug. Natürlich helfe er ihm. Wenn er könne. Aber übrigens: er – dem reichsten Mann von Frankreich helfen?
So waren sie auseinandergegangen, beide lächelnd.

Der Steinsarg in der Eglise de Saint-Maurice in Angers, zu dem sich René begab, bevor er das Schloß betrat, war von einfachster Art. Kaum verziert. Eigentlich schmucklos. Noch war er von Kerzenständern umgeben, so daß er durch die rundherum gestuften Flämmchen wie schwerelos erschien, ohne Schatten, als gehe der Widerschein der vielen Lichter als eigenes Geflimmer von den hellfarbigen Steinplatten aus.
Nachher ging René allein, weil er seine Begleiter schon vorher weitergeschickt hatte, zum Schloßberg hinüber, stumm von der Menge begrüßt, die sich vor dem Portal und in den Straßen angesammelt hatte. Als käme er, seinen Reiterhut in der Hand, ermüdet von einem Spazierweg zurück, trat René, nur zuletzt seine Schritte beschleunigend, im Schloßhof auf Isabella zu, die ihm mit den Kindern entgegenkam. Wie groß nun alle schon waren, auch die kleine Marguerite! Er herzte sie lang.
»Ja, da bin ich nun wieder«, sagte er auch zu Charles.
So viele waren gekommen? Eine große Verwandtschaft und Freundschaft. Marie, seine Schwester, Baudricourt und de Sierck, neben ihm Gérard Machet, den er einst in Chinon im hohen Kanzlerbau besuchte und der nun Bischof in Castres war. Ein Glück, die Gegenwart dieser Getreuen. Ah, dies war Louis, der Dauphin? Jetzt selbst ein Reiterführer, der vor kurzem noch im Schweizerkrieg des Kaisers eine Truppe von Armagnaken angeführt hatte. Die Schweizer nannten sie die »armen Gecken«. Noch schien ihm sein Zorn über die Niederlage, die er bei Basel erlitten, im Gesicht zu stehen. »Dein Glück ist die Jugend«, sagte René zu ihm.
Aber, »mon Dieu«, René schlug die Hände zusammen: dort stand Tiphaine, seine ländlich würdige Kinderfrau, mit Spuren zerlaufener Tränen. Sie war seine Amme gewesen, und sie hatte

auch seine Schwester Marie genährt, die Königin, neben der sie nun stehen durfte. Die gute Tiphaine! Sie habe doch, brachte sie schluchzend hervor, weil sie doch auch seine Mutter war, den kurzen Weg von Saumur herüber zu seiner Heimkehr machen müssen?
Genug der Umarmungen, genug der Rührung.
Ach, da war noch einer, bei dem ein Blick und Handschlag genügte, Bertrand de Beauvau, ein Jugendfreund wie sein Bruder, der in den Abruzzen dabei war.
Genug. René mußte jetzt an der Tafel, wo auf dem Stuhl von Yolande ein Rosenstrauß lag, den ersten Platz einnehmen.
Manchen Trauergesichtern war ja anzusehen, daß ihre Neugier auf das Testament erheblicher war als die auf die Gänge des einfachen Essens.
Im großen Saal, den man später betrat, standen Schatullen auf dem Tisch, versiegelt wie die Truhe, die eben noch hereingetragen worden war.
Die Rolle, die das Testament enthielt und die der Kanzler René überreichte, trage noch ihr eigenes Siegel, hatte der Kanzler berichtet. Sie habe es selbst noch mit ihrer Petschaft in das rote Wachs gedrückt. Nun zögerte René, das Siegel zu zerstören. Lieber riß er ein Stück des Pergaments um das Siegel heraus. Es war kein Wort dabei zu Schaden gekommen.
Nun blickten alle auf René, der das Testament ganz langsam las, zuerst für sich. Er war ja der Erbe, der jetzt nach allem ihm widerfahrenen Unglück einen Pendelschlag nach der anderen Seite erleben konnte!
Vorher war viel darüber gesprochen worden, welche Schätze nun zum Vorschein kommen würden? Endlich würde René von seinen lange nachschleifenden Sorgen befreit sein. Denn immer hatte Yolande als die reiche Reine de Sicile gegolten, die einst sogar die Truppe bezahlt und ausgerüstet hatte, mit der Jeanne d'Arc nach Orléans gezogen war. Auch hatte sie jeweils große Geschenke gegeben. Ohnedies ging von ihrer vornehmen Art, der sich niemand entziehen konnte, stets das Bezwingende einer mit irdischen Gütern gesegneten Herrscherin aus.
Desto betroffener waren viele Gäste, als René ganz einfach sagte: »Sie ist arm gestorben.«
Geld hatte sie keines hinterlassen.
René las vor, sie habe gern alles, was sie besaß, für die Befreiung hingegeben, die Frankreich endlich beschieden war. Deshalb

finde man auch nur wenig Schmuck in ihrer Hinterlassenschaft.
Scheu blickten nachher Marie, die Königin, und Marguerite, Renés kindliche Tochter, in die mit Samt gepolsterten Kästchen hinein. Ketten. Anhänger. Spangen. Ringe. Manche mit Steinen besetzt. Isabella schenkte der zarten Marguerite die kleine Schatulle, die ihr selbst zugedacht war und aus der sie nur einen Ring für sich nahm.
Auch hatte Yolande die Wandbehänge, die Tapeten und Möbel angegeben, die verteilt werden sollten. Man solle sie nicht nach dem äußeren Wert, sondern nach dem Gefühl abschätzen, mit dem sie vererbt worden waren.
Übrigens falle ihr, hatte sie ihrer Umgebung noch in den letzten Stunden gesagt, der Abschied nicht schwer. Denn sie hatte nun auch den Frieden mit Burgund erlebt, *das* Ziel, dem zuletzt all ihr Streben gegolten hatte. Die Versöhnung mit Philipp le Bon! Aber wahrscheinlich, so wurde vermutet, hatte ihr Herz doch schwer am Verlust der beiden Sizilien getragen. Vielleicht, so meinten andere, sei nach der Qual, ob René noch am Leben sei, ihre Freude allzu groß gewesen, daß er noch lebte?
Jeder, der nun den dürftigen Nachlaß betrachtete, schien sich zu fragen: »Kein Geld? Wirklich kein Geld?«
Aber Gérard Machet, der frühere Kanzler Charles', fand gerade, daß diese herrliche Armut eine besondere Bewunderung verlange! Ohne Geld, nur durch innere Größe, die nicht allein Klugheit war, mit der sie nie Mißbrauch trieb, – nur mit ihrer Lauterkeit, sagte er, habe sie sogar Philipp, den erbittertsten Gegner, wieder zum Frieden mit Frankreich geführt. Schließlich habe sich Philipp bereit gefunden, wie von der Mutter in ihr überwunden, etliche Schulden Renés jeweils in eine Mitgift für jene Ehen zu verwandeln, die in den Verträgen von Arras und Lille vereinbart worden waren. So bleibe, schloß der Bischof, ihr Lächeln als schönste Erinnerung. Eine Tröstlichkeit. Die lächelnde Mutter Frankreichs. Er verneigte sich.
Aber Charles berief sich, als er endlich mit René allein sein konnte, auf einen anderen Satz Yolandes, der für ihn der bewegendste war: Gern hätte sie noch erlebt, daß die französische Lilienfahne wieder an der Küste bei Calais im freien Meerwind wehe.
»Das haben wir nun als nächstes zu tun«, ergänzte Charles.
Aber René verbesserte ihn: »Vollständig lautet der Satz, sie hätte

von Herzen gern noch die Versöhnung mit England erlebt. Also kein Wort von einem Krieg.«
»Versöhnung? Die kann es erst geben«, beharrte Charles auf seinem längst gefaßten Vorsatz, »wenn wir sie über den Pas-de-Calais auf ihre Insel zurückjagen. Dazu brauche ich dich.«
»Ich möchte aber kein Condottiere mehr sein«, gab René zurück. Auch denke er, durch den Gleichklang der Worte verführt, unwillkürlich an sein eigenes »Pas à Pas« in Neapel. Schritt für Schritt. Er habe hier Pas à Pas für sein eigenes Land zu sorgen. Das bleibe sein Wahlspruch. Besonders nach den Enttäuschungen, die er hinnehmen mußte. Hinunterschlucken. »Auch durch dich, Charles«, setzte er bitter hinzu. »Ich hoffe, dir ist meine Offenheit recht?«
Er war mit Charles in jene Stube getreten, die er als junger Mensch bewohnte und wo sein Schreibzeug unverstaubt auf dem Tisch stand. Federn lagen bereit. Tinte war eingefüllt.
»Ich will neu anfangen, Charles«, sprach er weiter, während ihn Charles mit seinem spähenden Blick verfolgte. »Wir kehren ja innerlich immer, wenn wir neu anfangen wollen, zu unserer Jugend zurück. Also Offenheit, Charles. Was mir weh tat, mir geschadet hat, was mich enttäuscht hat, vergesse ich. Wenn du dich also mit mir versöhnen willst, gilt es.«
Sie seien doch niemals Feinde gewesen?
Gleichgültigkeit, sagte René, sei auch wie Feindschaft. Denn Freundschaft bedeute für ihn, für den Freund zu denken wie für sich selbst.
»Wir sind doch Freunde?«
»Ich für dich. Ich war es immer«, versetzte René.
Lang überlegte Charles, bis er sagte, es passe nicht zu seiner Art, von Gefühlen zu sprechen. »Aber du kannst auf mich rechnen, René.«
Jetzt, dachte René, jetzt hätte ihm Charles die Hand geben müssen. Aber er tat es nicht, und so unterließ es auch René. Statt dessen sagte er: »Es wird dich nicht teuer kommen.«
Aber Charles fragte rasch: »Du hast im Testament, schien mir, verschiedene Sätze ausgelassen?«
»Lies es selbst.« Um jedes weitere Wort zu verhindern, reichte René ihm schnell die Schriftrolle hin, worauf Charles verlegen den Mund verzog.
Dann, während er las, klopfte es an der Türe. Man hörte ein Scharren. Gekläff.

»Ach, meine Hunde!« rief René aus und eilte zur Türe, die unterdessen von Marguerite geöffnet wurde. »Ali! Mustapha!«
Sie schossen herein. Sie erkannten ihn! Sprangen an ihm hinauf. Kläfften. Umwedelten ihn. »Meine Hunde.« Er umhalste sie. Er konnte Marguerite nicht danken. So sehr war er dem tollenden Ungestüm seiner zwei großen Windspiele ausgeliefert, die sich endlich neben ihm niederlegten, als er seinen Stuhl einnahm. Da war Marguerite rückwärts hinausgegangen. Jetzt schien der Vater daheim zu sein.
»Danke«, sagte Charles und gab das Testament zurück. »Du bist glücklich, René. Dich lieben deine Kinder. Mich lieben noch nicht einmal meine Hunde. Und ich meine es auch gut!...«
Da dachte René, daß nun doch er selbst, weil es Charles nicht konnte, ihm zuerst die Hand hinstrecken müsse. Er tat es, und Charles blickte beiseite. Bedauernswert kam ihm der tüchtige Charles vor, dem Jacques de Coeur so viel Geld gab, wie er brauchte oder verlangte, um die zähen englischen Nachbarn nun aus der Normandie und aus den südlichen Provinzen zu vertreiben.
Davon sprach Charles jetzt wie verbissen. Wie er arbeite. Täglich nach einem noch strenger gewordenen Stundenplan. Er könnte ihm Zahlen aufsagen, Vergleiche, wie er vieles verbessert habe. »Nur eines, René: wem kann ich vertrauen?« Agnes. Das wisse René. Auch Marie, der Königin. Weil sie ihn beide kannten. »Dir, René. Aber noch nicht einmal dem Dauphin. Meinem eigenen Sohn.« Dann horchte er wie erschrocken zum Gang hin, als ob dort ein Lauscher sein könnte.
»Und Jacques de Coeur?«
»Ach, er? Gewiß. Gewiß«, sagte Charles. »Ich hoffe, daß er mir traut.« Fast traurig empfand es nachher René, als er Charles durch die Gänge begleitete, daß Charles nicht bemerkte, wie getreu die mit ihnen trottenden Hunde stehenblieben, wenn sie im Gespräch verhielten, und neben ihnen weitertrotteten, sobald sie wieder weitergingen. Charles sah sie nicht. Wie sollten sie ihn dann lieben?
Aber wahrscheinlich sah er sich schon in der Normandie.

An einem Frühlingstag kamen zwei eigenartige Boten aus Tours nach Angers. Zwei Stelzengänger. Ihre Heimat waren die Landes an der Atlantik-Küste, südlich von Bordeaux. Dort standen

sie auf ihren Stelzen hoch über ihren Schafen in der öden Dünenheide. Manche strickten dabei, ein weißes Schaffell und eine lederne Feldflasche umgehängt und ein baskisches Käppchen auf dem Kopf. So lehnten sie sich an eine lange Stange, die sie im Rücken stützte. Zwei solcher Stelzenhirten schickte Charles, aber vielleicht war es auch ein heiterer Einfall von Agnes Sorel gewesen, mit einer frohlockenden Botschaft zu René.
Die Leute liefen zusammen, als diese flinken Läufer aus dem alten Aquitanien mit eckigen Schwüngen durch die Stadt und über den Schloßhof stelzten. Dort führten sie einen Tanz auf, wobei sie mit ihren hohen Stelzenstangen wie auf riesigen Spinnenbeinen umeinanderhüpften.
»Ein Friedenstanz«, sagte René. Denn in dem Schreiben, das die Burschen gravitätisch überreichten, hatte Charles berichtet, jetzt sei die Zeit für den Frieden mit England gekommen! Eine englische Gesandtschaft, die in Honfleurs gelandet war, sei bereits auf dem Weg nach Tours. Nun erachte er ihn, seinen Beau-frère und Roi de Sicile, als den richtigen, besten Mann, den Grafen von Suffolk und sein Gefolge in Tours willkommen zu heißen. Ein Mann des Friedens. Ein Dichter.
René war aus der Umgebung der Stadt gekommen, wo er durch Wiesen gestiefelt war, um selber nachzusehen, ob die Entwässerungsgräben das Frühlingswasser faßten. Auch hatte er Brücken und Dämme besichtigt, an denen gearbeitet wurde.
Wie in Neapel, so hatte René auch in seiner guten Stadt Angers oft unvermutet alte Hinterhöfe aufgesucht, wo er dann aufmunternd sagte: »Das sollte hier besser werden.« Pas à Pas war manches besser geworden. Hier ein Umbau, den er selbst entworfen hatte. Auch war ihm der Stadtarzt begegnet, der Armenarzt, der sein Gehalt im Schloß abholte. Studenten hatten René begrüßt, auch solche aus Bar darunter. Vielen war ihr Studiengeld geschenkt. Gestern hatte er überraschend eine Gerichtsverhandlung verfolgt. Still. Nur ein Zuhörer. Aber er hatte für alles offene Augen, obwohl er ein Träumer schien.
Jetzt schaute er den staksend umeinanderwirbelnden Stelzengängern zu, die sogar Isabella und am meisten Marguerite entzückten. Er erwarte auch seine Damen in Tours, hatte Charles geschrieben! Schon sei der Herzog von Orléans, sein Dichterfreund, der endlich aus seiner Gefangenschaft heimgekehrt war, den englischen Herren entgegengeritten.
»Also braucht man Dichter für diesen Frieden«, sagte René.

»Dann ist es ernst. Dann hofft man auf einen ewigen Frieden. Also nach Tours!«

Ein Treidelkahn, von massigen Pferden am Ufer gezogen, mit grünen Zweigen und Wimpeln geputzt, war über Nacht zum Königsboot geworden. Es fuhr in den Frühling hinein, gefolgt von zwei kleineren Booten. Überall blühte es. Vogelgezwitscher. Tauchhühner belebten den Fluß. Gänse und Enten. Zuletzt war in Angers ein Fischer auf den Treidelpfad gehastet und hatte sich selber das Zugseil über den Rücken geworfen. Andere hatten mit angepackt. Bis weit hinaus in die Landschaft standen Winkende zwischen den Büschen und Bäumen der Ufer.

Nur der Herr von Grignan, dem bei der Durchfahrt unter einer Brücke ein Veilchenstrauß auf seine Blätter fiel, hatte Notizen zu machen. Der Fischer war jener gewesen, der sechs Kinder hatte. Vielleicht war schon das siebente da? Ihm, diesem armen Petrus, hatte René gesagt, er könne bei solchem Segen doch keine Steuern bezahlen? Deshalb solle er künftig alljährlich nur ein Gericht Fische im Schloß abliefern. Weißfische. Die kamen in der Maine am häufigsten vor. Daraufhin hatten die Fischer beschlossen, einen gemeinsamen Festzug daraus zu machen. Sie würden auch täglich das nötige Kroppzeug liefern, damit die Wasservögel, die ihr König in seinen Bassins hielt, ihre Kröpfe füllen könnten. Nun glich auch diese Ausfahrt einem Festzug.

Ob sie glücklich seien, fragte René, während er winkend im Boot stand. Er müsse es spüren, gab Isabella zurück. Beinahe sei der Frühlingshimmel so wolkenlos und hellblau wie über Neapel, meinte René. Nur friedlicher. Weil es dem Frieden entgegengehe. Aber er habe Neapel nicht aufgegeben, sagte er nach einer Weile. Darauf Isabella: Ob die Protestbriefe nützten? Dann wieder René: Nach Rom? Vielleicht. Nach Florenz? Vielleicht. Nach Mailand? Wahrscheinlich. Aber Isabella überlegte, was Mailand nütze? Man müsse mit Charles darüber sprechen. Dann bedachte er sich: Zeit lassen. Sie eilt. Sie teilt. Sie heilt. Der Seigneur warf dazwischen: »Wie lange soll ich noch leben? Mir vertrocknet allmählich die Tinte.«

»Zuerst diesen Frieden«, beschied ihn René.

»Nicht nur zum Frieden müssen wir kommen«, sagte er, als er in Tours den Grafen von Suffolk und die anderen englischen Herren begrüßte. Ihm standen allzu viele Männer mit Rechenstiften im Château des Montils herum, wo Charles seine Hofhaltung hatte. Viele kannte er kaum. Neue Gesichter. Dagegen flößte ihm der Graf aus England gleich Vertrauen ein. Es wurde erwidert. Einmal hatte René bei Florenz, obwohl er sich das Geld dazu leihen mußte, zwei englischen Herren geholfen, die von Räubern ausgeplündert worden waren. Anscheinend war dies in England bekannt geworden. Es galt mehr als ein Sieg. Der Frieden müsse Dauer haben, sagte René zu Suffolk. Auf eine Versöhnung gegründet.

So herzlich, wie es ihm möglich war, hatte Charles seine Worte bekräftigt. Nachher zog er René befriedigt in ein Gespräch. Er mache es kurz. Es habe ihm wohlgetan, daß er ihm einst, in Angers, ohne Versteckheit vorgehalten habe, ganz offen, von ihm enttäuscht zu sein. Nun könne er ihm seine Freundschaft beweisen. »Kurz: Deine Tochter Marguerite, sie ist hübsch, sie erinnert mich oft an unsere Belle Mère, soll Königin von England werden.«

Wie ernst es ihm war, erkannte René am Geflimmer in seinen Augen, und so hatte er wohl, obgleich er verwirrt Charles' Blick ausforschte, nur noch »ja« zu sagen.

»Einverstanden?«

Charles hatte selber Töchter.

»Suffolk gefällt sie«, sagte er. »Er wollte sie sehen. Er ist, so gut er dies äußern kann, ohne als alterslüstern zu gelten, entzückt von ihr.«

Also war nichts mehr darüber zu sprechen.

Dem Grafen Suffolk hatten sein König und seine Pairs den sicher genau erwogenen Herzenswunsch mitgegeben, den er Charles anvertraut hatte. Eine Prinzessin aus Frankreich als Gattin auf dem englischen Thron würde den Frieden verbürgen. Zuerst einen Waffenstillstand. Symbolisch sollte jedoch schon bald in Tours die Verlobung vollzogen werden.

Gemeinsam mit Charles betrat René an dem erregenden Feiertag, der ganz Frankreich nach Tours blicken ließ, die alte Basilika des Heiligen Martin. Sie hatten sich an den Händen gefaßt. In Abständen folgten ihnen der Herzog von Orléans und sein Bruder, der Dunois, dann der Herzog der Bretagne, der Herzog von Alençon, der Comte de Vendome und paarweise weitere Fürsten. Nach diesem prächtigen Zug der Männer betraten die Königinnen durch den Mittelgang die gedrängt von Menschen erfüllte Basilika, wo an den Säulen Kirchenfahnen aufgerichtet

waren. Teppiche hingen zwischen den Schiffen herab. Von den Emporen herunter wurden Posaunen geblasen. Kerzen flackerten. Ruhig darüber das Ewige Licht.
Wie ihre Gatten hielten sich auch Marie, die Königin von Frankreich, und Isabella an den Händen, die Reine de Sicile. Wie beschwingt gingen sie, in schwere Brokate gekleidet. Alle Gesichter sahen im Widerschein der Kerzen, sagte René nachher, wie vergoldet aus.
Die Dauphine und die Herzogin von Calabrien folgten, dann, vor dem wimmelndenZug ihrer Damen und Herren, der Dauphin und Charles von Anjou, der immer stille, jüngere Bruder Renés, der nirgends laut hervortrat. Hier geleitete er mit Louis, dem Dauphin, Marguerite herein. Die Braut. Sie führten sie dem König zu, der mit ihr, ihre Hand graziös in der Höhe haltend, vor den Bischof hintrat. Pierre de Mont-Dieu, der Bischof von Brescia, amtierte.
Dann trat der Herzog von Suffolk auf, worauf der Bischof die knochige Männerhand und die zarte Hand Marguerites erfaßte und sie zusammenlegte. Jetzt war die Verlobung vollzogen.
»Noël! Noël!«
Frieden mit England!
Posaunen.
Und natürlich gehörten Tränen dazu. Heute waren es Freudentränen.
Denn Marguerite war erschrocken an ihren Vater hingesunken, den sie wie Hilfe suchend umarmte, als er mit dem Beschluß über ihr künftiges Leben in Beaumont-les-Tours erschienen war. Dort wohnten sie im Abteigebäude. Wortlos, fast lautlos, nur mit schütterndem Körper hatte sie vor sich hin geweint, während er ihr von seiner Bonne Mère und von seinem Gespräch mit ihr in Arles erzählte. Von dem Bildchen, das seine zukünftige Gattin darstellen sollte und die er damals durch jenes Portrait zum erstenmal sah. »Deine Mutter«, sagte er. »Es war ein unvollkommenes Bild. Kein guter Maler.« Jedoch die Wirklichkeit, das wisse sie selbst, sei unvergleichlich schön geworden. Trotz allem Schweren oder gerade dadurch, es gemeinsam erlebt zu haben.
Überdies sei im Kreuzgang, in dem sie auf und nieder gingen, der richtige Ort, über das Zeitliche auch im eigenen Schicksal nachzudenken. Epitaphien und Sarkophage standen an den Wänden. Grabplatten waren in den Fliesenboden eingelassen. Dort hatten die Sandalen der Meditierenden schon manche Schrift mit ihrem

Lobpreis abgetreten, manche Namen und Embleme der klugen Äbte abgewetzt und ausgelöscht. Aber was jene Verewigten weitergegeben, wirkte insgeheim nach. Wie der immer noch Wasser spendende Brunnen am Kreuzweg im Rasen, wo Tauben auf dem Dächlein über der Eimerwinde saßen. Sie gurrten. Aber sicher war es unvermeidlich, daß die Bauernhühner, die in den Klostergarten eingedrungen waren, den Rasen zerkratzten und sich Schlafmulden scharrten. War's eine billige Philosophie? Nun, das Gebäude blieb. Das Geistige dauerte fort.

Sie, Marguerite, hatte jetzt nur noch vor Augen zu haben, Königin über das Inselreich sein zu müssen. Zu dürfen! Welch große Verpflichtung. Es war für Isabella, ihre Mutter, ein Triumph. Sie suchte die beiden so traurig sich Liebenden, Vater und Tochter, gerührt und stolz. Da sie doch nunmehr die Königinmutter von England war?

»Welch eine Chance nach dem nahezu hundertjährigen Krieg«, sagte der Herr von Grignan, der durch den Kreuzgang gehastet kam. »Ich humple«, sagte er und schlenkerte sein steifes Bein voran, »hinter den Tatsachen her. Aber ich hole sie ein. Sire, ich bin glücklich! Die Enkelin Ihrer Belle Mère vollendet, indem sie gekrönt wird, was Ihre Belle Mère für Frankreich getan hat. Wie sagten Sie, Sire? Durch Versöhnung.« Er sah die Tränen Marguerites als Tränen ihres Glücks an. Ach, nun dürfe er, wandte er sich an René, wohl bald den Schlußpunkt seiner Chronik auf das letzte Blatt hintüpfeln.

Aber er hatte zuvor noch die Verlobungsfeier in Saint-Martin und das Fest in seiner Chronik zu beschreiben, das Charles der von ihm erbetenen englischen Königin gab. Vor ihr verneigten sich die erstaunlich mächtigen Riesen zuerst, die wahrlich als Zyklopen mit Bäumen in den Händen aus einer Sagenwelt zu kommen schienen. Stampfend waren sie vor die Tribünen marschiert. Die Entremets begannen.

Bei diesem Fest wurden der mädchenhaft jungen Tochter Renés, die durch ihr Lächeln oft an Yolande denken ließ, schon jetzt alle Ehren zuteil, die ihr als Queen von England gebührten. Der großen Yolande gedachte auch Charles: daß es ein Fest in ihrem Geiste sei, also ein Dank der französischen Welt. Nun sei ihr Ziel erreicht! Nun trage die Queen Marguerite, die unter den Augen ihrer Bonne Mère herangewachsen war, ihre versöhnende Sinnesart auf die britische Insel. Noël!

Dennoch schien es dem Herrn von Grignan bemerkenswert, wie

ein Schatten, daß immer noch englische Truppen in der Normandie, in Nordfrankreich und an der Gironde in Aquitanien standen, wo die Stelzenhirten mit ihren weit ausgreifenden Schritten davongelaufen waren. Nun führten sie hier vor der englischen Herrscherin, die sie nicht haben wollten, aber eigentlich liebten, ihre grotesken Tänze auf. Dann stürmten zwei Kamele, die eines der Schiffe Jacques de Coeurs aus Ägypten mitgebracht hatte, an den Tribünen entlang, mit roten Zotteln und Netzen behängt, zierliche Türmchen auf ihren Höckern. Ein Einfall war überraschend dem anderen gefolgt. Nun trugen die Reiter auf den Kamelen, die ihre Lanzen und Peitschen schwangen, einen Scheinkampf aus, ein dramatisches orientalisches Bild unter dem Mondschein der Touraine, während immer mehr Lichter in den Sälen angezündet wurden. Zugleich mit dem Meister des Festes, der von Dienern mit Stocklaternen begleitet wurde, forderten drinnen die Tanzmusikanten zum Defilée in die Säle auf.
Knicksend und mit Verbeugungen zogen die Gäste an Marguerite vorüber, die wie eine jüngere Schwester neben Marie stand. Sie ließ ihre Hände nicht los, auch als sie den Saal betraten, wo ihrem Abschied im Freien, da sich drinnen der ganze Zug wieder aufgestellt hatte, eine erneute Begrüßung folgte.
Als letzter blieb der Seigneur allein im leeren Hof zurück. Die Bühne und die Tribünen wurden abgeräumt. Wie beim Komödienspiel, dachte er. Hier, in der Nähe des Flusses, war der Geruch des strömenden Wassers kräftiger als der Duft aus den Bosketten und Büschen.
Suchte dort nicht René den Kamelstall auf? Immer war er auf ungewöhnliche Bestien begierig.
Nachher glaubte der Herr von Grignan, René und Jacques de Coeur zu erkennen. Einträchtig schritten zwei Männer die langen Kieswege aus, anscheinend in schwerer Beratung.
Aber es mochte der Mondschein sein, der sanfter und dennoch stärker als alle Lichter im Tanzsaal war und der alles verändert erscheinen ließ. Wie Täuschungen?
Nun gut. Weil er mit seinem Schlenkerbein ohnedies nicht mehr tanzen konnte, ging der Seigneur in sein Quartier zurück. Die anderen, erfuhr er am nächsten Morgen, hatten bis in den Morgen hinein getanzt.

Vierter Teil

Abends unter Zypressen

Erstes Kapitel

Mit dem Königsboot

Viel größer als bei der Fahrt ins benachbarte Tours war das Aufgebot, als René seine Reise in die Provence antrat, wo er seit Jahren erwartet wurde.
Eine kleine Flotte, die unter den massigen, hoch aufragenden Mauern an der Rivière der Maine lag, wurde mit Kisten und allerlei Reisegebinden beladen. Denn weil man befürchten mußte, in den Schlössern von Tarascon und Aix und gar in den Manoirs auf dem Land nur kahle Räume zu finden, hatte der Reisemarschall auch Küchengeschirr einpacken lassen. Tafelsilber. Wandbehänge. Natürlich auch Bücher.
René bedauerte nur, daß er nicht auch seine Tiere mitnehmen konnte. Seine Bestien. So hatte sie der Seigneur von Grignan genannt, der am Rhone-Ufer stehen und ihm winken wollte. Närrisch vor Freude schreibe er das. Madame Etiennette würde dabei sein! Dazu müsse er eine Erklärung geben.
Denn weil sich nun vieles runde, obwohl es noch immer nach Unrat rieche, auch an unvermuteten Orten, aber weil nun das Hauptgeschäft seines Lebens beendet sei, habe auch er einen Knoten gemacht. Einen Punkt. Und wenn ihn auch mancher kaum zu verstehen bereit sei, er selber verstehe sich gut! Ausholend schicke er dies voraus.
Als er einmal in sein ausgedörrtes Schloß zurückkam, das in der Sommerhitze so leblos wie das ganze Dorf lag, so daß er unbeobachtet heimkehren konnte, war er zuerst durch die Flure gestampft, hatte die Glocke zur Küche gezogen und laut Etiennette und Jérôme gerufen. Madame Etiennette! Aber die mächtige Frau Etiennette, die sich im lose gegürteten Hauskleid wohl allzu alltäglich vorkam, war, einen unklar erschrockenen Ruf ausstoßend, anstatt ihn willkommen zu heißen, davongeeilt.

Dann kam sie endlich, nachdem er bereits seine Reiterstiefel mühevoll ausgezogen und von sich geworfen und während er Trinkbares suchte, über die Stiege herunter, angetan mit jenem kostbaren Kleid, zu dem er damals bei Vater Pierre Coeur in Bourges den Pelzbesatz erstanden hatte! Auch ihre Pelzmütze hatte sie aufgesetzt. Mitten im glühenden Sommer! Bald war ihr Schweiß übers Gesicht gelaufen. Aber sie hatte gelächelt. Eine Glückliche!
Seit damals, gestand der Seigneur, hatte er seine Madame Etiennette mit anderen Augen betrachtet. Sie hatte geschluchzt, weil er wieder daheim war, er, dieser häusliche Unband, Rechthaber, Sonderling, Streithahn, der, Gott sei's geklagt, viel täglich seit Jahren bewiesene Liebe mißachtet hatte. Mochte sie auch gegen ihn, bei dem die beste Kost nicht anschlug, ein wenig stattlich oder junonisch sein. Sie ergänzten sich. Er hatte ihr Herz erkannt.
Nun gut, er hatte deshalb vor kurzem das Ringlein mit ihr getauscht, auf das alle Frauen begierig sind.
Dies habe er wohl zuvor noch berichten müssen, schloß er. Denn, will's der Daus, so wäre es für die närrisch glücklichen Eltern ein vollkommenes Glück, dürften sie, will's der Daus, den Roi de Sicile zum Taufpaten bitten!
»Will's der Daus«, hatte René wiederholt, als er den Brief, der kurz vor seiner Abfahrt ankam, Isabella vorgelesen hatte.
Sie blieb in Angers. Sie gönnte es ihm, endlich fern von Paris und Tours und Chinon, wohin ihn Charles zu jedem Kronrat eingeladen hatte, nur seinen eigenen Dingen zu leben. Gedichten. Der Malkunst. Gärten und Tieren. Das Glück bestehe oft nur aus der Lust an den Dingen, hatte er oft epikurisch gesagt. Auch jener Weise hatte ja Gärten geliebt, einen menschlich geordneten Raum der Natur. Mit Götterstatuen im Laub. Eigens für sie schreibe er, hatte René Isabella versprochen, ein großes Buch über die Liebe. »Le livre de Cuers d'amour espris.« Aber wahrscheinlich komme er niemals zu Ende damit.
Nun, wenn er nicht mehr weiter wisse in seiner Betrachtung der Liebe, gab Isabella zurück, solle er jedesmal wiederkommen. Obwohl – sie habe in der Provence manche Dido gesehen, die von den Dichtern so gern in Vergleichen zitierte antike Dame?
Zwiespältig sagte René, so sehr er sich freue, wieder Zypressen vor Augen zu haben, die Lieblingsbäume Vergils, der Abschied

falle ihm schwer. Obwohl nun alles gut geordnet scheine. Zuversichtlich.
Wie mit seiner Belle Mère ging er mit Isabella über die Wälle.
Marguerite war in England glücklich geworden. Sie hatte ihm Pferde geschickt. Einfach um ihr, seiner Gattin, und ihm, ihrem guten Vater René, eine Freude zu machen, hatte der englische König die Grafschaft Maine zurückgegeben. Ohne Kampf oder Pulverdampf. Durch einen Brief! Durch Vernunft. Nun hatte Charles sein Erbteil, der Bruder Renés, und freilich hatte René ihm nun eine weitere Rente zu zahlen. Sei's drum.
Jean amtierte indessen in Nancy. Manchmal hatte er dort sogar die Herzogin Isabella zu Gast, die Gattin Philipps des Guten, der sich selber kaum eine Zeit der Nachdenklichkeit wie sein einstiger armer Gefangener genehmigen konnte. Pas à Pas hatte René, noch immer sein Schuldner, nur das Mögliche zu erreichen versucht. Nun war es erreicht.
Nun galt der letzte Rundgang Renés seinen Tieren und ihren Wärtern. Yves Cadorat, dessen Vorname ihn als Bretonen verriet, war ebenso stolz auf sein Wildschweinrudel wie auf die Kamele, die René in Tours von Charles bekommen hatte. Ohnedies waren die meisten Tiere Geschenke. Als ahnten sie, daß René sie verlasse, kamen sie an die Eisenstäbe, voran sein Löwe Martin. Sogar die Leoparden, die Benoît Bagouet beschwichtigte, ihr Wärter, schienen die Köpfe hinter dem Gitter zu schütteln. Als hätte René eine seltsame Macht über sie, denn er sprach oft mit ihnen, kamen seine geliebten Bestien aus ihren Grotten hervor, manche noch wie im Schlaf. Seine Geparden, die orientalischen Jagdleoparden, durften mitunter frei hinter ihm her durch die Gärten gehen, wo Strauße und Flamingos standen, wo Pfauen ihre Räder schlugen. Schnatternd scharten sich die Wasservögel um René, während die Affen in ihrem Gitterhaus noch toller als sonst zu springen, zu schaukeln und zu schreien begannen. Hier befinde er sich, sagte René, in einer fast paradiesischen Welt, obgleich sie aus Gefängnissen bestehe. Doch es gehöre zum Menschen, mit Tieren zu leben. Mitnehmen könne er allerdings nur seine Hunde und diese nicht, weil Isabella sie entbehren würde.
Nur eine Steige voller Tauben, Brieftauben, hatte Pierre Desbans, der Vogelwärter, auf eines der Boote gebracht. Ob sie Gedichte bestellen würden? Er fürchte, meinte René, sie kämen wahrscheinlich öfters mit einem Bettelbrief um Geld geflattert.
Alles war umsichtig vorbereitet. Alles nach gutem Menschenver-

stand in Ordnung. Die Justiz als erstes. Dann die Verwaltung. Die hohe Schule, für die er einen neuen Magister artium berufen und ein Studentenhaus errichtet hatte. Indessen waren im Wald von Roche-sur-Yon seine tüchtigen Glasmacher seßhaft geworden, geleitet von André Robin, den die farbigen Fenster in Saint-Maurice als bedeutenden Meister auswiesen.
Genug. René hatte dort, in der Kapelle Yolandes, die Bilder nochmals geprüft, die er selbst auf die Wand gemalt hatte. Ob sie die Farbe hielten? Sie hielten sie.
Also Adieu.
War Isabella erblaßt? War sie krank? Seit Neapel hatte sie manchmal durchscheinend umdunkelte Augen.
Aber sie lief inmitten der Leute ein Stück weit auf dem Uferdamm neben dem Schiff einher, warf Blumen herüber und plötzlich, nachdem sie eifrig suchend sich selbst abgetastet, ein schweres goldenes Armband. Ein Erbstück. »Falls du Geld brauchst, René!« Dann lachte sie zum Abschied wie ein junges Mädchen, mit hochgereckten Armen winkend. »Bonne chance!«
So behielt sie René vor Augen.
Jetzt begann jene Fahrt, die den ohnedies eigentümlichen Ruf Renés erhöhte, einer der seltsamsten Herrscher zu sein! Ein König, der beim kleinsten Dorf anlegen ließ, um mit den Bauern einen Wein zu trinken? Dabei hörte er ihre Sorgen an. Aber er ließ sich auch ihre Geschichten erzählen. Sagen. Gruselgeschichten. Volkslieder hörte er gern.
Dann mußte Monsieur Merlin dabei sein, immer zum Schreiben bereit, sein Sekretär, der Satz für Satz, wie sie der Tag ergab, zu Briefen an Isabella verknüpfte.
»... eine Girlande, quer übers Wasser gespannt, hing so tief herunter, daß wir anhalten mußten ...
... anhalten müssen wir überall ...
... ich liebe Dich, ich vermisse Dich ...
... überall will man mich mästen und mir mehr Wein einflößen, als ich gutwillig trinke. Stets auf Dein Wohl! In Saumur, dies bitte ich bald zu bewirken, muß man die Brückenbögen erhöhen!«
Dort hatten sie die Stangen, auf denen das Bootszelt ruhte, und die Masten niederlegen müssen, weil die niedrigen Joche die Durchfahrt verwehrten. Bevor er jedoch zu seinem vieltürmigen Schloß auf die Höhe ritt, hatte René die gerührte Tiphaine

besucht, seine Amme. Dann hielt er im gleichen Kirchengestühl eine Andacht, in dem Ludwig der Heilige Abschied nahm, bevor er zum Kreuzzug nach Ägypten übersetzte.
René stieg auch, unweit von Saumur, in Candes-Saint-Martin aus, wo der Schutzpatron Frankreichs gestorben war, jener heilige Martin, der seinen Mantel zerschnitt, um ihn mit einem Bettler zu teilen.
Überall fand er das Beispielhafte, das zum Verweilen verlockte. Zwar wäre René auch gern von dort aus ins Land hinein nach Fontevrault geritten, um wieder einmal in der kühlen Weite der Basilika vor den Steinsarg des Richard Löwenherz zu treten, neben dem ein anderer Plantagenet ruhte, der englische König Heinrich der Zweite.
Weiter. Das Ziel seiner Bootsfahrt auf der Loire lag ja weit südwärts. Also weiter. Vorbei an Tours und Amboise. Da und dort auf den Uferhöhen verführten Burgen und Schlösser und ihre freundlichen Damen und Herren zur Einkehr, und freilich saß er im Schloß von Blois gern mit dem Duc d'Orléans und seinen Dichterfreunden zusammen. Dann ging es vorbei an Beaugency, wo ehedem Jeanne d'Arc durch die gebuckelten Gassen gesprengt war. Orléans mit seiner Insel tauchte auf. Am nächsten Tag kehrte René in Saint-Benoit ein. Wie ein massiger Baldachin war der Vorbau der uralten Kirche. Säulenbündel. Wunderliche Kapitelle. Der Kastellan von Sully kam über den Strom gesetzt.
Endlich ging es nach Süden, vorbei an Gien, wo Charles seine Truppen zum Zug nach Reims gesammelt und wo er sie später verabschiedet hatte. Von dort aus war Jeanne d'Arc enttäuscht nach Bourges gekommen, wohin es von Nevers aus nicht mehr weit gewesen wäre. Aber schon wartete in Roanne, wo sie die schmal aus der Auvergne kommende Loire verließen, ein Troß von Karren. Jetzt erst, auf dem Weg nach Lyon durch das waldige Hügelland, wo die Wasserscheide verlief, empfand René seine Reise wie eine innere Lösung von allem, was hinter ihm lag.
Dann wurde die Flotte, die in Lyon bereitgelegen, rasch von der eisgrau strömenden Rhone dahingetragen. Amtspersonen, Damen, Musikanten gaben René das Geleite bis nach Vienne, wo sich die Landschaft, nachdem die Uferberge zurückgetreten, allmählich in hellerem Licht darbot. Mandelbäume! »Blast einen Tusch!« rief René. »Die ersten Zypressen!«

Aber nur wenige Meilen weit hatte René die Empfindung, wie erlöst ins mittägliche Frankreich einzufahren. Denn jetzt ging es südlichen Gärten entgegen. Gärten, sagte er zu seinem Nachbarn, Herrn de Varye, der sich neben ihn setzte und der der Vertreter Jacques de Coeurs in Genf war, Gärten sind ein Bereich von Männern, die das Wichtige abwiegen lernen. Oft ist es ein Winziges, das Erblühende, selber Gepflanzte, das wichtig wird, obgleich es vergeht.
Herr de Varye, der mit seinen dünnen Lippen kaum zu lächeln vermochte, erwiderte ihm, daß ihn Louis, sein Neffe, der Dauphin von Frankreich, in Vienne erwarte.
»Was will er von mir? Will er mir Gießkannen tragen? Will er malen lernen?«
Louis male sich eben jetzt seine Zukunft aus, meinte der Herr de Varye. Er sei, nachdem ihn sein Vater verfolgen ließ, nach Savoyen geflüchtet, heirate dort eine Tochter des Herzogs, genieße das Wohlwollen Philipps des Guten. Gewisse Leute am Hof seines Vaters seien ihm widerwärtig. Das sei begreiflich.
Bald tauchte in den Uferwiesen eine Kavalkade junger Reiter auf, die aber vor der Stadt zurückblieb. Das war er.
Aber Louis fand sich erst abends, als scheue er die Helligkeit im Tanzsaal, auf der Terrasse ein, geschmeidig im Dunkel über die Staffel setzend. Ein Schatten. Plötzlich schob er sich neben René, auf den er hastig einsprach. Er müsse ihm helfen. Ohne Zusammenhang stieß er Namen hervor. Auch Alençon war wieder dabei. Viele, viele dachten wie er über die, über den, über alles, was brüchig war! Aber sein Vater verschließe die Augen, auf halbem Weg, ohne die Zukunft zu sehen.
»Wer sieht sie genau?« fragte René. »Ich ging ihr, als ich so alt war wie du, mit einem stetigen Wundern entgegen.«
Er müsse ihm helfen, drängte Louis ungeduldig.
Aber René fragte ihn: »Weißt du nicht, daß dein Vater ein armer Mann ist? Anders arm als ich. Er ist reich. Aber arm. Er möchte gern gut zu dir sein. Geh' zu ihm, Louis. Darf ich ihm schreiben, daß du kommst?«
»Nein.«
»Er bat mich«, sagte René, »dir den Heimweg leichter zu machen.«
Davon wollte Louis nichts hören. Nur sein »Nein, nein, nein« behielt René im Ohr, feindselig auch gegen ihn. Drohendes blieb zurück. Verwirrendes. Also hörten die Händel nicht auf? Er

möchte sich nicht in solche Verworrenheiten hineinzerren lassen, sagte René zu Herrn de Varye.
»Ich muß mich leider darum bekümmern. Er rechnet auf Sie. Er wird wiederkommen.«
»Muß man nicht für beide da sein, wenn man beiden helfen möchte?«
»Nicht immer.« Herr de Varye sah ihn vieldeutig an.
»Und Jacques de Coeur? Was sagt er?«
»Er denkt wohl wie ich.« Nun brachte er doch ein Lächeln zustande.
»Ihnen steht eine Freude bevor«, lenkte er ab. »In Grignan. Aber denken Sie über Louis nach, Sire.«
Wie ein nächtlicher Spuk war es gewesen. Morgens kein Wölkchen am Himmel. Weiter!
Irgendwo am Ufer, wo keine Häuser standen, nur Pappeln, warteten der Seigneur von Grignan und Madame Etiennette auf einer Wiese, als wären sie querfeldein von den Höhen herabgekommen. Riesengroß, wie ein Tafeltuch, damit man sie nicht übersehe, war eine Standarte gehißt. Daneben ein Pfeifer, der zugleich die Trommel schlug. Ländliche Reiter. Dorfleute. Willkommen!
Abwechselnd redeten der Seigneur, dann seine manchmal anmutig errötende Gattin, während sie zum Talhof ritten. Dort finde er nämlich sein Gastgeschenk. Etwas Gewichtiges sollte es sein, hätten sie beide bedacht. Die größte Bestie, die es gibt, für sein geliebtes Bestiarium. »Zwar ist sie noch klein, Sire. Aber sie wächst. Steigen Sie ab, Sire.«
Noch war das hohe Brettertor der Ferme verschlossen. Doch schon begann im Hof, wohl durch den Lärm vor der Mauer erregt, ein durchdringendes, dunkles, langes Trompeten. Die Pferde scheuten. »Was ist das?«
Da wurde das Tor von innen aufgetan, und da stand sie nun, die kindliche, mächtige Bestie, wie der Seigneur sie nannte, den linken runden Stempelfuß mit einem Schiffertau an einen Pflock gebunden, den Rüssel hoch erhoben. »Ein kleiner Elephanthus!«
Ach, seine guten Provençalen! Unwillkürlich umarmte René auch Madame Etiennette und küßte sie auf beide Wangen. Sie gab die Zärtlichkeit zuerst bestürzt zurück, aber dann fest. Sie habe ein Recht, auch auf die unvermeidliche Rührung.
»Ein Elefant! Der hat mir noch gefehlt! Ein herrlicher Anfang!«

Mußte nicht jeder verstehen, daß man bei einem solchen Anblick, nein, nicht wegen dieses Anblicks, sondern wegen der Tat und Gesinnung gerührt sein durfte? Ein Elefant?
Er war noch nicht ausgewachsen. Ein Jungtier. Vielleicht eine Jungfrau, sagte René. Ein Jüngling. Man konnte dem dunklen Dickhäutergeschöpf gerade noch, ohne sich aufzurecken, die Hand auf seine breite Schädelplatte legen. René gab ihm das erste Heu. Welch ein herrlicher Plumpsack. Stampfend. Mit dem Schnörkel seines Rüssels. Mit dem lustig schnappenden Keil seiner Unterlippe. Mit großen Wackelohren. Glanz in den knopfschwarzen Augen.
»Anscheinend hat er mich angenommen«, sagte René, der ihn rundum bewunderte, auch die wedelnde Quaste am Schwanz.
Ungläubig, wie zum erstenmal auf eine verwandelte Erde versetzt, erlebte René den Tag in Grignan. Trotzdem, sagte er, trotz aller Freude beschleiche ihn fast eine Traurigkeit. Ob es wohl eine tragische Freude gab? Die Dorfleute schenkten ihm Murmeltiere. Einen Wolf. Einen Luchs. Die Burschen hatten sie eigens für ihn gefangen. Bergeichhörnchen wurden ihm in einem Käfig überreicht.
Zuletzt bat René, sie sollten ihm die Tiere nachts nach Aix oder Tarascon bringen. Denn er ahne den schmerzlichen Widerspruch, daß man ihn zwar liebe und doch nicht verstehe. Daß man ihn gelten ließ, ohne so denken zu wollen oder gar fühlen zu können wie er. Also: nachts.
Nachts führten ihm die Dörfler ihre Tänze vor, die Mädchen mit langen, wie Wellen ausschwingenden Röcken, aufgekräuselte Spitzengebilde auf ihren Scheiteln, weiß, wie wippende Schmetterlinge. Und natürlich stiftete ihnen René eine Börse.
»Weniger hätte auch genügt«, ermahnte ihn sein Tresorier. Ohnedies habe René unterwegs zu viele Geschenke gegeben. Nun überreichte er ihm Beutelchen, die er morgen in Orange, dann in Avignon und in Tarascon ausgeben könne.
»Und die Dörfer dazwischen?« fragte René. »Und die Zufälle?«
Als sie Grignan verließen, erbat er am Talhof noch einen Aufenthalt. Er müsse zuerst noch seinen Elefanten zeichnen. Dann stand seine höfische Suite mitsamt dem ländlichen Volk andächtig wartend um ihn herum, während er, auf einem Stühlchen sitzend, Strich für Strich den Umriß seines Elephanthus auf dem Papier entstehen ließ. Er schenkte das Bild Madame Etien-

nette. Sie und der Seigneur verstanden ihn. Liebende Alte, die dankbar waren, weil sie ihn beglücken konnten.
Aber anscheinend brach in diesem Land überall eine Art Verliebtheit aus, sobald sein Königsboot anlegte. Zwar waren die in Fröhlichkeit ausbrechenden Leute meistens arme Leute. Aber sie hopsten und tanzten, auch wenn sie barfuß waren. Sie boten mit ihren Liedern und Rezitatoren die zufällig entstandenen Entremets. Denn überall gab es Empfänge. Aufläufe. Umstellt von den hübschesten Mädchen, die ihn umdrängten, mußte René sich in Avignon durch die Menge ringen, um den Rubin des Erzbischofs küssen zu können. Um seinen guten Jean de Village zu begrüßen. Ah, und dort den florentinischen Freund di Pazzi, den Bankier. »Gut, daß du da bist. Wahrscheinlich brauche ich Geld.« Mon Dieu, wer hatte ihn da geküßt? Aus dem dicht um ihn drängelnden Jungfernschwarm heraus auf die Wange?
Auch in Tarascon, wo er in seinem streng auf dem Rhonefelsen sitzenden Schloß einkehrte, auch in Arles wiederholten sich ähnliche Szenen.
Wie einst, als seine Belle Mère auf dem Ehrenplatz saß, führte man ihm zu Ehren einen Stierkampf auf. Dann bestürmte man ihn. Auch er müsse kämpfen! Er galt als ein Heros. Der Sieger von Chappe und der Reiterheld gegen Alfonso in den Caudinischen Pässen bei Benevent. Nicht nur ein Dichter. Nicht nur ein gefühlvolles Herz, sondern ein Mann dieser Welt mit untrüglich behendem Auge, das freilich auch träumen konnte, wollte, sollte. Auf!
Er wagte es. Aber er schien mit dem schwarzen, gedrungen massigen jungen Stier nur ein Spiel zu treiben. Schnaubend und hetzend umkreiste ihn der Toro, als locke René ihn an, um ihn gleich darauf zu verscheuchen. Er fächelte ihm mit der Muleta über die Nüstern hinweg und vor den Augen, und er schob ihm beiläufig ein zur Schleife gebundenes blaues Bändchen über das linke Horn. Kurz, er führte schließlich der atemlos starrenden, oft in wilden Beifall ausbrechenden Menge alle jene Passagen und Figuren vor, die Finten und Waghalsigkeiten, die ein gewandter Torero beherrschen mußte. René gab dem Stier den Durchgang, auch kniend, auch vom Rücken her, wie es ihm einst Jéhan, der nun als alter Held der Arena verzückt unter den Zuschauern saß, beigebracht hatte. Jetzt kam endlich der tödliche Stich!
Aber da begab sich etwas Sonderbares. Mit geducktem Kopf, mit tief von unten aufschauenden Augen verhielt der Stier wenige

Schritte vor René, in jedem Muskel gespannt und bereit, jetzt auf ihn loszustürmen. Auge in Auge schätzten sich beide spannungsvoll ab. Da warf René das rote Flatterfähnchen beiseite. Die Muleta. Sie war, ein letztes Mal ausgebreitet, wie ein roter Strich in den Sand gefallen, wobei der Stier mit einem kurzen Ruck den Kopf bewegte. Er glotzte hin, ob sich das aufreizend rote Drapeau vielleicht doch wieder wie eine erneut aufflakkernde Flamme erheben werde?
In diesem Augenblick trat René auf den Stier zu, federnd, wie bei einer Tanzbewegung, und nahm mit einer behutsamen, rasch zugreifenden Geste die blaue Schleife von seinem geschwungen zur Spitze aufragenden Horn. Aufspringend, als sei die ganze Arena ins Wanken gekommen, bejubelte die von dieser anmutigen Kühnheit hingerissene Menge die Tat, und René bedankte sich zwar durch Verbeugungen. Dennoch schien er unschlüssig zu sein, wem er die Siegerschleife, die er auf seine Degenspitze setzte, überreichen solle. Wie hilflos blickte er auf die Vielfalt der schönen Damen von Arles in ihren Spitzenmantillen, von denen ein Hauch des Orients ausging. Jede wäre zu krönen, drückte sein Blick aus, seine Handbewegung mit ausgebreiteten Armen. Aber dann entdeckte er wieder Jéhan mit seinem furchigen Altemännergesicht, einen Geist der Camargue und der Stiere, der ewigen Tauromachie, die jeder im Kampf mit dem eigenen Dämon erlebt. Auch ohne Stierkämpferdegen. So hatte er damals gesagt. Jéhan gehörte die Schleife.
Begeisterung!
Genug der Feste.
Er hatte zu rechnen. Zu verhandeln. Geld zu beschaffen. Für Marseille, wo der Turm Saint Jean am Flaschenhals des Alten Hafens ausgebaut werden mußte, auch besser armiert, da noch vor kurzem katalanische Freibeuter bis in die Einfahrt des Vieux Port hereingerudert waren. Hafenkais und die Borde der Flüsse waren zu richten. Brücken und Kranen. Wellenbrecher. Bald knarrten Wagenzüge mit Steinbrocken durch die Landschaft, wo auch die Straßen ausgebessert werden mußten, und freilich hatte man auch an Stadtmauern und Türmen und an den Schlössern zu bauen, um ihren Verfall aufzuhalten. Durch die Frühjahrsflut hatte im weiten Tal der Durance der Aquädukt gelitten.
Aber es müsse auch reichen, hatte René entschieden, um an Ostern ein paar alte Leute an seiner Tafel im Schloß zu haben, die man als weitere Ostergabe neu einkleiden müsse. Wo er sie traf,

lud er sie ein, und da es beim erstenmal dreizehn waren, durften es beim nächsten Mal nicht weniger sein. Er trug ihnen selber das Essen auf und goß ihnen Wein ein. »Wohl bekomm's, Alter.« Ach, er verschenke zuviel! Aber René verbesserte seinen Tresorier: soviel, wie er verschenken möchte, habe er leider nicht. Also könne es niemals zuviel sein.
Für die geringste Gebühr hatte René seinem Barbier Alain le Haut erlaubt, in Aix die seit der Römerzeit berühmten Heilquellen wieder nutzbar zu machen. Er baute Badehäuser. Also kam ihm wohl einiges Geld zugute, aber den anderen vielleicht die Gesundung? Konnte man mehr daran verdienen wollen als der Mann, der sich die Mühe machte?
Ohne sich lang zu bedenken, hatte René seiner guten Stadt Tarascon, in deren Armut er vom hohen, flachen Schloßdach aus hineinsah, fünf Jahre Steuerfreiheit zugestanden. Er sei zu freigebig, hielt ihm sein Argentier vergeblich vor, auch wenn es um Privilegien oder deren Erneuerung ging. Denn er tröstete ihn: »Wenn ohne Not genug für mich und meine Bestien übrigbleibt, genügt es.«
Trotzdem rechnete er selber alle Einkünfte nach, Steuern und Zölle, Straßengelder und Pachten. Aus den verschiedenartigsten Quellen floß zwar allerlei Geld zusammen. Aber es könnte wahrhaftig mehr sein!
Er könnte und sollte mehr einnehmen, hörte er auch aus den Worten von Louis heraus, dem Dauphin. Höflich hatte er angekündigt, daß er die Pilgerstätten der Sainte-Madeleine besuchen möchte, Saint-Maximin und die Sainte-Baume, die Einsiedlerhöhle im Felsgebirge, und sicher war dieser fromme Grund, mit dem er neugierig das Land seines Oheims bereiste, nicht anzuzweifeln. Zwiespältig wurde jedoch René an Charles erinnert, der sich damals in dem weltentlegenen, hohen Tal darin gefallen hatte, sich ähnlich undurchschaubar zu betragen wie heute sein Sohn.
Louis fand zwar manche der Bestien erstaunlich, andere drollig. Aber er sagte: »Sie dürfen sich nicht zurückziehen, Sire. Ich suche ein Bündnis mit Ihnen.«
»Gegen wen?«
Ohne darauf eine Antwort zu geben, hatte Louis sich weiter durch das Schloß, durch die Höfe und Gärten gedrängt, ein dunkles, verzehrtes Gesicht mit rasch erraffenden Blicken. Anscheinend, aber nur flüchtig fesselten ihn die Bücher, Bilder und

Zeichnungen, auch die verschollenen Lieder der Troubadoure, die René gesammelt hatte und abschreiben ließ. Hier saß ein Copist, im nächsten Raum ein Münzmodelleur. Musikinstrumente gab es zu sehen. Alles sei schön, fand Louis. Eine innere Welt. Aber?

Er wisse, sagte René in seine unausgesprochenen Fragen hinein, daß er, der Dauphin, mit bedeutenden Plänen umgehe. Wie tastend erwähnte René, was man ihm zugetragen hatte: Spanien unterwerfen? – Louis schwieg. – Neapel erobern? – »Es ist Ihr Neapel, Sire!« – Dann von Apulien aus übers Meer nach Griechenland? – Das sei doch der alte Weg, sagte Louis und fragte, von wem er seine Träumereien wisse? – Es kämen sehr viele Gäste zu ihm, sagte René. Manche ahnten oder fürchteten, was andere träumten. Er selber habe dabei noch sehr stark im Ohr, daß auch Philipp der Gute schon oft einen Türkenkrieg versprochen habe, den er ernstlich plane. Also könnten sie sich an der unteren Donau begegnen? Einig im gleichen Ziel? Oder nicht? Also sei es wohl kaum nur geträumt?

Da kniff Louis die Lippen ein.

Unvermittelt sagte er nach einer Weile und musterte René wie lauernd: »Sie haben meinen Vater überredet, daß er ständig eine große Truppe unterhält, auch wenn er sie nicht braucht? Ständig fünfzehn Kompanien? Eine laufend bezahlte Armee? Das gab es bisher noch nirgends.« Aber René gab ruhig zur Antwort, er habe mit Condottieri-Verträgen meistens Übles erlebt. Auch mit adligen Herren. Also sei es wohl gut für den König, eine verläßliche Truppe zu haben.

»Gegen mich!« stieß Louis hervor, worauf René verwundert sagte, an eine solche Deutung habe bisher noch niemand gedacht ...!

Als merke er die Betretenheit nicht, die Louis unruhiger machte, als er ohnedies war, wies ihn René auf einige Bäumchen hin. Sie trugen vielleicht schon im nächsten Jahr die begehrten Nuces moschatae. Muskatnüsse. Weit her aus unbekannten Ländern waren die Bäumchen von Hand zu Hand zu ihm gekommen. Welch einen Gewinn konnten sie für das Land einbringen, wenn künftig seine Bauern diese teuren Früchte selber ernten konnten. »Ist das nichts?« fragte René. Oder diese neuen, veredelten Reben. »Ist das nichts?« Er bemühe sich nämlich, auch dadurch etwas für seine Leute zu tun. Wie Lucullus, der die Kirsche nach Rom gebracht hat. Oh, er könne ihm in seinem Garten noch

einige Beispiele zeigen. Kleine. Gewiß. Dreitausend Rosen der unterschiedlichsten Art, aus denen man Duft-Essenzen gewinnen konnte. Liebhabereien. Gewiß. Versuche.
Er zog es vor, den Dauphin, der ungeduldig um sich sah, zu einem hoch verglasten Werkstattbau zu führen, wo sein Architekt, sein Maître des Oeuvres, mit seinen Gehilfen am Werk war.
Denn sicher sei auch er der Meinung, sagte René ein wenig lächelnd, er treibe sozusagen nichts. Er lasse sich abends unter Zypressen Musik vorführen. Moriskentänze. Zugegeben. Manches Gaukelvolk suche ihn auf. Warum nicht? Er selber dichte. Male. Er zeichne Ritterszenen. »Aber nur deshalb, Louis, weil diese noble Zeit vorbei ist und, verstehe mich richtig, ich meine damit die Gesinnung.« Basta.
Er denke auch an die Zukunft. Erst jetzt ging er mit ihm hinein. Hier hing ein Plan. Der Flußlauf der Loire. Ein vielverzweigtes Aderwerk. Er hatte, da er selbst auf dieser durch ganz Frankreich hingebogenen Wasserstraße fuhr, dort einen Bootskurs eingerichtet. Einen Fährdienst von Roanne bis nach Angers! Das war ein endlos langer Weg im Sattel. Viele Tage weit! »Aber nun kannst du dort auf meinen Booten fahren, Louis. Ist das nichts?« So habe seine Mutter oft gefragt. Hier, weitere Pläne. Pläne, Pläne!
Er wisse wohl, flocht René ein, daß Jacques de Coeur, nachdem Aigues-mortes erblüht war, nun den Hafen La Rochelle ausbaue? Nun gut, er selbst, René, scheinbar ein König im Traumland, verhandele mit dem Herzog der Bretagne, »auch mit deinem Vater, Louis«, daß die Loire von Nantes aus durch große Schiffe, Seeschiffe, Meeresschiffe, bis nach Saumur befahren werden könne. Bis nach Angers!
Hier hingen Zeichnungen der Brücken, die zu erhöhen waren. Vermessungen des Flußbetts. »Ist das nichts?«
»Außerdem soll ich«, sprach René gedankenvoll weiter, als er mit dem verstummten Dauphin die Werkstatt verließ, »den Papst aus Savoyen dazu bewegen, seine Tiara abzulegen und zurückzutreten. Damit endlich die schreckliche Spaltung der Kirche ein Ende hat.«
Auf dem Baseler Konzil hatte man Amédé, den Eremiten vom Genfer See, als Gegenpapst gewählt. Unheilbar schien auch seit dieser Wahl wieder der innere Riß durch das Schisma. Die Friedlosigkeit. Die Unsicherheit aller gläubigen Menschen. Aber

René konnte mit Louis, das fühlte er, nicht über den alten Herzog sprechen, den Grand Père seiner jungen Frau, der vielleicht kindlich, wie manche Heiligen waren, damals die Wahl nicht ablehnen wollte.
Jetzt spähte Louis von der Seite her wie sein Vater. Man konnte frösteln bei diesem Blick. Aber René wiederholte: »Ist das nichts?«
»Für Sie mag das viel sein«, antwortete Louis. »Ich erwarte mehr für mich von Ihnen. Größeres.«
Nun war es René, der sich unwillkürlich auf die Lippen biß. Doch er faßte sich. Lächelte. Legte Louis die Hand auf die Schulter. Aber der Dauphin wandte sich um, so daß seine Hand herabgleiten mußte.
»Ich erwarte, daß Sie sich für mich entscheiden, Onkel René«, sagte Louis.
Noch beklommener wurde René, als ihn Jacques de Coeur besuchte, obwohl es eine herzlich offene Begegnung war. Nun saßen der reichste Mann Frankreichs und der mit barem Geld immer ärmlich versehene König beisammen. Jede mildtätige Gabe empfing er ja selbst wie eine Mildtätigkeit seines eigenen Schatzverwalters, der oft erklärte, er verfüge über keinen Schatz, nur über schöne Titel. Tresorier und Argentier. Der Tresor war da. Eine Truhe. Eine ganze Reihe von Truhen mit eisernen Einsatzkästen und Kunstschmiedeschlössern. Aber das Silbergeld fehlte. Noch seltener waren die Ecus d'or.
»Ein Beutelchen mit kleinen Münzen, Sire. Sie tun es auch. Weil man Sie liebt.« Vorsorglich hatte der Kämmerer sogar Jacques de Coeur gebeten, bettelnden Leuten kein Geld zu geben, um sie nicht zu verwöhnen. Aber da war wohl keine Gefahr. Er hatte zuviel. Er mußte deshalb sparsam sein.
Der Minister und Kanzler hatte jedoch, was René bestürzt von ihm erfuhr, aus seinem eigenen Vermögen die von Charles verlangte horrend hohe Summe hingegeben, die Charles für den Krieg gegen England brauchte. »Krieg?« Noch war Frieden? Man hatte Verträge? »Das darf er nicht!«
Charles warte nur auf einen Anlaß. Auf einen Grund. Und freilich erwarte er auch, daß er, René, ihm zu Hilfe komme.
»Das kann ich nicht.«
Wie Freunde hatten sie miteinander gesprochen, abends unter den Zypressen sitzend, wo ein Zeltdach aufgespannt war. Nun schwiegen sie. Hier konnte der Blick weit in die Landschaft

schweifen, wo fern der Mont Victoire aufstieg. Pinienwäldchen und Rebengärten wellten sich ansteigend übereinander. Häuser mit ockerfarbigen Ziegeln dazwischen. Aber die Farben waren im Nachtgrau vergangen.
Trotzdem standen in der Nachbarschaft noch Leute auf den Dächern, um wenigstens aus der Ferne den großmächtigen, sagenhaft reichen Mann zu sehen, der mit ihrem bescheidenen König im Garten saß. Wie ein Fürst war er durch die Straßen von Aix geritten, umgeben von seinen Paladinen, ein langer Reisezug mit Reitern, Wagen und Sänften. Hatte niemand bemerkt, daß seine Pferde, wie man erzählte, mit silbernen Hufen beschlagen waren? Jeder hatte das prunkvolle Bild bestaunt. Die herrlichen Rosse mit Federstutzen. Ihre Geschirre, vergoldete Plättchen und Filigran. Ach, sie mochten, wie die verzierten Sättel, Schabracken und das Zaumzeug aus orientalischen Schatzkammern stammen! Er selbst, welch eine weltbewußte Gestalt in schwerer Seide.
Gewiß, auch ihr König René trug Gewänder aus Seide. Aber sie wurden im eigenen Land gemacht. Ob es zutraf, daß er manches im Tausch bekam?
René wußte wohl, was seine guten Leute von Aix nun wieder reden würden, auch die im Schloß und am Schloßtor und in den kleinen Boutiquen, wo sie im Freien auf kleinen Stühlchen saßen. »Er« hatte sein Herzogtum Lothringen und sein Herzogtum Bar seinem Sohn übermacht, die Grafschaft Maine seinem Bruder. Welch eine Selbstlosigkeit. Das mochte auch Jacques de Coeur überdenken, der ihn mitunter in einer guten Art von der Seite her ansah und doch wie verwundert. Denn überdies hatte er jedem der beiden auch eine Rente verbrieft, weshalb der Bodensatz seiner Kassen nie ansteigen konnte. Noch hatte er außerdem für Bulgnéville zu bezahlen und für Neapel, das er mitsamt Sizilien verloren hatte. Dann wurde weiter aufgezählt. Von der Insel Sardinien, die dazu gehörte, war nie die Rede gewesen. Aber Alfonso, der es genau nahm, war auch dort gelandet. Blieb die Königswürde von Jerusalem? Ein Titel. Ja, er hatte sogar die Insel Mallorca und die kleinen Inseln von Menorca, eine Erbschaft seiner Belle Mère, gleich weiter verschenkt, eine mit schönen Namen klingende Mitgift für Marguerite, seine Tochter, die englische Königin. Nur einige Keramiktöpfe von der großen Insel hatte er in Marseille einhandeln können, das einzige, was er je von jenen Inseln sah. Sie standen im Garten. Töpfe!

Aber nun sollte René den großmächtigen Mann nach Lausanne begleiten. Dort hatte der Papst Amédé seinen Sitz genommen, bei dem Charles die überzeugendsten, besten Gesandten aufbieten wollte, um ihn zum Rücktritt zu bewegen.
Ob sie beide, hatte René gefragt, nicht allzu ungleich seien? Er, der erste Minister mit seinem Geldgewicht? Neben ihm er, der arme Hirten- und Bauernkönig aus der Provence, der zwar sein Rößlein putzig aufschirren lasse. Aber sie beide würden sich nie vergleichen lassen.
»Liegt's am Geschirr?« – »Manchmal.« – Er hätte ein übriges, schönes Geschirr. – Danke. Von ihm leider nicht. – »Warum, Sire?« – »Weil ich Ihre Freundschaft nicht verlieren möchte. Ihr Vertrauen. Und das Vertrauen von Charles.«
Erst dann, nachdem sie dies besprochen hatten, hatte Jacques de Coeur den englischen Feldzug erwähnt.
Da hatte René nach zornig dunklem Bedenken erregt wiederholt: »Das darf er nicht!« Er brauchte die Gründe nicht darzulegen. Ob er den Krieg nicht verhindern könne? fragte René. Er sei doch gekommen, um in Lausanne für eine Befriedung im Innern zu wirken? Für den Frieden im Glauben. Wie vertrage sich das? Dort helfe er, einen Krieg anzufangen?
Da verwirre sich manches, meinte Jacques de Coeur.
»Nein, keine Windlichter«, bat er. Es schien ihm lieber, in der Dämmerung zu sitzen und aus ihr heraus zu sprechen, ohne daß seine Züge erkennbar waren. Nein, leider könne er Charles nicht hindern! Auch fließe das Geld stets mit eigener Kraft. Es lebe von selbst. Aus sich heraus. Es zwinge, anstatt sich beherrschen zu lassen. Das habe er ganz allmählich erkannt. Auch könne er wohl den Papst Amédé nicht überzeugen. Dabei neigte er sich zu René hin. »Sie und nicht ich werden ihn umstimmen können. Ich nicht.«
Er schien nicht nur abgespannt, sondern auch eigentümlich bedrückt, als er sich aus dem behaglichen Sitz erhob und sich umsah. »Ich beneide Sie, Sire«, sagte er.
»Ich muß zu Charles!« erwiderte René entschlossen, der gelenkiger als sein Gast von seinem Stuhl aufsprang. »Man muß ihn hindern!«
Aber Jacques de Coeur wehrte ab.
»Gehen wir lieber zu Ihren Tieren«, sagte er.

Zweites Kapitel

Im Mistral

Den gleichen langsamen Rundgang bei seinen Tieren wie mit Jacques de Coeur machte René, als er nach Jahren in die Provence zurückkam. Allein. Zwar war er mit seinem Gefolge gekommen. Aber doch schmerzlich allein. Nur seine zwei Windspiele, die Isabella nicht mehr entbehren würde, begleiteten ihn durch die Gärten.

»Neapel«, hatte sie zuletzt gesagt, als sie verhauchend den Grund ihrer Krankheit erklärte. »Die Sümpfe in der Campagna.« Ob er sich an die mondlos helle Nacht erinnere? An die Rast bei den Säulen? Nach dem Sieg bei Caserta? Dafür zahle man gern. Weil es schön war. ... Ihr letztes Wort. –

Nun hatte in Aix ein Gesandter aus Mailand auf ihn gewartet.

Jetzt könne er seine Campagna wieder erobern! hatte der Herzog Visconti darlegen lassen. Er selber stehe ihm bei. Auch Florenz. Auch der gefürchtete Sforza, seit kurzem Schwiegersohn des Visconti. Auch dürfe er nun in Rom geneigteste Wohlgesinntheit erwarten, wenn er Gebiete des Kirchenstaats zu durchqueren habe. Der Gesandte hatte sich bewundernd vor René verbeugt. Er, der Roi de Sicile, hatte ja in Lausanne der gläubigen Welt und dem Heiligen Stuhl den größten Dienst getan. Endlich das Schisma beseitigt! Ihm, dem König René, war es gelungen, daß der Papst Amédé abgedankt hatte! Mit rührender Einsicht war er in seine Klause ans andere Ufer des Genfer Sees zurückgekehrt. Ein einfacher Büßer.

Drüben im Gästeflügel, der sich hell beleuchtet von der Nacht abhob, wartete nun der Gesandte aus Mailand auf die Entscheidung Renés.

Indessen flogen hier Nachtvögel aus ihren Horsten heraus an das Gitter, lautlos beinahe, und doch erschreckend. Er sah sie kaum.

Nur ihre Krallen. Schon rührten sich am Vogelteich die nordischen Gänse und die Wanderschwäne mit ihren krächzenden Lauten. Sie reckten die Hälse und drängten sich wieder zusammen. Dann sah er die grünlichen Lichter des Gepards vor sich. Die nächtlichen Raubkatzen schienen hellwach. René bemerkte nur ihre Schatten. Neben ihm her liefen sie in ihren Zwingern, die im Dunkeln lagen, an ihren Eisengittern entlang. Aber zuletzt: welch ein schlaftrunkenes Stampfen! Sein Elephanthus hob den Rüssel und trompetete. Trompetete!
Da kam der Seigneur de Grignan herzugelaufen. Er müsse dabei sein. Welch ein Signal! Jetzt sei er daheim. Auf nach Neapel!
Aber René hängte sich bei ihm ein. Die einen erwarteten, sagte er, daß er hier den Gärtner spiele, in seine Tiere verliebt. Daß er dichte und male. Ein Musenkönig. Ein armer Mäzen für noch ärmere Künstler. Aber das gab es. Die anderen zuckten die Schultern. Weil er ein Held sein müsse. Sein Recht zurückerobern. Und bei Gott, beides bewege ihn. Nun, wer entscheide? Wohl die Welt mit ihren Begriffen. Also Neapel!
Es war ein Abenteuer.
Charles hatte ihn ermutigt. Es ging um sein Recht. Florenz bezahlte die Truppen. Aber bereits in Oberitalien wurde er aufgehalten, nachdem er auf einem mühseligen Zug, aufwärts an der Durance entlang, die Alpen überstiegen hatte. Regen. Regen! Die versumpften Felder am Po mit ihren Kanälen. Dazu ein unvermuteter Gegner, der ihm den Krieg erklärte. Venedig! Er mußte, weil er als der Verbündete des Visconti galt, für Mailand gegen Venedig kämpfen! Das seinen Besitz auf dem Festland bedroht sah.
»Nichts mehr!« sagte René nach seiner Rückkehr. »Nichts mehr.« Um endlich leben zu können, wie es ihm sinnvoll scheine, erklärte er dem Seigneur, habe er offenbar nochmals beweisen müssen, daß er nicht feige sei. »Denn ehrlich, mein Freund, wir werden doch zeitlebens in die Arena gezwungen. Von wem? Ist es nicht eigentlich unsere Umwelt, die uns zwingt? Nicht unser Herz, das viel besser ist, als wir wissen?«
Er schloß sich ein. Aber allmählich sollten doch, meinte der Seigneur, der bei ihm anzuklopfen wagte, die Schatten verjagt werden können? Allzu niederdrückend, ja, grausig erschreckend, wie in Bauernkirchen, gerieten ihm seine Bilder. Totentänze. Er selbst als gekröntes Skelett mit dem Zepter auf seinem Thron?
»Wieder heiraten«, sagte der Herr von Grignan. Er selber habe

allzuviel Zeit versäumt, dadurch allzuviel Glück. Weil er jeweils ein neues mögliches Glück mit dem früher erlebten verglichen habe. Nun habe er gänzlich vergessen, wie es früher war. Ein Glück.

Auch René ergab sich darein. Er hoffte. Er glaubte, sie zu lieben. Er war ihr oft in Angers begegnet. Auch in Laval, ihrer Heimatstadt. Sie waren Nachbarn. Anne de Laval. Auf einmal entstand ein Gedicht an Anne. Ihre ganz andere Anmut nahm ihn gefangen. Ausdenken könne sie sich nicht mehr, sagte Anne, daß er sie jemals verlasse. Jean und nicht er solle die Reconquista unternehmen, wenn es möglich scheine, Neapel zurückzuerobern!

Da dachte René, daß Isabella auch bewundernswert gewesen war, weil sie Neapel niemals aufgegeben hätte. Dagegen war Anne in ihrer Art seiner Bewunderung wert.

Ach, sie ritt lieber mit ihm in die Berge, ins Vaucluse zur Fontaine, wo der berühmte Francesco Petrarca in seinem Haus an der Felswand abseits gelebt und gedichtet hatte, einen Garten im Tal, einen am Hang. Mit Lorbeerbäumen. Oder sie versuchten, in das wilde Schluchtendickicht des Verdon hineinzudringen. Viele Stunden weit schoß dort ein schmaler, gewundener Fluß in der schaurigen Schlucht unter berghohen Felswänden hin. Adler kreisten in der schmalen blauen Höhe. Oder sie kehrten bei Müllern in ihren Windmühlen ein, rasteten bei Hirten. Stundenweit ritten sie durch den Duft von Thymian und Lavendel. Durch das hohe, sichelnde Geigen unzählbarer Zikaden.

Auch half ihm Anne bei seinen Festen. Wie der Medici in seinen Gärten, gab René in Aix und in Tarascon Feste in seiner Art, die bald weithin Berühmtheit genossen. Dort trafen sich heitere Menschen. Man machte Musik. Man führte Gespräche. Sah Tänze und tanzte selbst. Man führte Szenen auf, von denen er manche selbst gedichtet hatte. Oft spielte er selber eine der Rollen. Antike Gestalten oder nur einen einfachen Schäfer.

Weil auch Anne sein Tarascon liebte, die wie ein Block von der Rhone bespülte Wasserburg, ließ er dort ihre beiden Skulpturen anbringen. Sie und er in blinden, steinernen Fensternischen. Wie Jacques de Coeur und seine schöne Macée in Bourges.

Aber gerade von Jacques de Coeur, dem reichsten, ganz Frankreich beherrschenden Mann, ging für René in der folgenden Zeit, wie für viele Menschen, eine schwere Erschütterung aus.

Denn es war wie das Ende einer bisher bestehenden Ordnung, als man hörte, daß sein Stadtpalast in Bourges mit voller Duldung durch den König ausgeplündert wurde!
Was sich bis dahin um Jacques de Coeur abspielte, erlebte René wie eine Unheimlichkeit, die alle Bedrückungen in sich vereinte, alle Zweifel des Lebens.
Fast zwei Jahre waren vergangen, seitdem unvermutet Agnes Sorel während des Krieges in der Normandie gestorben war.
Jetzt wurde sie plötzlich wieder genannt, aber zugleich, im erschreckendsten Sinn, auch Jacques de Coeur!
In Jumiéges hatte die Herzogin Agnes ihre letzten Tage verbracht, abseits bei einem Normannenkloster in einer der weiten Schleifen der Seine hinter Rouen. Dorthin war sie mit Charles gereist. Denn endlich hatte ein englischer Hauptmann den von Charles ersehnten Zwischenfall herbeigeführt. Jetzt durfte er angreifen lassen! Jetzt konnte er die Normandie zurückerobern!
Bedrückt hatte Charles seinen guten René, der zwar nicht kämpfen, der aber bei diesem Feldzug dabei sein sollte, ans Wochenbett seiner immer bewunderten Agnes geführt. Auch Jacques de Coeur war ihnen in jenem Manoir begegnet, das hinter Hecken lag und wo nicht weit entfernt die kalkhellen, kantigen Türme der Abtei mit ihren Fensterbögen zum Himmel aufstiegen.
Bis zuletzt war sie heiter geblieben, ihr keckes Gemälde vor Augen, auf dem sie Jean Fouquet, der Peintre du Roi, so dargestellt hatte, wie sie manchmal im Festsaal erschienen war. Als hätte sie vergessen, ihr Mieder zuzunesteln, hatte sie nämlich unverhüllt die entzückende plastische Linke ihres Oberkörpers dargeboten. Ein kühnes Bild. Aber die frommen Damen von Mehun, denen es zugedacht war, nahmen es später an, als wundere sie nichts. War die verewigte Herzogin Agnes nicht stets zu jeder Wohltat gern bereit gewesen?
Damals mußte, während in Jumiéges ein Mausoleum aus schwarzem Marmor aufgemauert wurde, der Feldzug weitergehen. Nur Calais war den erbitterten Truppen nicht abzuringen. Aber später wurde auch Guyenne zum Teil befreit, das alte Aquitanien mit der Gascogne, wo Charles einen neuen, eifrigen Günstling zum Gouverneur bestimmte, einen der Brüder Chabanne, den Comte de Dammartin.
Zwar hatte man auch René in Jumiéges bedeutet, niemand habe die wirkliche Krankheit der Agnes Sorel erkannt. Oder vielleicht nicht auszusprechen gewagt? Keiner der Ärzte, keine der Pflege-

rinnen vom Kloster. Einmal war im Geflüster das Wort Gift gefallen. Fragend. Wie eine Vermutung, bei der man nur schaudern konnte.
Aber ihr Kind hatte sechs Monate lang gelebt. Das dritte Mädchen, das sie dem König geboren hatte.
Dann war es für Charles wohl ein Trost gewesen, daß eine Nichte seiner geliebten Agnes Sorel, die erfahrene Antoinette de Maignelais, der Schar von Hofjungfern vorstand, von denen er sich nicht trennen wollte. Sie mußten auf allen Reisen bei ihm sein. Es hieß, oft habe Marie, die Königin, Blumen auf den Sarkophag in Loches gelegt.
Viel Ungewisses blieb. Damals war jedoch mit jedem Sieg, der alle anderen Dinge nichtig machte, der hundert Jahre alte Druck vom ganzen Land gewichen. Eine Wandlung bahnte sich an. Charles war ein anderer geworden, umgeben von offenbar tüchtigen, neuen Beratern. Auch schien der Dauphin oft wie reumütig lächelnd auf seinen Vater zu lauschen, wobei ihn Charles manchmal ausbrechend freundlich ansprach. Dennoch schien er sein Feuer und zugleich seine Kälte zu fürchten. Der nächste Tag, an dem der Dauphin etwas Unerwartetes tat, gab ihm recht. So habe Louis nicht selten einem Günstling seines Vaters zugeflüstert: »Ich will Sie nicht mehr sehen.« Da hatten jene den Hof verlassen. Aus Angst?
Das sei wohl nicht nur Hofgeschwätz. So sei es kaum abzutun, hatte René gemeint. Immerhin sei er der künftige König.
»Er wartet darauf«, hatte Jacques de Coeur gesagt.
In jenen Tagen hatte René in Angers noch eine Begegnung gehabt, bei der er alle Sorgsamkeit aufbieten mußte, um, wie er später sagte, ein inneres Bild nicht zu zerstören, von dem er selber fürchtete, daß es nicht wahr sei. Aber er konnte der Jeanne d'Arc des Armoises, die sich wieder in Angers aufhielt, nicht zu verstehen geben oder gar beweisen, daß sie anscheinend doch nicht jene sei, der sie ähnlich sah und für die sie sich ausgab.
Noch immer trug sie ihreMännertracht. Ihr Schwert. Ihre Lanze. Das im Nacken gestutzte Haar. Sie habe in Italien mitgefochten, behauptete sie. Für ihn! Sie sei mit einem Condottiere, der ihm vom Norden her zu Hilfe kommen wollte, in die Mark Ancona eingerückt. Auch im normannischen Feldzug habe sie mitgekämpft, Anführerin einer unvermutet an vielen Plätzen auftauchenden Schar. Sie sei in ihrer dunkelsten Zeit mit ihren Getreuen der Schrecken der Banden gewesen, die Frankreich unsicher

machten. Aber René wurde glaubhaft versichert, sie habe selbst eine berüchtigte Bande geführt! Er hatte sie deshalb, ohne nachzuforschen, nur voller Nachsicht gefragt: »Und was soll weiter werden, Jeanne?«

Vor Jahren, das wußte René, hatte sich Charles nach langem Zögern bereit gefunden, sie zu empfangen. Wie einst im Kaminsaal von Chinon hatte er auch für diese Begegnung eine Täuschung vorbereitet, um sie auf die Probe zu stellen. Die Täuschung gelang. Da war sie verwirrt vor ihm niedergestürzt, um Gnade bittend, während sich Charles nichtssagend lächelnd abgewandt hatte. Es sei ein Irrtum gewesen! rief sie ihm nach. Aber er habe sie nicht mehr gehört.

Dann hatte sie weitergekämpft.

Aber jetzt möge sie Frieden machen, hatte René ermahnend zu ihr gesagt. Der König habe nun eine eigene Armee. Dazu seine Freunde. Chabanne. Trémouille. Sie brannten darauf, mit ihren Truppen Aquitanien einzunehmen. Sie brauchten sie nicht. Warum sie noch Waffen trage? Männerkleidung? Nun vollendeten andere, was sie in Orléans begonnen hatte.

René ließ ihr Kleider geben. Aber es widerstrebte ihm, sie als Frau gekleidet zu sehen. Er wollte sich, hatte er seinen Freunden gesagt, das unerklärbare Bild nicht zerstören lassen, auch wenn es ein falsches sein sollte. Er hatte hinzugefügt, daß er auch ihr die Täuschung, die sie vielleicht mit sich selber trieb, nicht nehmen dürfte.

Dann war er erleichtert gewesen, als sie Angers verlassen hatte. Wohin? Sie hatte es niemand gesagt. Fern sei der Himmel über der Landschaft tief dunkel gewesen. So könne man ihren Auszug fast symbolisch deuten. Einen Ritt ins Dunkel hinein.

Man hörte nichts mehr von ihr.

Wie befreit war damals René aus der schwülen Touraine in seine Provence zurückgekehrt, wo für ihn sein neues Leben mit Anne de Laval begonnen hatte. Charles würde ihn kaum noch rufen lassen. Er war jetzt von siegreichen Truppenführern umgeben, mit denen er gern seinen Triumph genoß. Jeden hatte er aus der Beute belohnt. Mit Landschaft. Schlössern. Jeder hatte auch, heimlich und offen, oft den Weg zu Jacques de Coeur gefunden. Der Kaufmann bezahlte. Dafür war er da.

Nun konnte man Feste feiern.

René beging sie mit Anne nach seiner Art. Serenaden. Mit Rezitatoren. Mit Bühnenszenen. Tanzgruppen kamen. Auch alte Tourniere wurden mitunter vorgeführt. Dann stellten sich die Seigneurs der Landschaft mit ihren Damen ein. Immer größer wurde der Kreis, und so schien das Schloß überfüllt, als er den großen »Pas de Tarascon« beging. Drei Tage und drei Nächte dauerte das Fest.

Da tanzten die Gäste zuerst, als wollten sie heiter Besitz ergreifen, paarweise im gravitätisch munteren Zug aus den Sälen hinaus ins Freie, in den Garten und über die Brücke des Wassergrabens hinweg. Dann ging die Wanderung über die steinernen Treppen bis auf das Dach hinauf, wobei der Zug in jedem Geschoß von anderen Musikanten angefeuert wurde, den Schritt zu wechseln. Auch auf der großen, flachen Dachveranda schlugen Tamburinspieler den Takt, flöteten Querpfeifer.

So war das ganze Schloß vom Gewimmel festlich gekleideter Menschen belebt. Teils trugen sie alte Trachten oder sie gingen als Ritter. Einige kämpften nachher wie alte Sagenhelden mit dem Dragon von Tarascon, dem Drachen, einem grün funkelnden, geschuppten Ungeheuer. Auch führte die Jugend Reiterkämpfe mit Lanzen und Schwertern vor. Etliche Gäste hatten dagegen griechische Faltengewänder oder die römische Toga umgeschlungen, ein Kränzlein im Haar, einen Thyrsusstab in der Hand. Schließlich hatte sich in der römischen Zeit auf dem Uferfelsen, wo man nun im Château du Roi geistvoll daheim war, ein Kastell erhoben, das die wichtigste Brücke der Straße nach Spanien beschützte. Viele der heiteren Leute waren jedoch, wie mitunter auch René und Anne, ganz einfach als Landleute angetan, als Schäfer und Schäferin, als Berger und Bergère.

Das Treiben hörte sich mit der Musik und mit dem Stimmengebrodel wie ein summendes Brausen an, in dem die Plafonds und die Böden mitzuschwingen schienen, das ganze Château.

Nur Jean de Village hatte sich, als er am dritten Abend allein in der Dämmerung ankam, mit ernstem Gesicht durch die Menge bewegt, die nun auf Tribünen und Bänken im Hof und Garten gruppiert war. Er suchte René.

Der König werde gleich wieder, beschied ihn der Herr von Grignan, den er aufatmend entdeckte, auf der Bühne erscheinen. Dort hängten soeben ein paar Gestalten, darunter der Zwerg Triboulet, der durch seine Possen Gelächter erregte, die gesäuberten Lampen wieder an ihre Haken.

René spiele heute, erklärte der Herr von Grignan, nachdem man

jüngst sein poetisches Stück »Regnault und Jeanneton« aufführte, seine Szenenfolge »L'Abusé am Hof – L'Abusé en cour«. Man könne in diesem Gedicht, das gleich zu Ende sei, wohl sein eigenes Leben gespiegelt sehen, einen Mann, der zwanzig Jahre am Hof gelebt, aber dabei nichts Gutes gelernt hat!
»Das paßt«, sagte der Herr de Village, der erregt und außer Atem war, nicht nur durch den hastigen Ritt von Marseille her. »Das paßt. Bei Gott.« Und weil ihn der Seigneur verwundert ansah, weil er wohl jemand brauchte, um sich selbst von dem inneren Druck zu befreien, der ihn quälte, zog er den Herrn von Grignan auf die Seite.
»Der König hat Jacques de Coeur verhaften lassen«, brachte er wie gewürgt hervor. »Man hat ihn verdächtigt, welch ein absurder Verdacht, er soll die Sorel vergiftet haben. Jetzt, nach achtzehn Monaten, dieser Verdacht? Früher hieß es, der Dauphin sei es gewesen.«
Was der Seigneur in seiner Erschrockenheit antworten konnte, halbe Sätze, Ausrufe, ging jedoch in den plötzlich aufraunenden Stimmen unter, deren einige gelächterartig prusteten. Jetzt hatte wohl Triboulet wieder einen Scherz gemacht.
Doch schon trat René auf. Der Hofmann d'Abusé, dem seine bewunderte Herrin, die unverweilt von Schloß zu Schloß unterwegs war, endlich eine letzte Audienz gewährte. Er verbeugte sich. Das habe er gelernt. Courbetten machen. Auch dies, wie glaubhaft schön man alles Unwahrhaftige versprechen könne. Doch das habe er nicht lernen mögen. Auch vieles andere nicht. Manchen Gedanken flocht René ein, wie es der Augenblick ergab. Was er vernünftig schriftlich vorgetragen, habe eine Schranze als verwirrt bezeichnet. Also erbat er Urlaub. Er fuhr ab. Aufs Land. Zurück in seine Heimat.
Die Art, wie er nun auf der Bühne in einem nicht vorhandenen Boot fuhr, war ein Einfall, der mit Lächeln, Lachen und Entzükken aufgenommen wurde. Sein Fährmann stemmte nämlich seine lange Stange mit gewohnter Gestik schräg in den Grund und stieß den Nachen ab, langsam und mühevoll. Da glaubte man, ein Boot zu sehen, das in der Tat dahintrieb. Man sah ja keinen Fluß. Der Fährmann lehnte sich jedoch mit seiner Schulter schwer an die Stange, wobei er immer schräger vorgebeugt erschien, je weiter sich das Boot vom Uferrand entfernte. Die Täuschung wurde dadurch zur vollkommenen, daß er ganz kleine, wimmelnd rasche Schrittchen machte, die man kaum be-

merkte, wodurch er sich indessen in der Tat vom Platz bewegte. Dadurch entstand die Vorstellung, da dieses gleitende Rutschen unauffällig war, das Boot sei nun in Fahrt gekommen. Auch wiederholte er, nun rascher das lange Stechruder in den Fluß einsetzend und drückend, dieselbe Pantomime, nun allerdings mit einer leichten Drehung. So schien das Schifflein, weil sich auch sein Fahrgast unversehens drehte, geradezu auf die Beschauer zuzufahren.

L'Abusé war angekommen und stieg, als es nun anstieß, über den gedachten Bug heraus ans Land. Er war in Tarascon. Geduld, die Dame Patience, gesellte sich ihm zu. Ob sie verhindern konnte, daß er der Armut in die Hände fiel? Vielleicht auch einer Maladie? Geduld. Patience. Er sagte: »Puisque tant avez attendu. Attendez jusques à demain.«

Ein Alter, der neben den beiden erregten, schweigenden Männern stand, erklärte die Worte, wie er sie verstanden, seiner Nachbarin. »Was man wahrgenommen habe, möge man sich für morgen merken.«

Aber L'Abusé sprach weiter: »Alles gesehen; nichts gesehen. Alles gehört; niemand erkennen lassen, was man erfuhr. Kein Wort über das, was man weiß oder sah. Patience.«

Dann trugen die Spielhelfer eilig die Lampen fort. Musik setzte ein. Auch hoch vom Zinnendach herab. Man umringte René, bewunderte manches geschliffene Wort. Wie hatte sein italienischer Freund Marcello geschrieben, der selbst ein feiner Geist der Poesie war, nachdem er sein »Regnault und Jeanneton« gelesen hatte? Im Geist Ovids! Mit seinem Herzen bei Petrarca und mit dem Wissen um Vergil finde er eigene Worte, ein Dichter, der etwa einen Morgen auf dem Land oder die Sehnsucht von Verliebten poetisch wiedergebe.

Aber nun gab es in diesem mächtigen Steinblock mit seinen halbrunden Türmen anscheinend kaum einen Raum, in den der fröhliche Trubel nicht eindrang. Nur das Escriptoire Renés mit einem schmalen Fenster zum Fluß hinaus. Dort hörte er manchmal bei Nacht, wenn er allein bei seiner Lampe saß, drunten im Dunkeln das reißende, oftmals gurgelnde Wasser, das an der Mauer entlangschoß.

Er könne die Nachricht nicht glauben, sagte René. Er müsse ohnedies aus der Verwandlung des Theaterspiels erwachen. Eigentlich durch zwei Wirklichkeiten hindurch. Ach, drüben hatte sein Blick oft auf dem weit entfernten Ufer ausgeruht, über Inseln

hinweg, ein vertrautes Bild. Dort begann Frankreich. Immer sei ja sein Blick auf Frankreich gerichtet gewesen, sagte er nun, und vielleicht erkenne man einmal, daß er sein Leben lang darunter gelitten hatte, weil er es liebte.
Nein, er glaube sie nicht, diese Nachricht aus Frankreich! »Oder sollte er dergestalt unglückselig sein? Charles meine ich, meinen Beau-frère.«
Jean de Village hatte berichtet, daß ihm sein großer Verwandter Jacques noch acht Tage vorher, am Tag der Marie-Madeleine, also am zweiundzwanzigsten Juli, beglückt über seine Begegnung mit Charles geschrieben habe. Er sei herzlich gewesen, vertrauensvoll. Er habe bewundert, was er für ihn und für Frankreich getan hat, das nur ihm sein Erblühen verdanke. Was das Geld dabei vermochte: durch seine Hilfe auch den Sieg. Nun bald den Frieden. Dank. Es war getan. Das Schwerste. Dank!
Aber kaum eine Woche darauf, am ersten August, hatte ihm Charles einen Trupp seiner Gens d'armes in sein Zimmer geschickt, die ihn verhafteten. Die Hände hatte man ihm gebunden! Ihn abgeführt.
Noch verwirrt, noch mit seinen Gefühlen, mit seinen Gedanken in anderen Bereichen, blickte René auf sein Kostüm hinunter, ein höfisches Stutzergewand mit gestreiften Hosen in toscanischer Art. Er habe soeben noch Verse gesprochen, sagte er. Nun diese Schrecklichkeit. Er mußte zugleich zur Türe hinhorchen. Castagnettengeklapper hüpfte draußen vorbei. Er schüttelte sich. Verhaftet? Der beste Mann? Dies könne wahrlich nur eine höllisch erdachte Bosheit sein, die sich aufklären lasse. Bald. Dafür trete er ein! Der Versuch einer Rache war es. Eine Abscheulichkeit, Abusé!
»Nach achtzehn Monaten dieser Verdacht?«
Jeder sprach diesen Satz einmal aus, auch der Seigneur, der in einer Ecke saß. Ungläubig wiederholte ihn jeder. Kopfschüttelnd.
»Aber was kann ich dagegen beweisen?« fragte René. »Meinen Glauben an ihn kann ich bekennen. Daß ich ihm zwar einen magnetischen Sinn für Geschäfte zutraue. Wie begabt mit einer Gärtnerhand für das Reale, das ebenfalls oft nur Vermutung und Wagnis ist. Eine Hoffnung. Aber zur Schurkerei ist er nicht fähig! Das nicht.« René war um den Tisch gegangen. Nun blieb er stehen. Ihm bleibe ja im Augenblick nur seine Feder, sagte er. »Ich schreibe an Charles. Noch heute nacht.« Nur das Wort

bleibe ihm, sagte er. Die richtigen Worte zu finden. Nur auf Begriffe konnte er Charles verweisen, die er beherzigen sollte. Vielleicht gewannen sie wieder Macht über ihn, wenn sie für ihn noch gültig waren? Wenn er innerlich angerührt wurde? Wenn Charles noch diesen nötigsten Sinn für das Menschliche habe, um das sich seit Jahrtausenden die Geister bemühten, dankbar für jedes annähernd treffende Wort? Dann, wenn er dies bedenke, müsse Charles begreifen, was er meine. Er. René.
Am liebsten würde er selber den Brief dem König abgeben, rührte sich der Seigneur, der horchend in seiner verdüsterten Ecke gesessen. Aber nun wurden sie abgeholt.
Man erwarte René. Er müsse das Zeichen geben. Ach so, das Fest? Man wollte sein Fest.
Jetzt waren große Teppiche im Garten aufgestellt, Arrazi, die mit ihren gestickten Bildergeschichten wie Wände anzusehen waren, zwischen denen es Gassen gab. Und schon tauchten hinter der Mauer über ihnen, als kämen vom Rhonefluß mächtige Schiffe in den Wassergraben hereingefahren, hohe Masten mit Segeln und Strickleitern auf. Dort äugten fremdartige Burschen begierig in den Garten herein, und als der erste auf die Mauerkrone herübersprang, schien er zugleich, als taumele er, rückwärts in die Tiefe abzustürzen!
Aber er fing sich, indem er in rascher Folge einen Salto nach dem anderen schlug, wobei er vom einen Ende bis zum äußersten Vorsprung der Mauer in stetig kreisendem Überschlag hin und her sprang. Dann stürzte er, wie im Erschrecken den Halt verlierend, doch noch rückwärts in den Garten herein, weil überraschend ein ganzes Rudel anderer Gestalten aus der Tiefe heraufgeschnellt war. Auch die von den Strickleitern sprangen herab.
Doch die Mauer war nur ein Tritt für sie. Denn gleich darauf schwärmten sie zwischen den Tapisserien hervor, die sie umwirbelten, unablässig hüpfend, springend, sich überschlagend. Manche waren wie Kreisel. Unablässig schlugen indessen die Trommler einen jagenden Takt, einmal mit flachen Händen, dann mit den Fingerknöcheln und Schlegeln. Flöten kapriolten darüber. Es war ein verwirrendes Bild, da eine Anzahl der Tänzer zwischendurch schräg in die Höhe sprang, die sich dabei in der Luft wie Spindeln um sich selber drehten, wobei sich die Bahnen ihrer Sprünge oft überkreuzten. Dann drohten sie in der Hast ihres ekstatischen Tanzens zusammenzustoßen. Aber plötzlich verhielten sie wie erstarrt. Kein Ton mehr. Die Tromm-

ler hatten mit schnell und flach niedergepreßten Händen das hohl nachschwingende Tönen unterdrückt. Stille. Licht!
Unvermittelt war über einigen Stufen eine sitzende Frauengestalt sichtbar geworden. Vielleicht eine Göttin? Fürstin? Die Erstarrten warfen sich vor ihr nieder. Sie verhielten gebückt im Dunkeln, während die Frauengestalt in ihren Schleiern und mit ihrem unbewegten weißen Gesicht immer heller beleuchtet wurde.
Dann lief der kleine Triboulet, als überschreite er auf Steinbrocken einen seichten Bach, über die aufgebuckelten Rücken hinweg bis vor den Thron hin, machte dort voller Erstaunen seine Verbeugung und zog sein rotes Käppchen, das nicht größer war als die Hälfte einer Orangenschale. Er hatte den kleinsten Kopf, den man je gesehen.
»Ah«, sagte er. »Die Verehrung des Schönen durch die Barbaren. Oder ist's die Bekehrung?«
Denn schon hob der erste langsam den Kopf und starrte hinauf, wie unbewußt bald vorwärts kriechend. Die anderen folgten. Dunkel, mitunter zuckend, schoben und wälzten sich die Gestalten von allen Seiten gegen die Stufen heran. Einer kroch über den anderen hinweg. Manche waren nur bis zur Hälfte bekleidet, schwarze, glänzende Leiber, die gemeinsam ein vielarmiges Ungeheuer zu bilden schienen. Sie verteilten sich rings um den Thronstuhl. Die Rücken rund aufgebogen. Schildkröten. Gespenstisch unterirdische Wesen.
Auch setzten nun die Trommeln wieder ein, samtig weich. Flötenpfiffe deuteten Angst an. Erschrecken. Denn ihre Göttin erhob sich. Verängstigt war sie zurückgewichen, bis sie den ersten Schritt nach vorn zu machen wagte, nun überheblich lächelnd. Dann schien sie auf einmal über die Köpfe der Gebückten herunter zu schweben, nun triumphierend, leichtfüßig tanzend, rasch um sich selbst, als sie den Boden erreichte. Dann sprang der erste hinzu. Ein Stampfender. Schreckhaft fuhr er zurück, wieder vor. Er umkreiste sie.
So spielte sich eine verhaltene, dann wild ausbrechende Werbung ab, an der sich bald der ganze Chor beteiligte, tief in der Hocke, dann mit senkrechten Sprüngen, immer im Kreis. Von oben, mit weit vorgreifenden Armen und krallenden Händen, fielen sie endlich gemeinsam über den ersten her, als tanzten sie ihn in dem rasenden Ring, den sie um ihn vollführten, in den Boden hinab, wo sie ihn niederzutrampeln schienen. Bis ihn die

Herrin in ihrer Angst, auf einmal mit ihrem Mut gegen alle, von ihnen befreite.
In vielen Phasen ging dieses Geschehen vonstatten, dessen Ausgang sicher war, ein barbarisches Märchen. Denn zuletzt, als von den Emporen, von den Fenstern und von den Zinnen herunter Musik einsetzte, wurde die Siegerin, die sich triumphierend besiegt gab, auf ihrem Thronstuhl immer höher gehoben, hoch genug, um ihren thronenden Platz auf einem Kamel einzunehmen. Auf weißen Pferdchen ritten die anderen hinter ihr her. Zuletzt sprengte Triboulet auf einem Esel hinaus, der mit Glöckchen behängt war.
»Ein Märchen?« fragte der Zwerg, als er noch einmal anhielt. »Nein. Eine Wirklichkeit. Denn auch die Schönheit unterwirft sich oft der Barbarei.« Und lustig ließ er alle Glöckchen läuten.
»Ach, mon cher de Village«, wandte sich nun René seinem Gast zu, der nichts von seinem Ernst verloren hatte. »Es sind nicht nur die Worte, dachte ich, während ich zusah. Manchmal brauchen wir Auge in Auge den Menschen, um zu fühlen, ob er so ist, wie seine Worte lauten. Manchmal überzeugt uns ein Schweigender. Eine Geste genügt. Das heißt: Wenn mein schriftliches Wort nichts nützt, reite ich selbst zu Charles.«

Aber es nützte nichts, ein näheres oder gar vertrauliches Wort mit dem König sprechen zu wollen. Er zeigte ihm lieber in Mehun-sur-Yièvre, wohin er René von Bourges aus führte, wie er den alten Königssitz wieder ausbauen ließ. Dort habe er den weiten Ausblick, den er suche, auf Wälder, Weinberge, Wiesen, wo sich Cher und Yièvre vereinen. Nur nebenbei sagte er: »Meine erbittertsten Feinde haben sich mit mir versöhnt. Aber der eigene Sohn bringt es nicht über sich.«
Charles hatte Jacques de Coeur von einem Gefängnis ins andere bringen lassen, zuletzt nach Poitiers, wo die Verhandlung gegen ihn stattfinden sollte. Aber offenbar hatte auch Charles zu bezweifeln begonnen, ob er ihm eine solche abscheuliche Untat zutrauen könne. Er sprach nicht mehr davon. Sie wurde auch in der Anklageschrift nicht mehr erwähnt.
Desto beklemmender bewiesen die anderen Verbrechen oder Vergehen, die ihm zur Last gelegt wurden, daß der seit Jahren berühmteste Mann von Frankreich nun um jeden Preis beseitigt werden sollte.

Jetzt bekam der Umstand die bedenklichste Bedeutung, daß sich die letzte Begegnung Jacques de Coeurs mit seinem König, aber auch die Verhaftung, in Taillebourg abgespielt hatte, dem Schloß des Georges de la Trémouille. Wie ein tückischer Hofhund habe sich der alte Reiterführer in sein Château bei Saintes zurückgezogen. So hatte sich Charles vor Jahren ausgedrückt, als er ihn abgeschüttelt hatte. Einen immer profitlichen Hofhund.
Seit damals war sein Château in Taillebourg, das über und über befestigt war, ein Treffpunkt für alle Enttäuschten geworden, nicht nur aus dem Gebiet der Charente, die sich dort, südwärts von La Rochelle, zwischen Maremmen und sandigen Ufern ins Meer ergoß.
In jener vieltürmigen Schloßburg hatte nun Antoine de Chabanne seine Kriegspläne ausgebreitet, anscheinend aber auch andere Pläne. Schon war er seiner Herrlichkeit als künftiger Gouverneur von Guyenne gewiß, auch er vom König wieder gnädig aufgenommen, nun ein scheinbar ergebener Diener.
Aber Guillaume de Varye, mit dem sich René in Angers besprach, kannte die Summen, mit denen jeder von denen, die sich dort trafen, an Jacques de Coeur verschuldet war. Am meisten war es Jeanne de Vendome, die vor Ehrgeiz lüsterne Gattin des François de Montberon, Seigneur de Mortagne-sur-Gironde. Sie hatte in einer unerklärlichen Rachsucht oder Berechnung dem König bedeutet, daß kein anderer als Jacques de Coeur den Tod der Agnes Sorel herbeigeführt habe!
Sie nahm die Behauptung zwar, als es zu spät war, zurück. Aber der erste Verdacht hatte genügt, und vielleicht war dies Absicht, um dem König auch andere Verdachte näherzubringen. Othon Castelan, der Geldgeschäfte in Toulouse betrieb, war dafür ein willkommener Zeuge. Auch Guillaume Couffier, der Kämmerer, hatte das Treiben des Argentier du Roi angeblich seit langem durchschaut. Auch den Herrn von Chabanne habe er ausgebeutet. Er hatte ihm Länder verschreiben müssen!
Jetzt waren sie am Gewinnen. Sie hatten sich im normannischen Feldzug bereichert, wo sich de la Trémouille wie in der Zeit Jeanne d'Arcs als berechnender Feldherr bewiesen hatte, der seine Triumphe auszubeuten verstand.
Nun hatte sich Charles bei ihm eingefunden. Er schmeichelte ihm. Er wohnte bei ihm in Taillebourg während des Feldzuges gegen Guyenne.
Also sei es nicht schwer, sich auszumalen, meinte Guillaume de

Varye, sich das Zusammenwirken dieser Miserablen vorzustellen, die lang genug wie Ausgestoßene darauf gewartet hatten, wieder am Hof agieren zu können. Sie hatten die Gunst ihres Königs zurückgewonnen, der sich gern von ihnen feiern ließ. Jetzt wuchs ihre Macht mit den Verdiensten der Männer im Feldzug und mit der Macht ihrer Frauen, der Charles entzückt verfiel. Wie eine lang verkannte Freundin hatte Jeanne de Vendome die leicht überwindbare Antoinette de Maignelais in die Arme geschlossen, die Nichte der unvergleichlichen Agnes Sorel.
Auch Antoinette stand mit bedeutenden Summen, die auch sie wohl nie zurückzahlen wollte, auf der Liste des Herrn de Varye.
Was nützten deshalb diese Listen oder die Schuldurkunden? Nachdem der König zugleich mit der Verhaftung befohlen hatte, daß alles Eigentum des Jacques de Coeur zu beschlagnahmen sei?
Schon wenige Tage darauf hatte sein Procureur in Aigues-mortes seine Standarten mit der Königslilie auf seinen Schiffen hissen lassen. Alles war wie ein Kriegsplan vorbereitet gewesen. In den Blei- und Silbergruben am Weg nach Lyon, die von einem Tag zum anderen in den Besitz der Krone übergingen, wurden die Bücher sichergestellt. Ein neuer Verwalter zog auf, von einer Eskorte Gens d'armes begleitet. In Montpellier, in Toulouse, in Tours und wo sonst Kontore und Lager bestanden, hatten die Procureure des Königs das Liliensiegel angebracht. Über zwanzig Besitzungen größerer Art zählte Herr de Varye auf. Aber das Grausamste war wohl, daß man Macée de Coeur, die Gattin, die von nichts wußte, wie eine plötzlich entrechtete Mitwisserin aus ihrem Stadtpalais in Bourges vertrieben hatte. Wie selber versteinert habe sie noch zuletzt, als sie einen erstarrten Blick zurückwarf, zu ihrem steinernen Bild an dem blinden Fenster hinaufgeschaut.
Jean Dauvet, der Generalprocureur des Parlaments, in dessen Händen das ganze Verfahren lag, hatte nichts vergessen, keinen der Landsitze, keines der kleinen Gehöfte, die Jacques de Coeur oft nur widerwillig gegen geliehenes Geld übernommen hatte.
Jetzt war Guillaume de Varye verstört mit einem neuen Dekret von Jean Dauvet nach Angers gekommen. Auch der Besitz in Marseille sollte beschlagnahmt werden! Das große Haus am Vieux Port, ein Handelshaus mit riesigen Gewölben, in dem sich die Kontore des Jean de Village befanden!

Ausdrücklich sei diese Ordre vom König verfügt, betonte Guillaume de Varye, als René das Schriftstück unwillig beiseite schob. In seiner Stadt Marseille? In seinem Land wollte Monsieur Dauvet seine Hussiers ausschwärmen lassen? Seine Gerichtsvollzieher? Bei Gott, in seiner Provence hatten die Procureure und gar die Gens d'armes des Königs nichts zu suchen!
Aufgebracht, wie ihn auch Bertrand de Beauvau nicht kannte, den er aus seiner Kanzlei herüberbat, versprach René, daß er dies nicht dulden würde! Auch wenn es zu einem Zerwürfnis käme. Dies nicht!
Er hatte mit seinem Freund de Beauvau, seinem Kanzler in Anjou, bereits vor Wochen die Anklageschrift Punkt für Punkt untersucht. Es hieß darin, Jacques de Coeur habe verbotenen Handel mit den Ländern der Andersgläubigen getrieben, mit Sarazenen und anderen Feinden der Christenheit. Bis in den Sudan seien seine Agenten gereist. Dorthin hätten sie auch Waffen ausgeführt.
René und sein Kanzler hatten sich selber die Antwort gegeben.
Die erste: daß dies alles dem König bekannt war. Ja, daß er selbst und seine Damen nicht genug an Kostbarkeiten aus dem Orient von Jacques de Coeur erbitten konnten. Er verwöhnte sie. Auch war ja der Morgenlandhandel seit Menschengedenken das unbeschadet geübte Geschäft von Venedig, und allerdings hatten frühere Päpste bisweilen eine Ermahnung an die Nobili von San Marco gerichtet. Aber nun war der Papst selber in einem Schreiben an Charles für Jacques de Coeur eingetreten!
Der nächste Punkt: Er habe Silbergeld aus Frankreich ausgeführt, auch Silberbarren mit dem Prägezeichen der Lilie.
Die Antwort: Niemand hatte an dieses uralte Dekret gedacht, das eine solche Ausfuhr verbot. Auch nicht der König! Ein verstaubtes Gesetz. Ein vergessenes.
Aber nun wachte auch wieder das nie verstummte geheimnisvolle Gewisper auf, er sei nur dadurch reich geworden, daß in manchen Ländern des Orients das Silber teurer als das Gold sei. Also habe er teures Gold gegen sein billiges Silber gekauft und in Frankreich wieder horrend große Mengen von Silber gegen sein rares morgenländisches Gold, wodurch sein Vermögen so unbegreiflich rasch gewachsen sei! Auch wurde nun wieder behauptet, er habe, als lebe die Jugenddummheit von Bourges wieder auf, leichtes Geld prägen lassen!
Sein viertes Verbrechen: Er habe gewaltsam in Montpellier ein

paar ungute Kerle auf seine Schiffe verschleppen lassen und dort zum Ruderdienst gezwungen.
Darauf die Frage, die niemand zu stellen wagte: Hatte sich nicht der König gerühmt, daß er die räuberischen Banden, Überbleibsel des Krieges, die eine Geißel für das französische Land geworden waren, auf seine Galeeren abschieben lasse?
Der nächste Grund: Er habe sich oft als Grundherr oder als Argentier du Roi Vollmachten angemaßt, die nur dem König gebührten. Sogar seine Art, sich zu kleiden, die einem Manne von bürgerlicher Herkunft nicht erlaubt war, wurde ihm plötzlich zur Last gelegt.
Eine erbärmliche Kleinlichkeit.
Also blieb wohl nur der unglaubhafte, aber überall gemunkelte Verdacht, daß tatsächlich einige große Schuldner ihren Gläubiger beseitigen wollten. Sie selber wollten sich durch den perfiden Anschlag ihrer Schuldigkeit entziehen, ihre Schulden bezahlen zu müssen!
Denn überdies hatten schon manche der eifrigen Kläger neue zusätzliche Gewinne eingeheimst! Schon war dem Herrn von Chabanne die Seigneurie von Saint-Fargeau verschrieben worden, zu der allein zwanzig Pfarreien gehörten. Nicht minder hatte sich Guillaume Gouffier bereichern können, der Kämmerer. Er hatte um wenig Geld bedeutende Güter an sich gebracht.
Dies waren nur die ersten Fälle, die man bis heute erfahren hatte.
Indessen wurde Jacques de Coeur in Poitiers im gleichen Saal, in dem einst Jeanne d'Arc geprüft worden war, von Richtern verhört, die zugleich seine Ankläger waren. Die ihn beerben wollten! Einen Anwalt brauche er nicht, war ihm mitgeteilt worden. Er könne sich selber verteidigen. Sicher sah er sein Urteil voraus.
Also starrten ihn nun, sagte René, verhärtete Augen an, die ihn ehemals höfisch bettelnd angesehen. Jetzt herrschten ihn Stimmen an, die ihn umschmeichelt hatten. Er sei zu reich geworden, sagte René. Welch eine Gefahr. Sie teilten schon auf, was er aufgehäuft hatte, während sie noch die Gründe zu seiner Verurteilung suchten, ein scheinbares Recht, das man aus alten Pandekten zusammentrug und das er hinnehmen mußte.
»Nur nach Marseille soll mir keiner kommen!« sagte René. Ungewöhnlich bekräftigend pochte er mit der Faust auf den Tisch. Er möge zornig erscheinen, sagte er. Nein. Enttäuscht sei er. Das

sei mehr, weil es schwerer wiege. Verletzender sei. Wie ein innerer Abschied. Weil etwas Geglaubtes verlorenging. Dann bleibe nur etwas Ausgebranntes. Wie seine lebenslängliche Narbe von Bulgnéville.

Er möge darin, daß er nun etwas verschenken möchte, vielleicht einen Zusammenhang sehen, sagte er nachher zu Bertrand de Beauvau, von dem er sich durch die Chambres des Tapisseries begleiten ließ. Er brauche für Tarascon etliche Wandbehänge. Dort gehe zwar vom dicken Mauerwerk in der Sommerglut eine wohlige Kühle aus. Aber im Winter und wenn der eisige Mistral von den Cevennen herunter knatterte, könne man frösteln und frieren.

Nun war er wieder einmal an den vierzehn riesigen Bilderteppichen entlanggegangen, die über einhundert Meter lang die Wände im weiten Viereck des Saales bedeckten. Sie wolle er der Kathedrale schenken, sagte René.

»Ein Vermögen«, wandte sein Kanzler ein.

»Dort gehören sie hin«, meinte René. Ein inneres Vermögen. Man müsse doch, erklärte René, diese erschreckenden Bilder des Jüngsten Gerichts, auf dem die fürchterlichsten Strafen sichtbar waren, dorthin geben, wo für den Beschauer zugleich eine Zuflucht war? Diese Ungeheuer, die siebenköpfig aus dem Erdreich drängen. Die hier, auf dem nächsten Teppich, unter Posaunengetön vom Himmel herunterfahren. Hier Blutquellen. Dort Regen aus Blut. Schwefel und Dämpfe. Der reitende Tod. Die Drachen. Dämonen. Das aufgepeitschte, alles verschlingende Meer.

»Versteh mich, Bertrand. Es ist ein Abschiedsgeschenk. Dorthin gegeben, wo angesichts aller Strafen, die den Menschen am Ende bedrohen, noch eine Zuflucht ist.«

Am letzten Tag, bevor er wieder nach Tarascon reiste, nahm René an einer Gerichtsverhandlung teil. Er sprach nichts dabei. Er hörte nur aufmerksam zu. Aber jeder verstand, warum er da war. So solle man es weiter halten, sagte er nachher. Genau nach dem Recht, das für den Fischer an der Maine und für den König das gleiche sein müsse. Jeden solle man hören. Jedem einen Verteidiger geben!

Jeder dachte an Poitiers.

Auf der Rhone überfiel ihn der Mistral, der das kleine Boot mit oft unvermuteten heftigen Stößen umzuschlagen drohte. Aber René stellte sich selbst zu dem Steuermann. Er half ihm. Er steuerte selbst. Er kannte die Zeichen, wenn Untiefen kamen, wo

man auflaufen konnte. Wo die Wellen ein winziges Kräuseln gegen die Strömung warfen. Dort eine Sandbank. Ein angetriebener Baumstrunk, der mit störrischen Ästen wie mit schwarzen Krallen aus dem Wasser griff. Vorbei. Jagend ließ er das schwankende Boot von der Strömung fortreißen, wenn er den Fluß überschauen konnte.
Es war eine Fahrt in den Frühling.
Die Schiffer erzählten später davon. Le bon Roi René. Der nicht nur ein Dichter war. Ein mutiger Mann ohne Übermut. Er hatte den Schiffer gefragt: »Können wir's wagen? Dann wagen wir's.« Sein Leben sei ihm so wichtig wie sein eigenes, habe er zu dem Schiffer gesagt, obwohl es ihm, wenn er die Welt bedenke, oft nicht mehr allzu viel wert erscheine. Er habe jedoch auch bei jener stürmischen Fahrt wie zornig vor sich hin gemurmelt: »Sollen allein die Schurken am Leben bleiben? Soll man den Schurken die Welt überlassen? Die nun im Frühling wieder so herrlich sein wird?«
Mit dem gleichen Schiffer fuhr er im Frühling in die Camargue, weil er endlich die seltsamen Nester der Flamingos sehen wollte. Ein einfacher Bootsgast, derb angezogen, der nachher in hohen, bis über die Knie hinaufreichenden Stiefeln durch die Brackwasserbäche stapfte. Dort lief er unter den Wolken aufflatternder Vögel dahin und wartete, bis sie wiederkamen. Regungslos. Nur sein Zeichenbrett auf den Knien. Abends saß er vor einer der kalkweißen Hütten mit ihrem Giebel aus Stroh, wo er genauso dürftig auf einer Schütte Schilf und auf einem Fell wie die Hirten schlief.
Aber als ihm in Tarascon Herr Jean Dauvet gemeldet wurde, ließ er ihm sagen, der König schreibe soeben an einem Gedicht. Er möge warten.
Er sei der Generalprocureur des Parlaments! ließ der empörte Monsieur Dauvet durch den Diener bestellen. Er komme im Auftrag des Königs Charles von Frankreich! Seine Mission sei unaufschiebbar!
Er kam wohl mit der Hoffnung, nun auch das Haus des Jacques de Coeur in Marseille kassieren zu können?
René ließ ihm nochmals die Antwort bringen, er schreibe an einem Gedicht. Morgen früh, nach der Messe, erwarte er ihn.
Dann sagte René am nächsten Morgen freundlich zu Monsieur Dauvet: »Könige werden geboren oder dazu gemacht oder sie machen sich selbst dazu. Sie sind das Schicksal der Menschen,

über die sie zufällig Macht bekommen. Aber ein Gedicht ist auch eine Macht. Manches lebt länger als die Erinnerung an einen König. Meines, das mir gestern einfiel, vielleicht nicht. Vielleicht keines von meinen. Ich fürchte das. Aber, nicht wahr, man hofft. Weil die Kette nicht abbrechen darf. Denn übrigens bleibt mancher König, bleibt manches Ereignis nur im Gedächtnis, weil einer die Feder ergriff. Sie sehen das ein, hoffe ich. Mein Beaufrère sieht das ohnedies ein. Ihr König.«

Nein, beschied ihn René nach seinem Vortrag. Nein. Man zähle in Paris, wie ihm berichtet wurde, über zwei und ein halbes Tausend Studenten. Es seien in seiner kleinen Stadt Angers viel weniger. Doch jeder der Studiosen wisse, daß auch er selbst, obwohl der Schwager des Königs Charles, in dessen Land Frankreich juristisch keine solchen Rechte habe, wie er, Monsieur Dauvet, sie hier zu haben glaube. In seiner Provence. Nein. Adieu.

Zwar förmlich, aber sehr höflich hatte René dem Generalprocureur zu verstehen gegeben, daß für ihn das Gespräch beendet sei. Aber Monsieur Dauvet warf ein: »Noch eines, Sire.« Nach einer Pause erklärte er mit gesenktem Blick, leider habe man unterdessen Jacques de Coeur verurteilen müssen. »Er hat sein Leben verwirkt.«

Nun wartete Monsieur Dauvet. Er schien sich des Eindrucks bewußt, den diese Nachricht auslösen mußte.

Aber René hatte sich stumm abgewandt, langsam durchschritt er das Zimmer, hierhin und dorthin und sah endlich über die Rhone hinüber. Dort lag Frankreich.

Jacques de Coeur habe selbst, betonte Monsieur Dauvet, sein Unrecht eingesehen. Es eingestanden.

René bewegte sich nicht.

Unmeßbar sei der Schaden, den er der Krone, indem er sich selber bereicherte, zugefügt habe. Also habe sein Eigentum an die Krone zu fallen. Auch sein Haus in Marseille!

Aber der Generalprocureur sprach wie in einen leeren Raum hinein. Ein Fenster stand offen. Zum Fluß hinaus. Ob ihn René nicht hörte? Er trat ein paar Schritte näher zu ihm hin.

Trotzdem habe ihn der König begnadigt, sagte Monsieur Dauvet mit einem dunkel haschenden Blick auf René. Schließlich ergänzte er: »Er wird lebenslänglich sein Gefangener bleiben.«

Nun schwieg er. Noch keine Antwort? Keine Bewegung?

Da zog sich Monsieur Dauvet verwirrt zurück, leise, wie auf den Zehenspitzen. An der Türe mit einer Verbeugung.

Erst als nach einer Weile Anne erregt in das Zimmer trat, die Königin, schien René langsam zu sich zu kommen. Aber auch ihr hörte er abwehrend zu, wie abweisend. Abwesend. Er glaube diesem Monsieur Dauvet seine Besorgnis oder gar Ängste nicht, die er ihr anvertraut habe! Denn der Gesandte hatte darauf gedrungen, weil der Kanzler nicht da war, die Königin sprechen zu müssen. Er fürchte ein ernstes Zerwürfnis zwischen dem König Charles und dem König René, wenn er ihn jetzt enttäusche. Unheilbar könne die Trennung sein! Er sei daher voller Zweifel. Beunruhigt.
Nein. Er glaube ihm nichts, wiederholte René. Er habe sich plötzlich wieder wie schaudernd in seinem eigenen Gefängnis gefühlt, als sei er selber jener Jacques Coeur, mit dem er nicht viel gemeinsam habe. Nur das Wichtigste. Eine gute Gesinnung.
Der Generalprocureur erwarte eine Vollmacht, die Charles von ihm erbitten lasse, sagte Anne.
»Um den guten Jean de Village aus seinem Haus in Marseille zu jagen? Um Geld einzutreiben? Nein! Nein.« René legte den Arm um Anne. Er habe noch nicht einmal wahrgenommen, sagte er, wie sich dieser angeblich verzweifelte, böse Geist aus dem Zimmer entfernte. So verschwinden Dämonen, die einen betäubenden Dunst hinterlassen, sei seine Empfindung gewesen. Von solchen Spitzgesichtern sei Charles umgeben! Sie seien jetzt seine Berater.
Also könne durch sie auch, meinte Anne, das Zerwürfnis herbeigeführt werden?
Trotzdem!
Sie habe nicht überhört, sagte Anne, daß es auch eine Drohung sein sollte.
Um so mehr!
Aber trotz seines Widerwillens ließ René, von Annes Befürchtung bestimmt, den Generalprocureur noch einmal rufen. Er bot ihm Platz an. Höflich. Er habe bereits einen Brief an seinen Beaufrère begonnen. Stehend überflog er nochmals die Zeilen.
»Was kann ich noch tun? Ich möchte, daß wir wirklich wie Brüder sind. Oder wie Freunde. Das wiegt manchmal mehr. Aber ich möchte nicht der Komplice Deiner Höflinge sein! Ich fühle mich nämlich wie im Turm von Dijon von Dohlen umgeben, denen man nachsagt, daß sie alles Glitzernde stehlen. Deine Dohlen!«
Er könne nur wünschen, sagte René zu dem geduldig stummen

Generalprocureur, daß ihm sein König diesen Brief zu lesen gebe. Später. Wenn er daheim seinem König Bericht erstatte.
Geflissentlich lächelte Monsieur Dauvet, der sich nun anerkannt und deshalb sicherer fühlte, beinahe überlegen. Öfters verbeugte er sich, während er unbewußt eitel oft auf seine Ringe blickte. Sie stammten vielleicht von Jacques de Coeur? Aus der Beute!
»Ich habe Ihnen aber nur noch zu erklären«, sagte René, indem er stehenblieb, »daß ich durch die gebotenen Privilegien, die ich meiner guten Stadt Marseille gegeben habe, dort nichts zu sagen habe. Oder nur wenig. Also würde Ihnen auch meine Vollmacht nichts nützen.«
»Der König wird erbittert sein!« gab Monsieur Dauvet zu bedenken, plötzlich frostig. So mochte er hinter seinem Gerichtstisch hervor auf einen Angeklagten blicken. Ohnedies sei der König nach allem, was über diesen Mann zutage kam, unversöhnlich gestimmt.
Dagegen bezweifele niemand in der Provence, auch in Marseille, sagte René, die Rechtschaffenheit Jacques de Coeurs. Man bedauere sein Schicksal. Einen Mann, der viel für Frankreich getan hat.
Nachsichtig gab Monsieur Dauvet zurück: »Nur um sich selbst zu bereichern.« Mit angehobenen Augenbrauen sprach er weiter, vielleicht erwäge der König, sein Recht in Marseille, wenn sich die Magistralen sträuben sollten, selbst zu holen? Er habe genügend Schiffe dazu!
Auf diesen Gedanken, meinte René, müßte ihn wohl zuerst jemand bringen. Ihm einflüstern. Unwillkürlich hielt sich René an der Tischplatte fest, gegen die er sich lehnte. Nur nebenbei möchte er warnen, sagte er mühsam gelassen. »Auf den Hafenkastellen habe ich nämlich die schwersten Kanonen aufstellen lassen, die man gießen konnte«, sagte er. »Gegen die Seeräuber, wissen Sie.« Allerdings sei es eine groteske Idee, setzte René hinzu. Denn es seien ja wohl die Schiffe Jacques de Coeurs, mit denen er, der Generalprocureur, diese Erbschaft Jacques de Coeurs zu erobern gedenke? »Übrigens müßte ich selbst, Monsieur Dauvet, meine gute Stadt Marseille verteidigen, wenn man sie angreifen würde! Dazu bin ich verpflichtet. Dazu bin ich bereit.«
»Ich habe nur meinem König zu dienen«, sagte der Generalprocureur, der nun seinen Abschied nahm.
»Ich meinen Bürgern«, sagte René.

Aber die meisten Briefe, die René an Charles zu schreiben begann, mißlangen ihm.
Ob er nicht wider Willen, fragte ihn Anne, die Sache Jacques de Coeurs zu einer eigenen mache?
Das sei nun nicht mehr seine eigene Sache, gab er zur Antwort. Ein Unrecht gehe jeden an.
Aber Anne bewog ihn, mit ihr nach Pertuis zu gehen, dem kleinen Château auf dem Hügelrand an der Durance, wohin er sich oft zurückgezogen hatte, dichtend und malend. Dort strömte im weiten Talgrund der vielverästelte Fluß dem hügellosen Rhone-Delta zu, abends mit blitzenden Wellen im Gegenlicht. Dort war er von einfachstem Landvolk umgeben. Ein König unter Bauern.
Aber auch dort fand René keine Ruhe.
»Ich habe hier mein Testament gemacht«, schrieb er an Charles. »Deshalb beirrt es mich nicht mehr, wenn man über mich spottet. Louis tut es, Dein Dauphin. Weil ich dichte. Auch Deine Höflinge finden mich lachhaft. Aber ich frage mich immer zuerst, wer es ist, von dem ich Lob oder Tadel empfange. Sind nicht die meisten, von denen Du umgeben bist, Gerichtsvollzieher in die eigene Tasche?«
Mit diesem Satz brach sein Unmut wieder hervor. Er ereiferte sich. Er möge zwar nicht mit ihm streiten, schrieb er weiter, aber etwas gegen ihn verteidigen! Er wolle ihn daran erinnern, daß eigentlich die Poesie den ganzen Staat durchdringen müsse. Das habe auch er bei Plato gelesen. Ob er's vergessen habe? Auch die Worte seiner Belle Mère, daß jeder ein Beispiel sein könne? Wie es in jeder Zeit Beispiele gab? Manchmal nur einen einzelnen Menschen? »Was soll ich noch tun, Charles?«
Aber anscheinend wich Charles, als mißtraue er seinem Schreiber, dem er diktierte, seinen Fragen aus. Offenbar gab es für ihn keine geraden Antworten mehr? Nur noch »Saint Jean«. Sein altes Wort. Ob es ein Seufzen bedeuten sollte?
Inzwischen hatten die Brüder und Söhne Jacques de Coeurs, der Erzbischof von Bourges und der Bischof von Poitiers, dazu der Prévot und der Rat von Bourges, sowie eine Anzahl angesehener Männer des Landes den König um Gnade beschworen. Er möge erlauben, daß ein Anwalt seine Verteidigung übernehme. Desto verhärteter stützte sich Charles auf das Urteil, das unanfechtbar sei.
Der Verkauf der Güter ging weiter.
Dabei war es nur eine bitter belächelte Kläglichkeit, ein Zwi-

schenspiel, als die Stadtregenten von Marseille zäh mit Monsieur Dauvet verhandelt hatten. Sie boten ihm endlich dreihundert Ecus an. Ein Schmerzensgeld für beide Seiten, da sein Urteil und Titel, in Frankreich zustande gekommen, in Marseille keine Gültigkeit hätten. Er nahm die dreihundert Ecus.
Unverdrossen ritt er darauf mit einem Auktionator und mit zwei Schreibern von einer Stadt und Stätte zur andern, wo ein Besitz zu versteigern war. Bald hieß er der Mann mit dem Hammer, ein Abscheu und Schrecken für jeden. Er habe mit seinem Hammer, sagte man hinter ihm her, die Gerechtigkeit wie ein Stück Blech zusammengeschlagen!
Unbeschreiblich seien die Bilder gewesen, die er in Bourges erlebte, hatte der Herr von Grignan berichtet. Dort hatte ein langer Trauerkondukt die reiche, plötzlich verarmte Macée de Coeur hinausbegleitet, die oft von ihrem Überfluß, den sie nicht fassen konnte, geängstigt worden war. Nun hatte sie dem über sie niederbrechenden Unheil nicht standhalten können.
Aber als kurz darauf die Versteigerung angesetzt, als das herrliche Stadtpalais ausgeräumt wurde, hatte anscheinend jedermann seinen Zwiespalt vergessen. Jetzt konnte jeder für billiges Geld eine Kostbarkeit kaufen!
»Es brodelt«, hatten Berichte gelautet, als das Urteil gefällt worden war. Der König wage sich nicht nach Paris.
Aber nun war es ein anderes Brodeln, als in dem von Menschen überfüllten Palais, dessen Pracht nur wenige kannten, der Inhalt von Truhen und Schränken versteigert wurde. Kleider und Stoffe. Schmuck. Sammlungen. Bücher und Bilder. Hausaltäre. Hausgeräte. Am nächsten Morgen wurden die Wandbehänge, sobald der Hammer zum letztenmal aufgepocht hatte, eilig abgenommen, zusammengerollt, von zwei, drei Männern in den Hof getragen, fortgefahren. Sie würden künftig eines der Schlösser in der Landschaft schmücken. Die Schreiner, die erst vor wenigen Jahren die mächtigen Schränke errichtet hatten, zerlegten sie nun und ließen die großen Intarsientüren an Seilen, wie man sie durch ein Fenster heraufgewunden hatte, wieder hinab.
Fast eine Woche lang hatte der Generalprocureur im Palais des Jacques de Coeur geschäftig amtiert, bis es leer war, bis er zuletzt mit seinen Gehilfen seltsam zufrieden durch die kahlen Räume ging. Hier pochte er an Marmorgesimse, dort an die Mauern, wo

der Verputz zu sehen war, hell, mit grauen Rändern, mit den erschreckend kalkweißen Flächen, über denen die Tapisserien ausgespannt waren. Ob es vielleicht Geheimfächer gab? Erst jetzt sei das Urteil vollstreckt, sagte er. Der König dürfte befriedigt sein.

Dann habe Monsieur Dauvet noch bedeutungsvoll den Spruch vorgelesen, den Jacques de Coeur in eine Balustrade meißeln ließ, von Herzen und Muscheln umgeben: »A vaillans coeur rien impossible.« Er habe gelächelt. »Nun, wir haben das mutige Herz bewiesen, also beherzigt, daß auch unserem Herzen nichts unmöglich ist.«

Noch eine weitere Anekdote hatte der Herr von Grignan aus Bourges mitgebracht. Seit jener Räubertat laufe ein irre erscheinender Mensch durch Bourges, der einen schweren Feuerhaken erstanden habe. Wozu? Er schwinge ihn wie eine Keule. Weil er damit jemand totschlagen möchte. Er wisse auch, wen. Aber er sage es nicht. Und jeder nicke ihm zu. Auch er, der Herr von Grignan, habe ihm aufmunternd zugenickt. »Du bist mein Mann.«

Aber René hatte kopfschüttelnd abgewehrt.

Krank hatte man René nach Tarascon zurückgebracht. Er male nur noch den Tod, sagte er. Er dichte nur noch vom Tod. Dabei stünden alle um ihn herum, die sein Leben bedeutet hatten. Alle ganz deutlich erkennbar. Welch ein Reichtum! Auch an Boshaften. Aber am Ende blieben die Guten, und er brauche sie sicher nicht aufzuzählen, zumal er nicht daran denke, jetzt schon die Augen für immer zu schließen. Nein, nein. Er liebe die Welt und die Menschen, obwohl sie mehr Mitleid als Bewunderung verdienten. So sei ihm im Fieber, das jede Gestalt durchschaubar mache, auch Charles begegnet. Er glaube nämlich trotz allem an Charles! Wie aufbegehrend rief er das aus.

Anne, die unablässig an seinem Bett saß, ermahnte ihn, nicht mehr zu sprechen. Immer errege es ihn, erklärte sie dem Seigneur, wenn er von Charles zu reden beginne.

Weil er dem Irrtum verfallen sei, sagte René mit erhobenem Deutefinger, diesen Dauvet und de la Trémouille für ehrliche Freunde zu halten! Diesen Banditen Chabanne! Sie beuteten Charles genauso aus, wie sie Jacques de Coeur auf dem Gewissen hatten! Weil er meine, sie helfen ihm, seine Welt zu säubern. Dabei reiße ihn diese schreckliche Meute blind ins Unrecht hinein!

»Still.«

»Laßt mich doch an ihn glauben«, bat er. »Ich muß es. Ich kann es. Er ist ärmer als ich.«
Anne beschwichtigte ihn, ihre Hand auf seiner heißen Stirne.
Aber bald schien René eine Seltsamkeit recht zu geben. Noch wurde er manchmal von Fiebern geschüttelt. Dann fragte er leise: »Neapel?« Nein, schuld sei wohl seine geliebte Camargue. Die Flamingos. Der Brackwasserdunst. Aber er unterschied ganz klar, mindestens sei es ein eigentümlicher Zufall, daß unerwartet Jacques de Coeur in seiner Nähe sei. Nur ein paar Meilen weit von ihm entfernt!
Jean de Village war mit der erregenden Nachricht gekommen. Ihm hatte ein Mann aus Beaucaire einen Brief von Jacques de Coeur nach Marseille gebracht. Jetzt halte man ihn in Beaucaire gefangen, jenseits der Rhone im Kloster. Tarascon vor Augen. Man solle ihn holen. Herausholen!
Auch der Seigneur von Grignan, eilig verständigt, hatte sich eingefunden. Er brachte zwölf seiner zuverlässigsten, handfesten Burschen mit. Mit Jean de Village waren zwei junge Gehilfen gekommen, Guillaume Gimart und Gaillardet, beide aus Bourges. Sie würden ihn holen. Heraushauen, wenn es nötig war!
»Ich möchte dabei sein«, sagte René. Er warf seine Decke ab und stand auf. Nun gut, er brauche wohl einen Mantel. Er tastete sich ans Fenster. Dort. Er zeigte hinüber, wo man das Kloster zu suchen habe. Die Inselbäume verdeckten es. Aber dort, am Fuße der Burg, die mit einer spitz im Dreieck vorspringenden Mauer wie ein Schiff auf dem Felsen lag, dort müßten, wenn es nicht dunkel wäre, die Klostertürme sichtbar sein. Dicht am Rhone-Ufer.
Anne erklärte, indem sie ihn ängstlich zurückführen wollte, am vergangenen Abend habe er wieder sein Fieber gehabt. Nun setze ihm der Mistral zu.
»Die richtige Nacht«, sagte René, der vorgebeugt das Dunkel durchforschte. War dort ein Licht? »Laßt mich mit«, sagte er. Es müsse bestimmt eine genau überlegte Absicht von Charles sein, gerade diesen Gefangenen, seinen wichtigsten Mann, hierher, an die Rhone zu bringen. Ihm gegenüber. Wo die Grenze im Fluß verlief. Hol' ihn dir, sollte das heißen! Hilf ihm heraus! Als hätte Charles keine anderen Cachots? Keine Türme, die sicherer waren? Also habe sich Charles wohl endlich gegen die Meute durchgesetzt, die ihm Ergebenheit heuchle und die ihn bis heute beherrsche?

Nein. Es sei gut, daß er krank sei, widersprach ihm Jean de Village. Er führte ihn selbst an sein Bett zurück. Drüben sei eine Abteilung Gens d'armes mit Jacques de Coeur nach Beaucaire gekommen. Also könne dies auch das abgefeimteste Stück sein, das sich die Meute ausgedacht habe? Es sei doch, so könnte Monsieur Dauvet nachher mit Recht behaupten, ein Angriff auf Frankreich? Ein Übergriff?
Auch der Seigneur solle in Tarascon bleiben. Aber er ließ sich nicht halten.
Wenn es ein Schlußpunkt wäre, sagte René aus seinen Kissen heraus, wäre es zugleich ein Höhepunkt. Etwas Versöhnliches. Gegen ein Recht, das unrecht ist.
Sie holten ihn!
Endlich runde sich ein benachbartes Schicksal ab. Das Leben beginne sich nun zu klären, sagte René zu Anne, die erregt am Fenster blieb. Aber als nun auch er die Ruder in den Dollen knarren hörte, hielt es ihn wieder nicht mehr im Bett. Er mußte sie sehen. Da. Wie sie die Strömung angingen, vom Mistral gepeitscht, der nun überall im Rhonetal die Dachziegel klappern ließ und sicher viele herabwarf. Dann mußte man wieder helfen. Der die Zypressenhecken um die Bauernhöfe beugte. Wie drüben die Pappeln. Jetzt fuhren sie an der Insel entlang, an der eine Sandzunge vorsprang. Dann bogen sie ab. Gott Lob.
Nun mußten sie bald die Uferbäume erreichen, wo sie niemand entdecken würde. Dort lag nur ein Fischerhaus. Dort kamen sie auf dem Altarm rasch in die Karmeliterbucht. Nur Baumgestöhne, rauschendes, stoßweise geschütteltes Blattwerk wird sie im Dunkel über ihnen begleiten. Oh, ihm sei warm, sagte René zu Anne. Danke. Er zog den dicken, weichen Mantel am Kinn zusammen. Sah man kein Licht?
Eigentlich müßte man sich, sagte er, einen Blick über die Kronen der Bäume hinweg verschaffen. Vom Dach aus!
René stieg hinauf, obwohl ihn Anne beschwor. Die plötzliche Kühle. Die vielen Stufen. Der Mistral. Und freilich mußte er manchmal verschnaufen. Aber gut, eine Mütze, die nahm er an. Er stellte sich auch, als er das Dach erreichte, von Anne gefolgt, an eine Mauer, wo er geschützt stand, obgleich der Wind zwischen den Zinnen hereinschlug. Dort kam doch ein Boot?
»Ja«, sagte Anne. »Sie kommen!«
»Gelobt!«

Aber von drüben näherten sich Fackeln auf dem Wasser? Sie höre eine Trompete.
»Keine Trompete. Ein Horn«, sagte René.
»Ein zweites Boot«, berichtete Anne. »Ein drittes. Ein viertes!« Also hinunter. Alarm. Und beten. Daß sie gut herüberkommen!
Dann schoß der Nachen schon bald an der Uferklippe vorbei in den Bootsplatz herein. Doch dann reichte es nur, um Jacques de Coeur die Hände zu schütteln. Mein Gott, er trug einen Bart. Wie einst er selbst. In Dijon. »Ich erkenne Sie nicht«, sagte René.
»Los, los«, drängte Jean de Village.
»Erlauben Sie, Sire«, brachte Jacques de Coeur hervor. »Ich muß Sie umarmen.« Er tat es. »Oh, mon bon Roi René.«
»Auf, auf!« Das war der Seigneur.
Jedem ein Päckchen. Etwas zum Essen. Die Hofdamen Annes reichten den ausgekeucht ihre Pferde besteigenden Reitern eine Wegzehr hinauf. Dann sprengten sie in die Nacht hinein. Als letzter Jean de Village. Umsichtig hatte er jeden gezählt. Also keiner mehr? Galopp!
Das Tor zu. Die Querbalken vor. Vom Dach herunter wiederholte sich der Trompetenalarm, jetzt rasch nacheinander. Überall standen die Posten an ihren Plätzen. Gut.
»Mag ihm sein Hähnchen schmecken«, sagte René, der nun gemächlich mit Anne und mit dem Seigneur über die innere Brücke ins Haus ging. Dann mußte er beim Ersteigen der Treppe zwar öfters den bis auf die Füße fallenden Mantel anheben. Aber er schien diese Umständlichkeit gern zu benutzen, um stehenbleiben zu können. Zu plaudern. »Armselig arm waren Charles und ich, als uns der lustige Jacques damals in Bourges ein Hähnchen spendierte. Aber auch dadurch, daß ich es endlich zurückgeben konnte, rundet sich etwas ab.«
Doch als er weitergehen wollte, horchte er auf. Wurde ans Tor geschlagen? Wahrhaftig. Demnach waren sie da. Ungeduldige Schreier. »Aufmachen!« Hornsignale dazwischen, als ob sie stürmen wollten.
Da schaute René überlegend an sich hinunter.
Ob er sie so, fragte er, in dem alten, abgetragenen Schlafmantel am Tor empfangen, vielmehr heimschicken solle? Diese ungewöhnlichen Gäste aus Frankreich? Schließlich war es Mitternacht. Er prüfte den Saum. Zwischendurch sah er zu Anne und

zu dem Seigneur auf. Was sei wohl das beste? Ach, mochten sie einstweilen drunten wild an das Bohlentor knallen. Das hielt viel aus. »Aufmachen!« Warten lassen. Allerdings, die goldgestickte Borte sei ziemlich blind geworden, sagte er. Auch fadenscheinig. Aber das Blau war noch blau. Auch hob sich die dicke, gewirkte Goldschnur, die den Mantel und Leib wie der Strick einer Mönchskutte umspannte, mit ihren Quasten doch gut davon ab? Oder ob er, um zu beweisen, daß er der König sei, seine Krone aufsetzen solle?

»Aufmachen!« kam es vielstimmig von drunten. Gleichzeitig Gepolter.

»Nein«, entschied sich René auf einmal und wandte sich zur Verwunderung Annes und des Seigneurs seinem Schlafzimmer zu, zog seinen Mantel aus und legte sich ins Bett.

Es seien einige Dutzend, rief der Seigneur erhitzt, der über den Sims gebeugt hinunter spähte.

Aber René winkte ihn her. »Sicher darf ich Sie bitten, lieber Seigneur, sie fortzuschicken«, sagte er und ordnete seine Bettdecke um sich herum. »Sagen Sie ihnen, ich liege im Bett. Nicht weil ich krank sei. Ich glaube, es nicht mehr zu sein. Sondern weil ich denen da drunten kaum begreiflich machen kann, was ich denke. Auch juristisch. Daß nämlich auch die da drunten jetzt im Unrecht sind. Ob ich es selber bin? Ich hoffe nicht.«

Ah, das sei nun wahrlich, sagte der Seigneur und blitzte René an, erlösend richtig und ganz nach seinem Geschmack! Diese Kerle in die Rhone jagen!

»Nicht in die Rhone. Nur in ihre Kähne«, verbesserte ihn René.

Doch der Seigneur trumpfte empört, die behaupteten drunten, Jacques de Coeur müsse im Schloß sein! Sie wollten das Schloß durchsuchen!

Am Fußende stehend, zwischen den zierlichen Säulchen des Betthimmels hindurch, sprach der Seigneur auf René ein, der halb aufgerichtet vor ihm saß. »Lassen Sie mich das machen, Sire.« Nachdem er ein Leben lang für die französische Sache mitgekämpft habe, »wie Sie, Sire«, sei es für ihn, mon Dieu, eine zwiespältige Lust, nun einmal dagegen zu sein und dadurch dennoch dafür!

Nur eines. Er möge dem Capitaine auch sagen, bat ihn René, »wenn Charles mir beweist, daß ich jemand zu Recht verfolgen muß, wird er von unseren Leuten verfolgt. Aber hier, in meiner

Provence, nicht durch seine Gens d'armes. Sagen Sie auch, daß ich in dieser späten Stunde schlafen möchte.«
»Nun, ein kleines Geklirre wird es vorher noch geben!« Kampflustig stampfte der Seigneur herum.
»Bei Gott nicht«, warnte ihn René. »Ich will doch keinen Krieg anfangen! Das Wort, behaupte ich, unsere Vernunft, damit sollte man auskommen können?«
»Aber wenn die da drunten keine haben?« Er hatte sich wieder zum Fenster begeben. Er sehe nur Spieße. Lanzen. Gezogene Degen. Ein gestacheltes Gewimmel bis über die Grabenbrücke hinüber. »Aufmachen!« Da riß der Seigneur das Fenster auf und schrie hinunter: »Ich komme!«
Nur kurz hielt er noch einmal vor René an. »Aber wenn sie nicht gutwillig abrücken, Sire«, sagte er, vor Begierde zitternd, »wenn unsere Vernunft umsonst vertan wird, Sire, wenn wir die da drunten, weil Sie es leider nicht erlauben, nicht selbst aus unserer Provence verjagen dürfen, dann, wenn unsere Menschengaben nichts mehr nützen, dann bleibt nur noch eines, Sire: dann lasse ich den Elephanthus auf sie los!«
Nun stapfte er hinunter.
Es schien für den Seigneur wahrhaftig wie eine antikische Lust zu sein, sagte René, von der hoch gelegenen Luke des runden Torturms aus mit den Gens d'armes von Beaucaire zu disputieren. René, der aufgerichtet lauschte, von Anne gehalten, verstand zwar nur einzelne Wörter und Sätze. Doch sie erinnerten ihn, sagte er, an die Heldengespräche von Troja. Denn es fielen auch kräftige Wörter. Die billigsten lauteten: »Eiserner Dickschädel! Spitzköpfe!« So brach aus dem Seigneur der Provençale mit dem Würzgeschmack seiner Sprache hervor, mit der Freude am Witz und mit Courtoisie.
»Mon cher Capitaine, räumen wir endlich den Tisch ab!« rief der Seigneur zuletzt hinunter. »Ich habe Ihnen alles ausgerichtet wie ein vereidigter Jurat. Nun gute Fahrt über die Rhone zurück! Oder zögern Sie noch? Ich sagte doch deutlich: Jacques de Coeur ist nicht hier. Zweifeln Sie noch? Dann beleidigen Sie unseren guten König René. Ich habe die Ehre, für ihn zu sprechen. Ihm glaubt man!«
»Hörst du«, sagte René zu Anne. »Mir glaubt man.«
Nun müsse er schlafen, riet ihm Anne.
»Gern«, dankte René. »Auch wenn es ein Schlaf in das Immer hinein wäre, gern.« Dabei legte er sich in die Kissen zurück.

Aber eigentlich, sagte er zu dem Betthimmel hinauf, der leider auch, wie er bemerkte, ein wenig zerschlissen war, eigentlich hoffe man doch, wenn man alt sei, immer noch älter zu werden? Nach einem solchen Tag könne man doch noch viel vom Leben erwarten? »Ich spüre, Anne, ich werde gesund! Du kannst es mir glauben!«

Er lachte dazu.

Da sagte sie: »Man glaubt dir, René.«

Über die Zeit hinweg

Ein Nachwort

Im Hafen von Bouc am Rande der Camargue, unfern der Inselstadt Martigues, von der aus er zum erstenmal ins Abenteuer des Orients hineingefahren war, hatte ein Schiff auf Jacques de Coeur gewartet.

Später wurde bekannt, daß er als Generalkapitän eine päpstliche Flotte, die endlich zum Kreuzzug gegen die Türken auslaufen konnte, bis in das griechische Inselmeer vor der Küste Kleinasiens führte, nach Rhodos. Dort blickten die Johanniter-Herren von dieser letzten Festung des Abendlandes auf das von den Türken eroberte Festland hinüber. Vor wenigen Jahren hatten sie Konstantinopel erstürmt.

An der Spitze seiner sechzehn Schiffe fuhr Jacques de Coeur zuletzt nach Chios, der steinigen, sonnenverbrannten Insel mit ihren weißen Dörfern und mit dem Staubgrau ihrer verkrümmten Bäume, wo Mastix wuchs. Dort soll er gestorben sein.

Aber in späteren Jahren wurden Gerüchte laut, er habe in Famagusta auf der großen Insel Zypern eine der schönsten, reichsten Damen zur Frau gewonnen. Wieder sei er ein fürstlicher Kaufmann geworden, der nach Damaskus und in den Sudan reiste. Wieder sei er ins Märchenhafte zurückgekehrt, fern von der geliebten, allzu engen Welt um den armen König Charles.

Denn die Gerechtigkeit Charles' verlangte, aber vermutlich war es sein Generalprocureur Dauvet, daß René seinen mutigen Freunden sagen mußte: »Es war ein ganz eigensüchtiges Glück für mich, daß ich nicht dabei sein konnte in Beaucaire.« Dem Buchstaben nach, mit dem aus dem Recht auch ein Unrecht gemacht werden könne, müsse nun nämlich der Handstreich, den sein Freund Jean de Village unternommen hatte, vor den Augen des Königs Charles eine Sühne finden. Vielleicht hatte man Charles auch dazu gezwungen, dies zu verlangen?

René hatte zwar Jean de Village den Oberbefehl über die kleine Flotte der Provence übertragen. Aber nun mußte René seinen Getreuen eine Zeitlang einen Turm anweisen. »In dem ich selber mit euch sitzen müßte. Ich täte es gern. Weil vielleicht meine Freude, daß es gelungen ist, auch eine Schuld war.«
Nur der Seigneur hatte sich, wie er schon vorher angekündigt hatte, davongemacht. Madame Etiennette, bald Witwe, erfreue sich sicher noch langhin einer guten Gesundheit. Er nicht. Ach, vieles sei schön gewesen. Lebenswert! Obgleich ihm ein Erbe versagt geblieben. »Nun habe ich nur noch lächelnde Engel vor Augen. Auch dafür, mon bon Roi, ein besonderes Merci!« Ja, auch der »Kerl« von damals, Jacques, dem er einst in Martigues auf die Schulter gehauen, habe sein Leben belebt. Reicher gemacht. Nicht nur als Mieter der alten Scheunen. Eigentlich lebe man doch durch seine Freunde? Ob sie Geld besitzen oder nicht. Die einen als Herzen, die anderen als Muscheln. Adieu.«
Unerfindliches blieb.
Bald erlebte René, daß Charles von selbst zu ihm kam, abgehetzt wie ein Flüchtender, der sich vor jedem Schattenwinkel in den Gängen fürchtete.
»Gib mir etwas zu essen«, bat er. Aber er fragte bei jedem Gang: »Kannst du deinem Koch vertrauen? Auch den anderen Leuten in der Küche? Ist keiner bestochen?« Ungläubig flackerten seine Augen, als René aus den gleichen Schüsseln zu essen begann, die auch seine Speisen enthielten. Dann schlang er sie hinunter. »Louis«, stieß er manchmal hervor. »Agnes. Louis. Nimm dich in acht vor Louis.« Gekrümmt saß er vor René. »Was habe ich falsch gemacht? Offenbar dauert es jedem Dauphin zu lang, bis er seinen Tag von Reims erleben kann?«
Eigentümlich war auch dies: Charles hatte im gleichen Jahr, in dem Jacques de Coeur angeblich auf Chios gestorben war, die insgeheim in ihm bohrende Schuld von Rouen auszutilgen versucht. Die Gerechtigkeit war wiederhergestellt. Und dennoch tat er es mit einer Handbewegung ab.
Aber schon bald nach dem Tode der Agnes Sorel in Jumiéges hatte der König, als bestünden Zusammenhänge einer Verschuldigung, den Prozeß gegen Jeanne d'Arc nachprüfen lassen. Lang genug hatten seine Juristen gebraucht, die die Zeugen von einst verhörten. Dann schien das Damals auf einmal in einem veränderten Licht zu erscheinen. Alles klang anders, bekam einen anderen Sinn.

Endlich wurde, am 7. Juli 1456, auf dem Alten Markt von Rouen, an der Stelle des Scheiterhaufens, vor einer großen, stummen Prozession verkündet: »... daß besagter Prozeß und seine Urteile befleckt von Arglist, falscher Anschuldigung, Unrecht, Lüge, ein öffentlich kundgetaner Rechtsirrtum, ebenso wie der besagte Widerruf und alle Vollziehungen und Folgen rechtlos und ungültig, null und nichtig waren, sind und sein werden! ...«
René erlebte jedoch auch, wie sich der Lebenszirkel um Charles schloß, wobei zugleich auch wieder Jacques de Coeur aus der Vergangenheit beschworen wurde, als überschnitten sich plötzlich in ihrem Schicksal nochmals die Kreise. Charles hatte aus Angst nichts mehr gegessen. Er starb in seinem Château de Mehun, nachdem er seinen ersten Leibarzt in der Großen Tour, dem mächtigen Stadtturm von Bourges, einsperren ließ, verdächtigt, von seinem Sohn Louis gedungen zu sein, ihn zu vergiften.
Dann hatte Louis, der Dauphin, jetzt König Louis der Elfte, alsbald die Ordre ausgegeben, daß ohne Aufschub das Verfahren gegen Jacques de Coeur zu revidieren sei! Nun verschwanden Monsieur Dauvet und Chabanne, de la Trémouille und Antoinette de Maignelais, ein verweintes Gesicht.
Jetzt hatte Louis den stillen Guillaume de Varye, den Freund von Jacques de Coeur, zu seinem Argentier im Languedoc gemacht.
Das Gericht stellte fest, daß Jacques de Coeur unschuldig verurteilt worden war!
»Wenn er, wie die einen behaupten, auf der Insel Homers gestorben ist, hat er es nicht mehr erfahren«, sagte René zu Louis. »Aber wenn er in seiner Märchenwelt lebt, macht es ihn sicher trotz allem glücklich, daß du daheim das Unrecht ausrotten willst. Die Irrtümer gutmachen. Versuchen muß man's ja immer.«
Bei solchen Gesprächen bemerkte René mitunter, daß ihn Louis mit seinem dreisten, hintergründigen Lächeln betrachtete. Aber offenbar schien es ihm nützlich, zuzuhören, wenn René etwa von seinen neuen Büchern sprach. Aus Florenz und Venedig ließ er sich Übersetzungen schicken. Antike Autoren. Philosophen. Dichter. Die Lebensbilder der Großen. So lebe er selber mit bedeutenden Geistern zusammen, die Altes entdeckten, die aber dadurch viel Neues heraufzuführen versprachen.
Auch deshalb versuchte René wie ein Vater, Louis in seine Welt

hineinzuführen. Seine Bücher gehörten dazu. Auch zu ihm. Dem König. Der offenbar ein verändertes, größeres Frankreich vor sich sah? Auch die ältesten Bücher, meinte René, gehörten zu dieser Zukunft. Die Schmerzlichkeiten stellten sich dann schon von selbst ein.
So habe er bei seinem glücklosen Feldzug in Oberitalien den Marchese von Mantua als Gegner gehabt, den Condottiere im Dienst von San Marco. Aber lieber hätte er sich, sagte er nun, bei dem Herrn von Gonzaga nach Vittorino erkundigt, seinem berühmten Magister aus Feltre, anstatt mit seinen Truppen scharmützeln zu müssen.
Vieldeutig hatte ihm Louis erwidert, er könne nicht anders, er müsse scharmützeln. Unvermutet, wie er meistens erschien, ein Horchender, wie ein Streifender, ritt er auch wieder davon. Anscheinend ertrug er Renés Gelassenheit nicht, der bald Marguerite aufnehmen mußte, die englische Königin, seine Tochter. Eine Geflüchtete. Der er helfen mußte. Vielleicht auch wieder zu ihrem Thron verhelfen? – Auch hatte Jean, sein Sohn, in Neapel umsonst gegen den Sohn des Alfonso gekämpft. Er kam zurück wie sein Vater. Geschlagen. Enttäuscht von Louis, wie René in Neapel von Charles enttäuscht worden war. Allzu rasch, schien es René, ritt Louis mit seiner Gesellschaft den Schloßberg hinunter.
Zeitweilig lebte René in Angers, wo nun die riesigen Teppichgemälde der Apokalypse zwischen den Säulen und an den Wänden der Kathedrale hingen. Er hatte dem Rat der Stadt größere Rechte gegeben. Freiheiten. Bauten errichtet. Die Hohe Schule erweitert. Neue Kollegien. Auch hatte er in der Landschaft manche Kapelle ausgemalt, auch eine neue, die er für den treuen Bernardino von Siena bauen ließ. In Sandalen und mit seinem Wanderstecken war er durch ganz Italien bis nach Angers gepilgert, ein heiligmäßiger Freund.
Der Roi de Sicile habe die Stadt Angers, schrieb ein begeisterter Zeitgenosse, zur verehrungswürdigsten Stadt im französischen Land gemacht. Sie sei ein Brunnen der Wissenschaften und alles Schönen!
Oft zog sich René jedoch aufs Land zurück. Denn mehr als das schwere Schloß von Angers oder das Felsenschloß Saumur mit seinem Gedränge von Türmchen mit spitzen Hüten und mit Bündeln von Kaminen, mehr als das Hofgewimmel verlockten ihn die kleinen Manoirs mit ihrer Stille. Baugé. Chanzé, ein

Lieblingssitz seiner Mutter Yolande, die dort einmal Jeanne d'Arc empfing, nach der ein Zimmer genannt war.
Jeden Bauern kannten René und Anne, jeden Stall. Bei der Weinlese standen sie beide im Rebenfeld, nachher in der Kelter, wo René die Presse studierte, die er verbessern ließ. Abends wußte er sich im Escriptoire, über eigene Schriften gebeugt, mit guten Geistern verbunden. Manchmal gab er Feste.
Aber er hatte auch auf einer Insel in der Loire einen Garten anlegen lassen, sein Camp de César, wo ihm ein kleiner Raum in dem alten Château genügte. Ringsum Rosen. Sonst brauchte er nur den Blick auf den Strom, der rasch an beiden Seiten an ihm vorüber und vor ihm zusammenfloß. Lastschiffe. Nachen. Wasservögel. Treibholz. Fern die Türme von Angers. Bauern auf ihren Feldern. Darüber still ziehende Wolken.
Hier mochte er auch über den Dichter nachdenken, den ihm der Herzog von Orléans zugeschickt hatte, der doch selber ganz andere Verse schrieb als dieser verächtlich tuende Mann, der mit seiner ungewöhnlichen Wortgewalt ein Genie sein mochte, bei dem die Zweifel jedoch schon bei seinem Namen begannen. Bei seinem Leben. François Villon. Er gab es zu. »Manch einer wird mich einen Lügner schelten und zetern: Welch verleumderischer Wicht! Dem halte ich entgegen: Er versteht mich nicht! Ich will mit Gleichem nur ihm Gleichs vergelten.« Er lachte. »François de Montcorbier, genannt Villon.« Er lobte Louis, der nicht ertragen konnte, daß er hinter Gittern sitzen mußte. Ein Dichter! Ein Magister der schönen Wissenschaften und des erbärmlichen Lebens. Ein verrotteter Raufbold und Diebsgeselle. Dem Galgen entgangen. Aus dem schönen Paris verbannt, wo er alle kannte, alle, alle, auch in den verrufensten Häusern.
Sicher hat ihn René enttäuscht, bei dem er einen Unterschlupf erhoffte. Aber in einem Gedicht, in dem er, vom Leben geekelt, über jeden ein galliges Beiwort hinspuckte, den er zitierte, hat er René nur als Roi de Sicile erwähnt. Ohne ihn zu beschimpfen! Ohne ihm eine Bosheit nachzusagen. Obwohl er zweifellos die zarten Verse von René nichtachtend abgetan hat. Also ehrte er den König René, indem er für ihn kein Beiwort gebrauchte.
Aber sicher wurde René von der ungewöhnlichen Kraßheit seiner Gedichte erregt, und er mochte sich zwar an den geistreichen Poggio erinnern, der den ehrbarsten Damen und Herren von Rom und Florenz ihre Laster vorhielt. Auch an Filelfo mochte er denken, der den Medici verunglimpft hatte. Aber mit den hinge-

schleuderten Versen dieses Verjagten, der keine Geschmeidigkeit kannte, nur den Aussatz, nur Aufschreie, kam eine Stimme aus einer anderen Welt.
Jedoch, die Wasser flossen zusammen. Er blickte auf seiner Insel Saint-Aubin nicht nur über den Strom hin, der sich teile und wieder vereinige, sagte er zu Anne, sondern auch über die Zeit. Er sei ja nun in das Alter gekommen, in dem man erkenne, wie die Strömung plötzlich mit einer unvermuteten Welle auch das Strandgut wieder erfasse und weitertrage. Manches wohl ohne erkennbaren Sinn. Aber es gab wohl nichts ohne Ziel.
So war er fast erheitert, als jene Marguerite von Savoyen, mit der er einst in Chambéry und in Vienne tanzend seine Befreiung aus dem Turm von Dijon genoß, als seine Gläubigerin in Angers erschien.
Auch hier schloß sich ein Ring.
René sah sie mit ihrem Flatterschleier vor sich. Jung. Mit duftigen Kleidern im Mädchenglück. Im Tanzsaal. Damals war sie in ihre erste Ehe nach Neapel abgereist, wie von sich selbst betört. Zu seinem Bruder Louis, mit dem sie ihn verglichen hatte.
Jetzt kam sie gereift, aber immer noch weltbegierig, wenn auch geprüft, als dritte Gattin jenes Grafen Ulrich von Württemberg wieder, der hinwiederum für sie ihr dritter, geliebter Gatte war, derselbe, dem René in den schweren Tagen in Basel, dann in der Unschlüssigkeit um die verschollene Jeanne d'Arc des Armoises begegnet war.
Doch das alles war nun vorbei. Es ging um Geld.
Seine Chambre des Comptes habe sie lang genug mit Briefen zu trösten versucht. Durch Schweigen beleidigt! Deshalb komme sie selbst. Ihr Heiratsgut von damals sei noch nicht zurückgezahlt! Sie schien zwar entzückt, den Sieger von Chappe unverändert zu finden, naturgemäß den fliehenden Jahren gemäß. Dabei warf sie ihrem Berater, dem Tübinger Rektor Vergenhans, blitzend verständigende Blicke zu. Er sprach lateinisch, und René gewann sein Herz, als er lateinisch seufzte: »Auri sacra fames!« Verwünschter Hunger nach Gold. Aber gleich ergänzte er: »Potius sero quam nunquam.« Lieber spät als niemals. »Sie bekommen Ihr Geld, verehrte Schwägerin. Verzeihen Sie mir und meiner Chambre des Comptes. Wir hatten meistens beträchtlichen Mangel daran.«
Für ihn bedeutete es, mehr als bisher zu sparen. Nichts mehr verschenken. Mindestens weniger.

Aber das Schicksal bot auch ihm einen Ausgleich an. Wie eine Versöhnung.
Vorher hatte er noch, in die Provence zurückgekehrt, die Advokatenstreiche zu verschmerzen, mit denen ihm sein Nachbar in Savoyen Nizza abzunehmen verstand. Auch mußte er noch einmal in den Sattel steigen, von Louis zu Hilfe gerufen, der plötzlich auf seinen guten Onkel René so fest vertraute wie sein Vater Charles. Angesichts seiner großen Gestalt entschieden sich nämlich die schwankenden Noblen für den König von Frankreich, der sich des Herzogs von Berry und des bretonischen Herzogs erwehren mußte.
»Der Schäferkönig wieder auf einem Kriegsgaul!« rief René aus, als er zu der gärenden Versammlung ritt. Dort siegte er nur dadurch, daß er da war. Über die Geister. Für Frankreich. Für Louis.
Für ihn selbst tat sich, ganz unerwartet, als erhebe ihn das Schicksal noch einmal auf eine hohe Bühne, ein neuer, weiter, unglaubhafter Horizont auf.
Fußfällig höflich, ihm die Hände küssend, wie man nur von größten Herren seiner Zeit eine Gnade erbat, waren höchste Würdenträger aus dem fernen Barcelona und der Landschaft Katalonien in Angers vor ihn getreten, inständig bittend, er möge ihr König werden! König von Aragon! Über die Pyrenäen hinweg reichte das Land, das ihm zufallen sollte, bis zu den üppigen Huertas von Valencia. Dort hatte der Tod, den René oft malte, den König Juan den Zweiten vom Thron geholt, der auch den Bruder Alfons von Aragon in Neapel längst abgeholt hatte. Stets hatte René gesagt, daß er ein feiner Geist, umgeben von Dichtern und Künstlern, aber leider sein tückischer Feind war. Nun, weil Juan der Erste der Vater Yolandes gewesen, der Belle Mère des Königs René, stand ihm ein Recht auf den Thron zu. Deshalb schien es René auch eine eigenartige Fügung zu sein, daß die Gesandtschaft, die ihn zuerst vergeblich in der Provence gesucht, ihm nun im Thronsaal seiner Belle Mère in Angers die Königskrone ihrer Heimat anbot.
»Noël! Noël!«
Der Notable hatte viele Titel aufzuzählen: »... König von Jerusalem und der beiden Sizilien, des Königreichs Aragon, der Insel Sizilien, von Valencia, Mallorca, Sardinien und Korsika, Herzog von Anjou, von Bar etcetera, Graf von Barcelona, der Provence, von Forcalquier, von Piemont etcetera ...«

Aber René kehrte in die Provence zurück.
Einstweilen mochte Jean, sein Sohn in Nancy, Herzog von Calabrien, nach Barcelona reiten.
In jenen Jahren hat wohl Nicolas Froment, der Malerfreund Renés, das Triptychon »Der brennende Dornbusch« gemalt, »Le buisson ardent«, das in der Kathedrale Saint-Sauveur in Aix hinter hölzernen Läden geschützt wird. Hoch an der Kirchenwand. Manchmal hängt ein Schloß daran.
Rechts auf dem schmalen Flügel kniet die betende Königin Anne, ein blasses, langes Gesicht, ein wenig spitz. Sie trägt eine Krone.
Dagegen hat der Maler den alten König René, der auf dem linken Tafelbild gedankenvoll aufschaut, mit einem runden Käpplein über dem festen, fast eckig breiten Gesicht gemalt. Ein Hündchen liegt ihm zu Füßen. Ein mit Lilien durchwirkter Teppich senkt sich vom Hausaltar auf den Boden herab.
Fast zweifelt man, ob dieser gedrungene, schwere Männerkopf dem Bild entspricht, das man zu sehen erhoffte. Ob dieser würdige Alte einmal der Sieger von Chappe und vieler Reiterkämpfe war? Zwar brennt die Narbe von Bulgnéville noch rötlich neben seiner Wange. Aber ob er ein Schäferkönig sein konnte? Ein Komödienspieler? Ein Maler und Dichter? Denn er ist hier, aber auch auf den wenigen anderen Bildern, die von Zeitgenossen geschaffen wurden, als ein behäbiger Alter dargestellt. Gelassenheit ist ihm eigen. Trauer scheint um die schmalen, seitwärts herabgesenkten Lippen zu liegen. Und dennoch lassen die Züge, so glaubt man, Humor erkennen, ein angedeutetes Lächeln von Weisheit. Ein kräftiger Gentilhomme scheint er gewesen zu sein. Ein großer Bürger der Welt. Ein König.
Das ist vielleicht das überraschende Besondere, daß sein Bild nicht so ist oder erscheint, wie er der Fama nach gewesen sein könnte. Aber überdies ist ja sein eigentümlicher Ruhm als Poet und Schäferkönig, der in vielen Betrachtern, die ihn nicht kennen, beinahe Mitleid erweckt oder gar Spöttischkeit, mit seinen älteren Jahren verbunden.
In diesen älteren Jahren hat jedoch dieser König über so viele Länder, der hier nur der arme Graf der Provence war, viele Gestalten überlebt, die in sein eigenes Leben oder in seine Welt und Epoche hineingewirkt haben. Er wurde über siebzig Jahre alt, ein hohes Alter in seiner Zeit.
Als er unvermutet jenes weitere Königreich geschenkt bekam,

das Stammland Alfonsos, an den er Neapel verloren hatte, mag ihn Philipp der Gute zwiespältig beglückwünscht haben, der seinen Hunger nach Ländern nur mit Gewalt stillen konnte. Dafür, um seine Kriege führen zu können, hatte der mit seinem Reichtum prunkende Burgunderherzog auch das zusammengebettelte Geld Renés gebraucht. Ihm wurde freilich, nach Bar und Lothringen, Land nach Land freundlich geschenkt, beide Sizilien, Anjou und die Provence, nun das großmächtige Aragon. Dann mußte er zwar, obwohl ohne Machtbegierde, oft um sein Recht auf diese Erbschaften kämpfen, obgleich ihm der Krieg ein Übel war. Dennoch tat er sich als gewiegter, mutiger Fechter hervor. Aber er suchte den Krieg nicht wie Philipp, der große Duc des Abendlandes, der das alte Burgund erneuern wollte. Er hätte dazu, wie er in Flandern eine Herrschaft nach der andern unterwarf, auch das Land Bar des jungen René gebraucht. Auch Lothringen. Er war als Eroberer bis an den Niederrhein nach Neuß und am Oberrhein bis in den Schwarzwald geritten.
René überlebte ihn. Bei seinen Gedichten. Bildern. Tieren. Rosen. Eigentlich hatte ihn René in seiner Art besiegt. Sogar als Gefangener.
Dann überlebte René auch den Sohn des so gebildeten Philipp, Karl den Kühnen, der mit fast noch größerem Prunk als sein geschmeidiger Vater in seine Feldlager zog, ein siegesbewußt in seine Schlachten reitender Herr dieser Welt, die er erobern wollte! Aber sie schien ihm wie seine Zelte zusammenzubrechen, als die Schweizer bei Grandson und Murten auch seine herrliche Zeltstadt mit allem, was darinnen war, erbeuten konnten, mit Schmuckschatullen, mit seinem kostbaren Tafelgeschirr, mit seinen Tapisserien.
Dann stand ihm bei Nancy beim letzten Versuch, sein großes Burgund der Vergangenheit und der Zukunft zu retten, ein Herzog von Lothringen gegenüber, der den Namen des guten Königs trug. René. Seltsam schloß sich der Kreis.
Jetzt gab es auch in Burgund nur eine Tochter, die den Thron erben sollte. Wie einst in Lothringen. Damals hatte René für das Recht Isabellas kämpfen müssen. Ihr bestritt niemand das Recht.
Jetzt, indes er älter wurde, ging einer nach dem anderen, wie bei seinen Theaterstücken, in den Schatten und kam nicht zurück. Neue Gestalten, Unbekanntes in ihren Gesichtern, traten an ihre Stelle.

Jean hatte das Glück der Erbschaft von Aragon nicht überlebt. Marguerite, die England nicht aufgeben konnte, eine der männlich kämpfenden Frauen seines Jahrhunderts, war gegen ein Lösegeld wieder nach Frankreich zurückgekehrt.
Louis, der König, hatte Anjou verteidigt. Ohnedies war ja das Land Anjou ein Lehen der Krone. Ohnedies war ja für ihn der gute König René sein alter Onkel, den er beerben mußte.
Endlich hatte René sein Testament gemacht. Auch die Provence sollte an Frankreich kommen.
Aber einstweilen lebte René, ohne in seiner Sorge für seine Leute und Länder nachzulassen, für alle jene Dinge, die seiner Denkart nach zum Leben gehörten. Sie machten das Leben aus, hielt er auch seinen Kanzlern vor, die ihm zwar alle treu ergeben waren. Aber es mußte bei kleinen Geschenken bleiben. Bei der Bewirtung der armen Alten an Ostern, die er selbst bediente und die neue Kleider bekamen. Winzige Summen weisen die Listen seiner Chambre des Comptes aus. Für Moriskentänzer. Für einen Harfenspieler. Für rote Mützchen für die Damen. Für eine Nachenfahrt auf der Rhone.
Aus jener Zeit fanden sich auch in den Papieren der Großen Handelsgesellschaft von Ravensburg kuriose Belege. Einer der oberschwäbischen Handelsherren hatte dem guten König René, vielleicht aus Gründen, die in der Kaufmannschaft lagen, Geld geliehen. Oft hatte man ihn vergeblich gemahnt, weshalb man in Ravensburg beschloß, ihm eine Armburst zu schenken, mit Silberbeschlägen verziert. Das würde ihn, hoffte man in der kernigen Sprache von damals, »in der Sache erschießen«. Doch er nahm wohl die Armbrust erfreut und mußte wiederum bitten, Geduld zu haben. Zu warten. Er starb darüber hinweg.
Jener Chronist knüpfte die Frage daran, ob wohl sein Erbe, Louis, der König von Frankreich, das Geld zurückbezahlt habe? Derselbe Chronist behauptet auch, Louis habe einmal den guten König René in einen eisernen Käfig gesperrt, und es ist wohl vorstellbar, daß er den alten, verträumten Mann in einen der Gitterkästen hineingelockt hat, in denen ihm Tiere zugebracht wurden. Aber es ist auch denkbar, daß der König im Eisenkäfig nicht einmal aufbegehrte. Immer war er ja, wie er sich philosophisch trösten mochte, ein Gefangener seiner Zeit gewesen, in der er sein eigenes Leben zu führen bemüht war. Nun nahm ihm sein Neffe sein Land ab. Er fand es richtig. Denn er hatte sein Leben lang, wie Yolande, seine Belle Mère, nur für Frankreich gedacht

und gekämpft. Auch gelitten. So hat er wohl kaum politisch aus seinem Käfig heraus gesprochen. Er mag vielmehr zwischen den Gitterstäben hindurch mitleidig auf Louis und die Welt geblickt haben, ein gefangener Geist, der in allen Gefangenschaften unbesiegbar blieb.
Politisch hat ihn jedoch vor hundert Jahren ein Biograph in Paris mit großem Respekt gewürdigt: »... dieser Fürst, gut seinem Namen nach bekannt, doch seinen Taten nach unbekannt, nahm in seinem Jahrhundert einen bedeutenden Platz ein; es ist Zeit, ihm seinen Platz in der Geschichte zu geben. Einreihen muß man ihn als Beispiel ehrenvoller Politik ...«
Dieser Name, den man gut kannte, war »le bon Roi René«. Fast mitleidig klang er. Ein Schäferkönig.
Mit diesem gefühlvollen Namen ist er jedoch, mit Bewunderung, wie etwas unwiederbringlich Verlorenes, lebendig geblieben. In Angers scheint die Sonne durch sein Glasportrait. In Nancy liegt ein kleines Tafelbild von ihm. Als jungen, lockigen König zeigt ihn ein Denkmal aus neuerer Zeit in Aix auf dem Cours Mirabeau unter Platanen. In Tarascon, das er am meisten liebte, scheint er am stärksten gegenwärtig. Eigentlich ist er es überall in der Provence.
Weil er zu ihr gehörte, haben sich seine Provençalen geweigert, ihren toten guten König René nach Anjou verbringen zu lassen. Sie haben ihn trotzig in Aix beigesetzt, in einer Kapelle, wo sie ein großes Monument für ihn errichten wollten.
Aber heimlich, nachts, wurde er später doch von einigen Männern entführt, und auch dies scheint zu seinem Schicksal zu passen, daß man ihn abenteuerlich heimholen mußte.
Auf der Rhone, über die er so oft stromabwärts in sein mittägliches Land fuhr, durften die Schiffer bei keiner Ortschaft anlegen. Weil man fürchtete, daß man ihnen den König rauben könnte, sollten sie trachten, eilig aus dem Gebiet der Provence hinaus zu gelangen! Nach Angers. Nach Frankreich.–
Aber obwohl ihn seine Provençalen nicht behalten konnten, blieb er ihnen.

fi 188/2a